Zuerst wird der Energieminister ermordet. Dann bringt sich der ermittelnde Polizist um. Direkt vor den Augen von Freizeitdealer und Privatdetektiv Fish Pescado. Und er hinterlässt Fish eine Botschaft auf dem Handy, die mit dem Fall zu tun hat. Also taucht Fish ab, in die dunklen Gegenden von Kapstadt, und bemerkt bald, dass es um etwas Gefährliches geht, etwas Großes. Der Name ISIS fällt, Uran spielt eine Rolle, und das Gerücht, eine Bombe solle in Europa gezündet werden, macht die Runde. Fish steckt bereits so tief in der Sache, dass er gar nicht auf die Idee kommt, die Angelegenheit könnte eventuell eine Nummer zu groß sein für ihn…

Mike Nicol lebt als Autor, Journalist und Herausgeber in Kapstadt, wo er geboren wurde, und unterrichtet an der dortigen Universität. Er ist der preisgekrönte Autor international gefeierter Kriminalromane. Die Rechte an seiner erfolgreichen Rache-Trilogie wurden gerade von einer deutschen Filmfirma gekauft.

Mike Nicol bei btb
Die Rache-Trilogie
Payback. Thriller
Killer Country. Thriller
Black Heart. Thriller

Die Kapstadt-Serie
Bad Cop. Thriller
Korrupt. Thriller
Sleeper. Thriller

MIKE NICOL

Sleeper

THRILLER

Aus dem südafrikanischen Englisch
von Mechthild Barth

btb

Die südafrikanische Originalausgabe erschien 2018
unter dem Titel »Sleeper« bei Umuzi / Penguin Random House
South Africa (Pty) Ltd , Kapstadt.

Sollte diese Publikation Links auf Webseiten Dritter enthalten,
so übernehmen wir für deren Inhalte keine Haftung,
da wir uns diese nicht zu eigen machen, sondern lediglich auf
deren Stand zum Zeitpunkt der Erstveröffentlichung verweisen.

Verlagsgruppe Random House FSC® N001967

1. Auflage
Deutsche Erstveröffentlichung Juni 2019
Copyright © Mike Nicol 2018
Copyright © der deutschsprachigen Ausgabe 2019
by btb Verlag in der Verlagsgruppe Random House GmbH,
Neumarkter Straße 28, 81673 München
Published by Arrangement with Michael George Nicol
Dieses Werk wurde vermittelt durch die Literarische Agentur Schlück
GmbH, 30827 Garbsen
Covergestaltung: semper smile, München
nach einem Entwurf von Georgia Demertzis unter Verwendung
von Motiven von © pexels.com
Satz: Uhl + Massopust, Aalen
Druck und Einband: GGP Media GmbH, Pößneck
SL · Herstellung: sc
Printed in Germany
ISBN 978-3-442-71731-6

www.btb-verlag.de
www.facebook.com/btbverlag

Teil eins

Eins

Miller's Point. Fish Pescado öffnete die Drosselklappe. Leichte Drehung des Handgelenks an dem Mercury 80oer. Achtzig Pferdestärken antworteten. Er hörte, wie der Motor stotternd und heulend anlief. Der Propeller begann sich zu bewegen, die Maryjane hob den Bug. Fish grinste über den plötzlichen Ruck nach vorne.

Flip Nel, Polizist und Fishs Nachbar, schaute sich vom Bug aus zu ihm um, mit hochgezogenen Augenbrauen.

»Hat's noch voll drauf, was?« Fish regelte den Motor etwas herunter, um das Schlauchboot von der flachen Bootsrampe ins tiefere Wasser zu lenken. »Mag alt sein, hat aber immer noch viel Power.«

»Stimmt«, meinte Flip. »Trotzdem, lass es uns etwas gelassener angehen, *Boet*.«

»Wieso? Hast 'nen dicken Kopf? Gestern Abend zu viel Polizistenkaffee reingekippt? Trink in Zukunft lieber Brandy, Flip.«

Flip drehte sich nicht noch einmal zu ihm um, sondern zeigte ihm nur den Stinkefinger. Fish lachte. »Ihr alten Säcke solltet nicht so schnell den Biss verlieren.« Flip saß mit dem Anker da, den er für das Boot spenden wollte. Samt einem aufgerollten Tau. Ein brandneuer klassischer Anker im Admiralstil. Musste ihn mindestens zwei Mille gekostet haben. Verrückt, so viel Geld für einen Anker rauszuwerfen.

Fish jagte den Motor also nicht hoch, sondern tuckerte gemächlich entlang des Seetangs auf Pyramid Rock zu. Trotz der niedrigen Geschwindigkeit erfasste ein kühler Wind seine Locken, und er kuschelte sich noch enger in den langärmeligen Hoodie unter seiner Schwimmweste. Eine richtige Jeans wäre heute offenbar doch geeigneter gewesen anstatt seiner kurzen Shorts.

Der Tag mochte sonnig sein, aber es war trotz allem Herbst. Ein kalter Dunstschleier lag über dem Meer, und es roch nach Algen, frisch und durchdringend. Kormorane flogen tief in Reihen dicht hintereinander. Das Meer hob und senkte sich nur leicht entlang der Flutlinie, so dass nicht einmal weißer Schaum entstand. An Tagen wie diesen gab es um die Halbinsel herum keine einzige vernünftige Welle. Da verpasste man wahrlich nichts, wenn man zur Abwechslung mal fischen ging.

Fish Pescado sieht nach typischem Surfer aus: blond, die blauen Augen seiner Mutter in einem braungebrannten Gesicht. Wenn er lächelt, lässt das Aufblitzen seiner weißen Zähne so manches Frauenherz schneller schlagen.

An diesem Morgen hatte er es ziemlich amüsant gefunden, dass Flip Nel auf einmal mit einem Anker dahergekommen war. Fish hatte keine Ahnung, was sein Kumpel damit wollte.

Brüllte deshalb über das Tuckern und Auf-und-Ab-Hüpfen des Schlauchboots hinweg: »Wozu eigentlich der Anker, Flip? Der Kerl, dem dieses Boot mal gehörte, hatte nie einen Anker.«

Flip Nel drehte sich wieder zu ihm um, hob diesmal den Anker hoch. »Du brauchst bei einem Boot immer einen Anker«, sagte er. »Du kannst dich nicht einfach so treiben lassen.«

»Treiben ist doch okay«, entgegnete Fish.

»Nein, Mann. Wenn du draußen bist, brauchst du einen Anker. Ernsthaft, Mann.«

»Da draußen ist es viel zu tief«, sagte Fish. »Der reicht nie bis zum Meeresboden. Dafür bräuchte man ein Tau, das mindestens eine Meile lang ist.«

»Manchmal gibt es Riffe. Und manchmal ist man näher an

der Küste dran.« Flip ließ sich nicht abbringen. »Was ist? Gefällt dir mein Geschenk etwa nicht?«

Fish lächelte. »Doch, gefällt mir.« Wenn der Typ Geld für einen Anker ausgeben wollte, dann war das schließlich seine Sache.

»Es ist ein Geschenk. Nimm es also an, wenn auch nur aus Respekt.«

Fish war kein Angler. Ohne Flip Nel würde er die Maryjane nie benutzen. Hätte sie vielmehr schon lange verscherbelt. Aber der Polizist hängte gerne mal eine Schnur ins Wasser. Überredete Fish immer wieder, ein paar Stunden draußen in der Bucht zu verbringen. Vor allem nachdem Flips Lady gestorben war. Außerdem verdiente er sich so ein paar Pluspunkte, die er dann einsetzen konnte, wenn er Infos von der Polizei brauchte.

Fragte: »Irgendein spezieller Ort, der dir vorschwebt?« Wies mit der Hand auf den weiten Horizont.

Flip Nel zeigte in Richtung Hangklip, den Berg auf der anderen Seite der Bucht. »Fahr einfach weiter. Ich sag dir dann, wenn du anhalten sollst.«

Yes, Sir, salutierte Fish grinsend.

Während der letzten Monate war er mit Flip Nel etwa zehn Mal zum Angeln rausgefahren, hatte aber immer noch nicht kapiert, was das Ganze eigentlich sollte. Okay, es war friedlich, ruhig und entspannend hier draußen. Man konnte einen *Doobie* rauchen, in den Himmel starren und das glitzernde Meer betrachten. Man konnte... dahintreiben, sich schaukeln lassen.

Der *Doobie* brachte Flip Nel zuerst ziemlich aus der Fassung.

»Hey, Mann, ich bin Polizist. Das kannst du hier nicht rauchen.«

Fish fand das ziemlich lustig. »Entspann dich, Flip. Hier

draußen herrschen die Gesetze des Meeres. Trink lieber noch ein Bier.« Warf ihm ein Ale aus der Kühlbox zu, ein Jack Black Butcher Block. Flip stand auf kleine Privatbrauereien. »Macht es leichter«, sagte er gerne. Was es leichter machte, erklärte er allerdings nie.

Fish meinte: »Das gilt auch für Cannabis.«

Allein diesen ersten Gras-Moment auf Flips Miene mitzuerleben, lohnte das Opfer einer Surfstunde. Teufelszeug, nannte es Flip. Behauptete, *Dagga* sei mehr *Kak* als Alkohol. Konnte einen *woes* machen, total den Überblick verlieren und durchdrehen lassen. Flip verwendete dafür sogar das Afrikaans-Wort *voos* – so *voos* wie bei einem knallharten Beach Break. Fish hatte immer nur die entspannten Vibes genossen, die ihm das Gras gab. Seiner Erfahrung nach wurde man bei zu viel von dem Zeug eher noch gechillter, so dass einen zum Schluss im Grunde gar nichts mehr tangierte.

Aber Flip ließ sich nicht beirren. »Nein, *Boet*. Auf lange Zeit drehst du damit durch. Und zwar so gewaltig, dass du nie zurückkommst.«

Fish widersprach nicht.

Jetzt widmete er sich wieder seiner Aufgabe. Drosselte den Motor und fuhr dann nahe an Pyramid Rock vorbei, wo die Kammzähnerhaie lauerten. Dahinter lag das offene Meer, glasig und fast regungslos. Er tuckerte so fünfzehn, zwanzig Minuten dahin, bis Flip die Hand hochhielt und rief: »Hier ist es gut, genau hier!«

Genau hier. In der Mitte der Bucht. Genau im Nirgendwo. Auf der einen Seite lag Hangklip ein gutes Stück entfernt, auf der anderen Seite der Felsen von Cape Point. Im Dunst.

Okay. Fish schaltete den Motor ab. Plötzlich herrschte nach dem Jaulen des Mercury völlige Stille. Ein wenig Wasser schwappte ins Boot, während es sich stabilisierte.

»Was meinst du, was wir hier draußen fangen?« Fish hielt die Hand über die Augen und schaute über die Wasseroberfläche hinweg. Nicht das leiseste Anzeichen einer Untiefe. Keine auf sie zufliegenden Tölpel. Keine Schar von Kormoranen. Es gab nur das Meer, ohne Sandbänke, ohne Riff. »Glaubst du, hier kommen Thunfische vorbei?«

Er beugte sich vor und kramte in seiner Tasche nach dem Spezialsandwich von Olympia: Ciabatta, belegt mit Salami, Tomaten und Gewürzgurken. Biss in das knackige Brot, wischte sich mit der Hand über den Mund. Fragte sich, ob er sofort auf die Angelegenheit seiner Klientin zu sprechen kommen sollte. Ein paar Pluspunkte für Caitlyn Suarez verbraten. Er wusste, dass sie zu Flip Nels Fällen gehörte. Ein kurzer Blick in die Akte würde ihm genügen. Dreißig Minuten höchstens.

Er blickte auf, als die Maryjane zu schwanken begann. Flip stand balancierend vorne am Bug, den Anker in der Hand.

Fish kaute und musterte dabei den Polizisten. Schluckte den Bissen hinunter. »Wenn du den hier wirfst, wird er nur hin und her pendeln. Lass es gut sein.« Zeigte auf seine Tasche. »Welches Sandwich willst du? Ciabatta? Oder das mit dem portugiesischen Brot? Oder ein Croissant? Eins mit Eiern und Speck vielleicht?«

Flip antwortete nicht. Fish sah, wie sich der Mann vorbeugte und ein Kabel am Ankertau befestigte.

»He. He, Mann, Flip. Was machst du da?« Jetzt bemerkte er, dass das andere Ende des Kabels um Flip Nels Knöchel gewickelt war.

Keine Antwort.

Flip Nel starrte ihn nun an. Die Haut um die Augen des Polizisten war weiß. Tote braune Augen. Sein Gesicht eine Maske. Flip schien etwas zu sagen. Ein paar Worte. Unverständlich. Zog seine Rettungsweste aus, ließ sie neben sich fallen.

Fish erhob sich schwankend: »Flip? Was tust du?« Krabbelte zur Mitte der Bank. »Flip.« Jetzt begann er zu begreifen.

Sah, wie Flip Nel sein Handy auf den Sitz vor sich legte, den Anker über Bord warf und das Tau dem Gewicht blitzschnell ins Wasser folgte. Dann Flip Nel.

»Flip. Nein! Nein! Flip.«

Es mussten hier sechzig bis siebzig Meter bis zum Meeresgrund sein.

Fish starrte auf die Luftblasen. Mit der Zeit zerplatzten sie, lösten sich auf.

Zwei

Wembley Square. Vicki Kahn erwachte durch das Sonnenlicht. Lag still da, die Augen geschlossen, und lauschte. Ihre Ausbildung: auf Geräusche achten. Alles, was anders als sonst erscheint. Hörte Stimmen von der Straße unten. Eine Wagentür wurde geschlossen, ein Mann lachte, ein Auto fuhr fort. Dahinter das Surren der Stadt. Samstagmorgen. Die Welt so, wie sie sein sollte.

Sie erinnerte sich an ihren Gewinn. Fünftausend. Ein Spiel, an dem sie immer wieder mal teilnahm. Wirklich praktisch. Fand in einer der Hintergassen von Gardens statt, wo ein Hippietyp zwei, drei Abende die Woche ein paar Leute zusammenbrachte. Gestern hatten die Karten zu ihr gesprochen, und sie hatte ihre Schulden dort um die Hälfte verringert.

Vicki Kahn lächelte und öffnete die Augen. Das Zimmer lag in einem schummrigen Grün. Ein Sonnenstrahl drang durch die Vorhänge herein. Der Luxus, spät aufwachen zu können. Wahrscheinlich war es schon nach halb acht. Sie streckte die Hand nach ihrem Handy auf dem Nachttischchen neben ihr aus. Acht Uhr vierzig. Wann war das zum letzten Mal möglich gewesen? Vicki stützte sich auf ihren Ellbogen ab, richtete sich auf und dachte an den vor ihr liegenden Tag. Es gab nichts, woran sie denken musste – nur an sich selbst. Ein perfekter Tag also.

Ein Croissant und eine Latte im Vida E auf dem Platz. Dann zur Biscuit Mill hinüber, dort eine Weile über den Markt schlendern, ein paar Baguettes und einige Époisses besorgen. In einem Spirituosengeschäft zwei Viererpacks Ale für Fish und für sich eine Flasche Philip Jonker, den Brut: eine klassische Mischung aus Chardonnay und Pinottrauben. Danach wollte sie einen Spar suchen und zwanzig Rand im Lotto setzen. Schließlich zu Rose Farm, um dort mit ein paar Freundinnen zu Mittag zu essen. Dort konnte man gut auf der Terrasse sitzen und ins Tal hinunterschauen. Endlich ihr altes Leben wieder zurückhaben.

Damit kam sie zurecht. Nachmittags wollte sie irgendwann bei Fish aufschlagen. Vielleicht würde er zur Abwechslung sogar mal was gefangen haben. Ein Gelbschwanz wäre gut. Gebraten. Das würde ihr schmecken. Auf frischem Rahmspinat. Und Kartoffelstampf. Darüber etwas Petersilie und Salbei gestreut. Ein Schnitz Zitrone. Danach Mousse au Chocolat von Woolworths. Zum Abschluss Stinkekäse mit Baguette.

Damit konnte sie leben. Mit dem prickelnden Sekt in einem Glas. Fish, der seine typische Musik auflegte. Wen noch mal? Bruce Springsteen? Irgend so was. Jedenfalls nichts Subtiles. Klang trotzdem cool. Interessante Texte.

Genau.

Vicki duschte und nahm sich beim Auswählen ihrer Klamotten nicht viel Zeit: Jeggings, ein langärmeliges Oberteil mit Rundausschnitt und eine lederne Fliegerjacke, die sie schon seit Ewigkeiten besaß. Jedenfalls lange genug, dass der Kragen glänzte und der Reißverschluss nicht mehr funktionierte. Fish nannte das ihre Fetenjacke, die sie vor allem dann anzog, wenn sie in Partylaune war. Sie verließ ihre Wohnung nur mit einer kleinen Handtasche über der Schulter. Bei Fish lagen ein paar ihrer Klamotten, das würde fürs Wochenende reichen.

Im Vida E setzte sie sich an einen Tisch am Rand. Viele Leute waren nicht da. Zwei Einzelne, die auf ihre Handys starrten. Mama und Papa mit Baby in einem Tragebettchen zwischen sich. Vicki hatte immer noch die Angewohnheit, sich ihre Umgebung genau anzusehen. Sie scrollte gerade durch die Nachrichten auf ihrem Handy, als eine Hand sanft ihre Schulter drückte.

»Na, das ist ja toll.«

Eine bekannte Stimme. Vicki dachte: Nein. Nicht du. Bloß nicht du. Blickte mit Pokergesicht auf. Sagte: »Welche Überraschung, Henry.«

»Wohl wahr. Wohl wahr.« Er setzte sich zu ihr. »Ziemlich nett, muss schon sagen. Es ist keine Lokalität, die ich bisher häufiger besucht habe.«

Jedenfalls nicht in den zwei Jahren, seitdem sie ihn kannte.

»Ich darf doch?« Er stellte seinen Filterkaffee und seinen Kleiemuffin auf ihren Tisch, ohne ihre Antwort abzuwarten. »Sie wohnen hier in der Gegend, soweit ich mich noch erinnere. Irgendwo recht nahe.« Er schnitt seinen Muffin in vier Teile und halbierte die Viertel. Auf jedes Stück strich er eine Schicht Butter und legte die Stücke dann aufeinander. Schob den Muffin wieder zusammen. »So.« Sah sie an. »Ist es hier in der Nähe? Ich habe doch recht, oder? Eine der Wohnungen über uns. Oder? Sehr schön. Eine schöne Ecke, Wembley Square. Ideal für Menschen wie Sie. Jung und berufstätig. Wissen Sie, ich kannte diesen Ort noch, als er einer Druckerei gehörte. Der Typ verstand es, Feste zu geben. Du meine Güte. Das waren Zeiten. Wundervoll. Aber die Dinge ändern sich, nicht wahr?« Ein Lächeln. »Wie geht es Ihnen, Vicki? Genießen Sie Ihr neues Leben? Es wirkt jedenfalls so. Hübsch wie immer. Entspannt. Wundervoll. Freut mich. Freut mich.« Er tätschelte ihren Arm.

Vicki beobachtete, wie er ein Muffinviertel in die Hand nahm und elegant davon abbiss.

»Das tue ich, Henry. Danke.«

»Fehlen wir Ihnen?«

»Seltsamerweise ...« Sie lächelte. »Gar nicht.«

»Hmm. Ob das stimmt. Sagen Sie das nicht vielleicht nur so? Die Zeit wird es zeigen, glauben Sie mir.« Henry Davidson schluckte und tupfte sich den Mund mit einer Serviette ab. Sah sie aus zusammengekniffenen Augen an. »Sie kennen den alten Spruch: einmal Agent, immer Agent. Ist leider so. Da gibt es kein Entkommen.«

»Ach, ich weiß nicht. Ich komme gut zurecht.«

»Es liegt einem dann im Blut.« Henry hörte nicht auf sie. »Unmöglich, das loszuwerden. Im Grunde sogar unmöglich, ein anderes Leben zu führen. Wo sonst kriegt man diesen Kick? Wenn das Adrenalin durch die Adern rauscht, während man still seinen Triumph genießt. So wie Sie das taten, Vicki. So wie Sie das taten. Schafften es, den Kinderhandel zu unterbinden. Das war ein Aufwand, der sich wahrlich gelohnt hat. Können Sie sich auf die Fahnen schreiben. Zeigte, dass nicht einmal der Sohn des Präsidenten über dem Gesetz steht. Darauf kann unsere Demokratie stolz sein, würde ich behaupten. Wir sind für solche Dinge nötig, Sie und ich.«

»Paranoid. Verschlossen. Immer auf der Hut. Sie mögen sein, was Sie wollen, Henry, aber ich bin nicht so. Deshalb habe ich auch gekündigt. Ich will nicht, dass Leute meine Wohnung abhören.«

»Tut das jemand? Das tut doch niemand, oder?«

»Soweit ich weiß, nicht.«

»Gut, gut. Sie erledigen also Ihre Hausarbeit. Nach den kleinen Widerlingen suchen. Eine nützliche Angewohnheit. Sollten Sie beibehalten, Vicki. Beruhigend zu wissen, dass man Sie vom Radar verschwinden ließ.«

»Man?«

»Man. Sie wissen schon…«

»Ich weiß nichts.«

»So eine Ausdrucksweise.«

»Ich bin raus, Henry. Ich habe gekündigt. Schon vergessen? Und Sie haben meine Kündigung akzeptiert. Ich arbeite nicht mehr für den Staat. Nie mehr. Ich will nicht mehr mit Gangstern und Verbrechern konspirieren.«

»Gangster und Verbrecher. Das ist etwas heftig, meine liebe Vicki. Nennen wir sie doch lieber einfach Politiker.« Henry Davidson aß das Viertel Muffin zu Ende. »Dieser Muffin ist wirklich ausgezeichnet. Auch der Kaffee lässt sich trinken. Obwohl die Baristas hier für meinen Geschmack zu laut sind. Und diese ganzen modischen Begriffe sind nervtötend. Aber erzählen Sie mir von Ihrem Leben als Anwältin. Für Legal Aid, nicht wahr? Sehr lobenswert, wirklich sehr lobenswert.«

»Es gefällt mir.« Vicki nippte an ihrer Latte. »Da kann ich Menschen helfen.«

»Darin sind Sie ja auch gut. Und Ihr Lebensgefährte? Wie hieß er noch mal? Dieser Surfer?«

»Fish.«

»Stimmt. Fish.« Henry Davidson schüttelte den Kopf. »Ein törichter Name. Sie sind also immer noch ein Pärchen, wie es heutzutage heißt?«

»Das sind wir.«

»Toller Fang für ihn. Sie könnten allerdings mehr erreichen. Viel mehr. Andererseits ist das menschliche Herz ja oft unerklärlich. Wie Alice so schön sagt: ›Ich bin schon in vielen Gärten gewesen, aber niemals haben die Blumen sprechen können.‹ Und in dem einen Garten können sie es auf einmal. Erstaunlich, nicht wahr? Das Leben ist unglaublich irrational.«

Vicki brach ein Stück Croissant ab und schob es sich in den Mund. Betrachtete Henry Davidson: sein Gesicht mit den braunen Altersflecken, sein Toupet, sein Halstuch, seine Wildlederjacke. Der Meisterspion. Der Doppelagent. Ein kommunistischer Maulwurf im Geheimdienst der Apartheid. Henry Davidson gab es schon sehr lange. Er hatte das Kesseltreiben nach dem fehlgeschlagenen Attentat auf den Präsidenten überlebt. Andere Agenten ganz weit oben auf der Leiter waren gestürzt, doch Henry hatte sich behauptet. Samt Toupet.

»Warum sind Sie hier, Henry?« Vicki schluckte das Croissant mit einem Schluck Latte hinunter.

»Ich erkunde gerne alle Ecken meiner Stadt.«

»Bullshit.«

Er lachte. »Es stimmt. Ehrlich. Sie kennen mich. Ich bin immer auf der Suche nach geeigneten Orten. Für ein ruhiges Treffen unter vier Augen.«

Wie jetzt, dachte Vicki. Ihr Handy klingelte. Fishs Name auf dem Display. »Ich muss da ran.«

»Natürlich.« Henry Davidson senkte den Kopf. Er hatte offenbar nicht vor, sie ungestört telefonieren zu lassen.

Drei

False Bay. Fish starrte auf die letzten Luftblasen. Die Wasseroberfläche wurde zu einem Spiegel: blau auf blau. Starrte regungslos, von der Stille wie eingefroren. Für lange Momente lehnte er sich immer wieder über die Bootsseite, als ob er nach Erkenntnis suchen würde. Nach einer Erklärung. Er stellte sich vor, den Anker unten im Sand zu sehen, Flip Nel daran hängend, im Meer schwebend. »Du kannst dich nicht einfach so treiben lassen. Wenn du draußen bist, brauchst du einen Anker. Ernsthaft, Mann.«

Fish verharrte so, bis ihn die Welt irgendwann zurücknahm. Die Stille wurde vom Klatschen des Wassers gegen das Boot durchbrochen.

»Verdammt, Flip.« Sagte es leise ins Meer hinaus. Wandte sein Gesicht zum Himmel und brüllte: »Verdammt, Flip! Warum hast du das gemacht?« Als ob Flip ihn in der Tiefe hören könnte. Oder im Himmel.

Fish sah zu Hangklip hinüber. Zu Cape Point. Zu dem langen Horizont, der sich zwischen den beiden Landzungen dehnte. Wie sollte er diese Stelle jemals wiederfinden? Das war unmöglich. Kein GPS-Chip, keine GPS-Koordinaten. Kein X, mit dem der genaue Punkt hätte markiert werden können. Kein Handysignal, um die Wasserrettung zu rufen. Verloren auf weiter See. Flip Nel verschwunden. Schien alles bedacht zu haben.

Er bemerkte Flips Nokia. Krabbelte zu ihm. Das Aufnahmegerät war angeschaltet, es lief seit genau siebzehn Minuten. Fish machte es aus. Warum hatte Flip das getan? Ein Polizist wie er tat nichts ohne Grund. Immer rührte er in trüben Gewässern. Wartete ab, was aus dem Dreck auftauchen würde.

Wer allerdings nicht mehr so schnell aus dem Trüben auftauchen würde, war Flip Nel selbst. Fish schaltete das Handy wieder an.

Motorengeräusch. Flips Stimme: »Hier ist es gut, genau hier!« Dann leiser: »Schau unter Caitlyn Suarez. Du willst die Suarez-Akte, sie liegt in meiner Küche.« Der Motor wurde ausgemacht. Fishs Stimme: »Was meinst du, was wir hier draußen fangen? Glaubst du, hier kommen Thunfische vorbei?« Ein paar Sekunden lang hörte man Flips Atem. Wieder Fishs Stimme, nachdem Flip den Anker hochgehoben hatte: »Wenn du den hier wirfst, wird er nur hin und her pendeln. Lass es gut sein.« Zeigte auf seine Tasche. »Welches Sandwich willst du? Ciabatta? Oder das mit dem portugiesischen Brot? Oder ein Croissant? Eins mit Eiern und Speck vielleicht?« Sein eindringliches »He. He, Mann, Flip. Was machst du da?« Ein paar kaum hörbare Worte von Flip: »Die Akte... Schau unter S nach.« Sein »Flip. Nein! Nein! Flip.« Das Platschen des Ankers im Wasser. Das Platschen von dem ihm folgenden Flip Nel.

Fish schaltete die Aufnahme ab. Das alles war innerhalb von zwei Minuten und siebenundzwanzig Sekunden passiert. Der Rest bestand aus dem Rauschen des Meeres. Er spielte es noch einmal ab.

In Flips Leben musste ernsthaft etwas Mieses los gewesen sein. Das Ganze zeigte mal wieder: Trotz all der Menschen um einen herum war man letztlich immer allein in der Welt. Ganz allein, *China*. Es lief stets auf dasselbe hinaus: Man war allein.

Allerdings hatte Flip Nel eine Hinterlassenschaft vorbereitet. Die Akte Caitlyn Suarez. Fish hörte es sich noch einmal an: »Schau unter Caitlyn Suarez. Du willst die Suarez-Akte, sie liegt in meiner Küche.« Dann leiser: »Die Akte... Schau unter S nach.«

»Sie hat also nicht gelogen«, stellte Fish laut fest. »Da geht es noch um etwas anderes.«

Er schaute übers Meer zum Kamm der Gebirgskette auf der Halbinsel. Besser, wenn er Flips Handy zerlegte, ehe er an Land fuhr. Er konnte so tun, als wäre es mit ihm über Bord gegangen. Besser, wenn niemand von der Akte wusste. Fish schaltete das Handy aus, schob einen Fingernagel unter den Rückdeckel, nahm Akku und SIM-Karte heraus. Steckte die Teile in die Tasche seines Kapuzenpullis. Dann kroch er wieder zu seinem Platz am Außenbordmotor.

Es kam ihm falsch vor, einfach wegzufahren. Obwohl ihn das Meer wahrscheinlich schon von der Stelle weitergetrieben hatte, wo Flip untergegangen war. Es konnte bereits hundert Meter woanders sein, selbst bei einem ruhigen Seegang wie an diesem Tag.

Noch einmal redete er laut: »Oh, Mann, Flip. Was soll ich sagen, mein Freund? Ich hoffe, dir hat das Fischen gefallen.« In seinen Augen brannte es, und sein Mund fühlte sich trocken an.

Fish startete den Motor und wendete die Maryjane, steuerte auf die Halbinsel zu. Gab Gas. Warf immer wieder einen Blick auf sein Handy, bis er sich in Reichweite eines Signals befand. Dann drosselte er den Motor, damit dieser nicht mehr so laut war, und rief die Seenotrettung an.

Sagte das, was er sich zuvor überlegt hatte: Sie waren zum Angeln, der Freund ging mitten in der Bucht über Bord. Ein Unfall.

Der Mann am anderen Ende der Leitung stellte ihm sofort wie erwartet ein paar Fragen: Name des Boots, genaue Lage, Uhrzeit des Unfalls. »Wollen Sie damit sagen, dass er ertrunken ist? Haben Sie seinen Leichnam? Haben Sie versucht, ihn wiederzubeleben?«

»Das geht nicht. Er ist untergegangen.«

»Bleiben Sie dort. Wir sind in zwanzig Minuten bei Ihnen. Wie lauten Ihre Koordinaten?«

»Keine Ahnung«, erwiderte Fish. »In zwanzig Minuten bin ich bei Miller's. Geben Sie es einfach der Polizei weiter, okay? Der Mann, der untergegangen ist, war auch Polizist.« Legte auf.

Dann rief er Vicki an. Stellte sich vor, wie sie ihre Haare zurückwarf, als sie das Handy an ihr Ohr führte. Wahrscheinlich lächelnd, weil sie annahm, dass er ihr gemeinsames Abendessen gefangen hatte.

»Fish.« Ihre Stimme klang leise. Im Hintergrund Restaurantgeräusche. »Ich rufe zurück.«

Nicht gerade das, was er erwartet hatte. »Nein, einen Moment, es ist dringend. Warte, okay? In der Schublade mit den Schlüsseln liegt einer für Flip Nels Haus. Für seine Hintertür. Klettere über die Gartenmauer und hol aus seiner Küche die Akte Caitlyn Suarez. Die musst du sofort kopieren. Sofort.«

»Ich bin in der Stadt, Fish.«

»Schnell, Vics. Bitte, schnell.«

»Was ist los?«

»Flip ist tot.«

Fish hörte, wie der Profi in Vicki das Steuer übernahm. »Ich rufe dich zurück.«

»Kopiere einfach die Akte, Vics. Die Akte.«

Vier

Stonehurst Mountain Estate. »Nette Hütte«, hatte Fish als Erstes zu Caitlyn Suarez gesagt. Er hatte in einen langen Raum mit freigelegten Holzbalken, unverputzten Ziegelwänden und sehr viel Glas geblickt. Sah fast wie ein Saal aus. An den Wänden hing afrikanische Kunst. Masken, Holzschnitzereien, abstrakte Gemälde.

»Eine Mordanklage macht das Ganze weniger großartig«, hatte sie geantwortet und war zur Seite getreten. »Schließen Sie die Tür, ja? Ich habe drüben neugierige Nachbarn.«

Fish schloss die Tür. Sein Blick war jetzt auf ihre langen Beine in engen schwarzen Jeans gerichtet, die auf eine Gruppe Ledersofas zuliefen. Beine, die mit denen von Vicki mithalten konnten. Ein wirklich hübscher Rückenanblick. Halb verborgen durch eine weiße Baumwollbluse, die lose herabhing, der Kragen geöffnet, so dass man beinahe den Brustansatz erkannte. Die Ärmel waren ordentlich bis in die Mitte ihrer Unterarme hochgerollt. Es geschah nicht oft, dass er einen Körper sah, der es mit Vickis aufnehmen konnte. Caitlyn Suarez musste etwa gleich alt wie Vics sein. Mitte dreißig. Oder Ende dreißig. Kastanienbraune Haare, die zu einem kurzen Pferdeschwanz zusammengebunden waren. Scharfe Gesichtszüge. Nichts Schlaffes in ihrer Miene.

Sie stand barfuß zwischen den Sofas aus Zebrafell und zündete sich eine Zigarette an. Hielt ihm das Päckchen hin.

Fish schüttelte den Kopf.

»Sie haben doch nichts dagegen?« Blies Rauch durch ihre sinnlichen Lippen.

Wieder schüttelte Fish den Kopf. »Ihr Haus. Also Ihre Regeln.«

»Ich sollte eigentlich nicht. Hab es auch nicht mehr getan. Ich hatte jahrelang damit aufgehört.« Blies erneut Rauch aus. »Bis dieser furchtbare Albtraum mein Leben zu bestimmen begann. Der Mord. Die Drohungen. Die Telefonanrufe. Das seltsame Zeug, das mir geschickt wird.«

Fish bemerkte eine Bewegung am anderen Ende des

Raums. Eine junge Frau. Kurze Haare, durchtrainierter Körper, in einem schwarzen Badeanzug. Sagte: »Ich ziehe jetzt ein paar Bahnen. Hab gerade alles kontrolliert. Sicher.« Sie schob eine Glastür in einer Glaswand auf und ging auf den Swimmingpool draußen zu. »Wer ist das?« Fish deutete auf sie.

»Mein Bodyguard«, erwiderte Caitlyn Suarez. »Sehr aufmerksam. Schwimmt viel. Liest viel. Redet wenig.«

»Mal was anderes.«

»Alles ist jetzt anders.«

»Hätten Sie denn gerne eine traditionellere Bewachung? Ich hab einen auf Steroid. Kahl rasierter Kopf. Stets die richtige finstere Miene.«

»Nein, danke. Lassen Sie sich nicht täuschen, Mr. Pescado. Sie würden es nicht mit ihr aufnehmen wollen.«

Wohl wahr, dachte Fish. Vicki würde sich zu sehr aufregen. Ihn als Pädophilen beschimpfen. Die junge Frau sah aus wie gerade mal sechzehn.

Er richtete den Blick wieder auf Caitlyn Suarez. So viel Ablenkung in diesem Haus.

»Möchten Sie etwas trinken?«, fragte sie. »Ein Bier? Ein Rock Shandy? Wasser? Oder vielleicht etwas Stärkeres?«

Fish meinte, dass er nichts wolle. Ihm fiel auf, dass sie weder Tee noch Kaffee angeboten hatte. Ein Espresso wäre nicht schlecht gewesen. War aber keine Bitte, die er zu diesem frühen Zeitpunkt äußern mochte. Für eine neue Klientin zeigte er sich von der besten Seite. Ihre Bank hatte ihn ihr empfohlen. Es stellte sich heraus, dass sie sich dort um den Devisenhandel kümmerte. Eine Frau von Welt. Hatte bereits in New York, London, Paris, Hongkong, Singapur, Dubai, Teheran gearbeitet. Offenbar kannte sie sogar wichtige Leute bei der Weltbank. Caitlyn Suarez hatte wirklich gute Kontakte. Flog in andere Länder mit einer Selbstverständlichkeit, als benutzte sie Uber-Taxis.

Sie setzten sich auf zwei Sofas, die durch einen Couchtisch voneinander getrennt waren. Auf dem Tisch lagen zwei zusammengefaltete Zeitungen des heutigen Tages auf einem Stapel brauner Umschläge. Daneben ein Messingaschenbecher und ein paar Fernbedienungen für einen Achtundvierzig-Zoll-Flachbildfernseher an der Wand. Der Ton war stummgeschaltet, während Finanzdaten in einer langen Liste über den Bildschirm rollten.

»Kennen Sie die Hintergrundgeschichte?«

»Ja.« Fish hatte sich umgehört. Caitlyn Suarez war drei Jahre lang mit Victor Kweza zusammen gewesen, Kabinettsminister, Energieressort. Interessante Kombi. Daran bissen sich die Reporter von *You*, *Marie Claire* und *Glamour* die Zähne aus. Auch gesellschaftlich eine harte Nuss: der charmante Politiker und die internationale Bankerin.

Victor war in seinem Haus auf einem Golfanwesen erschlagen worden. Ein Haus mit Kletterrosen an der Terrassenmauer, Töpfen mit Lorbeerbäumen neben der Haustür und Holzjalousien vor den Schiebefenstern. Den Gerichtsmedizinern zufolge hatte ihn jemand mit einem Golfschläger ermordet.

Besagter Golfschläger ein Neuner-Eisen. Das Caitlyn Suarez gehörte und in ihrer Golftasche in Kwezas Haus gefunden worden war, ihre Fingerabdrücke auf dem Griff. Ein Tröpfchen seines Bluts in den Rillen des Eisens.

Genug, um Kwezas Blutgruppe nachweisen zu können. Genug, um Caitlyn Suarez zwölf Stunden lang festzuhalten. Ohne sie zu verhören. Ihr Pass wurde ihr entzogen. Sie wurde mit einer Verwarnung freigelassen. Es würde noch eine Befragung geben, und sie solle Dodge nicht verlassen. Caitlyn

Suarez kehrte zu Todesdrohungen nach Hause zurück. Zu einer ständigen Belagerung durch Journalisten.

»Ich will, dass Sie herausfinden, wer ihn umgebracht hat, Mr. Pescado.«

»Fish.«

»Fish.« Sie musterte ihn. Ihr Finger klopfte die Asche von der Zigarette. Sie zog ein letztes Mal und drückte den Rest dann aus. »Wie heißen Sie wirklich?«

»Bartolomeu. Aber so nennt mich nur meine Mutter. Nach dem Entdecker.«

»Ein Name ist nie nur ein Name.« Ein flüchtiges Lächeln. »Und wenn Sie schon dabei sind, können Sie vielleicht auch gleich noch herausfinden, warum man es jetzt auf mich abgesehen hat.«

»Sie meinen die Morddrohungen und die anonymen Telefonanrufe?«

»Nicht nur die. Auch E-Mails. Auf Facebook. Twitter. Eine Wachshand, die mir zugeschickt wurde. Ich meine, was soll das alles? Wer schickt denn eine Wachshand? Soll das irgendein verrücktes Zeichen sein? Dann wurde ›Schlampe‹ in Blut auf die Windschutzscheibe meines Autos geschmiert. Sehr dramatisch, ekelhaft, das wieder wegzukriegen. Danach habe ich mir Personenschutz geholt. Die Vorstellung, dass mir jemand folgt, ist …« Sie hielt inne. »… verstörend.«

»Wann war das? Das Graffito, meine ich.«

»Vor drei Tagen.«

»Und der Mord geschah vor zwei Wochen?«

»Ja.«

»Wann kam die Hand?«

»Einen Tag vor der Blutbotschaft.«

»Seitdem?«

»Nichts. Nur dass man mich verfolgt. Mein Bodyguard

meint, es sind Profis. Sie wechseln die Autos. Haben einen Peilsender installiert.«

»Sie müssen also Geld haben.«

»Scheint so.«

Fish lauschte dem regelmäßigen Spritzen der Schwimmerin in dem schwarzen Badeanzug. »Wie kam die Hand?«

»In einer Schachtel, hübsch als Geschenk eingewickelt. Wurde von einer offiziellen Kurierfirma geliefert, während meine Sicherheitsleute vorne am Tor standen. Irgendwer hat die Sendung in einer Filiale in der Innenstadt aufgegeben. Rechnung mit falschem Namen und falscher Adresse. So viel weiß ich, dank meiner Beschützerin.«

Fish zeigte zu der Frau im Pool, deren Arme immer nur kurz bei jedem Zug aufblitzten. »Sie?«

»Genau sie. Kann sehr überzeugend wirken. Sie hat auch herausgefunden, dass die Hand von einem *Coloured* aufgegeben wurde. Angeblich ein ausgesprochen gut gekleideter Typ. Ich zitiere nur.«

Fish zog ein Notizbuch aus der Gesäßtasche seiner Jeans. Ein zerknittertes Büchlein mit Spiralbindung. »Haben Sie sich bei den sozialen Medien abgemeldet?«

»Nein, hab ich nicht.«

»Nicht?« Fish klickte hinten am Kugelschreiber und kritzelte etwas auf eine Seite, um die Tinte zum Fließen zu bringen. »Warum nicht?«

»Ich dachte, sie könnten noch nützlich sein.«

Offenbar hatte er es mit jemandem zu tun, der anders tickte als üblich. Seiner Erfahrung nach meldeten sich Leute, die belästigt wurden, sofort von den sozialen Medien ab. Den Hass, der ihnen dort entgegenschlug, konnten nur die wenigsten ertragen. »Macht es Ihnen denn nichts aus? Sie bekommen doch sicher widerliche Nachrichten.«

»Die muss ich ja nicht lesen. Nein, es macht mir nichts aus.«

Caitlyn Suarez saß entspannt auf ihrem Ledersofa. Ruhig. Ruhig und kühl wie weißes Leinen. Mitte der Woche sah sie aus, als wäre sie im Urlaub.

»Weshalb haben Sie so lange gewartet, bis Sie einen Privatdetektiv kontaktierten?«

»Ich dachte, die Polizei würde den Mörder bald finden. Mein Anwalt ging auch davon aus. Ein Fall mit einer großen Publicity. Da sollte man doch denken, dass sie sich dahinterklemmen. Mein Gott, Victor lebte auf einem Golfanwesen – dort gibt es eine ständige Überwachung. Jemand muss etwas gesehen haben. Aber nein. Das Einzige, was ihnen einfiel, war, mich zu verdächtigen.«

Dafür werden sie allerdings auch einen Grund gehabt haben, dachte Fish. Sagte stattdessen: »Suchen Sie immer noch Ihr Büro auf?«

»Nicht mehr. Seit dieser Blutbotschaft nicht mehr. Wenn irgendetwas sofort von mir unterschrieben werden muss, wird es mir per Kurier geschickt. Den Rest kann ich auf meinem Laptop erledigen. Und zwar von hier.« Sie stand auf. »Ich brauche einen Schluck Wasser. Möchten Sie vielleicht doch auch etwas trinken?«

»Ein Kaffee wäre schön.« Fish hatte das Gefühl, jetzt den Punkt im Gespräch erreicht zu haben, wo er um etwas bitten konnte.

»Gerne. Einen Espresso? Cappuccino? Filterkaffee? Latte?« Caitlyn Suarez schritt zu der offenen Küche hinüber mit ihrem eindrucksvollen Gasherd und Ofen, den Arbeitsflächen aus Marmor und einer raffiniert aussehenden, teuren Kaffeemaschine auf der Theke. »Sie haben hoffentlich nichts gegen Pads? Kann Ihnen leider kein Truth bieten.«

»Pads sind okay.« Wenn man nicht zu viel Wasser darübergoss, waren Pads in Ordnung. Allerdings war Truth natürlich der Himmel der Kaffeesnobs. Fish kannte Truth. Wenn man in Kapstadt lebte und die Stadt immer im Blick behielt, konnte einem Truth nicht entgehen. Ein von Vicki gern aufgesuchtes Café, fußläufig von ihrer Wohnung erreichbar. »Ein einfacher Espresso reicht.«

»Was ich wissen will: Wer hat ihn ermordet und warum? Es muss irgendeine dunkle Sache sein, in die er da hineingeraten ist. Das ist kein weiterer zufälliger Kapstädter Mordfall. Es geht hier um die große Politik, vermutlich weil Victor nicht an der allgemeinen Mästung der Politiker teilhaben wollte.«

Caitlyn Suarez nahm eine Flasche Mineralwasser aus dem Kühlschrank, drehte vorsichtig den Deckel auf und ließ die Kohlensäure entweichen. Sie trank direkt aus der Flasche und tupfte sich dann mit dem Handrücken den Mund ab. Erst jetzt fiel Fish auf, dass sie keinen Lippenstift trug. Caitlyn Suarez brauchte keinen Lippenstift.

»Ich befürchte einfach, dass der Fall nie gelöst wird. Und als weiterer ungelöster Mord abgeheftet werden soll.«

Sie brachte Fish eine Espressotasse von Illy und stellte sie auf den Couchtisch. »Und warum ich? Warum soll ich den Sündenbock geben?« Sie ließ sich wieder auf dem Sofa nieder und streckte mit übereinandergeschlagenen Knöcheln die Beine aus, die Wasserflasche in der Hand. »Ich weiß natürlich, dass ich als Geliebte die erste Verdächtige bin. Die Mordwaffe war mein Golfschläger, bla bla bla. Aber wozu die Wachshand? Und die Drohungen?«

Genau das dachte Fish auch. Meinte: »Es gibt ein paar Dinge, die ich Sie fragen muss. Persönliches über Sie und ihn, über Mr. Kweza.«

»Zum Beispiel?«

»Wie Sie sich kennenlernten. Wie lange Sie sich kannten. Familie. Freunde. Feinde.«

»Viele Feinde«, stellte Caitlyn Suarez fest. »Von ganz oben angefangen.«

»Wen meinen Sie?«

»Den Präsidenten.«

Fünf

Die Blue Route. Vicki Kahn blieb mit dem MiTo knapp unterhalb der Geschwindigkeitsbeschränkung auf der Autobahn. Hundert Kilometer pro Stunde. Man wusste nie, wer da mit einem Blitzgerät lauerte. Sie erreichte Fish über die Freisprecheinrichtung.

»Wird aber auch Zeit. Verdammt, Vics.«

Sie achtete nicht auf seine Stichelei oder die Empörung. War nicht typisch für Fish, angespannt zu sein. »Wo bist du gerade?«

»Am Miller's. Gleich an der Bootsrampe.«

»Hast du die Polizei informiert?«

»Die Seewache. Denen hab ich vorgeschlagen, die Polizei zu rufen.«

»Sind sie vor Ort?«

»Nein. Kein Willkommenskomitee. Noch nicht.«

»Gut. Warte lieber dort auf sie. Geh bloß nicht aufs Revier.«

»Das hatte ich auch nicht vor, Agentin Kahn.«

Vicki dachte: Oh, Mist. Lass ihn. Keine Anweisungen. Sagte: »Entschuldige.« Dabei beließ sie es. Im Hintergrund konnte sie das Tuckern des Außenbordmotors hören, der offenbar heruntergeschaltet wurde.

Fish fragte: »Bist du noch im Auto?«

»Fast bei dir zu Hause. Kannst du mir erzählen, was passiert ist?«

Sie hörte sich Fishs Geschichte an. Eines nach dem anderen sprudelte aus ihm heraus. Endete mit: »Und dann wirft der Kerl den Anker ins Wasser und springt einfach hinterher. Scheiße. Platsch. Auf Nimmerwiedersehen, Flip Nel. Ist sofort untergegangen.« Ein Fingerschnipsen. »Blitzschnell. Weg. Für immer. Verdammt, Mann, warum hat er das gemacht? So wahnsinnig radikal.«

Vicki hielt es für besser, diese Frage erst einmal auszublenden und sich stattdessen auf das Wesentliche zu konzentrieren. »Und was hat es mit der Suarez-Akte auf sich?«

»Flip meinte, er hat sie mit nach Hause genommen. Und für mich dort liegen lassen.«

»Das hat er dir gesagt?«

»Nein, er hat eine Sprachnachricht auf seinem Handy hinterlassen. Mit Hilfe des Aufnahmegeräts.«

Eine neue Form des Abschiedsbriefs. Vicki bog von der Autobahn ab, raste auf die Hauptstraße zu und bretterte bei Gelb über die Ampel. »Ich muss wissen, was in dieser Akte steht, Vics«, fuhr Fish fort. »Aber sobald sein Name raus ist, wird sein Haus voller Polizisten sein. Jede Wette.«

»Sonst noch was?«

»Auf dem Aufnahmegerät? Die ganze Tonspur seines Abschieds.«

»Mein Gott.«

»Kannst du laut sagen.«

»Ich meinte, sonst noch was außer der Akte?«

»Keine Ahnung. Schau selbst nach, was da so rumliegt. Vielleicht hat er auch einen richtigen Abschiedsbrief hinterlassen.«

»Gib mir eine halbe Stunde.«

»Wenn ich kann. Ich sehe bereits Blaulicht auf der Straße in meine Richtung rasen.«

»Bleib ganz ruhig. Sie dürfen nicht misstrauisch werden.«

Vicki legte auf. Sie hatte andere Dinge im Kopf, um die sie sich kümmern musste. Solche Dinge wie Polizisten, die sehr bald Flip Nels Haus durchsuchen würden. Super. Außerdem war Flip Nel immer stolz auf die Kameras gewesen, die er im ganzen Haus versteckt hatte und die er gerne seine Mommy-Kameras nannte.

Deshalb hatte sie auch ihre Burka geholt. Wenn man schon irgendwo einbrach, wollte man schließlich nicht gleich erkannt werden.

Im Vida E hatte sie Fish mit einem unverfänglichen »Ich rufe dich zurück« geantwortet und dann wieder Henry Davidson angelächelt.

»Vicki, Sie werden mir jetzt vermutlich gleich sagen, dass Sie losmüssen.«

»Das stimmt.« Sie trank ihren Kaffee aus. »Schön, Sie mal wieder gesehen zu haben, Henry.«

»Ebenfalls. Ich hoffe, die Dringlichkeit bedeutet nicht größere Probleme.«

Typisch Henry Davidson. Er versuchte immer, etwas aus einem herauszulocken.

»Nein. Eine Lebensmittelvergiftung. Akuter Durchfall.«

»Oh je.«

»Der Mann braucht Imodium, Liebe und fürsorgliche Aufmerksamkeit.«

»Das brauchen Männer immer, Vicki. Jedenfalls eine bestimmte Art von Mann. Dann gehen Sie nur.«

Vicki reagierte nicht auf die Krallen in Henrys Tonfall, sondern nahm das restliche Croissant von ihrem Teller und warf ihm einen letzten Blick zu. Der alte Agent sah zu ihr auf. Wie immer mit einem undurchdringlichen Grinsen. Wie die Katze aus *Alice*. Vermutlich würde er sich gleich in Luft auflösen und nur sein Toupet zurücklassen.

Dann war sie zu ihrer Wohnung geeilt und hatte nebenbei ihre Verabredung zum Mittagessen mit einer SMS an ihre Freundinnen abgesagt. »Tut mir echt leid, Mädels. Ich schulde euch was!«

Hatte ihr muslimisches Gewand eingepackt und war zu Fish aufgebrochen, während sie dachte: So viel zu einem perfekten Tag.

Sechs

Stonehurst Mountain Estate. Folgende Geschichte hatte Fish von Caitlyn Suarez:

Sie hatte Victor Kweza bei einer Sause in Davos kennengelernt – ihre Wortwahl. Vor drei Jahren. Damals war Kweza stellvertretender Energieminister gewesen. Spezialisiert auf Atomkraft. Hochtemperaturreaktoren. Ein Jahr später, bei einer Umverteilung der Ministerposten, wurde er Energieminister. Große Zustimmung von Seiten des Präsidenten. Der Präsident ein starker Befürworter der Atomkraft, vor allem der russischen Atomkraft.

Persönliches: Er – geschieden, drei Kinder, alle unter zehn. Seine Eltern beide tot. Ihre ebenfalls. Ein Bruder Dozent in Harvard. Sie – US-Amerikanerin, aber seit über zehn Jahren dort nicht mehr wohnhaft. Keine Geschwister, keine Kinder, keine frühere Ehe.

Er hatte ein Haus auf dem Weinanwesen Steenberg und ein weiteres in Tshwane, genauer gesagt, im Reichenviertel

Waterkloof von Pretoria. Sie nur das eine. Dieses eine. Der Einfachheit halber. Zwanzig Minuten in die Stadt, wenn man nicht zur Hauptverkehrszeit fuhr. Dreißig Minuten bis zum Flughafen. Und dann der Lifestyle. Sehr wichtig: der Lifestyle. Fantastisches Sportstudio auf dem Anwesen, beheizter Innenpool, gute Rundumüberwachung, schneller Zugang zu den Bergen, um dort wandern zu gehen. Um die Ecke der besten Strände. Was wollte man mehr? Klar, auch der Blick direkt über das Constantia Valley. Einfach ein toller Ort.

Kapstadt: warum nicht? Neben dem Devisenhandel bot man ihr einen Fünf-Jahres-Vertrag, um ein Portfolio hochvermögender Kunden zusammenzustellen. Hatte noch nie südlich des Äquators gearbeitet, das war der entscheidende Anreiz. Schon bald liebte sie die Stadt und den Lifestyle – wie schon erwähnt. Dann kam Victor Kweza.

Ihre Beziehung zueinander: »Gut. Würde ich sagen.« Antwortete nach einem Schluck aus der Wasserflasche. Nachdem sie eine Zigarette aus einem Päckchen gezogen hatte, suchte sie ein Feuerzeug. Nachdem sie »Ich muss damit aufhören« erklärt hatte, drückte sie die Zigarette in einem Aschenbecher auf dem Couchtisch aus, in einer schweren Muschelschale.

»Hören Sie, unsere beruflichen Verpflichtungen...« Sie hielt inne. Formulierte es anders: »Sein Job war sehr fordernd. Es kam uns beiden entgegen, getrennt zu leben. Ich habe noch nie mit jemandem zusammengelebt und hatte nicht die Absicht, das zu ändern. Victor wollte das auch nicht. So war es für uns beide richtig. Eine Beziehung, wenn und wann man wollte. Jemand, mit dem man einen verregneten Sonntag vor dem Feuer verbringen konnte. Wir waren dabei, uns ein Wochenendhaus einzurichten. Wir wollten ein altes Farmhaus aufmotzen.«

»Ach?«

»Ja, draußen im Weingebiet. Irgendwo muss hier noch ein Bild herumfliegen.« Caitlyn Suarez wies auf eine Mappe, die auf dem Couchtisch lag, machte sich aber nicht die Mühe, sie zu holen. »Wir hatten bereits eine Anzahlung geleistet. Und unsere Kaufabsicht unterzeichnet.«

Fish hörte zu, ohne richtig aufzunehmen, was sie sagte. Er wollte das Gespräch wieder zum Präsidenten zurückbringen. Zu Caitlyn Suarez' Anschuldigung. »Sie meinten, der Präsident...« Fish beendete den Satz nicht. Während sie sprach, hatte er zwei Wörter auf seinen Notizblock geschrieben: *In echt*. Zeichnete ein Ausrufezeichen in Form eines Surfbretts dahinter.

Sie ließ sich Zeit. Fish merkte, dass die Schwimmerin nicht länger ihre Bahnen zog. Er sah sie neben dem Pool stehen. Nachdenklich. Aufmerksam. Lauschend.

Er fragte sich, ob etwas mit Caitlyn Suarez nicht stimmte. Sie zeigte keinerlei Trauer. Allerdings war es auch schon vor zwei Wochen passiert. Wenn man dann noch ihre toughe Art berücksichtigte. Ein Profi durch und durch.

»Nach dem gescheiterten Mordanschlag auf den Präsidenten wurde Victor völlig unvermittelt kaltgestellt. Seine Ideen in puncto Atomkraft waren auf einmal alle auf Eis gelegt. Eine Minute zuvor sollten wir die Welt noch mit Hochtemperaturreaktoren versorgen, und schon in der nächsten waren diese Geschichte. Da freuten sich die Russen.«

»Warum?«

»Warum was? Warum sie die Hochtemperaturreaktoren gecancelt haben? Keine Ahnung. Heutzutage fehlt es an wissenschaftlichem Fachwissen. Wen haben wir denn noch, der ein Atomkraftwerk bauen könnte? Vielleicht lag's auch am Preis. Allerdings nicht zu vergleichen mit dem russischen Deal. Der ist zum Heulen.«

»Nein, ich meinte, warum wurde er kaltgestellt? Victor Kweza?«

Sie zuckte mit den Achseln. Ein weiterer Schluck aus der Wasserflasche. »Paranoia. Ich weiß es nicht. Wer hat den Präsidenten schon in letzter Zeit gesehen? Er ist untergetaucht. Lebt in seinem Bunker. Wenn man ihn sprechen will, muss man es übers Telefon versuchen. Oder man verwendet Signal – er liebt solche Verschlüsselungs-Apps.« Sie machte eine Pause. »Die Sache war die: Victor hatte sich letztlich gegen den Deal mit den Russen ausgesprochen. Und zwar klar und deutlich. Sehr klar und deutlich. Er tendierte eher zu erneuerbaren Energien und ließ dafür sogar seine geliebten Hochtemperaturreaktoren links liegen. Er hatte ausgerechnet, dass es günstiger kommt, wenn man auf jedes Haus im Land Solarzellen montiert, anstatt sich auf die Russen einzulassen. Aber was hätte man dann absahnen können? Die Russen kommen mit Aufträgen, Ausgleichszahlungen, Agentenhonoraren und Unmengen von Black-Economic-Vorteilen.«

Fish sah sie an. Auf einmal schwang in ihrer Stimme Verbitterung mit.

Sie lächelte. »Ich bin keine Befürworterin des Black Economic Empowerment. BEE ist ein Betrug. Kennen Sie den Witz über die Kraftwerke?«

Fish zuckte mit den Schultern. »Vielleicht.«

»Die Apartheidregierung wollte sie vor ANC-Sabotage schützen, aber sie hätten sich das sparen können, denn der ANC hat es trotzdem geschafft.«

»Stimmt«, meinte Fish, »den hab ich schon gehört.« Dachte: Wenn man Caitlyn Suarez in einen Vorstand beruft, kriegen bestimmt einige Oligarchen die Krise. Er rutschte auf dem Ledersofa nach vorne. »Noch etwas. Sie waren es, die Victor Kweza tot aufgefunden hat?«

»Ja.« Ihr Blick wanderte zu dem leeren Pool. Die Schwimmerin war nirgendwo zu sehen. »Ich habe Ihnen meine Aussage bei der Polizei gemailt.«

»Das haben Sie. Aber ich würde es gerne noch einmal von Ihnen persönlich hören.«

Ein weiterer Schluck aus der Wasserflasche. »Ich habe ihn ab etwa neunzehn Uhr dreißig mehrmals zu erreichen versucht. Ich war früher als erwartet zu Hause, hatte Lasagne und Salat mitgebracht und eine Flasche Rotwein geöffnet. Es schien mir eine gute Gelegenheit für einen gemütlichen Abend zu zweit.« Solche Abende kannte Fish gut von Vicki. »Etwa um halb neun erreichte ich immer noch nur die Voicemail. Victor lebt ... lebte ... mit seinem Handy. Wenn man eine Nachricht hinterließ, bekam man normalerweise innerhalb weniger Minuten eine Antwort. Ich fragte die Jungs am Tor. Sie meinten, sie hätten ihn um neunzehn Uhr fünfundfünfzig als anwesend eingetragen. Okay, vielleicht hatte er geduscht, ehe er zurückrufen wollte, aber das nahm ich nicht an. Er erledigte immer zuerst seine Rückrufe. Deshalb fand ich das alles seltsam.«

»Hätten Sie nicht die Sicherheitsleute vorbeischicken können?«

»Natürlich, hätte ich. Aber ich wollte ihn sowieso sehen, weshalb ich es für das Beste hielt, selbst zu kommen. Ist ja auch keine große Sache. Nicht mal zwei Kilometer entfernt. Ich bin also selbst hinübergefahren. Die genauen Zeiten stehen in meiner Aussage. Ich schloss mit meinem Schlüssel auf, rief seinen Namen und ging ins Wohnzimmer. Er lag dort auf einem Teppich neben einer Couch beziehungsweise vor dem Couchrücken.«

»Mit dem Gesicht abgewandt von der Haustür, haben Sie ausgesagt.«

»Genau.« Sie hielt inne.

»Als ob er ins Haus gegangen wäre?«

»Ja.«

Draußen trat die junge Frau in den Schatten der *Stoep*. Sie trug jetzt ein T-Shirt und Jeans, offenbar ohne eine Waffe. Die Bewegung lenkte sowohl Caitlyn Suarez als auch Fish ab.

»Blut war keines zu sehen. Oder nur sehr wenig. Eine kleine Wunde am Hinterkopf, die ich zuerst gar nicht bemerkte.«

Fish richtete den Blick wieder auf die Frau in dem weißen T-Shirt.

»Ich nahm an, dass er ohnmächtig geworden war. Aus irgendeinem Grund das Bewusstsein verloren hatte. Also beugte ich mich zu ihm herab und fasste nach seiner Hand. Sie fühlte sich weich und geschwollen an. Da habe ich vermutet, dass er einen Herzinfarkt erlitten hatte.«

»Er lag mit dem Gesicht nach unten?«

»Na ja, halb-halb, würde ich sagen.« Sie hielt inne und überlegte.

»Und dann?«

»Ich drückte den Alarmknopf, um Hilfe zu holen. Den Rest kennen Sie.« Caitlyn Suarez sah ihn kühl und distanziert an. »Es war ein Attentat. Ein Auftragsmord. Nichts wurde gestohlen. Wer immer das gemacht hat, ist direkt hinter ihm ins Haus. Vielleicht hat man auf ihn gewartet. Oder es war jemand, der ihn kannte.«

»Warum?«

»Wie ich schon sagte: Victor war zu einem politischen Problem geworden.«

»Aber warum gleich ein Auftragsmord? Hätte man ihn nicht einfach aus dem Kabinett entfernen können?«

»Natürlich. Aber Tote reden nicht. Der Geist von Victor Kweza wird wohl kaum das Green von Steenberg heimsuchen, um doch noch eine Anhörung zu erwirken.«

Sieben

Ermington Road. In Fishs Hintergarten entdeckte Vicki Janet, die es sich dort bequem gemacht hatte. Sie döste in der Sonne. Als Vicki erschien, sprang sie hastig auf. Ein wenig schwankend, wie Vicki fand.

»Sie haben so einen schicken Wagen, Miss Vicki. Alfa Romeo ist der Beste.« Janet strich über die Karosserie. »Man spürt richtig das Feuer in der Farbe. Wann wollen Sie ihn mir endlich verkaufen?« Ihre übliche Eingangsfrage. Seit über sechs Monaten.

»Jetzt.« Vickis übliche Antwort.

»Sie haben die Karre, ich hab die Knarre.« Janet prustete so heftig los, dass ihre Spucke durch die Luft spritzte. Sie schlug sich auf den Schenkel. Schwankte zu dem Stuhl zurück.

Seit sie ihn kannte, hatte Fish hinter seinem Haus einen Stuhl für Obdachlose aufgestellt. Nannte ihn den BOG-Szenetreff: *Bergies* ohne Grenzen. Janet nutzte diesen Ort am meisten. Die Frau hatte eine Schwäche für Fish, wie Vicki vermutete, während sie eine Wolke aus Feuerrauch und Wein wahrnahm, als Janet an ihr vorbeiging.

»Mister Fish ist nicht hier, Miss Vicki«, sagte sie, das eine Auge offen, das andere blau zugeschwollen. Keine Maryjane. »Ist beim Fischen.« Ließ ihr verrücktes Lachen über das Sprachspiel vernehmen. »Glauben Sie, Mister Fish fängt vielleicht einen Fisch für uns? Einen guten Snoek?«

»Inschallah«, sagte Vicki und schlüpfte in die Burka.

»Oh, là, là, Miss Vicki. Ich wusste gar nicht, dass Sie Muslima sind.«

»Bin ich auch nicht«, erwiderte Vicki und sperrte das Haus auf. »Warte einen Moment, ich brauche gleich deine Hilfe.«

Sie hörte, wie Janet ihr hinterherrief: »Eine Tasse Tee wäre schön. Und ein Marmeladentoast.«

In der Schlüsselschublade entdeckte sie eine Fernbedienung mit den Initialen FN und einem Hausschlüssel daran. Nahm ihre Ringe ab und legte sie auf den Küchentisch. Sie war froh, dass sie ihre Fingernägel nicht lackiert hatte. Rückte die Burka zurecht, um besser durch den Augenschlitz sehen zu können. Sie verstand auf einmal, warum manche Frauen dieses Kleidungsstück mochten. Man verschwand darin. Man wurde unsichtbar. Sie ging nach draußen zu einer sie überrascht anstarrenden Janet.

»Oh je, Miss Vicki, was würde nur Mister Fish sagen? *Ag*, wie schade, jetzt könnte er gar nicht mehr Ihr L'Oréal-Haar sehen.«

Vicki dachte: Interessant, Janet hat keine Ahnung, ob ich jetzt lächle oder die Stirn runzle. Sie sagte: »Hilf mir doch hinüber.« Zeigte auf die Betonmauer, die Fishs Hintergarten von Flip Nels trennte.

»Ooooh.« Janet schlug eine Hand auf den Mund. »In dem Kleid werden Sie sicher stolpern.« Sie nahm das Ende der Leiter, die Vicki aus dem Schuppen zerrte. »Da drüben ist niemand, das kann ich Ihnen sagen. Der Polizist ist mit Mister Fish angeln gegangen.«

»Ich weiß. Hilf mir einfach.«

Sie trugen die Leiter durch den Hof und lehnten sie gegen die Mauer. Vicki kletterte nach oben und prüfte, wie weit es nach unten ging. Vielleicht zwei Meter auf dünnes *Vlei*-Gras in sandigem Boden. Die Frage war, wie sie wieder zurückkehren sollte. Vielleicht würde das Gitterwerk in einer Ecke, wo Flips Frau Gemüse gezogen hatte, sie halten. Es musste sie halten. Sie sagte zu Janet: »Wenn ich rübergeklettert bin, kommst du die Leiter hoch und hältst Ausschau. Sobald sich jemand nähert, rufst du.« Von hier aus konnte man gerade auf die Straße neben dem Haus sehen.

»Wie wer, Miss Vicki?«

»Polizei.«

»Nein – ich hab Angst vor der Polizei.«

»Mach es einfach, Janet. Okay?« Sie sah zu ihr herab und bemerkte die Angst in den Augen der Frau. Dann kletterte sie von der Leiter und sprang nach unten. Auf einmal hatte sie das Gefühl, als ob sie sich wieder in ihrer Ausbildung zur Geheimagentin befände. Damals, vor langer Zeit. Sie klopfte den Sand aus der Burka und ging rasch zur Hintertür. Schaltete mit der Fernbedienung den Alarm ab. Schaute zur Kamera Nummer eins hoch, die sie beobachtete, während sie aufschloss und die Küche betrat. War sich sicher, dass sie direkt vor das Objektiv einer weiteren Kamera lief. Diesmal versteckt. Sie hielt inne. Eine Schale, ein Becher, ein Löffel im Spülbecken. Eine Schachtel Weetabix, eine Tasse mit Zucker auf der Theke. Flip musste am Fenster gestanden und sein Frühstück gegessen haben.

Es stank nach altem Zigarettenrauch und modriger Feuchtigkeit. Sie lauschte. In dem alten Haus wurde die Stille durch ein Rattern des Kühlschranks, das Tropfen eines Wasserhahns und das stete Ticken einer Uhr durchbrochen. Von ferne erklangen das Rauschen des Verkehrs und das Bellen eines Hundes. Erst jetzt schloss sie die Tür, versperrte sie und stellte sicher, dass sie keine Spuren hinterließ. Spionageregel 101 kam ihr in den Sinn: Tu nie das Offensichtliche. Ignoriere die Akten auf dem Küchentisch und durchsuche stattdessen das Haus.

Effizient filzte sie alle Räume. Ein Badezimmer neben der Küche, das Notwendige in einem Medikamentenschränkchen über dem Waschbecken. Die Emaille der Wanne voller Flecken und Kerben. Die Toilette mit einer hohen Zisterne und einer Spülung zum Ziehen. Auf dem Boden eine Ausgabe der Pferderennzeitschrift *Parade*. Sie hatte Flip eigentlich nicht als Spieler eingeschätzt.

Dann das Gästezimmer. Auf dem Bett stapelten sich Kleider, Blusen, Hosen. In einer Ecke ein Trainingsrad. Offenbar kein Raum, den Flip oft benutzt hatte. Die Vorhänge standen offen, und durch das Fenster sah Vicki das besorgte Gesicht von Janet über der Mauer. Im Flur ein halbmondförmiger Klapptisch, dessen Oberfläche grau vor Staub war. Ein neues Telefon mit großen Tasten stand darauf, die Nachrichtendiode blinkte, und auf dem Display war eine Nummer zu sehen. Der Anruf war eingegangen, während sie mit Fish geredet hatte. Vicki tippte die Nummer in die Notizen-App ihres Handys.

Sie hatte den Eindruck, als sei jemand vor ihr hier gewesen und habe sich umgesehen. Nur ein Gefühl, nichts Eindeutiges. Ging ins Schlafzimmer. Flip hatte die Bettdecke ausgeschüttelt, weiter hatte er nicht aufgeräumt. Die Kleidung vom Tag zuvor hing noch über einem Stuhl, und seine Socken waren in ein Paar Lederschnürstiefel gestopft. Hinter einer Kleiderstange mit Jacken fand sie in der Wand einen Tresor. Die Tür war geschlossen, aber nicht versperrt. Leer. Flip hatte seine Waffe garantiert nicht auf den Angelausflug mitgenommen. Sie hätte dort liegen müssen, ebenso wie weitere Patronen und wahrscheinlich ein paar persönliche Dokumente und vielleicht der Schmuck seiner Frau. Vicki durchsuchte die Schubladen in dem Schminktisch: Parfümflaschen, Nagellack, Lippenstifte, Stapel von Fotos. Nichts, das Flip gehört hatte.

Sie bemerkte ihr Spiegelbild – schwarz, formlos. Ihr düsterer Blick. Wie sie über den Teppich zu schweben schien. Eine Erscheinung aus einer vergangenen Zeit. Unheilvoll. Und auch mächtig. Als ob ihr nichts etwas anhaben könnte.

Sie verließ das Schlafzimmer und ging ins Wohnzimmer hinüber. Hier waren die Vorhänge geschlossen. Die Luft wirkte grau und düster. Ein Raum voller Möbel aus dem Großmarkt: große Stühle, großes Sofa. Zu groß für dieses Zimmer. Ein Fünfzig-Zoll-Flachbildfernseher an der Wand. Auf dem Kaminsims ein paar Porzellanfiguren: eine Ballerina, ein Junge mit einer Angel, ein paar Hunde. Vicki war hier ein oder zwei Mal gewesen, als Flips Frau noch lebte. Dieses Zimmer hätte sie am liebsten sofort wieder verlassen.

Entdeckte einen Aschenbecher voller Kippen auf der Armlehne des Sofas. Daneben das offene Cover einer CD. Auf dem Boden standen eine beinahe geleerte Flasche Brandy sowie zwei leere Coladosen. Die CD in der Stereoanlage: Roger Luceys *Now is the Time*. Jetzt war es offenbar für Flip an der Zeit gewesen. Man konnte sich vorstellen, wie seine letzte Nacht hier verlaufen war.

There is no time like the present
No life left in the past

Rogers Song drehte sich um ein Liebespaar mit einer Zukunft. Nichts, was Flip noch hatte.

Das Telefon im Flur klingelte.

Vicki sah sich ein letztes Mal im Wohnzimmer um: ein Ort der Verzweiflung. Jagte ihr eine Gänsehaut über den Rücken. Allerdings war Flip Nel seit dem Tod seiner Frau ziemlich grenzwertig drauf gewesen. Im Grunde hatte es Vicki nicht überrascht, dass er sich das Leben genommen hatte. Eher, dass er eine so lange Anlaufzeit gebraucht hatte.

Sie trat zu dem klingelnden Telefon. Eine andere Nummer als die zuvor. Vicki tippte auch diese in ihre Notizen-App und lief dann zur Küche. Zeit für die Akte Suarez.

Nur dass diese nicht da war. Drei Mordakten, das schon: eine Messerstecherei wegen Schutzgelderpressung; eine Schießerei aus einem vorbeifahrenden Gangsterauto; ein nach einer Entführung ermordeter Geschäftsmann. Nichts zur Untersuchung von Caitlyn Suarez.

Sie rief Fish an. Hörte Stimmen. Hörte, wie Fish erklärte: »Einen Moment, da muss ich kurz ran.«

Sagte in den Hörer: »Hast du sie?«

Vicki erwiderte: »Da ist keine Akte.«

»Flip meinte, sie liegt auf dem Küchentisch.«

»Auf dem Tisch liegen auch Akten. Drei. Ich schaue sie gerade an. Aber nicht die ihre.«

»Such nach. Auf dem Kühlschrank. Unter dem Kühlschrank. Im Mülleimer. Keine Ahnung, überall ...«

»Jemand ist hier gewesen, Fish. Und hat die Akte bereits mitgenommen.«

Stille.

»Glaubst du?«

»Ja.«

»Derjenige hätte Spuren hinterlassen.«

»Nein.«

»Schau dich rasch noch mal um.«

Das tat Vicki. An den Orten, die Fish erwähnt hatte, zudem im Herd und in der Herdschublade. Erklärte Fish: *Niks*.

Draußen vor dem Fenster sah sie, wie Janet winkte und die Straße hinunterdeutete.

»Ich muss weg. Es kommt jemand.«

»Den Polizisten habe ich seinen Namen noch nicht genannt.«

Vicki legte auf. Ein lautes Klopfen an der Haustür. Das Ding-Dong der Klingel. Stimmen. Stimmen von Männern.

Acht

Stonehurst Mountain Estate. Am Tag, ehe Caitlyn Suarez verschwand.

Als Fish von Caitlyn Suarez erfuhr, was geschah, als Victor Kweza ermordet wurde, kam ihm das alles noch ziemlich erwartbar vor. Hohe Einsätze, hohes Risiko. Die Tatsache, dass man Caitlyn Suarez noch nicht verhaftet hatte, bedeutete gar nichts, die Arbeit der Polizei schien nun mal meist planlos. Dennoch rückten sie näher. Sie hatten die Mordwaffe sichergestellt und eine Verbindung zwischen Caitlyn Suarez und dem Tatort. Es gab zwar kein Motiv, zeitlich haute es auch nicht ganz hin, aber was hieß das schon. Man würde das garantiert noch irgendwie deichseln.

Als Caitlyn Suarez Fish Pescados Klientin wurde, vermutete dieser sogleich, dass der Mord mit der düsteren Welt des Staates im Staate zu tun hatte. Wenn das stimmte, würde es nicht einfach sein, herauszufinden, wer Victor Kweza um die Ecke gebracht hatte.

Was auch der Fall war.

Das bedeutete, dass er zwei Wochen später für seine erste Berichterstattung bei Caitlyn Suarez nichts vorzulegen hatte. Fast nichts. Er hatte nur das Gutachten der Gerichtsmediziner, das ihm sein Kontakt von der Polizei hatte zukommen lassen. Die einzigen DNA-Spuren, die man im Haus gefunden hatte, gehörten zu Kweza, Suarez und einer Haushaltshilfe. Das war alles, was er hatte. Plus seine Rechnung.

Darauf standen das Mieten eines Leihautos, ein Flugticket

und eine Übernachtung in einem City Lodge Hotel sowie der Stundensatz für zwei Tage.

Caitlyn Suarez hatte ihn neugierig gemustert. Ihre Augen funkelten, als sie »Und?« fragte.

Und. Sie hatten in ihrem eindrucksvollen Wohnzimmer gesessen, wo die Vormittagssonne hell auf den Boden schien. Draußen zog die Sicherheitsfrau wieder ihre Bahnen.

Und.

Er war zu Victor Kwezas Haus in Waterkloof gefahren. Ein großes, zweistöckiges Gebäude hinter einer hohen Mauer, auf dem sich oben ein Elektrozaun befand. Ein Grundstück, das der Regierung gehörte, was der Sicherheitsbunker am Eingangstor zeigte. Der Wachmann war an einer Unterhaltung eindeutig nicht interessiert.

Hatte Fish erklärt: »Bitte fahren Sie, Sir.«

Als Fish ihn umrunden wollte, um einen Blick auf das Haus zu werfen, hatte er seinen Arm mit einem Schraubstockgriff gepackt. »Gehen Sie bitte wieder zu Ihrem Wagen, Sir.«

Fish schüttelte den Mann ab und wich zurück. Ihm war ein gepflegter Garten mit Rosenbeeten, einem gemähten Rasen und einer Reihe Mandelbäume entlang der Einfahrt aufgefallen. Ein Gärtner fischte gerade Blätter aus einem Pool.

Dann war Fish mehr als dreihundert Kilometer zu einem Dorf zwischen riesigen Felsblöcken gefahren. Das Dorf war eine Ansammlung von Kleinbauernhöfen, eine Mischung aus Schlackenbetonblöcken mit Metallfenstern, Lehmhütten und Baracken. Eine ausgebrannte Schule, ein Krankenhaus, ein paar *Spaza-Shops*. Straßen aus roter Erde liefen zwischen den Felsen zusammen. Jemand von der Klinik hatte ihn zu einem Haus gelotst, einem dreistöckigen Gebäude im Farmhausstil mit Dachziegeln aus Zement. Um das Grundstück Stacheldraht. Nach vorne hinaus kein Garten, nur ein trauriger Papayabaum und ein kahler Erdboden, der ordentlich gerecht worden war. Das Haus von Victor Kwezas Großmutter Gogo Makatu.

»Und wie haben Sie das herausgefunden?«

»Über Google.«

»Erzählen Sie weiter.«

»Es gibt nichts weiter zu erzählen. Die Frau konnte nicht sprechen. Hat seit Jahren nicht gesprochen. Es kamen nicht mal Laute aus ihrem Mund. Man hatte sie auf ein Sofa gesetzt, in den Händen hielt sie einen Packen Stoff, und ihre Finger schienen zu Klauen erstarrt zu sein. Ihr Gesicht war wie eine Maske, keine Ahnung, ob sie überhaupt merkte, dass ich da war. Eine junge Frau hat sie mit einem Löffel gefüttert. Als ich wieder abfahren wollte, hat mich ein Mann angehalten. Wollte wissen, was ich von der *Gogo* wolle. Ich behauptete, ich müsse im Auftrag einer Versicherung Kwezas Hinterlassenschaft checken. Er meinte: Selbst die Kobra fürchtet den *Tlhame*. Cooler Spruch, wenn man weiß, was er heißen soll. Ich tat es nicht. Jedenfalls nicht zu dem Zeitpunkt. Er hatte auch nicht vor, es mir zu erklären. Spuckte nur auf den Boden und ging davon. Allerdings kapierte ich, dass er Kweza für eine Schlange hielt.«

»Was ist ein *Tlhame*?«

»Das habe ich inzwischen herausgefunden. Das ist der *Tswana*-Name für einen Sekretärsvogel. Ein Riesenfedervieh. Wenn man Glück hat, sieht man ihn durchs Buschland wandern. Wenn er eine Schlange, sogar eine Kobra, findet, tritt er auf ihren Rücken und verschlingt sie auf einmal.«

»Schlecht für die Schlange.« Sie hatte mit der Wasserflasche gespielt. »Und Sie sagen, dieser Mann hielt Victor für eine Schlange?« Sie wartete, während Fish durch seine Notizen blätterte und sich fragte, ob sie noch mehr wissen wolle.

Dann: »Ist das alles? Wollen Sie mir nicht verraten, was das genau bedeutet?«

»Nein, will ich nicht, beziehungsweise, kann ich nicht, denn ich weiß es nicht. Nicht genau jedenfalls. Klar ist natürlich, dass es eine Art Metapher sein sollte. Sie wissen schon, symbolisch und so. Also, er hielt Victor Kweza offenbar für eine Schlange. Aber warum? Ich habe auch keine Ahnung, wen er als den Sekretärsvogel ansah. Vielleicht steckt mehr dahinter. Ich behalte es jedenfalls im Auge.«

»Das freut mich.« Caitlyn Suarez wedelte mit der Hand durch die Luft und verlangte nach mehr.

Fish gab nach. »Ich hab da so einen Typen, ein Historiker, Professor, der kennt sich mit Zeug aus, dass man sich nur wundern kann. Ihm habe ich die Sache vorgetragen.«

Dann fuhr er fort, ihr zu erzählen, wie er sich in das Haus auf dem Weinanwesen von Steenberg eingeschlichen hatte. Das Einzige, was er dort entdeckte, war eine Abhörwanze im Wohnzimmer. In einer Wandlampe. Wie den Polizisten das entgangen sein konnte und wieso diejenigen, die sie dort befestigt hatten, sie nicht längst wieder an sich gebracht hatten – all das war und blieb rätselhaft. Es bedeutete jedenfalls, dass es irgendwo Aufzeichnungen gab. Die Chance, sie zu beschaffen, gleich null.

Ähnlich wie bei der Chance, sich die Videoaufzeichnungen der Überwachungskameras auf dem Anwesen ansehen zu können. Beweise, die von der Polizei sichergestellt worden waren. Zufälligerweise kannte Fish allerdings den Beamten, der den Fall bearbeitete. Es gab also vielleicht doch die Möglichkeit, einen Blick darauf zu werfen.

Beim Büro des Ministers hatte er kein Glück. Nur ein paar Minuten mit der Sekretärin. Eine unfreundliche Frau mit Haaren wie ein Topfhut. Dazu trug sie lange Perlenohrringe.

»Mrs. Ntzebeza. Ziemlich loses Mundwerk.«

»Die kenne ich.« Trotzdem war es Fish gelungen, hinter ihrem Rücken eine Seite in Kwezas Terminkalender zu fotografieren und zwar von dem Tag, an dem er gestorben war. Reichte Caitlyn Suarez einen Abzug. Darauf war zuerst ein dreistündiges Kabinettsmeeting von neun bis zwölf Uhr vermerkt, dann von halb eins bis zwei ein Arbeitsessen mit Mitgliedern der Energie-Gruppe in seinem Büro, gefolgt von einem Meeting aller Mitarbeiter bis Viertel vor drei, ebenfalls in seinem Büro. Schließlich hatte er von Viertel nach drei bis vier einen Termin bei seinem Zahnarzt in der Foreshore und dann ab halb sieben eine Diplomaten-Cocktailparty in der amerikanischen Botschaft.

»Genau dem Steenberg Estate gegenüber«, fügte Fish vorsichtshalber hinzu. »Wussten Sie denn nichts von der Cocktailparty?«

»Nein, tat ich nicht.« Eine scharfe Erwiderung. »Wir waren nicht über alles informiert, was den anderen betraf.«

»Okay. Wir wissen, dass er dort etwa eine Stunde fünfzehn oder eine Stunde zwanzig Minuten war. Merkwürdigerweise hatte er keinen Bodyguard bei sich.«

»Weil Victor keine Babysitter mochte. Er hat immer versucht, sie abzuschütteln. Wenn eine Diplomatenparty fünf Minuten von seinem Haus entfernt war, hat er dem Kerl sicher erklärt, dass er an dem Tag schon früher Feierabend machen kann.«

Fish klappte seinen Notizblock zu. »Das Einzige, was ich von meinem Bekannten bei der Polizei spüre, ist, dass sie näherrücken. Ich vermute, dass ihnen nun genug vorliegt, um Sie zu verhaften.«

Caitlyn Suarez stand auf, lief in die Mitte des Raums und schaute zu der Sicherheitsfrau hinaus, die sich mit den

Armen am Poolrand festhielt und die beiden im Inneren des Hauses beobachtete. »Das haben mir meine Anwälte auch schon erklärt.« Sie winkte ihrer Wachfrau zu und wandte sich dann lächelnd an Fish. »Das ist zugegebenermaßen beunruhigend«, sagte sie. »Nicht gerade angenehm, die Schuld in die Schuhe geschoben zu bekommen. Sprechen Sie noch mal mit Ihrem Bekannten bei der Polizei. Vor allem über die Videoaufzeichnungen der Überwachungskamera.«

Was Fish getan hatte: Auf dem Boyes Drive hatte er am Straßenrand angehalten und zwei Telefonate geführt. Das erste mit Professor Summers, um in puncto Kweza auf den neuesten Stand gebracht zu werden.

Hörte am anderen Ende der Leitung: »Mr. Pescado, Geduld. Sie mögen zwar Mr. Sugarman sein, ein entgegenkommender Dealer, der mir hochgeschätzte Kräuter bringt, um die langen, dunklen Nächte der Seele ein wenig zu erhellen. Aber manche Dinge brauchen dennoch Zeit. Und ob Sie es glauben oder nicht, und es ist zugegebenermaßen auch höchst unpraktisch, aber ich habe meiner Universität und meinen Studenten gegenüber ebenfalls ein paar Verpflichtungen. Unbedeutend, ich weiß, aber das heißt, dass seltsame, recht irrelevante Geschichten von Wachshänden und Sekretärsvögeln auf meiner Prioritätenliste leider nicht ganz oben stehen. Es mag Sie überraschen, aber auch ich muss erst mal ein paar Erkundigungen einholen. Und zwar sehr diskret in einer jener staubigen Ecken, in denen man den Staub auf keinen Fall aufwirbeln sollte, wenn Sie verstehen. Kurz und gut, Fish Pescado – ich habe meinen Kopf für Sie riskiert.«

»Und dabei was erfahren?«

Ein Seufzer. »Ich sagte doch: Geduld. Alles zu seiner Zeit. Mein Handlanger – darf man ihn so nennen? – meldet sich bei mir. Sobald das der Fall war, werden Sie und ich uns garantiert nicht telefonisch darüber unterhalten. *Compreendo?*«

Fish hatte verstanden.

»Manchmal frage ich mich wirklich, ob Sie einfach tollkühn oder doch unglaublich naiv sind. Zweiteres scheint mir ziemlich unwahrscheinlich zu sein, trotz Ihrer weltfremden Art manchmal, weshalb ich vermute, dass Sie bevorzugt auf den Knochenbrechern reiten, um mal einen Surfbegriff zu verwenden. Und gleich noch eine weitere Metapher in dieser Richtung: Die Welle, auf der Sie gerade reiten, könnte jeden Moment über Ihnen zusammenschlagen. Auf Wiedersehen, Mr. Sugarman. Ich melde mich.«

Fish legte auf und wählte Flip Nels Nummer.

»Erzähl mir bloß nicht, dass du morgen fischen gehst. Will ich nämlich gar nicht hören.« Flip Nel klang abgespannt.

»Schlechter Tag?«

»Fangen wir besser gar nicht an.«

»Hör zu«, begann Fish, hielt dann aber inne. »Du weißt, was ich fragen will.«

»Ja, weiß ich. Lass es. Die Antwort lautet Nein.«

»Bitte, Mann. Nur mal gucken.«

»Verdammt, Fish, nein.«

»Okay, dann sag mir wenigstens, wie ernst es ist.«

»Ich sage gar nichts.«

»Sehr ernst? Ernst? Nicht ernst?«

»Verdammt ernst. Verhaftungs-ernst.«

»Und wann?«

Schweigen. Dann: »Bald.«

»Bald bald?«

»Wir gehen zusammen fischen, Fish. Morgen ist ein neuer Tag. Bis dahin.«

Ende.

Fish hatte auf die Stadt gestarrt, die sich unter ihm ausbreitete: vom weißen Yachthafen zu dem grauen Nebel der fernen Townships. Was hatte Flip eigentlich gemeint? Dass die Polizei vorhatte, sie morgen zu verhaften? Oder dass er ihn morgen einen Blick in die Akte werfen ließ? Wie auch immer – jedenfalls hätte er jetzt nicht gerne in Caitlyn Suarez' Schuhen gesteckt.

Neun

Miller's Point. Fish wandte sich jetzt wieder den Polizisten zu, die neben der Maryjane standen und auf das Boot starrten, als hätten sie nie zuvor ein echtes Zodiac gesehen. Ein zwergenkleiner Detective in Zivil in einem blauen Anorak, der vorne durch langen Gebrauch schon ganz ausgebeult war. Und ein uniformierter Constable, der ihm nicht von der Seite wich.

Der Detective stellte sich nicht vor und zeigte auch nicht seine Polizeimarke. Stattdessen kam er sofort zur Sache. »Sie sind Mr. Pescado? Sie riefen die Küstenwache an? Erklärten ihr, dass der Vermisste ein gewisser Flip Nel ist? Sonst noch was? Eine Beschreibung, wissen Sie. Größe. Farbe. Körperbau. Großer *Oke*, kleiner *Oke*. Dick, dünn. Ich weiß, dass Sie einen Schock haben müssen. Deshalb wollen wir das so schnell wie möglich hinter uns bringen.« Er tätschelte den Mercury. »Guter Motor. Sie sollten sich noch einen zulegen. Wenn man aufs Meer rausfährt, braucht man zwei von den Dingern. Wenn einer den Geist aufgibt, steckt man nämlich ziemlich in der Tinte.« Warf Fish einen besorgten Blick zu. »Mein Vater war Fischer auf den Booten in Kalk Bay. Einmal fiel der Motor aus. Der einzige Motor. Mitten auf dem Meer.

Er hatte gedacht, sie würden es nicht schaffen. Aber manchmal hilft eben doch unser Herrgott.«

Ein rasches Lächeln. Ein Polizist mit religiösen Tendenzen.

»Also, können Sie mir helfen? Eine Beschreibung?«

Fish folgte der Aufforderung. Der Polizist notierte. Als Fish innehielt, fragte er: »Und woher haben Sie Flip Nel gekannt? Und wie lange?«

»Seit ein paar Jahren. Er ist mein Nachbar.« Fish beschloss, Flip Nels Beruf noch nicht zu erwähnen.

»Sind Sie mit ihm schon früher mal zum Angeln hinausgefahren?«

»Seit einem Jahr etwa einmal im Monat.«

»Ach, schön. Einen Kumpel zu haben, mit dem man so was machen kann. Wie angeln. Raus aufs Wasser, ein paar Bierchen und Sandwiches. Zeit, um alles Mögliche zu bequatschen. Hatte ich nie. Die ganzen Jahre über bei der Polizei – keine solche Freundschaft. Selbst heutzutage, seitdem es mehr von uns sogenannten *Coloureds* im Polizeidienst gibt. Noch was ganz anderes: Fahren Sie immer von Miller's aus raus?«

»Nicht immer. Manchmal wird's auch das Reserve, Buffels Bay oder Kommetjie. Hängt vom Meer ab.«

»Heute ist es ja perfekt zum Fischen.« Der Detective blickte zum Meer hinaus. »Ganz ruhig, was? Kein Wind. Solche Tage gibt es doch höchstens ein oder zwei pro Jahr. Da fragt man sich schon … Fragt sich schon …«

Der Mann beendete den Satz nicht, weshalb Fish es innerlich für ihn tat: … wie man sich an einem so perfekten Tag das Leben nehmen kann? Eine gute Frage, die es sich zu stellen lohnte.

»War es seine Idee, zum Fischen hinauszufahren? Oder Ihre?«

»Seine. Er rief mich gestern an und meinte, er hätte nachgeschaut, wie das Wetter wird. Kein Wind, ruhige See. Berichten zufolge sollten Gelbschwanz in der Gegend sein. Ich sagte zu. Warum auch nicht.«

»War das typisch für Flip Nel? Solche Vorschläge zu machen?«

»Ja, das war typisch. Ich bin kein Angler. Surfen ist mehr mein Ding.«

»Das hatte ich fast vermutet. Sie haben die blonden Haare dazu.« Der Detective berührte seine eigenen Haare. Glatte braune. Breitete beide Hände so aus, dass sie etwa Fishs Schulterumfang entsprachen. »Die kraftvollen Arme. Wie alt war Ihr Freund? In etwa. Nach meiner Erfahrung sind Angler meistens älter. Die Jüngeren finden das nicht so spannend, die wollen mehr Action. Drachenfliegen. Lenkdrachensegeln. Autorennen. Das wollen Sie gar nicht wissen, was ich Ihnen alles über Autorennen erzählen könnte. Die Unfälle, die ich auf den Straßen gesehen habe. Die zerfetzten Körper. Diese jungen Kerle, die immer nur dem nächsten Kick hinterherjagen. Wie auch immer – ich vermute, Ihr Freund war fünfzig, sechzig?«

»Ende fünfzig.«

»Fit?«

»Nicht sonderlich. Hat viel geraucht.« Er hatte beschlossen, dass Flips Trinken niemanden etwas anging.

»Sie sagen also, er hat hier oben gesessen?« Klopf, klopf auf den Bug.

Fish bestätigte das.

»Die ganze Zeit? Mit diesem Anker, den er mitgebracht hat. Zum ersten Mal.«

»Und ein Seil.«

»Wo haben Sie gesessen?«

»Neben dem Motor.«

»Die ganze Zeit?«
Fish nickte.
»Ihnen fiel nicht auf, dass er das Seil um seinen Knöchel gebunden hat? Ich meine, Sie saßen ihm direkt gegenüber, da könnten Sie doch gesehen haben, wie er sich vorbeugte und das mit dem Seil gemacht hat. Ich würde denken, dass Sie das hätten sehen können.«

»Ich habe in meiner Tasche nach etwas zu essen gewühlt.«

»Das sagten Sie – ja. Dann haben Sie aufgeschaut.« Der Detective warf einen Blick in sein Notizbuch. »Stimmt das so? Die Reihenfolge? Sie sagten aus, dass Sie aufblickten und er plötzlich dastand, den Anker in der Hand. Das muss ein wahnsinniger Schock für Sie sein. Muss es. Tut mir leid, Mann. Reine Routine. Er hat keinen Abschiedsbrief hinterlassen oder so? Wissen Sie, bei Selbstmord gibt's immer einen Abschiedsbrief, weil die Selbstmörder jemandem von ihrem Leid erzählen wollen. Verstehen Sie das? Ich verstehe das. Den Teil kann ich völlig nachvollziehen. Haben Sie in seiner Tasche nachgesehen? Ist das dort seine Tasche?« Er wies mit dem Finger auf einen Rucksack im Bug.

»Ich habe den Rucksack durchsucht. Da war nichts. Nur Essen. Ein paar Äpfel und einige Sandwiches, die er selbst gemacht hat. Eine Thermosflasche.«

»Vielleicht hat er zu Hause einen Brief hinterlassen. Da wird er wahrscheinlich sein.« Der Mann machte eine Pause. »Um noch mal zurückzukommen ... Als Sie sahen, dass er den Anker in der Hand hat, sagten Sie, Sie hätten sich woanders hinbegeben. Wohin?«

Fish zeigte auf die Mitte des Bootes.

»Woher wussten Sie, was er vorhatte?«

»Mein Gott! Wegen des furchtbaren Ausdrucks in seinem Gesicht. Dazu musste man kein Detektiv sein. Hören Sie, ich habe es Ihnen bereits gesagt: Der Mann hat sich umgebracht. Ist von meinem Boot ins Meer gesprungen. Draußen, mitten in der Bucht. Da ist es völlig sinnlos, nach ihm zu suchen. Was sollen also die ganzen Fragen?«

»Tut mir leid, Mann. Sie stehen unter Schock. Okay. Ich muss nur noch eines fragen: Ich vermute, dass er nicht verheiratet war. Sonst hätten Sie sicher was gesagt.«

»Er war Witwer.«

»Ach, entschuldigen Sie! Seit wann? Erst seit kurzem? Muss vor etwa einem Jahr gewesen sein, als Sie begannen, miteinander rauszufahren.«

Fish erklärte, dass das stimmte. Sah, wie der Detective hinter vorgehaltener Hand grinste, zufrieden mit seiner Schlussfolgerung.

»Weitere Familie?«

»Eine Tochter. In Australien. Sydney.«

»Wird nicht leicht sein, ihr von dem Tod ihres Vaters zu berichten.« Der Mann ging um das Boot herum auf ihn zu. »Sie stehen unter Schock. Haben Sie Kaffee oder Tee dabei? Trinken Sie davon. Mit viel Zucker. Eine letzte Frage: Was hat Flip Nel beruflich gemacht?« Blieb etwa einen Meter von Fish entfernt stehen.

»Polizei. Er war Detective, wie Sie.«

Das erwischte den kleinen Kerl eiskalt. Wischte das Funkeln aus seinen Augen. Ließ ihn die Stirn runzeln. Die Angelegenheit war auf einmal etwas ganz anderes. Er wich zurück.

»Warum haben Sie mir das nicht gleich gesagt? Wo? Zu welchem Revier hat er gehört?«

»In der Innenstadt. Barrack Street.«

»Das hätten Sie mir sofort mitteilen müssen. Und Sie? Was machen Sie beruflich?«

»Ich bin Privatdetektiv.«

»Nein, Mann, nein. Das ist jetzt echt ein Riesenschlamassel.« Der Detective riss sein Handy heraus.

Zehn

Rosebank. Stellen Sie sich Dr. Robert Wainwright vor. Er stand an einem Erkerfenster und blickte hinaus. Stirnrunzelnd. In Gedanken versunken. Seine rechte Hand spielte mit den Münzen in der Tasche seiner Chinohose. Wie es seine Gewohnheit war. Betrachtete seinen Garten – ein Fleck Rasen, umgeben von einem Beet voller Hortensien. Ein gepflegter Garten. Er bemerkte das nicht. Er hatte andere Probleme. Lutschte einen Säureblocker, um sein Verdauungssystem zu beruhigen und das Sodbrennen einzudämmen.

Hinter den Hortensien führte eine gepflasterte Einfahrt zu einer Garage an der Seite des Hauses. Das Holztor zu dieser Einfahrt war geschlossen. Das Tor war etwa hüfthoch, lackiert und mit einem Riegel versehen. Elektronisch ließ es sich nicht öffnen. Dr. Robert Wainwright hatte keine Angst vor Verbrechern, die über die Straße zu ihm eindringen konnten. Er hatte auch keinen elektrischen Stacheldraht um sein Grundstück, ebenso wenig wie Bewegungsmelder oder Bewegungskameras. Er hatte eine Alarmanlage. Wenn diese ausgelöst wurde, sollten sofort bewaffnete Sicherheitsleute eintreffen. Eine einfache Vorsichtsmaßnahme.

»Ich will nicht im Belagerungszustand leben«, lautete seine übliche Erklärung.

War das noch möglich?, dachte er. Es wurde immer unrealistischer. Ließ die Münzen klimpern. Biss mit den Backenzähnen auf die Tablette und zerkaute die Stückchen. Das bedrückende Warten.

Auf seinen Chef Dr. Ato Molapo, Direktor des Energieministeriums. Außerdem der Schwiegersohn des Präsidenten. Ein Mann mit Verbindungen.

Dr. Molapo saß in seinem BMW X5 am Handy. Der Apparat an seinem Ohr. Kaum zu sehen in seiner dicklichen Hand.

Sagte zu dem Anrufer am anderen Ende der Leitung: »Es wird kein Problem geben. Ich bin beinahe da. Biege gerade in seine Straße ein.«

Lachte. Ein lautes, raumeinnehmendes Lachen. Dr. Ato Molapo befand sich in Bestform. Surfer Fish hätte ihn als high bezeichnet.

»Der Mann ist ein Angsthase«, sagte er. »Mümmel, mümmel, mümmel.«

Lauschte.

»Ja, ich werde mich melden, Genosse Minister. Gleich danach. Wir sind die auserwählte Nation.« Legte auf. Schüttelte den Kopf.

Durch das Erkerfenster seines Wohnzimmers sah Dr. Robert Wainwright, wie der SUV in seine Einfahrt einbog und kurz vor dem Holztor anhielt. Ein Hupen und ein Aufleuchten der Scheinwerfer.

Mit zweiundvierzig fürchtete Robert Wainwright um seine Karriere. Er war ein schlanker Mann, ein Mann der Berge, der sich am glücklichsten fühlte, wenn er Gipfel erklomm. Noch nie zuvor hatte er über seine Karriere nachgedacht. Er war Naturwissenschaftler. Arbeit bedeutete Entdeckungen. Das monatliche Gehalt galt ihm als selbstverständlich, war ebenso ein normaler Teil des Lebens wie das Abendessen.

Doch jetzt war das Normale ins Schwanken geraten.

Wainwright trug seine beigefarbene Chinohose ordentlich.

Dazu hatte er ein kurzärmeliges Hemd mit offenem Kragen in einem hellen Rosa und ein leichtes Jackett an. Ein Jackett, das er vor zwei Jahren in Deutschland erstanden hatte.

»Ein ungezwungenes Mittagessen«, hatte Molapo gesagt. »Unter Freunden.«

In dem Durchgang hinter Wainwright, der zum Wohnzimmer führte, spielten die Jungen Cricket. Seine Frau Belinda sortierte gerade die Wäsche in der Waschküche. Er rief: »Er ist da! Ich fahre.«

Von allen Seiten schallten ihm Antworten entgegen. Belinda sagte: »Warte, Robert.« Unter der Haustür meinte sie: »Stimme einfach zu, okay? Was immer sie auch vorschlagen. Das wirst du doch, oder? Mach keinen Wirbel.«

Er nickte und strich über seine sandfarbenen Haare oder was noch davon übrig war, wenn er sie über seine Glatze gekämmt hatte. Eckiges Gesicht: spitzes Kinn, spitze Nase. Schmale Lippen. Glattrasiert.

»Ich weiß. Ich weiß«, antwortete er. Gab ihr einen flüchtigen Kuss auf die Wange. »Das wird schon klappen. Ich weiß, wie ich mich verhalten muss.« Musterte seine Frau und die Anspannung in ihren Augen. Ihre gerunzelte Stirn. Der Mund leicht offen. »Mach dir keine Sorgen. Es wird alles gut. Versprochen.«

Ihre Hände legten sich auf seine Arme, und sie drückte ihn. »Wir reden, wenn du zurück bist.«

»Natürlich.« Er schob sich einen weiteren Säureblocker in den Mund.

»Bitte, Robbie. Reg dich nicht auf. Sag auf keinen Fall etwas.«

»Werde ich nicht.«

Dr. Robert Wainwright ging die Einfahrt hinunter und öffnete den Riegel des Tors. Seine Frau sah ihm von der Haustür aus nach. Dr. Ato Molapo hatte sich in seinem X5 leicht auf dem Fahrersitz zur Seite gewandt und strahlte seinen Kollegen an. »*Heita*, Robert. Meinst du, ich sollte mich bei Uber bewerben?« Schenkte ihm sein lautes, raumgreifendes Lachen.

Nelson Mandela Boulevard. Als sie über Hospital Bend kamen, die Stadt unter ihnen lag und die Bucht in der Ferne glitzerte, erzählte Dr. Ato Molapo von seiner Tochter.

Dr. Robert Wainwright schaute auf die dahinkriechende Autokolonne auf der Foreshore-Hochstraße und zu den Docks hinüber, wo gerade ein Kreuzfahrtschiff langsam zu seiner Anlegestelle gelotst wurde. Er dachte: meine Stadt. Eine Stadt, vor der er nie Angst gehabt hatte. Bis jetzt.

Hörte, wie Molapo sagte: »Sie hat ihren Schuh verloren. Meine Frau holte sie von der Nachmittagsbetreuung ab, und da war nur noch ein Schuh in ihrer Tasche. Sie wurde ausgeschimpft, es gab Tränen. Hab sie beim Abendessen gefragt, ob ihre Mama sauer auf sie gewesen sei. Nein, meint sie. Und was war mit dem verlorenen Schuh? Das sei nicht ihre Schuld gewesen, erklärt sie, sondern Papas Schuld, also meine. Warum, will ich wissen. Was hat das mit mir zu tun? Weil Mama sagt, dass alles Papas Schuld ist.«

Das raumgreifende Lachen.

Dr. Robert Wainwright lächelte.

»Sie ist schnell, die Kleine. *Né*. Wirklich. Schlau. Mit einer Antwort auf alles. Sehen Sie, Robert, sie weiß, wann Schluss ist.«

Robert Wainwright sagte nichts. Dachte nur: Jetzt kommt es.

»Bei mir. Schluss ist bei mir. Wenn diese Sache schiefläuft, dann bin ich derjenige, der abgesägt wird. Ich.« Er sägte mit der Handkante am Lenkrad, um das Ganze noch deutlicher zu machen. »Das wollen wir nicht. Nicht Sie und schon gar nicht ich. Sie verstehen, was ich meine?«

Robert Wainwright verstand. Es war der Schwiegersohn des Präsidenten, der da redete. Wainwright zerbiss den Säureblocker. Die Reste blieben an seiner Gaumendecke kleben.

Elf

Ermington Road. Es klingelte erneut an der Haustür. Und noch einmal. Gefolgt von einem ungeduldigen Klopfen. Vicki schlich von der Küche in den Flur. Durch die Milchglasscheiben der Haustür sah sie die Umrisse von zwei Männern auf der *Stoep*.

Einer schlug mit der Faust gegen das Glas: »Flip, komm schon, Mann. Wach auf, Flip. Was ist los? *Babelaas?* Zu viel Brandy gestern Abend? Flip – aufmachen!«

Der andere sagte: »Ich rufe ihn mal an, Sergeant.«

Neben ihr klingelte das Telefon. Vicki erkannte die Nummer. Dieselbe wie zuvor. Der Anruf wurde irgendwann vom Anrufbeantworter entgegengenommen.

Hörte die Männer auf der *Stoep*: »Geht immer noch nicht ran.«

»Warum versuchen Sie's nicht über sein Handy, Captain? Wenn er Ihren Namen sieht, wird er doch bestimmt abheben.«

»Weiß er, dass wir hier sind? Haben Sie ihm gesagt, dass ich das alles abgesegnet habe?«

»Natürlich. Er hat doch selbst darum gebeten. Sein Fall. Seine Ermittlungen. Er meinte, ich soll Sie fragen, ob wir einen Haftbefehl für diese Suarez kriegen. Um uns dann am

Morgen um sie zu kümmern. Ich hab ihm gesagt, Sie hätten Nein gesagt... Na ja... Okay.«

Wieder Klopfen. Weitere Rufe nach Flip, dass er endlich aufwachen solle.

Die Stimme des Captain: »Er geht da auch nicht ran. Schauen Sie hinten rum, vielleicht hat er die Küchentür offen gelassen.«

Vicki dachte: Oh, Gott, hatte sie wieder zugesperrt?

Agententricks für Anfänger: Wenn man irgendwo einbrach, verriegelte man hinter sich wieder die Tür. Schließlich wollte man nicht überrascht werden. Falls noch jemand vorbeischaute, war man rechtzeitig gewarnt, denn der machte dann Lärm. Wodurch man einige Sekunden Zeit gewann. Ausgesprochen wertvolle Sekunden.

Zu spät, um nachzuschauen.

Hörte das Quietschen der Klinke. Weiteres Hämmern. Vom Schlafzimmer aus das Klopfen von Fingerknöcheln gegen die Fensterscheibe. Vicki hoffte, dass sie bald verstanden hatten, hier keinen Flip zu finden. Sie stand im Flur, eine Schattenexistenz, die den Männern dabei zuhörte, wie sie um das Haus strichen.

Wenn Flip eigentlich jemanden verhaften wollte, warum war er dann mit Fish zum Angeln gefahren? Warum hatte er Fish von der Suarez-Akte erzählt? Eine noch beunruhigendere Frage: Wer wusste außerdem, wo sich die Suarez-Akte befunden hatte? Wer wollte sie an sich bringen? Profis – eindeutig.

Die Männer waren inzwischen wieder auf der *Stoep* angelangt.

»Glauben Sie, dass er auf uns wartet, Captain?«
»Wo?«
»Bei ihr.«

»Warum sollte er das tun? Dann wäre er ans Handy gegangen. Kommen Sie. Wir haben hier genügend Zeit verschwendet.«

Das Kratzen ihrer Schuhe auf den Betonstufen. Autotüren fielen ins Schloss. Das Heulen des Motors, als sie rückwärts aus der Einfahrt fuhren.

Vicki atmete auf. Sie sollte die kritischen drei Minuten abwarten. Wenn man jemanden erwischen wollte, tat man so, als wäre man weg, dann rannte einem derjenige meist direkt in die Arme. Spionagepraxis: warten, horchen, sich Zeit lassen. Es hatte seine Berechtigung, aber diesmal konnte sie nicht warten. Sie eilte in die Küche. Wenige Momente später war sie aus der Hintertür, verriegelte sie, schaltete per Fernbedienung den Alarm ein und huschte wie eine Krähe durch den Hintergarten.

Janet saß auf der Mauer und rief: »Jesus Maria und Josef, Miss Vicki! Ich dachte, man hätte Sie erwischt. Das waren Bullen, diese Männer.«

Vicki zog sich die Burka vom Kopf. Schüttelte ihre Haare aus.

»Das ist besser, Miss Vicki«, meinte Janet. »In dem da sehen Sie *mos* beängstigend aus.«

»Findest du, Janet? Ich kriege das auch in einem Pyjama hin.«

»Nein, Miss Vicki, das glaube ich nicht.« Janet tanzte um sie herum. »Können wir jetzt Kaffee und Toast haben, Miss Vicki? Bitte, Mann.«

Vicki rief Fish an. Während der Anruf durchgestellt wurde, sagte sie zu Janet: »Hol dir schnell ein Brot. Der Kaffee muss leider warten.«

Fish teilte sie mit: »Caitlyn Suarez soll verhaftet werden.« Sie erzählte ihm, dass Flip Nel einer der Beamten sein sollte, die den Haftbefehl ausführten. »Beamte aus seiner Einheit kamen hierher, um ihn abzuholen, Fish. Er wusste, dass sie verhaftet werden soll.«

Fish erwiderte: »Hier ist die Lage etwas angespannt. Sie wollen, dass ich eine Aussage mache. Auf dem Revier.«

»Lass dir eine Kopie geben«, sagte Vicki und eilte zu ihrem Auto.

Zwölf

Clock Tower, unterirdische Parkgarage. Zwei Männer in einem schwarzen BMW X5.

Sie waren den Nelson Mandela Boulevard in die sonnenbeschienene Stadt gefahren. Der Fahrer redete über Cricket in der Schule. Der Beifahrer bewunderte das salzige Licht über den Docks. Die Stadt seiner Kindheit. Jedes Mal war er wieder aufs Neue von diesem Licht beeindruckt.

Dann ging es übergangslos mit Wainwrights Frau weiter. »Belindas Salon – wie läuft der so? Meine Frau sagte, man muss drei Tage warten, wenn man einen Termin will. Eine begeisterte Kundschaft. Sie hat mir auch erzählt, dass ein Ausbau geplant ist. Neue Geschäftsräume. Mehr Platz. Mehr Friseure. Das ist großartig, Robert. In schlechten Zeiten wie diesen. Großartig.«

Dr. Robert Wainwright hatte erwidert: Ja, ist es. Hatte aus dem Fenster auf die Häuserschluchten der Foreshore geblickt, während sie über die Hochstraße fuhren. Dachte: Warum redet er über meine Familie?

Sie waren zur V & A Waterfront gefahren.

Jetzt, im grünlich fluoreszierenden Licht der Parkgarage, wandte sich Dr. Ato Molapo zu Robert Wainwright. »Ehe wir aussteigen.«

Wainwright wartete, die Hand auf dem Türgriff. Blickte zu seinem Vorgesetzten. Das runde Gesicht, die Pausbacken. Die gnadenlos auf ihn gerichteten Augen. Diese Lippen, die Molapo jetzt mit Zam-Buk-Salbe eincremte.

»Ich hab's Ihnen noch nicht gesagt, Robert… Ganz offiziell werden Sie es am Montag erfahren.« Die dicken Finger schlossen die kleine Dose. »Sie werden befördert. Ich gratuliere. Eine wohlverdiente Belohnung, *né*. Es war wahrhaftig an der Zeit – als langjähriges Mitglied unserer wissenschaftlichen Community. Meine Bemühungen um eine Anerkennung Ihrerseits haben sich ausgezahlt. Endlich, würde ich sagen. Ich habe Ihre Beiträge zu unserer Arbeit immer sehr zu schätzen gewusst, und jetzt wird dem endlich auch offiziell Rechnung getragen. Natürlich kommt mit diesem neuen Status auch eine neue Verantwortung. Das können Sie sich sicher denken.« Ein Lächeln. Er zog die Lippen auseinander und enthüllte so eine Reihe makelloser, weiß strahlender Zähne. »Ich darf Ihnen zu meiner Freude mitteilen, dass Sie für dieses Projekt unser Mann sind. Das macht Sinn. Sie kennen die wissenschaftlichen Aspekte. Sie verstehen die Isotope und die notwendigen Vorkehrungen, Sie wissen, was für den Transport notwendig ist. Sie sind sich der heiklen Situation bewusst. Es hätte keinen Besseren geben können. Gratuliere. Sie haben unser volles Vertrauen, Robert. Sie sind unser Mann.« Dr. Ato Molapo streckte ihm die Hand hin.

Robert Wainwright nahm sie, den rechten Arm zwischen Körper und Sitz geklemmt. Er saß zu unbequem, um die Hand schütteln zu können. Molapos Griff fühlte sich weich und feucht an. Er ließ ihn nicht wieder los.

»Da wäre noch eine Sache.«

»Ja?« Zögernd. »Was? Was ist es?« Robert Wainwright merkte, wie die Worte in seinem Hals festzuhängen schienen.

»Sie wissen, dass es grünes Licht gibt.« Molapos Griff wurde fester. »Bei diesem Projekt. Und zwar von höchster Stelle.«

Robert Wainwright nickte. Versuchte, seine Hand wegzuziehen. Meinte er damit den Präsidenten? Und das Kabinett? Oder nur den Präsidenten? Was hieß das? Eine Frage, die er nicht stellen durfte.

»Damit könnten wir endlich unsere Ölprobleme lösen. Selbst wenn der Rand schwächer wird, wird man unser weiterhin einen guten Preis bieten. Sie verstehen, was das bedeutet. Keine Stromausfälle mehr. Dann können wir die Dieselkraftwerke problemlos laufen lassen. Fünf Prozent Wirtschaftswachstum. Ausländische Investoren werden zurückkehren. Es wird wieder Arbeit geben. Entwicklungsmöglichkeiten. Und ...« Er lockerte seine Finger. »... Provisionen.«

Wainwright hörte das Wort. Fürchtete sich davor.

»Provisionen, Robert. Bezahlungen für besondere Dienste. Das ist nichts Ungewöhnliches, wie Sie sich denken können. Bei solchen Angelegenheiten gibt es immer Provisionen. So läuft das. Jetzt denken Sie mal nach. Sie sind in einer privilegierten Position mit vielen Möglichkeiten, die sich Ihnen eröffnen. Mit diesen Provisionen können Sie Ihr Haus abzahlen. Sie können ein neues Auto kaufen. Ihre Frau kann ihren Salon neu finanzieren. Ihre Eltern müssen nicht länger das Schulgeld für Ihre Söhne hinblättern. Finanzielle Unabhängigkeit, Robert. Das wird es heißen.«

Gab sein raumeinnehmendes Lachen von sich. Dann ließ er Robert Wainwrights Hand los.

»Sie verstehen, was ich sage?«

Wainwright nickte. »Ich verstehe.« Vermochte nicht, Molapo in die Augen zu sehen.

»Haben Sie bereits die erste Vergütung erhalten?«

Wainwright räusperte sich. Er versuchte, Ja zu sagen, doch das Wort drang nicht durch seine Zähne nach draußen.

Einen Moment lang herrschte Stille im Wagen. Ein Augenblick stiller Komplizenschaft. Robert Wainwright bemerkte auf einmal das Surren der Neonröhren, das Zuschlagen einer Autotür. Stimmen.

Molapo brach das Schweigen. »Gut. Gut.« Öffnete seine Tür und schwang die Beine nach draußen. »Gehen wir mittagessen. Zeigen wir unseren ausländischen Freunden, wie wir das hier so machen. Wollen Sie sehen, wie Muslime Bier trinken, Robert? Heute Nachmittag werden Sie sehen, wie Muslime Bier trinken. Belgisches Bier.«

Dreizehn

Stonehurst Mountain Estate. Am Wärterhäuschen zum Grundstück – eine gläserne Schachtel mit Flugdach, Sperren und zahlreichen Kameras – ließ Vicki Kahn das Fenster des Alfa Romeo herunter und musterte mit ernster Miene den Wachmann. Sie schob ihre Sonnenbrille nach oben und sagte: »Polizei. Wo liegt Caitlyn Suarez' Haus?«

Der Wachmann sah sie an und betrachtete dann ihren Wagen. Zögerte.

»Kommen Sie schon, *Buti*. Ich hab keine Zeit zu verlieren. Wo ist es?«

Der Mann wirkte unsicher. Wollte etwas sagen.

Vicki war schneller. »Soll ich meinen Captain anrufen? Die Jungs, die gerade hier durchgefahren sind?«

Das schien den Mann zu überzeugen. »Da hinauf.« Er zeigte geradeaus und richtete dann eine Fernbedienung auf die Schranke. »An der zweiten Straße fahren Sie dort entlang...« Wies nach rechts. »Nummer dreiunddreißig.«

Vicki nickte, setzte ihre Sonnenbrille wieder auf und fuhr langsam weiter. Hielt sich an die Geschwindigkeitsbegrenzung von zwanzig Stundenkilometern. Im Rückspiegel sah sie, wie der Wachmann ihr nachblickte. Schrieb etwas auf sein Klemmbrett. Ein effizienter Wachmann. Schade eigentlich. An der zweiten Querstraße bog sie rechts ab. Ein weißer Corolla parkte ein paar Häuser weiter unten. Ein Mann stand telefonierend daneben und schaute auf das Haus. Ein anderer spähte durch die Vorderfenster der Villa.

Die Jungs haben heute kein Glück, dachte Vicki, während sie vorüberfuhr. Ein paar Häuser weiter hielt sie an der Bordsteinkante an. Schaltete den Motor ab. Stellte den Rückspiegel so ein, dass sie alles im Blick hatte.

Miss Caitlyn Suarez war offensichtlich nicht zu Hause.

Oder tot. Nicht ganz unwahrscheinlich, wenn man Fish glaubt. Seiner Verschwörungstheorie nach kannte Caitlyn Suarez einige Regierungsgeheimnisse.

Vicki betrachtete die Häuser in der Straße. Keine Straße, in der man sich lange unbemerkt aufhalten konnte. Die Anwohner würden jemanden in einem Auto schnell bemerken und den Wachdienst rufen. Leute in solchen Wohnanlagen gerieten immer in Panik, wenn sie befürchteten, dass die Wilden bei ihnen eingedrungen seien. Sie wollte gerade so tun, als würde sie telefonieren, da klingelte ihr Handy. Fish.

»Große Bitte, bitte«, sagte er.

»Ich höre«, erwiderte Vicki. Sie sah, wie ein Polizeitransporter hinter dem Corolla hielt und zwei Uniformierte ausstiegen. »Ich dachte, die Lage ist angespannt?«

»Ist sie auch. Wir sind gerade im Revier eingetroffen. Um meine Aussage aufzunehmen.«

Die uniformierten Polizisten wurden ins Haus geleitet. Als Nächstes tauchte ein Sicherheitswagen der Anlage auf. Wieder zwei Leute.

»Was brauchst du?«

»Kannst du nach Stonehurst fahren und nachsehen, was mit Caitlyn los ist?«

»He, Mann, wir haben Samstag.«

»Ich schulde dir was.«

»Du schuldest mir schon zu viel.«

»Bitte, Mann.«

Vicki warf ihren Motor an. »Ich bin schon lange hier, Fish Pescado. Du bist heute etwas langsam.« Sie fuhr ans Ende der Straße. Hörte, wie Fish sagte: »Du bist ein Star, Vics.« Die Straße endete in einem Blumenbeet. Dahinter lag neben einer Elektroumzäunung ein Patrouillenweg. In der Ferne die Berge. Etwa alle fünfzig Meter Kameras auf hohen Pfählen. Vicki wendete das Auto. Problemlos. Sie sah, dass ein weiterer Wagen vor Caitlyn Suarez' Haus anhielt.

»Ich haue jetzt ab«, sagte sie. »Da sind Uniformierte, Detectives, andere Beamte und die Security von hier. Das müssen mindestens sieben, acht Leute sein. Wenn sie die Straße sperren, sitze ich in der Falle.« Langsam fuhr sie auf die Autos zu. Vor einigen Häusern standen jetzt Bewohner und schauten neugierig zu, was los war.

»Kannst du Caitlyn sehen? Auch ihr Bodyguard müsste vor Ort sein.«

»Nein. Nichts. Das Haus scheint verriegelt zu sein. Ich vermute, sie ist nicht da. Von Bodyguards keine Spur.«

»Oder sie ist untergetaucht. Oder tot.«

Die anderen *Narrative* – um ein Modewort zu benutzen, dachte Vicki. Sie blickte zu dem Haus hoch, wo sich die Männer vor der Tür versammelt hatten, während sie sich wünschte, unter diesen Umständen einmal keinen roten Alfa Romeo zu fahren. Da fiel ihr ein schlanker Mann in einer glänzenden Dreivierteljacke auf. Groß, konzentriert wirkend, ihr irgendwie bekannt. Einer aus der Lederjackenbrigade. Vielleicht jemand, den sie bei einem Volieren-Meeting gesehen hatte, eine Schattengestalt aus den Hinterräumen um das Nest des Webervogels.

»Ich fahre gerade am Haus vorbei. Schaut so aus, als wären sie drinnen.«

Hörte Fish fluchen und nach hinten sagen: »Ja, ich komme ja schon. Mein Gott, jetzt entspannen Sie sich doch.« Meinte zu Vicki: »Ich muss, Vics. Klein-Columbo hier ist etwas erregto.«

Sie legte auf. Verbrachte die nächste halbe Stunde in einer Seitenstraße außerhalb der Zufahrt zu Stonehurst. Es kamen keine weiteren Polizisten. Aber es fuhren auch keine weg. Nur der schlanke Mann in der Dreivierteljacke verließ das Anwesen, nicht zu erkennen mit seiner Rundum-Sonnenbrille. Er fuhr einen Renault Duster, einen auberginefarbenen SUV. Kein Wagen, den man sich bei einem normalen Gehalt leisten konnte. Also kein ganz gewöhnlicher Vogel.

Vierzehn

Muizenberg, Tiger's Milk. Vicki traf als Erste ein. Belegte zwei Plätze an der Theke am Fenster. An einem Tag wie diesem hatte man einen Blick über die Umkleidekabinen und den Strand bis in die Bucht hinaus, was fantastisch gewesen wäre, wenn nicht Flip Nel dort irgendwo in der schwarzen Tiefe an einem Anker hängen würde. Hin und her getrieben durch den Seegang. Mit leerem Blick. Vicki verdrängte diese

Vorstellung und wandte sich wieder den Lebenden zu. Viele Lebende unten am Strand. Mommy-und-Daddy-SUV-Familien mit ihrem Nachwuchs. Einige surften die *Ankle-Snappers* im Flachen, weiter draußen waren keine weiteren Wellen zu sehen. Ein Tag am Strand war für die Schönen und Reichen dennoch kein verlorener Tag.

Vicki lächelte die Kellnerin an. Die beiden durchliefen ihre übliche Begrüßungsroutine. Die Kellnerin wollte wissen, ob sie auf Fish warte.

»Tue ich.«

»Verspätet er sich?«

»Tut er das nicht immer? Entweder er surft, oder er verspätet sich aus anderen Gründen.«

Fish war sofort ein Stammgast des Cafés geworden. Hatte sich einmal im Tiger's Milk umgesehen – an der Wand Tierhörner, ein Motorrad und ein altes Gewehr Kaliber 303 –, hatte Biere aus kleinen Brauereien auf der Karte entdeckt und war gleich von Knead auf der gegenüberliegenden Straßenseite hierher gewechselt. Hielt Knead für zu unbedeutend. Zu viele *Toppies* auf einem Platz.

Tiger's Milk hingegen war das Wahre.

Außerdem gab's hier auch noch diese junge Kellnerin, die Kongolesin. Eine Frau, die dabei war, sich als Ärztin zu qualifizieren. Fiel jedes Mal auf Fishs Gerede herein. Eigentlich wollte er nur ihren Akzent hören, das Franko-Afrikanische. Wenn man glaubte, dass Schwarze nicht rot werden, konnte einen die Kellnerin eines Besseren belehren.

»Möchtest du etwas, während du wartest? Ein Mineralwasser? Einen Weißwein?«

Vicki warf einen Blick auf ihre Armbanduhr. Bald Mittag. Warum nicht? »Gute Idee«, sagte sie. »Einen Sauvignon blanc.«

»Ich wünschte, ich könnte dir Gesellschaft leisten.« Sie ging mit einem wehmütigen Lächeln davon.

Ja, dachte Vicki. Wünscht sich mein Blondschopf wahrscheinlich auch.

Aus reiner Gewohnheit blickte sie sich unauffällig im Lokal um. Es war noch ruhig. Die Kellner standen in der Nähe des Barista zusammen und plauderten. Ein paar Surfer beugten sich über Teller mit Spareribs und große Biergläser. Entlang der Theke am Fenster saßen einzelne Gäste. Drei Touristen skypten gemeinsam. Hielten ihr Tablet hoch, um ihre Leute zu Hause zu beeindrucken. In der Ecke am Fenster war ein grauhaariges Paar mit hohen Ale-Gläsern, das den Ausblick bewunderte.

Selbst Monate später konnte sie dieses Abchecken noch nicht sein lassen. Was hatte sie zu Henry Davidson in puncto Paranoia behauptet? In Wirklichkeit ließ sie sich nicht so leicht abschütteln. Ganz gleich, wie sehr sie sich wünschte, normal zu sein.

Mit ihrem Glas Wein vor sich dachte Vicki über den Vormittag nach: Henry Davidson, Flip Nel, Caitlyn Suarez. Aufregende Zeiten. Keine willkommene Aufregung. Als hätte Henry Davidson alles verflucht. Sie fragte sich, ob es anders ausgesehen hätte, wenn er nicht auf einmal aufgetaucht wäre. Hätte Flip Nel dann nicht den Sprung in die Tiefe getan? Wäre Caitlyn Suarez nicht verschwunden? Hätte Vicki ihr Mittagessen mit Freundinnen nicht absagen müssen? Wäre es dann ein perfekter Tag geworden? Sie seufzte. Überspannte Überlegungen. Fish tat ihr leid. Mein Gott! Hatte Flip Nel denn unbedingt sein Lebensende mit Publikum finden müssen? Wieso war er nicht still aus dem Leben geschieden und hätte Fish viel Leid und solchen Mist erspart? Alte Bullen, sie bedeuteten immer auf die eine oder andere Weise Probleme.

Sie sah, dass Fish auf den Parkplatz fuhr. Seinen Isuzu abstellte und mit federnden Schritten zum Café eilte. Sah, wie er aufschaute und ihr zuwinkte. Typisch Fish: Er lief immer mit federndem Schritt, egal, ob es regnete oder ob die Sonne schien. Kam so nach dem Surfen aus dem Meer. Lief auch jetzt so, trotz der Sache mit Flip Nel. Was gibt es schon für Probleme auf der Welt, *China*.

Fish.

Hörte, wie er hinter ihr mit der Kellnerin scherzte. Selbst an diesem Tag konnte er nicht widerstehen. Hatte wahrscheinlich einen *Doobie* geraucht, um die Dinge geradezurücken.

Sie spürte seinen Arm um ihre Schulter. Der starke Griff. Ließ sich an ihn ziehen. Sein fester Körper. Der Fish-Geruch nach Adrenalin, Salz, Deodorant. Ein leichter Hauch von Schweiß. Fuhr mit einer Hand in seine Haare und wandte ihm das Gesicht zu. Ein kurzer Blickkontakt. Öffnete die Lippen für einen Kuss. Der dreiste Kerl schob seine Zunge hinein.

Typisch Fish.

Nicht, dass sie etwas dagegen gehabt hätte.

»Alles in Ordnung?«

»Yep. Nein. Nicht wirklich. Besser nach einem Bier. Bei dir?«

»Gut, gut. Den Umständen entsprechend. Wo ist die Maryjane?«

»Beschlagnahmt. Reine Routine, hat mir Columbo erklärt.«

»Columbo?«

»Der Polizist. Ein echt kleiner Kerl.«

»So heißt er?«

»Hab ihn nach dem Typen in der Fernsehserie benannt. Lieblingssendung meiner Mutter.«

Vicki wollte eigentlich wissen, welche Fernsehserie er meinte, ließ es aber sein.

Fish fuhr fort: »Ein gruseliger Mann mit so einem Watschelgang. Schien zu glauben, dass ich etwas verberge. Vor allem nachdem er erfuhr, dass Flip Polizist gewesen ist. Ich weiß auch nicht, Vics. Bullen sind echt so oft mistig.«

Nicht gut. Das Boot zu beschlagnahmen war wahrscheinlich Routine. Aber ein Detective mit einer Fixierung konnte beunruhigend sein. Vicki rutschte auf ihrem Hocker und legte eine Hand auf seinen Schenkel. »Hast du eine Kopie deiner Aussage bekommen?«

»Klar.« Fish wurde von der kongolesischen Kellnerin abgelenkt, die gerade seine Flasche Butcher Block Ale auf die Theke stellte.

»Du wirst doch Ärztin«, sagte er zu ihr. »Wie lange dauert's, bis man ertrunken ist?«

Vicki beobachtete die Miene der Kellnerin und konnte deutlich erkennen, was sie dachte: Worauf wollte Fish mit dieser Frage hinaus? »Wenn du beim Surfen bist?«

»Nicht ich – jeder. Da draußen unter Wasser.«

»Er meint es ernst«, erklärte Vicki. »Zur Abwechslung.«

Die Kellnerin runzelte die Stirn. »Ich vermute, so etwa zwei Minuten. Hängt davon ab, wie lange du die Luft anhalten kannst.«

»Und was passiert dann?«

»Dein Körper muss atmen, also öffnest du den Mund. Es ist schrecklich, vermute ich. Dieses ganze Wasser, das einen im Grunde erstickt.«

Vicki dachte: Panik. Reine Panik. Selbst wenn man so etwas geplant hatte, musste es immer noch diese Phase totaler Panik geben.

»Und wie lange dauert es dann?«

»Das geht schnell. Man wird bewusstlos. Wieso willst du das alles wissen?«

Fish schenkte das Ale in ein langes, schmales Glas und nippte am Schaum. »Aus reiner Neugier.« Er schnitt eine Grimasse. »Du weißt schon – für den Fall der Fälle.«

»Jetzt hingegen scherzt er«, meinte Vicki.

Die Kellnerin ging kopfschüttelnd davon. Ihre Zöpfchen schaukelten hin und her.

Fish nahm einen großen Schluck Bier. Vicki wartete, ihre Hand immer noch auf seinem Schenkel. Sie betrachtete sein Profil. Die Bartstoppeln auf seinen Wangen und seinem Kinn. Die sonnengebleichten Augenbrauen. Das schnelle Auf-und-Ab-Hüpfen des Adamsapfels, als er schluckte.

»Warum hat er das gemacht? Mein Gott! Ich meine, warum? Echt das Letzte, worauf ich vorbereitet war. Warum hat er es so arrangiert, dass ich zuschauen musste? Dieses selbstsüchtige Arschloch. Er war ganz normal, wie immer. Der übliche Flip. Dann ein Platsch, und er ist weg. Mein Gott!«

Sie wartete. Ließ ihn noch mehr Bier trinken.

»In seinem Haus lag also kein Abschiedsbrief?«

»Jedenfalls an keiner offensichtlichen Stelle.« Sie zog die Hand zurück und setzte sich gerade hin, um nach draußen zu blicken. »Ich vermute, er hat darüber nachgedacht.«

»Natürlich hat er das. Deshalb hat er ja auch den Anker gekauft. Er wollte sicher sein, dass er auch garantiert unten bleibt. Dass man ihn auf keinen Fall finden kann. Was soll das alles? Warum hat er sich nicht das Gehirn rausgepustet? Zu Hause. Allein. Wie das Polizisten eben so machen.«

Vicki spielte mit ihrem Wein, dessen Frische in ihrem Mund unangenehm sauer geworden war.

»Ich muss etwas essen«, sagte Fish. »Ich habe noch nicht mal gefrühstückt.« Er bestellte einen Rockstar-Burger mit

Speck und Avocado. Und ein weiteres Butcher Block. Vicki nahm die Peri-Peri-Hühnerleber.

»Das ist eine Vorspeise. Willst du nicht mehr?«

»Ich lass noch Platz für dein Abendessen.«

»Ach ja, wirklich? Gut. Das ist schön.« Fish trank sein Bier aus. Wandte sich ihr zu. »Ich schulde dir einiges.«

»Kannst du laut sagen, Babes. Einiges.« Sah das Funkeln in seinen Augen. »Wegen dir bin ich bei jemandem eingebrochen.«

»Das kann man keinen echten Einbruch nennen. Du hattest einen Schlüssel. Auch nicht sehr herausfordernd für eine ausgebildete Agentin.«

»Ex-Agentin.«

Die Kellnerin stellte Fishs zweites Bier vor ihn hin. Nahm Vickis leeres Weinglas und fragte, ob sie noch eines wolle.

Vicki schüttelte den Kopf. »Lieber einen Wodka Tonic. Mit viel Eis.« Bemerkte Fishs hochgezogene Augenbrauen.

»Was? Das ist ungewöhnlich für dich. Um diese Tageszeit.«

»Der ganze Tag ist bisher ungewöhnlich für mich.«

»Jetzt nicht mehr.«

»Stimmt.«

Fish nahm sich Zeit mit dem Einschenken des zweiten Biers. Er hielt dabei den Kopf gesenkt. »Okay, wohin führt uns das alles?«

»Wohin führt *dich* das, Fish. Es ist dein Nachbar. Und deine Klientin.«

Das ließ Fish aufblicken. »Bitte, Vics, du musst mir helfen.«

»Sopa de peixe. Mit Peri-Peri. Und Kerzenlicht.«

»Noch mehr Peri-Peri?«

»Das Rezept deines Vaters.«

»Einverstanden. Es muss sowieso bei Kerzenlicht stattfinden. Unsere zwei Stunden Lastabwurf sind nämlich genau zur Abendessenszeit angesetzt. Eines Tages werden wir wieder die ganze Zeit über Strom haben – wie früher einmal.« Fish wischte sich den Schaum von den Lippen. »Also, hilfst du mir?«

»Da kann ich nicht widerstehen.«

»Und?«

»Warum hat Flip gesagt, dass er dir die Suarez-Akte hingelegt hat? Was solltest du daraus erfahren?«

»Das beschäftigt mich auch. Wenn ich mir nicht gerade vorstelle, wie Flip ins Meer springt. Weiter.«

»Okay. Woher weißt du, dass Flip die Suarez-Akte mit nach Hause genommen hat?«

»Er hat's mir gesagt.«

»Wann?«

»Kurz bevor er gesprungen ist.«

»Was genau hat er gesagt?«

»Das war auf seinem Handy. Eine Aufnahme. Er sagt was wie: Wenn du die Suarez-Akte willst, sie liegt in meiner Küche.«

»Wie bitte? Hast du das – sein Handy?«

»Raste nicht aus. Der Akku ist rausgenommen. Du kannst es dir später anhören. Die Polizei weiß nichts davon.«

Vicki nickte. Flip Nel war ein sehr seltsamer Mann gewesen. Sagte: »Wir wissen also, dass Flip die Akte mit nach Hause genommen hat. Übrigens auch noch ein paar andere Akten. Jemand wusste, dass er das getan hat. Nur wer? Das hat Flip vermutlich nicht rausposaunt. Man nimmt schließlich nicht die Akte eines offenen Falls mit, schon gar nicht vor einer geplanten Verhaftung. Die Männer an seiner Tür meinten, er habe nach einem Haftbefehl gefragt. Er wusste, dass es passieren würde. Wusste, dass man die Akte brauchen würde. Wann habt ihr ausgemacht, gemeinsam fischen zu fahren?«

»Gestern irgendwann am Nachmittag.«
»Übers Telefon? Oder über die Mauer?«
»Übers Telefon.«

Wenn man Fishs Verbindung zu Caitlyn Suarez bedachte, könnte er abgehört werden. Falls ja, konnte jemand von der Staatssicherheit, jemand in einem Bereich der Voliere das Ganze von seinem Ast aus lenken.

»Glaubst du, mein Handy ist verwanzt?«
»Könnte sein. Oder Flips.«
»Oder beide.«
»Oder das.«
»Staatssicherheit?«
»Vermute ich mal. In dem Moment, ab dem Caitlyn Suarez dich kontaktiert hat, wurdest du belauscht. Wir reden hier von einem toten Kabinettsminister, Fish. Es geht um höchst verdächtige Todesumstände. Ganz abgesehen von einer Amerikanerin mit eindrucksvollem Lebenslauf, erstaunlicher Berufserfahrung und Weltgewandtheit, die aus nicht ersichtlichen Gründen plötzlich hier ihre Zelt aufschlägt. Warum? Wegen Devisenhandel? Wegen internationaler Investitionen? Wer lässt sich auf einen Kabinettsminister ein? All diese Fragen stellen sich ja sogar schon die Zeitungen und Klatschzeitschriften.«

»Die zudem internationale Bonusmeilen sammelt wie ich Wellen reite.« Fish sog den Schaum vom Bier.

»Ganz genau. In der Welt der Agenten lässt all das die Glöckchen klingeln. Die Voliere wird an dem Fall garantiert dran sein und ihn sich auf die eine oder andere Weise genauer anschauen. Weshalb wir aber immer noch nicht wissen, ob es jemand von dort war, der die Akte von Flips Küchentisch mitgenommen hat, oder nicht.«

»Nur dass man darauf wetten kann, dass es nicht die

Polizei gewesen sein kann. Scheiiiße.« Fish klang wie eine Möwe. Nahm einen weiteren großen Schluck Bier, während ihr Essen gebracht wurde. »Agenten und ihre Lügengeschichten.«

»Das hast du dir doch sicher auch selbst schon gedacht, oder?« Vicki atmete den Peri-Peri-Duft ein.

»Ja, klar. Mehr oder weniger. Ich hab ein paar Anrufe gemacht.«

»Die dich nicht weitergebracht haben.«

»Mann, Vics, ich bin erst seit zwei Wochen an dem Fall dran. So was braucht Zeit. Wie soll ich alle Verbindungen erkennen? Ich bin Privatdetektiv, nicht einer von eurer Sorte.«

»Ex-Sorte.«

»Okay, Ex-Sorte. Aber ich habe nicht die Informationsquellen des Geheimdienstes.«

Vicki gabelte eine Hühnerleber auf und biss hinein. Das Peri-Peri ließ ihren Mund auflodern. Musste einen Schluck Wodka trinken, um das Feuer zu löschen, und an einem Eiswürfel saugen.

»Scharf, was?« Fish grinste sie an. »So scharf wie meines?«

Vicki fächelte sich Luft zu. »Mindestens.«

»Die machen echt gute Leber.« Er nahm einen Bissen Speck, Avocado und Burgerbrötchen. Redete mit vollem Mund. »Wo steckt Caitlyn Suarez?«

»Nicht zu Hause. So viel ist klar.«

»Sie geht auch nicht an ihr Handy. Glaubst du, sie hat den Tipp bekommen, dass die Polizei plant, sie zu verhaften? Und ist dann abgehauen?«

Vicki biss in den knusprigen Toast. Schaute auf die Bucht hinaus. Stellte sich Flip Nel vor, wie er in der Tiefe des Meeres hin und her pendelte. »Das kann ich nicht beantworten.

Aber ich nehm's an.« Sie fragte sich, was Fish wohl diesbezüglich zu tun plante.

Fünfzehn

V & A Waterfront. »Robert«, sagte Dr. Ato Molapo. »Warum nehmen Sie nicht ein Uber?«

Die beiden Männer im Foyer des Victoria & Alfred Hotels. Später Nachmittag. Sie standen nebeneinander und blickten zum Becken des Yachthafens hinaus. Auf die Iraner wartend. Das Foyer voller Touristen, die von einem Ausflug zurück waren. Von einer Pinguin-Tour. Oder einer durch die Weinberge. Typische Kapstadt-Exkursionen. Ein paar schauten nach, welche Abendflüge es gab.

»Ich werde die beiden zum Flughafen fahren.«

Dr. Robert Wainwright war durch das Bier benommen. Den irischen Whiskey. Ihm war leicht übel von den Muscheln. Muscheln, die er nicht wollte. Muscheln, die Ato Molapo bestellt hatte. »Die müssen Sie probieren, Robert. Das sind die besten der Stadt.« Während des ganzen Mittagessens hatten ihn die beiden Iraner mit ihren markanten Gesichtern beobachtet. Sie mochten Ausländer sein, aber sicher nicht unwissend, was die Situation betraf. Es waren Männer, denen er nicht traute. Agenten. Vermittler. Männer mit einem Plan. Obwohl er es nicht wusste, war Molapo ein bloßer Bauer in ihrem Schachspiel.

»Oder wir rufen den beiden ein Taxi.« Molapo hatte zweimal so viel wie Robert Wainwright getrunken und war über dem Alkohollimit. Auch wenn er nicht so wirkte.

»Nein. Nein.« Er winkte ab.

»Möchten Sie...« Er beendete den Satz nicht, sondern schluckte nur, um das Sodbrennen erträglicher zu machen.

»Ich könnte mitkommen.« Diese Unterwürfigkeit. Wie der Kuli seinem Herrn gegenüber. Wainwright hasste sich selbst dafür.

Ato Molapo schüttelte den Kopf und winkte ab.

»Fahren Sie nach Hause zu Ihrer Familie. Feiern Sie mit Ihrer Frau Ihre Beförderung. Köpfen Sie eine Flasche Champagner. Alles ist gut, Robert. Wir haben uns prima geschlagen. Unsere Freunde sind zufrieden, das sieht man. Für sie war es ein Erfolg. Ein voller Erfolg. In Argentinien sind sie gescheitert, nach vielen Jahren und viel Geld. Wir waren ihre letzte Hoffnung. Und wir haben geliefert. Lassen Sie mich unsere Gäste verabschieden. Es ist eine Kleinigkeit, die ich gerne übernehme.«

Ato Molapos Hand auf Robert Wainwrights Schulter. Seine linke hatte er erhoben, um den Zeigefinger auf seine Lippen zu legen.

»Sie wissen, dass Sie über dieses Projekt nicht reden dürfen?«

»Ja, das weiß ich.« Nur zu gut, fügte Wainwright in Gedanken hinzu.

»Mit niemandem. Nicht mal mit Ihrer Frau.«

»Natürlich.«

Die beiden Männer sahen einander an. Wainwright erkannte in den Augen des anderen eine Härte – braun und völlig undurchlässig. Dann entspannten sich die Augenwinkel, und Molapo lächelte, ehe er den Blick abwandte. Rief den Iranern zu, die aus dem Lift stiegen.

Rosebank. Dr. Robert Wainwright goss sich an der Anrichte in seinem Wohnzimmer bei Kerzenlicht einen Whisky ein.

»Meinst du nicht, du hattest schon genug, Robbie?« Gesprochen mit leiser Stimme.

Belinda saß auf dem Sofa, eine Katze auf dem Schoß. Ihre Finger massierten das Tier hinter den Ohren.

»Willst du nicht auch noch einen?« Wainwright hielt inne. Er hatte ihr gerade ebenfalls mehr einschenken wollen.

»Also gut. Einen kleinen. Aber mit viel Eis.«

Sie hatten miteinander geredet, seitdem die Jungs im Bett waren. Über die Iraner. Über die geheimen Geschäfte. Über Ato Molapo. Über die obersten Ränge.

»Das sind Staatsgeschäfte. Du hast selbst gesagt, dass sie der Wirtschaft guttun würden. Viele Menschen können dadurch ein besseres Leben führen. Darum geht es doch, oder? Das ist Politik. Solche Dinge haben nichts mit uns zu tun, Robbie.« So lautete Belindas Einschätzung. »Du musst an uns denken. An deine Familie. Wir dürfen uns da nicht reinziehen lassen.«

»Das sind wir längst.« So Robert Wainwrights Haltung. »Ich stecke mittendrin.«

Er fand auch, dass die Geschäfte falsch waren. Illegal. Gegen internationale Gesetze verstießen. Gegen die Gesetze des Landes. Ethisch, moralisch abstoßend. Ein Wort, das er den ganzen Abend über immer wieder verwendete. Es war korrupt. Es korrumpierte. Auf den höchsten Ebenen. Und weiter unten. Er erzählte ihr nichts von der Vorauszahlung, die auf sein Konto eingegangen war. Was Molapo eine Zahlung für besondere Dienste nannte.

Er sagte: »Ich kann das nicht zulassen.« Reichte Belinda ihren Whisky und stellte eine der Kerzen auf einen Tisch neben der Couch. Die beiden Kerzen waren die einzigen Lichtquellen im Raum.

Belinda umfasste ihr Glas mit beiden Händen. »Molapo hat dir gesagt, dass alles streng geheim ist. Gut, ich bin deine Frau. Ich werde nichts verraten. Aber sonst darfst du niemandem davon erzählen, Robbie. Um meinetwillen und der Jungs willen – tu das nicht.«

»Ich habe es bereits.« Er sprach leise und sah dabei seine Frau an. Sie hatte die Haare mit einem Haargummi zusammengebunden. Eine Strähne fiel heraus, die sie hinter ihr Ohr gestrichen hatte. Im dämmrigen Licht wirkte ihr Gesicht jünger. Mit trockenen Lippen.

»Was? Was hast du getan?« Sie sah ihn suchend an.

Robert Wainwright betrachtete seinen Whisky. Nippte daran. Der Alkohol verschlimmerte sein Magenproblem und brannte in seiner Brust. »Ich habe es jemandem erzählt.«

»Wem, um Himmels willen – wem?«

»Jemandem beim Geheimdienst.«

»Oh, mein Gott, Robert!«

Er holte eine Packung mit Säureblockern heraus. Nahm eine davon. Blieben noch zwei.

»Wann?«

Schob die Tablette in den Mund. »Gestern. Ich rief dort gestern an. Es gibt eine Nummer, die man anrufen kann.«

Er sah die Angst in der Miene seiner Frau. Wie sie schluckte. Wie sich ihre Atmung änderte.

»Meinen Namen kennen sie nicht.«

»Den hast du nicht genannt?«

»Nein. Es ist alles in Ordnung. Sie wissen nicht, wer ich bin.«

Ihre Augen schlossen sich vor Erleichterung. Sie atmete durch. »Gott sei Dank.« Dann legte sie eine Hand an ihre Wange. »Bist du dir sicher? Sie können doch so etwas... Sie können so was zurückverfolgen.«

»Ich habe nicht vom Büro aus angerufen. Ich habe auch nicht mein Handy benutzt, sondern eine Telefonzelle. Ein öffentliches Telefon in einem Einkaufszentrum.«

»Wenn du also nichts weiter machst, werden sie nicht wissen, dass du das warst?«

»Sie haben keine Ahnung.«

Belinda setzte die Katze ab, ging zu ihrem Mann und kniete sich neben seinen Stuhl. »Versprich mir. Versprich mir, dass du nichts weiter tun wirst.«

»Ich muss, Bel. Das ist alles so falsch. Wie das Waffengeschäft. Es ist falsch.«

»Aber du hast ihnen doch bereits davon erzählt. Sie können jetzt ihre eigenen Untersuchungen einleiten. Sie brauchen dich nicht mehr.«

»Viel habe ich ihnen bisher nicht gesagt. Der Mann wollte nicht, dass ich rede. Er meinte, es sei das Beste, wenn wir uns treffen.«

»Das darfst du nicht. Versprich mir, dass du das nicht machen wirst.« Sie klammerte sich mit beiden Händen an seine Arme. »Versprich es mir, Robbie. Denk an die Jungs. Das kannst du ihnen nicht antun. Du weißt, was mit diesen Whistleblowern passiert.«

Wainwright lockerte ihre Hände. Seufzte. Es war totenstill im Wohnzimmer. Man hörte nur das leise Zischen der Kerzen. Schließlich sagte er: »Also gut. Ich werde es nicht tun. Ich lasse es.« Dachte: Und was soll ich mit dem heißen Geld auf meinem Konto?

Seine Frau legte ihre Wange auf sein Knie.

»Versprich es.«

»Ich verspreche es.«

Wainwright berührte ihre Haare und schluckte, um die Anspannung in seiner Brust zu lockern.

Sechzehn

Ermington Road. Fish wachte auf, als die Autos herangefahren kamen. Er lag da und lauschte angespannt. Drei, vermutete er, drei verschiedene Motorengeräusche. Die Motoren einige Sekunden zu lange im Leerlauf, als ob jemand nach der Hausnummer suchen würde. Dann wurden sie ausgeschaltet. Das leise Zuschlagen von Autotüren. Vier, zählte er. Flüsternde Stimmen. Das Quietschen des Tors. Zeit auf dem Wecker neben seinem Bett: 03:22.

Vicki neben ihm wisperte: »Ich hab's auch gehört.« Beide waren nackt, klebrig vom Sex. »Erwartest du Besuch?«

»Immer.«

»Faszinierendes Leben, was du da führst.«

»Nicht wahr.« Fish stand auf und schlich ans Fenster. Durch den Spalt im Vorhang entdeckte er einige Gestalten: Zwei kamen auf dem Weg heran, eine befand sich in der Einfahrt und bog gerade um die Ecke hinters Haus, und die vierte lehnte an einem Auto und sah zu. Dünner, groß gewachsener Typ in einer glänzenden Dreivierteljacke, wahrscheinlich Leder. Der Wagen war eine Art SUV.

»Wie viele?« Vicki stand nun in einem Trainingsanzug hinter ihm.

Fish hielt zwei Finger seiner linken und einen seiner rechten Hand hoch, während er nach vorne und nach hinten zeigte.

Sie nickte. »Ich gehe nach hinten.« Sie holte die .32er aus ihrer Handtasche. Warf einen raschen Blick auf die Leute draußen. »Der Kerl am Auto vorne kommt mir irgendwie bekannt vor.«

»Bullen sehen immer irgendwie bekannt aus.« Fish nahm seine Shorts und ein T-Shirt vom Stuhl. Zog sich rasch an.

Dann suchte er eine Taschenlampe und holte die Ruger P345 heraus, die er in der Schublade seines Nachttischs aufbewahrte. Kontrollierte das Magazin, lud durch. Was Fish an der Ruger mochte, war der leichte Abzug. War nicht sein Problem, falls er versehentlich einen Schusswechsel auslöste. Man sollte eben nicht im Dunkeln um sein Haus pirschen.

Er folgte Vicki aus dem Schlafzimmer. Beide schlichen barfuß durch den dunklen Gang. Er berührte sie am Arm. »Pass auf, okay?«

Sie drehte sich zu ihm um und sah ihn stirnrunzelnd an. So nach dem Motto: Für wen hältst du mich eigentlich, Schwachkopf?

Beide hörten, wie ein Schlüssel in die Hintertür gesteckt wurde. Die Klinke quietschte.

»Ganz schön dreist, die Kerle«, flüsterte Vicki und schlich weiter.

Wird Zeit, ein besseres Schloss einzubauen, dachte Fish. Allerdings ein Glück für die dicken Riegel oben und unten.

Sagte: »Auf drei die Außenbeleuchtung.« Er wartete, bis Vicki bereit war, die Flutlichter für den hinteren Hof anzuschalten.

Ein Schlag, Schlag, Schlag an der Haustür.

Fish zählte leise: »Eins, zwei, Showtime!« Drückte den Schalter und blendete so die Männer auf der *Stoep* mit einer ziemlich hohen Wattzahl.

Hörte die verblüfften Rufe. Ein lautes Fluchen. Dann ein ziemlich schrilles »Schalten Sie die Flutlichter aus, Mr. Pescado!«

In der Küche sagte Vicki gerade zu dem Mann vor der Hintertür: »Ganz ruhig da draußen, mein Lieber. Sie wollen doch keine schicke Leiche werden.« Sie klang ruhig und entschlossen.

Von der *Stoep* rief eine weitere Stimme: »Polizei! Die Tür aufmachen!«

Das war nicht gerade überraschend. Die hohe Stimme klang wie die von Columbo. Auch das nicht weiter überraschend.

»Wäre ich nie drauf gekommen«, meinte Fish. »Schieben Sie Ihre Dienstmarke unter der Tür durch.«

»Öffnen Sie, Mr. Pescado.« Hämmer, hämmer, hämmer. Eine Faust an der Tür. »Machen Sie uns nicht wütend.«

»Zuerst die Dienstmarke. Sie müssen nicht gleich die Toten wecken.«

»Kommen Sie, Mr. Pescado. *Maak oop*, öffnen Sie, *Pellie*. Sie wissen, wer ich bin. Ich bin der Detective von heute Morgen.«

»Dienstmarke.«

»Wir können ein Brecheisen holen.«

»Na und. Dann werde ich Sie wegen Einbruchs anzeigen. Dienstmarke, Detective.«

Ein Papier wurde unter der Tür durchgeschoben. Fish hob es auf und schaltete die Taschenlampe ein.

Vicki schaute über seine Schulter. »Was ist das?« Er hatte nicht gehört, dass sie zu ihm nach vorne gekommen war. Bei Vicki wusste man in letzter Zeit oft nicht mehr, wo sie war. Im übertragenen Sinn. Manchmal auch wortwörtlich. Fish hatte allerdings nichts dagegen. »Ein Durchsuchungsbefehl! Wofür zum Teufel?« Sie nahm ihm das Blatt aus den Händen.

»Sagen Sie ihm endlich, dass er öffnen soll, Lady«, meinte Columbo auf der anderen Seite der Tür.

»Wozu wollen Sie mein *Pozzy* durchsuchen? Verdammt noch mal, ich bin schließlich kein Drogendealer!«, gab Fish zurück. Dachte: Na ja, abgesehen von der *Dagga*-Lieferung unter dem Dielenboden im Gästezimmer. Das Gästezimmer diente ihm als Büro. Ein Raum mit alten Aktenschränken aus Metall und Plastikordnern, in denen sich das Leben und die Dramen fehlgeleiteter Politiker, ihrer missratenen Söhne, früherer Auftragskiller und jetziger Auftragskiller fanden sowie die geheime Geschichte eines Attentats und der Trauer der Witwe. Die Geschichte von Fish Pescado, Privatdetektiv. Der einzige ordentliche Raum im ganzen Haus. In diesen Akten gab es zudem eine Liste seiner Kräuterkunden, unter denen sich einige hochrangige Persönlichkeiten befanden.

Doch eine Namensliste war nur eine Namensliste. Die ließ sich leicht erklären. Weniger leicht zu erklären waren Flip Nels Handy und seine SIM-Karte, die noch auf dem Küchentisch lagen. Er drehte sich zu Vicki.

»Ich hab es«, sagte sie, während sie noch den Durchsuchungsbefehl durchlas. »Und die SIM-Karte. Beides in meiner Hosentasche.«

Fish seufzte erleichtert auf. »Hast du meine Gedanken gelesen?«

»Nicht so schwer.« Sie sagte es mit todernster Miene. Fish wusste nicht, wie er das verstehen sollte. Wieder wurde an die Haustür gehämmert. Diesmal offenbar mit dem Griff einer Pistole.

»Lassen Sie uns rein, Mr. Pescado. Sonst wird das böse für Sie enden, *Chommie*.«

»Mach besser auf«, sagte Vicki. »Das hier ist in Ordnung.« Schnalzte mit dem Fingernagel gegen das Papier. »Was ungewöhnlich ist.«

Fish fluchte. »Hat mir gerade noch gefehlt.« Er schob die Riegel zurück und sperrte die Tür auf. Auf der *Stoep* stand der kleine Columbo, neben ihm ein dickbäuchiger Mann in einem Anzug. Ohne Krawatte.

»Kriegen Sie die Überstunden bezahlt?«, wollte Fish wissen. »Ich hatte keine Ahnung, dass die Polizei so viel Geld zur Verfügung hat.«

»Sie stecken in großen Schwierigkeiten, Mr. Pescado. Verdammt großen Schwierigkeiten.« Columbo zeigte auf Vicki. »Wer ist das?«

»Seine Anwältin«, erwiderte Vicki, ehe Fish antworten konnte. »Ich werde die Durchsuchung überwachen.«

»Sie beide legen besser die Waffen weg, Lady. Wir wollen schließlich nicht, dass jemand zu Schaden kommt. Haben Sie dafür eine Genehmigung?«

»Natürlich.«

»Hallo!«, rief Fish und trat auf den Mann im Anzug zu. »Ich bin hier. Das ist mein Haus.«

»Am besten läuft alles über Ihre Anwältin«, meinte der Anzug. »So dass es ganz legal bleibt.« Er warf Vicki einen Blick zu. »Wollen Sie mich herumführen, Lady?« Vicki leitete ihn sogleich den Gang hinunter zu dem Zimmer, das Fish als Büro diente.

»Was soll das?«, fragte er Columbo. »Das hätte bis morgen früh warten können.«

»Sie sind in einer ausweglosen Situation, *Chommie*. Wir haben einiges über Sie rausgefunden.«

»Ach ja? Und was?«

Columbo ging Richtung Küche. Er warf Fish einen fragenden Blick zu.

»Bitte, nur immer herein mit Ihnen«, sagte Fish. »*Mi casa, su casa.*«

Der Detective sah ihn aus zusammengekniffenen Augen an. »Mochten Sie den Film? Ich mag den. Ich hab ihn sogar auf DVD. Diese eine Szene, wo Jackson aus der Bibel zitiert? Ein Klassiker.« Er schaute aus dem Küchenfenster. »Okay, da ist also Ihr *Bakkie*. Das müssen wir auch durchsuchen. Nett eingerichtet haben Sie es sich hier. *Bakkie,* Boot, Haus. Eine Anwältin, die bei Ihnen übernachtet.«

»Worauf wollen Sie hinaus, Sergeant?«

»Captain.« Der Mann drehte sich zu Fish um. »Setzen Sie sich doch, Mr. Pescado. Und erzählen Sie mir von Caitlyn Suarez.«

»Kann ich nicht.«

Columbo zog einen Stuhl heraus und setzte sich Fish gegenüber an den Tisch. Er hob den Deckel von dem Topf mit Sopa de Peixe. »Sie hat Sie als Privatdetektiv angeheuert. Sie kennen sie.«

»Genau.«

»Genau was?«

»Ich habe ihr gegenüber eine Schweigepflicht.«

»Vergessen Sie's.« Er roch an den Suppenresten. »Ah, Fischeintopf. Riecht gut. Lässt mir das Wasser im Mund zusammenlaufen.«

»Ja, war gut.« Fish bot ihm nichts an.

»Portugiesischer Fischeintopf. Mein Großvater war Portugiese. Amado. Jorge Amado. Die *Portos*, was? Die sind überall hingekommen.« Columbo steckte seine Finger in die Suppe und fischte eine Garnele heraus. »Keine schlechte Größe. Wenn Sie dafür Geld haben, müssen Sie gut verdienen.« Er schob sich die Garnele in den Mund und kaute. »Saftig.« Tauchte noch mal in den Topf.

Fish drückte den Deckel auf den Topf und klemmte so seine Finger ein. »Warum bedienen Sie sich nicht einfach?«

Columbo starrte ihn an. »Mr. Pescado, wir wissen, dass Flip Nel die Akte Caitlyn Suarez aus dem Büro mitgenommen hat. Er muss sie Ihnen dort draußen auf dem Meer gezeigt haben. Etwas, was Sie dort gelesen haben, hat Ihnen panische Angst gemacht. Wir vermuten – das heißt, ich und die National Prosecuting Authority –, dass Sie die Akte bei sich haben.« Fish lockerte den Druck auf den Deckel, so dass der Detective seine Hand herausziehen konnte. »Was ist da draußen passiert, Mr. Pescado?« Jetzt wischte er seine Hand am Tischtuch ab. »Die National Prosecuting Authority würde das gerne wissen. Und ich auch.«

»Ich habe es Ihnen bereits erzählt«, entgegnete Fish. »Lesen Sie meine Aussage.« Er hörte, wie ein Motor angelassen wurde und ein Auto wegfuhr. Der vierte Mann machte sich bereits wieder auf den Weg.

»Was ist wirklich passiert? Erzählen Sie es uns. Wir werden es früher oder später eh rausfinden, wissen Sie.«

»Ich habe alles gesagt, was es zu sagen gibt. Flip Nel hat das Seil des Ankers um sein Bein geschlungen und ist dann ins Wasser gesprungen.« Fish wies mit dem Daumen zur Straße. »Wer war denn dieser Kerl? Der gerade weggefahren ist?«

Columbo schüttelte den Kopf. »Ein Kollege. Betrifft Sie nicht. Sie haben uns.« Er blickte zu dem Mann im Anzug und zu Vicki auf, die unter der Tür zur Küche standen.

»Sie haben keine schlechte Detektei hier am Laufen, Mr. Pescado«, stellte der Dickbäuchige fest. »Samt der Ausrüstung: Überwachungskameras, Richtmikrofone. Beeindruckend. Ihre Klienten wissen das offenbar zu schätzen.«

»Wer sind Sie?«, fragte Fish.

»Sagen wir, eine interessierte und betroffene dritte Partei. Wie ich bereits Ihrer Anwältin mitteilte, gehöre ich zur National Prosecuting Authority.«

»Er ist echt«, warf Vicki ein.

»Wow. Und wer war das gerade, Mr. Echt? Der Mann, der eben weggefahren ist?«

Der dickbäuchige Mann im Anzug lachte. »Sie haben Köpfchen, Mr. Pescado. Sie haben offenbar Köpfchen. Nicht nur ein blonder Surfer. Allmählich verstehe ich, warum Sie so beliebt sind. Zu Ihrer Information: Das war mein Kollege. Auch von der National Prosecuting Authority. Fälle, die von derart großem Interesse sind...«

»Großes Interesse?« Fish schob seinen Stuhl zurück und stand langsam auf. Ihm gegenüber erhob sich zugleich Columbo. »Welchen Bären wollen Sie mir hier aufbinden? Ein Polizist, der sich das Leben nimmt, soll von großem Interesse sein? Kommen Sie. Polizisten blasen sich doch täglich das Hirn raus.«

Der NPA-Mann hob beide Hände und winkte ab. »Ist schon in Ordnung, Leute. Entspannt euch. Entspannt euch bitte. Kein Grund zur Aufregung. Wissen Sie, Mr. Pescado, es geht nicht nur um Flip Nel. Nicht mehr nur um ihn. Das tat es vielleicht ursprünglich einmal, aber inzwischen ist die Situation eskaliert. Es wurde zu einem Fall von großem Interesse. Jetzt haben wir ein Problem mit dieser Caitlyn Suarez, und wir brauchen Informationen.«

»Um drei Uhr morgens? Führen Sie bei ihr auch eine Razzia durch?«

»Eine Razzia? Wir sind keine Eindringlinge. Wir befinden uns in einer Situation, die Eile erfordert. Und wir haben gehofft, dass Sie uns dabei helfen können.«

»Mit einem Durchsuchungsbefehl?«

»Wir haben uns nur vorbereitet. Tut mir leid. Lassen Sie uns noch mal von vorne anfangen. Bitte, Mr. Pescado – *asseblief*. Wir müssen mit Miss Suarez sprechen.«

»Ach. Wollen Sie mir damit sagen, dass sie verschwunden ist? Nicht mehr auf dem Radar?«

Eine Pause. Dann zögerlich: »Ja, sie hat ihre legalen Vereinbarungen mit uns gebrochen. Wir wissen nicht, wo sie ist.«

Fish dachte nach, wobei er die Stuhllehne packte. Entweder war sie untergetaucht. Oder man hatte sie geschnappt. Und umgebracht. Sie hatte den Eindruck gehabt, unter Beobachtung zu stehen, und war darüber beunruhigt gewesen. Beunruhigt, dass es auf der Straße passieren konnte, vor ihrem Büro. Zu Hause hatte sie sich sicher gefühlt. In ihrer Gated Community. Mit nächtlichen Patrouillen. Und Überwachungskameras. Und der Schwimmerin. Er sagte: »Vielleicht ist sie tot.«

Der Mann von der NPA antwortete nicht. Auch Columbo schwieg.

»Grundgütiger, wie um alles in der Welt soll sie von diesem bewachten Anwesen verschwinden? Mit diesen ganzen Kameras, die auf jedem verdammten Pfosten und Baum hängen. Die sind doch überall. Dort kann man nicht mal hinter einem Busch pinkeln, ohne dass das auf einem Video von Stonehurst zu sehen wäre.« Fish ließ die Stuhllehne los und trat einen Schritt zurück. »Ihr Leute. Ihr seid echt solche Heuchler. Das wisst ihr, nicht wahr? Warum seid ihr wirklich hier? Warum belästigt ihr mich wirklich? He, rückt endlich raus damit. Wenn ihr nicht könnt, dann *voetsak*. *Suka!* Verzieht euch.«

Der NPA-Mann hielt die Augen auf Fish gerichtet, bis dieser ihn ansah. Nach einem Moment wandte sich der Kerl zu Vicki. »Vielleicht könnten Sie mir noch die anderen Zimmer zeigen?«

Fish bemerkte Vickis Blick, ihre Warnung, dass er sich abregen solle.

»Nicht schlecht, Mr. Pescado«, meinte Columbo. »Sie reizen offenbar gerne Schlangen.« Er grinste ihn an. Stand einfach da, die Hände in seinem blauen Anorak vergraben. »Etwas an Ihnen ist nicht *lekker*, *Chommie*, nicht ganz koscher.« Er beugte sich zum Aschenbecher hinunter, um daran zu riechen.

»Hatten Sie gestern Abend einen Joint? Stinkt nach *Dagga*.« Er trat zum Mülleimer und schob die Gemüseabfälle, die Garnelen- und Muschelschalen sowie die Fischhaut und die Gräten beiseite.

Fish erinnerte sich daran, dass sie nach dem Abendessen noch einen kleinen Joint zusammen geraucht und die Kippe dann im Aschenbecher gelassen hatten. Vicki musste ihn weggeräumt haben. Wie immer einen Schritt voraus. Gott im Himmel sei Dank. Allerdings gab es noch den Vorrat in seinem Nachttischchen.

»Sie sind ein ganz ein Schlauer, Mr. Fish Pescado. Aber solche ganz Schlauen kriegen immer irgendwann eins auf die Nase. Verstehen Sie?« Der Detective wischte sich erneut die Hände an dem Tischtuch ab. »Will sagen, dass Sie uns anschwindeln. Meiner Meinung nach ist etwas anderes da draußen passiert, während Sie mit Flip Nel beim Angeln waren. Wenn Sie klug sind, erzählen Sie mir davon, ehe ich es selbst herausfinde. Denn wenn ich das tue, stecken Sie echt tief in der *Kak*.«

Fish, der gerade zu Columbo treten und ihm erneut die Meinung sagen wollte, hielt inne. Er hörte ein Rascheln in seinem Hintergarten.

»Mister Fish, helfen Sie mir. Mister Fish, Hilfe. Retten Sie mich, retten Sie mich.« Janet klang außer sich. Ihre Schreie wurden schriller. »Mister Fish, Hilfe!« Dann ein weiterer lauter Schrei.

Fish eilte zur Küchentür, entriegelte sie und trat nach draußen, um festzustellen, dass Janet mit einem riesigen Polizisten rang. Er brüllte ihn an, die Frau loszulassen. Der Constable wich zurück. An Columbo und Fish vorbeiredend, sagte er: »Diese *Bergie* hat in dem Stuhl geschlafen. Ich habe sie gerade erst entdeckt.«

Columbo lachte. »Was haben Sie hier? Ein Obdachlosenheim, Mr. Pescado? Sehr christlich von Ihnen. Sehr *Ubuntu*.« Er trat zur Seite, als sich der NPA-Jurist und Vicki wieder zu ihnen gesellten. »Sie sollten für sie einen Bedienstetentrakt bauen. *Ag*, Schande über Sie, Mann, wo ist Ihr Herz, sie im Freien schlafen zu lassen?«

»Sie«, brüllte Janet und zeigte auf Columbo. »Ich kenne Sie. Die anderen nennen Sie Klein-Hitler! Passen Sie bloß auf, dass Sie nicht mal ne Speiche reingerammt bekommen. Mitten rein!« Sie stach mit ihrem Finger in die Luft, als wäre er eine Fahrradspeiche.

»Es reicht«, sagte Columbo. »Halt den Rand.« Er schlenderte zu dem *Bakkie* hinüber. »Ich schaue hier noch nach, und dann gehen wir.« Er öffnete die Beifahrertür des Isuzu und benutzte sein Handy als Taschenlampe, um das Innere des Wagens auszuleuchten. Gab Vicki ein Zeichen über seine Schulter hinweg, um zu ihm zu treten. »Schauen Sie sich das an.«

Vicki entdeckte eine Akte, die auf dem Sitz lag – eine braune Akte mit dem Namen Caitlyn Suarez.

»Was ist es?«, fragte Fish.

»Ich glaube, wir sollten uns jetzt mal ernsthaft unterhalten, Mr. Pescado«, meinte der Anzugmann von der NPA und fasste in die Fahrerkabine, um die Akte herauszuholen. »In unseren Räumlichkeiten.«

»Verhaften Sie mich?« Fish trat zur offenen Tür des *Bakkie*.

»Müssen wir. Ich bin sicher, Misss Kahn wird mir zustimmen. Es ist in diesem Fall das Beste, genau nach dem Gesetz vorzugehen.«

»Ich habe diese Akte noch nie gesehen.«

Columbo schnaubte höhnisch. »Das sagen alle, Mr. Pescado.«

Vicki streckte die Hand nach der Akte aus. »Kann ich da reinschauen? Wie lautet die Anklage?«

Der NPA-Mann lächelte, ohne ihr die Akte zu geben. »*Ag*, das hat noch Zeit. Uns bleiben achtundvierzig Stunden, um uns etwas zu überlegen.«

»Na, großartig.« Fish sah Vicki an. »Dürfen die das?«

Sie nickte. Sagte zu den Beamten: »Wenn Sie ihn befragen, muss ich dabei sein.«

»Befragen ist ein hartes Wort, Miss Kahn. Wir nennen es lieber ein Gespräch. Eine Art Diskussion.«

»Wie auch immer Sie es nennen: Ich werde dabei sein.«

»Wenn ich Sie wäre, Mr. Pescado«, meinte Columbo grinsend, »würde ich mich warm anziehen. In den Zellen kann es angeblich ziemlich frisch werden.«

Siebzehn

Wembley Square. Vicki, noch immer in ihrem Trainingsanzug, saß mit seitlich angewinkelten Beinen auf ihrem langen Sofa. Sie hatte sich bisher nicht geduscht. Konnte Fish noch auf ihrer Haut riechen. Sie nippte an ihrem Kaffee und blickte in den morgendlich roten Himmel. Dachte: Was soll ich machen?

Sie erinnerte sich.

Der NPA-Mann hatte gesagt: »Das ist es, wonach wir gesucht haben.« Und hatte die Suarez-Akte hochgehalten.

Flip Nel hingegen hatte auf seiner Handyaufnahme leise erklärt: »Wenn du die Suarez-Akte willst, sie liegt in meiner Küche.«

Columbo hatte gemeint: »Ich hoffe, Sie haben eine gute Erklärung dafür, Mr. Pescado. Eine sehr gute Erklärung.«

Sie hatte Fish beschworen: »Sag kein Wort, wenn ich nicht dabei bin.«

Columbo hatte gehöhnt: »Jetzt sind Sie nicht mehr so ein toller Hecht, was, Mr. Pescado? Ich glaube, es wird Zeit, dass Sie auspacken.«

Fish hatte ihr versprochen: »Ich rufe an, wenn ich dich brauche.«

Der NPA-Typ hatte sie gefragt: »Ist das Ihr Auto in der Einfahrt? Hübscher Wagen, der Alfa MiTo. Für mich allerdings etwas zu teuer.« Er hatte Daumen und Zeigefinger aneinandergerieben. »Eine starke Farbe – rot. Fällt auf.« Das Ganze wirkte wie nebenbei, während sie Fish zu ihren Autos gebracht hatten. Sein Ton verriet nichts. Bloß eine Beobachtung. Nur dass es das nicht war. Der NPA-Mann gab ihr dadurch zu verstehen, dass sie von ihrem Besuch vor Caitlyn Suarez' Haus wussten. Als ob er ihr seinen Joker zeigen würde. Eine subtile Drohung.

Nachdem sie weggefahren waren, sagte Janet: »Miss Vicki, der andere Polizist hat die Akte in den *Bakkie* getan. Ich hab's genau gesehen.« Sie beschrieb den großen Mann mit der dreiviertellangen Lederjacke.

Vicki fragte: »Hat er dich gesehen?«

»Nein, Miss Vicki. Keiner sieht Janet. Ich bin *mos* unsichtbar.«

Aber der Constable musste eins und eins zusammengezählt haben. Vicki sagte zu ihr: »Hör mal. Sei so nett und komm eine Weile nicht mehr hierher. Bitte – okay?«

Janet sammelte ihre Taschen und Decken ein. »Das sind schlechte Polizisten. Ich kenne Klein-Hitler. Wir alle kennen Klein-Hitler. Mit Mister Fish wird doch alles gut gehen, Miss Vicki?«

»Das wird es, Janet. Vor allem wenn ich ihm erzähle, was

du mir berichtet hast. Aber ich möchte, dass sie dich eine Weile nicht finden.«

»Ich auch.«

Als Vicki nun in ihrer Wohnung saß, dachte sie, dass sich dieser NPA-Mann alles ausdenken konnte, um Fish in Gewahrsam zu behalten. Er konnte ihn des Besitzes von geheimen Staatsdokumenten bezichtigen. Behinderung der Justiz. Er konnte ihm sogar einen Mord an Flip Nel anhängen. Eine weitere Razzia in seinem Haus, eine richtige, gründliche Durchsuchung, und man würde zudem sein *Dagga*-Versteck entdecken. Dann wäre er dran wegen Drogenhandels. Die einzige korrekte Anklage auf der Liste. All das würde jedenfalls gegen Fish sprechen, weshalb ihn kein Richter gegen Kaution freilassen würde. Vielleicht musste sie Caitlyn Suarez finden.

Ihr fiel Henry Davidson ein.

Er würde etwas wissen. Könnte die Anrufliste von Caitlyn Suarez bekommen. An die Aufnahmen der Überwachungskameras in Stonehurst gelangen. Vielleicht sogar an eine Kopie der NPA-Akte. Womit sie in seiner Schuld stehen würde. Henry war schlimmer als so mancher Eintreiber von Spielschulden. Andererseits war diese Schuld eben ein Risiko, das sie eingehen musste. Es lohnte sich. Wenn man auf Zack blieb, konnte man mit Schulden leben.

Vicki schwang die Beine vom Sofa und ging ins Bad hinüber, um Henry Davidson anzurufen. Sie drehte die Dusche auf.

»Es klingt so, als würden Sie gleich eine Dusche nehmen«, sagte Henry Davidson. »Machen Sie sich wegen etwas Sorgen?«

»Nur eine Vorsichtsmaßnahme«, erwiderte Vicki. »Um zehn im Vida E?«

»Warum nicht. Es freut mich immer, Sie zu sehen.«

Um fünf nach zehn trat Henry Davidson mit seinem Filterkaffee an ihren Tisch. Er war wie am Tag zuvor gekleidet: Halstuch, Wildlederjacke, graue Flanellhose. Überraschenderweise trug er diesmal auch zweifarbige Kroko-Slipper. Das war neu und für Henry Davidson ausgesprochen ungewöhnlich.

»Was für eine nette Überraschung. Gleich zweimal an einem Wochenende. Die Leute werden reden.« Er sah sich im Café um. »Hat eine angenehme Atmosphäre, dieser Ort. Und für einen Sonntagmorgen sind auch nicht viele Gäste hier«, fügte er hinzu. »Ich sollte wirklich öfter herkommen.«

Vicki beobachtete seine manierierten Gesten, das Heben der Kaffeetasse mit leicht abgespreiztem kleinen Finger. Der rasche Blick in ihre Richtung, seine fragende Miene.

»Neue Schuhe?«, fragte sie.

Henry Davidson schaute zu seinen Füßen hinunter. »Die besten Schuhe, die ich jemals getragen habe. So leicht. So weich im Gang. Sie wurden mir von einem Podologen empfohlen. Offenbar verliere ich allmählich die Fettschicht an meinen Fußsohlen. Eine Last des Alters. Diese Schuhe schaffen es wunderbar, das zu kompensieren. Wie Sie sehen, werde ich anscheinend schon zu Vater Martin. Obwohl ich noch nicht auf dem Kopf stehe oder Aale auf meiner Nase balanciere. Und?« Er machte eine Pause und rutschte mit den Füßen unter dem Tisch hin und her. »Wo kann Onkel Henry helfen?«

»Caitlyn Suarez.« Vicki beschloss, nur das Nötigste zu erklären.

Henry Davidson nahm einen weiteren Schluck aus seiner Tasse. Stellte sie ab. »Der Name kommt mir bekannt vor. Etwas aus jüngster Zeit. Ein Mord. Habe ich recht? Es ging um einen Minister, wenn ich mich recht erinnere.«

»Um Victor Kweza.«

»Ach ja. Victor Kweza, der Energieminister. Man sollte annehmen, dass diese Sache für die Voliere interessant sein müsste, selbst wenn es nur eine kurze Observation wäre. Als Kabinettsmitglied und so. Andererseits sind Verbrechen aus Leidenschaft nun wirklich nicht die Sache des Geheimdienstes. Sie wird doch keine juristische Hilfe suchen, oder? Ist sie nicht Ausländerin? Eine Dame internationaler Mittel und Möglichkeiten.«

Vicki schwieg. Auch ihre Miene verriet nichts. Am liebsten hätte sie über Henry Davidsons durchtriebene Art gegrinst. Er war schon immer ein Schakal gewesen. Er kam schon bei der leisesten Andeutung von Aasgeruch und wusste genau, was tot war und was noch lebte.

»Ich brauche ihre Anruflisten, Handy und Festnetz. Ebenso wie die Aufnahmen der Überwachungskameras um ihr Haus herum.«

»Vicki Kahn kann man jedenfalls keine Schüchternheit vorwerfen.«

»Kommen Sie schon, Henry. Das kostet Sie nicht mehr als zwei Minuten. Zwei Telefonate.«

Er tätschelte sein Toupet. »Sonst noch was?«

»Ich hätte auch nichts gegen einen raschen Blick in die Polizeiakte.«

»Kann ich verstehen, dass Sie nichts dagegen hätten. Das ist wahrscheinlich alles für Ihren zweifelhaften Freund, vermute ich.«

Vicki antwortete nicht.

»Dachte ich es mir doch.« Wieder eine Pause, während Henry Davidson die Tischplatte musterte. Mit den Fingern klopfte er gegen die Kaffeetasse. Er schaute auf. »Ein Vorschlag. Ich brauche einen Agenten...«

»Nein«, unterbrach ihn Vicki. »Das nicht.«

»Hören Sie mir erst einmal zu. Hören Sie zu. Ich brauche einen Agenten, der inoffiziell arbeitet. Ohne Verbindungen zu uns. Jemand Mitfühlendes. Anteil nehmend. Zuvorkommend.«

»Nein, Henry. Nein.«

»Hören Sie, Vicki. Wir sind Händler, Sie und ich. Das ist kein schlechtes Geschäft. Es geht nur um ein paar Stunden Ihrer Zeit. Sie müssen bloß zuhören und die Zielperson dazu bringen, Ihnen zu vertrauen. Vicki Kahn schafft das mit einem bloßen Fingerschnippen. Mit einem Wedeln des Zauberstabs. Sie haben das, was kleine Mädchen Zauberkraft nennen.« Er beugte sich zu ihr. »Wir haben da jemanden, der mit uns reden will. Anhand der wenigen Informationen, die wir besitzen, glaube ich, dass wir ihm zuhören sollten. Offensichtlich hat er große Angst. Angst um sich selbst, Angst um seine Familie. Offenbar aus gutem Grund. Sogar aus sehr gutem Grund, wenn man die Auswirkungen kennt.«

»Und von der Voliere können Sie niemanden beauftragen.«

Henry Davidson schürzte die Lippen. »Es wäre unklug. Aus Gründen, die Sie nachvollziehen könnten. Aus interner Diskretion oder zumindest vorrangig aus interner Diskretion.«

Vicki gestattete sich diesmal doch zu lächeln. »Welch ein Zufall, dass wir uns gestern hier über den Weg gelaufen sind.«

»Ein glücklicher Zufall, würde ich sagen.«

»Wie sieht es mit einer Bezahlung aus?«

»Bar.« Er schaute sie an. »Was nicht ungelegen käme, nehme ich an.«

Sie erwiderte seinen Blick. Chamäleonaugen – rund und hervortretend. »Um wen geht es?«

»Einen Wissenschaftler.«
»Ich meine, wie heißt er?«
»Dr. Robert Wainwright.«

Teil zwei

Achtzehn

Caledon Square. Fish Pescado, mit einer Hand die Gitterstäbe umfassend, blickte aus dem Fenster. Auf eine graue Mauer einen Meter entfernt. Abwasserrohre, Leitungen, Kabel. Durch das offen stehende Fenster wehte ein fauliger Geruch herein.

Es quälte ihn: das Flattern von Tauben. Das leise Summen der Stadt an einem Sonntag. Es quälte ihn die Nähe von Vicki Kahn.

Er drehte sich zu ihr um. Sie saß an einem Tisch in der Mitte des Raums. Ein Raum, der so klein war, dass hier alles in der Mitte war.

Sagte: »Hol mich raus, Vicki. Ich dreh hier durch.«

»Ich arbeite dran, Fish. Ehrlich.«

Mit einem Schritt war er bei ihr und nahm ihre Hände. Sie fühlten sich warm in den seinen an. »Bitte. Ich bin nicht gut in so was. Im Warten. Im Nichtstun.«

»Hat man dich befragt?«

»Die Haupttypen habe ich bisher nicht mal zu Gesicht bekommen. Eine Befragung wäre herrlich. Zumindest wüsste ich dann, was ihr Problem ist.« Er setzte sich ihr gegenüber an den Tisch. Vicki Kahn. Seine Vicki Kahn. Wunderbar aussehend. Ein loser burgunderroter Schal. Ein Wolljackett über einer offenen Bluse. Der Pulsschlag an ihrer Kehle. »Was wollen sie von mir? Sie bringen mir mieses Essen und miesen Kaffee. Einmal steckte Columbo seinen Kopf rein, offenbar um sich an meinem Anblick zu weiden. Hat nichts gesagt, nur gegrinst. Echtes Arschloch. Und den anderen Kerl habe ich überhaupt nicht mehr gesehen.«

»Den dünnen NPA-Mann? Oder den dicken?«

»Den dicken. Warum haben die mich mitgenommen?«

»Das wollen sie nicht verraten. Sie erledigen alles Nötige, mehr verraten sie nicht.«

»Alles Nötige. Was denn Nötiges? Flip ist gesprungen, ich habe ihn nicht umgebracht. Caitlyn Suarez war nur eine Klientin. Ich habe keine Ahnung, wo sie steckt. Ich wusste auch nicht, dass sie abhauen könnte.« Fish stand wieder am Fenster und versuchte den Himmel zu sehen. Schaffte es aber nicht, den richtigen Winkel zu finden. »Mann! Hier stinkt es bestialisch. Die sollten mal ihre Gullys reinigen. In meiner Zelle gibt es nur einen Luftziegel, sonst nichts. Nicht mal ein Oberlicht. Nichts. Mir scheint das eher ein Lagerraum zu sein.«

»Halte durch. Nach achtundvierzig Stunden ist es vorbei.«

»Na, großartig. Echt großartig. Um vier am Dienstagmorgen darf ich also raus.«

»Ich werde da sein.«

Fish verließ das Fenster. Er wedelte sich den Gestank aus der Nase. Kehrte wieder zum Tisch zurück. »Darum geht es nicht. Es geht darum, warum sie das alles machen.«

Vicki zuckte mit den Schultern. Die Sorge sprach aus ihrem Gesicht. Als er dieses Stirnrunzeln bei ihr sah, hätte er sie am liebsten in die Arme genommen und geküsst. »Weil sie es können.«

Er nahm wieder ihre Hände. Die weiche Haut und der leichte Druck ihrer Finger. »Das beantwortet nicht meine Frage. Sie haben keine Gründe. Sie haben bei der Durchsuchung nichts gefunden.« Fish sah Vicki fragend an.

»Nichts.«

»Was soll das also?«

»Ich weiß es leider nicht, Fish. Ich habe es schon erklärt: Sie verraten nichts.«

»Du bist eine Rechtsanwältin, zum Teufel noch mal! Sie müssen mit dir reden.«

»Das müssen sie nicht.«

Eine Stille breitete sich aus. Fish suchte in ihrem Gesicht nach irgendwelchen Signalen. Er bemerkte die Tiefe ihrer Augen. Unglaublich, wie sie das Braun weicher werden lassen konnte, um es dann dunkler zu machen. Unergründlich.

»Du vermutest, dass sie diesen Raum verwanzt haben. Und uns von irgendwo aus eine versteckte Kamera beobachtet – nicht wahr?«

»Ja.«

Fish lachte. »Klar vermutest du das.«

Vicki lächelte. »Klar vermute ich das.«

»Am besten reden wir also über das Wetter.«

»Stimmt, das ist am besten.«

»Also, wie sind die Wellen?«

»Es tut sich was.«

»Am Muizies?«

»Am Long Beach. Und auch am Reserve.«

»Ach, Mist, Vics. Will ich gar nicht wissen. Was macht der Wind?«

»Nordwestlich. Leicht.«

»Und gibt es Wellengang?«

»Jedenfalls groß genug für die Factory, meinen die Jungs.«

Fish stellte sich vor, wie er dort draußen war. Der Zauber der Factory. Als wäre man mitten im Ozean. Eine riesige offene Bucht. Wenn man dem Berg den Rücken zukehrte, sah man nur den Horizont. Das wilde Meer. Von dort kamen die anrollenden Wellen. Eine beängstigende Reihe von Abfolgen. An guten Tagen wollte man der Factory für immer sein Herz schenken. Man fühlte sich berauscht, beglückt mit zahlreichen Momenten der Ewigkeit.

Fish war dort auf seinem Brett, das Wasser schwer vor Anspannung. Er befand sich im Line-up und wartete auf die Riesen. Vom Salzgeschmack ganz high. Entdeckte die Wellen, wie sie sich gegen den Himmel abzeichneten. Als sie näher kamen, paddelte er in Richtung Senkung.

»Fish!«

Die Kraft des Wassers erfasste ihn. Die gewaltige Größe der Welle. Pulsierend. Episch.

»Fish!« Vicki schnalzte mit den Fingern vor seinem Gesicht. »Fish, komm zurück.«

Er schüttelte verträumt den Kopf. »Haben sie gesagt, wie groß?«

»Keine Ahnung. Groß genug.« Vicki holte ihr Handy heraus und öffnete ihren Twitter-Account. »Willst du mal sehen?« Sie zeigte ihm ein paar Bilder. Viel Himmel. Voller Sonnenschein. Vor der Factory kammartige Wellen.

Fish stöhnte. »Das alles verpasse ich. Stattdessen muss ich hier sitzen und auf die Wand starren, während es da draußen nur so kocht.«

Vicki streckte die Hände aus und zog seinen Kopf nahe an den ihren heran. »Konzentriere dich. Ich frage mich weiterhin: Warum hat Caitlyn Suarez dich aufgesucht? Genau dich.« Sie flüsterte.

Fish konnte Kaffee in ihrem Atem riechen. »Weil ich gut bin.«

»Jetzt mal ernsthaft.« Ihre Finger fuhren durch seine Haare.

»Sie meinte, jemand in der Bank hätte mich ihr empfohlen.«

»Interessant. Hast du früher schon für diese Bank gearbeitet?«

»Nein.«

»Also warum, Fish? So gut du sein magst – warum?«

»Wenn es nicht meine Gefühle verletzte, würde ich sagen: naheliegende Frage.«

»Und weshalb ist sie dir dann nicht eingefallen?«

»Keine Ahnung«, erwiderte Fish. »Manchmal muss man einfach die Welle reiten, wenn sie daherkommt.«

Neunzehn

Upper Kloof Street. Unten die Stadt. Dahinter der funkelnde Ozean. Am Bordstein stand ein weißer Golf GTI. Er wartete hier an diesem Montagnachmittag seit etwa einer Viertelstunde. Hinter dem Steuer saß Muhammed Ahmadi. Sechsunddreißig, kahl rasierter Kopf, kein Bart, rundes Gesicht, Hängebacken, eine schwere Goldkette um den Hals. Über einem T-Shirt trug er einen blauen leichten Anorak. Auf dem Beifahrersitz Mohammad Hashim. Groß, muskulös, durchtrainiert. Sieben Jahre jünger. Ordentlich geschnittene schwarze Haare. Kein Bart, aber ein dunkler Schatten auf seinen Wangen. Sein Kiefer bewegte sich ununterbrochen, weil er einen Kaugummi kaute. Beide trugen Fliegersonnenbrillen.

Über Kopfhörer lauschte Mohammad Hashim den dahinjagenden Gitarrenrhythmen von Black Sabbath. *Paranoid*. Nicht gerade Muhammed Ahmadis bevorzugte Musik.

»Nein«, hatte er gesagt, als Mohammad seinen iPod in die Stereoanlage steckte. »Das darfst du nicht hören. Das ist Teufelsmusik.«

Woraufhin Mohammad Hashim mit den Schultern gezuckt hatte. Er hatte seine Ohrstöpsel herausgeholt und gemeint: »Dann spiel deine Googoosh.«

»Warum auch nicht? Sie ist eine von uns. Und was ist das? Lärm, mein Freund. Nur Lärm. Googoosh klingt wunderbar.«

»Sie ist sechzig! Über sechzig.«

»Sie ist wunderbar. Als Teenager habe ich für sie geschwärmt.«

Die beiden Männer redeten Englisch. Um es zu üben. Sie hatten sich für ihren Aufenthalt gegenseitig versprochen: kein Farsi.

»Wie das? Wo hast du ihre Musik her?«

»Vom Schwarzmarkt natürlich. So wie du deinen Lärm. Ihre Musik kriegt man immer und überall. Es gibt bestimmte Dinge, die kann man nicht verbieten. Ich war sogar 2009 auf ihrem Konzert in Dubai.«

»Diese Frau ist zu alt, mein Freund, viel zu alt.«

»Warte noch ein paar Jahre, Mohammad. Warte, bis du dreißig bist. Dann ändert sich die Welt. Wenn du dreißig bist, verstehst du, dass du eines Tages sterben wirst. Dieses Leben ist nicht ewig.« Muhammed Ahmadi zeigte über die Straße. »Wir müssen die Fotos kriegen.«

»Diesmal kannst du das machen.«

»Das ist deine Aufgabe.« Muhammed Ahmadi hielt den Blick nach vorne gerichtet. Er spürte, dass ihn der Jüngere ansah. Herausfordernd. Mal wieder typisch, dass er Mohammad Hashim mit im Boot haben musste.

Mohammad Hashim schnaubte und ließ sein Fenster herunter. Mit dem Samsung in der Hand fasste er nach oben zum Dach des Autos, um Belindas Haarsalon zu fotografieren. Kontrollierte die Aufnahme auf dem Bildschirm. »Gut. Das ist ein hübsches Foto für sie.«

»Wir müssen auch noch eines mit ihr machen.«

»Gehört das zu meinem Job?«

»Ja.«

»Soll ich in den Salon rein?«

»Geh rein. Begrüße sie mit ›Hallo, Mrs. Wainwright‹. Bitte fürs Foto lächeln.«

»Dann sieht sie mein Gesicht.«

»Na und? Wo liegt das Problem? Es wird eine klare Botschaft für ihren Mann sein. Komm, mach schon. Schnell.« Wieder zeigte er auf den Salon gegenüber. Ließ den Motor an. Er sah, wie Mohammad Hashim schmallippig lächelte. »Hast du was dagegen?«

»Es ist meine Aufgabe, mein Freund. Ich erledige meine Aufgaben.«

Muhammed Ahmadi klammerte sich fester an das Lenkrad, um sich zurückzuhalten. Um die Flut persischer Schimpfworte zurückzuhalten, die in ihm aufstieg. Er beobachtete, wie Mohammad Hashim über die Straße lief und mit dem Smartphone in Belindas Salon verschwand.

Muhammed Ahmadi schüttelte den Kopf. So ein unverschämter Kerl. Voller Bullshit. Er malte sich die Szene im Inneren des Ladens aus: Mohammad tauchte wie ein Unglücksbringer zwischen den Scheren, Shampoos und Föhns auf, um das Handy vor Belinda Wainwrights Nase zu halten. Die Überraschung in dem Salon. Der Moment der Verwirrung. Niemand wusste, was los war. Dann die Empörung. Geschrei. Er sah, wie Mohammad Hashim den Salon wieder verließ und mit schnellem Schritt den Bürgersteig entlangeilte. Ohne zu rennen. Mohammad Hashim rannte nie. Hinter ihm erschien eine Frau unter der Tür. Belinda Wainwright. Angespannt, wütend, rufend.

Muhammed Ahmadi setzte den Blinker und reihte sich in den Verkehr ein. Zwei Blocks weiter hielt er an, um Mr. Black Sabbath einzusammeln. »Hast du das Bild?«

»Klar.«

Blechernes Scheppern drang durch die Ohrstöpsel des Mannes. Immer diese heftige Musik.

Mohammad Hashim glitt ins Auto. Drehte sich nach hinten. Niemand verfolgte ihn. Niemand wirkte interessiert. »Diese Leute haben keinen Sicherheitsdienst.« Er ließ das Fenster herunter und spuckte den Kaugummi auf die Straße. »Sie sind wie Hühner. Du weißt schon: nicht die leiseste Ahnung von der Welt.« Während er sprach, holte er den nächsten Kaugummi aus einem Päckchen.

»Zeig mir mal das Meisterwerk.«

Muhammed Ahmadi nahm das Handy, wandte dabei aber nicht den Blick vom Verkehr auf der Kloof. Er positionierte es so auf dem Lenkrad, dass er den Bildschirm betrachten konnte, ohne dass die Sonne darauf fiel. Die Stimme des Navi, die er Shamireh nannte, erklärte, er müsse in zehn Metern an der Ampel nach rechts in die Camp Street abbiegen. Er schaute auf das Handy. Belinda Wainwright starrte ihn an. Nicht schlecht. Keine Falten. Blaue Augen. Volle Lippen. Der Mund vor Schreck leicht geöffnet. Zwischen den Schneidezähnen hatte sie eine kleine Lücke. Attraktiv. So eine Lücke konnte man mit der Zunge erkunden. Muhammed Ahmadi rutschte auf seinem Sitz hin und her. Frauengesichter zeigten eine Menge. Sie würde nicht schlecht sein.

Sagte zu Mohammad Hashim: »Gut gemacht.«

»Klar.«

Die Antwort erhöhte erneut den Druck in seinem Kopf. Muhammed Ahmadi verkniff sich eine Bemerkung und folgte stattdessen Shamirehs Anweisungen auf die Upper Orange. Die Stimme erklärte ihm: »An der Ampel nach rechts in die Orange Street abbiegen. Das ist die M3.« Eine ruhige Stimme. Amerikanisch, ohne schrill zu sein. Als sie zu Ende geredet hatte, sagte er: »Du könntest Paparazzo sein.«

»Ich bin Paparazzo.« Mohammad Hashim zeigte wieder sein schmallippiges Lächeln. Spöttelte: »Gefällt dir die Frau? Sie ist total durchgeknallt. Gefällt dir das, eine wilde Frau? Sie hat geschrien: ›Verschwinden Sie, raus hier, raus!‹ Verrückt. Eine Wahnsinnige. Deshalb ist ihr Mann auch so still. Bei einer Frau wie der.«

Eine Frau wie diese.

Das gefiel Muhammed Ahmadi tatsächlich. Er fuhr jetzt die Hochstraße über die Stadt entlang und legte sich in die Kurven. In seinem Kopf sang Googoosh *Behesht*. In ihrem engen Kleid, dem schwarzen mit den glitzernden Pailletten. Eine Frau wie diese.

Er warf einen Blick zu Mohammad Hashim hinüber, der tief unten in seinem Sitz hing, Kaugummi kaute und den harschen Gitarrenklängen in seinen Ohren lauschte. Dreck. Abfall. Ging in die Moschee. Betete zu Allah. Ein Killer.

»Wir brauchen ihn, Muhammed«, hatte der Botschafter gesagt. »Mohammad Hashim ist nützlich.«

Muhammed Ahmadi folgte Shamirehs Anweisungen zu einer Schule. Auf einem Sportfeld waren Jungen zu sehen, die gerade Rugby spielten.

»Das wird jetzt nicht so einfach«, meinte Mohammad Hashim. »Die Jungen sehen alle gleich aus.«

»Außer den schwarzen.« Muhammed Ahmadi schaltete den Motor ab. »Um die schwarzen musst du dir keine Sorgen machen.« Er freute sich über seinen Sarkasmus. Zündete eine Zigarette an. Hielt seinem Gefährten die Packung hin.

Mohammad schob seine Hand weg. »Ich hab dir doch gesagt, dass ich aufgehört habe.«

»Ja. Ich auch. Kennst du dieses Spiel?«

»Nein. Mich interessiert nur Fußball.«

»Das hier ist aber besser. Dafür braucht man mehr Geschick und Fähigkeiten. Bei Rugby geht es um Kraft. Mein Spiel ist Basketball. Das Spiel der Sieger.« Sein Handy klingelte. Muhammed warf einen Blick auf das Display. Sagte: »Der Botschafter.«

Der Mann, dem Mohammad Hashim den Spitznamen Imam gegeben hatte.

»Guten Tag, Sir«, sagte Muhammed Ahmadi und wechselte dann für die muslimische Begrüßung zu Farsi. Er lauschte. Schwieg. Starrte auf die Jungen, die Rugby spielten, in seinem Ohr die Stimme des Botschafters, die ihm eine Adresse nannte. Von einem Schuster und Änderungsschneider. Der Mann würde dort auf sie warten. Er sagte, er solle die Bilder von Mrs. Wainwright schicken und keinen Scheiß bauen. Ende des Gesprächs. Das Letzte war auf Englisch gewesen.

»Los, fotografiere jetzt die Jungs«, befahl Muhammed Ahmadi und drückte seine Zigarette aus, um sich gleich eine neue anzuzünden.

»Was hat er gesagt? Woher kriegen wir jetzt unsere Waffen?«

Muhammed Ahmadi mochte den Botschafter nicht. Seinen grauen Bart. Seinen schwarzen Turban. Seine dunklen Anzüge. Seine Arroganz. Seine Befehle. Nie ein Danke. Kein Bitte. Nur dass man keinen Scheiß bauen solle.

Muhammed Ahmadi gefiel es, dass Mohammad Hashim ihn den Imam nannte. Er konnte es zwar nicht zugeben, aber es gefiel ihm.

»Los. Los.«

»Mein Freund.« Mohammad sah Muhammed an. Muhammed bemerkte, wie die Augen des anderen ausdruckslos wurden. »Du musst mir das nicht sagen. Ich weiß, was ich zu tun habe.«

Muhammed Ahmadi erinnerte sich an die Anweisungen des Botschafters: »Sie nehmen Offizier Mohammad Hashim mit. Er weiß, was er tun muss.« Ihm war keine Wahl geblieben. Der Botschafter war an seinen Schreibtisch zurückgekehrt und hatte ihn weggeschickt. »Er ist der richtige Mann, Muhammed. Vertrauen Sie mir. Ich kenne seine Akte.«

Zwanzig

Harrington Street. Zwei Blöcke von dem Ort entfernt, an dem Fish schmachtete. Die Gesellschaft für Rechtsbeistand. In ihrem Büro im oberen Stock saß Vicki Kahn an ihrem Schreibtisch. Umgeben von Aktenbergen. Ein Zimmer voller Akten. Akten neben ihr auf dem Boden. Akten auf dem Fensterbrett. Akten gestapelt vor Büchern in einem Regal. Der einzige Schmuck im Raum war ein Poster von Lennon, das man mit Tesafilm an die Wand geklebt hatte. Ein Porträt in Blau, Rot und Schwarz. Erbstück ihres Vorgängers, der in die freie Wirtschaft gewechselt war.

Vicki riss den Umschlag mit einem Brieföffner auf. Sie holte einige Seiten mit Telefonnummern heraus – Handy und Festnetz. Von Caitlyn Suarez ausgehende Telefonate. Einen Monat zurückreichend, bis zu der Zeit vor dem Mord. Ein USB-Stick. Danke, Henry Davidson. Ein Zettel mit ein paar Worten: »Wir wollen weiter spielen, sagte die Königin zu Alice«. Henry schaffte es jedes Mal, irgendwo eine kleine Spöttelei unterzubringen. Womit er meinte: Vergessen Sie nicht Wainwright.

Es klopfte an ihre Tür. Ein Kollege steckte seinen Kopf in ihr Zimmer. »Die Grunderwerbsleute sind in einer Viertelstunde hier. Im Besprechungsraum.«

»Hab's nicht vergessen«, erwiderte Vicki und schob den Stick in ihren Laptop.

»Wird lang werden.«

»Garantiert.« Gedankenverloren klickte Vicki auf das Filmmaterial der Überwachungskameras. Das Haupttor von Stonehurst. Autos, die hinein- und herausfuhren. »Komm möglichst bald.« Sie hörte, wie ihre Tür geschlossen wurde. Hielt den Blick auf den Bildschirm gerichtet. Vierundzwanzig Stunden auf einem Stick. Das versprach eine besondere Art von Qual zu werden. Sie sagte laut: »Was ich alles für dich tue, Fish Pescado.«

Sie klappte den Laptop zu und blätterte durch die Seiten mit Telefonnummern. Auf Caitlyns Festnetz war kaum etwas passiert. Eine spezielle Nummer, die sich jede Woche wiederholte: Hier kontrollierte der Sicherheitsdienst, ob die Leitung funktionierte. Ständig wurde das Telefon benutzt, sobald Caitlyn Suarez zu Hause arbeitete. Die Gute verbrachte durchschnittlich sechs Stunden täglich am Telefon. Mindestens. Zwanzig- bis dreißigminütige Telefonate. Immer dieselben Nummern. Viele Anrufe gingen ins Ausland und zwar in die ganze Welt, den Vorwahlen nach zu urteilen. Den Rest teilten sich Kapstadt, Johannesburg und Pretoria. Ein rascher Blick genügte, um das zu sehen. Dazwischen gab es ein paar kurze Nummern. Das waren die eigentlich interessanten.

Ihr Handy klingelte: Estelle, Fishs Mutter.

»Vicki!« Diese eindringliche Stimme. Estelle befand sich pausenlos in einer Krise, wobei Vicki gewöhnlich der letzte Mensch war, an den sie sich wandte. »Wo ist Bartolomeu?« Nie Fish, immer Bartolomeu. Nie ein Austausch von Nettigkeiten, sondern immer sofort zum Punkt kommend. »Er geht seit zwei Tagen nicht mehr an sein Festnetz. Hebt auch sein Handy nicht ab. Er kann doch nicht die ganze Zeit am Surfen sein. Ich habe ihm Nachrichten hinterlassen. SMS geschickt und E-Mails. Er ist doch wohl nicht die Küste hoch? Ich will jetzt nicht hören müssen, dass er mal wieder nicht erreichbar ist. Er ist ein erwachsener Mann. Er kann nicht mehr diese kindischen Surfpausen einlegen. Einfach so verschwinden. In seinem *Bakkie* an irgendeinem Strand abhängen. Wie ein Hippie.«

»Ich bin auf der Arbeit, Estelle.« Vicki starrte Lennon an. Dieser gnomartige Mann mit seiner Omabrille. »Ich muss gleich in ein Meeting. Kann das warten?«

»Ich muss mit ihm reden. Es ist dringend. Wichtig. Es gibt etwas, was er für mich erledigen kann. Meine neuen russischen Auftraggeber brauchen Informationen. Schnell. Entscheidende Informationen. Es geht um einen bedeutenden Auftrag für uns. Für unser Land. Es wäre eine direkte ausländische Investition. So etwas brauchen wir.«

»Er ist ...« Sie hielt inne.

»Er ist was? Um Himmels willen, Vicki, was ist er? Wo ist er?« Pause. »Ah. Jetzt verstehe ich. Klar. Ihr seid nicht mehr zusammen.«

Das wünschst du dir von Herzen, dachte Vicki spontan. Fish wäre endlich seine kleine Inderin los. Estelle machte sich nicht einmal die Mühe, besorgt zu klingen. Vielmehr wirkte sie triumphierend.

»Habt ihr zwei euch getrennt? Mal wieder.«

»Ich muss los, Estelle. Fish wurde verhaftet.« Weiter sagte sie nichts.

Am anderen Ende der Leitung herrschte Stille.

»Hast du verhaftet gesagt? Hast du gesagt, Barto wurde verhaftet?«

»Caledon Square. Dort halten sie ihn fest.«

»Meinen Sohn! Sie haben meinen Sohn verhaftet? Weshalb um alles in der Welt?«

»Noch wurde keine Anklage erhoben. Aber man hat mir gesagt, dass es um Mord gehen wird. Beihilfe zum Mord.«

»Das ist jetzt nicht wahr.«

»Ich wünschte, das wäre so.« Vicki dachte: Nun bibbere mal, Estelle.

»Unmöglich. Das ist doch die reinste Erfindung. Wen hat er ermordet? Soll er ermordet haben?«

»Angeblich seinen Nachbarn.« Vicki genoss es, Estelle so am Haken zu haben. »Einen Polizisten.« Sie verbesserte sich. »Es war ein Polizist. Hör zu, Estelle, ich muss jetzt.« Auf einmal tat ihr die alte Schachtel etwas leid. »Mach dir keine Sorgen. Sie haben nichts in der Hand. Wirklich nichts. Ruf im Caledon Square an, wenn du möchtest.«

»Warte. Warte einen Moment. Wer vertritt ihn? Doch nicht du, oder?«

»Doch. Ich.«

»Also, also, ich werde dort anrufen. Ich werde den Minister informieren. Das ist offenbar ein Missverständnis. Mein Sohn ist kein Mörder.«

Erklär das mal der NPA, dachte Vicki. Sie nahm einen Stapel Akten und verabschiedete sich. Die Leitung am anderen Ende war bereits tot.

Einundzwanzig

Plein Street. Energieministerium. Robert Wainwright hörte seiner Frau zu. Er saß an seinem Schreibtisch und lauschte ihr. Durch die Glaswand konnte er Dr. Ato Molapo im Büro nebenan sehen, der sich in seinem Stuhl zurücklehnte und gerade lachte. Ebenfalls am Telefon.

Dr. Robert Wainwright lachte nicht. Sein Sodbrennen schnürte seine ganze Brust ein.

Belinda sagte: »Ein Mann war hier, Robbie. Im Salon. Mitten im Salon. Vor fünf Minuten. Er hat fotografiert. Kannst du dir das vorstellen? Er hat einfach Fotos gemacht. Hat sein Handy vor mein Gesicht gehalten und mich fotografiert. Alle waren total aufgebracht.«

Robert Wainwright zog eine Schublade heraus und nahm einen weiteren Säureblocker aus der Packung. Legte die Tablette auf seine Zunge und saugte daran.

»Was für ein Mann?«

»Ein Mann, Robbie. Ein jüngerer Mann. Schwarze Haare. Was meinst du mit ›Was für ein Mann‹?«

»War er Ausländer?«

»Keine Ahnung. Ja, vielleicht. Er hat nichts gesagt. Er hat kein einziges Mal den Mund aufgemacht. Er lachte nicht oder lächelte, sondern war todernst. Kam einfach reingerannt und fotografierte. Es war total seltsam. Beängstigend. Meine Kunden sind verstört.« Sie holte Atem.

Dann: »Hat das mit ...«

Dann: »Oh, Gott.«

Robert Wainwright biss auf den Säureblocker. Zermalmte die Stückchen mit seinen Backenzähnen. Schluckte.

»Hast du die Polizei angerufen?«

»Du glaubst doch nicht ...«

»Hast du die Polizei angerufen?«

»Nein. Aber der Sicherheitsdienst ist hier. Ich habe den Notfallknopf gedrückt, und sie waren ziemlich schnell da.«

»Wie geht es dir?«

»Ein bisschen zittrig. Oh, Gott, Robert.«

Robert Wainwright fühlte sich durch die Tablette nicht im Geringsten besser. Er warf eine weitere ein.

»Belinda.« Rieb sein Brustbein. Hinten in seinem Rachen brannte der Säurereflux. »Belinda, hast du sonst noch jemanden gesehen? Glaubst du, er war allein?«

Belinda klang erschöpft. »Ich weiß es nicht, Robert. Er ist weggerannt. Ich weiß nicht, ob er irgendwo in ein Auto sprang. Sonst habe ich niemanden gesehen.« Sie hielt inne. »Robert, Robert, du hast es mir versprochen. Du hast mir versprochen, um der Jungen willen, dass so etwas nicht passieren würde.«

»Ich komme«, entgegnete Robert Wainwright. »Der Sicherheitsdienst soll dort bleiben. Ich fahre sofort los.«

Als er aufgelegt hatte, verengte die Angst seine Brust. Was, wenn? Was, wenn die Iraner doch nicht abgereist waren?

Er packte sein Jackett, das über seiner Stuhllehne hing, und ging zu Ato Molapo hinüber.

»Robert.« Der Direktor nahm sein Handy vom Ohr und presste einen Daumen auf das Mikro. »Ich bin gerade am Telefonieren.«

»Wir müssen reden.«

»Jetzt sofort?«

Wainwright schlüpfte in sein Jackett. »Ja. Bitte.«

Molapo verabschiedete sich auf Xhosa von seinem Gesprächspartner. Dem Tonfall nach musste es am anderen Ende der Leitung eine Frau gewesen sein, dachte Wainwright.

»Was? Was gibt es so Dringendes, Dr. Wainwright?«

»Diese zwei, die Iraner.«

»Ja?«

»Sind sie abgereist? Haben Sie gesehen, wie sie abflogen?«

»Wovon reden Sie? Natürlich sind sie abgereist. Ich habe sie zum Flughafen gebracht. Normalerweise steigen Leute, die man zum Flughafen bringt, auch in ein Flugzeug.«

»Aber Sie haben nicht gesehen, wie sie abflogen? Wie sie durch die Sperre gingen?«

»Halten Sie mich für ihr Kindermädchen? Was soll die Frage? Dafür unterbrechen Sie mich, um das zu fragen?«

»Tut mir leid«, erwiderte Robert Wainwright. »Tut mir leid. Ich wollte nicht...« Er eilte in Richtung Treppe.

Zweiundzwanzig

City Bowl. »Warum schwimmen Sie auf diese Weise?«, wollte Caitlyn Suarez von Krista Bishop wissen. Sie stand auf dem Fliesenrand des Pools, ein Päckchen Zigaretten und ihr Handy in der Hand. »Das ist doch schon pathologisch. Auf, ab. Auf, ab. Wie eine Maschine. Zwei bis drei Mal am Tag.«

Krista Bishop, Besitzerin von Complete Security, beauftragt, Caitlyn Suarez zu beschützen, legte ihre Unterarme auf den Beckenrand. Versuchte langsamer zu atmen. Sie blickte über die Stadt hinweg zum Ozean hinüber. Sah Caitlyn Suarez' dunkelblau lackierte Zehennägel. Ihre nackten Füße, ihre gebräunte Haut. Solarium, vermutete Krista. Sie blickte mit zusammengekniffenen Augen zu ihr auf. »Weil ich es will.«

Caitlyn Suarez lachte. »Um etwas zu entfliehen, soll das wohl heißen. Wovor haben Sie Angst, Krista Bishop? Welche Dämonen verfolgen Sie? Schauen Sie sich nur Ihre Oberschenkel an. Die Narben von irgendwelchen Schnitten. Glauben Sie, das ist mir nicht aufgefallen?«

»Das geht Sie nichts an. Ich verberge sie nicht.«

»Das stimmt. In jeder Hinsicht.«

Krista stemmte sich aus dem Wasser. Sie nahm das Handtuch, das Caitlyn ihr reichte. Caitlyn Suarez starrte sie unverblümt an.

»Sie mögen mich nicht.«

»Sie sind eine Klientin«, entgegnete Krista und rubbelte ihre kurzen Haare trocken, so dass sie abstanden. Sie erwiderte den Blick der anderen Frau. »Es geht nicht um mögen oder nicht mögen. Ich lasse mich niemals auf Klienten ein.«

»Aber ich bin in Ihrem Haus. Wie Sie zuvor in meinem waren.«

Krista zuckte mit den Schultern. »Das gehört zu meinem Job.«

»Und was ist Ihr Job?«

»Wofür Sie mich engagiert haben. Was er von Anfang an war: Sie zu beschützen.«

»Und mich auszuspionieren.«

»Das tue ich nicht.«

Caitlyn Suarez setzte sich auf einen Terrassensessel und zeigte auf das Haus aus Glas, Beton und Metall. »Wieso besitzt eine junge Frau wie Sie mit einem Beruf wie dem Ihren ein solches Haus? An der höchsten Straße des Berges. Mit großartigen Ausblicken. Eine Immobilie, die Millionen wert ist. Sie fahren zudem einen klassischen Alfa Spider. Das kann doch nicht Ihr Geld sein, oder? Muss von Papa stammen, von Mace.«

Krista dachte: Die Zicke hat ihre Hausaufgaben gemacht. Entgegnete: »Wer spioniert hier wem hinterher? Haben Sie mich auskundschaften lassen?«

»Nur die erforderliche Sorgfalt. Ich will wissen, mit wem ich es zu tun habe.«

»Wenn Sie sich dadurch besser fühlen.«

»Das tue ich. Ich weiß über Sie Bescheid, Krista Bishop.« Sie streckte die Hand aus, um Kristas zu berühren, doch diese zog ihre sogleich weg. »Ich weiß von dem Mord an Ihrer Maman, hier in diesem Haus, durch einen Auftragskiller. Durch diese Frau Sheemina February, die Ihren Vater verfolgt hat. Auch ihn beinahe umbrachte. Ich weiß von Ihrer Militärausbildung und wie Sie das Geschäft Ihres Vaters Mace übernahmen, einem früheren Waffenschieber, der inzwischen auf den

Caymans chillt. Und dass später Ihre Partnerin Tami erschossen wurde, weiß ich auch.«

»Woher?«

»Wie gesagt: erforderliche Sorgfalt.«

Erforderliche Sorgfalt. Krista konnte sich vorstellen, woher all diese Informationen kamen. Mart Velaze musste geredet haben. Sie hörte die Frau sagen: »Man braucht keinen Psychotherapeuten, um zu sehen, warum Sie schwimmen. So besessen schwimmen.«

»Dann ist ja alles großartig für Sie.«

Es herrschte einen Moment lang Schweigen. Eine Brillentaube gurrte aus den Pinien. Krista spürte eine Brise auf ihrer Haut. Schlüpfte aus ihrem Badeanzug und in einen Trainingsanzug. Caitlyn Suarez schaute ihr dabei unverwandt zu.

»Ich habe Victor nicht umgebracht. Ich bin keine Mörderin.«

»Ich richte nicht über Sie.«

»Doch, Sie richten. Alles an Ihnen strahlt etwas Beurteilendes aus. Sie mögen die Welt nicht. Sie mögen keine Menschen. Und Sie wollen sich auf nichts einlassen. So wirken Sie. Urteilend. Die Krista-Bishop-Haltung. Gnadenlose Aburteilung.«

Krista stand großgewachsen vor Caitlyn Suarez. Die Frau setzte alles ein: Dekolleté, schimmernde Haare, die weichen Lippen, rosafarben natürlich. Sie blies eine Rauchwolke in die Luft.

»Ich habe recht.«

»Sie sind eine Klientin«, sagte Krista.

»Natürlich.« Caitlyn zog rasch an ihrer Zigarette und ließ den Rauch aus ihrem Mundwinkel entweichen. Klopfte mit dem Handy auf ihre Zigarettenpackung. »Wenn jemand mit einer Waffe über diese Mauer käme, was würden Sie tun?«

»Meinen Job.«

»Eine Kugel abfangen, um mich zu verteidigen? Tun Sie doch nicht so. Denken Sie wirklich, dass ich Ihnen das glaube? Sie wurden schon einmal angeschossen. Ein zweites Mal werden Sie das nicht auf sich nehmen wollen.«

»Niemand wird über diese Mauer kommen. Es gibt Bewegungsmelder. Und einen Elektrozaun.«

Caitlyn Suarez drückte ihre Zigarette am Rand des Rasens aus, um die Kippe dann auf die Fliesen neben ihrem Sessel zu legen. Sie sah, wie Krista die Stirn runzelte. »Keine Sorge. Ich werfe sie nachher weg.« Schnalzte mit der Zunge. Fluchte. »Gütiger Himmel. Sehen Sie, was ich meine. Immer ganz der Pausenhofaufpasser. Und Sie behaupten, Sie würden nicht urteilen. Sollten mal in sich gehen, Schwester.«

Krista hängte ihren Badeanzug über einen Stuhl. Dann setzte sie sich hin, um in ihrem Buch weiterzulesen. Didions *Nach dem Sturm*. Eine Möglichkeit, um Caitlyn Suarez auszublenden.

»Hab ich gelesen. Fieses Ende, wenn diese Frau erschossen wird. Sehr traurig. Aber so ist nun mal die Welt, in der wir leben. Wie auch mein Victor Kweza herausfinden musste. Man kann für seine Prinzipien sterben.« Sie lachte gezwungen. »Auch für seine Prinzipale, wie wir wissen. He!« Sie stieß mit dem Fuß gegen den von Krista. »Warum glauben Sie, dass man mich bewacht? Warum glauben Sie, dass dieser Mart Velaze immer vorbeikommt und nach mir sieht?«

»Tue ich nicht.«

»Was?«

»Ich stelle keine Vermutungen an. Für mich sind Sie einfach für jemanden von Vorteil. Vielleicht sind Sie auch eine amerikanische Agentin. Diese Schlussfolgerungen kann ich aus der Tatsache ziehen, dass Sie bewacht werden. Und aus den ergriffenen Maßnahmen. Etwas ist passiert, und die Situation hat sich verändert. Sie wurden auf einmal heißbegehrt. Aber meine Aufgabe hier bleibt die gleiche.«

»Von Vorteil! Agentin! Schon wieder: die Krista-Bishop-Schlussfolgerungen. Nicht nur eine toughe Tussi mit Waffe, sondern sie kann auch noch eins und eins zusammenzählen. Sie kommt zu einer Einschätzung der Gesamtsituation. Und vermutet, die große Flucht muss mit der freundlichen Genehmigung von Mart Velaze inszeniert worden sein.«

»Natürlich. Mehr oder weniger.«

»Und das hat Sie gar nicht neugierig gemacht? Oder Sie beunruhigt? Diese heimliche Aktion, um mich verschwinden zu lassen? Warum das so vor sich gehen musste? Haben Sie etwa einen abtrünnigen Geheimagenten in Ihrem Haus, dass Sie das gar nicht wissen wollen?«

Krista Bishop klappte den Roman zu, wobei sie einen Finger auf der Seite ließ, wo sie gerade war. »Das können Sie besser beantworten. Das wollen Sie doch. Also rücken Sie schon raus damit.« Sie sah, wie Caitlyn Suarez sie aus zusammengekniffenen Augen ansah und überlegte. Wahrscheinlich fragte sie sich, wie viel sie gestehen konnte. Allerdings war eines klar: Es würde nicht zuverlässig sein, was sie erzählte. Zu gleichen Anteilen Fakten wie Fiktion.

Caitlyn Suarez nickte. Okay.

Sie begann. »Haben Sie sich schon gefragt, warum ich Victor Kweza hätte töten wollen? Aus Leidenschaft? Wir hatten einen Streit, und außer mir vor Zorn zog ich ihm einen mit dem Golfschläger über? Das könnte ein Szenario sein. Nur dass Sie das nicht vermuten werden. Das wäre im Affekt, aus einem Moment heraus. Ein Zeichen wilder Unbeherrschtheit. Nicht mein Stil. Und sicher auch nicht der Stil einer ausländischen Agentin.«

Caitlyn Suarez räkelte sich auf dem Liegesessel. »Wie schlage ich mich bisher?«

»Ich höre«, erwiderte Krista. Sie erinnerte sich daran, dass Mart Velaze ihr von dem großen Interesse internationaler Partner an Caitlyn Suarez erzählt hatte. Man wollte sie für sich gewinnen. Internationale Partner hießen in der Velaze-Sprache Geheimdienste. Sie hörte, wie die Frau mit ihrer Schwachsinnsgeschichte fortfuhr.

»Also fragen Sie sich: Wer ist diese Frau? Was steckt hinter ihr? Man hat Ihnen ein paar Dinge erzählt, Sie haben herumgeschnüffelt. Mein Lebenslauf weist keine fragwürdigen Stellen auf. Warum glaubt man also, ich könnte Victor getötet haben? Warum hat mich Ihr Geheimdienst unter seine Fittiche genommen? Das ergibt keinen Sinn. Erklärt nicht alles. Nur dass derjenige, der Victor Kweza umgebracht hat, jetzt vielleicht auch Caitlyn Suarez umbringen will.«

Sie zündete sich eine weitere Zigarette an. Sagte: »So viele rauche ich gewöhnlich nicht. Sie machen mich offenbar nervös. Es ist dieses ständige Schwimmen. Das Lesen. Ihr Schweigen. Sie sind nicht normal.«

Krista antwortete nicht, sondern sah zum Berg mit seinen grauen Steilwänden hoch. Dachte: Was ist das nur mit bestimmten Leuten? Immer dieses Vortäuschen. Sie roch den Rauch von Caitlyns Zigarette und benutzte Didions Roman, um sich Luft zuzufächeln.

»Sorry«, sagte Caitlyn Suarez. »Sie sind ja gegen Rauchen. Ganz vergessen. Wie unhöflich von mir.« Sie blies die nächste Rauchwolke durch den Mundwinkel, weg von Krista. »Es gibt einen guten Grund, warum ich hier bin. Oh ja, es gibt einen Grund. Baby, wenn die Jungs hier über die Mauer kommen, sollten Sie Ihren Revolver besser gegen eine Automatik austauschen. Wo wir schon davon reden: Welche Waffen haben

Sie eigentlich hier? Sie und ich, wir beide müssen vorbereitet sein. Ein paar Mini-Uzis wären praktisch. Wir werden einige Feuerkraft brauchen.«

Das war's also, dachte Krista – so viel zur Legende der internationalen Bankerin.

Dreiundzwanzig

Woodstock. Muhammed Ahmadi stieß die Tür auf. Atmete den Geruch von Leder und Lederfett ein. Eine Erinnerung aus seiner Kindheit: der alte türkische Schuhmacher in der Seitengasse, vor dessen Laden Lederstreifen hingen. Eine Glocke läutete über seinem Kopf. Das schwache Geräusch eines auf leise gedrehten Radios.

»Guten Tag, meine Herren. *As-salāmu alaikum.*«

Muhammed Ahmadi betrat das Innere des Ladens. Er erwiderte den Gruß, während er versuchte, in der Dunkelheit etwas zu erkennen. Er sah, wie sich ein Mann an einem Tisch im hinteren Teil des Raums erhob. Mit einem Fez. Wie der Schuster damals in der Gasse. Hinter ihm schloss Mohammad Hashim die Tür. Nun war kein Straßenlärm mehr zu hören. Die Stille in dem Geschäft wirkte jahrhundertealt.

»Ich bin der Mann, den Sie treffen sollen, meine Herren. Sie sind die Herren aus Teheran?«

Muhammed bestätigte das.

»Kommen Sie, kommen Sie.« Er streckte die Hand aus, um die ihren zu schütteln. »Es passiert nicht jeden Tag, dass ich so erlesene Besucher in meinem Geschäft begrüßen darf.« Seine Hand fühlte sich in der von Muhammed Ahmadi feucht und warm an. »Möchten Sie einen Tee? Schokoladenkekse? Die selbstgemachten Kekse meiner Frau.«

Muhammed Ahmadi wischte sich die Hand an seiner Jeans ab. Ehe er sprechen konnte, erwiderte Mohammad Hashim: »Tut mir leid, mein Freund, aber wir haben keine Zeit.«

»Nicht mal für einen Tee? Er ist fertig. Ich kann ihn sofort eingießen.«

»Vielleicht danach«, meinte Muhammed Ahmadi.

Der alte Mann lächelte. »Gefällt Ihnen Kapstadt? Gefällt Ihnen meine Stadt?«

Muhammed sagte, dass sie ihm gefalle. Dass man sie gut behandelt habe.

»Meine Familie lebt hier seit zweihundertfünfzig Jahren. Es ist unsere Stadt. Ich möchte Sie herzlich willkommen heißen. Folgen Sie mir jetzt bitte. Wir gehen nach unten. Oh ja – zuerst muss ich das Geschäft abschließen. Wir wollen schließlich nicht, dass jemand kommt, um neue Sohlen zu bestellen.« Der Schuhmacher hängte ein Schild mit der Aufschrift *Geschlossen* ins Fenster und verriegelte die Tür. »Gut. So kann uns niemand unterbrechen.«

Er führte sie tiefer in den Laden hinein. »Passen Sie auf, dass Sie sich nicht den Kopf stoßen.« Er hob eine Falltür im Boden an und schaltete ein Licht ein. »Bitte Sie zuerst. Ich steige als Letzter hinunter.«

Muhammed Ahmadi blickte in einen Keller mit Regalen voller Waffen. Mohammad Hashim stieß einen leisen Pfiff aus.

»Alles in bestem Zustand. Tipptopp. Bitte, meine Herren, wir müssen uns beeilen.«

Sie kletterten nach unten, und ihr Gastgeber schloss die Luke hinter ihnen.

Der Keller war halb so groß wie das Geschäft darüber. Steinplatten auf dem Boden, eine niedrige Decke mit Holzbalken. Auf einer Seite stand ein kleiner Tisch.

»Bitte denken Sie an Ihre Köpfe.« Der Schuhmacher klopfte mit seinen Fingerknöcheln gegen die Balken. »Eigentlich ist das Bauholz für Schiffe. Aus der Zeit der großen Segelboote.« Er wies auf die Waffen in den Regalen: Automatikgewehre, Handfeuerwaffen, fünf Panzerfäuste. »Wählen Sie sich eine aus. Alles ist in bestem Zustand. Überschuss aus der Armee. Und der Polizei.« Er zog Handschuhe an, die offenbar schon oft getragen worden waren.

»Wir brauchen Pistolen«, erklärte Mohammad Hashim. »Eine für ihn und eine für mich.«

»Natürlich. Die Pistolen sind die an der Wand. Weitere habe ich den Schränken.«

»Haben Sie Glocks?«, wollte Mohammad Hashim wissen. »Neunzehner?«

»Glocks, Glocks, Glocks. Alle wollen Glocks. Das sind Fernsehwaffen, meine Herren. Natürlich, ja, die Neunzehner ist gut, das Gleiche gilt für die Siebzehner. Das sind gute Waffen. Wenn Sie Amerikaner sind, ist das Ihre erste Wahl.« Sein Blick wanderte von Mohammad zu Muhammed. »Das sind Sie natürlich nicht.« Er kicherte. Aus einem Schrank holte er eine schwarze Pistole mit einem Polymer-Griff. »Die sollten Sie probieren. Das ist meine Spezialwaffe.« Er legte sie auf seine Handfläche. »Eine IWI. Israel Weapons Industries. Die Jericho. Neun Millimeter. Das ist die Waffe, die Sie wollen.«

»Wir wissen, welche Waffe wir wollen.«

»Bitte. Halten Sie sie mal.« Hielt die Pistole Muhammed Ahmadi hin.

Mohammad Hashim fasste danach und nahm sie. Er durchlief die üblichen Bewegungen. Holte das Magazin heraus. Leer. Zog den Schlitten zurück. Hob den Arm und visierte ein Ziel an. Sagte: »Die ist jüdisch.«

»Natürlich, ja.« Der Schuhmacher klappte einen Laptop

auf dem Tisch auf. Er gab ein paar Zahlen ein. »Lassen Sie mich von den Juden erzählen. Mein Großvater war ein sehr armer Mann. Er konnte nicht zur Schule gehen. Er musste bereits als Junge Pasteten auf der Straße verkaufen. Eines Tages brachte ihn seine Mutter zu einem Juden. Der Mann lehrte ihn, wie man Schuhe repariert. Mein Vater war auch ein sehr armer Mann. Er musste ebenfalls als Junge Pasteten auf der Straße verkaufen. Mein Großvater bat einen Juden, ihn zu einem Schneider zu machen. Mein Vater hatte nie eine Schulausbildung. Aber ich besitze jetzt ein Geschäft. Ich habe Kinder, die nicht arm sind. Mein einer Sohn ist Apotheker, der andere Arzt in einem Krankenhaus. Meine Tochter ist Lehrerin. Sie haben alles. Das Schicksal hat uns hierhergebracht. Die Juden sind klug, meine Herren. Schauen Sie.«

Er klickte auf dem Laptop ein YouTube-Video an. Eine DJ-Trancemusik mit harten Rhythmen ertönte. Der Text: *Set me free. I like to live like a warrior*. Schnelle Schnitte. Männer bei der Kampfausbildung. Ein Kerl mit kahl rasiertem Kopf, schwarzem T-Shirt, Ohrstöpseln. Lässt die Waffe in den Schlamm fallen. Hebt sie auf, feuert ein ganzes Magazin ab. Macht dasselbe mit Wasser. Ebenso mit Sand. Während der DJ davon schwärmt, wie es ist, als Krieger zu leben.

»Die Juden, meine Herren. Mit denen sind Sie auf der sicheren Seite.«

»Eine Glock«, sagte Mohammad Hashim.

»Okay.« Der Schuhmacher seufzte. »Für Sie wird es immer eine Glock sein.« Mit geschürzten Lippen schüttelte er den Kopf. »Manchmal muss man auch was Neues ausprobieren, Bruder.« Er holte eine Glock 19 aus dem Schrank und reichte sie Mohammad Hashim. Dann sah er Muhammed Ahmadi an, und seine Miene erhellte sich. »Aber für Ihren Kameraden? Vielleicht ist er abenteuerlustiger. Nehmen Sie die

Jericho? Wollen Sie ein Krieger sein? Beide sind groß genug für fünfzehn Schuss.«

»Die Glock ist besser«, beharrte Mohammad Hashim. Er legte die Jericho auf den Tisch. »Sie ist größer. Wir brauchen keine schicke Waffe.«

»Ganz wie Sie wünschen. Sie wissen, wofür Sie die Waffen benötigen.«

»Ich werde die hier nehmen«, erklärte Muhammed Ahmadi und fasste nach der Jericho. Fühlte ihre angenehme Leichtigkeit. Wie zuvor Mohammad Hashim hob auch er den Arm und visierte ein imaginäres Ziel an.

»Sehr gut.« Der Schuhmacher nickte Muhammed Ahmadi zu. »Dann haben wir das Geschäft ja schnell hinter uns gebracht. Nehmen Sie auch Munition?«

»Ein volles Magazin reicht«, erwiderte Muhammed Ahmadi.

»Und eines extra«, fügte Mohammad Hashim hinzu.

Der Schuhmacher lud die Magazine und schob sie in die Waffen. Dann legte er die Pistolen auf den Tisch und die Extra-Magazine daneben. »Wegen der Bezahlung müssen Sie sich keine Gedanken machen. Die wird getrennt geregelt.«

»Wollen Sie sie wieder?«, fragte Muhammed Ahmadi.

Der Schuhmacher lächelte. »Grundsätzlich nichts retour und keine Rückerstattung.« Er zog die Handschuhe aus. »Nun, meine Herren. Ich muss mich wieder meiner Arbeit oben zuwenden. So viele Leute wollen heutzutage ihre Absätze erneuert haben. Oder neue Sohlen. Für Schuhmacher und Schneider gibt es immer etwas zu tun.«

Vierundzwanzig

City Bowl. Krista Bishops Haus lag hoch oben am Berg über der Stadt. Ein leuchtend blauer Nachmittagshimmel.

Sie stand neben Mart Velaze in der Küche und blickte zu Caitlyn Suarez hinaus, die auf einem Liegestuhl neben dem Pool lag.

Eine entspannte Caitlyn Suarez in einer Jeans und einem weißen Baumwolltop. Barfuß.

Krista Bishop sagte zu Mart Velaze: »Mir macht das überhaupt keinen Spaß.« Sie sprach leise und ruhig. »Sie ist ein Miststück. Kein netter Mensch.«

Mart Velaze: Agent, Spion, Geheimdienstoffizier.

»So schlimm ist sie nun auch wieder nicht.«

»Ist sie. Und du hättest ihr nicht alles von mir erzählen sollen.«

»Was alles?«

»Meine verdammte Lebensgeschichte. Das alles, Mart.«

»Das habe ich nicht.«

»Wer hat es dann?«

Krista Bishop ärgerte dieser blaue Nachmittagshimmel. Touristen auf dem Berg. Drachenflieger in den Luftströmungen. Sie und Mart Velaze beobachteten Caitlyn Suarez, die auf die Stadt hinunterblickte: die Ansammlung von Hochhäusern, dahinter Containerschiffe im Hafen. Auf ihrem Bauch flatterten die Seiten einer Finanzzeitschrift hin und her. In ihrer Hand hatte sie ihr Handy.

»Ich will deine Welt nicht in meinem Haus. Ich will sie loshaben«, erklärte Krista Bishop.

»Du hast zugestimmt. Es bringt auch gutes Geld.«

»Ich habe meine Meinung geändert.«

Sie sah Mart Velaze mit herausforderndem Blick an.

»Wir werden sie woanders hinbringen.«

»Wann?«

»Bald.«

»Wann ist bald, Mart? Sie ist schon drei Tage hier.«

»Bald. Du kennst die Vereinbarungen. Akzeptiere sie. Was ist eigentlich dein Problem?«

»So ein Gefühl.«

»Natürlich. Weibliche Intuition. Sie mag dich auch nicht. Dein ganzes Schwimmen. Sie kapiert nicht, was das soll.«

»Toll. Hat sie mir bereits gesagt. Bring sie hier weg. Ich will sie nie wiedersehen. Nie mehr. Und ich gehe jede Wette ein, dass sie ihn umgebracht hat.«

»Glaubst du? Woher nimmst du diese Verdächtigungen? Ist das wieder weibliche Intuition?«

»Sie hat ihn umgebracht.«

»Warum? Und warum hat sie dann einen Privatdetektiv angeheuert?«

»Ist doch eine gute Verschleierungstaktik. Egal warum. Sie hat es jedenfalls getan.«

»Lass es, Krista. Mach einfach nur deinen Job, okay? Stell sicher, dass die bösen Jungs sie nicht erwischen. Das ist alles, was ich will.«

»Alles? Danke vielmals, Mr. Velaze. Ihr wisst doch nicht mal, wer die bösen Jungs sein sollen. So wie sie redete, gehören sie einer Art Sondereinheit an.«

»Sie übertreibt. Sie will dich glauben lassen, dass sie wichtiger ist als in Wirklichkeit.«

»Und wie wichtig ist sie?«

»Wichtig genug, denkst du nicht? Nach all den Mühen, die wir uns machen.«

Sie sahen, wie Caitlyn Suarez ihr Handy ans Ohr führte. Sie

stand auf und schlenderte vom Haus weg, mit dem Rücken zu ihnen.

»Hört ihr sie eigentlich ab?«, fragte Krista Bishop. »Das solltet ihr jedenfalls.«

Mart Velaze zuckte mit den Achseln. »Sie telefoniert ständig. Das ist ihr Job.« Er nahm seine Autoschlüssel von der marmornen Arbeitsplatte. »Du solltest ein paar Bahnen schwimmen, um etwas weniger aggro zu sein.«

»Ach so. Und wenn die bösen Jungs kommen?«

»Die wissen nicht, wo sie steckt.«

»Inzwischen wissen die Bescheid. Ihr Handy ist wie ein Signalfeuer. Hier bin ich, pieps, kommt und holt mich, pieps.«

»So dramatisch ist das nicht.«

»Nein, natürlich nicht. Du hast doch gerade gesagt, dass sie wichtig genug ist. Wichtig genug, um sie aus ihrem Haus zu holen, wo ihr sie ursprünglich im Blick haben wolltet. Unter einer Decke hinten in einem Transporter. Mit falschen Kennzeichen. Falschem allen. Eine verdeckte Operation. Wer war hinter ihr her, Mart? Warum bedeutet sie dir so viel?«

»Bedeuten wäre übertrieben. Sie ist gar nicht mein Typ.« Er grinste. Erinnerte sie an ihre Affäre.

Ihre Liebschaft.

Die Geschichte hatte etwa ein halbes Jahr gedauert. War intensiv gewesen. Und ein schlechtes Ende hatte von Anfang an festgestanden.

Was auch passierte, als er plötzlich um Mitternacht bei ihr hereinschneite. Seit zwei Wochen hatte er sich nicht gemeldet – keine Anrufe, keine Nachrichten, keine E-Mails, *niks*. Dann auf einmal mitten in der Nacht: »Süße, ich bin zurück. Lass mich rein.«

Sie hatte ihm nicht das Tor geöffnet, sondern ihn von der

Küche aus auf dem Bildschirm beobachtet. Ein müde aussehender Mart Velaze hatte sie angegrinst.

»Zurück von wo?«, hatte sie gefragt.

»Afrika.«

»Großer Ort, Afrika.«

»Lass mich rein, dann erzähl ich's dir. Komm schon, Süße. Ich bin total k.o.«

»Geh nach Hause, Mart«, hatte sie erwidert. »Du kannst hier nicht einfach vorbeitanzen und denken, ich lasse dich rein. Nach zwei Wochen oder so.«

Das hatte sein Grinsen verschwinden lassen.

»Du kennst doch meine Arbeit. Du hast immer gewusst, worauf du dich einlässt.«

»Habe ich das?«

»Du weißt, was ich mache.«

»Du lügst, Mart. Das ist es, was du machst. Darin bist du am besten.«

»Dich belüge ich nicht.«

Sie hatte sofort eine Entgegnung parat: »Teilweise die Wahrheit zu sagen, ist auch eine Art zu lügen.« Sie hielt inne.

Schweigen. Mart Velaze hatte in die Kamera der Gegensprechanlage gestarrt. »Du redest totalen Mist.«

»Du hättest anrufen können, Mart. Mir irgendwie eine Nachricht zukommen lassen.«

»Hätte ich nicht.« Er hatte sich um hundertachtzig Grad gedreht und war davongegangen.

Hatte sie in der dunklen Küche zurückgelassen, wo sie sich fragte, ob es das war, was sie wollte.

Es stellte sich heraus, dass es sie gar nicht sonderlich störte. Mart Velaze war gut als Ablenkung gewesen und hatte im Grunde nicht mal einen blauen Fleck auf ihrem Herzen hinterlassen.

Er rief nicht an. Sie ebenso wenig. Krista Bishop führte ihr Leben weiter.

Bis er eines Tages vor der Tür von Complete Security am Dunkley Square stand. »Ich habe einen Job für dich, Krista.«

Ach ja?

Da sie von Natur aus neugierig war, ließ sie ihn herein. Sie hatten auf gegenüberliegenden Seiten an dem langen Tisch im Erdgeschoss gesessen. An der Wand stand eine Vitrine mit der Vase ihrer ermordeten Mutter. Eine elegante Vase – eines ihrer besten Stücke.

Mart Velaze zeigte darauf und sagte: »Ein großartiges Stück. Das denke ich jedes Mal, wenn ich es sehe. Man würde es am liebsten berühren. Es streicheln. Deine Mutter war eine fantastische Keramikerin.«

Krista wartete.

Das diente ihm nur als Einstieg. Kein »Wie geht es dir? Wir sollten reden. Wie wäre es mal auf ein Bier?« Nein. Mart Velaze kam sofort zum Wesentlichen. Erzählte ihr von Caitlyn Suarez. Ihre Stellung als Bankerin. Ihre Beziehung zu dem Minister. Die tödliche Gefahr, in der sie sich befand.

Krista meinte: »Du verschweigst mir etwas.«

Woraufhin Mart Velaze antwortete: »Teilweise die Wahrheit.« Er grinste. »Deine Formulierung. Nur das, was du wissen musst.«

Zum Teufel mit dir, Mart Velaze.

Dann hatte er ihr das Honorar genannt.

Sie stieß einen leisen Pfiff aus. »Plötzlich hat der Geheimdienst Knete?«

»In diesem Fall arbeiten wir mit Partnern zusammen. Internationalen Partnern.« Mart Velaze hörte nicht auf zu grinsen. »Nimmst du den Auftrag an?«

»Internationale Partner? Wie zum Beispiel?«

»Du kannst gerne raten.«

»Die Frage ist, ob ich das will.«

Er zuckte mit den Achseln. »Deine Sache. Es ist leicht verdientes Geld. Lohnt sich nicht, deswegen so einen Aufriss zu machen.«

Krista Bishop starrte ihn an. Sie sah Gerissenheit, Falschheit, Hinterlist. Sein Blick wanderte zur Vase zurück.

»Ich töpfere jetzt auch«, sagte sie. »Ich bin zwar nicht so gut wie sie, aber nicht schlecht. Offenbar habe ich Talent. Der Apfel fällt nicht weit vom Stamm.« Dann: »Warum, Mart? Warum bist du hier? Du hast mich sitzen lassen.« Schnippte mit den Fingern. »Fort. Über Monate. Auf einmal: klopf, klopf. Wer ist da? Mart. Mart wer? Darum geht es, Mart. Mart wer. Wer ist dieser Mart, der mir hier gegenübersitzt?« Sie beobachtete, wie er sich zurücklehnte und mit dem Stuhl hin und her schaukelte.

»Okay.« Er lehnte sich vor und legte die Hände dabei flach auf den Tisch. »Wir beide. Das hat nicht funktioniert. Häusliches Glück ist nicht so unser Ding. Du und ich, wir beide brauchen Freiheiten. Du weißt, was ich meine. Wir haben nicht den Mumm dafür. Klar hatten wir eine gute Zeit zusammen. Viel gelacht, viel Angenehmes. Und dann nicht mehr. Es geht darum: Für diesen Job brauchen wir jemand Externen. Das Geld kommt von ihrem Konto.«

»Aber du hast doch gesagt …«

»Hab ich. Aber sie bezahlt dich. Wir sind die Gewährsmänner. So funktioniert das. Falls andere zuschauen.«

»Andere. Internationale Partner. Was ist das, Mart? Eine Art weltweites Netz?«

»Etwas, was du locker hinkriegst. Keine Bange. Du kannst eine Menge Geld verdienen, während du deine Bahnen ziehst. Das Beste daran ist, dass es nicht lange gehen wird. Höchstens ein paar Wochen. Ich bringe dir echt ein super Geschäft, Krista. Tu mir den Gefallen und nimm es an.«

»Wer ist diese Frau?«

»Hör zu. Sie ist wichtig. Sonst wäre ich nicht hier. Wir wollen das nur alles ohne Aufsehen regeln. Bitte. Ich werde es auch wiedergutmachen.«

»Klar.« Sie musste an diesen furchtbaren Spruch ihres Vaters denken: For you I killa da bull. Dann: »Einverstanden.«

Was sie letztlich an diese Stelle brachte, wo Mart Velaze seine Autoschlüssel nahm und sagte: »Bedeuten wäre übertrieben. Sie ist gar nicht mein Typ. Ich muss los, Süße. Einer Spur nach. Viel Spaß.«

Krista erwiderte: »Ich will, dass sie verschwindet. Weg. Und zwar bald.«

Fünfundzwanzig

Wembley Square. »Es passiert«, erklärte Vicki Kahn Henry Davidson am Telefon. »Morgen.« Sie nahm einen Schluck aus ihrem Weinglas.

Ohne nachzudenken, erwiderte er: »Es freut mich, das zu hören. Ich habe mich schon gefragt, wie es weitergeht. Keine Minute zu früh.«

Vicki war früh nach Hause gekommen. Samt Laptop hatte sie mit überkreuzten Beinen auf dem Sofa gesessen. Sie trug ihre rote Pluderhose und einen von Fishs alten Pullis. Ein dicker mit rundem Halsausschnitt, den sie ihm schon vor Wochen entwendet hatte. Seinen Geruch hatte sie nie herausgewaschen. Eine Vicki, die zufrieden mit sich war. Sie trank noch einen Schluck Wein.

Sehr gut. Süffig. Voller Geschmack. Ein Verschnitt mehrerer Reben. Die auf dem Etikett nicht genannt waren. Wahrscheinlich Cabernet und Shiraz. Vielleicht auch ein Tropfen Viognier, um ihn etwas knackiger zu machen. Sie hatte ihn aus einer Kiste bei Fish gezogen, die er mal im Tausch gegen seine Kräuter bekommen hatte.

Sie sagte ins Handy: »Zuerst einmal danke für Ihr Präsent.«

»Immer gerne. Ich bin mir sicher, dass es Ihnen viele Stunden der Freude bereiten wird. Das tun diese kleinen Dinge immer, wie Sie wissen. Und zweitens?«

»Es ist keine glückliche Situation.«

»Nein. Ich verstehe. In einer solchen Situation wird niemand glücklich sein. Aber es gibt ja zum Glück Sie, meine liebe Vicki. Sie können dieser gequälten Seele ein wenig Trost spenden. Ihn beruhigen. Ihn mit Dankbarkeit überschütten. Ihn aufbauen. Ihn von unserer bleibenden Zuneigung überzeugen.«

»Da bin ich mir nicht sicher.«

»Ach, Vicki. Meine liebe Vicki. Ist das wirklich meine furchtlose Vicki, die da spricht? Wir haben volles Vertrauen in Sie. Wagen Sie es. Wie die Königin kreischte: ›Verhaftet diesen Siebenschläfer!‹« Eine Pause. Dann sagte er mit leiserer Stimme: »Sie werden feststellen, dass Ihnen das Schicksal gewogen ist. Die Situation könnte sich morgen deutlich entspannen.«

Immer melodramatisch, der gute Henry Davidson. »Was wollen Sie damit sagen?«

»Dass Sie sich entspannen können und das genießen, was Sie gerade zu sich nehmen.«

»Einen Buitenverwachting. Jedenfalls laut der Prägung auf der Flasche.«

»Oha, ich bin beeindruckt. Dann mal Prost. Auf Ihre Gesundheit, meine Liebe. Lassen Sie ihn sich schmecken. Hören

Sie, ich muss jetzt auflegen. Informieren Sie mich darüber, wie sich das Ganze entwickelt. Höchste Priorität, Vicki – höchste Priorität.«

»Alles ganz entspannt also«, erwiderte Vicki, musste aber feststellen, dass sie in eine tote Leitung sprach.

Sie trank noch einen Schluck Wein, ließ ihn in ihrem Mund und atmete die Aromen ein. Genoss. Allerdings ließ ihre Anspannung dadurch nicht nach. Henry Davidsons Vorschlag war mal wieder völlig nutzlos gewesen.

Sie suchte Lanie Lane heraus, *The Devil's Sake*. Stellte es laut.

Dann schob sie den USB-Stick in den Port und begann sich die Aufnahmen der Überwachungskameras anzuschauen. Dachte: Wenn ich so etwas machen würde, führe ich vermutlich gegen acht los. Es war Wochenende, also kein Grund, sich zu hetzen. Sie kontrollierte die Aufnahmen also ab sieben: insgesamt dreiundzwanzig Autos in der Stunde. Sie notierte jede Marke und jedes Nummernschild. Spulte zum Tag zuvor zurück, analysierte die eintreffenden Wagen am späten Nachmittag. Ein steter Strom von Anwohnern. Unter ihnen eine Handvoll Besucher, die an der Sicherheitsschranke hielten, um sich anzumelden. Auf diese konzentrierte sie sich. Ankunftszeit, Marke, Nummernschild. Den ganzen Abend über fuhren diese Besucher irgendwann wieder ab, und Vicki setzte jeweils einen Haken hinter sie.

Alle außer einem Nissan Qashqai. Er traf um 19:04 ein und verließ erst am nächsten Morgen um 08:10 das Gelände. Wenn man auf den Fahrer zoomte, erhielt man bloß ein verschwommenes Bild: Sonnenbrille, Baseballkappe. Nichts Besonderes. Wenn man das Nummernschild kontrollieren würde, käme man vermutlich mit einem verwirrten Rentner in Kontakt, der einen Corsa Lite besaß. Wenn man die Angaben am Eingangstor überprüfte, würde man garantiert eine falsche Adresse vorfinden. Zehn zu fünf, dass Caitlyn Suarez im Kofferraum eines Nissan Qashqai lag und an einen unbekannten Ort gebracht wurde, während Fish und Flip Nel draußen auf den Wellen von False Bay schaukelten. Okay, das war zugegebenermaßen reine Spekulation. Bei Henry Davidson würde das nicht funktionieren. Aber Fish würde es kapieren. Es gab zumindest etwas, woran sie sich halten konnten.

Vicki schenkte sich Wein nach. Sie trank das halbe Glas, während sie an Robert Wainwright dachte. Ein verstörter Typ, extrem besorgt. Sie suchte den vereinbarten Treffpunkt bei Google Maps heraus. Orange Kloof sah aus wie ein verlassenes Niemandsland im Nirgendwo. Dort würde sich vermutlich keine andere Seele herumtreiben. Offenbar stark paranoid, der Mann.

Andererseits war das kein Ort, wo man allein aufschlagen wollte. Wenn man an die gefährlichen Bergräuber dachte, die sich auf den Wegen in der Nähe tummelten. Warum diese bewaffneten Typen von der Bürgerwehr nie dorthin kamen und alle auf einmal ausmerzten ... Okay, eigentlich kein Gedanke, den eine Anwältin haben sollte. Allerdings gab es in den Townships immer mehr außergerichtliche Selbstjustiz. *Necklacing.* Rache des Mobs. Vergewaltiger, Diebe und Drogendealer wurden dem Ring des Feuers ausgeliefert. Tod durch lodernde Autoreifen, die ihnen um den Hals hingen. In düsteren Stunden konnte man auch die Vorteile erkennen: Zum Preis eines Liters Benzin, eines alten Reifens und eines Streichholzes wurde man mit einem Schlag ziemlich viel Müll los.

Auf dem Weg in die Küche trank Vicki ihr Glas leer. Sie schüttete sich erneut einen Wein ein.

Lanie jammerte nun in *What do I do* über ihr Schicksal,

wobei sie erklärte, dass ihre Hände jetzt immer nach Chlor röchen.

Vicki holte aus dem Kühlschrank einige Cocktailtomaten, eine Schale mit rotem Linsen-Dal und einen Zwiebelsalat von Woolworths. Aus dem Schrank nahm sie ein Paket Papadams. Sie stand an der Arbeitsplatte und aß, während sie die Liste mit den Anrufen betrachtete.

Nummern. Nur Nummern. Okay, die Vorwahlen machten es etwas einfacher: innerhalb der Stadt, nationale und internationale. Aber dann? Sie bräuchte ein Budget, Geduld und viele Stunden, um jede dieser Telefonnummern zu kontrollieren. Vicki war klar, dass das nie passieren würde.

Sie brach sich ein paar Stücke von dem Papadam ab und aß das Dal dazu. Nahm einen Schluck Wein. Schob eine Tomate in den Mund.

Ihr Handy klingelte. Auf dem Display stand der Name *Pokermann*.

»Hi, Vicki, Lust auf ein paar Runden? Wir haben schon sicher einen Tisch mit fünf zusammen. Vielleicht sechs. Machst du mit? Um zu sehen, ob du ne Glückssträhne hast?«

Ihre erste Reaktion war: »Nein danke, Mann, ich kann nicht. Vielleicht beim nächsten Mal wieder.« Sie dachte an Fish, der bald entlassen wurde. Er brauchte sie.

»Sicher? Ich hab so von dir geschwärmt. Die scharfe Frau, die denen mal so richtig zeigt, wo der Hammer hängt. Nichts für schwache Nerven.«

»Okay, nicht schlecht.« Dachte: vielleicht doch. Das letzte Mal waren die Karten auf ihrer Seite gewesen. Sie könnte ihre Schulden reduzieren, vielleicht sogar ganz tilgen. Warum nicht? Fish würde sie auf dem Handy anrufen. Schließlich würde sie nicht ans andere Ende der Welt verschwinden. Sie konnte weiterhin in kürzester Zeit bei ihm sein. Genauso schnell, wie wenn sie in ihrer Wohnung wäre. Sie fragte: »Wie hoch ist der Mindesteinsatz?«

»Zweihundert. Angebot der Woche. Du kannst es auch anschreiben lassen.«

»Ja. Wenn das geht.«

»Klar, kein Problem.« Der Hippie lachte. »Ich weiß, wo du wohnst.«

Vicki überlegte. Kein schlechter Zeitvertreib, bis Fish anrief. Die Alternative wäre Lanie Lane, mehr Wein, ein Kitkat. Spannender würde es nicht werden. Sie sagte: »Ich bin dabei.«

Zehn Minuten später war sie startklar: schwarze Stiefel, schwarze Jeans, schwarzes T-Shirt, schwarze Lederjacke.

Sie schloss die Wohnungstür, während Lanie davon sang, wie es war, sich in einen Cowboy zu verlieben. Nun, ein Surfer war nicht weniger problematisch.

Sechsundzwanzig

Giovannis Delikatessen. Mart Velaze hielt es für das Sinnvollste, gleich sein Abendessen einzukaufen, wenn er schon hier war: Schnitzel Wiener Art aus Huhn, hundert Gramm Brokkoli in Sahnesoße, zweihundert Gramm Röstkartoffeln. Klebrige Baklava zum Nachtisch. »So jemand sind Sie also, *Baba*?«, meinte die junge Frau auf der anderen Seite der Theke. Eine hübsche junge Frau. Kurze Braids, strahlendes Lächeln. Mart Velaze musste grinsen. Glaubte, dass er noch immer die Attraktiven, die Erotischen abschleppen konnte, wenn er nur wollte.

Erwiderte: »Vermutlich. Lust, das mit mir zu teilen, *Sisi*?«

»*Haai, suka wena*«, entgegnete *Sisi*. Lächelnd gab sie ihm zu verstehen, sie in Ruhe zu lassen.

»Da entgeht Ihnen aber einiges.«

»Träumen Sie weiter, *Buti*. Wollen Sie Soße dazu?«

Mart Velaze lehnte ab. Er nahm den Styroporbehälter von der Frau entgegen, wobei er sicherstellte, dass sich ihre Finger berührten. Weich. Wohlig. Die junge Frau sah ihn mit hochgezogenen Augenbrauen an.

Dann nicht, dachte Mart Velaze. Vielleicht ja ein anderes Mal.

Mart Velaze war nicht zufällig in Giovannis Delikatessenladen. Manchmal hatte eine Beschattung auch ihre Vorteile. Manchmal, dachte Mart Velaze, war er einfach zu gut für diesen Job. Zu engagiert. Zu intuitiv. Andererseits zahlte es sich aus, Teil einer Geheimoperation zu sein. Hohe Vergütung, steuerfrei, alles als Spesen zu verrechnen. Wie zum Beispiel sein heutiges Abendessen. Zielperson der Beschattung: Dr. Ato Molapo, Direktor des Energieministeriums.

Er war ihm gefolgt, seitdem er seinen Arbeitsplatz in der Innenstadt verlassen hatte. Als sie bei Giovannis Delikatessen eintrafen – wer saß da vorne draußen und zog an einer Zigarette? Der örtliche NPA-*Madala*, Gogol Moosa. Kein Grund, warum sich die beiden Bosse nicht treffen und über den besten Cappuccino der Stadt plaudern sollten. Allerdings...

Allerdings kam Mart Velaze das Ganze seltsam vor. Bisher hatte er in keinem Überwachungsbericht davon gelesen, dass sich Molapo mit NPA-Beamten traf. Doch jetzt saß er hier auf einem Hocker und war in ein Gespräch mit dem Regionalkommissar vertieft. In einem ausgesprochen stark besuchten Feinkostgeschäft. Fitness-Häschen in Sportanzügen, die sich gerade einen kalorienarmen Latte erlaubten. Mafiatypen mit Espressi. Wirklich was los. Mart Velaze bugsierte sich an den coolen Werbefritzen vorbei, um näher an seine Zielpersonen zu gelangen.

Er hörte, wie Ato Molapo sagte: »Ich bekämpfe mehrere Feuer.«

Der großgewachsene, dünne Gogol Moosa nickte. Unverbindlich.

Mehr vermochte Mart Velaze nicht zu hören, denn nun wurde er von zwei Dingen abgelenkt. Zum einen hörte er die Verkäuferin sagen: »So jemand sind Sie also, *Baba*?« Und zum anderen vibrierte sein Handy. Auf seinem Display stand die Nummer der Stimme. Der es immer zu gehorchen galt.

Fünf Minuten später schrieb Mart Velaze der Stimme aus seinem Auto auf der gegenüberliegenden Straßenseite eine Mail, um ihr mitzuteilen, dass sie anrufen könne.

Das tat sie.

»Häuptling«, sagte sie heiser in sein Ohr. »Wo sind Sie?«

Er erklärte es ihr. Auch, wer noch da war.

»Wow, wow, wow. Was habe ich Ihnen gesagt, Häuptling? Welches brave Mädchen verdient sich hier wohl die ganzen Sternchen? Offenbar kenne ich mich ein bisschen aus. Wirkt es wie ein interessantes Treffen, was die beiden da haben? Es könnte sich natürlich um alles Mögliche drehen. Wollen Sie noch ein wenig lauschen gehen?«

Mart Velaze meinte, nein, das wolle er nicht. Viel zu laut. Wenn sie ihn zudem zweimal sahen, würden sie vielleicht Verdacht schöpfen.

Die Stimme erwiderte, das könne sie verstehen. »Dann zu einem anderen Thema. Erzählen Sie mir ein paar erfreuliche Dinge. Wie geht es der entzückenden Miss Bishop? Übrigens gefallen mir die Fotos, die Sie mir geschickt haben. Ausgesprochen sexy in ihrem Speedo. Die neue Generation Sicherheitsleute.« Die Stimme ließ ihr heiseres Raucherlachen hören. »Ich hoffe, sie ist immer noch mit der hübschen

Caitlyn Suarez zugange? Keine Ahnung, warum die Amerikaner gerade sie hierhergeschickt haben. Vielleicht um uns im Blick zu behalten. Vielleicht sollte sie sich an diesen Minister heranmachen, wie sie das ja auch getan hat, und zwar ausgesprochen erfolgreich, um auf diese Weise an wichtiges Bett-Geflüs-Ter zu geraten.«

Die Stimme brach das Wort in drei Teile, wobei sie die Ts besonders deutlich aussprach. »Bin ich auf der richtigen Spur, was denken Sie, Häuptling?«

Mart Velaze antwortete nicht.

»Ich glaube, schon. Also, Häuptling, jetzt hören Sie mal gut zu...«

Mart Velaze hörte nichts als Stille am anderen Ende der Leitung. Er wartete. Inzwischen kannte er die Angewohnheit der Stimme, lange Pausen zu machen, nur allzu gut. Vermutlich nahm sie währenddessen andere Anrufe entgegen. Oder schaute auf Überwachungsmonitore. Er stellte sie sich so vor: kurz geschnittene Haare, Bleistiftrock, weiße, bis oben zugeknöpfte Bluse, zarte Silberkette um den Hals. Diamantenringe. Kein Ehering. Seit langem geschieden. Suchte nach ihren Kicks in luxuriösen Hotelbars. Vielleicht dem One&Only im V&A an einem Montag, dem Hyatt in Sandton am Dienstag, dem Velmore in Tshwane am Mittwoch. So dachte er sich das – dass die Stimme zwischen den Städten herumschwirrte. Bisher hatte Mart Velaze sie niemals persönlich gesehen, und es war auch sehr unwahrscheinlich, dass er das jemals tun würde.

»Hören Sie zu, Häuptling?«

»Ja, Ma'am.«

»Hier entwickelt sich gerade eine etwas riskante Situation. Das heißt, eigentlich zwei riskante Situationen. Warnsignal Nummer eins: Unser Muh und unser Moh waren als Fotografen unterwegs. Sie sind in Belindas Haarsalon gestürmt, was ihr gar nicht gefallen hat, und fuhren danach weiter zu Wainwrights Söhnen, die gerade draußen beim Sport waren. Freundlich von ihnen – finden Sie nicht? Mehr Bilder für das Fotoalbum der Wainwrights. Danach mussten sie ihre Schuhe übrigens zur Reparatur bringen. Sie besuchten deshalb den entgegenkommenden alten Mann in Woodstock. Nur dass sie jetzt... Wie sagt man noch mal... dass sie jetzt hochgerüstet sind. Alles sehr aufregend. Zweites Warnsignal: Direktor Ato Molapo hat telefoniert. Mit seinem Spezialapparat, von dem niemand was weiß. Er hat mit seinem Vorgesetzten über das Mehl für den Kuchen gesprochen und wann dieses besorgt werden sollte. Auch mit Muhs und Mohs Imam war er in Kontakt. Sehr geschmeidig, der Mann, sehr professionell. Nun, Häuptling. Was Caitlyn Suarez betrifft. Es ist Zeit für einen Tausch. Lustig, dass man im Schulhof eigentlich immer nur das einübt, was man im späteren Leben brauchen wird. Haben Sie jemals getauscht? Pausenbrote? Bildchen? Oder Murmeln?«

Mart Velaze warf einen sehnsüchtigen Blick auf sein Schnitzel und dachte: welche Pausenbrote? Die Schule war ein hungriges Gerangel um die Pausenbrote gewesen, die andere dabeigehabt hatten. Er fragte sich, was mit der Stimme los sei. Irgendetwas musste in ihrem Leben passiert sein, denn er hatte sie noch nie so gesprächig erlebt.

»Die Sache mit Miss Caitlyn ist folgende: Unsere internationalen Partner werden sie wegzaubern. Sie gehört sowieso zu ihnen. Im Gegenzug für diesen Gefallen bekommen wir etwas Hübsches, vielleicht einen Handelsrabatt, vielleicht einen günstigen Kredit, keine Ahnung. Nicht gerade einen Austausch der Agenten wie in den Filmen, aber garantiert einen Tausch. Es ist beinahe alles in trockenen Tüchern, jetzt wartet man nur noch auf letzte Zahlen. Caitlyn Suarez' Name steht hoch im Kurs. Man kann sie angeblich gegen jede erdenkliche Agentur eintauschen. Sozusagen vier Erdnussbutterbrote gegen ein getoastetes Käsesandwich.« Die Stimme lachte. »Leider werden einige unserer Freunde ziemlich enttäuscht sein. Lässt sich nicht ändern. Spielplatzfreundschaften sind gerne unbeständig, da kommt es schnell zu Tränen. Heute noch Spielkameraden, am nächsten Tag tief verfeindet. So sind die Kinder. Sie leben in einer grausamen Welt. Auch die NPA dürfte weinen, aber es sollte nicht zu schwer sein, jemand anderen zu finden, dem sie den Mord an Victor Kweza anhängen kann.« Eine Pause. »Sie sind noch dran, Häuptling?«

Mart Velaze bejahte. Fragte, wann.

»Wann die Übergabe stattfindet? Gute Frage. Je länger es dauert, desto mehr Gelegenheiten gibt es für die anderen. Wissen Sie, der FSB glaubt offenbar, er befände sich wieder im Kalten Krieg und müsste all seine kleinen Tricks anwenden. Putin macht es schließlich vor. Wenn Spione Präsidenten werden, müssen wir ausgesprochen vorsichtig sein. Sie könnten uns sonst bemerken. Es ist nicht unsere Aufgabe, nach dem Warum zu fragen, sondern ... Genug. Gute Nacht, Häuptling. Kommen Sie gut nach Hause und sorgen Sie sich nicht wegen Molapo. Zeit der Entspannung. Mögen die Vorfahren mit Ihnen sein.«

Ende der Unterhaltung.

Mart Velaze dachte daran, Krista Bishop zu warnen. Ihr zu sagen, dass sie ihren Job besser nicht machen sollte. Aber er beschloss, nein – sie konnte schon auf sich selbst aufpassen. Es war das Beste, wenn sich die Dinge so entwickelten, wie sie das sollten. Eine Entführung würde eine gute Verschleierungstaktik sein.

Er saß eine weitere halbe Stunde da, bis seine Zielpersonen erschienen, sich die Hände schüttelten und dann ihrer getrennten Wege gingen.

Siebenundzwanzig

Orange Kloof. Die Frage in Vickis Kopf: Wohin zum Teufel bringen Sie mich, Dr. Wainwright? Es gab deutlich bessere Treffpunkte für solche Begegnungen. Ihr fiel seine Akte ein: begeisterter Bergsteiger. Einer dieser Tafelberg-Kletteraffen. »Es gibt da einen Ort, den ich kenne«, hatte er gesagt. »Dort würde ich mich gerne mit Ihnen treffen.« Dann erklärte er ihr, wie sie dorthin kam.

Biegen Sie scharf nach rechts von der Hout Bay Road ab und folgen Sie dem Feldweg. Überqueren Sie einen Bach. Dann die Anhöhe hoch und bei der Gabelung links halten.

Bei der Gabelung fuhr Vicki seitlich heran, blieb stehen und schaltete den Motor ab. In ihrem Rückspiegel konnte sie über das Tal blicken. Sie wartete. Neben ihr erhob sich der stark bewaldete Tafelberg. Darüber blauer Himmel. Irgendwo von dort oben wollte Dr. Robert Wainwright einen Pfad entlanggewandert kommen.

Ein geeigneter Tag für einen Ausflug. Warm, sonnig, herbstlich.

Die Minuten vergingen. Niemand folgte ihr.

Warum sollte auch jemand folgen? Sie hatte alles genau so gemacht, wie sie es gelernt hatte. Eines Mittags hatte sie Wainwright in der St. George's Mall abgefangen. War zu ihm getreten und hatte gesagt: »Rufen Sie mich an, Robert.« Hatte ihm ein Handy und eine Nummer in die Jackentasche geschoben und hinzugefügt: »Es betrifft den Deal mit dem Iran. Nicht anhalten, nichts sagen. Einfach weitergehen.«

Danach war sie in eine Kleiderboutique getreten. Hatte beobachtet, wie er weiterlief. Braver Mann. Drehte sich nur einmal um. Naiv war er offenbar nicht. Nicht ganz die Alice im Wunderland, die sich Henry Davidson vorstellte.

Sein Anruf erfolgte eine Stunde später.

»Wer sind Sie?«

Sie erklärte es ihm.

»Ich habe einen Fehler gemacht«, erwiderte er. »Ich will da in nichts verwickelt werden. Ich habe eine Familie. Ich muss an meine Familie denken.«

»Treffen wir uns«, entgegnete sie. »Zumindest das.«

So kam es zu Orange Kloof.

Jetzt stellte Vicki mit der linken Hand einen Anruf zu dem NPA-Mann durch, der mit Fish Katz und Maus spielte. Er hob nach zweimaligem Klingeln ab.

»Miss Kahn. Was kann die staatliche Strafverfolgung heute für Sie tun?«

»Das wissen Sie genau, Mr. Moosa«, antwortete sie.

»Lassen Sie mich raten. Die neuesten Nachrichten Ihren Freund betreffend?«

»Meinen Klienten. Sie halten ihn nun länger als achtundvierzig Stunden fest.«

»Eigentlich ist das nicht korrekt. Er wurde freigelassen.«

»Um gleich darauf wieder verhaftet zu werden.«

»Das stimmt. Wir hatten Glück. Neue Informationen, wissen Sie. Zum Glück befand sich Mr. Pescado noch im Gebäude.«

»Welch ein Glück. Jetzt sind es beinahe achtzig Stunden. Werden Sie ihn vor Gericht bringen?«

»Genau genommen noch nicht ganz dreißig Stunden. Und, ja, ich werde empfehlen, dass er angeklagt wird. Es ist allerdings nicht meine alleinige Entscheidung. Ich bin gerade beim obersten Chef, um mich darum zu kümmern.«

»Ich will, dass er spätestens heute Nachmittag entlassen wird. Oder Sie erheben Anklage.«

»Das habe ich nicht in der Hand.«

Es folgte das typische Schweigen bei verfahrenen Situationen. Immer diese Mackergebärden, dachte Vicki. Immer diese knallharte Haltung.

»Ich werde Ihren Vorgesetzten anrufen.«

»Das würde ich nicht tun. Wenn ich an Ihrer Stelle wäre, würde ich das nicht tun.«

»Warum nicht? Ich habe triftige Gründe.«

»Es würde Folgen haben.«

»Natürlich würde es Folgen haben. Sie würden ziemlich schlecht dabei wegkommen.«

»Vielleicht. Aber wie sieht es mit Ihrem Klienten aus?«

»Wie soll es mit ihm aussehen?«

»Denken Sie an ihn.«

»Hey.« Vicki zog die Vokale betont in die Länge. »Ich kann nicht glauben, dass Sie mir hier drohen. Das kommt gar nicht gut, Mr. Moosa.«

»Hören Sie – überlassen Sie das mir. Ich habe etwas für Sie.«

»Grundgütiger, ihr Typen!«

»Es ist heikel, Miss Kahn. Vertrauen Sie mir. Sehr vertrackt.«

»Na klar.«

»Bitte. Lassen Sie mich das machen.«

»Heute.«

»Heute.«

Vicki legte auf. Sie lehnte sich auf dem Sitz zurück und fächelte sich frustriert Luft zu. Dieser verdammte Henry hatte sich nicht eingesetzt. Sie konnte seine Drecksarbeit erledigen, und er rührte keinen Finger, um Fish herauszuholen. Die Spielchen, die diese Leute immer spielten. Genau deswegen hatte sie den Geheimdienst verlassen. Und, was ihre schlechte Laune vollständig machte, jetzt hatte sie zudem noch diesen verdammten Hippie und seine Pokerrunden an der Backe.

Erneut warf sie einen Blick in den Rückspiegel. Ein grasbewachsener Abhang, zwischen den Bäumen der sich schlängelnde Fußweg und der Bach. Keine Beobachter.

Sie dachte an die letzten Worte des Hippies, ehe sie ging: »Oh, Mann, sorry, leider musst du deine Schulden begleichen. Normalerweise ist das kein Problem. Aber nicht gleich auf der Stelle.« Er stand da mit seiner gestreiften Baumwollhose, die oben zusammengezogen wurde, und spielte mit seinen Haaren.

»Wie viel?«, wollte sie wissen.

Er räusperte sich. Zuckte mit den Schultern. »Leider. Geht nicht anders. Alles.«

»Alles?«

Eine Summe von zwölftausend Rand. Weil sie bei einem Zweier-Drilling verloren hatte. Mit der letzten Hand hatte sie ihren Verlust wieder hereinholen wollen und den Einsatz verdoppelt. Um dann erneut gnadenlos zu verlieren.

»Das hättest du mir vor dem letzten Spiel sagen müssen.«

»Ja, sorry, tut mir leid, Mann. Hab nicht dran gedacht.« Er grinste sie an. »Aber du hättest es ja auch noch mal rumreißen können.« Schüttelte sein Handgelenk mit den Perlenbändern. »Hör zu, ich kann dir ein paar Tage Zeit geben.«

»Herzlichen Dank.« Vicki hatte die Hände in ihrer Lederjacke zu Fäusten geballt und sich gefragt, wie man zwölftausend Mäuse einfach aus dem Ärmel schütteln sollte.

»Länger geht's nicht. Ich hab auch Verpflichtungen. Weißt du. Schwere Belastungen und so.«

Damit hatte ihr Gespräch geendet. Vicki fuhr in schlechtester Laune nach Hause.

Jetzt ließ sie den Motor ihres MiTos wieder an und tuckerte langsam bergaufwärts.

»Wenn Sie zu den Häusern gelangen«, hatte Wainwright erklärt, »stellen Sie dort den Wagen ab. Dann laufen Sie den Weg links hinauf. Wir treffen uns aber nur, um diese ganze Geschichte abzuschließen.«

Ja, ja.

Sie folgte seinen genauen Anweisungen. Parkte vor dem ersten Gebäude. Lief den Pfad entlang. Rechts von ihr gab es ein Zeltlager, weiter oben ein leerstehendes Haus. Die Fensterläden geschlossen. Im Dach fehlten Ziegel, Gras wucherte auf der *Stoep*. Das Ganze strahlte etwas Trauriges aus, die Traurigkeit der Vernachlässigung.

Auf einer schattigen Lichtung sammelte sich das Flusswasser vor einem Wehr aus Sandstein. Das Wasser hatte die Farbe von schwarzem Tee. Vicki blieb stehen. Sie versuchte sich zu orientieren. Lauschte. Das Murmeln des Bachs, laute Vogelschreie aus dem bewaldeten Hochland. Das unangenehme Gefühl, beobachtet zu werden. Auf der Anhöhe vor ihr bewegte sich ein Schatten. Dr. Robert Wainwright. Er kam auf sie zu. Vicki sah ihm entgegen, während er sich ihr näherte: ein sportlicher Mann mit kurzer Hose, Wanderstiefeln, einem kleinen Rucksack und einem Knüppel in der Hand.

»Ich glaube, hier wird uns niemand stören«, sagte Vicki. Sie bemühte sich um einen nüchternen Tonfall.

»Nein. Unwahrscheinlich.« Wainwright befand sich jetzt auf dem Wehr und lief mit sicherem Schritt über die nassen Steine. »Ihnen ist niemand gefolgt?«

»Es gibt keinen Grund, dass mir jemand folgen sollte, Robert. Niemand kennt die Handynummer. Niemand wird unsere Unterhaltung mit angehört haben und von unserem

Treffen wissen.« Sie wollte ihm seine übertriebene Vorsicht unter die Nase reiben.

»Sind Sie von der SSA?« Er stand etwa einen Meter entfernt. Stützte sich auf den Knüppel.

»Ja.« Eine Lüge. Aber einfacher als die Wahrheit.

»Ich hätte Sie und Ihre Leute nie kontaktieren sollen. Das war ein Fehler. Wie ich Ihnen bereits erklärte, werde ich nicht mehr sagen.«

»Sie sind aber hier, Robert.«

»Um Ihnen das mitzuteilen.«

»Das hätten Sie auch telefonisch machen können.« Vicki setzte sich auf einen Baumstamm und betrachtete das Wasserbecken. Gerne würde sie einmal mit Fish zu einem Picknick herkommen. Diese Stille, diese Ruhe. Libellen, das Summen von Insekten. »Wir hätten uns dafür nicht treffen müssen.«

»Sie baten mich darum.«

»Genau. Ich bat Sie.« Vicki nahm einen Ast und begann die Rinde abzuziehen. »Hören Sie, Robert. Sie sind da in eine ernste Angelegenheit verwickelt.«

»Das müssen Sie mir nicht erklären. Ich weiß, dass sie sehr ernst ist. Fremde Männer fotografieren inzwischen meine Frau.«

»Was soll das heißen?«

»Gestern Nachmittag kam ein Mann in den Friseursalon meiner Frau. Er platzte rein, sollte ich wohl eher sagen, und fotografierte sie mit seinem Smartphone. Ich schätze, ein iranischer Agent. Warum macht er so was?«

»Sie kennen den Grund.«

»Natürlich kenne ich den Grund. Und deshalb will ich auch nichts mehr damit zu tun haben.«

Vicki beobachtete Bläschen, die aus dem dunklen Wasser aufstiegen. Anzeichen von Leben im Staubecken. Lebewesen im Trüben. Sie dachte: Du steckst mittendrin, Robert. Du steckst fest.

Laut sagte sie: »Deshalb können Sie es nicht einfach ad acta legen. Deshalb können wir es nicht einfach ad acta legen. Aber wir brauchen Ihre Hilfe.«

»Ich kann Ihnen nicht helfen. Es ist viel zu gefährlich.«

»Worum geht es hier genau, Robert?« Vicki sah ihn an, weil sie einzuschätzen versuchte, wie weit sie bei ihm gehen sollte. »Sie meinten, der Mann, der Ihre Frau erschreckt hat, sei Iraner gewesen. Wir wissen, dass der Iran in die Angelegenheit verwickelt ist. Geht es um atomwaffenfähiges Material?«

Das überraschte ihn. Er begann an seinem Rucksack zu fummeln und holte eine Flasche Wasser heraus. »Woher? Woher wissen Sie das?« Er trank einen Schluck.

»Das tun wir einfach. Wir sind die SSA. Wir wissen eben, was so passiert.«

»Dann brauchen Sie mich ja gar nicht.« Er nahm noch einen Schluck.

»Wir brauchen Sie für die Einzelheiten. Das Wie, Wann und das Wo. Das Wer.«

Dr. Robert Wainwright wandte sich von ihr ab und richtete den Blick auf den Berg vor ihm.

Ja, dachte Vicki. Du wärst jetzt lieber dort oben.

»Es geht nicht um ein Zeugenschutzprogramm oder einen sicheren Unterschlupf, Robert. Wir wollen einfach, dass Sie das tun, was man von Ihnen verlangt. Und dass Sie uns dabei wissen lassen, wann Sie es tun.«

»Das ist alles?«

»Ja. Nichts Heldenhaftes.«

»Und danach? Was passiert, wenn ich als Hauptzeuge aussagen muss? Was passiert, wenn man sie verhaftet und vor

Gericht stellt? Was geschieht mit mir und meiner Familie? Dann beginnen die Probleme doch erst: die Drohungen, die Möglichkeit, entführt zu werden, sogar ermordet. Ich habe gelesen, was mit Whistleblowern passiert. Ihr Leben ist total ruiniert. Ehepaare lassen sich scheiden, ihre Kinder fangen irgendwann mit Drogen an. Das sind ganz gewöhnliche Menschen, die zermalmt werden. Das sind Menschen, die nicht wollten, dass ihnen all das zustößt. Sie wollten ihre normalen Leben führen als ganz gewöhnliche Familien. Sie wollten nicht dafür zerstört werden, dass sie das Richtige getan haben.«

Er trat ein paar Schritte zur Seite und kehrte dann wieder zu Vicki zurück.

»Vielleicht werden diese schlechten Leute wegen meiner Aussage weggesperrt, aber vielleicht auch nicht. In unserem Land werden sie es meistens nicht. Wir versuchen, ein gutes, richtiges Leben zu führen, gute Bürger zu sein, während um uns herum Gewalt herrscht und es mächtige Menschen gibt, die einfach tun, was sie wollen. Meine Stimme zählt nichts. Ich bin hilflos, sie können mich wie eine Mücke zerquetschen. Egal, was ich sage – die Welt wird nicht anhalten. Nur meine Familie wird nicht mehr ihr bisheriges Leben führen können. Es wird keine glücklichen Weihnachten mehr geben. Keine gemeinsamen Urlaube, keine Scherze am Esstisch. Wie sollen wir unsere Geburtstage feiern? Wer wird die Kerzen für den Geburtstagskuchen kaufen? Wird es überhaupt noch einen Geburtstagskuchen geben? So sehr werden sich unsere Leben ändern. Aber die Welt wird weitermachen, als hätte ich nie auch nur ein Wort gesprochen.«

Vicki blickte zu ihm auf. Sein Gesicht war angespannt, die Haut um die Augen weiß. Sie sah im Sonnenlicht das Glitzern von Spucke. Der Mann hatte natürlich recht. Vicki warf die abgezogene Rinde ins Wasser und sah ihr zu, wie sie auf die Steine zutrieb.

»Werden Sie mir jetzt erklären, dass ich mich täusche?« Er trank aus seiner Wasserflasche und wischte sich mit der Hand über den Mund. »Können Sie mich widerlegen?«

»Ja.«

Dr. Robert Wainwright verschluckte sich an seinem Wasser. Hustend beugte er sich vor. »Sie…« Erneutes Husten. Trank noch mehr. »Sie können mir versichern, dass alles gut gehen wird? Sie sitzen hier und wollen mir also erklären, dass ich mir keine Sorgen machen muss? Ihr, ihr Leute lügt doch, wenn ihr den Mund aufmacht. Und ihr seid auch noch von euren Lügen überzeugt.«

»Man hört immer nur von den Fällen, die schiefgelaufen sind, Robert.« Vicki sah ihn an. »Über die erfährt man in den Nachrichten. Es gibt aber auch viele andere Geschichten, die nicht so liefen. Von Menschen, die das Richtige getan haben. Die dann ihr Leben weitergeführt haben wie zuvor. Das passiert oft.«

»Unsinn. Das ist totaler Unsinn. Sie lügen. Das tun Sie, Sie und Ihresgleichen. Lügen. Ihnen sind die Menschen, um die es geht, egal. Sie spielen Ihre Spielchen, weil mein Leben für Sie nicht zählt.« Seine Stimme klang jetzt schrill und schien sogar die Vögel einen Moment lang erschrocken aufhorchen zu lassen.

Ein Mann vor dem Absprung, dachte Vicki. Manchmal musste man einfach schubsen.

Sagte: »Wir reden hier von Bomben, Robert. Nuklearbomben. In einem unsicheren Land in einem unsicheren Teil der Welt. Der IS köpft Menschen, zerstört Geschichte, unterdrückt alles, was ihm nicht passt.«

»Der Iran ist nicht der IS.«

»Na und? Sie geben einem anderen Staat in dieser Gegend die Möglichkeit zur Kernspaltung, das Wissen. Sie brechen damit internationale Vereinbarungen. Wir würden zu einem Schurkenstaat werden.«

»Die Regierung insgesamt unterstützt das nicht.«

»Aber wenn wir so etwas zulassen, was sind wir dann? Was für Menschen? Nicht besser als die somalischen Piraten. Oder Nigeria-Scammer. Einfach Afrikaner. Korrumpierbar. Schamlose Gauner. So wird uns die Welt betrachten. Das Ende ausländischer Investitionen. Das Ende der Kredite. Nur ein weiterer hoffnungsloser Fall: eine Nation, der man nicht trauen kann, die leicht zu täuschen ist, scheinheilig, beherrscht von Gier und Despoten. So wird man uns sehen. Und das wegen einiger schlechter Menschen. Wie Ihrem Chef.« Sie erhob sich. »Es ist Ihre Entscheidung, Robert.«

Robert Wainwright wandte sich von ihr ab und hob das Gesicht wieder in Richtung des hohen Berges. »Ich habe Ihnen bereits erzählt, was ich vermute. Nachdem Sie jetzt Bescheid wissen, können Sie es aufhalten. Sie sind schließlich der Geheimdienst. Das ist Ihre Aufgabe. So etwas sollte zumindest Ihre Aufgabe sein.«

»Klar, das ist es, was wir machen. Wir können es aufhalten. Wenn Sie uns die nötigen Informationen liefern. Zeit und Ort. Mehr verlangen wir gar nicht. Glauben Sie mir, damit wäre Ihr Anteil erledigt, Robert. Danach gibt es für Sie keine unangenehmen Vorkommnisse mehr. Kein Zeugenschutzprogramm. Keine Gerichtsverhandlung. Ihre berufliche Laufbahn geht so weiter, als wäre nie etwas geschehen.«

Die beiden standen regungslos auf der Lichtung. Eine Frau und ein Mann. Die Frau sah den Mann an und erkannte seine Schwäche. Sie wusste, dass er unter Druck brechen würde. Der Mann hatte die Augen in den Himmel gerichtet.

Er wandte sich zu ihr. »Nein. Ich kann Ihnen nicht trauen. Ich habe meine Pflicht getan und die ganze Angelegenheit gemeldet. Jetzt liegt es in Ihrer Hand.« Er hielt ihr das Handy entgegen, das sie ihm gegeben hatte.

Vicki Kahn schüttelte den Kopf. »Behalten Sie es. Nur für den Fall.« Sie sah, wie er das Handy ins Wasser schleuderte und dann wieder sicheren Schrittes über das Wehr ging. Rief ihm zu: »Wenn Sie mich brauchen, wissen Sie, wo Sie mich finden.«

Auf der anderen Seite des Wehrs blieb er stehen: »Ich werde Sie nicht brauchen. Bitte lassen Sie mich in Ruhe.« Eilig verschwand er zwischen den Bäumen.

Kein Ergebnis, das Henry Davidson gefallen würde. So viel zu ihren magischen Kräften. Oder zum bloßen Wedeln ihres Zauberstabs.

Achtundzwanzig

City Bowl, zwölf Uhr mittags. Sie kamen über die Mauer, als durch den Lastabwurf der Strom ausfiel. Zwei Männer in schwarzen Jumpsuits, die Gesichter unter Sturmhauben verborgen. Ihre Waffen: Pistolen mit Schalldämpfern. Nichts, was sie sonst an ihnen erkannt hätte.

Krista Bishop beobachtete sie über ihren Laptop. Vermutlich hatten die beiden ihre Hausaufgaben gemacht. Wussten garantiert, dass ihnen eine Minute blieb, bis der Generator ansprang. Sie war froh, extra Batterien für die Überwachungskameras eingelegt zu haben.

Bei jedem geplanten Stromausfall hatte Krista mit so etwas gerechnet. Die täglichen sechzig Sekunden höchster Verletzbarkeit. Sie vermutete, dass es den beiden eher um eine Entführung als um ein Attentat ging. Wenn man Mart Velaze glaubte, war Caitlyn Suarez eine wertvolle Bereicherung. Die man nicht tot, sondern lebendig wollte.

Sie sah zu, wie die Eindringlinge um den Pool zur Schiebetür schlichen. Am Schloss herumhantierten.

Mit einer Hand fasste Krista nach dem Revolver in der Schreibtischschublade, während die andere Hand zum Bild der Überwachungskamera auf der Straße schaltete. Vor dem Tor parkte ein Hyundai-Transporter mit Seitentür. Weiß. Die hinteren Scheiben getönt. Sie machte einen Screenshot vom Kennzeichen. Zoomte in den Fahrerraum. Kein Fahrer. Ungewöhnlich. Für solche Aktionen nahm man meist einen Fahrer mit dazu, um problemlos wegzukommen. Nur zwei bei einem solchen Einsatz bedeutete Selbstsicherheit. Dreistigkeit. Es hieß auch, dass sie mit keinen Überraschungen rechneten. Sie wussten, wie viele hier waren, und glaubten, dass es ein Leichtes sein würde, mit zwei Frauen fertig zu werden.

Krista schickte Mart Velaze eine WhatsApp. *Haben Eindringlinge. Bewaffnet.* Schickte ihm auch per Mail den Screenshot.

Die Jumpsuits brauchten vierzig Sekunden, um das Schloss zu knacken. Beeindruckend. Profis. Sie traten ein und trennten sich: einer ins Schlafzimmer, der andere in die Küche. Es folgte eine genaue Hausdurchsuchung. Hinter den Möbeln, in den Schränken. Als ob Caitlyn Suarez ihre Zeit in einem Sideboard verbringen würde.

Hallo Jungs, wir sind hier unten.

Hier unten. Im Keller. Früher einmal das Töpferatelier ihrer Mutter. Früher einmal war ihre Mutter hier umgebracht worden. Jetzt gab es hier zwei Büros. Krista plante allerdings eine Renovierung. Sie wollte die Trennwand einreißen lassen und den Raum öffnen. Es wieder zu einem Töpferatelier umgestalten.

Ein Plan. Für die Zukunft.

Für die Zeit, wenn sie Caitlyn Suarez los war.

Der Generator schaltete sich ein. Die Männer hörten sein Pochen und hielten inne. Lauschten. Nickten einander zu. Sahen zur Decke. Zeigten nach oben.

»Bitte lächeln«, sagte Krista. »Kluge Burschen. Ihr wisst, wonach ihr suchen müsst.«

Die Männer machten einander Zeichen und wiesen die Treppe nach unten. Die Kameras brachten sie offenbar nicht im Geringsten aus der Ruhe.

Eine Nachricht surrte auf ihrem Handy. *Verschwindet.*

Danke für den guten Rat, Mart.

Krista schaltete den anderen Bildschirm an. Caitlyn Suarez befand sich im nächsten Zimmer. Sie arbeitete an ihrem Laptop. Ihr Handy lag auf dem Schreibtisch und hatte Skype geöffnet. Sah nach einem Geschäftsgespräch aus. Sie wirkte fast streng. Die Bluse unter dem Jackett war bis oben zugeknöpft. Lippenstift. Das war ungewöhnlich. Sie redete zu dem Gesicht auf dem Handy.

Krista teilte das Bild. Links sah sie nun die Männer, die mit gezückten Waffen nacheinander die Holztreppe herabkamen. Schöne Schuhe. Könnten Nikes sein. Beide trugen dasselbe Modell.

Sobald sie unten ankamen, würden sie sich in der Etage mit den Schlafzimmern befinden. Das erste mit dem dazugehörigen Bad stand leer. Im zweiten verbrachte Caitlyn Suarez ihre Nächte. Das dritte gehörte Krista. Früher hatten dort ihre Eltern geschlafen. Alle Türen waren geschlossen.

Sie und Caitlyn Suarez befanden sich ein Stockwerk tiefer.

Wahrscheinlich sah der Plan so aus: Krista vermutete, dass man sie niederschießen wollte, um dann Caitlyn Suarez mit gezückter Pistole zum Auto zu führen. Sie in den Transporter stoßen, ihr eine Injektion in den Arm jagen. Ihr würde schwarz vor Augen werden, und der Wagen sollte davonjagen.

Nun ja, genau das waren Pläne: Pläne. Allen möglichen Unwägbarkeiten unterworfen.

Sie wandte sich wieder dem geteilten Bildschirm zu. Caitlyn Suarez redete. Die Männer befanden sich jetzt auf dem Treppenabsatz und lauschten. Weiteres Gestikulieren. Nummer Eins wies auf die erste Tür, hinter der er nachschauen wollte. Nummer Zwei sollte ihm Rückendeckung geben.

Zeit zu handeln.

Krista klappte den Laptop zu. Kontrollierte die Ladung in der Trommel. Sieben Patronen. Ging nach nebenan.

Caitlyn Suarez legte eine Hand auf ihr Handy. »Können Sie nicht klopfen?«

Krista zeigte mit dem Taurus nach oben. Tippte mit dem Lauf an ihre Lippen. Von oben hörte man das Klicken von Türen, die geöffnet und dann wieder geschlossen wurden.

Eine weitere Nachricht surrte. *Eine Viertelstunde entfernt.*

Fantastisch, Mart, dachte Krista. So viel zum Thema internationale Kavallerie. Warum machst du dir überhaupt die Mühe?

Neunundzwanzig

City Bowl. Krista Bishop zog Caitlyn Suarez zu der Schiebetür. Caitlyn wollte wissen, was los sei. Wieso hatte es keine frühzeitigere Warnung gegeben? Und das nenne sie Sicherheitsdienst? Ein harsches Flüstern, während Krista ihren Atem in ihrem Nacken spürte. »Verdammte Scheiße, welches Spiel treiben Sie hier?«

Krista dachte: Die Frau war nicht zu erschüttern. Sie war

wütend, aber nicht verängstigt. Sie bewegte sich so, als wäre sie für solche Situationen ausgebildet worden. Nein, keine typische Bankerin.

»Gehen Sie«, flüsterte Krista. »Gehen Sie zum Tor hinunter. Dort warten Sie.« Sie öffnete die Tür zu einer kleinen Terrasse. Schob Caitlyn Suarez nach draußen.

Oben auf der Treppe war ein Klopfen an der Sicherheitstür zu vernehmen. Die Klinke wurde stark nach unten gedrückt. Keine Stimmen. Wieder ein dumpfer Schlag. Diesmal gefolgt von einem Grunzen.

Stille.

Krista bedeutete Caitlyn Suarez, dass sie den Weg hinunterlaufen solle. Stattdessen saß die Frau in der Hocke auf der Terrasse, kampfbereit, während sie diese absurde Waffe am ausgestreckten Arm von sich weghielt.

»Los.«

Ein Schuss. Die Kugel riss ein Loch durch das dicke Holz der Tür.

Krista schnitt eine Grimasse. Eine von Maces paranoiden Maßnahmen: Auf jedem Treppenabsatz gab es fünf Türen. Danke, Papa.

Ein dreifacher Schuss zerfetzte das Türschloss.

Krista hob den Revolver und feuerte zweimal. Die Kugeln drangen relativ weit voneinander entfernt in die Tür ein. Das würde die beiden Sturmhauben zwar kaum aufhalten, aber vielleicht zumindest etwas langsamer machen. Sie wartete ein paar Sekunden, dann feuerte sie ein drittes Mal auf die Stelle, wo zuvor das Schloss gewesen war. Jetzt blieben ihr noch vier Schuss.

Sie trat auf die Terrasse, schob die Tür hinter sich zu und verschloss sie. Folgte Caitlyn Suarez durch die Wildnis. Es war jene Ecke des Gartens, um die sie sich kaum kümmerte. Mit einer Fernbedienung öffnete sie ein Holztor. Der Zaun dort war elektrisch geladen, zu beiden Seiten standen Sicherheitsbalken, und es gab eine Überwachungskamera. Ein Hintereingang, der einen überwucherten Pfad entlang zur unteren Straße führte.

Caitlyn Suarez zischte. »Ich hoffe, Sie haben einen Plan.«

»Ja«, erwiderte Krista. »Rennen.«

Weitere Schüsse im Haus. Einzelne Schüsse.

Caitlyn Suarez fluchte. Blieb stehen. »Warten Sie, warten Sie. Worauf zum Teufel schießen die?«

»Weiter.« Krista schubste sie durch das Gartentor auf den Pfad hinaus. Schaltete das Schloss wieder ein. Drehte sich um und schob Caitlyn Suarez weiter. »Los, los, los.«

Sie hasteten eine schmale Treppe hinunter, jeweils zwei Stufen auf einmal nehmend. Äste schlugen ihnen ins Gesicht, die Hände wurden von Dornen aufgerissen. Eisenkrautranken schlangen sich um ihre Knöchel. Caitlyn Suarez stolperte und stürzte seitlich in übelriechendes Blumenrohr. Sie versuchte sich wieder aufzurichten.

Krista zog sie hoch. In den Haaren der Frau hingen nun Spinnweben, ihre Bluse hatte einen Riss, und die oberen Knöpfe waren abgesprungen. Caitlyn Suarez keuchte. Doch nicht so fit, wie sie wirkte. Noch immer hielt sie ihre Pistole in der Hand.

Niemals die Waffe fallen lassen, wenn du stürzt.

Das waren die Worte ihres Ausbilders für Sondereinsätze gewesen. Desjenigen, der sich um Krista Bishop gekümmert hatte, als sie bei der Armee gewesen war. Wiederhole: Lass nie die *fokken* Waffe fallen. Niemals in deinem Leben, hörst du? *Hoor jy my?*

Caitlyn Suarez hatte ihre Waffe auch nicht fallen lassen. Mysteriös, diese Frau. Mit internationalen Freunden. Und einer Kampfausbildung.

»Alles in Ordnung?«

Caitlyn Suarez spuckte etwas Erde aus und wischte sich mit der Waffenhand über den Mund. Sagte nickend: »Sie gehen voran.«

»Nein.« Krista hielt sich nicht mit Höflichkeiten auf. Sie hatte absolut nicht vor, diese Frau irgendwo anders hinzulassen als vor sich. Ihre Klientin starrte sie finster an. Sie stupste sie erneut an. »Weiter.«

Wieder eilten sie die Treppen hinunter, bis sie auf der Straße herauskamen. Eine Straße umgeben von hohen Mauern, auf denen überall Stacheldraht und Überwachungskameras angebracht waren.

»Und jetzt?« Caitlyn Suarez keuchte atemlos.

»Warten Sie.« Krista lauschte. Niemand folgte ihnen. Dachte, dass die beiden vermutlich in ihrem Transporter saßen. Oder einer der beiden saß im Wagen, während es der andere zu Fuß versuchte und ihnen bereits auf den Fersen war. Ein Zangenangriff. »Hier entlang.« Sie zeigte die Straße hinunter zu einer Ecke. »Rennen Sie.« Beide rannten los.

Zwei Frauen mit Waffen in der Hand rannten. Rannten durch einen stillen Vorort. Keine Gärtner. Keine Briefträger. Keine Sicherheitspatrouillen. Krista schaute nach hinten. Sie erwartete, den weißen Transporter zu sehen. Erwartete, dass einer der Sturmhauben auf die Straße trat, langsam einen Arm hebend. Stellte sich den gedämpften Knall vor, wenn er schoss.

Sie wusste, dass sich hinter der Ecke unbebaute Grundstücke befanden. Pinien, Gebüsch, Wasserfurchen, die in Richtung Berg liefen. Wenn sie es bis dorthin schafften.

Schrie: »Schneller, ist nicht mehr weit!« Legte noch einen Zahn zu.

Hinter ihnen rief ein Mann.

Dreißig

Caledon Square. Fish stand am Fenster des kleinen Raums und atmete den Abwassergestank der Stadt ein. Dachte: Scheiße, Mann, was soll das? Seit fünf Minuten stand er hier und hörte den dreien zu, wie sie immer weiter redeten.

Die drei: der dünne NPA-Mann. Der Columbo-Verschnitt mit den glatten braunen Haaren. In einem karierten Jackett. Sehr siebziger Jahre.

Vicki Kahn. Sie hatte ihm den Rücken zugewandt, während sie am Tisch saß, Mr. NPA gegenüber. Columbo, lässig gegen die Tür gelehnt, kaute Kaugummi und grinste Fish an. Fish hätte ihm am liebsten eine gescheuert.

Vicki sagte: »Ja, ja, ja. Schon verstanden. Sie haben wenig Personal. Sie haben dreißig Fälle und mehr auf Ihren Schreibtischen liegen. Dieses Land ist ein einziger großer Tatort. Aber warum halten Sie dann immer noch meinen Klienten fest? Was soll dieses Spiel? Kommen Sie, Mann, Sie haben nichts gegen ihn in der Hand. Lassen Sie ihn laufen. Sie wissen doch, wo er wohnt.«

Mr. NPA: »Das ist kein Spiel. Das kann ich Ihnen versichern.« Immer todernst, immer schmallippig, immer angespannt, dieser Kerl in seinem blauen Anzug. Seine Augen wanderten von Vicki zu Fish hinüber, um ihn zu mustern.

Fish wich seinem Blick nicht aus.

»Dann lassen Sie ihn gehen.«

»Es gibt keinen Grund, ihn gehen zu lassen. Er ist eine Person von besonderem polizeilichem Interesse. Wir haben ihn vor Ort. Das macht alles wesentlich angenehmer.« Mr. NPA zwinkerte Fish zu. »Unser Gast. Das ist nach Absatz achtundvierzig erlaubt.«

Columbo stieß sich von der Tür ab. »Er hilft uns bei unseren Ermittlungen, Lady.«

Vicki schnalzte verächtlich mit der Zunge. »Ach, wirklich? Tut er das? Er ist Ihr neuer Star. Nummer eins der Hitparade. Der singende Surfer. Grundgütiger, Sie haben ihn nicht einmal befragt. Sie halten ihn hier nur fest, um uns zu ärgern. Kommen Sie, Mr. Moosa, Sie haben es mir versprochen.«

»Und daran halte ich mich auch, Miss Kahn.«

Columbo trat zum Tisch, um sich daranzulehnen. »Ein Polizist ist verschwunden, Miss Kahn. Von Mr. Pescados Boot. Eine von Mr. Pescados Klientinnen ist ebenfalls verschwunden. Und zwar nicht irgendeine, sondern eine mit einer Verwarnung. Eine Klientin, die eine Mörderin sein könnte. Und darüber wollen wir mit Mr. Pescado sprechen.«

»Wann? Wann genau werden Sie mit ihm endlich darüber sprechen?«

Fish hätte am liebsten laut applaudiert. Vicki wusste, wie diese Sache lief. Er starrte Columbo so lange an, bis dieser wegschaute.

»Wir sammeln noch Indizien. Informationen.«

»Mehr als das.« Mr. NPA stand auf und hielt seine linke Hand hoch. Er verringerte den Abstand zwischen Daumen und Zeigefinger. »Wir stehen so knapp davor. Bald werden wir Besuch bekommen.«

»Ah ja«, meinte Fish. »Und wer soll das sein?«

»Das verrate ich Ihnen gerne: Caitlyn Suarez.«

»Was? Sie haben sie gefunden?« Fish und Vicki sprachen gleichzeitig.

Mr. NPA strahlte. Er erklärte mit pseudodeutschem Akzent: »Wir kennen Mittel und Wege, jawohl.« Selbstzufrieden schob er die Hände in die Taschen seiner Anzughose. »Mehr darf ich nicht verraten. Es ist also besser, wenn Sie hierbleiben, Mr. Pescado. Der Spaß fängt erst an.«

Fish dachte: Das ist doch reine Wunschvorstellung. Oder? Ihm fiel auf, dass Columbo die Stirn runzelte und den Mund zu bewegen begann, als wollte er etwas einwerfen. Er schien mit den Schultern zu zucken, nach dem Motto ›Was zum Teufel‹. Columbo hatte also nicht die leiseste Ahnung gehabt, dass Caitlyn Suarez angeblich festgenommen worden war. Die NPA behielt demnach bestimmte Dinge auch vor der normalen Polizei geheim.

Nicht schlecht, Mr. NPA. Laut sagte er: »Ich bezweifle das. Es gibt keine Verbindung. Keine Verbindung, kein Spaß, würde ich mal vermuten.«

»Keine Verbindung? Meinen Sie? Ach, Mr. Pescado, Sie halten das alles für Zufall? Sie und Flip Nel und Caitlyn Suarez?«

»Natürlich.«

»Vielleicht würde das so in Agentenromanen laufen. Aber nicht im wirklichen Leben, Mr. Pescado. Im wirklichen Leben riecht das für mich stark nach Verschwörung.« Er wandte sich zur Tür und bedeutete Columbo, ihm zu folgen. »Beschäftigen Sie sich mit Geschichte, Mr. Pescado? Wissen Sie, wie wir früher einmal Verschwörer in unserer Vaterstadt bestraft haben? Wir erwürgten sie halb und ließen sie dann im Freien an Rädern festgebunden liegen, mit gebrochenen Knochen oder einer abgehackten Hand. Die Vögel stürzten sich auf ihre Augen. Sehr unangenehm, das alles. Heutzutage haben wir Menschenrechte. Seien Sie dankbar, dass Sie in unserer Zeit leben. Sie können sich jetzt mit Ihrem Klienten besprechen, Miss Kahn. Fünfzehn Minuten. Er ist ganz der Ihre. Wir plaudern später mit ihm.«

Als sie die Tür hinter sich schlossen, setzte sich Fish Vicki gegenüber und nahm ihre beiden Hände. »Glaubst du ihnen?«

»Warte.« Vicki löste eine Hand und holte aus ihrer Jackentasche ihr Handy heraus. Sie schaltete das Radio an, irgendeinen Sender, wo gerade ein Rapper über irgendwas ablästerte. »Ich weiß es nicht, Fish. Ich weiß nicht, welches Spiel sie treiben.«

»Ich auch nicht.« Er streichelte mit den Fingerspitzen zart über ihre Hand und ihren Arm. »Wenn man sie wirklich gefunden hat, würde das die *Hawks* ziemlich flattern lassen. Würde sie zu Super-Cracks und Actionhelden machen. Aber heutzutage schätzt man diese Superbullen nicht mehr sonderlich. Hast du gesehen, wie Columbo reagiert hat? Er hatte keine Ahnung, dass die NPA Suarez gefunden haben will. Das hat ihn ziemlich geärgert. Die NPA und die *Hawks* drehen ihr eigenes Ding. Was mich auf die Idee bringt...« Er fasste einen Entschluss. »Lass die NPA in Ruhe. Es fängt an, mich total zu langweilen. Nur dieses ewige Replay von Flip, wie er ins Meer springt, ist unerträglich. Aber lass es gut sein. Ich sitze das aus.«

»Ich kann eine Verfügung beantragen.«

»Nein, schon gut.« Er lächelte sie an. »Jetzt bin ich neugierig geworden. Ich will sehen, was ihnen als Nächstes einfällt.«

»Und Flip? Das kann zu einem ernsthaften Problem werden.«

Fish zuckte mit den Achseln. »Ich weiß. Ich habe das schließlich am eigenen Leib miterlebt. Hör zu, für den Moment komme ich klar.«

»Okay. Vorher warst du ja noch ziemlich durch den Wind, aber wenn du meinst, du packst das, ist das gut.« Vicki beugte sich über den Tisch, um sein Gesicht zu berühren. »Du solltest deine Mutter anrufen.«

»Sollte ich.«

»Wirst du aber nicht.«

»Ich mache es, wenn ich raus bin.«

»Sie ruft mich täglich an.«

»Vics, sie ist meine Mutter. Das ist ihr Stil. Jeden mit ihrem ewigen Gemecker in den Wahnsinn treiben.«

»Noch etwas.« Vicki drehte den Rapper lauter.

Fish dachte: Jetzt kommt's.

»Wer immer Caitlyn Suarez aus Stonehurst herausgeholt hat, fuhr bereits am Abend zuvor auf das Gelände. Sie wurde dann am frühen Morgen weggebracht. Er oder sie wusste genau, dass die NPA für Samstag ihre Verhaftung geplant hatte. Was bedeutet …«

»… dass Caitlyn Suarez sehr begehrt ist. Mehr, als man vermutet.«

»Darauf würde ich wetten.«

»Was du aber nicht tust.« Fishs Antwort kam wie aus der Pistole geschossen. Sobald Vicki einen Scherz in Richtung Glücksspiel machte, gingen bei ihm sofort die Alarmglocken an. Sie rollte genervt mit den Augen. »Jedenfalls …« Zögernd warf er ihr einen fast kindlich anmutenden Blick mit seitlich geneigtem Kopf zu. »Jedenfalls könntest du dich doch umhören, oder? Du weißt schon – vielleicht bei Henry im Wunderland oder so?«

»Grundgütiger, Fish.« Vicki lehnte sich zurück und spielte die Wütende. »Findest du nicht, dass ich schon genug für dich erledige? Die Sicherheitsaufzeichnungen von Stonehurst. Deine Mutter. Ich habe auch noch einen eigenen Job. Schon vergessen?«

»Okay, okay. Ich wollte ja nur mal fragen.« Fish wusste, dass sie es tun würde.

Der Rapper rappte währenddessen: *Motherfucka bitch you my girl for luuv.*

Einunddreißig

City Bowl. Hinter der Straßenecke waren sie für den rufenden Mann nicht zu sehen. Die zwei Frauen rannten so schnell sie konnten, wobei sie sich am Rand hielten, um nicht in die Schusslinie zu geraten. Sie drehten sich nicht um, sondern steuerten auf die offenen Abhänge zu.

Der Mann blieb mitten auf der Straße stehen, riss seine Sturmhaube herunter und wischte sich mit einer Hand über das Gesicht. Er steckte Sturmhaube und Pistole ein. Warf einen Blick nach rechts in die leere Straße. Niemand zu sehen. Nicht einmal das Bellen eines Hundes war zu hören. Er begann den Frauen in einem lockeren Lauftempo zu folgen.

»Da. Da.« Krista Bishop zeigte auf einige Pinien. »Dorthin. Und dann hoch, immer nach oben.«

Sie führte die andere Frau durch das Pinienwäldchen und über das rutschige Bett aus Pinennadeln. Mehrmals musste sie nach hinten fassen, um Caitlyn Suarez festzuhalten, als diese das Gleichgewicht zu verlieren drohte.

Ihr verärgertes »Es geht schon, es geht schon« und das Wegschlagen der Hand.

Die Anhöhe war so steil, dass Krista es in ihren Oberschenkeln spürte.

Sie durchquerten eine kleine Schlucht und kletterten zwischen Felsen durch ein Dickicht. Der Stein kratzte über ihre Knöchel. Äste schlugen ihnen auf die Wangen. Hinter einem Baumstamm zerrte Krista Caitlyn Suarez in Deckung.

Die beiden hockten keuchend vor Anstrengung da. Caitlyns Gesicht war gerötet und die Stirn voller Schweißperlen. Sie holte tief Luft: »Nicht weit genug.« Wollte sich wieder erheben.

Krista packte sie an ihrer Jacke und hielt sie fest. »Nein. Sonst entdecken die uns.« Sie spürte, wie sich Caitlyn Suarez gegen ihren Griff wehrte. »Bleiben Sie unten.«

Durch die Zweige konnte sie den Mann auf der Straße sehen, der in ihre Richtung nach oben blickte. Er beugte sein Gesicht zu seiner Schulter und sagte etwas. Dann richtete er sich wieder auf und wanderte mit den Augen die Baumgrenze ab. Ihm würde keine ihrer Bewegungen entgehen.

Ihr Handy vibrierte. Eine SMS von Mart Velaze. *Wo?* Tippte den Straßennamen ein: *Invermark Crescent. Wie lange?*

Wieder beobachtete sie den Mann auf der Straße. Er war nicht weit von ihnen entfernt. Vielleicht sechzig Meter. In seinem Jumpsuit wirkte er hier völlig unpassend. Ihm gegenüber öffnete sich ein Tor, und ein Lexus glitt rückwärts heraus. Der Mann trat von der Straße, seine Aufmerksamkeit galt jetzt dem Fahrer. Er hob grüßend eine Hand. Der Fahrer wartete, bis sich das Tor automatisch wieder geschlossen hatte, winkte dem Mann zu und fuhr davon.

Würde er den Sicherheitsdienst des Viertels rufen oder seine private Sicherheitsfirma?

Wahrscheinlich.

Wie schnell würden sie da sein?

Nicht schnell genug.

Der weiße Transporter kam von links auf den Mann zugefahren.

Krista dachte: Wenn wir die Straße weitergelaufen wären, hätten wir ihn direkt getroffen. Diese gerissenen Kerle kannten den Straßenverlauf offenbar genau.

Sie sah, wie sich der Fahrer und sein Komplize unterhielten. Mit einer ausladenden Geste die Anhöhe hinaufzeigten. Ihre Stimmen waren zu leise, um bis zu ihnen herüberzudringen. Der Komplize trat vom Transporter weg und hob ein Fernglas.

Krista wich zurück.

»Fahren sie?« Caitlyn Suarez wirkte noch immer ziemlich atemlos.

Krista schüttelte den Kopf. Wieder schob sie die Blätter beiseite, um hinüberschauen zu können. Sie sah, wie der Wagen drehte und dann am Bordstein parkte. Der Komplize schob die Seitentür auf. Der Fahrer trat zu ihm, und die beiden Männer deuteten in Richtung der Schlucht.

»Sie kommen hierher«, erklärte Krista. Sie erhob sich hinter dem Baum. Auch Caitlyn Suarez wollte aufstehen.

»Bleiben Sie unten.«

»Und was genau haben Sie bitte schön vor?«

Krista atmete tief durch. »Sie erschießen.«

Zweiunddreißig

Constantia Nek. Dr. Robert Wainwright sah die Bilder zuerst auf seinem Handy.

Er kam übermütig den Berg herunter. Stand auf dem Parkplatz, an seinem Auto lehnend und trank große Schlucke seines Energade-Drinks mit Apfelgeschmack, während er dachte, dass nun alles geklärt sei. Er hatte seine Pflicht getan. Jetzt musste er sich nur noch aus den Geschäften Molapos heraushalten. Dazu war er fest entschlossen. Er würde den Vorschuss zurückzahlen. Er hatte der Frau erklärt, dass er nichts mit diesen Leuten zu tun haben wolle. Sein Gewissen war rein. Es würde keine Reue eines Whistleblowers geben. Keinen geheimen Unterschlupf. Seine Familie würde intakt bleiben. In Sicherheit.

Er seufzte erleichtert über das weite Constantia-Tal hinweg. Die Welt war so, wie sie sein sollte. Er zog den Autoschlüssel aus seiner hinteren Hosentasche, sperrte den Wagen auf und setzte sich lächelnd hinein. Ehe er losfuhr, warf er noch einen Blick in sein E-Mail-Konto. Unter zahllosem Schrott gab es eine von einem Hotmail-Account. In der Betreffzeile standen die Worte »Ihre Familie«.

Mit schneller schlagendem Herzen öffnete er sie. Elf Anhänge. Er klickte jeden an.

Vier Bilder von Belinda in ihrem Friseursalon. Eine allgemeine Aufnahme: Belinda hinten im Laden, wie sie mit einer Schere in der Hand nach vorne kam. Dann näher: die Überraschung auf ihrem Gesicht. Die Hand mit der Schere erhoben, um das Bild abzuwehren. Die vierte Aufnahme zeigte sie wütend, mit offenem Mund.

Über diese Fotos wusste er Bescheid. Verstörend, aber nicht furchteinflößend. Die nächsten hingegen waren etwas ganz anderes.

Sechs Fotos seiner Söhne beim Rugbytraining. Nahaufnahmen. Die Jungen waren aus der Gruppe herausgehoben, um zu zeigen, dass man wusste, wer sie waren.

Ein Bild ihres Hauses, wo kein Mensch zu sehen war.

Dr. Robert Wainwright schloss die Augen und ließ das Handy in seinen Schoß fallen. Er schlug die Hände vors Gesicht.

Sein Mund war staubtrocken. Angst machte das Atmen schwer. Er merkte, wie es wieder sauer in seiner Speiseröhre brannte.

Im Handschuhfach entdeckte er eine Schachtel mit Säureblockern. Er nahm zwei. Saugte heftig daran, um Speichel in seinen Mund zu bekommen und die Schmerzen der Magenverkrampfung zu lösen.

Diese Kretins.

Wie sie in dem Restaurant gesessen, Muscheln gegessen

und Bier getrunken hatten. Die sogenannte Handelsdelegation – verwöhnt und zugedröhnt.

Diese abstoßenden Kretins. Woher? Woher wussten sie von seiner Familie? Seinem Heim? Seinem privaten E-Mail-Account?

Diese Kretins. Sie hatten die ganze Zeit über einen anderen Plan verfolgt. Zwei Agenten. Kühl, ruhig, geradezu herablassend.

Und dann dieser Idiot Molapo. Spielte gedankenlos mit. Zu betrunken vom belgischen Bier, zu selbstzufrieden, um etwas zu bemerken. Zu gierig.

Dr. Robert Wainwright zerkaute die Tabletten und wusch sie mit einem Schluck Energy-Drink hinunter. Das Sodbrennen hinter seinem Brustbein ließ ihn zusammenzucken.

Die Jungen. Belinda. Sie waren jetzt seine erste Sorge. Er musste sie aus der Schusslinie bringen.

Robert Wainwright rief seine Frau an. Sagte: »Du musst den Salon zusperren.«

Sagte: »Ich hole die Jungs.«

Sagte: »Fahr nach Hause. Alles Weitere besprechen wir dann.«

Er hörte, wie Belinda antwortete: »Oh Gott. Ich habe das nie gewollt.«

Er legte auf.

Dr. Robert Wainwright schloss die Augen. Als er sie wieder öffnete, schaute er in das Constantia-Tal hinaus. Zu den herbstlich gefärbten Reben. Zu den wohlhabenden Vororten, die alle schon lange an das Sicherheitsdatennetz angeschlossen waren. In der Ferne der glitzernde Ozean. Die Leute hier hatten keine Ahnung. Für einen Moment verachtete er sie dafür, sie taten ihm in ihrer Unwissenheit fast leid. Dass sie nicht wussten, was er wusste. Von diesen Verschwörungen. Den niederträchtigen Herrschern. Der blanken Habgier. Während die Vertrauensseligen auf ihren Terrassen frühstückten, wurde ihnen die Welt gestohlen.

Du weißt das, Robert, dachte er. Du weißt das. Du hast deine Pflicht getan. Du hast die Behörden informiert.

Dann betrachtete er erneut die Fotos. Er hielt bei dem von seinem Haus inne. Dort war etwas im Fenster. Ein Blick. Er vergrößerte das Detail und erkannte das Spiegelbild des Fotografen. Eine absichtliche Provokation. Von dem Mann, den er als Mohammad Hashim kennengelernt hatte.

Dreiunddreißig

Buitenkant Street. »Es ist an der Zeit«, sagte Henry Davidson in Vicki Kahns Ohr. »Kaffee im Truth. Nicht sehr weit von dort, wo Sie jetzt sind.«

Vicki wollte gerade die Straße überqueren, das Handy an ihr Ohr gepresst. Sie warf einen Blick nach rechts, zu dem Café im nächsten Gebäudeblock. Henry Davidson konnte sie dort nicht entdecken.

»Ich sehe Sie«, meinte er. »Nur das zählt.«

Ehe sie das Café erreichte, tauchte er hinter ihr auf und packte sie am Ellbogen.

»Nicht Ihre Praxis verlieren, Vicki. Das geht nicht. Das darf nie passieren. Sie müssen immer aufmerksam bleiben. Immer konzentriert.«

Vicki riss sich los. »Ich bin keine Agentin mehr, Henry.«

»Oh, etwas empfindlich heute? Einmal eine, immer eine, meine liebe Vicki.« Er wies auf einen Tisch auf dem Bürgersteig, der direkt an der Mauer stand. »Das sollte ein guter Platz sein.«

Sie setzten sich, beide mit dem Rücken zur Wand. Bestellten Lattes. Lächelten dem Kellner zu.

»Lassen Sie mich raten«, sagte Henry Davidson und sah Vicki durch seine Sonnenbrille hindurch an. »Die Sache mit dem Doktor ist nicht gut gelaufen.«

Vicki rutschte auf ihrem Stuhl hin und her. »Sie lief sogar verdammt mies.«

»Hm.« Henry Davidson tätschelte seine Haare. »Ich stelle immer wieder fest: Wenn die Dinge nicht gut laufen, ist es ein Zeichen, dass wir in unsicheren Zeiten leben. Wie unsere Freundin Alice schon wusste. Und in solchen Zeiten kann sich die Welt von einem Moment zum nächsten dramatisch verändern. Schütten Sie doch Onkel Henry mal Ihr Herz aus.«

Das tat Vicki. Irgendwann zwischendrin wurden die Kaffees gebracht.

»Wunderbar«, sagte Henry Davidson zum Kellner. »Herrlich hinbekommen. Meine Komplimente an den Barista.« Er wartete, bis der Mann ging. »Man muss es ihnen lassen: Die einzige Wahrheit liegt in einem Kaffee von Truth.« Er wedelte sich den Duft des Kaffees zu. »Ausgezeichnet. Der *Daily Telegraph* hat recht, das beste Café der Welt. Und nicht zu heiß serviert. Eine ganz wesentliche Wahrheit über Kaffee. Kühler gewinnt er an Geschmack – wussten Sie das?«

Vicki sah ihm dabei zu, wie er einen Schluck nahm und dachte: Henry, der Dinosaurier. Allerdings ein Dinosaurier, dem es gelungen war, das alte Regime zu überleben und im neuen Fuß zu fassen. Der noch immer lebte.

Sie hörte, wie er sagte: »Es ist wirklich eine Schande, dass die Kunst des Barista oft nicht mehr zur Geltung kommt. Ach, apropos Schande.« Er holte ein Handy heraus und reichte es ihr. »Ein paar interessante Bilder. Werfen Sie mal einen Blick darauf.«

Vicki scrollte durch die Bilder. Eine Frau in einem Friseursalon. Jungen beim Rugby. Ein Vororthaus. »Warum soll ich mir die anschauen?«

»Wissen Sie, wer das ist?«

»Natürlich, ich kann es mir jedenfalls vorstellen. Mrs. Belinda Wainwright. Die Wainwright-Buben. Ihr Haus.«

»Beeindruckend. Was Sie wahrscheinlich nicht wissen, ist, dass diese Fotos von zwei iranischen Touristen gemacht wurden. Die sie aufmerksamerweise auch Robert Wainwright zukommen ließen. Sie haben sie ihm sogar geschickt, als Sie beide gerade Ihr kleines Gespräch führten. In diesem Moment ist er dabei, die Familie zusammenzutrommeln.«

»Also keine zwanglose, informelle Überwachung mehr?«

»Er ist eine Person von großem Interesse, Vicki. Wir sind dazu verpflichtet, das zu beobachten.«

»So etwas höre ich heute zum zweiten Mal. Egal. Vermutlich wollen Sie jetzt, dass ich zu ihm nach Hause fahre und unser Gespräch an der Stelle fortsetze, wo wir das letzte Mal aufgehört haben.«

»Ich hätte es nicht besser formulieren können.« Er starrte sie über den Rand seiner Kaffeetasse hinweg an.

»Ich habe einen Job, wissen Sie. Klienten. Echte Menschen, denen Gerechtigkeit widerfahren muss.«

Henry Davidson setzte seine Tasse ab. »Stimmt. Sie sind eine gute Anwältin. Aber ob diesen Leuten heute oder erst morgen Gerechtigkeit widerfährt, ist nicht wichtig. Sie sind bereits Opfer eines Verbrechens geworden. In Robert Wainwrights Fall hingegen können wir ein Verbrechen aufhalten. Ein internationales Verbrechen. Sie sehen, es ist eine Frage der Priorität, Vicki. Wir haben kein morgen. Wir haben nur jetzt. Wie der Dichter so schön sagte: Geschichte ist jetzt.«

Vicki ließ den Blick über die Straße wandern. Auf die vorbeeilenden Fußgänger. Touristen mit Straßenkarten. Obdachlose. Alkoholiker. Der ständige Verkehr. An einem Tisch in der Nähe flirteten zwei Frauen miteinander. Ein normaler Tag in Kapstadt. Der eingesperrte Fish. Ihre Spielschulden. Was sie auf eine Idee brachte.

»Sie bezahlen mich dafür, nicht wahr?«

Henry Grinsekatze Davidson. Sein Grinsen war immer das Letzte, was verschwand. »Wir bezahlen die Schulden bei Ihrem Hippiefreund.«

»Verdammt, Henry, Sie schnüffeln mir hinterher.«

»Ach, ich würde eher sagen, dass ich mir um Ihr Wohlergehen Sorgen mache. Wie ein Vater bei seiner Tochter.«

»Sie sind nicht mein Vater.«

»Zugegebenermaßen. Nicht biologisch betrachtet. Aber es wäre praktisch, wenn Mr. Batikhemd in seinem Nirwana bleiben würde, oder? Wissen Sie, Vicki, Sie sollten sich wirklich Hilfe holen, um wieder auf die Spur zu kommen.« Er stand auf und reichte ihr einen Fünfzig-Rand-Schein. »Könnten Sie noch Trinkgeld drauflegen?« Mit verschwörerischer Miene beugte er sich zu ihr herunter. »Es wäre das Beste, wenn Sie Robert sehr bald aufsuchen würden.«

Vicki beobachtete, wie er davonging. Unglaublich für sein Alter. Er musste über siebzig sein. Aber das würde man nie vermuten. Kein Sacken der Schultern, kein Buckel. Ein federnder Gang. Noch immer hielt er die Zügel in der Hand, selbst in diesen gefährlichen Zeiten.

Nett von ihm, dass er ihre Schulden begleichen würde. Auch wenn es natürlich zwei Seiten der Medaille gab.

Vierunddreißig

City Bowl. »Du hast dir ziemlich Zeit gelassen«, sagte Krista Bishop zu Mart Velaze. Die beiden standen neben dem Pool. Krista hatte einen aufgeklappten Laptop in der Hand. Der Bildschirm zeigte Überwachungsvideos mit den beiden Sturmhauben.

»Verkehr. Alles in der Stadt war total verstopft.« Mart Velaze deutete auf die Grundstücksmauer. »*Wena*, unfassbar, was? Da sind die drübergekommen. Man sollte das eigentlich für unmöglich halten.«

»Profis«, meinte Krista. »Sprich Agenten. Schau dir mal an, wie schnell sie die Tür knacken konnten.«

Mart Velaze stieß einen Pfiff aus. »Schlaue Kerle. Schade, dass sie es so eilig hatten.«

»Du hättest vor Chubb hier sein müssen.«

Mart Velaze seufzte. »So sind die Sicherheitsfirmen für diese Gegenden. Immer auf Zack.« Er streckte die Hand aus, um mit der Leertaste das Video anzuhalten. »Was wolltest du mit ihnen machen?«

»Sie erschießen.«

»Beide?«

»Ich war im Vorteil. Und du meintest, ich soll Caitlyn Suarez beschützen. Das ist mein Beruf, und so heißt auch die Firma: Complete Security.« Sie sah ihn ohne die geringste Andeutung eines Lächelns an.

Mart Velaze grinste. »Du bist eine knallharte Frau, Krista Bishop.«

»Vergiss es nicht.« Sie ließ den Film weiterlaufen. Die beiden Männer auf dem Bildschirm waren nun im Haus und blickten sich dort um.

»Ziemlich gründlich. Und du hast nur dagesessen und ihnen dabei zugeschaut.«

»Warum auch nicht? Ich war ja vorgewarnt.«

»Mann, Krista.«

»Das Einzige, was mies lief, war dein spätes Eintreffen. Diese Kerle sahen Chubbs Auto, kletterten in ihren Wagen und brausten davon. Coole Typen. Sie taten so, als hätten sie nur kurz für eine kleine Erfrischung angehalten und würden nun weiterfahren.«

»Hast du gesehen, welche Hautfarbe die beiden hatten?«

»Hat das irgendeine Bedeutung?«

»Eigentlich nicht. Profis sind Profis.« Mart Velaze beugte sich vor, um mit zusammengekniffenen Augen den Bildschirm zu mustern.

Krista gab nach. »Der eine, der uns hinterher ist, war wahrscheinlich *Coloured*. Was auch immer das heißt. Könnte Kubaner, Libanese, Araber, Brasilianer oder von den Cape Flats gewesen sein. Keine Ahnung.«

»Diese Waffen von denen. Nicht schlecht. Das hier sieht man nicht jeden Tag.«

Krista hielt die Hand so an den Bildschirm, dass die Sonne sie nicht blendete.

»Das sind FN Five-Seven, die diese Jungs haben. Five-SeveN wird eigentlich mit einem großen N hinten geschrieben. Selbstspannende Halbautomatik. Es gibt sie in drei Magazingrößen – zehn, zwanzig und dreißig. Ich würde vermuten, sie haben da eine Zwanziger. Die Standardpatronen sind echt gruselig, fünf Komma sieben mal achtundzwanzig Millimeter, gute Durchschlagskraft und Reichweite. Das Ganze kommt aus den USA. Die beliebteste Waffe beim dortigen Geheimdienst.«

»Das sind also CIA-Typen?«

Mart Velaze richtete sich auf. »Ich rede hier nur von den

Waffen. Jeder kann sich Waffen besorgen. Und jeder kann natürlich so eine Waffe einsetzen, um uns auf die falsche Fährte zu locken.«

»Mach mir doch nichts vor, Mart. Wer zum Teufel ist diese Frau? Ich habe dir gesagt, dass etwas mit ihr nicht stimmt. Ich habe auch gesagt, dass ich sie nicht mehr bei mir haben will. Vor allem jetzt. Mit der CIA lasse ich mich garantiert nicht auf ein Spiel ein.«

»Ich befürchte, das hast du schon.«

»Na, vielen Dank. Wenn diese Leute Caitlyn Suarez zurückwollen, warum schicken sie dann kein Taxi? Oder warum fahren wir sie nicht irgendwohin und lassen sie da raus?«

»Es könnte auch der FSB sein. Oder sogar ein paar unserer hauseigenen *Hawks*. Sie soll schließlich eingetauscht werden, so viel ist klar. Sie wird versteigert.« Mart Velaze wedelte mit dem Arm durch die Luft über seinem Kopf. »Es gibt bereits Verhandlungen. Wenn es an der Zeit ist, wird genau das passieren: Sie wird mit einem Taxi abbrausen. Bis dahin müssen wir sie allerdings noch beschützen. Von allen Seiten.«

»Was diejenigen, die sie sich holen wollen, nicht abhalten wird, genau das zu tun. Und wohin jetzt?«

»Nirgendwohin. Wir bleiben hier. Wie hoch stehen die Chancen, dass sie zurückkommen?«

»Hoch.«

»Quatsch, sie werden nicht zurückkommen. Überleg doch mal. Sie werden davon ausgehen, dass sie uns aufgeschreckt haben und wir sie woanders hinbringen.«

Krista starrte ihn an, als es ihr dämmerte. »Ihr habt keine anderen Optionen. Keinen anderen Ort. Ihr habt kein Budget. Das ist es, nicht wahr?«

Mart Velaze hob achselzuckend beide Hände. »Erwischt, Mylady.«

»Bezahlt ihr mich überhaupt?«

»Sie bezahlt dich.«

»Als Sicherheitsdienst. Nicht für ein Einzelzimmer mit Frühstück.« Krista klappte den Laptop zu. »Wir hatten das vereinbart, Mart. Ein Tagessatz für ihre Unterbringung hier. Von euch.«

»Kein Problem.«

»Das will ich stark hoffen.«

»He, *Sisi, Sisi,* beruhige dich.« Mart Velaze legte eine Hand auf ihren Arm. »Das haben wir. Wir haben noch Geld fürs Blumenarrangement. Dann bekommt der Palast eben ein paar Tage mal keine frischen Blumen. Wem wird das schon auffallen? Der Präsident schaut sowieso vor allem Filme in seinem Bunker, kümmert sich um seine Bienen oder spielt Tennis. Solange die Dahlien keine Blätter verlieren, ist er glücklich. Dahlien brauchen ein paar Tage, bis sie verblühen. Bis dahin wird Miss Suarez garantiert ausgezogen sein.« Mart Velaze strich mit der Hand über Kristas Arm.

Sie schüttelte ihn ab. »Das sagst du so. Aber es geht hier um mein Leben, das in Gefahr ist.« Sie nahm den Gestank von Zigarettenrauch wahr und sah zum Haus hinüber. Caitlyn Suarez stand dort unter der Tür und beobachtete sie. Auf den Lippen ein angedeutetes Lächeln.

»Eine Kabbelei unter Liebenden.«

»Könnte man so sagen.« Mart Velaze lachte.

»Wie niedlich.«

»Aber nur könnte«, erwiderte Krista. Sie starrte Mart Velaze finster an. Immer diese flapsige Art.

»Was war das? Ich soll woanders hingebracht werden? Wohin?« Caitlyn Suarez zog an der Zigarette, legte den Kopf zur Seite und blies den Rauch in die Luft.

»Nirgendwohin.«

»Nach dem, was heute hier passiert ist? Keine gute Idee, Mr. Velaze. Das ist nun wirklich kein Ort, an dem ich mich wohlfühle.«

Nur weiter so, dachte Krista. Such dir eine andere sichere Umgebung. Nichts wie raus.

Caitlyn Suarez trat einen Schritt näher. »Hier kann man einfach hereinspazieren. Haben wir ja deutlich miterlebt.«

Krista wirbelte zu ihr herum. Das selbstgefällige, höhnische Lächeln der Frau reizte sie, und es fiel ihr schwer, nicht die Nerven zu verlieren. »Wenn Ihr Handy nicht so ein verdammter Leuchtturm wäre, hätte niemand gewusst, dass Sie hier sind.«

»Oh, ziemlich empfindlich, die Dame.« Caitlyn Suarez musterte sie von Kopf bis Fuß. »Ich habe einen Job, Krista. Einen richtigen Job.«

Krista ging auf diese Provokation gar nicht erst ein. Sie dachte nur: Du bist bloß eine Ware, gute Frau. Und du hast im Grunde keine Angst, obwohl du sie eigentlich haben solltest. Die Männer, die Waffen, die Verfolgungsjagd. Doch Caitlyn Suarez ließ sich scheinbar durch nichts aus der Ruhe bringen.

»Ich brauche mein Handy.« Sie blies den Rauch über die Köpfe der beiden in die Luft.

Jetzt bist du an der Reihe, Mart Velaze. Krista fragte sich, wie er das lösen würde. Und als hätte er sein Stichwort gehört, holte er ein altes iPhone heraus und reichte es Caitlyn. Mart Velaze, allzeit bereit.

»Ich soll das benutzen?«

»Warum nicht? Das andere Handy lassen Sie ausgeschaltet und ohne Akku.«

Krista Bishop runzelte die Stirn. Er hatte vor, ihr zu vertrauen? Andererseits wusste man bei Mart Velaze nie ganz, woran man wirklich war.

»Wenn Sie sich daran halten, gibt es keinen Grund, warum irgendjemand Sie hier vermuten sollte.«

»Ich bleibe auf keinen Fall hier. Da wäre ja ein Hotel sicherer.«

»Das glauben wir nicht.« Krista musste zugeben, dass Mart Velazes Wechsel zu Mr. Unnachgiebig nicht schlecht funktionierte. »Der Blitz schlägt schließlich nicht zweimal am selben Ort ein.«

»Ach nein?«

»Nein.«

Caitlyn Suarez zog ein letztes Mal an ihrer Zigarette. Sie beugte sich vor, um den Stummel ins Wasser des Swimmingpools zu tauchen, während sie den Rauch über die Oberfläche blies. Sie richtete sich wieder auf »Ein Aschenbecher wäre eine gute Idee.«

»Nicht zu rauchen wäre besser.« Krista gefiel es, dass die Frau mit einer feuchten Kippe in der Hand ratlos dastehen musste.

»Also gut«, meinte Mart Velaze. »Dann hätten wir alles geklärt. Ich vermute, dass es jetzt sowieso nicht mehr lange dauern wird.«

»Will die Polizei mich immer noch verhaften?«

»Wir sind im Gespräch mit ihnen. Um zu einer Vereinbarung zu kommen.«

»Wie bald?«

»Bald.«

Krista schaute zum Berg hinauf. Warum konnte bald nicht schon jetzt sein?

Fünfunddreißig

Rosebank. Vicki Kahn parkte den MiTo am Bordstein. Sie sah sich in der Straße um. Etwas weiter vor ihr standen ein paar Autos, einige hinter ihr. Niemand Offensichtliches ließ sich blicken. Dass es eine Überwachung gab, war also unwahrscheinlich. Ein ruhiger Vorort von Akademikern. Nicht einmal ein Gärtner war zu sehen, wie er gerade eine Hecke schnitt.

Dachte: Versuche ich es auf die sanfte oder auf die harte Tour?

Auf die harte.

Sie setzte ihr Geld auf die harte Tour.

Vicki sah zum Haus hinüber. Hübsch, dieser spätviktorianische Stil. Zwei Autos in der Einfahrt. Ein Camry-Kombi und davor ein Ford Fiesta. Niedlich, dass es hier keine hohen Mauern, keinen Elektrozaun und kein elektronisches Sicherheitstor an der Straße gab. Keine Kameras. Keine Gegensprechanlage. Man ging durch das Gartentor, wie sie das jetzt tat, und den Weg hoch zum Haus. Keine Gitter vor den Fenstern. Man klingelte an der Tür: dingdong. Man wartete. Durch das getüpfelte Glas konnte man sehen, wie jemand näher kam. Kein Spion, um zu prüfen, wer da war, ehe man aufmachte. Völliges Vertrauen. Das Leben war in Ordnung. Als ob es keine Barbaren gäbe, die durch die Straßen zogen. Als ob es statistisch gesehen nicht mehr Einbrüche, Überfälle mit schwerer Körperverletzung und Morde gäbe. Nein. Nicht hier. Wie Fish lebten auch die Wainwrights in einem anderen Universum. Obwohl sie nur nach nebenan schauen mussten, um der Wirklichkeit zu begegnen. Nebenan stand ein verbarrikadiertes Haus. Von oben bis unten.

Schade, dass die Wainwrights nun diesen Weckruf bekamen.

Dr. Robert Wainwright öffnete einen Spalt breit die Tür. Hinter ihm sagte seine Frau Belinda: »Wer ist das, Robert? Was will sie hier?«

»Lassen Sie mich rein, Robert«, sagte Vicki. »Wir müssen reden.«

»Müssen wir nicht. Ich habe Sie gebeten, uns in Ruhe zu lassen. Ich habe Ihnen gesagt, dass ich raus bin. Das alles geht mich nichts an.«

»Das tut es sehr wohl, Robert. Das wissen Sie auch. Sie sind verwickelt. Ich habe die Fotos gesehen, ich weiß, wie sehr Sie verwickelt sind. Ihre ganze Familie ist jetzt verwickelt.«

»Wie?«, fragte Belinda. »Wie haben Sie die Fotos gesehen?«

Vicki drückte gegen die Tür. Von Robert Wainwright kam kein Widerstand. Sie trat in den Flur.

»Sie ist vom Geheimdienst«, sagte Robert.

»Ist mir egal. Ich will sie nicht hier haben.«

Vicki fragte: »Wo können wir reden?«

Sie spürte, dass es im ganzen Haus seltsam still war. Ein düsteres Licht herrschte überall durch die zugezogenen Vorhänge, und am Ende des Gangs entdeckte sie zwei Jungen in Schuluniform, die sie verängstigt anstarrten. »Ein Glas Wasser, bitte. Belinda?« Vicki wandte sich an die Frau. »Bitte, wenn Sie nichts dagegen haben.« Sie sah, wie Robert seiner Frau zunickte, die jedoch immer noch feindselig wirkte.

Er zeigte auf das Zimmer zu Vickis Rechten. Sie betrat ein Wohnzimmer: zwei mit Chintz bezogene Sofas, die zu einem L zusammengeschoben waren, sowie ein Ohrensessel im floralen Sanderson-Design, der ihnen zugewandt dastand. Sie setzte sich in den Sessel.

Robert Wainwright zog die Vorhänge einen Spaltbreit auf. Blieb stehen.

»Sie sind ziemlich dreist, hier zu mir nach Hause zu kommen.«

»Setzen Sie sich, Robert.«

Robert Wainwright achtete nicht auf ihren Vorschlag.

Vicki sagte: »Es tut mir leid. Es gibt keine andere Möglichkeit, das zu machen. Außerdem müssen Sie schnell handeln. Bitte setzen Sie sich, wir müssen reden.«

Robert Wainwright setzte sich.

Vicki spürte, dass sie einem Geschlagenen gegenübersaß. Er ließ die Schultern hängen und wirkte ganz anders als der Mann, den sie zuvor auf der Lichtung neben dem Wasserbecken getroffen hatte.

»Ich kann das nicht.« Er sprach leise und hielt den Kopf gesenkt, während er auf seine Füße starrte, die noch immer in den Wanderstiefeln steckten.

»Sie müssen. Es gibt jetzt keine Alternative mehr.« Vicki lehnte sich zurück. »Sie glauben vielleicht, dass es das Beste sei zu fliehen, aber dem ist nicht so. Sie planen, bei Ihrer Familie Unterschlupf zu finden. Tun Sie das nicht. Eine schlechte Idee. Familien kann man leicht finden. Freunde wären in dem Fall sicherer. Noch besser ein Mietshaus außerhalb von Kapstadt. Natürlich keine Schule für die Kinder. Belinda schließt den Salon. Es sollte bloß eine Woche dauern. Höchstens zehn Tage.« Sie blickte zu Belinda auf, die ein Glas Wasser in der Hand hielt. »Sobald sie einmal loslegen, dauern solche Sachen nie lange.« Sie nahm das Wasser und trank einen Schluck. »Ja?«

Belinda setzte sich neben ihren Mann. Die Jungen standen unter der Tür. »Sobald wer mit was loslegt?«

»Das ist nur so ein Ausdruck.« Vicki rieb sich den Mund mit dem Handrücken ab.

»Es geht um unser Leben.«

»Einen Moment.« Robert stand auf, geleitete die Jungen aus dem Zimmer, wobei er ihnen noch etwas zuflüsterte, und schloss dann die Tür. Er wandte sich an Vicki: »Was meinen Sie mit Ja?«

Vicki schaute von dem Mann zu seiner Frau. Beide wirkten höchst alarmiert. In Panik. Sie rutschte auf dem Sessel weiter nach vorn.

»Ich meine, dass es das Beste wäre, so zu handeln. Ihre Familie irgendwohin in Sicherheit zu bringen.«

»Das Beste? Da draußen sind zwei Iraner, ich habe sie kennengelernt, das sind hinterhältige Schweine, die meine Familie bedrohen. Wir reden hier nicht über etwas Abstraktes. Es geht um *unsere* Sicherheit. Um unser Leben.«

»Genau. Weshalb Ihre Frau und Ihre Söhne eine Weile an einen anderen Ort müssen. Nicht unbedingt weit weg. Montagu, Hermanus, wenn Sie weiter wollen, dann Knysna. Selbst Johannesburg wäre okay.«

»Und Robert? Was passiert mit Robert?« Belinda hatte die Hand auf das Knie ihres Mannes gelegt.

Vicki lächelte. Versuchte das, was im Agentenausbildungsbuch »Sanfte Beschwichtigung« genannt wurde. »Robert geschieht nichts. Ihm wird nichts geschehen.«

»Woher wollen Sie das wissen?«

»Die brauchen ihn, Belinda, und wir brauchen ihn. Er wird unter unserem Schutz stehen.«

Robert Wainwright schnaubte verächtlich. »Schutz – dass ich nicht lache.«

»Hören Sie, diese Aufnahmen sollen Sie verunsichern. Ihnen Angst machen. Wenn Sie, Belinda, an einem sicheren Ort sind und wenn Robert das tut, was man von ihm verlangt, wird das bald ein Ende haben.« Vicki trank mehr Wasser und stellte das Glas auf ein Beistelltischchen.

»Warum kann man diese Männer nicht verhaften?« Belindas Augen funkelten. »Ich verstehe nicht, warum das nicht geht. Oder auch ihren Chef. Verhaften Sie ihn doch.«

Vicki dachte: Mein Gott, Robert hat ihr schon zu viel erzählt. Viel zu viel. »Das können wir nicht. Noch ist nichts passiert.«

»Aber Sie wissen, was diese Leute planen. Robert hat es Ihnen erzählt. Es handelt sich um eine illegale Verschwörung. Verhaften Sie sie.«

»Wir werden uns darum kümmern. Dafür brauchen wir Roberts Insiderinformationen. Er ist der Einzige, der uns dabei helfen kann.«

»Und dafür wollen Sie ihn opfern?«

Vicki wandte den Blick nicht ab. »So ist das nicht.«

»Es klingt aber so. Dass Sie ihn als Köder benutzen.«

»Belinda.«

»Nein, Robert. Es geht um uns. Um unser Leben. Unsere Familie. Wir haben darüber gesprochen.«

»Okay.« Vicki lehnte sich zurück. Hielt inne. »Betrachten wir die Sache einmal anders herum. Und zwar von der Seite dieser Männer. Die brauchen Robert. Ohne ihn können sie diese Angelegenheit nicht abschließen. Aber Robert ist unwillig mitzuarbeiten. Um ihn zu brechen, schrecken sie nicht davor zurück, seine Schwachstelle zu nutzen – und zwar Sie, seine Familie.« Wieder machte sie eine Pause. Belinda sah sie nicht mehr an, sondern blickte aus dem Fenster. »Es gibt kein Entkommen, Belinda. Diese Männer haben einen Auftrag, und ihnen wird durch korrupte Staatsbeamte unserer Regierung geholfen.« Vickis Blick war auf Wainwright gerichtet. »Das Beste, was wir tun können, ist, es geschehen zu lassen. Dann verhaften und die negativen Auswirkungen begrenzen.«

»Negative Auswirkungen? Es geht um unser Leben.« Belinda verlor die Nerven. Sie begann zu wüten, und ihr Gesicht lief dunkelrot an. Warum gerade sie? Warum die Kinder? Warum diese Spielchen? Warum benutzte man sie als Schachfiguren? »Spielzeug, das ist alles, was wir für Sie sind.« Ihre Heftigkeit ließ sie fast geifern.

Vicki beobachtete, wie Robert Wainwright einen Säureblocker einwarf, während er versuchte, seine Frau zu beruhigen. Er hielt sie fest. Belinda stieß ihn beiseite. Bis sie sich beruhigt hatte, schwiegen die anderen beiden.

Dann meinte Robert: »Danach kein Zeugenschutzprogramm. Kein Geheimversteck. Das haben Sie gesagt.«

»Das habe ich.« Vicki streckte sich nach dem Glas Wasser aus. »Wir sprechen hier nur über operative Geheimdienstinformationen.« Sie hörte sich selbst diese Worte verwenden – Henry Davidsons Ausdrucksweise.

Operative Geheimdienstinformationen.

Sechsunddreißig

Rosebank. Ein weißer Golf GTI parkte im Schatten eines Baumes. Muhammed Ahmadi stöpselte sich in Googoosh ein, das Dubaier Konzert, während sich Mohammad Hashim Black Sabbath reinzog, *Master of Reality*. Sie waren den Großteil des Vormittags da gewesen. Hatten beobachtet, wie Dr. Robert Wainwright angekommen war, später seine Frau mit den Kindern.

Sie hatten beide vermutet, dass die Frau anschließend mit den Jungen abreisen und Dr. Robert Wainwright hingegen ins Büro gehen würde.

»Das ist die vernünftigste Reaktion. Der Herr Doktor wird

Angst haben.« Muhammed Ahmadi warf seinem Kollegen einen Blick zu.

»Dafür haben wir ihm ja die Fotos geschickt.«

Die Männer wandten sich beide wieder der Musik zu.

Eine halbe Stunde später sahen sie, wie ein roter MiTo eintraf und dem Wainwright-Haus gegenüber anhielt. Eine Frau stieg aus und verschwand im Haus.

Mohammad Hashim pfiff anerkennend, während er die Stöpsel aus den Ohren zog. »Kein schlechter Wagen. Keine schlechte Frau.«

»Was? Was hast du gesagt?« Muhammed Ahmadi lehnte sich zum Beifahrersitz hinüber. Zog auch seine Stöpsel heraus.

»Der Alfa Romeo. Gutes Auto.« Er zeigte auf den MiTo. »Gehört die Frau zur Familie, was meinst du?«

»Oder zu Dr. Molapo? Wir werden sehen.«

»Ja, klar.« Mohammad Hashim drehte sich um und nahm eine Schachtel Baklava von der Rückbank. »Willst du auch?«

Muhammed Ahmadi nickte. Die Sache mit Mohammad Hashim war die: Er hatte eine Schwäche für Süßes. Was Muhammed Ahmadi freute. »Die sind gut. Ich mag sie. Wir können Tee dazu trinken.« Er fasste unter seinen Sitz, um eine Thermoskanne mit persischem Chai herauszuholen. Eine Aufmerksamkeit des Hotels. Den Tee hatte Muhammed Ahmadi in seinem Reisegepäck gehabt, und er war unter genauer Anleitung gekocht worden. Mit einer Prise Rosenblätter. »So gut wie in meinem Teehaus ist er allerdings nicht.«

Mohammad Hashim zuckte mit den Achseln. »Ist aber gut.«

»Mein Teehaus, das ich besonders mag... Am Enqelab-Platz, noch ganz traditionell. Also ohne Frauen.«

»Die Gegenwart von Frauen ist für mich kein Problem.«

»In einem Kaffeehaus mag das okay sein. Aber wenn du deinen Tee trinkst, solltest du ihn in einem richtigen *Chaykhune* zu dir nehmen.«

Sie übten immer noch ihr Englisch.

Die Männer aßen das Baklava zu Ende und tranken Tee aus kleinen Gläsern. Danach stiegen sie aus dem Auto, um ihre Hände mit Mineralwasser zu waschen. Schüttelten sich die Finger trocken und machten es sich wieder in ihrem Wagen bequem.

»Die Frau ist ziemlich lange da drinnen. Deutlich zu lange.«

Muhammed Ahmadi schaltete sein Handy an und wählte die Nummer des Imam.

Sagte auf Farsi: »Herr Botschafter, wir befinden uns in der Nähe des Hauses des Wissenschaftlers. Eine Frau ist momentan bei ihm, die vorhin hier eintraf.«

»Haben Sie diese Frau schon einmal wo gesehen?«

»Nein.«

»Vielleicht gehört sie zur Familie, vielleicht ist sie eine Kollegin. Lassen Sie mich ein paar Erkundigungen einziehen.«

Muhammed Ahmadi legte auf. »Er will herausfinden, wer sie ist.«

»Natürlich.« Mohammad Hashim lachte. »Der Imam ist ein mächtiger Mann.«

Zehn Minuten später klingelte Muhammed Ahmadis Handy. Der Imam. »Wir wissen nicht, wer sie ist. Wenn sie geht, folgen Sie ihr.«

»Und Dr. Wainwright?«

»Machen Sie sich um ihn keine Sorgen. Es wurde vereinbart, dass er mich heute Abend kontaktiert, um die Fahrt zu der Anlage zu arrangieren. Er wird mit Ihnen dorthin fahren. Er wird die Übergabe machen.«

»Und dann, Herr Botschafter?«

»Sie werden schon sehen«, erwiderte der Imam. »Geben Sie mir Mohammad.«

Zu Mohammad Hashim sagte er: »Töten Sie den Wissenschaftler danach. Dieser Mann ist uns zu unsicher.«

Ende des Gesprächs. Muhammed Ahmadi nahm das Handy an sich und schob es zurück in seine Hemdtasche.

»Was hat der Imam gesagt?«

»Dass ich den Wissenschaftler töten soll.«

Muhammed Ahmadi zündete eine Zigarette an und blies den Rauch aus dem Fenster. »Mir kann er das anscheinend nicht mitteilen. Warum kann er mir das nicht mitteilen?«

»Es hat nichts mit dir zu tun.« Mohammad Hashim schob sich wieder die Stöpsel in die Ohren. Sein Kopf füllte sich mit Metal-Gitarrenklängen.

Muhammed Ahmadi rauchte eine Zigarette nach der anderen. Starrte auf die Straße des stillen Vororts und fragte sich, warum ihm der Botschafter nicht traute. Er war der Ranghöhere. Mohammad Hashim der Fußsoldat. Er sollte ihm den Auftrag erteilen, nicht der Botschafter. Nicht einmal die Stimme von Googoosh besänftigte seine Wut. Früher einmal hatte Muhammed Ahmadi geglaubt, dass ein Gebet ihm seine Fragen beantworten konnte. Doch das war schon lange her.

Sie warteten eine Stunde. Schrieben E-Mails. Schauten bei Facebook nach. Lasen Nachrichten über den Iran. Muhammed Ahmadi war noch immer wütend.

Bis ein Auto rückwärts aus der Einfahrt der Wainwrights auf die Straße fuhr.

Mohammad Hashim hob das Fernglas. »Das sind Frau und Kinder. Nur drei Leute.«

»Vielleicht liegt er auf der Rückbank.«

»Möglich wäre es.«

»Macht dir das keine Sorgen?«

»Der Botschafter meint, alles ist für heute Abend arrangiert. Der Wissenschaftler hat außerdem zu viel Angst, um abzuhauen. Die andere Frau ist jetzt unser Ziel.«

Fünf Minuten später kam die Frau heraus und stieg in ihr Auto.

Muhammed Ahmadi ließ den Motor an und wartete, bis der MiTo das obere Ende der Straße erreicht hatte. Dann setzte er den Blinker nach links, ehe er mit quietschenden Reifen losfuhr.

»Bete zu Allah, dass sie noch nicht verschwunden ist.« Mohammad Hashim schnallte sich an.

Das war sie noch nicht. Sie hatte vielmehr hinter der Ecke angehalten. Muhammed Ahmadi fluchte und bog nach rechts in die entgegengesetzte Richtung ab. Im Rückspiegel beobachtete er das Auto, bis eine Kurve ihm die Sicht verstellte. Dann vollzog er eine scharfe Kehrtwendung.

»Fahren im Teheran-Style«, stellte Mohammad Hashim fest, der sich mit einer Hand am Armaturenbrett abstützte. Hinter der Kurve sahen sie, wie die Frau sich gerade zwei Wagen vor ihnen in den Verkehr einfädelte.

»Die ist schlau, aber nicht superschlau«, meinte Mohammad Hashim. »Sie wird schauen, ob ihr jemand folgt. Da bin ich mir sicher.«

Muhammed Ahmadi antwortete nicht. Dachte, dass diese Frau zu schlau war. Vielleicht von der Polizei. Oder einem Sicherheitsdienst. Er hielt Abstand, folgte ihr zu einem Einkaufszentrum und dort in ein Parkhaus. Hier verlor er ihre Spur. Eine Weile fuhr er alle Reihen auf und ab, konnte aber nirgendwo einen roten Alfa MiTo entdecken.

Muhammed Ahmadi schlug wütend auf das Lenkrad ein. »Nein, das ist doch unmöglich!« Er wechselte zu Farsi. »Wir waren nicht so viele Autos hinter ihr. Und sie verschwindet da einfach?«

Mohammad Hashim hielt sein Handy hoch. »Ich habe das Kennzeichen. Das kannst du dem Imam mitteilen. Schauen wir mal, wie gut seine Kontakte sind.«

Die Kontakte des Imam waren gut. Kurz darauf gab er ihnen zwei Adressen durch: eine Wohnung am Wembley Square und eine weitere in Muizenberg Estate. Ermington Road.

Siebenunddreißig

Plein Street, Energieministerium. Das Büro von Dr. Ato Molapo. Dr. Robert Wainwright saß in einem karierten Jackett ohne Krawatte auf der äußersten Kante eines Stuhls dem Direktor gegenüber. Er war hochnervös, hatte die Finger ineinander verschränkt und den Geschmack von Pfefferminz-Säureblockern im Mund. Er starrte Dr. Molapo an, der frisch geduscht aus dem Sportstudio gekommen war. Seine Krawatte war exakt gebunden, und an den Hemdsärmeln steckten goldene Manschettenknöpfe mit den Initialen AM. Ein entspannter Mann. Ein selbstzufriedener Mann.

Dr. Molapo erklärte: »Ich habe nicht erwartet, Sie heute zu sehen, Robert. Ich dachte, Sie hätten sich den Tag freigenommen. Das hätten Sie wirklich tun sollen. Nach dem unangenehmen Ereignis gestern mit Ihrer Frau sollten Sie bei ihr sein. Wie geht es ihr? Es ist manchmal nicht leicht, über solche Dinge hinwegzukommen. Ein hässliches Erlebnis, das muss ich schon sagen. Aber heutzutage passiert das ja am laufenden Band. So ist die Welt, in der wir leben. Leider. Geht es ihr denn einigermaßen?«

Robert Wainwright nickte. »Ja. Danke.«

»Nach solchen Übergriffen braucht man häufig psychologische Betreuung. Hat sie jemanden zur Hand?«

Wieder nickte Robert Wainwright.

»Ich kenne ein paar Therapeuten, die ich in einem solchen Fall empfehlen kann. Sehr fähige Leute. Sie arbeiten eng mit der Polizei zusammen und zwar bei allen möglichen Arten von Traumata.«

»Es geht schon. Sie kommt zurecht.«

»Und Sie, Robert? Vielleicht sollten Sie auch mit jemandem reden? Solche Dinge dürfen uns nicht runterziehen, das dürfen wir nicht zulassen. So etwas schlägt sich sonst in unserer Arbeit nieder.«

»Es geht schon.«

Dr. Molapo verschränkte die Hände hinter dem Kopf. »So sehen Sie aber nicht aus, mein Guter. Glauben Sie mir, Sie wirken verstört. Stark mitgenommen. Sie sehen nicht im Geringsten so aus, als würde es gehen. Deshalb brauchen Sie auch heute nicht da zu sein.«

Robert Wainwright dachte: Ich bin für so was einfach nicht gemacht. Ich schaffe das nicht. Er fühlte sich schrecklich gefangen und allein in einer nervenaufreibenden Situation – mit dem ihm verhassten Lächeln auf den dicken Lippen von Dr. Ato Molapo. Dem väterlichen Lächeln, dem herablassenden Lächeln. Innerlich hörte er Vicki Kahns Stimme: »Sie haben keine andere Wahl, Robert. Wir können Sie nicht beschützen, wir haben einfach nicht die finanziellen Möglichkeiten dazu. Sie könnten zur Polizei gehen oder zu den *Hawks*, aber das würde Geheimverstecke, Zeugenschutzprogramm und ein ständig bedrohtes Leben bedeuten. Und all das wollen Sie nicht. Das ist also die einzige Chance. Glauben Sie mir.« Das tat er. Aber es bedeutete nicht, dass er nicht nervös war oder keine Heidenangst hatte, den Geheimagenten zu spielen.

Dr. Molapo sagte: »Wenn Sie schon da sind, ist es gut, wenn wir uns kurz austauschen.« Er senkte die Arme und legte die Hände flach auf den Tisch. »Hinsichtlich dieser Angelegenheit mit den Iranern.« Hielt inne und schaute Robert Wainwright unverwandt an, während dieser auf seine verknoteten Finger starrte. »Sie sind doch weiterhin dabei, Robert – oder?«

Robert Wainwright nickte und räusperte sich. »Ja. Ja, bin ich.«

»Freuen Sie sich über den Vorschuss?«

Wieder musste er sich räuspern. »Ja.«

»Gut. Alles ist so weit vorbereitet, wir haben grünes Licht bekommen. Wir sind startklar, wie es so schön heißt. Ich kann Ihnen noch nicht sagen, wann genau alles über die Bühne geht, aber es wird bald passieren. Sehr bald.« Molapo stand auf und kam um seinen Schreibtisch. »Ihre Dienste werden nicht unbemerkt bleiben, Robert, das habe ich ja schon mit Ihnen besprochen. Sie wissen, dass wir uns erkenntlich zeigen werden.«

Dr. Ato Molapo streckte die Hand aus. Dr. Robert Wainwright erhob sich ebenfalls und nahm sie, um sie zu schütteln. »Ausgezeichnet, Robert. Bis dahin läuft alles wie immer. Kaufen Sie Ihrer Frau einen schönen Blumenstrauß. Führen Sie sie auf unsere Kosten zu einem Essen aus. Irgendwo Besonderes. Ich weiß nicht, wie wäre es zum Beispiel mit den Twelve Apostles oder dem Pot Luck Club. Haben Sie davon gehört? Ausgezeichnet. Die machen ein koreanisches Hühnchen...« Er führte die Finger seiner freien Hand zu seinen Lippen, um sie zu küssen. »... das ist einfach himmlisch. Die ganze City will dorthin, um es sich gut gehen zu lassen. Aber ich kann Ihnen einen Tisch bestellen, kein Problem. Sogar schon morgen Abend.« Er ließ Robert Wainwrights Hand los und griff nach dem Handy auf seinem Schreibtisch. »Einverstanden? Ich buche Ihnen gleich einen Tisch.«

Robert Wainwright konnte die klebrige Süße des Aftershaves seines Vorgesetzten riechen und schluckte. Sagte: »Danke, das ist wirklich sehr nett von Ihnen. Vielleicht ein anderes Mal.«

»Natürlich.« Das gönnerhafte Lächeln. »Ich sage Ihnen was, mein Freund: Wenn diese Sache vorbei ist, feiern wir zusammen. Dann haben wir einen guten Grund. Mit dem besten Essen und dem besten Wein. Dann lassen wir es so richtig krachen, wir beide.«

Achtunddreißig

Giovannis Delikatessen. »Häuptling«, sagte die Stimme. »Mal wieder an der Zeit, uns auszutauschen. Können Sie reden? Oder hängen Sie gerade ab im One&Only mit einer Ihrer Auserwählten?« Sie lachte heiser. »Ein Cocktail bei Sonnenuntergang für meinen James Bond?«

Mart Velaze saß in seinem Auto dem Feinkostladen gegenüber. Er hatte das Gefühl gehabt, es könnte ergiebig sein, hier Wache zu schieben. Ein Gefühl, das sich als richtig erwiesen hatte. Im Inneren des Delikatessengeschäfts befanden sich der NPA-Mann und Dr. Molapo. »Nein, Ma'am.«

»Sie brauchen mehr Action, Häuptling. All diese hinreißenden Kapstädterinnen. Heiße Latte zum Mitnehmen. Kommen Sie, Häuptling, wo bleibt die Action?«

Mart Velaze erzählte es ihr.

Erhielt ein »Ho, ho, ho« zur Antwort. Und ein: »Warten

Sie, Häuptling. Sie sollten ein paar Dinge wissen. Der gute AM war wieder mal an seinem Spezialhandy. Hören Sie mal, was ich gehört habe.«

Mart Velaze stellte sich vor, wie die Stimme das Telefon an den Lautsprecher ihres Laptops hielt. War die Haut ihrer Hand glatt, oder zeigte sie an den Knöcheln bereits Runzeln? Waren ihre Nägel lackiert oder nicht? Er vermutete, dass sie unlackiert und kurz geschnitten waren, mit kleinen Halbmonden.

»Alles in Stellung, Genosse Staatssekretär.«

»Es wird also keine Probleme geben?«

»Nein, nein, ganz und gar nicht. Diese Männer sind echte Profis.«

»Ja, das ist gut. Und Dr. Wainwright zeigt sich kooperativ? Haben Sie ihn überzeugt?«

»Natürlich. Vor nicht einmal zehn Minuten war er in meinem Büro. Der Mann hat Angst, aber er wird uns keinen Ärger machen. Außerdem hat er die Vorauszahlung akzeptiert.«

»Also gut. Und Sie haben die Vereinbarung bestätigt. Haben Sie einen Termin?«

»Wir sind bereit, sobald sie es sind.«

»Sie warten auf die Gegenseite?«

»Man erledigt die letzten Kleinigkeiten. Es wird bald sein. Mir wurde versichert, innerhalb der Woche.«

»Treiben Sie sie an, Herr Doktor. Je länger es hinausgeschoben wird, desto lauter wird das Gerede. Unser Kapitän ist ein Mann der Tat.«

»Ich verstehe, Genosse Staatssekretär.«

»Ich werde die Informationen weitergeben.«

»Ende des Gesprächs, Häuptling. Bald. Wer weiß, was bald heißen soll? Morgen? Nächste Woche? Heute Abend? Wir wissen nur, dass unsere Freunde Steroid-Muh und Hängebacken-Moh – gefallen Ihnen Steroid und Hängebacken? Passt doch zu den beiden, *né*? – dass sie Dr. Wainwright heute Abend irgendwohin fahren sollen.«

»Und Sie wünschen, dass ich ...«

»Ich glaube nicht, Häuptling. So wie ich das verstanden habe, werden bereits andere Mittel in diesem Fall eingesetzt. Wir wollen vorrangig wissen, was diese Kerle planen. Ich werde weiterhin Dr. Molapo zuhören. Aber Sie bekommen eine Spezialaufgabe, Häuptling: Was läuft zwischen Dr. Molapo und Gogol Moosa? Das interessiert mich. Keine Anrufe. Keine E-Mails. Keine WhatsApp-Nachrichten. Nur persönliche Treffen. Was ist da los? Sie wissen also, dass sich diese beiden Männer auf einen Kaffee treffen. Warum tun die das? Ein Wissenschaftler und ein Mann des Gesetzes. Das ist eine seltsame Kombination. Riecht ziemlich faul, würde ich sagen. Sie müssen ein paar Erkundigungen einholen, Häuptling. Es sei denn, es ist eine schwule Affäre in Ihrer schwulen Stadt?« Sie kicherte. »Nun erzählen Sie mir aber mal, wie es mit den Damen läuft. Ich habe gehört, es gab einen Zwischenfall?«

Mart Velaze erzählte ihr von der versuchten Entführung von Caitlyn Suarez.

»Seltsam, dass ich in dem Fall nicht vorgewarnt wurde. Ich dachte eigentlich nicht, dass es so schnell gehen würde. Unsere Leute müssen sich jetzt garantiert schämen. Und der FSB wird vermutlich fuchsteufelswild sein: besiegt von einer kleinen *Devushka*. Das ist für alle Beteiligten höchst peinlich. Natürlich nur, wenn wir es tatsächlich waren und uns nicht jemand anderes zuvorgekommen ist. Jetzt wird es also ernst.« Die Stimme schnalzte mit der Zunge. »Ihre Miss Bishop ist zu gut, Häuptling. Es wird einige geben, die wütend auf sie sind, weil sie ihre Pläne durchkreuzt hat. Das gefällt mir. Das verspricht weiteren Spaß. Und Sie haben sich nicht eingemischt?«

Mart Velaze lächelte vor sich hin. »Erst gegen Ende. Dann musste ich. Sonst hätte sie die Männer erschossen.«

Eine ganze Weile herrschte Schweigen. Dann sagte die Stimme: »Gut gemacht, Häuptling. Wir wollen keine toten Geheimagenten. Vor allem nicht unsere eigenen. Auch keine Ausländer, schon gar nicht Russen. Es gibt schließlich bereits genug Fremdenfeindlichkeit in unserem Land. Also. Wir sprechen morgen wieder. Die Welt dreht sich weiter, Häuptling – manchmal langsamer, manchmal sehr schnell. Ich würde sagen, diesmal haben wir es mit einer ziemlichen Geschwindigkeit zu tun. Mögen die Vorfahren mit Ihnen sein.«

Mart Velaze legte auf. Er sah, wie seine Zielpersonen den Feinkostladen verließen. Sie blieben auf dem Bürgersteig stehen, um sich zu verabschieden. Kein Händeschütteln, nur ein rasches Abwenden in entgegengesetzte Richtungen. Beide hatten ihre Handys gezückt und riefen offenbar jemanden an.

Oh ja, dachte Mart Velaze. Und jetzt?

Neununddreißig

City Bowl. Sie kamen in zwei Gruppen. Hielten in schwarzen Mercedes-Transportern auf der Straße – einer weiter unten, am Ende des Pfades, der andere vor dem Eingangstor. Jeweils drei Mann mit einem Fahrer. Sie warteten in den Wagen auf Etappe zwei des Lastabwurfs. Ein paar Minuten nach acht wurde es im Viertel stockdunkel. Die Männer sprangen aus den Transportern und rannten los. Zwei kamen wie zuvor über die Mauer, zwei joggten den Weg vom unteren Tor herauf, knackten das Schloss und überquerten die Terrasse, um zu den Haustüren zu gelangen.

Ausgerüstet wie die Einheit zuvor: Jumpsuits, Waffen mit Schalldämpfern, Handschuhe, Sturmhauben, Springerstiefel.

Caitlyn saß in ihrem Schlafzimmer und streamte die Sky-Nachrichten, Stöpsel in ihren Ohren, während Krista auf ihrem Bett lag und bei einer LED-Lampe *Nach dem Sturm* zu Ende las. Sie hörte das leise »Pling« des Alarms. Setzte sich auf. Fasste nach dem Laptop und drückte die Leertaste. Der Bildschirm leuchtete auf, geteilt in vier Bilder.

Links oben: der Transporter vor dem Straßeneingang.

Rechts oben: zwei Sturmhauben, die gerade durch die Schiebetür das Wohnzimmer betraten.

Rechts unten: zwei Sturmhauben mit einem Brecheisen an den unteren Gittern beschäftigt.

Links unten: das untere Gartentor sperrangelweit offen.

Rechts unten: die Sturmhauben im Inneren des Hauses.

Der Generator sprang an, und die Lichter im ganzen Haus schalteten sich wieder ein.

Krista riss die Pistole heraus. Wartete. Verfolgte die Sturmhauben. Ihre Geschwindigkeit und ihre Entschlossenheit verblüfften sie. Diesmal gab es kein Zögern. Ihr blieb keine Zeit, Mart Velaze eine WhatsApp zu schicken.

Auf dem Bildschirm rechts oben: die Männer auf dem Weg zur Treppe nach unten.

Auf dem Bildschirm rechts unten: die Männer auf dem Weg zur Treppe nach oben.

Horizontal geteilter Bildschirm oben: der schwarze Transporter vor dem Eingangstor.

Horizontal geteilter Bildschirm unten: die vier Männer auf der Etage mit den Schlafzimmern. Ein Mann deutete links auf Caitlyns Zimmer und weiter hinunter zu ihrem eigenen.

Die Gruppe teilte sich.

Horizontal geteilter Bildschirm unten: zwei Männer in

Caitlyns Zimmer. Die beiden anderen mit gezückten Waffen vor ihrer Tür.

Ein Schrei von Caitlyn.

Krista feuerte zweimal. Einmal neben die Türklinke und einmal fünfzehn Zentimeter weiter links auf derselben Höhe. Schoss erneut. Der Bildschirm zeigte ihr, dass einer der Männer zusammenbrach. Ein weiteres Mal feuerte sie. Die untere Bildschirmhälfte wurde schwarz. Jetzt konzentrierte sie sich ganz auf die Tür. Wartete.

Der horizontal geteilte Bildschirm unten schaltete sich wieder an: Ein Mann trug Caitlyn Suarez die Treppe hinauf. Caitlyn hing wie ein regungsloser Sack über seiner Schulter.

Krista sprang vom Bett und versenkte zwei weitere Kugeln in der Tür. Öffnete sie. Spürte, wie sie einen Schlag in die Brust erhielt.

Vierzig

Wembley Square. Vicki Kahn wollte gerade ihre Wohnung verlassen. Sie klopfte ihre Jackentaschen ab, nach Handy, Autoschlüssel, Führerschein. Sah sich in dem kleinen Wohnzimmer um: der Laptop im Standbymodus, die Akten, die sie den ganzen Abend über studiert hatte, auf dem Sofa verteilt und gestapelt auf dem Couchtisch. Akten, die sie weiterlesen sollte: Landansprüche, Wohnungsanträge, Pensionsprellerei. In jedem Fall war die Regierung der Beklagte. Ihr Handy klingelte: Henry Davidson.

»Ich rufe an, um Ihnen unsere Dankbarkeit zu übermitteln, meine liebe Vicki«, sagte er.

Diese genaue Sprechweise. Vicki hörte Whisky in seiner Stimme. Sie stellte sich den alten Meisteragenten vor: mit verrutschtem Toupet, aber perfekt sitzendem Halstuch in seinem Ledersessel, wo er gerade alte Folgen von *Downton Abbey* anschaute, neben ihm eine Flasche Three Ships, ein verschmiertes Glas auf einem Beistelltischchen.

»Besser spät als nie.«

»Doch nicht zu spät, will ich hoffen? Wollten Sie etwa bereits das Licht ausschalten?«

»Nein. Eigentlich...«

»Dann gestatten Sie mir, Ihnen mein Lob auszusprechen, Sie wunderbare Agentin, Sie. Ich... Wir wünschen uns von ganzem Herzen, dass Sie in die Voliere zurückkehren. Es gibt dort jederzeit einen Ast für Sie, wissen Sie. Sie müssen nur fragen. Wir würden Sie mit offenen Armen willkommen heißen.« Eine Pause. »Denken Sie darüber nach. Prost, meine Liebe. Auf Ihre Gesundheit.« Sie hörte, wie er schlürfte und dann hinunterschluckte.

»Henry.«

»Keinen einzigen Moment lang habe ich an Ihnen gezweifelt. Ich wusste, dass Sie es tun würden. Sie haben ausgezeichnete Arbeit geleistet. Ihre Überzeugungskraft ist wirklich beeindruckend, unwiderstehlich, wie mir scheint. Sie könnten eine Kobra dazu bringen, ihren Halsschild abzulegen. Mein größter Respekt, liebe Vicki. Dr. Robert Wainwright ist ein neuer Mann.«

Vicki setzte sich auf die Armlehne ihres Sofas. Es war nach halb zehn. »Da bin ich mir nicht so sicher. Er ist verängstigt und allein und braucht einen Betreuer.«

»Ich stimme Ihnen völlig zu. Und das sind Sie, Vicki. Natürlich, wer käme denn sonst in Frage?«

Verdammt. Vicki stand auf und begann durchs Zimmer zu laufen. »Nein, Henry. Ich habe getan, was Sie wollten. Jetzt sind wir quitt.«

»Hm, nun, meine liebe Vicki, da scheinen wir nicht ganz einer Meinung zu sein. Wenn man bedenkt, was Sie... Wie sollen wir es nennen?... Was Sie uns alles schulden. Genau, Ihre Schulden werden dem allgemeinen Konsens nach so eingeschätzt, dass wir Sie noch um einen Gefallen bitten müssen.«

»Konsens? Wir?«

»Wir leben in paranoiden Zeiten, Vicki. Wir brauchen Konsens, um Verschwörungen zu vermeiden, und müssen gemeinsam an einem Strang tweeten, um mal ein modernes Klischee zu bemühen.«

»Ich hätte nie gedacht, dass ich Sie das je sagen hören würde, Henry.«

»Wir sind eine Gemeinschaft, Gleichgesinnte unter einem Dach. Wir gehören zusammen, sind höchst gesellig. Weshalb wir auch erfahren haben, dass Vicki Kahn sich ihrer finanziellen Verpflichtungen entledigen muss.«

Da kommt es also, dachte Vicki. Ein Haken, an dem man hing, war nie genug. »Eine große Sache? Größer als meine... Schulden, würde ich annehmen.«

»Meine Liebe, wir haben Ihren guten Namen gerettet. Wir hätten nur einen Vorschuss zu zahlen brauchen und es dann Ihnen überlassen können, den Rest aufzutreiben oder Ihre Gläubiger zufriedenzustellen und zwar nach deren Ratenplan, der höchstwahrscheinlich bedrückend gewesen wäre. Vielleicht sogar körperlich ein wenig unangenehm. Aber das taten wir nicht. Wir haben uns einer von uns gegenüber ehrenhaft verhalten. Treue nannte man so etwas früher mal.«

»Sie scheinen zu vergessen, dass ich nicht mehr eine von Ihnen bin.«

»Im Herzen gehören Sie immer noch zu uns, Vicki. Ich erkenne einen guten, altmodischen Landsmann, wenn ich einen sehe – ganz gleich, was er oder sie auch zu dem Thema sagen mag. Zuverlässigkeit. Einsatzbereitschaft. Vertrauenswürdigkeit. All diese Qualitäten finden sich bei Agent Vicki Kahn.«

»Früherer Agent.«

Henry Davidson seufzte. Sie hörte, wie mehr Whisky eingeschenkt wurde. »Sie können unglaublich anstrengend sein, Vicki. Offiziell mag das zutreffen, aber Sie und ich wissen, dass es einen höheren Vertrag, eine moralische Verpflichtung gibt, die etwas geradezu Freimaurerhaftes hinsichtlich solcher engen Verbindungen hat. Wir kümmern uns um Sie, und dafür erwarten wir im Gegenzug etwas von Ihnen. Verstehen wir uns jetzt?«

Oh, Henry, das war nun wirklich dick aufgetragen. Ein moralischer Vertrag – nichts, was jemals bei der Agentenausbildung zur Sprache gekommen war. Wäre interessant zu erfahren, was die großen Betrüger dazu zu sagen hatten. Vicki betrachtete ihr Spiegelbild in dem dunklen Fenster. »Für wie lange?«

Wieder hörte sie das Schlürfen, als Henry Davidson erneut seinen Whisky trank, und dann, wie Glas auf Holz gestellt wurde. »Nicht lange. Für diese Operation. Wahrscheinlich nur für ein paar Tage.«

»Und in welcher Hinsicht soll ich ihn betreuen?«

»Ah, gute Frage. Eine sehr gute Frage. Wir haben den Eindruck, als wäre in dieser Angelegenheit ein Außeneinsatz nötig, vielleicht verstehen Sie, was ich meine. Jemand in der Nähe, der schnell reagieren kann, wenn die Situation brenzlig wird. Für den Notfall.«

Immer vage. Nie eine klare Aussage. Henry Davidson gehörte zu den Meistern des früher üblichen Nicht-Informierens. Allerdings vergaß er offenbar eine Kleinigkeit. »Ich habe einen Job, wie Sie wissen.«

»Das haben Sie jetzt schon öfter gesagt. Sie könnten sich ein paar Tage freinehmen.«

Klar, ihre Kollegen würden sicher begeistert sein. »Und wann soll das sein?«

»Bald. Ich vermute, vor dem Wochenende.«

»Aber Sie wissen es nicht.«

»Nichts ist sicher, Vicki. Das kennen Sie. In unserer Welt gibt es immer nur die Termine des anderen, nach denen wir uns richten. Wie heißt es so schön? Wir müssen mit dem Strom schwimmen.«

»Grundgütiger, Henry. Sie erwarten, dass ich alles liegen lasse – meine Klienten, Fish, meine Verpflichtungen in der Arbeit –, um Babysitter für Ihren Neuzugang zu spielen.«

»Das trifft es mehr oder weniger.«

»Ich kann es nicht fassen.«

»Das sollten Sie aber, Vicki. Es ist Ihr Ding. Sie sind gut darin. In Ihnen steckt so viel mehr als eine Durchschnittsanwältin. Das wissen wir beide. Tun Sie es, Vicki. Hören Sie auf Ihr Gewissen. Ich muss Ihnen das nicht sagen, Sie wissen, was das Richtige ist. Sie wissen, wie Ihre Verpflichtungen aussehen.«

Es war nicht schwer, sich das verschlagene Lächeln auf seinen Lippen vorzustellen. Diese blauen Lippen, whiskyfeucht.

»Oder? Sprechen Sie es aus, Henry. Oder was? Ich kann es ohnehin schon laut und deutlich hören.«

Henry Davidson antwortete nicht.

Vicki trat vom Fenster weg und schloss die Jalousien. »Einverstanden. Dieses eine Mal. Dann sind wir quitt.«

»Natürlich.«

Vicki wusste, dass Henry Davidsons »Natürlich« so vertrauenswürdig war wie ein Agentenvertrag.

»Ich werde mich melden, Vicki. Seien Sie als gute Pfadfinderin bereit, jederzeit loszumarschieren. Dieses kleine Abenteuer wird wahrscheinlich außerhalb der Stadt stattfinden, weshalb Sie Ihr Nachthemd gepackt haben sollten. Oh – und besser ein Mietauto. Etwas Weißes, Unauffälliges. Selbstverständlich werden wir für die Spesen aufkommen, das brauche ich ja nicht zu erwähnen. Noch etwas: Diese Transaktion muss stattfinden, Vicki, und wir müssen Sie die ganze Zeit über im Blick haben.«

»Die ganze Zeit bis wann?«

»Die ganze Zeit. So lange es dauert.«

»Genauer?«

»Es geht nicht genauer.«

Wie überraschend! Henry Davidson wusste offenbar trotz seiner elektronischen Ohren kaum etwas über die konkreten Details. Es war nötig, mal ein Häppchen hinzufügen: »Sie wissen vermutlich, dass ich heute von Ihren Iranern verfolgt wurde.«

»Ach, wirklich? Interessant. Das muss Ihre natürlichen Instinkte angeregt haben, diese kleine Aufregung, würde ich vermuten.«

»Nicht besonders. Es überrascht mich, dass Sie davon nichts wussten.«

»Das sage ich doch die ganze Zeit, meine liebe Vicki. Genau deshalb brauchen wir Sie. Ich hatte keine Ahnung, weil wir nicht die Kapazitäten haben. Unser Budget wurde stark gekürzt. Wir können nicht mehr jede Zielperson ununterbrochen beobachten, so gerne wir das tun würden. Eines Tages werden wir garantiert Drohnen haben. Bis dahin steht die Überwachung auf einer Prioritätenliste. Wir durchleben schwere Zeiten, Vicki.« Eine Pause. Wahrscheinlich trank er einen weiteren Schluck Whisky. »Ich vermute, dass die Verfolger Sie nicht sehr beunruhigt haben? Haben Sie Vorsichtsmaßnahmen getroffen?«

»Ich habe sie in Cavendish Mall abgehängt.«
»Wie es sich gehört. Gut gemacht. Gutes Mädchen.«
»Das waren keine echten Profis.«
»Unterschätzen Sie die Männer nicht, Vicki. Respektieren Sie sie. Das sind Kuriere. Kuriere werden nach ihrer Fähigkeit zu liefern eingeschätzt. Also, nun aber gute Nacht, meine liebe Geheimagentin. Sie brauchen Ihren Schönheitsschlaf.«

Vicki legte auf. Dachte: kein einziges *Alice*-Zitat. Henry musste wirklich ziemlich betrunken gewesen sein.

Gardens. Vicki klopfte an die Tür. Starrte in die Kamera der Gegensprechanlage. Sie hörte, wie das Türschloss aufklickte, und betrat den Flur. Der Geruch von Räucherstäbchen kitzelte ihr in der Nase. Der Hippie kam aus der ersten Tür rechts heraus, seinen kleinen Hund Donovan japsend auf dem Arm.

»Wow, cool, wie läuft's, Mann. Willkommen in meiner Welt. Spiel fängt gleich an.« Er trat einen Schritt zurück, um sie durchzulassen, und flüsterte: »War 'ne echt crazy Art der Zahlung, *Brahdeen*. Ein Kurier mit Barem. Das Medium ist die Massage.« Er gab ein abgehacktes Lachen von sich. »*Hectic. Mucho gracias.*« Dann verkündete er: »Meine Herren und Dame, eine unserer *lank* Spielerinnen, die ausgezeichnete Vicki.«

Vicki hob grüßend eine Hand und erkannte Bantu, einen der Stammgäste. Den zweiten Mann kannte sie ebenso wenig wie die Frau. Es kam nicht oft vor, dass eine *Sista* mit am Pokertisch saß.

»Sieben Karten«, erklärte der Hippie und setzte den Hund auf die Couch, ehe er sich am Tisch niederließ und mit dem Mischen der Karten begann.

Eine Stunde später hatte die *Sista* am meisten gewonnen,

Vicki hingegen fünf Riesen verloren. Sie bekam fünfhundert zurück und verlor innerhalb der nächsten Stunde weitere drei in einem Showdown mit hohen Einsätzen. Der Hippie sah sie an, so nach dem Motto: Na, Puppe, kannst du das wirklich auch noch berappen?

Vicki achtete nicht auf ihn.

Sie pausierte für die nächsten zwei Spiele. Im dritten spürte sie ihr Handy vibrieren. Ein verpasster Anruf. Wieder vibrierte das Handy. Sie zog es aus ihrer Tasche. Der verpasste Anruf war von Fish. Im nun folgenden Showdown stieg zuerst der Hippie und dann Bantu aus. Vicki legte einen Pik-König, eine Pik-Dame, einen Kreuz-Buben, eine Kreuz-Neun und eine Herz-Acht. Der Mann zeigte niedrige Zahlen in verschiedenen Farben her. Die *Sista* hatte Folgendes: Kreuz-Ass, Herz-Drei, Karo-Vier, Pik-Sechs und Pik-Sieben. Das Kreuz-Ass stach. Womit sich Vickis Verluste auf zehn Riesen beliefen. Eine Katastrophe.

Sie entschuldigte sich für einen Moment. Im Flur rief sie Fish an. Es war nachts um Viertel nach zwölf.

»Tut mir leid, wenn ich dich geweckt habe«, sagte er. »Ich brauche eine Mitfahrgelegenheit.«

»Super Timing.«

»Ja, Vics, die Bullen haben Humor.«

»Und diesmal gibt es keine Merkwürdigkeiten? Ihnen fällt kein weiterer Grund ein, dich doch noch festzuhalten?«

»Nein, scheint diesmal nicht der Fall zu sein.«

»Bin in zehn Minuten da«, sagte Vicki und legte auf. Zum Hippie meinte sie: »Ich schulde dir.«

Der Hippie ließ seine Schlaghose schwingen. »No problemo, *Brahdeen*. Ist schon in Ordnung. Lass mich nur nicht allzu lang warten.«

Einundvierzig

Caledon Square. Fish lag in seinen Klamotten auf einer harten Pritsche und wartete. Dachte, dass die miesen Typen offenbar vorhatten, die Achtundvierzig-Stunden-Regelung zu missachten, und ihn erst am Morgen rauslassen würden. Warum auch nicht? Sie hatten die legalen Grenzen ohnehin ziemlich ausgereizt. Nicht einmal befragt hatten sie ihn. Er konnte sich schon vorstellen, wie Columbo ihm am Morgen erklärte: *Ag*, sorry, Mann. Haben dich total vergessen, *Chommie*. Aber es war ja nur eine Nacht. Da schläft man eh. Kannst genauso gut hier schlafen anstatt mit deiner Süßen. Ein Bett ist ein Bett, was. Gut geschlafen?

Fish sprang von der Pritsche auf und hämmerte wie wild an die Tür.

Dong, dong, dong.

Ein Schlüssel wurde im Schloss gedreht. Dort stand der NPA-Mann, ein Fremder neben ihm. Beide Männer trugen Anzüge. Ihr Atem roch stark nach Cabernet.

»Ruhig, Mr. Pescado, ganz ruhig. Man hat Sie nicht vergessen.« Der NPA-Mann sah betont gelassen auf seine Armbanduhr. »Wir haben noch eine Stunde, dann hat Sie die Stadt mit ihren hellen Lichtern wieder. Doch zuerst einmal möchte ich Ihnen Mr. Rings Saturen vorstellen, ein Mitglied unseres Parlaments.«

Der Politiker streckte Fish die Hand entgegen. Fish schüttelte sie, während er dachte: Warum kommst du mir bekannt vor?

Rings Saturen sagte: »Ich glaube, ich kenne Ihre Mutter, Mr. Pescado. Hat sie vor einigen Jahren nicht bei Verhandlungen mit chinesischen Unternehmern geholfen?«

»Könnte sein.« Bei Fish klickte es: Ja, natürlich. Er hatte sich für Estelle über Rings Saturen informiert. Soweit er sich noch erinnerte, war er früher ein Gangster gewesen. Ein zwielichtiger Geschäftsmann wurde dann zu einem zwielichtigen Politiker. Und jetzt? Fish wich nicht zurück, sondern blieb stehen, so dass die beiden Männer unter der Tür verweilen mussten. Er beschloss, erst einmal mitzuspielen. »Ja, sie hat einige ausländische Geschäftskunden. Nicht nur Chinesen. Sie kommt rum in der Welt.«

»Gut, gut. Wir brauchen mehr Leute wie sie, die die Marke Südafrika bewerben.« Rings Saturen warf dem NPA-Mann, der dicht neben ihm stand, einen Blick zu. »Wie ich bereits dem Kommissar hier erklärt habe, bin ich heute aus China zurückgekehrt. Wir waren mit dem Vizepräsidenten in einer Delegation unterwegs, um unsere gemeinsamen Interessen genauer auszuloten. Der Westen stirbt, weshalb wir Richtung Osten schauen müssen.«

Der NPA-Kommissar trat zurück. »Ich lasse Sie miteinander reden. Rufen Sie mich an, wenn Sie fertig sind.« Er schloss die Tür und versperrte sie.

Fish erinnerte sich, dass Rings Saturen zu den Unberührbaren gehört hatte. Drei Gangsterbosse aus den Cape Flats, die bürgerlich geworden waren. Sie leiteten ihre Transaktionen von den reichen Vororten aus, wo sie wohnten. Bis es zu einem Revierkampf kam. Zwei bissen dabei ins Gras, und Rings Saturen war mit weißer Weste aus dem Ganzen herausgekommen.

Rings Saturen meinte jetzt: »Hören Sie, ich bin wegen Flip Nel hier. Ich will wissen, was auf Ihrem Boot passiert ist, Mr. Pescado.«

Fish konnte einen Moment lang den Gangster in Rings Saturen erkennen: eine Haltung, als wäre er ein Straßenkämpfer.

»Reden Sie mit der Polizei. Ich habe meine Aussage bereits gemacht.«

»Die habe ich gesehen. Ich bitte Sie, mir alles zu erzählen.«

»Warum? Wer sind Sie?« Fish erwiderte herausfordernd Rings Saturens Blick. Ganz offensichtlich nicht der übliche Ich-hänge-mich-mal-dran-Politiker. Jedenfalls nicht, wenn man danach ging, wie er einen anstarrte. In seinen Augen lag etwas Bösartiges. Dann wurden sie weicher.

»Okay.« Er hielt inne. »Okay, Sie wollen etwas. Ich werde es Ihnen erzählen. Flip Nel war ein Kollege. Mehr als ein Kollege – ein Freund. So betrachte ich jedenfalls unsere Beziehung. Wir wurden Freunde. Wir arbeiteten zusammen und zwar an einem Fall, an dem er dran war.« Wieder eine Pause. »Abalonen im Tausch gegen Drogen. Sie sind Privatdetektiv, Mr. Pescado, Sie kennen solche Geschichten. Sie wissen, was die Drogen meinem Volk antun. Und Sie wissen vermutlich auch, dass wir die Abalonen überfischen.«

Fish verschränkte die Arme und antwortete nicht.

»Flip war ein guter Polizist. Wie ich blieb er immer am Ball und verbiss sich noch ins kleinste Detail.« Er lachte. »Er war genau. Es gab nichts, was Flip nicht acht Mal gegenkontrolliert hätte. Außerdem hatte er ein Herz. Er verstand, dass die Wilderei letztlich den Einheimischen schadet. Meinen Leuten, Mr. Pescado, sie schadet meinen Leuten. Deshalb mochte ich ihn. Uns hat etwas verbunden. Wir tranken manchmal ein Bierchen oder zwei zusammen und haben uns unsere Lebensgeschichten erzählt. Als seine Frau starb, hab ich ihm gesagt, dass er jederzeit zu mir kommen kann, wenn er etwas braucht. Wirklich, Mann, ich habe noch nie einen Menschen erlebt, der derart vom Tod mitgenommen war. Trauer hatte ebenso wie alles andere in der Welt plötzlich seine Bedeutung verloren.«

Rings Saturen stand nun mit gesenktem Kopf da.

Fish wartete.

»Sehen Sie. Ich kann mir Selbstmord bei ihm vorstellen. Der Mann war zerstört. Fertig, ein Wrack.« Fish beobachtete, wie er den Kopf hob und ihm einen raschen Blick aus seinen glänzenden Augen zuwarf. »Das ist es, was ich wissen möchte, Mr. Pescado. Weil ich Flip geschätzt habe.«

Bullshit, dachte Fish. Worauf willst du hinaus?

»Bitte, erzählen Sie mir: Wie ist es ihm an dem Morgen gegangen?«

»Ich hatte nicht den Eindruck, als ob er sich umbringen wollte, wenn Sie das meinen.«

Rings Saturen trat einen Schritt auf ihn zu und legte eine Hand auf seinen Arm. »Bitte. Bitte erzählen Sie mir.«

Fish überlegte und gab dann nach. Warum zum Teufel auch nicht, es stand sowieso alles in seiner Aussage. Also schilderte er den ganzen Morgen noch einmal. Wobei er die Handyaufnahme auch diesmal wegließ.

Danach stand Rings Saturen schweigend da, den Blick gesenkt. Meinte: »Ja, das war nicht schön für Sie, Mr. Pescado. Das Letzte, was man miterleben will. Der arme Flip, Gott sei seiner Seele gnädig. Die Trauer wurde zu viel für ihn. Man kennt einen Menschen letztlich nie ganz. Seine wahren Gefühle.« Er holte sein Handy heraus und rief den NPA-Kommissar an, um ihm mitzuteilen, dass sie fertig seien. Zu Fish gewandt sagte er: »Ich danke Ihnen, dass Sie mir das erzählt haben, Mr. Pescado. Eine sehr traurige Geschichte.« Dann reichte er ihm seine Visitenkarte. »Sie können mich jederzeit kontaktieren.«

»Warum?«, fragte Fish. »Warum sollte ich Sie kontaktieren wollen?«

»Man weiß nie, mein Freund.«

Fish beobachtete, wie der NPA-Kommissar Moosa Rings Saturen zur Tür begleitete. Sie klopften sich gegenseitig auf den Rücken und schüttelten einander die Hände. Kameradschaftlich. Dann kehrte der NPA-Mann lächelnd zu ihm zurück.

»Sie dürfen nach Hause gehen, Mr. Pescado. Entschuldigen Sie die Unannehmlichkeiten.« Er wies auf den Tisch am Eingang. »Nehmen Sie Ihre Sachen dort in Empfang. Können Sie sich abholen lassen? Ich würde Sie ja nach Hause fahren, muss aber in die entgegengesetzte Richtung. Sie wohnen für mich ziemlich abseits. Vielleicht rufen Sie ja Ihre Anwältin an.« Das Letzte sagte er mit einem spöttischen Grinsen.

»Ich komme gut zurecht, danke«, erwiderte Fish.

Der Kommissar lächelte erneut. »Wie gesagt, entschuldigen Sie die Unannehmlichkeiten. Da gab es leider ein paar Missverständnisse. Manchmal passiert so etwas. Fehlerhafter Informationsaustausch. Falsche Schlussfolgerungen. Noch einmal: Ich muss mich dafür entschuldigen.«

»Ja«, entgegnete Fish. »Ich sollte Anzeige erstatten.«

»Das würde ich an Ihrer Stelle nicht tun. Jetzt haben Sie etwas gut, was eines Tages hilfreich sein könnte.« Der Mann hörte auf zu lächeln. In seinen Augen spiegelte sich die Müdigkeit der späten Stunde wider. »Passen Sie auf sich auf, Mr. Pescado. Ich hoffe, wir begegnen einander das nächste Mal unter besseren Umständen.«

Ich nicht, dachte Fish. Fragte sich, was zum Teufel diese ganzen Entschuldigungen sollten. Nichts für ungut? Was hatte den Ton plötzlich so anders werden lassen?

Fish unterschrieb, dass er seine Sachen zurückerhalten hatte. Das Handy hatte noch genug Akkuladung, um Vicki zu verständigen. Fünfzehn verpasste Anrufe von Kunden, fünf von voraussichtlichen Kunden, zehn von seiner Mutter. Alle klangen wütend: Wo zum Teufel bist du, Fish? Wegen dir kommen wir nicht voran. Von Estelle: »Hier spricht zum x-ten Mal deine Mutter. Ruf mich an, sobald du kannst, Bartolomeu, ganz egal, wie viel Uhr es ist.«

Eine Reihe von SMS und WhatsApp-Nachrichten mit demselben Tenor. Nichts von Caitlyn Suarez. Entweder konnte oder wollte sie nicht. Das waren so die Gedanken, die Fish durch den Kopf schossen, während er Vicki anrief.

Ich bin in zehn Minuten da, sagte sie und klang dabei hellwach. Fast verärgert.

ial drei

Zweiundvierzig

Kapstadt. Bei Sonnenaufgang war der Himmel hinter den Bergen gelb. Von der Atlantikküste, von den Weinbergen, von den Industriegebieten, vom tiefen Süden der Halbinsel strömten Scheinwerfer auf die Altstadt zu. Aus den Autoradios kamen Nachrichten über ISIS-Enthauptungen, Bombenanschläge, Flüchtlingstragödien. Inländisch: das teure neue Flugzeug des Präsidenten, die Sexualtriebe eines Politikers, die stetig sinkende Währung. In den Zügen, Bussen und Minibus-Taxis sangen die Pendler Lieder der Hoffnung und der Wiedergutmachung.

Ermington Road. Fish Pescado starrte von seinem Küchenfenster in seinen Hintergarten hinaus. Er dachte an Vicki, an die unkonzentriert wirkende Vicki. Vicki, die sein Bett in der Dunkelheit verlassen hatte. »Ich kann nicht bleiben, Babes. Zu viel zu tun. Ruf mich später an, am späten Nachmittag – okay?« Da war etwas an ihr, was er nicht einordnen konnte. Als ob sie nur so tat als ob. Vicki, die sich gewöhnlich völlig beim Sex verlieren konnte. Diese Vicki, seine Vicki wirkte auf einmal zurückgenommen. Dann wandte sich Fish stirnrunzelnd in Gedanken dem NPA-Mann zu, Moosa. Und dem hämisch grinsenden Columbo. Deren Schikane aus keinem ersichtlichen Grund. Nur um ihn einzubuchten. Um seine Nachforschungen hinsichtlich des ermordeten Energieministers zu behindern. Um ihn davon abzuhalten, weiter das Verschwinden von Caitlyn Suarez zu untersuchen. Er fragte sich, wo er anfangen sollte. Und ob er nicht zuerst einmal surfen gehen könnte.

Wembley Square. Vicki Kahn blickte von ihrem Fenster auf die Gesundheitsapostel in ihren Jogginganzügen. Auf die Anzugträger in ihren Anzügen, die androgynen Firmenangehörigen, die einen neuen Tag ansteuerten. Sie dachte an Fish, an den unkonzentriert wirkenden Fish. Fish, der sich gewöhnlich ihrem Sex hingab, als würde er surfen. Kenntnisreich. Aufmerksam. Subtil. Fish, der nicht er selbst war. »Genau, Vics. Ich rufe an.« Der nicht versuchte, sie zu überreden, noch zu bleiben. Es kam auch kein Vorschlag, sich zu einem Brunch im Tiger's Milk zu treffen, um sich gegenseitig auf den neuesten Stand zu bringen. Später, sie würden es später klären. Ihre Gedanken wanderten zu Dr. Robert Wainwright. Zu der bevorstehenden Operation.

City Bowl. Mart Velaze rief an dem offenen Tor Krista Bishop an. Er wurde zu ihrer Voicemail durchgestellt. Zog seine Pistole und schlich auf das Grundstück. Dachte: und jetzt? Sein Handy vibrierte. Die Stimme. »Häuptling, wo sind Sie?« Er erklärte es ihr flüsternd. Als Antwort hörte er: »Sie haben sie, unseren Gast. Finden Sie mehr heraus und berichten Sie mir.« Kein Wort davon, wer sie waren. Die Amerikaner, vermutete Mart Velaze.

Rosebank. Dr. Robert Wainwright wurde vom Telefon geweckt. Er streckte eine Hand unter der Decke hervor, hielt den Apparat an sein Ohr und nannte seinen Namen. »Robert, unsere Freunde werden in einer Stunde bei Ihnen sein. Jetzt liegt es an Ihnen. Enttäuschen Sie uns nicht. Wir verlassen uns auf Sie.« Die Stimme von Direktor Ato Molapo. Robert Wainwright richtete sich in dem Sessel auf. Die ganze Nacht über hatte er dort geschlafen. Halb dösend und sich hin und her drehend hatte er mit schmerzenden Knochen auf den

Anruf gewartet. In das leer daliegende Haus hineingelauscht. Das Summen des Kühlschranks. Das Flattern eines Nachtfalters gegen den Schirm der Stehlampe. Das Knarzen des Dachs in den kalten Stunden vor Sonnenaufgang.

Wembley Square. »Robert«, sagte Vicki in ihr Handy. »Was ist los?«

»Eine Stunde. Sie sind in einer Stunde hier, um mich abzuholen. Oh, Gott. Oh, mein Gott.« Robert Wainwrights Stimme klang leise und bedrückt.

»Es wird gut gehen, Robert. Tun Sie einfach, was man von Ihnen verlangt. Und behalten Sie immer Ihr Handy bei sich.«

Sie legte auf und wählte Henry Davidsons Nummer.

»Es geht los.«

»Das glaube ich auch.«

»Warum erzähle ich Ihnen das dann?«

»Weil ich von Ihnen die Bestätigung brauche. Und ich möchte Ihnen *Hamba kahle* wünschen, wie wir sagen. Passen Sie auf sich auf, Vicki.« Er hielt inne. Vicki stellte sich vor, wie er das Toupet von einem Ständer nahm. »Das letzte Nacht, das war frech von Ihnen. Sogar unverantwortlich, wurde mir mitgeteilt. Es bedarf einer größeren Selbstbeherrschung, meine liebe Vicki. Unsere Taschen sind nicht so gefüllt wie die unseres Präsidenten.«

Ermington Road. Fish saß wieder am Fenster, diesmal mit Buttertoast und einer Cafetière. »Das ist eine verdammt ungünstige Zeit für einen Anruf, Fish Pescado. Ich bin in meinem verdammten Auto und stecke in einem verdammten Stau.«

»Es ist dringend«, entgegnete Fish.

»Das ist es bei dir immer, mein Freund.«

»Bitte, *Boet*.«

Hörte, wie der Mann seufzte. »Du meinst also eine junge Frau, Anfang bis Mitte zwanzig. Das sind nicht gerade eine Menge Anhaltspunkte.«

»Von denen kann es nur wenige geben«, meinte Fish. »In deiner Branche.«

»Glaubst du? Du wärst überrascht.«

»Die ist verdammt attraktiv. Schwimmt viel.«

»Ich kenne doch nicht jeden in der Welt der Sicherheitsdienste. Ich bin nur der Verbandsvorsitzende.«

»Sie muss weiterempfohlen worden sein. Sie muss einen ziemlich guten Ruf haben.«

»Hör zu, ich melde mich. Lass mir ein paar Minuten Zeit, okay?«

Fish starrte in den Hintergarten und überlegte, wie er die Maryjane aus der Polizeiverwahrstelle holen sollte. Das würde ein Spaß werden. Dachte an Flip Nel am Boden des Meeres. Dachte an die verschwundene Polizeiakte über Caitlyn Suarez. Er fragte sich, ob die Polizei oder die Geheimagenten oder wer auch immer die Bilder von Flips Überwachungskameras gelöscht hatten. Wenn sie diese überhaupt entdeckt hatten. Wahrscheinlich nicht. Sie würden kaum vermuten, dass ein Detective wie Flip Nel Kameras in seinem Haus installieren würde.

»Für den Fall, dass diese räuberischen Schweine mir was antun, *Boeta*. Sie sollen nur kommen, dann werden wir ja sehen, wer hier wem was antut. Geheimkameras für Verbrecher. Jawohl, die Dreckskerle sollen nur kommen.«

Flip Nels Vorstellung von einem sicheren Zuhause.

Fishs Handy klingelte. »Das ist wahrscheinlich diejenige, die du suchst. Sie heißt Krista Bishop. Ihr gehört Complete Security. Gehörte früher mal ihrem Papa und einem Typen namens Pylon Buso. Willst du die Adresse? Ich habe zwei bekommen.«

Fish sagte: gerne. Und dass er gerne beide hätte.

City Bowl. Mart Velaze hielt an der offenen Schiebetür inne. Er untersuchte das Schloss. Hier war ein Profi am Werk gewesen. Schnell und effektiv. Hatte die wachsame Krista mit geschlossenen Augen erwischt. Mart Velaze trat von der Veranda ins Wohnzimmer. Sah Blut auf dem Boden. Einen Fußabdruck. Bereits getrocknet. Er lauschte. Dachte: Scheiße, nicht gut. Wie sollte er Mace Bishop das beibringen? Er schlich durchs Zimmer zur Treppe. Starrte durch die Dunkelheit in das untere Stockwerk hinunter. Keine Bewegung, kein Laut. Eilte leise hinab. Das Gästezimmer, in dem sich Caitlyn Suarez aufgehalten hatte, war leer. Er schlich an der Wand entlang weiter zu Kristas Schlafzimmer.

Strand Street. Vicki nahm die Schlüssel entgegen, die ihr der Mann von der Autovermietung reichte. Unterzeichnete die nötigen Formulare: ein VW Polo, weiß.

Ehe sie losfahren konnte, klingelte ihr Handy. Henry Davidson.

»Schlechte Nachrichten, Vicki. Offenbar sind Sie nicht die Einzige, die sich gerade ein Auto mietet. Unsere Jungs haben ihren Golf gegen einen BMW eingetauscht. Schön, wenn man diese Art von Budget zur Verfügung hat. Wir können gegen diesen Tausch nichts tun. Im Grunde war er wohl zu erwarten. Eine gute Übung und so. Trotzdem ärgerlich. Jetzt gibt es leider keinen Peilsender mehr. Nur noch Wainwrights Handy und Ihr Geschick.«

Wunderbar, dachte Vicki. Sagte: »Offenbar hat sich in der Voliere nicht viel geändert.«

»Aber, aber. Sie wissen, wie es über den Sarkasmus so schön heißt?«

»Wohin fahre ich, Henry? Sie müssen doch zumindest eine Ahnung haben.«

»Das habe ich. Draußen, in den großen Ödflächen. Ich glaube, man nennt sie die Koue Bokkeveld. Felsen, Gestrüpp, Wüstentodesottern, endlose Weiten, riesiger Himmel. Eine dramatische Landschaft, wenn man so etwas mag. Irgendwo dort haben wir geheime Anlagen. So geheim, dass es mir schwerfällt, sie genau zu lokalisieren. Aber es wird sich alles rechtzeitig zeigen. Das tut es immer. Selbst wenn wir in einem langsamen Land leben, wie die Königin zu Alice sagt.«

Rosebank. »Ich hole ihn«, erklärte Muhammed Ahmadi und parkte den Wagen in der stillen Straße. »Es ist das Beste, wenn du hinten sitzt.«

»Später fahre ich auch mal«, meinte Mohammad Hashim. »Das ist das Beste.«

Muhammed Ahmadi nickte. Er schürzte seine Lippen, um säuerlich zuzustimmen.

Die Männer stiegen aus dem Wagen und sahen die Straße auf und ab. Keine Frau in einem roten MiTo.

»Alles in Ordnung«, sagte Mohammad Hashim. Er ließ seine Schultern kreisen, streckte sich und spuckte einen Kaugummi auf die Straße. »Dann hole mal unseren lieben Freund.« Er grinste Muhammed Ahmadi an.

Muhammed Ahmadi antwortete nicht. Er ging durch das Gartentor und den Pfad hinauf zur Haustür. Diese öffnete sich, ehe er klopfen konnte. »Es freut mich, Sie wiederzusehen, Dr. Wainwright.« Muhammed Ahmadi streckte die Hand aus und berührte den Wissenschaftler am Oberarm. »Sind Sie bereit für unsere kleine Tour? Haben Sie einen Koffer?«

Robert Wainwright schob eine Reisetasche heraus.

»Als Vorsichtsmaßnahme muss ich Sie um Ihre Geräte bitten, ja? Handy? Ein iPad? Sie haben keinen Laptop, oder?«

Robert Wainwright schüttelte den Kopf.

»Dann Ihr Handy, bitte, Herr Doktor.«

Wieder schüttelte Wainwright den Kopf. »Das brauche ich. Ich muss meine Frau kontaktieren können.«

Muhammed Ahmadi lächelte. »Daran haben wir bereits gedacht, Herr Doktor. Deshalb haben wir auch ein Handy für Sie mitgebracht. Es ist unser Geschenk an Sie.« Er holte ein altes Nokia-Handy aus seiner Jackentasche. »Es ist nicht die beste Technologie. Das tut uns leid. Aber Sie können problemlos Ihre Frau und Ihre Söhne anrufen. Sie müssen mich nur fragen. Bitte lassen Sie also Ihre Geräte zu Hause.«

Robert Wainwright legte sein Handy auf ein Tischchen im Eingangsbereich.

»Ich muss in Ihrer Tasche nachschauen. Bitte.«

Muhammed Ahmadi holte aus seiner Tasche ein iPad und ein weiteres Handy. »Wie ich sehe, sind Sie ein Mann mit vielen Verbindungen«, sagte er. Zog den Reißverschluss der Tasche wieder zu. Lächelte. »Jetzt können wir los. Bitte verriegeln Sie noch Ihr Haus vor den Kapstädter Dieben.«

City Bowl. Mart Velaze bemerkte die Einschusslöcher in der Tür des Schlafzimmers. Genau entlang einer Linie platziert. Auf dem Boden war eine Reihe Blutstropfen zu sehen. Getrocknet. Langsam drückte er die Klinke nach unten und versuchte die Tür zu öffnen. Keine Bewegung. Er rief: »Krista? Krista?« Keine Antwort. Er wich zurück und trat zu, so dass sein Schuh direkt das Schloss traf. Immer und immer wieder. Bis die Tür endlich aufbrach.

Stal Plein. »Das ist meine Handynummer, die Sie gerade anrufen.«

Dr. Ato Molapo hörte die Irritation in Gogol Moosas Stimme. Aber wer hatte hier das Recht, irritiert zu sein? Wer stand hier unter Druck?

»Wir hatten ausgemacht: kein Handykontakt.«

Der Direktor bemühte sich, nicht selbst wütend zu werden. Er lief über das feuchte Geröll, wobei seine Wangen von der kalten Morgenluft prickelten. Es wurde allmählich Winter. Fragte: »Wann werden Sie die Frau haben, Kommissar?«

»Heute. Das habe ich Ihnen doch schon gestern Abend gesagt. Wir haben die Akte, wir haben die Beweise. Wir wissen, wo sie sich aufhält. Sie wird heute Morgen verhaftet.«

Molapo starrte eine Statue an: ein Offizier auf einem Pferd, das sich aufbäumte. Streckte die Hand aus und wischte den Morgentau vom Stiefel des Soldaten. »Ich bin derjenige, der Bericht erstatten muss. Ich bin derjenige, der sich alles anhören muss, wenn es wieder vermasselt wird.«

»Diesmal wird es keine Probleme geben.«

Molapo schnippte mit der Hand und trocknete sie an seinem Hosenboden. »Das kann ich also dem Genossen Staatssekretär mitteilen?«

»Das können Sie.«

»Hundertprozentig?«

»Natürlich. Was ist mit Ihrem Mann?«

»Mein Mann ist dort, wo er sein soll.«

»Er ist auf unserer Seite?«

»Das wissen Sie.«

»Wollte nur noch mal nachfragen.« Ein leises Lachen. »Wir wissen, wo sich seine Familie befindet.«

»Gut«, meinte Molapo. »Ich auch. Aber wen Sie brauchen,

ist die Frau.« Er legte auf. Trat zu der Barriere, die den Parlamentsbezirk umgab. Er rief den Genossen Staatssekretär an.

Autobahn N7. Vicki Kahn hielt sich zwei Autos hinter dem blauen 320i. Es gab genügend Verkehr aus der Stadt, um ungesehen folgen zu können. Später auf dem schmalen Stück durch das Olifants Valley hätte sie mehr Mühe. Langsame LKWs, Landarbeiter in klapprigen *Bakkies* – wenn sie hinter einen von denen geriet, würde sie den BMW aus den Augen verlieren und abgehängt werden. Selbst wenn sie unbemerkt durch das Tal kam, lag die lange gerade Straße Richtung Norden dahinter. Wenn sie dort losbretterten, würde es schwer werden, mitzuhalten. Wenn sie es nicht taten, würde es schwer werden weit genug zurückzubleiben, um ihnen unbemerkt zu folgen.

Vicki seufzte. Kein leichtes Leben. Sie schob eine ihrer Lieblings-CDs in den Player. Melissa Etheridges *4th Street Feeling*. Eine tröstliche Musik, die sie jetzt brauchte.

Sie nahm auf ihrer Freisprechanlage einen Anruf von Fish entgegen. Es war zwar nicht gerade Nachmittag, aber so war Fish nun mal.

»Wie geht es dem Ex-Sträfling?«

Fish lachte. »Er will ein Date.«

»Du hattest doch erst eines vor ein paar Stunden.«

»Das war dann, jetzt ist jetzt. Du bist zu schnell gegangen.« Eine Pause. »Schöne Musik. Deine Freundin Melissa mal wieder.«

»Stimmt.«

»Hör zu, Vics. Ich komme in die Stadt rein. Hast du Zeit zu einem Mittagessen?«

»Tut mir leid, Babes. Das klappt nicht. Ich bin auf der Straße.«

»Echt? Hast du gar nicht gesagt.«

»Das hat sich auch spontan ergeben.«

»Noch vor dem Frühstück? Krass. Und wo?«

»Es geht um einen Farmarbeiter-Disput. Draußen im *Gramadoelas*.«

»In welchem Teil des *Gramadoelas* genau?«

»Koue Bokkeveld.«

Fish stieß einen Pfiff aus. »Das ist ja irre weit weg. Sitzt du hinterm Steuer?«

»Wie du hören kannst. Nur ich und Melissa.« Sie drehte die Lautstärke der Stereoanlage höher. »*I'm fancy-free* ...«

»Ich weiß. *And I'm falling up*. Wie lange bleibst du da, was meinst du?«

»Ich hoffe, einen Tag. Höchstens zwei. Mehr als zwei, und ich brauche frische Wäsche. *So here's to me*.« Vicki sang weiter.

Stal Plein. »Genosse Direktor«, sagte der Genosse Staatssekretär. »Sie sind ja heute ein früher Vogel. Aber Sie werden trotzdem keine Würmer auf unserem Rasen finden.« Er kicherte. »Was haben Sie uns zu berichten?«

»Es geht um die Frau.« Ato Molapo blickte über den Regierungsbezirk in Richtung des offiziellen präsidialen Büros: De Tuynhuis.

Wann hatte der Mann zuletzt einen Fuß dort hineingesetzt? Wann hatte er einmal länger dort verweilt als nur für eine kurze Stippvisite? Selbst im Parlament war er, wenn er es recht bedachte, garantiert nicht mehr seit dem Attentatsversuch gewesen. Und davor auch nicht gerade häufig.

Heutzutage wurden alle Geschäfte vom Bambatha-Palast aus geregelt. Genauer gesagt, aus dessen Bunker.

Man konnte nicht behaupten, dass Direktor Ato Molapo

den Palast nicht kannte, geschweige denn den Bunker. Er hatte schon häufig in dessen Gemächern gesessen, hatte Champagner genippt, Wimbledon geschaut und zahlreiche Videos von berühmten Tennisspielen. Es war von Vorteil, Schwiegersohn zu sein.

Das Gerücht ging um, der Präsident sei ein gebrochener Mann. Beinahe ein Krüppel durch die Schussverletzung. Dass Bambatha seine Grandezza verloren habe. Es kursierten Geschichten von Kühen auf den Rasenflächen, selbst auf den Terrassen, und Unkraut auf den Tennisplätzen. Einige der Gästehäuser seien verriegelt, ihre *Stoeps* ungepflegt, Farbe bröckle von den Mauern. Die Armee der Putzleute, Gärtner und Köche sei in ihre fernen Dörfer zurückgekehrt.

Alles Gerüchte.

Bambatha war so strahlend wie eh und je. Der Präsident hatte sich von der Schusswunde erholt. Er war noch immer von Bienen und Bienenhäusern fasziniert. Jedes Mal, wenn die Familie zusammenkam, gab es einen Besuch bei den Bienenhäusern. In der mittäglichen Hitze liefen alle unter großen Schirmen zu der Plantage, wo die Bienen gehalten wurden. Auf dem Weg dorthin pries das Familienoberhaupt den Honig der afrikanischen Bienen – seine wertvollen Inhaltsstoffe, seine Heilkräfte. Wie Bienenstöcke in jedem Dorf diesem Wohlstand und Gesundheit bringen würden. Wie der globale Honigmarkt durch Investitionen in Bienen von den Ufern des Limpopo bis zum Kap der Guten Hoffnung kontrolliert werden könnte.

Bei jedem Familienfest war auch der Genosse Staatssekretär anwesend. Er stand stets etwas seitlich und mischte sich nie ein.

»Genosse Direktor«, hörte Molapo den Genossen Staatssekretär sagen, »erzählen Sie mir von der Frau.«

Der Mann hatte eine weiche Stimme, fast wie die einer Frau. Molapo kannte den Klatsch: Er sei ein *Stabane* – ein Abtrünniger, ein Homosexueller. Einmal hatte der Präsident erklärt, er würde jeden *Ungqingili* niederschlagen, der vor ihn trete. Doch jetzt hatte es der Schwule sogar bis in den Bunker geschafft.

»Heute Morgen. Mir wurde mitgeteilt, dass sie heute Morgen verhaftet wird. Es gibt neue Beweise.«

»Das habe ich schon mal gehört. Diese ganze Angelegenheit ist höchst enttäuschend. Warum hat man die Frau nicht längst wegen des Mordes am Minister verhaftet?«

»Ich bin nicht die NPA«, entgegnete Molapo.

»Aber Sie sind ein Mann unseres Präsidenten«, erwiderte der Genosse Staatssekretär. »Sie gehören zur Familie. Er vertraut Ihnen in dieser Beziehung. Sie müssen das alles organisieren.«

»Das werde ich, Genosse Staatssekretär.«

»Das letzte Mal, als sie verhaftet werden sollte, ist sie verschwunden.«

»Ganz bestimmt wird sie sich sehr bald in Polizeigewahrsam befinden.«

Schweigen.

Molapo räusperte sich. Er streckte die Hand nach dem nassen Geländer aus, um sich besser in der Welt zu verorten.

»Sobald Sie wissen, dass die Frau verhaftet wurde, dann rufen Sie mich an. Sie rufen mich an, während Sie die Frau hinter Gitterstäben betrachten. Ist das klar, Genosse Direktor?«

Direktor Dr. Ato Molapo sagte, das sei es.

Dreiundvierzig

N7. Die Straße führte wie ein schwarzes, sich schlängelndes Band durch die Weizenfelder. Der Boden war braun von den herbstlichen Stoppeln, weiße Störche machten sich darüber her. Vicki Kahns Finger auf dem Lenkrad schlugen im Takt zu der trotzigen Stimme von Aster Aweke: *Ebo*. In der weißen Ferne ein blauer BMW.

Auf Vicki Kahns Lippen lag ein Lächeln. Ihr war eine Erkenntnis gekommen: Lieber hier, als sich mit verbitterten Klienten herumschlagen, die Hilfe von der Geschichte verlangten und das Land zurückwollten, das man ihren Vorfahren gestohlen hatte.

Vor allem wenn die Geschichte im Grunde nur »Tut mir leid für dich« sagen konnte. »Wie hättest du's lieber: bar oder Scheck?«‹

Vielleicht vermochte Henry in ihre Seele zu blicken. Mephistopheles als Betreuer. Der Gedanke jagte ihr eine Gänsehaut über den Rücken. Sie zitterte.

Nahm den Fuß ein wenig vom Gas. Sie blieb weiter zurück und hoffte, dass sie nicht abbogen. Allerdings war das sowieso höchst unwahrscheinlich. Die lange Strecke hatte keine Querstraßen.

Auf den Anhöhen konnte sie den BMW sehen, der sich circa einen Kilometer vor ihr befand. Genügend Autos überholten sie, um Vicki relativ gut verborgen zu halten. Letztlich hing das allerdings von der Ausbildung der beiden Männer ab. Und von ihrer Aufmerksamkeit. Es war ziemlich schwierig, einen Wagen über die Spiegel im Blick zu behalten, der so weit zurücklag.

Wenn sie an ihrer Stelle wäre, würde sie Wainwright auf den

Beifahrersitz platzieren, damit man seine Hände sehen konnte. Und er eine Bedrohung im Rücken hatte. Außerdem könnte der Mann auf der Hinterbank auch nach Verfolgern Ausschau halten. So würde Vicki die Fahrt gestalten. Sich immer an die Geschwindigkeitsbegrenzung halten. Konzentriert bleiben.

Auch konzentriert genug, um ein weißes Fahrzeug zu sehen, einen *Bakkie* oder einen SUV, der weit hinten fuhr und nie aufschloss?

Das musste sie zumindest annehmen. Sie musste davon ausgehen, dass sie mögliche Unterstützung für Wainwright im Auge behielten.

Am Fuß eines langen Hügels fuhr sie von der geteerten Fahrbahn ab in eine Parkbucht, stellte ihren Polo unter die Senegal-Akazien. Der Anblick des Mülls aus Trinkdosen, Burgerschachteln, Plastiktüten und Klopapierfetzen, der sich in dem Stacheldraht dort verheddert hatte, ließ sie schaudern. Ekelhaft.

Aufmerksam beobachtete sie den vorbeifahrenden Verkehr: ein brauner Audi. Ein silberner Mercedes. Ein grüner Chevrolet.

Auf ihrem iPad suchte sie eine Straßenkarte heraus. Sie zeigte ein paar Querverbindungen zur Küste, ehe es über Piekenierskloof ins Olifants Valley ging. So wie sie das verstand, war die Küste aber keine Option. Sie konnte so lange weit zurückbleiben, bis die Straße aus dem Tal herausführte. Dann gab es zwei Möglichkeiten, für die sie allerdings eine Blickachse brauchte.

Ein Nissan Prado fuhr vorüber.

Vicki drehte Aster Aweke leise und wählte Henry Davidsons Nummer.

Seine Begrüßung: »Ah ja, Vicki. Leider gibt es schlechte Nachrichten.«

»Wieso überrascht mich das nicht?«

Was zu Henrys üblichem Zungenschnalzen führte. »Also wirklich. Was habe ich über sarkastische Bemerkungen gesagt? Neumodisch ausgedrückt muss man das wohl als uncool bezeichnen. Wirklich uncool, Vicki.«

Vicki warf einen Blick auf die Straße vor ihr. Der BMW war nun schon lange verschwunden. Dachte: Verzieh dich, Henry. Sie stellte den Rückspiegel so ein, dass sie die vorüberfahrenden Autos besser sehen konnte.

Ein grauer Defender.

Ein weißer VW-Pritschenwagen.

Sie hörte, wie Henry Davidson sagte: »Anscheinend haben unsere Freunde Wainwright dazu veranlasst, sein Handy zurückzulassen. Den Technikern zufolge befindet sich das Gerät sicher im Haus unseres guten Wissenschaftlers. Jetzt liegt die Sache also ganz in Ihren Händen. Ihre Künste sind gefragt. Es sei denn, wir lassen eine Drohne starten. Das wäre mal was, oder?« Er gab sein sarkastisches Lachen von sich. »Wie Alice sagen würde: ›So etwas Merkwürdiges‹.«

Weitere vorbeifahrende Autos. Ein beigefarbener Mazda, ein Qashqai, ein Honda Jazz.

Vicki fuhr den Polo wieder auf die Straße. Beschleunigte.

»Die gute Nachricht wäre, wenn Sie wüssten, wohin sie unterwegs sind.«

»Das wäre tatsächlich vorteilhaft. Leider gibt es zu diesem Zeitpunkt keinerlei Gewissheit. Deshalb stehen uns, soweit ich das verstehe, zwei Alternativen in unserer Fülle von Möglichkeiten zur Verfügung. Unsere Agenten sind sich nicht ganz sicher, wohin es geht. Man setzt offenbar allgemein auf die Brandvlei-Option. Da Sie ja eine Spielerin sind, könnten wir es riskieren. Was meinen Sie?«

»Ich habe grundsätzlich nichts zu meinen.«

»Na, na, kein Grund, schnippisch zu werden. Nur weil Sie gestern Abend kein gutes Blatt bekamen.«

»Was nichts mit Ihnen zu tun hat.«

»Es wird Sie freuen zu erfahren, dass wir Ihre Schulden möglicherweise begleichen werden. Es sieht gut aus für den Moment.«

Vicki näherte sich nun dem Honda Jazz. »Was auch immer das heißen mag.«

»Genießen Sie die Fahrt, meine liebe Vicky. Ein wunderbarer Herbsttag da draußen, wie man hört. Sie führen ein aufregendes Leben.«

Vor ihr auf dem Seitenstreifen aus Kies der weiße VW-Pritschenwagen. Der Fahrer hatte sich abgewandt. Offenbar war er gerade am Telefon.

»Irgendeine Idee...«, sagte Vicki, ehe sie bemerkte, dass Henry Davidson aufgelegt hatte. Laut fügte sie hinzu: »Auch Ihnen einen angenehmen Tag, Henry.«

Sie sah im Rückspiegel, wie der Pritschenwagen vom Kies auf die Teerbahn fuhr. Dachte: Verdammt, wer ist das? Sie überlegte, ob sie Henry noch einmal anrufen sollte, entschied sich aber dagegen. Vielleicht hörte ihnen jemand zu. Es war besser, wenn sie die Asse einbehielt und abwartete, was der Dealer als Nächstes gab.

Vicki lehnte sich zurück, drehte die CD von Aster Awake wieder lauter – den richtigen Soundtrack für ihr aufregendes Leben – und trat aufs Gas, bis der Polo die Geschwindigkeitsbeschränkung erreichte. Auf der flachen Strecke über die Ebene nach Piekenierskloof hoffte sie, dass der blaue Blitz auf der Überholspur ihre Beute war. Sie lächelte über den weißen Pritschenwagen in ihrem Rückspiegel, der weit hinter ihr blieb.

Vierundvierzig

N7. »All das Ackerland«, erklärte Muhammed Ahmadi Dr. Robert Wainwright. »So viel Land. Wem gehört all das Land?« Muhammed Ahmadi saß hinter dem Steuer. Der BMW fuhr am Tempolimit dahin: hundertzwanzig Stundenkilometer. Mohammad Hashim schmollte auf dem Beifahrersitz. Er hatte sich geweigert, hinten neben dem verängstigten Wissenschaftler zu sitzen.

»Wozu? Wie sollte er entkommen?«, hatte er gefragt.

Muhammed Ahmadi hatte beschlossen, dass es sich in diesem Fall nicht lohnte, eine Diskussion anzufangen.

Wainwright hing auf der Rückbank und starrte auf die Stoppelfelder hinaus, die bläulichen Berge in der Ferne. Sodbrennen und eine Panik in seiner Brust erschwerten ihm das Atmen. Immer wieder umkreiste er gedanklich den einen Satz: Das ist Wahnsinn, das ist Wahnsinn, das ist Wahnsinn. Man könnte mir was antun. Man kann mich töten. Er schloss die Augen und atmete flach, während es in seiner Brust quälend stach. Zumindest befanden sich Belinda und die Jungs in Sicherheit.

»Dr. Wainwright?«

»Was? Entschuldigung. Was haben Sie gesagt? Ich habe Sie nicht gehört.« Er sah die Augen des Mannes im Rückspiegel. Augen so undurchdringlich wie ein dichter Wald. Es war zwar der freundlichere der beiden, aber in seiner Freundlichkeit durchaus auch beängstigend.

»Ich habe Sie gefragt, wem dieses Land gehört.«

»Das ist unsere Kornkammer«, erklärte Wainwright. »Ich weiß nicht, wem der Boden gehört. Großen Landwirtschaftsbetrieben, würde ich vermuten.«

»Ja, nehme ich auch an. So etwas ist für die Sicherheit der Nahrungsmittelerzeugung eines Landes wichtig. Mir gefallen Ihre großen Farmen, Dr. Wainwright. Das ist ... Wie sagt man? ... Eindruckend.«

»Eindrucksvoll.«

»Eindrucksvoll. Danke. Ein neues Wort.«

Robert Wainwright sah, wie Mohammad Hashim Ohrstöpsel aus seiner Jackentasche zog und das Ende des Kabels in sein Handy steckte. Er wandte den Kopf, um auf die braune Landschaft zu blicken. Ihn interessierte ihre Unterhaltung nicht. Wainwright hörte das metallene Scheppern von Black Sabbath, blechern, ohne Rhythmus. Dieser Mann war furchterregend, kalt, gefangen in seiner Welt aus Metall. Kein Sinn für andere Menschen. Er war fähig zu töten. Im Rückspiegel bemerkte Wainwright die Augen des Fahrers.

Muhammed Ahmadi sagte: »Wissen Sie, der Iran hat auch eine große Landwirtschaft. Wir sind eine Wüste, und doch liefern wir der Welt Getreide. Das ist unglaublich, oder?«

»Ja, wahrscheinlich«, erwiderte Wainwright mit trockenem Mund. Er saugte seine Wangen ein, um Spucke zu sammeln. »Ich weiß nicht. Ich habe noch nicht viel über den Iran gelesen.«

»Für Sie gibt es auch keinen Grund, etwas über mein Land zu lesen, Dr. Wainwright. Sie sind Naturwissenschaftler. Sie lesen über Atomkraft.«

»Meistens.« Wainwrights Mund war noch immer staubtrocken. Er hätte am liebsten neben sich gefasst, um eine Flasche Wasser aus dem Sechserpack zu ziehen, das dort stand. Vage hörte er, wie Muhammed Ahmadi über sein Land weiterredete und über das Wunder, auf unfruchtbaren Böden Obst wachsen zu lassen. Über die Handelsbeziehungen zu anderen Nationen.

Robert Wainwright unterbrach ihn. »Kann ich bitte etwas Wasser haben?«

Die Augen des Mannes im Rückspiegel. »Natürlich, Dr. Wainwright. Die Wasserflaschen stehen neben Ihnen. Bitte, bedienen Sie sich.«

Wainwright streckte die Hand aus und zerrte eine Flasche aus der Plastikhülle. »Wollen Sie auch?«

»Nein, vielen Dank. Im Moment nicht.« Eine Pause, in der Wainwright den Deckel aufdrehte und zwei große Schlucke kaltes Wasser trank. Er hörte, wie Muhammed Ahmadi sagte: »In Afrika ist es viel leichter als in anderen Ländern. Glauben Sie mir. In Afrika kann man mit dem Dollar alles bekommen. In Afrika will jeder Geld. Was auch immer man verkaufen kann, findet man auf dem Markt. Stimmt das nicht?«

Muhammed Ahmadi nahm seine linke Hand vom Steuer und rieb Daumen und Zeigefinger aneinander. »Deshalb sind wir hier in Ihrem Land, Dr. Wainwright.« Er lachte. Ein gezwungenes Lachen. »Stimmen Sie mit mir überein. Ja?«

Wainwright schnitt eine Grimasse und zuckte die Achseln. Er schraubte den Deckel wieder auf die Flasche.

»Natürlich ist das so. Der Dollar bringt jeden Tag in Afrika etwas Neues.«

Vielleicht, dachte Wainwright. Ein bedrückender Gedanke, aber mit Molapos stillschweigender Duldung und seiner Gier – vielleicht hatte der Mann recht. Ihm wurde klar, dass er nicht besser war. Auch er hatte die Silberlinge entgegengenommen. Er war also in den Augen von Muhammed Ahmadi ein wahrer Afrikaner.

»Ruhe, bitte. Ruhe.« Mohammad Hashim wandte sich mit harter Stimme an sie. Er zog die Ohrstöpsel heraus und klopfte auf sein Handydisplay. »Ich bekomme einen Anruf.« Er hielt den Apparat an sein Ohr und sprach nun auf Farsi.

Wainwright dachte: Und jetzt? Seine Angst nahm zu. Mohammad Hashim lauschte, ohne etwas zu sagen. Am Ende des Gesprächs wünschte er seinem Gesprächspartner »Ma'alsalamah«. Dann redete er mit Muhammed Ahmadi, wobei das einzige Wort, das Wainwright verstand, Imam lautete.

Er sah, wie Muhammed Ahmadi einen Blick in den Rückspiegel warf. Die beiden Männer tauschten sich mit gereizten Stimmen aus.

Dann sagte Muhammed Ahmadi: »Schauen Sie bitte hinter sich, Dr. Wainwright. Ist da vielleicht ein Auto, das Sie wiedererkennen?«

Was ihm weitere zischende Worte von Mohammad Hashim einhandelte.

Wainwright drehte sich um, ohne den Sicherheitsgurt zu lösen, und sah nach hinten. »Das kann ich unmöglich sagen. Hinter uns fahren so viele Autos.« Er zwang sich hinzuzufügen: »Werden wir denn verfolgt?«

»Wie kommen Sie auf die Idee?« Mohammad Hashim sah ihn drohend durch die Lücke zwischen den Vordersitzen an. »Folgt uns diese Frau?«

»Welche Frau?«

»Die Frau, die Sie in Ihrem Haus besucht hat.«

Um nicht zu zeigen, dass seine Hände zitterten, drehte Dr. Wainwright wieder die Wasserflasche auf und nahm einen weiteren Schluck.

»Ja, Sie zeigen mir, dass es so ist. Das ist sehr dumm von der Frau, Dr. Wainwright.« Mohammad Hashim grinste. »Kennen Sie diese Straße?«

Wainwright nickte. »Ich bin schon hier entlanggefahren.«

»Bis dorthin, wo wir hinfahren?«

»Ja, zweimal.«

»Ist es eine vielbefahrene Straße?«

Wainwright schüttelte den Kopf. Runzelte die Stirn. Fragen, seltsame Fragen. Diese Männer stellten Fragen, aber man verstand nicht, was sie bedeuteten.

»So.« Mohammad Hashim hielt eine Landkarte hoch. »Bitte zeigen Sie mir die leere Straße.«

Wainwright zeigte auf eine lange, gerade blaue Linie. »Dort gibt es keinen Verkehr. Höchstens Farmer. Vereinzelte Touristen. Und Leute, die ihre Erzeugnisse verkaufen. Manchmal sieht man kilometerlang kein anderes Auto.«

»Gut, Dr. Wainwright. Danke.« Er wandte sich auf Farsi an Muhammed Ahmadi. Dann stöpselte er wieder Black Sabbath in seine Ohren.

Wainwright nahm noch einen Schluck. »Was ist los? Worüber reden Sie?«

Die Augen im Rückspiegel. Ein Lächeln. »Entspannen Sie sich, Dr. Wainwright. Wir ergreifen nur Vorsichtsmaßnahmen, damit alles problemlos läuft. Keine Sorge. Keine Bange – so sagt man doch auch? Wollen Sie jetzt das Ende der Geschichte hören, mein Freund?«

»Welche Geschichte?«, fragte Wainwright. Er dachte an die nette Frau, Vicki Kahn. Sie wirkte nicht wie ein harter Mensch. Sie konnte seine Position verstehen. In gewisser Weise hatte sie ihm sogar helfen wollen. Seiner Familie helfen wollen. Was würden sie mit ihr tun? Falls es sie war.

Muhammed Ahmadi schnipste mit den Fingern. »Die Geschichte darüber, warum wir Geschäfte mit Afrika machen, vor allem mit Ihrem wunderbaren Land.«

»Ach, die.«

»Ja, die Geschichte. In den kommenden Tagen wird es für Ihren Präsidenten so sein, als hätte jemand einen Hahn aufgedreht. Das sagt man doch so, oder? Einen Hahn aufdrehen? Wenn ein Strom herausfließt, um Ihre Eimer zu füllen? Ja?«

Wainwright bejahte.

»Für Sie ist es auch ein Hahn.«

»Vermutlich.«

»Sie werden Geld haben, Dr. Wainwright, sehr, sehr viel Geld. Sie können ein paar Sachen für Ihre Familie kaufen. Dafür ist Geld da. Und für Sie wird es hilfreich sein, nicht wahr, Dr. Wainwright? Das Geld, das wir Ihnen zahlen, wird sehr willkommen sein, denke ich. Glauben Sie das auch?«

Wainwright antwortete nicht. Er sah Muhammed Ahmadis Blick im Rückspiegel. »Denken Sie nicht? Ich schon. Bei einer Familie gibt es immer Ausgaben. Für einen Urlaub. Vielleicht für ein neues Auto. Für das Geschäft Ihrer Frau. Sie werden sehen, Dr. Wainwright, Sie werden dankbar sein, dass Sie zwei Männern aus dem Iran helfen konnten.«

Dr. Robert Wainwright spürte, wie sich seine Brust erneut verkrampfte. Aus seiner Jackentasche zog er eine Blisterpackung Säureblocker.

Fünfundvierzig

Ermington Road. Fish googelte die Adressen für Krista Bishop. Das Büro: ein hübsches viktorianisches Reihenhaus am Dunkley Square, ein paar Straßen hinter Company Gardens. Eine sehr gute Gegend. Privat: die letzte Straße auf dem Berg. Wenn man dort oben wohnte, hatte man Kohle. Viel Kohle. Krista Bishop war offenbar eine junge Dame mit Geld im Hintergrund. Auf Google Maps konnte man nichts von dem Haus erkennen. Nur eine hohe Mauer, einen Elektrozaun und ein stabiles Holztor vor der Einfahrt. Fish vermutete, dass es Papas Haus sein musste. Er sah sich die Website von Complete Security an.

Die Firma gab es seit 1997. Gegründet von zwei Typen: Mace Bishop und Pylon Buso. Sie hatten sich auf den Schutz der Reichen und Schönen spezialisiert, auf Geschäftsleute, Touristen. Im Jahr 2014 war sie von Krista Bishop und Tami Mogale übernommen worden. Jetzt gehörte sie nur noch Krista. Und stellte ihre Dienste ausschließlich Frauen zur Verfügung.

Er rief die angegebene Nummer an, wurde aber zu einem Anrufbeantworter durchgestellt.

Um diese Uhrzeit hätte man eigentlich vermutet, dass eine Sekretärin abheben würde.

Es blieb ihm also nichts anderes übrig, als es mit Lauferei zu versuchen. Fish biss in einen gebutterten Toast und blickte aus dem Küchenfenster. Hinter der Gartenmauer zu Flip Nels Grundstück war der unendlich blaue Himmel zu sehen. Fish aß den Toast zu Ende und wischte sich mit dem Handrücken die Brotkrümel vom Mund.

Eines nach dem anderen.

Er holte seine Schlüssel zu Flip Nels Hintertür und trat in den kühlen Herbstmorgen hinaus. Das feuchte Gras benässte seine Füße. Flip-Flops waren keine idealen Schuhe, wenn man nicht gerade am Strand war.

Fish sprang auf die Mauer und dann hinunter in Flip Nels Garten. Er überquerte einen Abschnitt aus taufeuchtem Schnurgras. Sperrte die Tür auf, ließ seine sandigen Flip-Flops auf der Gummimatte und ging barfuß ins Haus. Der Boden war von den vielen Polizisten, die hier durchgelaufen waren, sehr körnig. Einige Schränke standen offen, zusammengeknüllte Süßigkeitenpapierchen lagen herum. Eine schmutzige Schüssel, ein Becher und ein Löffel in der Spüle. Eine Schachtel mit Weetabix auf der Theke. Auf dem Tisch eine Zuckerdose voller Löffel und eine halbe Flasche vergorene Milch. Ziemlich ordentlich, wenn man bedachte, dass hier Polizisten am Werk gewesen waren. Fish lauschte. Er hörte eine Uhr ticken und das Tropfen eines Wasserhahns. Das Unbehagen eines verlassenen Hauses. Kein Ort, wo man sich länger aufhalten mochte.

Er atmete ein. Der Geruch nach Flip Nel: salzig abgestanden, nach altem Rauch und Staub.

Er wusste, dass die Küchenkamera in einer Kaffeepulverdose versteckt war. Eine Dose unter vielen. Auf einem Regal in Kopfhöhe der Tür gegenüber. Eine Flip-Nel-Spezialität: Kaffeepulver, falscher Boden, Kamera. Das Objektiv war kleiner als das Objektiv einer Laptop-Webcam und blickte durch ein winziges Loch. Es war auf dem Etikett aus Papier nicht zu erkennen.

Fishs Handy klingelte. Estelle, seine Mutter. Er stellte sie zu seiner Voicemail durch. Dann stand er in Flip Nels Küche und wartete darauf, ihre Nachricht abhören zu können.

»Bartolomeu, du solltest auch abheben, wenn ich anrufe, weißt du. Ich mache mir Sorgen um dich. Was ist nur mit dir los? Warum wurdest du verhaftet? Du musst mit mir reden, Bartolomeu. Du musst mir erzählen, was passiert ist. Ich bin deine Mutter, schalte mich also nicht auf Voicemail. Das ist so unhöflich. Total respektlos. In deinem Leben habe ich bestimmte Privilegien, zum Beispiel darf ich mit dir sprechen, wenn es nötig ist. Jedenfalls, ich sagte es bereits, mache ich mir Sorgen um dich. Du glaubst nicht, mit wie vielen Generaldirektoren und Politikern ich reden musste, um deine Entlassung zu bewirken. Immer wieder landest du in so schrecklichen Situationen. Für uns beide wünschte ich mir, dass du endlich deinen Abschluss machen und in die Juristerei einsteigen würdest. Sei vernünftig wie deine indische Freundin. Hör endlich mit diesen Räuberpistolen auf und suche dir einen richtigen Beruf. Und noch etwas, wenn ich schon an der Strippe bin. Ich möchte dich um einen Gefallen bitten. Es geht um klar umrissene, solide Nachforschungen. Kommendes Wochenende fahre ich mit einer ministerialen Handelsdelegation nach Russland. Ich habe dort Auftraggeber, die unbedingt an unserem Atomkraft-Expansionsprogramm teilhaben möchten. Das, auf das unser Präsident so scharf ist. Ich brauche Einblicke in unsere Absichten. Aber keine Broschüren der Regierung, Barto. Keine Positionspapiere. Echte Informationen von echten Insidern. Es gibt immer Leute, die im Verborgenen tätig sind, Barto. Und die musst du für mich finden. Ich interessiere mich nur für das Gerede. Das ist doch etwas, das deine Spürnase herausfordern sollte. Bitte, Barto, im Interesse unseres Landes. Ich werde dir unsere üblichen Raten und Spesen zahlen. Natürlich in einem vernünftigen Rahmen.« Sie lachte. »Na, du weißt, was ich meine. Ruf mich an. Wir müssen reden.«

Estelle und ihre Kampagne, in Südafrika zu investieren. Zuerst die Chinesen, jetzt die Russen. Sollte sie eines Tages in Nordkorea einfliegen, würde das Fish nicht überraschen. Er schob sein Handy in die Tasche, nahm die Dose vom Regal, sperrte wieder ab und kehrte auf demselben Weg nach Hause zurück, den er gekommen war.

Janet stand mit drohendem Zeigefinger vor seiner Küchentür.

»Oh, là, là, Mister Fish. Ich habe genau gesehen, wo Sie waren. Das Haus des Polizisten ist jetzt ein Tatort. Vor der Eingangstür haben die ein gelbes Band befestigt. Da dürfen Sie nicht rein.« Sie schenkte ihm ein zahnloses Grinsen. »Sonst werden Sie wieder weggesperrt. Dann wandern Sie zurück ins *tjoekie*.« Sie drohte ihm spielerisch mit dem Finger. »Hüten Sie sich vor diesem Polizisten.«

Fish hielt inne und sah sie an. In ihrem Kammgarnkleid, den schwarzen Leggings, die an den Knien ausgebeult waren, einem beigefarbenen Anorak und Turnschuhen mit Schnüren sah sie wie immer exzentrisch aus. Die eine Hand hatte sie in die Hüfte gestemmt, die andere erhoben. Ihre Augen funkelten. Manchmal fragte er sich, ob sie vielleicht Zauberkräfte besaß. Einen Moment lang war sie nirgendwo zu sehen, im nächsten erschien sie plötzlich wie aus dem Nichts. Wie eine geheimnisvolle Fee.

Er fragte: »Welcher Polizist? Columbo?«

Janet lachte. »Sie nennen ihn Columbo? Das ist lustig, Mister Fish.« Dann hörte sie schlagartig zu grinsen auf und wurde ernst. »Er ist einmal hier gewesen.«

Fish wollte gerade seine Hintertür aufsperren. »Ach, echt? Und wann?«

»Es könnte gestern gewesen sein. Oder vielleicht auch Dienstag.«

Fish wartete. Janet sah ihn stirnrunzelnd an.

»Ich weiß es nicht, Mister Fish. Jedenfalls an einem Tag, an dem ich hier war. Miss Vicki meinte, ich soll wegbleiben, aber niemand macht Janet Angst, nicht mal die Polizei. Ich bin zurückgekommen, um nachzuschauen, ob alles in Ordnung ist, Kumpel, Mister Fish.«

»Hast du ihn dabei erwischt, wie er rumgeschnüffelt hat?«

Sie schüttelte den Kopf. »Nein, nein, Mann. Man erwischt den nicht. Ihr Columbo ist ein böser Polizist. Wir sollten uns alle vor ihm in Acht nehmen.«

»Aber du hast ihn gesehen? Hier?«

»Zuerst war er in Mr. Flips Haus und dann hier. Über die Mauer, so wie Sie gerade. Wie ein Einbrecher ist er direkt in Ihr Haus eingestiegen.«

»Er ist in mein Haus rein? Richtig rein?«

»Ich sag's doch. Ehrlich, keine Lüge.«

»Mit einem Schlüssel?«

»Ja, Mann, mit einem Schlüssel. Die Polizei hat doch für überall Schlüssel. Wir leben in einem Polizeistaat, Mister Fish.«

Scheint so, dachte Fish. »Hat er dich gesehen?«

»Nein, auf keinen Fall. Ich bin eine erstklassige Spionin.« Ihre Augen wanderten zu der Dose mit Kaffeepulver in seiner Hand.

»Wie lange ist er drin gewesen?«

»Ich hab keine Uhr, Mann, Mister Fish. Bin schließlich kein *Larney*.«

»Eher länger oder eher kürzer?«

»Nicht sehr lange. Wie jemand, der was vergessen hat. Sie wissen schon, wenn man ins Haus zurückgeht und es schnell noch holt.«

Fish dachte, dass er dringend Bewegungsmelderkameras in seinem Haus brauchte. Und dass Columbo vielleicht etwas dagelassen hatte.

Janet streckte die Hand aus und klopfte gegen die Dose. »Stehlen Sie Kaffee von einem Toten, Mister Fish? Das bringt Unglück. Toten muss Respekt entgegengebracht werden.«

»Wenn ich also einen Kaffee machen würde, würdest du ablehnen?«

Janet schüttelte den Kopf. »Mr. Flips Kaffee kann ich nicht trinken. Den von Ihnen schon. Und einen Toast, Mann, Mister Fish. Frühstück für eine arme Lady.«

»Mit Butter, Mylady?«

Janet errötete. »Oh, là, là, Mylady… Also wirklich, *ek sê*. Sie werden noch Ihre wohlverdiente Strafe bekommen, Mister Fish, wenn Sie so scherzen. Denn vielleicht stimmt es sogar. Vielleicht bin ich eine Königin, und es weiß nur niemand.«

»Mit Marmelade also?«

»Ein bisschen Marmelade ist fast immer das Tüpfelchen auf dem i.«

Fish machte ihr Frühstück und schloss die Kamera dann an seinen Laptop an. Er spulte zum Beginn der Aufnahmen zurück.

Da ist Flip Nel. Er kommt in die Küche, einen Stapel Akten in beiden Händen. Um kurz nach sieben, an dem Morgen, an dem sie zusammen fischen gegangen sind. Der Morgen, an dem er starb. Er legt die Akten auf seinen Tisch und klopft mit den Fingern seiner linken Hand auf den Stapel. Sieht sie an und nickt. Dann wendet er sich der Kamera zu und starrt eine Weile zu ihr nach oben. Ein undurchdringlicher Blick, das Gesicht rigide, Fish konnte keine Gefühle darin lesen. Er wendet sich ab und geht rasch durch die Hintertür nach draußen. Fish lief es eiskalt über den Rücken, als er den lebenden Flip Nel wieder vor sich sah.

Das nächste Bild entstand eine halbe Stunde später. Der schwarze Umriss eines Mannes unter der Tür. Der Hintergrund zu hell, um sein Gesicht zu erkennen. Kein Anzeichen eines Einbruchs. Der Mann steht da und rührt sich nicht. Dreißig Sekunden. Eine Minute. Schließt die Hintertür, tritt dann rasch aus dem Radius der Kamera. Vielleicht schaute er sich im Haus um, vermutete Fish. Der Mann kam ihm irgendwie bekannt vor. Als wären sie sich schon einmal begegnet.

Das nächste Bild zwei Minuten später. Der Bewegungsmelder schaltete sich ein, als der Typ von links ins Bild tritt, von der Tür zum Flur. Geht direkt zu den Akten. Hände in Handschuhen öffnen die erste. Er liest und blättert die Seiten durch. Legt diese beiseite. Geht auch die anderen Akten durch. Nimmt nur die Akte mit, die er herausgesucht hat.

Schaut sich rasch noch einmal in der Küche um. Ein gutes Bild des Mannes im Halbprofil.

»Ich kenne dich«, sagte Fish laut. »Wie geht's denn so, Mart Velaze?« Er beugte sich vor, um ihn genauer zu betrachten. Kein Zweifel – das war eindeutig Mart Velaze.

»Ist es fertig, Mister Fish?« Janet stand unter der Tür. Die unsichtbare Linie dort übertrat sie nicht. »Es tut mir leid, wenn ich Sie hetze. Die Lady-Königin ist sehr hungrig geworden, seitdem Sie reingegangen sind.«

Fish klickte zu dem Bild zurück, als die Gestalt in Flip Nels Küche trat. »Ich komme, Janet, ich komme. Etwas Geduld, okay? Ein kleines bisschen Geduld.« Kein Zweifel: Die athletische Figur gehörte zu Mart Velaze. Fish zeigte auf den Toast und die Butterdose. »Warum streichst du dir nicht selbst deinen Toast, Janet? Ich bin gerade beschäftigt.« Was interessierte Mart Velaze an der Akte von Caitlyn Suarez? Er konzentrierte sich ganz auf den Mann. Hatte er nicht irgendwo noch seine Telefonnummer vom letzten Mal, als sie miteinander in Kontakt gestanden hatten? Als er das Model Linda Nchaba gesucht hatte. Welch ein verrücktes Ende diese Geschichte damals doch genommen hatte.

»Das kann ich gerne machen, Mister Fish, kein Problem. Ich war früher mal Souschef. Darf ich also reinkommen?«

»Ja, ja, komm rein.« Fish wechselte zum nächsten Bild: Vicki in ihrem Ganzkörper-Muslima-Outfit. Mit weißen Arzthandschuhen. Vielleicht waren Handschuhe bei der Voliere ein üblicher Teil der Ausrüstung.

»Wollen Sie vielleicht auch noch eine Tasse Tee, Mister Fish?«

»Das wäre nett.« Fish spulte vor, bis Vicki das Haus wieder verlassen hatte. »Rooibos. Keine Milch, kein Zucker.«

»Ich weiß, Mister Fish. Ich habe gesehen, wie Sie und Miss Vicki den Tee trinken.«

Das nächste Bild zeigte eine Menge Polizisten, die in die Küche drängten. Zwei Stunden Bildmaterial vom Kommen und Gehen der Beamten. Sie redeten miteinander, während sie die Schränke durchsuchten. Halbherzig, ganz unmethodisch. Columbo tauchte ein paar Mal auf. Ebenso der NPA-Kommissar. Gegen Ende ließ die Batterie nach, und die Bilder wurden schwächer.

Dann: Auftritt Columbo. Mittwochvormittag um 11 Uhr 23. Er stand in der Küche und blickte zu Fishs Haus hinüber. Columbo tritt in den Flur hinaus. Der Bewegungsmelder nimmt ihn wieder um 11 Uhr 31 wahr.

Fish dachte zwei Dinge: Er musste zuerst sein eigenes Haus und dann das von Flip Nel durchsuchen, um herauszufinden, was Columbo gemacht hatte.

»Hier ist Ihr Tee, Mister Fish«, sagte Janet und stellte eine Tasse neben den Laptop. »Wenn Sie nichts dagegen haben, setze ich mich für mein Frühstück raus in die Sonne.«

»Klar, gerne«, erwiderte Fish unkonzentriert. Er überlegte, ob er Mart Velaze anrufen sollte. Als er nach seinem Handy griff, klingelte es: Professor Summers.

»Na na na, Mr. Sugarman höchstpersönlich gibt mir die Ehre, zur Abwechslung einmal selbst ans Telefon zu gehen. Das ist doch etwas anderes im Vergleich zu den letzten beiden Tagen, als immer nur die Voicemail ansprang. Rufen Sie grundsätzlich nicht zurück, Mr. Pescado? Das ist aber höchst unprofessionell.«

Fish schloss die Augen und zählte bis fünf. »Haben Sie die Informationen?«

»Was habe ich Ihnen gesagt?«

»Ach, kommen Sie schon, Professor.«

»Nur persönlich. Mit dem Nötigen.«

»Sie haben jetzt schon kein *Zol* mehr?«

»Oh, welcher Scharfsinn.«

»Ich habe es Ihnen bereits erklärt, Professor. So was mache ich nicht mehr so oft.«

»Lassen Sie mich nicht im Stich, Fish. Ich bin ein guter Kunde. Ich zahle und habe Sie auch in schlechten Zeiten immer unterstützt. Noch wesentlicher ist allerdings, dass ich Ihnen etwas zu berichten habe.«

»Ich bin ausgestiegen, Professor. Aus dem Dealen.«

»Aber Sie rauchen doch selbst, Fish. Sie werden nie aussteigen, und deshalb könnten Sie Ihrem alten Kunden einen Gefallen tun und ein oder zwei *Bankies* bringen.« Eine Pause. »Es würde sich lohnen.«

Fish rollte mit den Augen und sah dabei zur Decke hoch. Dort waren nur Wasserflecken zu sehen. »Also gut.«

Sechsundvierzig

Tafelberg Road. »Es gibt Gerede, Häuptling«, erklärte die Stimme Mart Velaze. »Sehr, sehr viel Gerede macht die Runde. Überall. Von allen. In der Voliere. In den Taubenschlägen, in den Gängen. In den Toilettenkabinen. *Hokkies* ist ein passenderes Wort für diese Toilettenkabinen, finden Sie nicht? Irgendwie klaustrophobischer. Irgendwie für die Voliere geeigneter. Haben Sie es auch gehört, Häuptling, dieses Gezwitscher? In den Parks, hat man mir gesteckt, suchen die armen Russen nach den Brotkrumen der Israelis. Das sind wirklich aufgebrachte Vögel – ebenso wie die unserer eigenen Voliere. Höchst erregt, allesamt. Sie flattern hierhin und dorthin. Nur die Amerikaner hocken still in ihren Nestern. Selbst die sonst so zurückhaltenden Briten haben sich mit den Portugiesen zusammengetan. Wussten Sie, dass auch die Portugiesen einen Geheimdienst haben? Ich musste das erst nachschlagen. Er heißt Serviço de Informações Estratégicas de Defesa. Wie finden Sie das?«

Für Mart Velaze klang das nach keinem schlechten Akzent. Vielleicht hatte die Stimme die Jahre des Kampfes in Mosambik verbracht.

»Ziemlich lang. SIED abgekürzt. Übersetzt heißt das Strategischer Verteidigungs-Nachrichtendienst. Alles ziemlich harmlos. Nichts mehr von PIDE an sich. Jedenfalls behaupten sie das. Und sie sind ganz und gar für unsere liebe Freundin Caitlyn Suarez. Selbst die Kommunisten gurren sanft untereinander. Solch besorgte alte Vögel, die Kommunisten. Nach dem versuchten Attentat auf den Präsidenten sind sie allerdings nur noch brüchige Tontauben. Alle schießen auf sie. Aus Spaß und im Ernst. Aber ich komme vom Thema ab. So ein Riesenaufwand wegen einer einzigen Frau. Ich kann es kaum glauben. Bitte warten Sie einen Moment.«

Habe ich eine Wahl, dachte Mart Velaze und behielt das nun stumme Handy am Ohr. Er lehnte sich an sein Auto. Die Sonne schien warm auf seine Brust, während er den säuerlichen Geruch der Bergvegetation einatmete. Manche liebten dieses Aroma. Für Mart Velaze roch es nach Katzenurin.

Dann: »Wo sind Sie gerade?«

Er erklärte ihr, dass er unweit der Talstation der Seilbahn sei und gerade auf die Stadt hinunterblicke.

»Schöne Aussicht«, sagte sie. »Sie müssen von dort...« Die Stimme beendete den Satz nicht.

»Ja.« Er konnte die Häuser in der Glencoe Avenue sehen. Ebenso wie die blauen Lichter. Er sah das letzte Haus in der Straße. Ein schönes Haus. Ein tragisches Haus – all die Gewalt, die es miterlebt hatte.

»Hören Sie, Häuptling. Geht es Ihnen gut?«

Nein, dachte Mart Velaze. Sagte: »Ja.«

»Das ist alles schwer. Es tut mir so leid. Ich weiß...«

Der Rest blieb unausgesprochen in der Luft hängen. Mart Velaze antwortete nicht. Es mochte zwar mit Krista vorbei gewesen sein, aber...

»Ich komme jetzt zum nächsten Punkt, Häuptling. Es muss sein. Das soll keine Respektlosigkeit bedeuten, verstehen Sie? Es geht um Folgendes: Wir waren für Miss Suarez verantwortlich. Nicht leicht, zugegebenermaßen. Eine absolute Geheimoperation. Keine Unterstützung. In alle Richtungen abzustreiten. Aber das ist mein Problem, nicht Ihres. Weil sie so ein Rätsel ist, flattern die ornithologischen Vereinten Nationen hier rund um Company's Garden herum wie kurz vor einem Sturm.«

Kann man so sagen, dachte Mart Velaze. Caitlyn Suarez hatte sie allesamt ausgetrickst. Sie und ihre Betreuer. Wer auch immer diese sein mochten. Wer auch immer die Fäden bei diesem Spiel zog. Das Bewachen durch den Sicherheitsdienst war nur Fassade gewesen.

Er schluckte, um die Galle nicht hochkommen zu lassen. Hielt die Augen auf die Straße und die Aktivitäten dort unter ihm gerichtet. Soweit er das mitgekriegt hatte, war es ein schneller Zugriff gewesen. Professionell. Nicht wie der vorherige Versuch. Kein Zögern diesmal. Die Agenten waren mit genauen Angaben ins Haus eingebrochen. Sie wussten, wohin sie mussten. Wer sich in welchem Zimmer aufhielt. Wobei sie auch Glück hatten. Sie mussten Krista erwischt haben, als sie gerade nicht aufgepasst hatte.

»Und jetzt, Häuptling? Wohin nun?«, wollte die Stimme wissen. »Sollen wir sie gehen lassen? Sollen wir sie suchen? Beachten wir die Tatsache, dass ein nationales Interesse berührt wird?«

Wir finden heraus, wer das alles getan hat, dachte Mart Velaze.

»Akzeptieren wir die stillschweigende Übereinkunft, uns rauszuhalten, oder folgen wir dem alten Appell der Trommeln, die zur Schlacht rufen?«, fuhr die Stimme fort.

Wir begleichen die offenen Rechnungen, dachte Mart Velaze.

»Vielleicht...« Die Stimme hielt inne. »Vielleicht wenden Sie sich an diesen Privatdetektiv, den sie als Tarnung benutzt hat... Vielleicht weihen Sie ihn in ein oder zwei Geheimnisse ein. Warnen ihn. Das ist bei solchen Leuten immer eine gute Methode, um ihr Interesse zu wecken. Ja, das gefällt mir. Schauen Sie mal, was das bewirkt. Man weiß nie. Wenn wir ein paar Probleme machen, werden vielleicht alte Fraktionen wiederbelebt. Vergessen Sie nie Miss Marple – manchmal können diese Amateurdetektive sehr hilfreich sein. Mal sehen, was Sie hinbekommen, Häuptling. Gehen Sie es ruhig an. Das werden Sie natürlich auch, ich kenne Sie. *Sterkte*, wie man auf Afrikaans sagt, mein trauernder Freund – Stärke. Bis zum nächsten Mal. Mögen die Vorfahren mit Ihnen sein.«

Siebenundvierzig

Dunkley Square. Fish lenkte den Cortina Perana in eine leere Parkbucht am Platz, einer Reihe viktorianischer Häuser gegenüber. Der heisere Auspuff des V6 hallte noch eine Weile nach. Er sah, wie ein *Bergie* an den Mülltonnen eines Restaurants aufblickte. Zweifelsohne bewunderte er den schicken Wagen mit den Alufelgen. Er rief etwas, was Fish nicht verstand. Streckte die Daumen hoch. Fish schaltete den Motor ab, und der Obdachlose suchte in der Tonne weiter. Auf der anderen Seite der Straße war Complete Security offenbar geschlossen. Keines der Fenster stand offen.

Drei Türen daneben standen zwei Männer an einem staubigen Defender, redeten miteinander und beobachteten Fish.

Er schlenderte zu ihnen hinüber. Die Männer wandten sich ihm nun schweigend und sichtlich abweisend zu.

Fish lächelte freundlich. Er erfand eine Geschichte, dass er Krista Bishop anheuern wollte, um seine Tochter zu bewachen. Ob die beiden wohl eine Ahnung hätten, wann sie ihr Büro aufsperrte?

»Zu keiner festen Zeit«, erklärte einer der Männer. »Sie kommt und geht. Wir sehen sie nicht oft, nicht so wie damals, als ihr Vater noch das Geschäft führte. Das war ein Albtraum. Da schlugen hier alle möglichen Leute auf. Teilweise ganz schön raue Typen. Am besten, Sie rufen sie an.«

»Führt sie das Geschäft denn noch?«

»Soweit ich weiß, schon.«

»Sie ist nicht gerade verreist oder so?«

»Ich hab sie vor ein paar Tagen gesehen«, meinte der Mann. »Hab ihr zugewinkt. Keine Plaudertasche, unsere Krista. In letzter Zeit hatte sie mal Glück. Vor einem Jahr kam ihre Geschäftspartnerin ums Leben, wurde bei einer Schießerei getötet. Krista hat auch eine Kugel abgekriegt und wäre beinahe gestorben. Aber jetzt geht's ihr wieder gut. Hat sich wirklich irre gut erholt.«

Der Defender-Mann mischte sich ein und meinte, er müsse los. Fish trat einen Schritt zurück, als sich die beiden Männer umarmten und zum Gehen wandten.

»Am besten, Sie rufen sie an«, wiederholte der Nachbar. »Manchmal ist sie tagelang wegen eines Auftrags unterwegs.«

Fish erklärte, dass er nur die Nummer des Festnetzanschlusses im Büro habe.

Kein Problem, entgegnete der Nachbar. Er habe Kristas Handynummer im Haus.

Als Fish wieder in seinem Auto saß, versuchte er es auf dem Handy. Sein Anruf wurde zur Voicemail durchgestellt. Er hinterließ eine Nachricht, ihn bitte wegen Caitlyn Suarez zu kontaktieren. Er fragte sich, ob er ihr offen sagen sollte, worum es ging, oder ob er sich besser eine Geschichte ausdachte. Fand, das sei im Grunde vermutlich gehupft wie gesprungen.

Die nächste Möglichkeit war, zu Krista Bishop nach Hause zu fahren. Er gab ihre Adresse in sein Navi ein und betrachtete die Straßenkarte, die sich öffnete. Als er zum Haus des Nachbarn hinübersah, stellte er fest, dass dieser immer noch auf dem Bürgersteig stand und ihn beobachtete. Misstrauischer Typ. Fish winkte. Der Mann erwiderte das Winken. Jedoch erst als Fish rückwärts aus der Parklücke fuhr, ging er ins Haus.

Es dauerte wenige Minuten, den Berg hochzufahren und in Glencoe Avenue einzubiegen. Fish bewunderte die offensichtlich teuren, großen Häuser, die es hier oben gab.

Dann entdeckte er am Ende der Straße Polizeiautos und einen Krankenwagen. Ein deutliches Stück entfernt hielt er an. Ein roter Cortina Perana mit einem schwarzen Streifen auf der Kühlerhaube war nicht gerade ein diskretes Fahrzeug. Also ging er lieber zu Fuß auf das letzte Haus zu, bis ihn eine Polizistin anhielt.

Durchaus höflich, nannte ihn Sir. »Da können Sie nicht weiter, Sir«, sagte sie. »Darf ich fragen, was Sie hier wollen?«

Fish wiederholte die Geschichte, die er bereits dem Nachbarn im Dunkley Square aufgetischt hatte.

»Es tut mir leid, das wird nicht möglich sein.«

»Gibt es ein Problem?«

»Wie Sie sehen.«

»Ich kann sehen, aber was ist das Problem?«

»Eine polizeiliche Untersuchung.«

»Und der Krankenwagen?«

»Bitte, Sir, wenn Sie jetzt weitergehen würden.« Die Frau nahm ihn am Arm. Ein fester Griff. »Geben Sie mir Ihren Namen und Ihre Telefonnummer, dann leite ich beides an den diensthabenden Beamten weiter.«

Das war das Letzte, was Fish wollte. Er machte also falsche Angaben. Dann schlenderte er zu seinem Auto zurück und versuchte, die Situation einzuschätzen. Eine polizeiliche Untersuchung. Ein Krankenwagen. Etwas Ernstes. Ein Angriff. Ein Mord. Mindestens.

Nachbarn hatten sich inzwischen versammelt, zeigten zu den Polizisten hinüber, diskutierten, kehrten in ihre Leben zurück. Aus dem Haus am Ende der Straße kam niemand heraus, niemand ging hinein. Die Beamtin stand am Krankenwagen und redete mit dem Fahrer. Immer wieder warf sie einen Blick in Fishs Richtung.

Was auch passiert war – die Sanitäter und die Polizisten ließen sich jedenfalls Zeit.

Fish beschloss, sich lieber wieder auf den Weg zu machen, ehe die Frau nervös wurde und ihn anwies, weiterzufahren. Er ließ den Motor des Cortina aufheulen, damit sie erfasste, wie er abfuhr. Dann stellte er sich etwas weiter die Straße hinunter, hinter einen geparkten Wagen. Von hier aus konnte er noch immer alles erkennen, durch sein Fernglas. Unveränderte Lage, bis auf die Tatsache, dass der Fahrer und die Polizistin jetzt nebeneinanderstanden und eine Zigarette rauchten.

Er wartete eine halbe Stunde und fragte sich, ob er seine Zeit verschwendete. Das hier war die Sorte Vorort, wo jemand den Sicherheitsdienst rief, wenn man lange in einem Auto herumsaß. Fish parkte noch einmal um. Jetzt hatte er zwar nicht mehr das Haus im Blick, aber zumindest bekam er noch mit, wer kam und wer ging.

Eines war sicher: Krista Bishop war keine Spur, die ihn in nächster Zeit irgendwohin führen würde. Die einzige andere Option bestand in Caitlyn Suarez' Büro. Er müsste sich mit ihren Leuten unterhalten. Um mit der Frage weiterzukommen, die sie von ihm beantwortet haben wollte: wer ihren Liebhaber umgebracht hatte. Das würde schwierig werden. Ohne Flip Nel gab es nirgendwo die Möglichkeit eines Zugangs. Nur durch Mart Velaze – ein Name, der sich angesichts der schwindenden Optionen in die Poleposition gebracht hatte.

Unter seinen Telefonnummern fand sich tatsächlich jene, die diesen Bewohner der Dunkelheit schon einmal ans Licht geführt hatte. Der Anschluss funktionierte noch.

»Staatssicherheit«, meldete sich eine weibliche Stimme am anderen Ende der Leitung.

Fish bat, mit Mart Velaze verbunden zu werden.

Eine Pause. Dann hieß es, man würde ihn verbinden. Vier Mal Klingeln, danach ein verändertes Klingeln, das ihm zeigte, dass er weiter durchgestellt wurde. Schließlich sagte eine Stimme: »Ja.«

»Pescado«, erwiderte Fish Pescado. »Erinnern Sie sich an mich.«

Ein Zögern. Dann: »Ja. Was wollen Sie?«

»Reden.«

»Das ist keine gute Zeit.«

»Wann ist sie das schon? Sagt Ihnen der Name Caitlyn Suarez etwas?«

Die Verbindung brach ab. Oder wurde abgebrochen.

Fish starrte auf sein Handy. Sagte: »Du Arsch.«

Als er zurückrufen wollte, traf eine SMS ein: *In einer Stunde. Gleicher Ort wie zuvor.*

»Sehr agentenhaft«, sagte Fish. Das war die Sache mit Mart Velaze: Alles, was er tat, war sehr agentenhaft.

Derselbe Ort wie zuvor war der Parkplatz in der Nähe des Leuchtturms von Mouille Point, gegenüber den einsamen Überresten der *RMS Athens*. Ein Aussichtspunkt, wo Ausflügler anhielten, um ein Sandwich zu essen. Die Möwen zu betrachten, die Schiffe in der Reede, Robben Island in der Ferne. Wo andere die Mülltonnen durchwühlten. Wo alle möglichen Deals über die Bühne gingen.

In einer Stunde. Fish wollte es noch einmal mit dem Tatort bei Krista Bishop versuchen und herausfinden, was dort passiert war, und dann würde er ans Meer fahren. Er wollte gerade seinen Motor anlassen, als er einen schwarzen BMW sah, der die Molteno heraufgeschossen kam und in Richtung des Bishop-Hauses einbog. Am Steuer der NPA-Mann.

Fish startete den Motor und fuhr die schattige Molteno hinunter. Dachte: Gogol Moosa war offenbar ziemlich viel unterwegs.

Achtundvierzig

Plein Street. Energieministerium. Direktor Ato Molapo stand am Fenster seines Büros und blickte auf den Berg hinaus. Ohne ihn zu sehen. Er hatte die Hände in die Hosentaschen geschoben, seine Schultern waren nach vorne gesackt. Er hatte Bluetooth-Kopfhörer aufgesetzt, und die Stimme in seinem Ohr erklärte ihm gerade, dass die Frau, bekannt unter dem Namen Caitlyn Suarez, verschwunden sei.

Die Stimme in seinem Ohr gehörte zu dem Mann von der NPA, Gogol Moosa.

»Was meinen Sie mit verschwunden?«

Moosa gab zurück: »Weg, Molapo. Entführt. Gekidnappt. Abgezogen. Nennen Sie es, wie Sie wollen. Was ist daran nicht zu verstehen?«

»Was denn nun – entführt oder abgezogen?«

»Spielt das eine Rolle?«

»Ja. Eine große.«

Er hörte Moosa seufzen. »Sie wurde wahrscheinlich abgezogen. Das glauben wir jedenfalls.«

»Wann?«

»Gestern Abend, wie es scheint.«

»Wie es scheint? Was soll das heißen, wie es scheint? Vor zwei Stunden war alles angeblich noch problemlos. Vor zwei Stunden haben Sie mir erklärt, ich soll auf den Lastabwurf warten, danach sei sie in Ihren Händen.«

»Ich weiß, was ich gesagt habe.«

»Vor zwei Stunden war es also bereits zu spät.«

Ato Molapo wandte sich vom Fenster ab und blickte in sein Büro. Das Foto des Präsidenten auf der gegenüberliegenden Wand, die Reihe von Aktenschränken, der Terminkalender auf seinem Schreibtisch, die Familienbilder, sein Laptop, sein Smartphone, die Lampe mit dem Straußeneischirm. Die Eierschale hatte fein eingeritzte geometrische Muster. Ein Geschenk seiner Angestellten. Eines, das ihm besonders am Herzen lag.

Mit einem Schritt war er an seinem Tisch, hob die Lampe hoch und schleuderte sie durchs Zimmer. Das Ei zerschellte an der Wand.

»Verdammt, verdammt, verdammt, Moosa! Wissen Sie, was Sie getan haben? Kapieren Sie auch nur ungefähr, was damit verbunden ist? Von Anfang an war das ein totaler Pfusch. Alles in Ordnung, Ato, sie wird wegen Mordes verhaftet. Wir müssen uns an die Regeln halten. Dann gibt es auf einmal keine Beweise, und Sie können sie nicht verhaften. Alles in Ordnung, Ato, sie steht jetzt als Verdächtige unter Hausarrest, wir müssen uns an die Regeln halten. Soll das Gesetz seinen geregelten Lauf nehmen. Lassen wir die Polizei ihre Nachforschungen anstellen. Als Sie dann einen Haftbefehl in Händen halten, verschwindet sie. Alles in Ordnung, Ato, wir haben sie gefunden, sie wird bald verhaftet werden. Aber nein, jetzt leider doch nicht. Welches Spiel treiben Sie mit mir, Moosa?«

»Das ist kein Spiel.«

»Und warum haben Sie sie dann nicht verhaftet?«

»Es sind noch andere Faktoren zu berücksichtigen.«

»Andere Faktoren. Welche anderen Faktoren?«

»Das kann ich Ihnen nicht sagen.«

Direktor Ato Molapo ließ sich auf seinem Ledersessel nieder, lehnte sich vor, stützte die Ellbogen auf den Schreibtisch und hielt sich den Kopf mit beiden Händen. Sagte: »Das müssen Sie aber, Moosa. Ich muss das wissen. Sie müssen mir etwas in die Hand geben, was ich dem Genossen Staatssekretär weiterreichen kann.«

»Sagen Sie ihm, dass alles unter Kontrolle ist.«

Ato Molapo hob den Kopf und starrte die zerbrochenen Eierschalen an, die sich auf dem ganzen Teppich verteilt hatten. Jemand klopfte an die Milchglasscheibe seiner Bürotür. Die Klinke wurde gedreht, und seine Sekretärin blickte herein. Molapo formte die Worte »Später, später« mit den Lippen und bedeutete ihr, wieder zu gehen.

Sagte zu Gogol Moosa: »Nichts ist unter Kontrolle. Er will, dass ich ihn anrufe, wenn sie in einer Zelle sitzt. Während ich die Augen auf sie gerichtet habe.«

»In ein paar Stunden wird das möglich sein.«

»In ein paar Stunden, Moosa! Das sagen Sie jedes Mal!«

Direktor Ato Molapo legte das Bluetooth-Headset beiseite und nahm den Festnetzapparat zur Hand. Er rief die Swartputs-Atommülldeponie an und wurde zum Manager durchgestellt. Er drückte einen Knopf, um das Gespräch aufzunehmen.

Als Erstes fragte er den Manager, ob er schon von Dr. Wainwright gehört habe.

»Nein, Sir.«

Fragte den Manager, ob er den metallenen Aktenkoffer bereithabe.

»Ja, Sir.«

Erklärte dem Manager, dass er diesen nur Dr. Wainwright aushändigen solle. Das sei von größter Wichtigkeit.

»Ja, Sir.«

»Verstehen Sie?«

»Ja, Sir.«

Falls jemand anderes danach verlange, solle er ihm den Koffer verweigern.

»Ja, Sir.«

Habe er Dr. Wainwright schon mal gesehen? Wusste er, wie der Mann aussah?

»Nein, Sir.«

Er erklärte ihm, dass sich Dr. Wainwright mit einer offiziellen ID ausweisen würde. Falls es irgendwelche Zweifel gebe, solle er ihn zur Verifizierung anrufen.

»Ja, Sir.«

»Mich anrufen. Verstehen Sie? Ich bin der Einzige, den Sie dann anrufen.« Er nannte ihm seine direkte Durchwahl. »Sie lassen Dr. Wainwright mit mir sprechen. Ist das klar?«

»Ja, Sir.«

»Nur mit mir. Sonst mit keinem.«

»Nein, Sir.«

Dr. Ato Molapo legte auf. Seine Achselhöhlen fühlten sich feucht an. Er wischte sich mit der Hand über das Gesicht. Seine Haut war feucht und ölig.

Neunundvierzig

Der Aussichtspunkt auf die *Athens*. Fish verbrachte die Stunde damit, ein paar seiner alten Kunden zu kontaktieren. Er parkte am Rand der Straße, zweihundert Meter vom Aussichtspunkt entfernt. Starrte aufs Meer hinaus, wo die hereinkommende Flut gegen die Felsen schlug und dort gurgelnde Laute von sich gab. Nichts im Vergleich zu dem Wellengang, den ihm Vicki ein paar Tage zuvor beschrieben hatte. Immer wieder diese sagenhafte Gemeinheit in der Welt – einem Surfer seine Wellen zu verweigern!

Fish seufzte und rief endlich seine frustrierten Kunden an. Erzählte die Wahrheit: Er sei in Untersuchungshaft gewesen und dann ohne Anklage wieder entlassen worden. Auch den Grund dafür nannte er. Die meisten seiner Klienten waren von seinem Fernsehdetektiv-Lifestyle gebührend beeindruckt. Außer dem Finanzvorstand eines großen Unternehmens. Der wollte Ergebnisse. Beweisbare Fakten, um den Geschäftsführer aus dem Aufsichtsrat werfen zu können.

»Das zieht sich«, beschwerte er sich. »Wir reden hier von Industriespionage. Wir geben Ihnen Hinweise. Wie schwierig kann es sein, etwas Brauchbares zu finden? Er muss irgendwann seine Partner treffen. Das Internet wird er nicht benutzen, das ist zu gefährlich. Wir reden hier von Dokumenten, CDs, USB-Sticks. Es geht darum, dass diese Dinge irgendwann den Besitzer wechseln. Das ist alles eine reine Frage der Observation, Pescado. Ganz einfach.«

Fish stellte sich den Finanzvorstand wie eine Hyäne vor, die erst zufrieden war, wenn sie das Knacken der Knochen hörte. Er sagte, er sei dran.

»Sie haben zwei Tage. Mehr nicht«, erwiderte der Finanzvorstand.

Fish zuckte mit den Achseln und legte auf. Der Vorteil dieses Auftrags war die gute Bezahlung. Keine gute Idee, seine Firmenkunden zu vergraulen. Aber er hatte einfach keine Zeit. Ein Mensch konnte nicht an zwei Orten gleichzeitig sein, so war das nun mal mit Observationen. In der Hinsicht hatte die Hyäne nicht unrecht.

Fish schlenderte zu der Anhöhe oberhalb des Parkplatzes für den Aussichtspunkt und sah sich um. Am anderen Ende durchforstete ein Mann die Tidentümpel in den Felsen. Vier Autos: ein rostiger Peugeot, an dessen Motorhaube zwei Männer lehnten und gemeinsam aus einer Zeitungspapiertüte Pommes aßen. Über ihnen kreisten bereits Möwen. Ein blauer Honda Jazz mit nur einem Insassen, wobei sich Fish nicht sicher war, ob Mann oder Frau. Ein Nissan X-Trail mit vier älteren Leuten, wahrscheinlich Touristen. Sowie ein Pärchen in einem Opel Corsa, die gerade Mund-zu-Mund-Beatmung übten. Fish setzte sich auf einen Stein und wartete.

Ein brauner VW Golf fuhr auf den Parkplatz und entdeckte eine Lücke zwischen dem Opel und dem Nissan. Ein junger Kerl mit Sonnenbrille stieg aus, das Handy am Ohr. Wandte sich in die entgegengesetzte Richtung von Fish. Zwei Minuten später eilte er zu seinem Wagen zurück und verließ den Aussichtspunkt wieder.

Vielleicht ein Kundschafter. Hinter der schwarzen Sonnenbrille konnten seine Augen überall hingewandert sein.

Fish warf einen Blick auf sein Handy. Mart Velazes Stunde war beinahe vorbei.

Ein weißer Mazda-Pick-up mit zwei Frauen hielt neben dem Honda. Die Frauen saßen da und schauten übers Meer hinaus. Der Nissan verließ rückwärts seinen Platz, die Räder rotierten leicht auf dem Kies, als der Fahrer in den Vorwärtsgang schaltete und dann Richtung Ausfahrt tuckerte.

Fish lächelte. Er bemerkte, dass der Mann bei den Tidentümpeln inzwischen deutlich näher gekommen war.

Eine Stimme hinter ihm sagte: »Entschuldigen Sie. Entschuldigen Sie, sind Sie Mister Fish?«

Fish drehte sich um. Hinter ihm schob eine Frau in der Uniform eines Kindermädchens einen Kinderwagen auf ihn zu. »Der Mann sagte, Sie seien Mister Fish. Er meinte, ich soll Ihnen das geben.« Sie reichte Fish einen Zettel.

»Wo ist dieser Mann?«, wollte Fish wissen.

»Er ist weg. Er hat mich darum gebeten und ist dann wieder gefahren.«

Der Zettel war zusammengefaltet. Fish öffnete ihn.

Las: *Leuchtturm am Mouille Point. Gehen Sie zu Fuß dorthin.*

Fish sah zu dem Leuchtturm hinüber, der etwa fünfhundert Meter entfernt stand. Dieser verdammte Mart Velaze. Immer Spielchen.

»Okay, danke«, sagte er zu der Frau. Sie beugte sich vor, um an dem Kind herumzufummeln. Auf den ersten Blick war nicht zu erkennen, ob es ein echtes Baby oder eine Puppe war.

»Okay«, erwiderte die Frau, ohne aufzuschauen.

Fish sah sich ein letztes Mal um. Der Mann bei den Felsen starrte ihn an. Vielleicht war das ein Späher. Bei Mart Velaze konnte man sich nie sicher sein, da war stets alles unklar.

Er entdeckte Mart Velaze auf der Meeresseite des Leuchtturms. Dort stand er im Schatten und beobachtete eine Touristen-Sauftour auf einer portugiesischen Karavelle, die gerade da draußen vorbeifuhr. Der Spion drehte sich nicht um. Anstatt Fish zu grüßen, sagte er: »Was ist das mit euch *Porras* und dem Meer? Das hat euch doch nur ein paar Jahrhunderte lang Probleme eingebracht.«

»Immer auf der Suche nach der perfekten Welle«, entgegnete Fish.

»Gibt es nicht so eine Geschichte, wo eure Leute unsere Leute im Wasser abgemetzelt haben?«

»Weiß nicht«, erwiderte Fish. »Klingt unwahrscheinlich.«

Mart Velaze drehte sich zu ihm und nahm seine Sonnenbrille ab. »Machen Sie das nicht wieder, *Buti*. Rufen Sie mich nie mehr an.« Schenkte ihm ein strahlend weißes Lächeln. Das nichts Freundliches hatte. »Ich will von Ihnen nicht kontaktiert werden.«

Fish trat näher und beugte sich vor. »Wieso sind Sie dann hier?«

Die beiden Männer waren etwa gleich groß, um die eins achtzig, und hatten braune Augen – wobei Mart Velazes wie die von einem Haifisch blitzten. Sein Kopf war kahl geschoren. Das Gesicht wirkte mit seiner scharfen Nase und den klar umrissenen Lippen so, als hätte irgendwann einmal ein Araber die Linie seiner Vorfahren gekreuzt. Ein durchtrainierter Mann in einer schwarzen Jeans und schwarzen Converse-Turnschuhen. Vermutlich in den Vierzigern. Hielt sich offenbar fit, um jederzeit bereit zu sein. Fish vermutete, dass Mart Velaze schnell und hart zuschlug und sich dann ebenso schnell wieder vom Acker machte.

Mart Velaze blickte zur Insel hinüber. »Caitlyn Suarez. Sie arbeiten für sie.«

»Was interessiert Sie das?«

»Weiß nicht.« Er richtete seinen Blick wieder auf Fish, der nur sein eigenes Spiegelbild in den Augen des Mannes sah. Sonst nichts. »Hängt davon ab, was Sie haben.«

»Was ich habe«, meinte Fish, »ist eine verschwundene Klientin.«

»Und warum sind Sie zu mir gekommen?«

»Nennen Sie es eine Vermutung. Ich scheine jedenfalls recht gehabt zu haben, denn Sie sind sofort gesprungen.«

»Denken Sie?«

»Sie sind hier, wie ich bereits sagte. Was bedeutet, dass die Frau höchste Priorität hat. Und warum ist das so, Mr. Velaze?«

Mart Velaze musterte ihn. Ein ruhiger Blick, wenn auch aus leblosen Augen. Fish sah nicht weg. »Surfen Sie jemals auf den großen Wellen an dieser Stelle, die man Dungeons nennt. *Buti*?«

»Nein, tue ich nicht. Ich bin nicht lebensmüde.«

»Ich habe einige Leute auf diesen Wellen gesehen. Das ist heftig, mein Freund. Echt heftig. Und genau dort befinden Sie sich jetzt. In der Schlange der Surfer, knapp vor dem Absprung. Sie können über die Wellen hinwegpaddeln oder... Oder Sie können auf einer reiten. Wenn Sie sich für diese Option entscheiden, ist es vorbei mit Ihnen.«

»Denken Sie?«

»Denke ich.«

»Und?«

»Nichts und. Ich bin nur nett.«

»Wirklich.«

»Ich rate Ihnen, es sein zu lassen, Fish Pescado. Vergessen Sie den Auftrag, den Caitlyn Suarez Ihnen gegeben hat. Sie wollen nicht mal in die Nähe des Mordes am Minister kommen. Victor Kweza war kein Liebling des Präsidenten. Lassen

Sie all das sein, alles mit Caitlyn Suarez. Sie hat Sie benutzt, *Buti*. Sie hat Sie als einen Teil ihrer Tarnung eingesetzt.«

»Wie meinen Sie das? Tarnung.«

»Sie wissen, was ich meine.«

»*Ag*, Blödsinn. Wollen Sie mir damit sagen, dass sie in einer Geheimoperation steckt?«

»Das will ich.«

»Für wen?«

Mart Velaze lächelte. Er streckte eine Hand aus, legte sie auf Fishs Schulter und drückte sie sanft. »Es geht um große Wellen, mein Freund. Hören Sie auf mich.«

»Weshalb?«

»Kehren Sie zu Ihren Firmenkunden zurück. Helfen Sie denen mit ihren Betrugsfällen, den Versicherungsbetrügereien, finden Sie Vermisste – all das, worin Sie gut sind. Surfen Sie auf den küstennahen Wellen. Das sind gute Wellen. Sie brauchen keine Dungeons, überlassen Sie die lieber den Profis.«

»Verziehen Sie sich«, sagte Fish und schüttelte Mart Velazes Hand ab. »Für wen zum Teufel halten Sie sich?«

Mart Velaze legte den rechten Arm über seinen Bauch, hielt mit der Rechten seinen linken Ellbogen fest und stützte dann sein Gesicht auf seine linke Handfläche. Warf Fish einen elenden Blick zu. »Wollen Sie wissen, wie mein Tag heute angefangen hat?«

»Nein, will ich nicht.«

»Ich werd's Ihnen trotzdem erzählen. Ich habe die Leiche einer Kollegin gefunden. Sie lag im Schlafzimmer ihres Hauses, in die Brust geschossen. Eigentlich war sie mehr als eine Kollegin, sie war eine Freundin, früher sogar eine sehr enge Freundin. Ich kenne ihre Familie schon seit langem. Einmal habe ich ihren Vater davor bewahrt, ebenfalls erschossen zu werden. Einmal habe ich ihr das Leben gerettet. Diesmal ist mir das nicht gelungen. Wissen Sie, wie es ist, so etwas sehen zu müssen, Fish Pescado? Haben Sie das schon einmal erlebt?«

Fish antwortete nicht. Er dachte an Vicki, die auf dem Boden gelegen und aus einer Schusswunde geblutet hatte. Erinnerte sich auch an die Erschießung von Mullet Mendez. Dessen Hinrichtung er über einen Parkplatz hinweg hatte mit ansehen müssen. Das Aufleuchten der Pistolenmündung in der Dunkelheit. Während der Gangster Titus Anders eine Waffe an seine Schläfe hielt. Wie der dann zu ihm sagte: »Jetzt schauen Sie besser mal nach, ob Ihr Freund noch am Leben ist, Mr. Pescado. Ich persönlich bezweifle es ja.« Fish kehrte ruckartig zu Mart Velaze zurück. Kollegin? Welche Art von Kollegin? Eine Kollegin, die Caitlyn Suarez beschützt hatte? Vermutlich. Deshalb hatte Mart Velaze auch so schnell auf den Namen Caitlyn Suarez reagiert.

Der Agent sagte: »Glauben Sie mir. So etwas wollen Sie nicht erleben müssen.«

»Krista Bishop«, entgegnete Fish. »Die Schwimmerin. Sie reden von Krista Bishop, nicht wahr?«

Mart Velaze blickte zu den Felsen unter ihnen. Er ließ die Arme sinken und stand mit gesenktem Kopf einen Moment lang schweigend da.

»Sie hat Caitlyn Suarez beschützt. Das weiß ich, weil ich sie in dem Stonehurst-Haus gesehen habe. Ich sah sie schwimmen.« Fish wagte es, eine Vermutung anzustellen. »Sie haben das eingefädelt. Sie hatten Krista Bishop als einen Ihrer Kontakte.« Fish hielt inne. »Warum um alles in der Welt? Warum haben Sie den Job ausgelagert?«

Mart Velaze schüttelte den Kopf. »Vergessen Sie es einfach, okay? Lassen Sie den Fall. Drehen Sie sich um und ziehen Sie Leine.«

»Das geht nicht«, entgegnete Fish. »Und wissen Sie, warum es nicht geht?«

Der Spion antwortete nicht.

»Ich sag's Ihnen trotzdem. Ich hatte einen Nachbarn, Flip, einen Polizisten. Netter Kerl. Vergangenen Samstag hat er sich auf meinem Boot umgebracht. Band sich mit einem Kabel an einen Anker und verschwand im Meer. Haben Sie schon mal gesehen, wie sich einer vor Ihren Augen umbringt? Es ist garantiert nichts, was Sie erleben möchten. Nichts, was man verarbeiten kann. Gerade noch war er da, in der nächsten Minute war er auf immer verschwunden. Nicht mehr zu erreichen.« Fish trat ins Sonnenlicht, während er redete. »Er wusste, dass ich für sie gearbeitet habe. Wusste, womit sie mich beauftragt hatte. Flip leitete die Ermittlungen im Falle des ermordeten Ministers, und die wertvolle Akte Suarez, die auf seinem Küchentisch lag, verschwand. Soweit ich weiß, war ich der Einzige, dem er davon erzählt hatte. Doch ich konnte sie nicht finden. Die Polizei hat sie auch nicht entdeckt. Oh, sie entdeckten dafür eine Akte in meinem *Bakkie*, als sie mich verhafteten, aber das war nicht Flips Suarez-Akte. Das war eine Fälschung, die sie dort liegenlassen hatten. Flips Akte hatte sich also einfach in Luft aufgelöst. Puff. Wie ist so was möglich? Welche Feen waren da wohl am Werk? Was meinen Sie, Mart? Sie wissen es. Ich weiß es. Und ich erzähle Ihnen, woher ich das weiß. Heute Morgen habe ich die Videos von Flips Überwachungskameras durchgesehen. Aus verschiedenen Gründen war ich vorher nicht dazu gekommen. Außerdem hatte ich vergessen, wie sehr Flip solche technischen Spielereien liebte. Er war von diesen kleinen Kameras ganz besessen. Deshalb versteckte er ein paar in seinem Haus, für den Fall, dass jemand einbrechen sollte. Jedenfalls habe ich heute Morgen die Kamera in der Küche kontrolliert, und siehe da, wen entdecke ich? Den Aktendieb.«

»Okay, okay.« Mart Velaze winkte Fish wieder in den Schatten des Leuchtturms zurück.

Fish runzelte die Stirn. »Werden Sie verfolgt? Warum verfolgt man Sie?«

»Für den Moment folgt mir keiner. Und Ihnen auch nicht. Ich habe nachgesehen. Aber wahrscheinlich haben Sie ein Handy dabei. Deshalb sind jetzt auch zwei Typen auf der anderen Straßenseite dort drüben.«

»Ach ja? Und woher haben die meine Handynummer?«

»Sie haben mich angerufen. Schon vergessen? Wir müssen gehen.«

»Wir haben noch nicht alles besprochen.«

»Doch, haben wir. Ich hab's Ihnen gesagt: Lassen Sie es ruhen. Gehen Sie schwimmen.«

»Nein.«

Fish sah sein Spiegelbild in Mart Velazes Augen. Mart Velaze setzte seine Sonnenbrille wieder auf. »Wenn Sie klug sind, nehmen Sie Ihren Handyakku raus. Schlendern Sie zu Ihrem Auto zurück, als wären Sie spazieren gegangen. Die beiden kennen Sie nicht, die wissen nicht, wie Sie aussehen. Ich bin ihre Zielperson. Gehen Sie, gehen Sie. Los, jetzt. Und achten Sie ein paar Tage lang darauf, ob Ihnen jemand folgt.«

Fünfzig

Vanrhynsdorp. Vicki Kahn hielt am Rand des Ortes neben der R27 und beobachtete den schimmernden BMW im Dunst. Sie warf einen Blick auf die Landkarte und dann wieder auf die weite Ebene vor ihr und die leere Straße. Es war unmöglich, dem Wagen hier unbemerkt zu folgen.

Fantastisch.

Sie schaute in den Rückspiegel und erwartete, den Pritschenwagen zu sehen. Eine Minute, zwei Minuten, drei Minuten. Der BMW war schon lange verschwunden.

Vielleicht hatte sie sich auch geirrt, was den Pritschenwagen betraf. Aber das glaubte sie eigentlich nicht. Er war bereits seit dem Tal da gewesen. Bis Vicki nach einer Kurve angehalten, aus dem Auto gestiegen und ein paar Bilder von den Bergen gemacht hatte. Die Aprilluft im Tal war frisch gewesen und hatte nach fermentierter Erde gerochen.

Diese Aktion hatte den Pritschenwagenfahrer überrascht. Hatte ihm – wahrscheinlich ein Er – keine andere Wahl gelassen, als weiterzufahren.

Ein paar Kilometer später war er wieder hinter ihr aufgetaucht, wobei er diesmal wesentlich weiter hinten blieb.

Geschickt, dachte Vicki. Und wie hatte er das bloß geschafft?

Jetzt fragte sie sich, wo der Typ hingekommen war. Auf einmal hörte sie eine Stimme rufen: »He, he, Sie! Brauchen Sie Hilfe? Stimmt was mit Ihrem Wagen nicht?«

Ein alter Mann stand am Zaun seines Hauses, neben ihm ein aus der Schnauze triefender Boerboel, der ziemlich angespannt wirkte.

Vicki ließ das Beifahrerfenster herunter. »Doch, alles gut, danke. Ich habe nur angehalten, um zu telefonieren.« Sie hielt ihr Handy hoch.

»Verstehe«, meinte der alte Mann. »Falls Sie Probleme mit Ihrem Auto haben, sollten Sie diese aber noch richten, ehe Sie weiterfahren. Von dort draußen ist es ein weiter Weg, wenn man den zu Fuß zurücklegen muss. Dieses kleine Telefon wird dort auch nicht funktionieren. Kein Netz.«

Vicki winkte freundlich und ließ das Fenster wieder hoch. Sie rief Henry Davidson an und erklärte, dass sie auf eine leere, lange Straße blickte. Er erkundigte sich nach ihren Koordinaten.

»Ich kenne meine Koordinaten nicht, Henry. Ich bin in Vanrhynsdorp, Richtung Nieuwoudtville bei den Schichtstufen, dahinter liegt Calvinia. Und dahinter ... keine Ahnung.« Vicki fuhr mit dem Finger die Straße auf ihrer Landkarte nach. »Das Zielobjekt ist in der blauen Weite verschwunden, und ich kann ihm nicht folgen, die würden mich innerhalb von fünf Minuten entdecken.«

Schweigen.

»Ich habe Sie«, sagte Henry Davidson nach einer Weile. »Wunderbare Erfindung, dieses Google Earth. Jetzt lassen Sie mich mal sehen. Oje, ziemlich ländlich karg da draußen, was? Von oben betrachtet nicht gerade einladend. In dieser Ecke des Landes bin ich noch nie gewesen. Ja, ich verstehe, was Sie meinen. Flach ist schon gar kein Ausdruck mehr. Oje, oje. Wahrscheinlich auch nicht viel los dort, oder?«

»Nein, nicht viel. Ich sitze hier seit fünf Minuten, und niemand ist ins *Dorp* rein- oder aus ihm rausgefahren.«

»Ja, ja, ein echtes *Dorp* eben. Den Bildern nach zu urteilen steht dort eine der üblichen niederländisch-reformierten Kirchen. Man hätte eigentlich annehmen können, dass sie sich da draußen etwas mehr anstrengen und einen förderlicheren Ort für den Gottesdienst bauen würden. Ja, ja. Hören Sie, Vicki, ich maile Ihnen am besten gleich mal ein paar Möglichkeiten, die Sie jetzt haben. Trinken Sie einen Kaffee, während Sie warten.«

»Sie sind der Boss«, erwiderte Vicki und warf einen Blick zu dem alten Mann hinüber, der seine Pfeife stopfte und sie immer noch beobachtete. Sie beschloss, lieber woanders zu warten. Machte eine Kehrtwendung und fuhr zur Hauptstraße zurück. Dort stand ein weißer Pritschenwagen an der Tankstelle. Der Fahrer war nirgends zu sehen. Vicki hielt in einiger Entfernung vor einem Möbelgeschäft neben einem weiteren weißen Pritschenwagen. Wenn man sich umschaute, fiel Vicki auf, konnte man überall *Bakkies* entdecken. Pritschenwagen, Pick-ups, manche mit Überdachungen, manche mit offenen Ladeflächen, mit langem Radstand oder kürzerem. Der einzige deutliche Unterschied fand sich in den Kennzeichen. Vicki notierte sich das Kapstädter Kennzeichen. Leitete es per WhatsApp an Fish weiter. Seine Kontakte arbeiteten schneller als die von Henry.

Eine Frau kam aus dem Tankstellenladen, ging zu dem Auto und suchte in ihrer Jeanstasche nach den Schlüsseln. Sie trug eine Cap, unter der sie ihre Haare versteckt hatte, und eine Sonnenbrille. Ihr Gesicht lag im Schatten. Vicki vermutete, dass sie Ende dreißig war. Sie beobachtete, wie sie dem Tankwart fünfhundert Rand in Scheinen zahlte, während sie mit ihm plauderte und scherzte. Dann fuhr sie winkend davon, um die Straße nach Nieuwoudtville zu nehmen.

Die Ruhe selbst, die Gute, dachte Vicki. Es schien sie nicht im Geringsten zu kümmern, wie weit ihre Zielperson wohl bereits gekommen war.

Ihr Handy gab einen Klingelton von sich. Die Mail von Henry Davidson. Die Männer befanden sich auf dem Weg zur Swartputs-Atommülldeponie. Eine Karte war beigefügt. Vicki öffnete den Anhang und stellte fest, dass die Deponie mitten im Nirgendwo lag.

Schrieb zurück: *Ich möchte wissen, was genau los ist.*

Erhielt die Antwort: *Kenntnis nur bei Bedarf.*

Dieser verfluchte Henry Davidson. Großartiger Betreuer. Vicki beschloss, dass ihr nichts anderes übrig blieb, als der coolen Frau noch fünf Minuten zu geben und ihr dann in den violetten Dunst zu folgen.

Einundfünfzig

Mouille Point. Fish machte es so, wie Mart Velaze es ihm vorgeschlagen hatte. Er nahm den Akku aus dem Handy und schlenderte dann langsam, die Hände in den Hosentaschen, zu seinem Auto zurück. Die beiden Männer auf der anderen Straßenseite beachteten ihn nicht. Sie waren in ein Gespräch vertieft. Ordentlich wirkende Typen mit sorgfältigen Haarschnitten trugen Jeans, Turnschuhe und Polohemden. Fish lief noch etwa hundert Meter weiter. Er fragte sich, ob es sich lohnte, an dem Fall Caitlyn Suarez dranzubleiben. Lohnte es sich in puncto Geld wirklich? Ihr Vorschuss war beinahe aufgebraucht. Finanziell betrachtet stellte sich sowieso die Frage, ob die verschwundene Caitlyn Suarez jemals seine Stunden begleichen würde. Eher unwahrscheinlich. Wenn man Mr. Nice Guy Mart Velaze glaubte, war die ganze Caitlyn-Suarez-Geschichte eh eine Erfindung der Agenten. Und mit Agenten war nie gut Kirschen essen.

»Ich hab's Ihnen gesagt: Lassen Sie es ruhen. Gehen Sie schwimmen.«

Vielleicht war das gar kein schlechter Ratschlag.

Fish öffnete mit der Fernbedienung seinen Wagen. Er trat vom Trottoir auf die Fahrbahn, schaute nach rechts und nach links, ob ein Auto kam. Ihm fiel auf, dass die beiden Männer verschwunden waren. Vielleicht doch nur zwei *Boykies*, die einfach nach einem lässigen Ort gesucht hatten, um dort ungestört abzuhängen.

Fish ließ den Cortina an und fuhr aus der Parklücke, die Augen auf den Rückspiegel gerichtet. Er tuckerte langsam zur Ampel und blieb bei Gelb stehen. Hinten, in der Nähe des Leuchtturms, wurde ein Wagen auf die Straße gelenkt.

Ein kleiner weißer. Blieb weit zurück, bis die Ampel auf Grün schaltete.

Schau einer an, dachte Fish. Wer ist hier angeblich die Zielperson, Mart Velaze? Er musste allerdings zugeben, dass ihn der Anblick etwas auf Touren brachte. Also gut, warum nicht? Das Spiel konnte beginnen.

Fish hielt sich an die Geschwindigkeitsbegrenzung. An der Kreuzung bog er links ab, an der nächsten fuhr er gerade durch, um auf die Rampe zu einer Tiefgarage zu gelangen. Das kleine Auto hielt sich hinten, bis er durch die Schranke war. Fish stellte den Wagen in eine Parkbucht ganz in der Nähe des Fußgängereingangs. Das weiße Auto stoppte drei Reihen weiter. Vorne saßen zwei Männer. Fish ging zum Automaten und bezahlte sein Ticket. Auf dem Weg zurück zum Cortina kamen ihm die beiden entgegengeeilt. Ihnen blieb nichts anderes übrig, als ihn zu ignorieren und weiterzulaufen. Fish verließ die Parkbucht und sah, wie die Typen zu ihrem Auto rannten. Er lächelte. Lenkte den Wagen in den Granger-Bay-Bereich des Parkhauses und nahm die Ausfahrt zum Breakwater Boulevard. Die Agenten hockten währenddessen in ihrem Auto ohne bezahltes Parkticket. Game over. Es war beinahe zu leicht gewesen.

Wenn sie allerdings sein Handy orten konnten, war es nur eine Frage der Zeit, bis sie ihm einen Hausbesuch abstatten würden.

Er würde bereit sein.

Plumstead. Auf dem Weg nach Hause brachte Fish dem Professor eine Papiertüte mit Kräutern vorbei. Erklärte ihm, dass es ihm leidtäte, aber das sei wirklich das letzte Mal.

Professor Summers stand in der Tür, in einer weiten Hose, einem weiten Pulli und Budapestern. Auf seinem Gesicht graue Stoppeln. Augenbrauen wie haarige Raupen. Seine Haare waren zurückgebürstet. Wenn sie noch etwas länger wurden, konnte er sie zu einem Pferdeschwanz zusammenbinden. Der Geruch nach altem Gemüse drang aus dem dunklen Haus hinter ihm heraus.

»Sie meinen also, Sie würden das Drogengeschäft hinter sich lassen, Mr. Sugarman? Das glaube ich erst, wenn ich es erlebe.« Professor Summers warf einen Blick in die Tüte. »Sieht gut aus. Nicht zu viele Stiele und Samen. Sie haben gute Ware, Mr. Sugarman. Ich verstehe nicht, warum Sie mit einem so profitablen Geschäft aufhören wollen. Sie brauchen nur noch einen schwarzen Partner, dann könnten Sie eine *BEE*-Förderung von unserer wunderbaren Regierung beantragen. Sie haben doch von *BEE* gehört – *Black Economic Empowerment*?«

Fish ignorierte die Stichelei.

Der Professor betrachtete ihn aus schmalen Augen. »Sie rauchen selbst, Pescado. Einmal ein Raucher, immer ein Raucher. Wie wäre es, wenn wir einen Deal machen? Sie kaufen ein, und ich zahle für Ihres und für meines.«

Fish überlegte. Nickte. »Das könnte funktionieren.«

»Natürlich wird das funktionieren. Sie bekommen etwas umsonst.« Der Professor wollte sich mit einem kurzen Winken verabschieden und die Tür schließen.

»Einen Moment noch«, sagte Fish. »Wie sieht es mit der anderen Sache aus?«

»Was?« Der Mann trat erneut ins Sonnenlicht, sein Gesicht Fish zugewandt. Ein fleischiges Gesicht mit sichtbaren Härchen in den Nasenlöchern. »Nicht hier. Auf der Straße. Bei Nelson Mandela waren sogar die Blumenbeete verwanzt.« Er zeigte auf die wuchernde Kapuzinerkresse entlang des Wegs. »Dort könnte man alles Mögliche verstecken.« Er begleitete Fish zum Gartentor und von dort über die Straße.

Fish beobachtete, wie er zuerst nach links und dann nach rechts schaute.

»Ein Mann in Ihrem Beruf muss doch wissen, dass man nie vorsichtig genug sein kann.«

»Kweza«, erwiderte Fish. »Erzählen Sie mir von Kweza.«

»Ah, die politische Intrige beschäftigt also unseren Herrn Privatdetektiv.«

»Vielleicht.«

Der Professor schüttelte den Kopf. Er nahm seine Brille ab und wischte sie über seinen Ärmel. »Sie sind verrückt. Total verrückt, an so etwas auch nur zu denken. Wer hat Sie denn auf diese Fährte gebracht?«

»Das ist vertraulich.«

»Natürlich. Wie dumm von mir. Vertraulich.« Die Härchen in der Nase zuckten. »Hören Sie, Pescado. Hören Sie genau zu: Wenn Sie ein Gramm Vernunft besitzen, verfolgen Sie das Ganze nicht weiter.«

»Sagen alle.«

»Dann haben alle recht.«

»Warum? Warum soll ich Ruhe geben?«

»Warum? Warum? Grundgütiger, wissen Sie denn gar nichts?« Er setzte die Brille wieder auf und schaute Fish eindringlich an. »Sie wissen, wer Kweza ist? Oder vielmehr war, oder? Das wissen Sie. Sie wissen auch, was der Präsident will, nicht wahr? Sie wissen über diese Nuklear-*Kalinka* mit den Russen Bescheid. Von Präsident zu Präsident, Handschlag im Kreml. Wodkanächte in der Datscha. Champagner im Bolschoi. Es ist unsere nächste Ponzi-Masche, Fish Pescado. Der Steuerzahler zahlt, die Elite sahnt ab. Zuerst hatten wir den Waffenhandel, mit dem man schnell zu Geld kommen konnte. Jetzt ist es der sogar noch lukrativere Atomkraft-Handel. Aber das sollte Ihnen klar sein – ein Privatdetektiv, der sein Ohr überall hat. Das ist doch ein alter Hut. Genauso wie Sie wissen sollten, dass Kweza dem im Wege stand. Was mich zu der wenig berauschenden Frage bringt: Wage ich, das Universum zu stören?« Professor Summers strich sich theatralisch das Haar zurück. »Wage ich es, einen Joint zu rauchen? Ein schlauer Privatdetektiv wie Sie wird sich das alles schon lange zusammengereimt haben.«

Fish rollte nicht mit den Augen, hätte es aber am liebsten getan. Er sah, dass der Professor seine leichte Gereiztheit durchaus bemerkte.

Summers fuhr fort: »Was Sie allerdings nicht wissen, Mr. Oberschlau, und was ich für Sie herausgefunden habe, ist die Tatsache, dass Kweza bereits eine Vorgeschichte mit dem Präsidenten hatte. Eine weit zurückreichende Vorgeschichte. Zurück in die Lager des bewaffneten Kampfes. In die angolanischen Lager. Quatro. Sie kennen die üblichen Geschichten: Vergewaltigungen, Folter, Morde. Jeder, den der ANC für einen Spion hielt, wurde dort eingesperrt. Es herrschte allgemeine Paranoia, weshalb sich auch viele Unschuldige dort hinter Stacheldraht wiederfanden. Kweza gehörte zum Geheimdienst. Ebenso der Präsident. Etwas ist zwischen ihnen vorgefallen. Verstehen Sie?«

Fish schüttelte den Kopf.

Summers lehnte sich vor. »Das Ganze ist zugegebenermaßen unbestätigt. Gerüchte. Aber damals soll Kweza etwas über den Präsidenten erfahren haben, womit er ihn in der Hand hatte. Ich weiß nicht, was. Vielleicht Vergewaltigung, es gibt viele Anschuldigungen wegen Vergewaltigung, Folter und Mord. Was auch immer. Jedenfalls endete ihre Freundschaft. Die ganzen Jahre über haben sie damit gelebt. Taten so, als wäre alles in Ordnung. Lächelten gemeinsam vor den Kameras. Tanzten ausgelassen auf Festen. Bis vor vier

Wochen.« Summers tätschelte Fishs Arm. »Das ist ausschließlich mündlich überliefert, mein Surferfreund. Und wir wissen, was das heißt.«

Fish meinte, er wüsste es nicht.

»Die Geschichte ist unzuverlässig.« Summers hielt sein Tütchen mit dem Gras hoch. »Im Gegensatz zu Ihrer Ware. Deshalb achten Sie darauf, wo Sie hintreten, mein strahlender Ritter, Pescado. Sie sind ein hoffnungsloser Romantiker. Kämpfen Sie mit Ihren Windmühlen, wenn es sein muss. Aber lassen Sie mich Ihnen sagen: Es wird alles böse enden. Sie werden von Millionen von Bienen gestochen werden.«

»Es gibt noch eine unbeantwortete Frage«, meinte Fish und sah dem Akademiker fest in die Augen. Ein seltsamer kleiner Mann mit einer Schwäche für Marihuana.

»Starren Sie mich an, wie Sie wollen – solange ich die Frage nicht gehört habe, kann ich Ihnen auch keine Antwort geben.«

»Es geht um die Wachshand.«

»Und?«

»Warum schickt jemand einem anderen eine Hand aus Wachs? Wozu tut man so etwas? Ich weiß natürlich, dass man damit eingeschüchtert werden soll, aber warum gerade eine Hand? Ein Schweinekopf wäre doch wesentlich dramatischer gewesen.«

»Ich habe nicht die leiseste Ahnung.« Summers grinste. »Natürlich hat es damit etwas Symbolisches auf sich. Zweifelsohne verbirgt sich dahinter irgendeine tiefe archaische Bedeutung. Wie wäre es mit einem Geschäft?«

»Hängt ganz davon ab.«

»Wie wäre es, wenn ich recherchiere, und Sie geben mir für die Antwort drei *Bankies*?«

Fish hielt zwei Finger hoch.

»Sie sind ein harter Mann, Fish Pescado.«

Tiger's Milk. Später, an dem langen Tresen. Vor Fish stand ein Teller mit Spareribs und ein IPA. Die ganze False Bay war in strahlendes Sonnenlicht getaucht. Ein blaues Paradies. Unten auf dem Parkplatz brachten gerade Mütter ihre Kinder zum Surfunterricht. Obwohl es eigentlich keine Wellen gab. Fish kaute, schluckte, trank einen Schluck Ale und überlegte: Polizeischikane. Eine verschwundene Klientin. Keine Geldbewegung. Ein politischer Mord. Keine Hinweise. Ein Agent, der ihm erklärte, er solle die Finger von dem Fall lassen. Weitere Agenten auf seinen Fersen. Im Grunde keine schwere Entscheidung. Seine beste Wahl: sich auf die zahlenden Klienten konzentrieren. Vielleicht sogar den Auftrag seiner Mutter annehmen. Er holte sein abgeschaltetes Handy heraus und legte den Akku wieder ein. Rief Vicki an.

»Kannst du reden?«

»Eigentlich nicht.«

»Was meinst du mit eigentlich nicht? Du fährst doch nur allein durch die Einöde. Hast du es fast geschafft?«

»Ja, nicht mehr weit. Hast du was wegen des Kennzeichens herausgefunden, das ich dir geschickt habe?«

»Ein ›Wie geht's dir, Babes‹ wäre nett gewesen.« Fish wartete auf eine Antwort, hörte aber nur, wie Vicki leise fluchte. Fragte: »Warum bist du so angespannt? Was ist los bei dir?«

»Andere Fahrer können solche Idioten sein«, erwiderte Vicki. »Was ist jetzt mit dem Kennzeichen?«

»Warum ist das so dringend?«

»Sag's mir einfach, okay? Bitte.« Ihre Stimme klang gereizt.

»Reiß mir nicht gleich den Kopf ab. Es gehört zu einer Firma namens Cape Logistics. Mit Adresse in der Innenstadt. Es gibt auch eine Website, aber die habe ich mir noch nicht angeschaut. Hatte zu tun.«

»Hör zu, kannst du mir einen Gefallen tun?« Fish bekam nicht die Zeit zu antworten. »Kannst du sie dir anschauen?«

»Du willst, dass ich in die Stadt reinfahre?«

Die Verbindung brach ab. Fish drückte auf Wiederwahl.

»Du musst nicht in die Stadt reinfahren, Fish«, erklärte Vicki. »Versuch einfach, ein paar Informationen zu kriegen. Ruf dort an. Klick die Website durch.«

Fish trank sein Ale aus. »Also gut, mach ich.« Er fügte hinzu: »Ich dachte, es könnte dich interessieren, dass ich unseren alten Kumpel Mart Velaze getroffen habe.«

»Wozu?«

»Weil er es war, der die Akte über Caitlyn Suarez aus Flip Nels Haus gestohlen hat.«

»Was?« Es folgte ein Schweigen, das so lange dauerte, dass Fish schon glaubte, die Verbindung sei wieder abgebrochen. Dann: »Velaze. Das ist nicht gut.«

»Er hat uns schon mal geholfen.«

»Lass es sein, Fish. Lass die Finger davon.«

»Du auch noch. Heute scheint mir das jeder zu sagen.«

Wieder hörte er Vicki fluchen. »Scheiße. Jetzt blendet mich dieser Idiot mit der Lichthupe. Was hat der? Erwartet der, dass ich aufs *Veld* fahre, oder was? Ich muss auflegen, Fish. Besorg mir einfach die Info. Und bitte mach nichts wegen Velaze.«

»Alles in Ordnung bei dir? Was ist da los?«

»Ich melde mich wieder.«

Die Verbindung brach ab. Fish wählte erneut Vickis Nummer. Wurde zur Voicemail durchgestellt. Er saß da und klopfte sich mit dem Handy gegen das Kinn, während er in das blaue Paradies blickte. Mit Vicki war die Welt nicht immer das, was sie zu sein schien. Als ob sie ein Parallelleben führen würde. Als ob sie gerade in diesem Leben gesteckt hätte. Fish schob die Spareribs beiseite. Trank das IPA aus. Manchmal war das blaue Paradies in Wahrheit kein blaues Paradies. Manchmal gab es einen Toten in der blauen Tiefe.

Wieder rief er Vicki an. Diesmal hinterließ er eine Nachricht: »Ich will wissen, ob es dir gut geht. So schnell wie möglich.« Manchmal hasste er es, getrennt von ihr zu sein.

Zweiundfünfzig

Brandvlei Road. Ehe Fish sich meldete, hatte Vicki über plötzliches Verschwinden nachgedacht. Das Verschwinden ihres Zielobjekts. Inzwischen hätte der BMW schon lange wieder auftauchen müssen. Er und der Pritschenwagen. Die Sonne blendete sie im Rückspiegel. Dann ein Aufblitzen. Ein Wagen in weiter Ferne. Der einzige Wagen in einem Radius von dreißig Kilometern.

Da rief Fish an.

»Kannst du reden?«

»Eigentlich nicht.« Sie drehte die Musik leise.

Fish hatte dennoch weitergesprochen, während Vicki den Blick auf den Rückspiegel gerichtet hielt. Sie unterbrach ihn, um sich nach dem Kennzeichen zu erkundigen.

Weiteres Hin und Her mit Fish, wobei ihre Verbindung abbrach. Der Wagen hinter ihr näherte sich schnell. Jetzt konnte sie die Farbe erkennen: blau. Verdammt. Wie zum Teufel war es ihnen gelungen, hinter sie zu kommen? Wenn sie an ihr vorbeifuhren, würden sie ihr Gesicht sehen und sie vielleicht als die Frau wiedererkennen, der sie zuvor gefolgt waren.

Die Verbindung zu Fish brach erneut ab. Vicki prüfte die Sendeleistung in dieser Gegend. Nur noch ein Balken, und der flackerte bereits. Sie wurde langsamer und erwartete, dass der BMW sie überholen würde. Doch das tat er nicht. Er fuhr fast auf, blieb aber hinter ihr.

Ihr Handy klingelte. Fish erzählte von Mart Velaze und dessen Verwicklung in der ganzen Geschichte. Das war wirklich das Letzte, was sie jetzt brauchen konnte. Ihre Konzentration war nun geteilt: einerseits auf den BMW gerichtet, der ihr fast an der Stoßstange klebte, und andererseits auf den Namen Mart Velaze, der ihrem Nervenkostüm wie ein Hausalarm in den frühen Morgenstunden zusetzte. Und dann auch noch die Verbindung zu Flip Nel.

Ihre Aufforderung: »Lass es sein, Fish. Lass die Finger davon.«

In diesem Augenblick begann der Idiot hinter ihr mit dem Aufblenden. Der BMW hing so dicht an ihr dran, dass er ihren Auspuff berührte. Die beiden Männer vorne gestikulierten. Wenn Vicki bremste, würden sie sie rammen – nichts, was man bei hundert Stundenkilometern erleben wollte.

Vicki fluchte und gab Gas. Durch die erhöhte Geschwindigkeit entstand zumindest für den Moment eine kleine Lücke zwischen den Autos. Der BMW begann sogleich aufzuholen. Sie ließ den Fuß auf dem Gas, aber das Mietauto war nicht gerade ein Flitzer.

Mist.

Fish merkte, dass etwas nicht stimmte. »Alles in Ordnung bei dir? Was ist da los?«

Sie sagte, dass sie sich melden würde. Dann war die Verbindung wieder tot. Vicki warf das Handy neben sich. Der Blick in den Rückspiegel zeigte ihr, dass der Typ auf dem Beifahrersitz grinste. Als ob er das Ganze genießen würde. Ruhig, zurückgelehnt, das Drama in vollen Zügen auskostend. Hinter seiner rechten Schulter entdeckte sie das blasse Gesicht von Dr. Robert Wainwright. Jetzt verstand Vicki. Sie wussten

Bescheid. Sie wussten, dass sie ihnen gefolgt war. Dieser Gedanke ließ das Blut in ihren Adern gefrieren.

Was für Optionen standen ihr noch offen?

Langsamer werden und an die Seite fahren. Der Randstreifen war schmal und mit Kies bedeckt. Sie könnte Steinchen und Staub aufwirbeln. Dann würden sie ausscheren müssen, um an ihr vorbeizugelangen.

Oder sie konnte langsamer werden und nicht seitlich heranfahren. Sondern auf der Straße stehen bleiben und sie so zwingen, um sie herumzufahren.

Dritte Möglichkeit: einfach geradeaus. Die Lichthupe ignorieren und sie ihre Idiotennummer weiter durchziehen lassen. Sie würden schon irgendwann die Lust verlieren. Und dann? Wie würden sie das Ganze beenden? Es war höchst unwahrscheinlich, dass sie ihr gestatteten, ihnen bis zu einer Atommülldeponie zu folgen.

Vicki fasste in die Tasche neben ihr und holte eine Neun-Millimeter heraus. Heckler & Koch VP9, fünfzehn Schuss im Magazin. Einen Moment lang ließ sie das Lenkrad los, um durchzuladen. Vor ihr eine lange, leere Fahrbahn. So wie zuvor. Zehn Meter neben dem Kiesstreifen verliefen Zäune aus Pfosten und Draht, markierten Farmland. Dahinter eine flache Ebene mit Karoo-Gestrüpp und Felsen.

Vicki nahm den Fuß vom Gas. Es gab keinen Plan B. Jetzt war es eine Frage des Schicksals.

Hinter ihr begann der BMW zu überholen. Er näherte sich ihr, wobei er in ihrem toten Winkel blieb, so dass sie sich zur Seite drehen musste. Sie sah, wie Grinsemann das Fenster herunterließ und eine Pistole auf sie richtete. Der Fahrer beschleunigte, damit die Wagen Seite an Seite fuhren.

Vicki bremste scharf. Die Reifen quietschten, das Auto schlitterte auf den Kies. Dennoch hörte sie den Schuss.

Dreiundfünfzig

Brandvlei Road. Im letzten Ort, durch den sie kamen, hatten sie in einer Seitenstraße geparkt und dort gewartet. Sie hatten einen unverstellten Blick auf die vorbeifahrenden Autos. Dr. Robert Wainwright wollte wissen, was los war.

Essen Sie ein Sandwich, hatte Mohammad Hashim vorgeschlagen.

Sie hatten alles für die Fahrt dabei. Außer dem Wasser gab es eine Kühlbox mit Sandwiches, Obstsäften und Äpfeln. Eine Thermoskanne mit Tee. Ein Tee, den Wainwright bisher nicht gekannt hatte. Wohlschmeckend. Vollmundig. Ließ Five Roses lächerlich wirken. Trotz seines Sodbrennens war Wainwright dem Rat gefolgt. Er hatte ein Sandwich gegessen, frisch von Woolworths. Hatte um eine weitere Tasse Tee gebeten. Mohammad Hashim erklärte: Keinen Tee mehr, trinken Sie einen Apfelsaft.

Er beobachtete, wie sich Mohammad Hashim selbst einen Tee eingegossen und dann die Thermoskanne an Muhammed Ahmadi weitergereicht hatte.

»Sorry, mein Freund«, sagte Muhammed Ahmadi und schüttete sich den letzten Tee in einen Becher. »Ich werde Ihnen eines Tages ein Paket mit Tee schicken.«

Das war der Unterschied zwischen den beiden Männern, klar und deutlich, dachte Wainwright. Ahmadi hatte Überreste von Mitgefühl, Hashim hingegen war nur noch ein Barbar.

Sie hatten dagesessen und Sandwiches mit Hühnchen gegessen, wobei Wainwright jedes Mal, wenn die Männer tranken, der Duft des Tees in die Nase stieg. Es hatte mindestens eine halbe Stunde gedauert.

Wainwright hatte erneut gefragt, warum sie angehalten hatten. Auch wenn er den Grund kannte.

»Niemand kann die ganze Zeit fahren«, erwiderte Muhammed Ahmadi.

Sie hatten die Fahrzeuge beobachtet: die *Bakkies* der Farmer, einen Viehtransporter, zwei SUVs. Bis das weiße Mietauto vorbeikam. Das ließ Mohammad Hashim fast hochschrecken. Er verschüttete beinahe seinen Tee. Die beiden Männer begannen auf Farsi miteinander zu streiten. Wainwright hatte einen Blick auf die Person hinter dem Steuer werfen können. Es war sie! Vicki Kahn, die Agentin.

Die Männer beruhigten sich und tranken ihren Tee zu Ende. Saßen weitere zehn Minuten da und beobachteten die Kreuzung. Ein dunkelbrauner SUV fuhr aus dem Ort, einer, von dem Wainwright glaubte, dass er zuvor hineingefahren war. Drei landwirtschaftliche Fahrzeuge. Ein Mann auf einem Fahrrad, neben dem ein Hund dahintrottete.

»Also, Sie glauben, es sind noch etwa zweihundert Kilometer?«, erkundigte sich Muhammed Ahmadi.

»Ja, in etwa«, erwiderte Wainwright und sog an einem weiteren Säureblocker.

Hashim sagte: »Wir müssen fahren. Los, fahren wir!« Er wies auf die Straße vor ihnen.

Sie fuhren. Muhammed Ahmadi wirkte völlig entspannt, während er durch den kleinen Ort kurvte und dann in die Brandvlei Road abbog.

Wainwright starrte auf die leeren Straßen und die geschlossenen Läden. Unterhalb einer verblichenen Werbung für ein Waschmittel saß eine Frau auf einem Stuhl mit gerader Lehne in der Sonne. Ihr Kiefer bewegte sich ununterbrochen, als ob sie kauen würde. Wie war wohl das Leben in einem kleinen Ort wie diesem? Wainwright strich mit Daumen und Zeigefinger über seine Augenlider. Zerbiss die Tablette zwischen den Zähnen, um eine Welle der Übelkeit zu unterdrücken. Die Übelkeit der Angst.

Es dauerte etwa eine Viertelstunde, ehe Mohammad Hashim etwas zu Muhammed Ahmadi sagte und in die Ferne zeigte. Wainwright rutschte auf der Bank nach vorne. Etwa zwei oder drei Kilometer vor ihnen war ein Auto zu erkennen. Der einzige Wagen, den sie gesehen hatten, seitdem sie den kleinen Ort verlassen hatten.

Sie holten den VW Polo rasch ein. Muhammed Ahmadi fuhr dicht auf und betätigte die Lichthupe.

»Was tun Sie da?«, rief Wainwright. Er lehnte sich in die Lücke zwischen den Vordersitzen. »Sie werden sie von der Straße abdrängen.«

Die Männer ignorierten ihn. Konzentrierten sich auf die Frau in dem weißen Wagen.

Es war eindeutig Vicki Kahn: die schwarzen Haare, die zarte Linie ihrer Schultern.

»Mein Gott, Sie werden noch einen Unfall bauen.« Wainwright versuchte den Schalthebel zu erreichen, weil er hoffte, ihn in den Leerlauf reißen zu können.

Dann bemerkte er erst die Waffe in Mohammad Hashims Schoß.

Wich zurück. Rief: »Was zum Teufel wollen Sie mit diesem Ding machen?«

Muhammed Ahmadi riss den Wagen auf die entgegengesetzte Fahrbahn, wodurch Wainwright zur Seite geschleudert wurde. Mit einer Hand stützte sich der Wissenschaftler auf der Rückbank ab, während er mit der anderen an Mohammad Hashims Schulter riss.

Der BMW fuhr nun beinahe gleichauf mit dem Mietwagen.

»Das können Sie nicht. Um Himmels willen.« Wainwright lehnte sich erneut vor, als ihm Mohammad Hashim den Ellbogen ins Gesicht stieß. Dann drehte er sich um und schlug mit dem Pistolengriff seitlich gegen Wainwrights Schädel. Einmal, zweimal.

Wainwright sackte nach unten und hielt sich den Kopf. Trotz des Schmerzes hörte er die Schüsse und das Klimpern von etwas, das die Heckscheibe traf. Er knallte gegen den Vordersitz, als Muhammed Ahmadi abbremste. Die Reifen quietschten schrill auf dem Teer. Die beiden Männer saßen da und brüllten sich auf Farsi an.

Wainwright richtete sich auf, als der Wagen rückwärts anfuhr. Er blickte seine blutverschmierte Hand an. Sah im *Veld* das weiße Mietauto auf der Seite liegen, der Zaun aus Draht und Pfählen an der Stelle niedergewalzt, wo das Auto hindurchgebrochen war.

Der BMW hielt neben dem Wrack. Die beiden Männer stritten noch immer.

Wainwright fasste nach vorne und schlug mit seiner blutigen Hand so lange auf Mohammad Hashims Kopf ein, bis dieser die Waffe auf ihn richtete. Er fluchte und schrie ihn an: »Willst du sterben? Du willst sterben, oder? Soll ich dich erschießen?« Der Pistolenlauf zwang Wainwright dazu, von ihm abzulassen. »Ich erschieße dich. Kein Problem.«

Daran zweifelte Wainwright keine Sekunde lang. In den Augen des Mannes war der Mörder deutlich zu sehen. Er spürte, wie die Pistole auf sein Gesicht geschlagen wurde und das Korn seine Wange aufriss.

Er fiel nach hinten. Mohammad Hashim richtete die Waffe auf den Polo und feuerte drei Mal.

Ehe Ahmadi Gas gab, kam es zu einem erneuten Geschrei zwischen den beiden. Wainwright richtete sich mühsam auf und blickte nach hinten zu dem Wrack. Weiß vor dem Hintergrund der grauen Erde. Keine Bewegung.

»Ihr Dreckskerle«, murmelte er, während er das Blut in seinem Mund schmeckte. »Ihr verdammten Mörder.«

Vierundfünfzig

Brandvlei Road. Vicki öffnete die Augen. Wolken. Weißes Licht. Das Gesicht eines Engels sah sie an. Sagte etwas. Musik. Choir of Young Believers. Laut: »*Have I ever truly been here.*«

Mein Gott!

Die Sache war die: Wenn sie die Musik des Choir of Young Believers nicht in der Serie *Die Brücke* gehört hätte, wäre sie niemals über deren Musik gestolpert. Sie war sich nicht einmal sicher, ob sie die Musik mochte. Und sie war sich nicht sicher, warum sie diese gerade jetzt hörte.

»He, he! Können Sie mich hören?«

Der Engel schlug gegen die Windschutzscheibe. Ein Engel mit einem Heiligenschein aus schwarzen Haaren.

»Können Sie sich bewegen?«

Langsam begann Vicki zu begreifen. Der Kerl hatte auf sie geschossen. Die Angst in Wainwrights Gesicht. Wie sie seitlich auf das *Veld* abgekommen war. Die Stöße. Der Lärm. Der Wagen, der sich überschlug. Wie es schwarz um sie wurde.

Jetzt lag das Auto auf der Seite. Der Himmel durch das Beifahrerfenster sah blau aus. Von irgendwoher klingelte ihr Handy.

Der Engel rief erneut: »Sind Sie verletzt? Ich kann Sie nicht erreichen. Haben Sie Schmerzen?«

Vicki ballte ihre Finger zu Fäusten. Bewegte ihre Füße. Sie war kaum in der Lage, sich zu rühren, da ihr Körper durch den Gurt und die teilweise schon schlaffen Airbags festgehalten wurde. Sie stellte fest, dass sie zumindest den Kopf problemlos schütteln konnte.

Diese seltsame Musik war viel zu laut.

»Ich glaube, es geht mir gut«, sagte sie.

»Was? Wiederholen Sie das noch mal.«

Diese verdammte Musik. Vicki streckte die Hand aus und drückte einen Knopf an der Stereoanlage. Eine wunderbare Stille breitete sich aus. Wenn da nicht der schrille Laut in ihren Ohren gewesen wäre. Das Klingeln ihres Handys.

Die Frau, die vor der Windschutzscheibe hockte, erklärte ihr: »Ich schubse jetzt Ihr Auto wieder auf die Räder. Verstehen Sie, was ich sage? Das gibt einen ziemlichen Stoß. Aber keine Sorge. Es wird klappen. Einer der Vorteile meines Allradantriebs.« Das Gesicht der Frau verschwand.

Vicki hörte, wie eine Tür zugeschlagen wurde. Das Aufheulen eines Motors. Ihr Handy hörte auf zu klingeln. Fish. Zumindest gab es hier offenbar Empfang.

Dann das Reiben von Metall, als der andere Wagen das Mietauto anstieß. Dieses schaukelte und schien sich einen Moment lang in die falsche Richtung zu neigen, als ob es auf das Dach fallen würde. Der hintere Teil schwenkte herum, dann kippte das Fahrzeug und landete auf seinen Rädern. Staub und Kies wirbelten hoch. Ihre Knochen wurden derart erschüttert, als wären sie alle losgelöst.

Die Frau stand nun neben ihrer Tür. Fluchte über den Griff. Eilte zur Beifahrertür und riss diese auf. Sagte: »Verdammt, Sie haben ein Riesenglück, dass Sie noch am Leben sind.«

»Vermutlich«, erwiderte Vicki. Sie versuchte mit der rechten Hand, den Schmerz in ihrem Schoß zu verringern. Etwas Hartes steckte dort. Es war die Pistole, die zwischen ihre Schenkel gerammt war. Langsam zog Vicki sie heraus. Es würde seltsam aussehen, diese Waffe auf ihrem Schoß. Dann fand sie oberhalb des Beifahrersitzes ein Einschussloch in der Windschutzscheibe. Alles würde für jemand anderen verdammt seltsam aussehen.

Die Frau hatte es bereits bemerkt. Und lächelte. »Holen wir Sie mal aus dem Wagen.« Sie fasste ins Innere des Autos, öffnete den Sicherheitsgurt und schob die Airbags beiseite. Schnappte sich die Waffe, ehe sich Vicki bewegen konnte. »Die nehme besser ich an mich.«

Vicki zog die Beine hoch, drehte sich auf ihrem Sitz und kletterte dann über den Schalthebel und die Mittelkonsole. Die Frau half ihr.

»Gewöhnlich verfehlt er nie sein Ziel«, sagte sie. »Sie hatten also doppelt Glück. Dieser Muhammed hat eigentlich den Ruf, mit einem Schuss zu treffen. Willkommen im Paradies. Wie geht es Ihnen?«

»Schmerzhaft«, meinte Vicki. Die Spur des Sicherheitsgurts brannte auf ihrer Brust und an der Seite. Sie ließ ihre Schultern kreisen und rieb sich den Nacken.

Die Frau fasste in ihren Pritschenwagen und holte eine Dose Cola heraus.

»Hier.« Sie machte sie auf. »Nicht die beste Medizin, aber so kriegen Sie zumindest etwas Zucker.«

Vicki nahm die Dose, trank einen großen Schluck und bemerkte auf einmal ihren Durst. Der trockene Geschmack von Adrenalin in ihrem Mund. Sie betrachtete das zusammengedrückte, zerkratzte Wrack ihres Mietautos. Die Frau umrundete es. »Zwei Einschüsse in der hinteren Tür. Einer im Kofferraum, einer in der Windschutzscheibe. Das ist alles, was ich so auf den ersten Blick sehen kann. Schlampige Arbeit. Wird den beiden zu Hause nicht gerade Extrapunkte einbringen. Na ja, wahrscheinlich stehen sie unter Zeitdruck.«

Vicki musterte den weißen Pritschenwagen und die Frau in ihrer engen Jeans, einem offenen Hemd über einem Tanktop, die Ärmel zurückgerollt, braune Boots aus Segeltuch. Ihre Haare zu einem Bob geschnitten, der ihr Gesicht einrahmte. Markante Gesichtszüge. Eine durchtrainierte Frau etwa in ihrem Alter, vermutete Vicki.

»Wo ist Ihr Handy?«, fragte die Frau. »Am besten nehme ich das auch an mich.« Beugte sich ins Autowrack hinein, ehe sie sich kurz zu Vicki umdrehte und sie breit angrinste, als wäre das alles ein großer Spaß. »Versuchen Sie aber nicht, mich auszutricksen. Okay? Nicht vergessen, ich habe Ihre Pistole.«

»Wer sind Sie?«, wollte Vicki wissen und beobachtete, wie sie ihr Handy aus dem Fußraum holte. Sie vermutete, dass der seltsame Akzent der Frau ein amerikanischer sein konnte. Andererseits gab es Leute, die nur kurz nach New York fuhren und schon mit einem amerikanischen Zungenschlag zurückkamen. Bei dieser Frau spielte jedenfalls noch etwas anderes mit hinein. Es konnte alles sein – von Portugiesisch über Arabisch bis Hebräisch.

»Die Frage lautet eher: Wer sind Sie?«, sagte die Frau.

Vicki stützte sich auf die Frontschutzbügel des Pritschenwagens und überlegte, wie sie antworten sollte. Sie richtete den Blick auf die Frau.

Diese meinte: »Hören Sie, am besten reden wir im Auto weiter. Wir wollen schließlich nicht, dass die Jungs einen zu großen Vorsprung bekommen.« Sie zeigte auf den Mietwagen. »Haben Sie noch was im Kofferraum? Eine Kühlbox? Einen Koffer oder so?«

Vicki schüttelte den Kopf und zerrte ihre Übernachtungstasche vom Rücksitz. Unter den Sitzen fanden sich ein eingeschweißtes Sandwich, Bananen und zwei Wasserflaschen.

»Ist das alles?«, erkundigte sich die Frau. »Nicht gerade üppig. Keine Schokolade? Keine Süßigkeiten? Wo bleibt der Spaß?« Sie nahm die Tasche. »Lassen Sie mich mal sehen.« Durchwühlte die Kleidung. »Für den Fall, dass Sie hier noch weitere Waffen oder ein Handy haben sollten.« Dann stellte sie die Tasche vor Vickis Füße. »Ich würde denken, eine Frau wie Sie hat zwei Handys. Wo ist es?« Sie durchwühlte mit dem Pistolenlauf den Kulturbeutel. »Keine Kondome. Diese Frau ist offenbar nicht in Spiellaune. Kein Ehering. Sie muss also einen Freund haben. Mit dem sie aber nicht zusammenlebt. Schwierig, bei einem solchen Job eine richtige Beziehung zu führen.« Sie schüttete die Toilettenartikel in die Tasche. »Also, wo ist das zweite Handy?«

»Es gibt keines.«

Die Frau lächelte. Das schien ihr nicht schwerzufallen. »Ich würde Ihnen gerne glauben. Tu ich zwar nicht, aber ich will auch nicht unangenehm werden. Männer würden das jetzt. Männer würden Ihnen Ihre Fingernägel ausreißen. So arbeiten wir nicht, nicht wahr? Wir sind mehr für Vertrauen. Wenn das Handy klingelt, werde ich allerdings sehr enttäuscht sein. Und Sie wollen nicht wissen, wie enttäuscht ich sein kann. Kommen Sie.« Die Frau winkte mit der Waffe und zeigte auf den Pritschenwagen. »Steigen Sie ein. Wir haben heute noch einiges vor.«

Habe ich eine Wahl, dachte Vicki und schwang sich auf den hohen Beifahrersitz.

Die Frau fuhr den Pritschenwagen rückwärts vom *Veld* auf die Straße zurück. Dann gab sie Gas, um dem BMW zu folgen. Fragte: »Wie heißen Sie?«

Vicki nannte ihren Namen.

»Richtig. Vicki Kahn. Ich bin Mira, Mira Yavari. Ich glaube, Sie sind weder *Crime Intelligence* noch *Hawks* noch Militär.

Sie sind von der SSA und sollen unauffällig observieren. Ohne sich einzumischen. Nur beobachten. Wie mache ich mich?«

Vicki zuckte mit den Achseln.

»Ich verstehe das jetzt mal als ein Ja. Was bedeutet, dass Ihre Bosse nichts gegen ein Nukleargeschäft mit dem Iran haben. Um den Ayatollahs ein bisschen magische Kräfte zu verleihen, damit sie doch noch an ihre Bombe kommen. Nicht sonderlich nett. Aber hey, wenn man schon mal Gewinne einstreichen kann – warum nicht? So ist die Welt. Oder geht's um was anderes? Um ein kleines lukratives Nebengeschäft? Einen privaten Deal? Wie ich so höre, ist das generell Ihr Ding hier.«

Vicki dachte, dass der Name israelisch klang. Vermutlich war es allerdings gar nicht ihr Name. Diese Frau war jedenfalls die Vorreiterin gewesen. Sie wusste über die Iraner Bescheid. Wusste, wer sie, Vicki, war. Aber es konnte nicht sie gewesen sein, die diese beiden auf ihre Spur gebracht hatte. Dann würde die Frau sie garantiert jetzt nicht mitnehmen. Was immer noch nicht die Frage beantwortete, woher sie von Henry Davidsons Arrangement wusste. So weit zu einer Geheimoperation. Es sei denn, sie hatte alles nur erraten. Das wäre dann allerdings verdammt klug gewesen.

Die Frau, Mira Yavari, sagte: »So vermute ich das jedenfalls. Wie mache ich mich?«

Vicki bemerkte ihren raschen Blick zu ihr hinüber. Das amüsierte Funkeln in ihren Augen. Erwiderte: »Sagen Sie es mir.«

Mira Yavari nahm eine Hand vom Steuer und schlug sich damit gegen die Stirn. »Oh, wow, jetzt kapiere ich. Sie haben keine Ahnung. Sie tappen total im Dunkeln. Das ist aber nicht angenehm. Das ist das Schlimmste. Um meine Frage selbst zu beantworten: Ich finde, ich mache mich nicht schlecht. Sogar ziemlich gut.« Sie warf Vicki einen weiteren Blick zu. »Jetzt sind Sie dran.«

»Womit?«

»Wer bin ich? Wie passe ich in das Ganze? Warum habe ich Sie mitgenommen? Puzzleteile.«

»Ich spiele nicht«, entgegnete Vicki.

»Wie wäre es dann mit ›Ich sehe was, was du nicht siehst‹? Kommen Sie, Vicki Kahn. Vor uns liegt eine lange, langweilige Strecke. Entspannen Sie sich. Ich sehe was, was du nicht siehst, und das beginnt mit M.«

»Mossad«, meinte Vicki. »Oder CIA.«

»Beginnt nicht mit M.«

»Mossad schon.«

»Also, es stimmt insoweit, als ich früher für die gearbeitet habe. Aber nicht in diesem Fall. In diesem Fall habe ich den Mossad bisher auch nirgendwo entdeckt.« Mira Yavari streckte die Hand aus und schaltete die Stereoanlage ein. »Mögen Sie die Rolling Stones? Ich liebe die alten Sachen der Stones.« Sie stellte *You Can't Always Get What You Want* ein. »Das beste Album überhaupt. Finden Sie nicht?«

Vicki dachte: Und wenn Mira Yavari doch nichts von ihr gewusst hatte? Wenn sie einfach den Iranern gefolgt war und sie auf dem Weg bemerkt hatte? So wie auch sie Mira Yavaris Pritschenwagen entdeckt hatte.

»Amerikanerin«, sagte Vicki über die Musik hinweg. »Observation. Und an einem bestimmten Punkt greifen Sie ein. Vielleicht still und leise. Vielleicht auch nicht. Das hängt von irgendwelchen politischen Arrangements ab, schätze ich.«

»Ziemlich gut.« Mira Yavari bewegte sich im Rhythmus der Musik auf ihrem Sitz vor und zurück.

Heißt nicht viel, dachte Vicki. Sie vermutete, dass Mira Yavari die Welt jeweils so darstellte, wie sie diese gerade brauchte.

Fünfundfünfzig

Brandvlei Road. Vor ihnen die Abzweigung zur Swartputs-Atommülldeponie. Muhammed Ahmadi hielt an. Er befahl Dr. Robert Wainwright auszusteigen, das Blut von seinem Gesicht zu waschen und sein Hemd zu wechseln. Darauf seien auch Blutspuren. Er solle sich allgemein säubern.

»Ach ja? Und womit soll ich das bitte schön machen?« Wainwright räusperte sich. »Sehen Sie hier irgendwo eine Toilette oder Ähnliches?« Er schaute auf das leere *Veld*. Die Sonne schien bereits tief über die schwarzen *Koppies* in der Ferne. Es war der erste Satz, den er seit der Schießerei gesprochen hatte.

»Nehmen Sie eine Flasche Wasser«, schlug ihm Muhammed Ahmadi vor. »So können Sie da nachher auf keinen Fall hineingehen.«

»Er…« Wainwright zeigte auf Mohammad Hashim, wobei sein Finger beinahe den Kopf des Mannes berührte. »…hat kein Recht, auf Menschen zu schießen. Er ist ein mordendes Dreckschwein.«

Er sah, wie Mohammad Hashim die Stöpsel seines Handys aus seinen Ohren riss. Sein Gesicht näherte sich bedrohlich dem seinen, so dass er den Zwiebelgeruch des Mannes riechen konnte. Der Iraner schrie ihn an: »Soll ich dich noch mal schlagen? Willst du mehr Blut, um das alte abzuwaschen?« Er brüllte Muhammed Ahmadi auf Farsi an, und dieser brüllte ebenso laut zurück.

Wainwright nahm eine Flasche Wasser und stieg aus dem Auto in die kühle Wüstenluft. Er zog sein Hemd aus, machte es nass und wischte sich damit das Gesicht ab. Die Beulen und die anderen Verletzungen auf seinem Kopf schmerzten. Der Schnitt in seiner Wange brannte und begann wieder zu bluten. Er hämmerte gegen Muhammed Ahmadis Fenster.

»Verdammt, das muss dringend medizinisch behandelt werden.«

Das Fenster glitt herunter. »Vielleicht gibt es einen Arzt in dieser Deponie. Jetzt ziehen Sie sich was Frisches an, wir dürfen keine weitere Zeit verlieren.«

Wainwright holte ein Hemd aus seinem Gepäck im Kofferraum. Er wollte dringend Belinda anrufen, um sicherzustellen, dass es ihr und den Kindern wirklich gut ging. Bei diesen Leuten konnte man nicht sicher sein, dass sie das vorhatten, was sie sagten. Diese Brutalität. Sogar bei Ahmadi. Er mochte vielleicht der menschlichere der beiden sein, aber er hatte nichts dagegen unternommen, als Hashim die Frau erschoss. Zur Hölle mit Molapo und seiner Geldgier. Wenn er das so dringend wollte, dann hätte er es selbst tun sollen. Was Wainwright nun Sorgen bereitete, war die Frage, was sie mit ihm machen würden, sobald sie den Aktenkoffer hatten. Ihn erschießen? Und dann seinen Leichnam irgendwo hier in der menschenleeren Landschaft zurücklassen? Hier konnten sogar Knochen verrotten, ehe jemand seine Überreste fände. Er beschloss, nachher vorzuschlagen, in der Deponie zu bleiben. Sie brauchten ihn doch nicht mehr. Sie hatten ihn nie bei sich gewollt. Nur als Garant, dass sie an den Koffer kamen. Molapos Idee eines Opferlamms, wenn man es genau betrachtete. Wainwright knöpfte sein Hemd zu. Stieg wieder in den Wagen. Vorsichtig drückte er das blutige Hemd gegen seine Wange, um den Blutfluss aufzufangen.

»Danke, Doktor«, sagte Muhammed Ahmadi. Er schaltete in den ersten Gang und machte die Scheinwerfer an, um das Straßenschild zu erleuchten, das den Weg zur Swartputs-Deponie wies. »Da drinnen erhalten Sie das Material in einem Metallkoffer, soweit ich weiß. Ist das richtig?«

Wainwright sagte, das sei durchaus richtig. »Ich soll daraufhin meinen Vorgesetzten anrufen, um ihm zu bestätigen, dass ich den Koffer erhalten habe. Sobald ich mit ihm gesprochen habe, wird mir der Koffer ganz übergeben. Aber erst dann. Und ich möchte danach außerdem mit meiner Frau sprechen, falls Sie erlauben.« Wainwright versuchte, die Bitte so sarkastisch wie möglich klingen zu lassen, auch wenn seine Stimme zitterte.

»Nein«, erwiderte Mohammad Hashim. »Ihr Vorgesetzter ruft Ihre Frau an. Morgen können Sie dann wieder mit ihr sprechen.«

»Sie können mich hierlassen«, erklärte Wainwright. »Wenn Sie das Material haben, brauchen Sie mich ja schließlich nicht mehr.«

Mohammad Hashim lachte.

Muhammed Ahmadi erklärte: »Ich fürchte, so leicht geht das nicht, Dr. Wainwright. Bis wir Ihr Land verlassen, sind Sie für uns... Wie nennt man das? Eine Sicherheit. Unsere Versicherung. Verstehen Sie?«

Robert Wainwright sackte in seinem Sitz zusammen. Er antwortete nicht.

»Verstehen Sie?«

»Ja. Ja, ich verstehe.« Jede Minute mit diesen Männern jagte ihm Angst ein. Verkrampfte seine Brust, verschlimmerte sein Sodbrennen. Er holte eine Blisterpackung Säureblocker aus der Hosentasche. Es waren noch sechs Stück übrig. Einen schob er in den Mund. Sog heftig daran und starrte dabei in die Dunkelheit hinaus.

Zehn Minuten lang fuhren sie schweigend dahin. Schließlich sahen sie vor sich Lichter, Reihen elektrisch geladener

Zäune und neben einem Tor einen Kontrollposten. Ein Schild wies Besucher an, hier zu halten und den Motor ihres Fahrzeugs auszuschalten.

Muhammed Ahmadi tat wie befohlen.

Eine Stimme über einen Lautsprecher bat Dr. Robert Wainwright, näher zu kommen.

Sechsundfünfzig

Plein Street. Energieministerium. Dr. Ato Molapo saß auf dem Ledersofa in seinem Büro und wartete darauf, dass das Telefon klingeln würde. Seine Gedanken waren bei Wainwright, Moosa und dieser verschwundenen Suarez. Er hatte einen schlechten Geschmack im Mund. Inzwischen mussten die Iraner in Swartputs eingetroffen sein. Er sah auf seine Uhr: zehn nach sechs. Stand auf. Tigerte durch das Büro: von der Couch zum Schreibtisch und zurück zur Couch. Einmal, zweimal, dreimal. Setzte sich wieder. Er wählte Moosas Nummer. Voicemail. Den ganzen Nachmittag ging immer nur die Voicemail an. Er hinterließ keine Nachricht.

Sein Festnetz klingelte. Nummer unterdrückt.

»Herr Direktor«, sagte eine Stimme. »Hier spricht der Manager von Swartputs. Dr. Wainwright ist da und bereit, mit Ihnen zu sprechen.«

»Haben Sie seine Papiere gesehen?«

»Ja, Sir. Es ist Dr. Wainwright.«

»Ist er allein?«

»Es steht noch ein Mann am Empfang.«

»Geben Sie mir Dr. Wainwright.«

»Ato«, meldete sich Wainwright. »Sie müssen Ihnen sagen, dass ich hierbleiben muss.«

Ato Molapo hörte die Panik in der Stimme seines Mitarbeiters und lachte seine eigene Nervosität weg. »Das ist unmöglich, mein Freund. Sie kennen die Vereinbarungen.«

»Die haben bereits eine Frau umgebracht. Ich bin in großer Gefahr.«

»Was? Wovon reden Sie, Robert? Welche Frau? Was meinen Sie damit – umgebracht?«

»Sie erschossen. Eine Frau in einem weißen Auto. Heute Nachmittag, vor Stunden schon. Sie kam, um mit mir zu sprechen. Sie ist gestern gekommen und hat mit mir gesprochen.«

»Wer?«

»Diese Frau. Vicki Kahn.«

»Sie hat Sie aufgesucht? Wo hat sie Sie aufgesucht?«

»Bei ...« Er zögerte.

»Wo, Robert?«

»Bei mir zu Hause.«

»Aha. Und was wollte sie von Ihnen?«

»Sie ist vom Geheimdienst. Um Himmels willen, Molapo, ich kann damit nicht weitermachen.«

Molapo begann schneller zu atmen. Der Geheimdienst? Er wusste Bescheid? Wie konnte das sein? Woher? Was wussten die? Er sah sich in seinem Büro um. Wurde er abgehört? Sagte: »Ich rufe zurück.« Ehe er wählte, versuchte er sich zu beruhigen. Auf einmal bemerkte er sein Keuchen und das pochende Herz. Er wischte sich die Handflächen an seiner Hose ab. Schluckte, um die Trockenheit in seinem Mund zu mildern. Öffnete ein Fenster, ließ das abendliche Rumoren der Stadt ins Büro. Einen Moment lang stand er in der kühlen Zugluft und fragte sich, was er Wainwright sagen sollte. Dann rief er über eine verschlüsselte Verbindung zurück.

»Hören Sie, Robert. Hören Sie mir zu. Sie müssen bei den beiden bleiben. Das ist wichtig. Die Männer werden Ihnen nichts antun, Sie sind durch unsere Vereinbarungen geschützt. Es wird nichts schiefgehen. Wir haben alles durchgesprochen, wir haben alles arrangiert, nichts hat sich geändert.«

»Eine Frau wurde getötet.« Wainwrights Stimme war schrill vor Panik.

»Ich werde mich darum kümmern. Ich werde das erledigen. Sie bleiben bei den beiden und ziehen das bis zum Ende durch. Wie vereinbart. Okay?«

Von Wainwright kam keine Antwort.

»Sind Sie dabei, Robert?« Diesmal wartete Molapo auf keine Erwiderung. Er fragte: »Wie schwer ist der Koffer?«

»Zehn Kilo.«

»Gut. Das stimmt, Robert. Das hatte ich verlangt.«

»Die Rede war doch von fünf.«

»Fünf, zehn – welchen Unterschied macht das schon? Ich habe es auf zehn erhöht. Um die Wirkung zu verstärken. In puncto Transport sollte es auch kein Problem sein.« Eine Pause. »Robert?« Pause. »Robert?«

»Ja.«

Wainwrights Stimme klang leise. Besiegt.

»Gehen Sie mit ihnen. Erklären Sie ihnen, dass Sie mich morgen früh um sechs anrufen müssen. Morgen gibt es einen Lagebericht alle drei Stunden. Wir zählen auf Sie, Robert.«

Dr. Ato Molapo legte auf, ehe er Wainwrights Antwort hören konnte. Die bestimmt schwermütig geklungen hätte. Er schloss das Fenster und begann zu zittern, als ihm plötzlich bewusst wurde, was Wainwright gesagt hatte. Eine Geheimagentin war erschossen worden. Er wählte Gogol Moosas Nummer. Diesmal hinterließ er eine Nachricht: »Rufen Sie mich zurück, Moosa. Noch heute Abend.«

Er zog sein Jackett über und rief den Genossen Staatssekretär an.

Siebenundfünfzig

Brandvlei Road. Mira Yavari schaltete das Licht im Fahrzeuginnenraum an und hielt Vickis Handy hoch. Sie sagte: »Sie müssen Ihren Betreuer anrufen. Halten Sie es einfach. Nichts über die Schießerei. Nichts über mich. Nur das Übliche: wo Sie gerade stecken, wo sich das Zielobjekt befindet. Damit alle glücklich und zufrieden sind.«

Der Pritschenwagen parkte neben der Straße, etwa zweihundert Meter von der Abzweigung zur Atommülldeponie entfernt. Nach der Ebene mit dem niedrigen Gestrüpp befanden sie sich jetzt in einer Region mit zahlreichen *Koppies*, die in der dunklen Kälte zu lauern schienen. Über ihnen schwarze Weite. Die Deponie lag noch hinter einer Reihe von Hügeln und war nicht zu sehen.

Vicki nahm das Handy. Sehr schwacher Empfang. »Ich muss zwei Anrufe machen.«

Mira Yavari hielt einen Zeigefinger hoch. »Nur Ihren Betreuer. Ihr Freund wird daran gewöhnt sein, dass Sie sich nicht melden. Und bedenken Sie: Ich höre mit. Sobald etwas seltsam klingt, werde ich Ihnen wehtun. Versprochen.« Sie lächelte ohne die leiseste Andeutung eines Funkelns in ihren Augen. »Ich halte meine Versprechen. Schalten Sie auf laut.«

Vicki sagte nichts. Sie wählte Henry Davidsons Nummer.

»Ich habe mich schon gefragt, wann ich von Ihnen hören würde, Miss Vicki Kahn. Genießen Sie noch immer den Ausflug aufs Land? Muss inzwischen kalt und dunkel geworden sein. Brrr. Sicher nicht angenehm. Nun ja, so sind eben die Freuden des Außenmitarbeiters. Wie geht es der kleinen fleißigen Biene?«

»Kalt. Ansonsten gut. Ich stehe knapp vor der Abbiegung. Unsere Freunde sind bereits in der Deponie.«

»Sie klingen seltsam«, meinte Henry Davidson. »Es hallt so wider. Haben Sie auf laut gestellt?«

»Ja«, erwiderte Vicki und bemerkte den warnenden Blick von Mira Yavari. »Damit ich mir eine Tasse Kaffee einschenken kann.«

»Aha. Zweifelsohne eine gute Idee. Das wird ziemlich schwierig für Sie werden, was? In der Dunkelheit folgen. Ich kann mir nicht vorstellen, dass es viel Verkehr in dieser verlassenen Ecke unseres schönen Landes gibt.«

»Gar keinen.«

»Mmm. So werden Ihre Fähigkeiten zum Test gebracht. Natürlich könnten Sie auch bis zum nächsten Ort fahren. Und ihnen von dort aus folgen. Es sei denn, Sie haben ein Nachtsichtgerät dabei.«

»Habe ich nicht.«

»Dann fahren Sie weiter, Vicki. Ich rate Ihnen weiterzufahren.«

»Und wenn Sie sich irren?«

»Zehn zu eins, dass ich mich nicht irre. Zehn zu eins, Vicki. Welcher Spieler kann das ignorieren? Ernsthaft: Diese Leute werden nicht nach Kapstadt zurückkehren. Die fahren nach Johannesburg. Glauben Sie mir.«

»Und warum friere ich hier mitten im Nirgendwo?«

»Weil die Welt ein unsicherer Ort ist, wie Alice wiederholt herausfindet. Alles auf eine Karte zu setzen ist riskant, Vicki. Also. Bleiben Sie wach. Und lassen Sie sich nicht von einem Pack Karten attackieren. Au revoir.«

Vicki legte auf.

»Geben Sie her. Ich nehme das«, sagte Mira Yavari und wedelte mit den Fingern, um das Handy zurückzuverlangen.

»Ihr Betreuer klingt sehr urban. Erinnert mich an jemanden, den ich mal kennengelernt habe. Die Jungs der alten Schule. Das Lauern in den dunklen Gassen von Berlin. Ob westlich oder östlich der Mauer war egal. Oh, wie die das liebten.« Mira Yavari spielte mit dem Handy. »Kein Vergleich zu der Welt, in der wir heute leben. Jetzt erklären Sie mir, was es heißen soll, wenn er meint, Sie sollen sich nicht von einem Pack Karten attackieren lassen.«

»Nichts. Keine Ahnung. Er redet gerne solchen Unsinn. Wahrscheinlich hat es mit *Alice im Wunderland* zu tun.«

Mira Yavari zeigte ihr übliches Lächeln. »Ja, das habe ich auch kapiert. Aber ich will wissen, was diese Geheimsprache für Sie und Ihren Mann mit dem Fedora bedeutet.«

Vicki zuckte die Achseln. Man musste es Henry lassen. Er war schnell im Erfassen von Situationen und hatte genau gewusst, dass derjenige, der dem Gespräch zuhörte, exakt das wissen wollen würde. »Nur seine Version von *Smileys Moskauer Regeln*.«

»Dachte ich mir. Und die lauten?«

»Was Sie erwarten würden.«

Mira Yavari hörte zu lächeln auf. »Ich bin freundlich, okay? Meistens bin ich freundlich. Reizen Sie mich nicht. Was bedeutet dieses *Fedora*-Gerede?«

»Was Sie erwarten würden«, fuhr Vicki sie an. »Alle sechs Stunden ein Anruf. Handy eingeschaltet lassen.«

»Das wird aber nicht passieren. Nehmen Sie den Akku raus.«

»Dann weiß er, dass es ein Problem gibt.«

»Und was wird er tun? Die Kavallerie schicken? Wohl eher kaum.« Mira Yavari winkte wieder mit den Fingern. »Handy, Akku. Los, machen Sie schon.«

Vicki zögerte.

»Hören Sie, ich will Ihnen echt nicht wehtun. Tun Sie's einfach. Benehmen wir uns wie nette Mädels. Bitte, bitte, bitte.«

Vicki dachte: Nein, lass uns uns nicht so benehmen. Sie hörte, wie Mira Yavari seufzte. Dann erhielt sie einen Schlag gegen die Schläfe, dass ihr Kopf an die Scheibe knallte. Einen Moment lang wurde alles schwarz. Benommen versuchte sie durch Blinzeln ihre Schmerzen einzudämmen. Ihre Augen brannten. Vicki wollte mit einem Handkantenschlag kontern, aber die Frau erwischte sofort ihr Handgelenk und drückte die Hand nach hinten.

»Worum habe ich Sie gebeten?«, fragte Mira Yavari. »Wenn Sie angenehm bleiben, tue ich es auch. Ganz einfach. Handy, bitte.«

Vicki gab auf. Das war wie Blackjack: Ein frühes Aufgeben ließ einen zwar etwas verlieren, aber man blieb im Spiel. Sie hatte schon Schlimmeres überlebt.

Mira Yavari schaltete das Licht aus. »Schwamm drüber. Ein Mädel muss sich zu wehren wissen. Ich hätt's an Ihrer Stelle auch probiert, keine Frage.« Sie stieg aus dem Pritschenwagen aus und fügte, ehe sie die Tür zuschlug, noch hinzu: »Bedenken Sie immer eines: Wenn es an der Zeit ist, alle Fesseln abzuwerfen, sollte man sich auf keinen Fall zurückhalten.«

Vicki beobachtete, wie sie vor das Auto trat und einen Fuß auf die Frontschutzbügel stellte, ihr erleuchtetes Handy am Ohr. Sie sprach nicht viel. Hörte auch nicht lange zu, ehe sie wieder auflegte.

Es war ihr erster Anruf in all den Stunden, die sie zusammen verbracht hatten. Es war auch keiner eingegangen. Mira Yavari schien tatsächlich alle Fesseln abgeworfen zu haben.

Achtundfünfzig

Plein Street. Energieministerium. Dr. Ato Molapo stellte einen Anruf zum Staatssekretär durch. Sagte: »Ich freue mich, Ihnen mitteilen zu können, dass das Geschäft ohne Komplikationen abgeschlossen werden konnte. Alles ist in bester Ordnung.«

»Welches Geschäft? Das mit der Frau oder unser privater Deal?«

»Unser privater Deal, Genosse Staatssekretär.«

»Das höre ich gern. Und die Frau? Wir sollten sie inzwischen in Gewahrsam haben. Ich habe Ihnen klipp und klar erklärt, dass Sie mich erst anrufen sollen, wenn sie im Gefängnis sitzt. Wenn Sie sie mit eigenen Augen hinter Gittern sehen. Was sagt Moosa?«

»Heute Morgen meinte er, es würde noch ein paar Stunden dauern, Genosse Staatssekretär. Aber seitdem kann ich ihn nicht mehr erreichen. Immer nur seine Voicemail.«

»Finden Sie ihn, Molapo. Sie sind in Kapstadt, finden Sie ihn. Und dann berichten Sie mir, was los ist. Die Russen wollen sie haben, und wir haben sie ihnen zugesagt. So lautet unser Versprechen. Soll Ihre Nachricht jetzt bedeuten, dass der Präsident sein Versprechen nicht halten kann? Das darf nicht sein, Molapo. Moosa muss sie wieder in unsere Hände bringen.«

»Ich werde es ihm mitteilen, Genosse Staatssekretär.«

»Gut. Nun zu der anderen Sache – dem privaten Deal. Wie ist da die Lage?«

»Unsere Männer sind in der Deponie, und ich habe mit meinem Kollegen gesprochen. Wie gesagt, es wurde alles erfolgreich abgeholt.«

»Sie klingen erleichtert, Genosse Molapo.«

Ato Molapo atmete aus. »Ehrlich gesagt, bin ich das auch.«

»Das überrascht mich. Ich habe nichts anderes als ein positives Ergebnis erwartet. Ich vertraue Ihnen ganz und gar, Genosse Molapo. Ihnen – und nicht Moosa – gilt meine Hochachtung. Nun erzählen Sie mir aber, wie viel letztlich übergeben wurde.«

»Zehn Kilo. Für einen ersten Versuch gilt das als genügend, um die Qualität des Produkts zu zeigen. Beim nächsten Mal können wir mehr anbieten.«

»Ausgezeichnet. Haben Sie einen Beleg des Zahlungseingangs?«

»Ja. Die erste Zahlung ist eingetroffen.«

»Dann hoffen wir, dass es die erste von vielen sein wird. Hoffen wir, dass es einen Markt für unser Produkt gibt. Eine der Früchte der Geschichte, die wir nun ernten können, Genosse Direktor. Ein Erbe aus leidvollen Zeiten. Wir sollten uns bei den Generälen der Apartheid bedanken, denn wir profitieren nun von ihren Ängsten und Sorgen. Ihre Nuklearwaffen sind heute unser Handelsgut. Wie passend. Wie überaus ironisch. Finden Sie nicht?«

»Sehr ironisch, Genosse Staatssekretär.«

»Zurück zu ernsteren Angelegenheiten. Damit ich ruhig schlafen kann: Wie lange dauert es noch, ehe sie das Land verlassen, diese Kuriere?«

»Mein Kollege ist die ganze Zeit bei ihnen. Er hält mich auf dem Laufenden.«

»Das beantwortet nicht meine Frage, Molapo. Sie haben doch sicher einen Zeitplan?«

»Heute Nacht transportieren sie das Material nach Johannesburg. Sobald unsere Freunde es endgültig übernommen haben, erfolgt die Restzahlung. Zu diesem Zeitpunkt wird sich mein Kollege auch verabschiedet haben.«

»Und wie erfolgt der Transport?«

»Mit dem Auto.«

»Sie hätten ein Flugzeug organisieren sollen.«

»Das hätte zu viel Dokumentation erfordert, Genosse Staatssekretär. Das bedeutet Flugpläne, Luftverkehrskontrollprotokolle und Radaraufzeichnungen. In einem Auto fallen sie nicht weiter auf.«

»Das stimmt, aber es dauert auch viel länger. Die Amerikaner sind bereits unzufrieden, Molapo. Sie vermuten, dass etwas unbemerkt über die Bühne gehen soll. Ebenso die Israelis. Die Amerikaner haben mir erklärt, dass sie einen Terroralarm auslösen werden.«

»Aber, Genosse Staatssekretär! Das geht nicht. Sie können das nicht in unserem Land tun. Genosse Staatssekretär, das ist garantiert unzulässig.«

»Doch, das können sie tun. Sie haben es auch schon früher gemacht. Was ich aber nicht verstehe, Molapo: Woher wissen die überhaupt davon? Dieses Kapstadt – es gibt da so viele Geheimnisse und so viele Plaudertaschen, die sich damit eine goldene Nase verdienen. Eine Stadt der Betrüger. Der Verräter. Alle sitzen in Cafés, trinken Cappuccino und reden, als wären Worte pures Geld. Ja, Molapo, ich weiß über Ihre Kaffeeplaudereien mit Moosa Bescheid. In dem Feinkostladen Giovanni, wie mir mitgeteilt wurde. Vielleicht wissen auch die Amerikaner Bescheid. Sie haben ihre Augen und Ohren in allen Cafés.«

»Unmöglich, Genosse Staatssekretär.«

»Jedenfalls müssen Sie aufpassen, Molapo. In Kapstadt steht alles zum Verkauf. Vor allem bloße Worte. Ich sage es noch einmal: Unser privater Deal freut mich, aber ich mache mir Sorgen – große Sorgen –, dass diese Suarez immer noch auf freiem Fuß ist. Richten Sie Moosa aus, dass er sie finden soll, oder er verliert seine Stelle.«

Dr. Ato Molapo legte auf. Saß an seinem Schreibtisch und lauschte den Geräuschen der Staubsauger, die durch die Büros gezogen wurden. Die Stimmen der Reinigungskräfte.

Er fühlte sich klebrig. Der Schweiß der Halbwahrheiten und der Lügen. Der Schweiß der Angst. Angst vor dem Geheimdienst. Was hatte Wainwright von dieser Frau erzählt, die erschossen worden war? Eine Agentin, die ihn zu Hause aufgesucht hatte. Dr. Ato Molapo schloss die Augen. Atmete mehrmals tief durch.

Sein Handy klingelte. Gogol Moosa.

»Wo haben Sie gesteckt? Warum haben Sie mich nicht zurückgerufen?« Er merkte, dass er brüllte, denn eine Putzfrau starrte ihn durch die Glastür hindurch an. Er bedeutete ihr zu verschwinden.

»Ich habe keine guten Nachrichten, Ato. Die Frau ist verschwunden.«

Neunundfünfzig

Brandvlei Road. Vicki sah, wie Mira Yavari das Handy in ihre Hosentasche schob und zum nächtlichen Himmel hochblickte. Sie ließ sich merklich Zeit, wieder in den Pritschenwagen zu steigen.

»Hier draußen sieht man mehr Sterne als irgendwo sonst auf diesem Planeten. Wussten Sie das? Was meiner Meinung nach kein Vorteil ist. Wenn man diese Menge an Sternen jede Nacht sieht, gibt man sich doch die Kugel. All diese Dunkelheit zwischen den Lichtpunkten. Muss für einen Nihilisten paradiesisch sein.« Sie startete den Motor. »Anschnallen, Süße. Wir fahren weiter.«

Nicht lange. Kurz hinter dem Schild nach Swartputs, auf

dem höchsten Punkt einer Steigung, riss Mira Yavari das Steuer herum und stellte sich quer auf die Straße. Schaltete den Motor ab.

Das unerwartete Manöver brachte Vicki dazu, sich hart am Armaturenbrett abzustützen, der Gurt schnürte in ihre verletzte Schulter ein. »Verdammt! Was tun Sie? Sind Sie wahnsinnig geworden?«

Mira Yavari schnallte sich ab und fasste unter den Sitz, um eine Pistole herauszuholen. »Nein zur zweiten Frage. Warten zur ersten.« Sie warf das Magazin aus, kontrollierte es und schob es dann wieder in den Griff zurück. Aus der Mittelkonsole zog sie eine Taschenlampe. »Ruhig Blut, Vicki Kahn. Das Leben eines Agenten besteht sowieso meist aus Warten, nicht wahr?«

Nicht lange.

Vicki konnte die Scheinwerfer unter ihnen auf der Straße nach Swartputs sehen. An der Kreuzung bog das Auto nach rechts ab und begann schnell den Hügel hinaufzufahren. Als die Lichter auf den Pritschenwagen trafen, wurde es langsamer und hielt etwa fünfzig Meter von ihnen entfernt an.

»Kommt schon, Jungs«, sagte Mira Yavari. »Ihr müsst keine Angst haben.«

Der Wagen kroch weitere zwanzig Meter vorwärts und blieb dann wieder stehen.

»Okay«, meinte Mira Yavari und öffnete ihre Tür. »Wenn Mohammad nicht zum Berg kommen will, muss der Berg eben zu Mohammad kommen.«

»Nicht«, warnte Vicki und fasste nach Mira Yavaris Arm. »Die werden sofort schießen. Damit haben die kein Problem.«

»So besorgt.« Mira Yavari schüttelte ihre Hand ab. »Ich hoffe sogar sehr auf einen Schuss.«

Da sah Vicki es: ein helles Aufblitzen im BMW. Trotz des

laufenden Motors hörte sie den schnalzenden Knall eines Schalldämpfers. Wainwright? Sie hatten Wainwright erschossen.

Die Beifahrertür öffnete sich.

»Hallo, mein Freund«, rief Mira Yavari und ging auf den Wagen zu. Der Strahl der Taschenlampe hatte den Mann erfasst. Sah in Vickis Augen nicht wie derjenige aus, der vorher auf sie geschossen hatte. »Alles klar?«

Lauf. In dieser Dunkelheit hatten sie kaum eine Chance, sie zu finden. Doch dann öffnete sich die hintere Tür. Wainwright stand nun im Licht. Und hielt eine Art Aktenkoffer. Ein schwerer Aktenkoffer. Sie hörte, wie ihm Mira Yavari befahl, in den Pritschenwagen einzusteigen. Wainwright hastete auf das Fahrzeug zu. Vicki beobachtete sowohl den stolpernden Mann als auch die beiden Gestalten, die sich in den BMW beugten. Ihre Flucht war nun keine Option mehr.

»Robert!«

Wainwright kletterte hinten ins Auto. Er stotterte etwas Unverständliches. Erkannte sie nicht mal. »Er-er-erschossen. Hat ihn erschossen.«

»Wer, Robert? Wer?«

»Der andere. Hat ihn erschossen.«

Sie hörte den Motor des BMW aufheulen. Sie drehte sich um und sah, wie der Wagen über den Rand der Straße geschoben und von der Dunkelheit geschluckt wurde. In der Stille wurde das Zischen des Wagens immer schwächer.

Dann marschierten Mira Yavari und der Mann, den sie ihren Freund genannt hatte, die Straße entlang auf sie zu.

Sechzig

Ermington Road. Mitten in der Nacht saß Fish in seinem Isuzu auf der Straße. Der Isuzu wirkte unauffällig, genau jene Art Fahrzeug, das man über Nacht am Bordstein geparkt erwarten würde. Saß vier Häuser von seinem eigenen entfernt da. Frierend. Wütend. Er trug eine Wollmütze, eine Softshelljacke und Handschuhe. Auf dem Sitz neben ihm seine Ruger, sein eingeschaltetes Samsung-Handy, eine Thermoskanne mit Kaffee und Zwieback. Die Stereoanlage spielte Bruce, *High Hopes*. Fish hoffte, dass die Agenten bald auftauchen würden, wenn sie sein Telefonsignal geortet hatten und feststellten, dass er zu Hause war. Was für ein aufregendes Leben er doch führte. Nicht jeder konnte von sich behaupten, sein eigenes Heim überwachen zu müssen.

Er saß da und machte sich Sorgen um Vicki. Sie hatte nicht mehr angerufen. Ihr Handy stellte zur Voicemail durch. Er versuchte es noch einmal. Er wollte ihr mitteilen, dass niemand bei Cape Logistics ans Telefon ging. Auf deren Website gab es nur eine 404-Error-Meldung. Wieder Voicemail. Fish hinterließ keine Nachricht.

Zuvor hatte er versucht, jemanden in ihrer Rechtsberatung zu erreichen. Vielleicht arbeitete einer der Anwälte noch spät und wusste, wo sie steckte. Doch er hatte auch da kein Glück. Sie hatte sich seltsam vage über diese Reise ausgedrückt. Darüber gescherzt. Was bei Vicki immer darauf hinwies, dass etwas nicht stimmte. Das *Gramadoelas* war groß. Ebenso die Koue Bokkeveld. Wenn Vicki vage blieb – etwas ungenau darstellte, wie die Agenten das nannten –, dann verbarg sie etwas. Führte ihr Parallelleben. Er hätte das gleich kapieren müssen. Sie selbst hätte das sofort geschnallt, *China*, dachte er. Vicki war keine Frau, die man leicht austricksen konnte. Das Problem war nur: Ging es ihr gut? Was auch immer sie gerade tat. Wo auch immer sie sein mochte.

Ein Auto bog in seine Straße. Die Scheinwerfer blendeten ihn. Fish rutschte auf seinem Sitz nach unten. Drehte die Gitarrenriffs leise und verjagte einen Moment lang den Geist von Tom Joad. Er beobachtete, wie der Wagen ein Haus von seinem entfernt anhielt. Die Scheinwerfer ausschaltete. Keine Bewegung. Eine Minute. Drei Minuten. Wahrscheinlich hatten diese Typen Nachtsichtgeräte und suchten gerade die Straße ab.

Die Autotüren öffneten sich vorne, rechts und links. Wurden leise geschlossen. Zwei Gestalten eilten über die Straße in Fishs Einfahrt. Einer verschwand hinter dem Haus, der andere blieb vor den Fenstern stehen und lauschte. Dann schlich er zur Haustür weiter. Er fummelte daran herum, kam nicht weiter.

Fish wusste, dass es kein Problem geben würde, hinten ins Haus zu gelangen. Dafür hatte er gesorgt. Aber vorne war die Tür mehrmals verriegelt.

Der Mann wartete. Die Haustür öffnete sich. Der Mann glitt hinein. Schloss die Tür.

Fish stieg aus dem Auto, die Waffe gezückt. Rannte gebückt über den Bürgersteig und seine eigene Einfahrt hinauf – wie irgendein SWAT-Macker. In der Küche brannte Licht. Er schlich an der Wand entlang zur Hintertür. Sie stand offen. Im Inneren war es still.

Fish wartete. Lauschte. Kein Ton. Als sich seine Augen an das Licht im Fenster gewöhnt hatten, trat er schnell durch die offene Tür. Die Pistole mit beiden Händen festhaltend, schaute er sich in der Küche um.

Da saßen die beiden Typen an seinem Tisch. Sahen aus, als würden sie auf den Kellner im Restaurant warten.

»He«, sagte der eine. »Die ist gar nicht nötig.«

Ein amerikanischer Akzent.

»Wir haben friedliche Absichten, Bruder«, sagte der andere.

Beide Männer standen auf, die Arme an den Hüften, ihre Handflächen Fish zugedreht. Lässig gekleidet in Levi's, T-Shirts und Bomberjacken.

»Ach, echt?«, entgegnete Fish. »Kommen Sie immer so mit friedlichen Absichten? Indem Sie einbrechen?«

»Wir haben geklopft«, gab der Erste zurück. »Ich bin Bill.«

»Wir dachten, Sie hätten nichts dagegen, wenn wir drinnen warten«, sagte Nummer zwei. »Ist bequemer. Ich bin Ben.«

Beide Männer streckten ihm die Hände hin.

Fish senkte die Pistole, ignorierte aber ihre Hände. »Also, Bill und Ben. Wer sind Sie, was wollen Sie?«

»Können wir reden?«, fragte Bill. »Die werden Sie nicht brauchen.« Er zeigte auf die Ruger.

»Wird nicht lange dauern«, meinte Ben. »Was dagegen, wenn wir uns wieder setzen?«

»Haben Sie irgendeine ID?« Fish hielt die Pistole weiterhin so, dass die beiden sie sehen konnten.

»Haben wir«, erwiderte Bill. »Wir holen sie jetzt aus unseren Taschen.«

Fish hob die Waffe.

»Langsam, Cowboy«, warnte Ben.

Die Männer zeigten Fish ihre Plastik-ID-Karten samt Foto und dem Stempel des jeweiligen amerikanischen Staates. Die gleichen Kartenhalter aus Leder. Fish bedeutete ihnen, dass sie sie wieder einstecken konnten. Vielleicht waren sie echt. Vermutlich aber nicht. Als Agent brauchte man keine ID-Karte. Fish wollte eher diese ganze Scharade um ihrer selbst willen mitspielen, als dass er glaubte, dadurch etwas herauszufinden.

Falls die Männer irritiert waren, sah man es ihnen nicht an.

»Bitte«, sagte Bill. »Können wir uns entspannen? Setzen wir uns. Wir sind hier, um zu reden und ein paar Fragen zu stellen. Vielleicht auch ein paar von Ihnen zu beantworten. Das Eisen ist gar nicht nötig.«

»Ach, wirklich?«, entgegnete Fish. »Welche Fragen sollte ich denn haben?«

Die Männer setzten sich. Fish zog einen Hocker heraus und stellte ihn einen Meter von den beiden entfernt hin. Die Waffe behielt er auf seinem Schoß.

»Wir kommen gleich zur Sache«, sagte Bill, die Hände verschränkt, die Ellbogen abgestützt auf dem Tisch. »Wir sind hier, um Ihnen eine helfende Hand zu reichen, Mr. Pescado. Wir glauben, dass Sie dann auch eher bereit wären, etwas mit uns zu teilen.«

»Seltsame Art, eine helfende Hand zu reichen.«

Die Männer lächelten. »Es tut uns leid, Sir. Wir stehen unter ziemlichem Druck.«

»Uns bleibt im Grunde kaum mehr Zeit«, fügte Ben hinzu.

»Wohin wir auch gehen, wir werden abgeblockt«, sagte Bill und behielt sein Lächeln bei, als würde er die Herausforderung, die das bedeutete, durchaus angemessen finden. »Wir haben uns an Agent Velaze gewandt, von Geheimdienst zu Geheimdienst. Aber eure Typen hier lassen sich nicht in die Karten schauen.«

»Velaze ist nicht mein Typ«, gab Fish zurück, wobei er sich die Überraschung nicht anmerken ließ, die der Name Mart Velaze bei ihm auslöste. »Mein Typ bin ich selbst. Ich arbeite alleine.« Dachte: Wenn sie bereits Mart Velaze auf der Spur waren, was machten sie dann hier?

»Natürlich. Ich meinte das ja auch nur im nationalen Sinne.«

Bill fügte hastig hinzu: »Wir wissen jedenfalls, dass Sie

und Agent Velaze miteinander gesprochen haben, Sir. Er fasste Ihre Unterhaltungen für uns zusammen, von Geheimdienst zu Geheimdienst. Unsere Absicht heute Nacht war es – also, warum wir Sie persönlich kennenlernen wollten –, seine Äußerungen von Ihnen bestätigt zu bekommen und Ihnen ein paar weitere Hintergrundinformationen zu geben.«

Fish zwang sich zu einem Lachen. »Ihr Jungs. Ihr lebt wirklich in eurer eigenen Welt.«

»Das stimmt«, antwortete Ben. »Das ist leider zweifelsohne wahr.«

»Es ist nämlich die Welt des internationalen Terrorismus, Mr. Pescado. Keine Welt, in der Sie leben wollten.«

Fish sah die beiden an. Bill lehnte sich jetzt entspannt zurück, die Beine ausgestreckt. Allerdings zeigte sich immer wieder mal eine Anspannung in seinem Gesicht – wie das Aufblitzen eines kurzen Schmerzes. Er rieb seinen rechten Oberarm, und seine Augen weiteten sich. Ihm gegenüber der breitschultrige Ben, die Hände auf dem Tisch. Fuhr mit den Fingern die Holzlinien der Tischplatte nach. Wer waren die beiden? CIA-Cleaner? Diplomatische Cleaner? Gärtner, die den Garten von Unkraut befreien sollten?

»Internationaler Terrorismus! Kommen Sie, das hier ist Kapstadt. Südafrika. Nicht Bagdad. Nicht mal Jerusalem.«

Bens Hände wurden still. Bill zog seine Beine an.

»Sie kennen eine unserer Klientinnen unter dem Namen Caitlyn Suarez.«

Fish zuckte mit den Schultern. »Wenn Sie mit Mart Velaze gesprochen haben, dann wird er Ihnen das erzählt haben.«

»Das hat er, Mr. Pescado. Unabhängig davon wissen wir das aber auch von unseren eigenen Nachforschungen. Agent Velaze bestätigte unsere Informationen. Wir versuchen immer, unsere Informationen aus zweiter Quelle zu verifizieren.«

»Ein hoher Standard.«

Die beiden Männer lächelten über den Sarkasmus.

»Kann man wohl sagen«, meinte Ben. »So ist das, wenn man als Wachhund der Welt agiert.«

Fish rutschte auf seinem Hocker nach vorne. »Okay, Wachhunde, was ist jetzt mit Caitlyn Suarez?«

Bill warf einen Blick zu Ben hinüber und schaute dann Fish an. Fish wich seinen Augen nicht aus. »Wir sind hier, um Ihnen zu raten, Ihre Verbindung zu Miss Suarez abzubrechen. Das dient Ihrer eigenen Sicherheit.«

Fish lachte freudlos. »Ach, meinen Sie? Fast alle, die ich kenne, haben mir das auch bereits geraten. Lassen Sie mich eines sagen: Die zwei Male, die ich sie getroffen habe, wirkte sie nicht sonderlich gefährlich auf mich.«

Die beiden Männer antworteten nicht.

Fish fuhr fort: »Sie wirkte eher wie eine Frau, der etwas in die Schuhe geschoben werden sollte. Ich hatte den Eindruck, dass ein paar wichtige Leute einen Sündenbock brauchten und einfach diejenige genommen haben, die am nächsten stand. Offenbar müssen Sie noch etwas mehr mit Mart Velaze sprechen. So von Geheimdienst zu Geheimdienst.«

Bill runzelte die Stirn und betrachtete dann seine Hände. Er verschränkte die Finger. Fish erkannte deutlich eine Anspannung in seinen Knöcheln.

»Mr. Pescado, Sir.« Er richtete wieder den Blick auf Fish. »Unter einem anderen Namen ist Miss Suarez für verschiedene Geheimdienste von großem Interesse. Wie Sie vermutlich von Agent Velaze wissen, weiß man momentan nicht mehr, wo sich Miss Suarez aufhält. So allgemein gesagt.«

»Sir«, meldete sich nun auch Ben wieder zu Wort. »Wir wollen Sie darauf hinweisen, dass man Sie möglicherweise aufsuchen wird. In Verbindung mit Caitlyn Suarez.«

»Und wer sollte das tun?«

»Sie haben Israel erwähnt«, meinte Bill. »War das ein Zufall?«

Fish hielt inne. Er überlegte. Irgendetwas machte Bill & Ben auf einmal nervös. »Ich habe Jerusalem erwähnt. Das bedeutet nicht, dass ich mit dem Mossad oder der Mossad mit mir redet. Ich habe auch Bagdad erwähnt. Wollen Sie meine Liste der zehn gefährlichsten Städte der Welt?«

Die beiden Männer schwiegen. Ihre Augen waren auf Fish gerichtet. Fish erwiderte den Blick. Der Pistolengriff in seiner Hand fühlte sich feucht vor Schweiß an. Dachte: Selbst mit einer Waffe ist diese Situation »Einer gegen zwei« nicht ideal.

»Sir«, sagte Ben erneut. »Ist Ihnen bekannt, wo sie sich aufhält?«

»Wenn Sie mit Mart Velaze gesprochen haben, wissen Sie doch, dass ich das nicht tue.«

»Wir wollen es aber von Ihnen wissen, Mr. Pescado.« Diesmal sprach Bill.

»Warum sollte ich ihm eine Geschichte und Ihnen eine andere erzählen?«

»Keine Ahnung«, erwiderte Ben.

»Aus vielen Gründen«, meinte hingegen Bill.

»Hab ich nicht. Okay? Geht es darum?«

Die Männer ließen sich Zeit. Sie tauschten einen Blick miteinander aus. Dann nickten sie und standen auf. »Gut. Wir glauben Ihnen.«

Fish erhob sich ebenfalls. »Sehr freundlich von Ihnen. Verraten Sie mir, warum Sie sich so für Caitlyn Suarez interessieren? Wollen Sie das mit mir teilen?«

»Das können wir nicht. Das ist geheim.«

»Natürlich. War klar. Was ist sie? Eine internationale Terroristin oder so?«

»Wir werden jetzt gehen, Mr. Pescado.« Das kam von Bill. »Durch Ihre Hintertür. Wir danken Ihnen für Ihre Kooperation.« Er hielt inne. »Und wir möchten Sie noch mal bitten, sich an unseren Rat zu halten.«

»Sonst?«

»Wir bitten Sie darum, Mr. Pescado. Bitte.«

»Noch etwas«, sagte Fish. »Sie meinten, sie sei unter einem anderen Namen bekannt. Wie lautet der?«

»Solche Informationen können wir nicht herausgeben.«

»Geheim. Selbstverständlich. So viel zum Thema Teilen.« Fish beschloss, noch mal den Faden aufzunehmen. »Ist sie vielleicht zufälligerweise Israelin? Haben Sie sich deshalb so erschreckt, als ich Jerusalem erwähnte?«

Bill und Ben ließen sich diesmal nichts anmerken. »Wir haben nichts hinzuzufügen, Mr. Pescado«, erklärte Bill.

»Haben Sie was dagegen, wenn ich mir ein Glas Wein einschenke?«

Als er sich zur Spüle wandte, kam Ben um den Tisch herum und stellte sich neben Fish unter die offene Hintertür. Er schaute in die Dunkelheit hinaus. Fish trat einen Schritt zurück, die Waffe gesenkt.

»Hübsches Haus haben Sie hier«, sagte Ben. »Und so nahe am Meer, dass man es riecht. Surfen Sie viel, Mr. Pescado?«

»So viel ich kann.«

»Dort, wo ich aufgewachsen bin, gab es keine Wellen. Gab auch keinen Strand.«

Fish hörte, wie ein Glas gefüllt wurde. Bill meinte: »Haben Sie *The Wire* gesehen? Tolle Serie. Dort sind wir aufgewachsen.«

»*The Wire* hat mein Leben nachgespielt«, stellte Ben fest und wandte sich zu Fish. »Die haben alles richtig gezeigt, kein einziger Fehler.«

»Nie gesehen«, erwiderte Fish, der diese Unterhaltung nicht führen wollte. Er konzentrierte sich auf Ben, während er Bill seitlich im Blick hatte.

»Ich habe einige der Orte besucht, die ihr hier so habt«, sagte Bill. »Diese Dreckslöcher draußen in Khayelitsha. Das ist hart, Mann. Sogar schlimmer als die Favelas in Rio. Man sollte meinen, dass eine schwarze Regierung etwas dagegen unternimmt. Ihren Leuten zumindest Häuser hinstellt.« Fish bemerkte aus dem Augenwinkel, dass Bill den Kopf schüttelte.

»Stimmt total«, meinte Ben. »Diese afrikanische Haltung kann ich überhaupt nicht nachvollziehen.«

Fish dachte: Lass es gut sein. Es lohnte sich jetzt nicht, defensiv zu reagieren.

Bill spülte sein Glas aus und sagte: »Danke, Kumpel. Das hab ich gebraucht. Vielen Dank. Vielen Dank auch, dass Sie sich die Zeit genommen haben, uns anzuhören. Tut uns leid, dass es so spät sein musste.« Bill kam mit ausgestreckter Hand um den Tisch herum zu Fishs Rechter. »Schlagen Sie ein. Nichts für ungut.«

Neben ihm wollte auch Ben ihm die Hand geben.

Fish behielt die Waffe in seiner Rechten und hob die Linke wie zu einem High-Five. Er hörte Bill sagen: »Freut mich, dass wir uns kennengelernt haben, Mr. Pescado.«

Fish hob die Pistole, um sie damit aus der Tür zu winken. »Ja, ja.«

Ben schlug als Erster zu. Ein kurzer Hieb in die Magengrube, so schnell und heftig, dass Fish die Luft wegblieb. Er beugte sich keuchend nach vorne. Dann schlug Bill zu. Mit der Handkante auf Fishs Handgelenk. Vor Schmerzen konnte er nichts mehr sehen und ließ die Ruger fallen. Sein Arm hing schlaff herab. Der nächste Schlag traf seinen Kopf. Er wankte zurück und sah nur noch verschwommen, wie die Waffe davonschlitterte. Die Füße von Bill & Ben kamen näher. Wumm, wumm auf beiden Seiten seines Kopfs. Fish stürzte zu Boden. Es wurde schwarz.

Einundsechzig

Ermington Road. Fish hörte wie aus weiter Ferne eine Stimme. »Mister Fish, Mister Fish. Sie müssen jetzt aufwachen, Mister Fish.«

Eine Hand stieß gegen seine Schulter und schüttelte ihn ein wenig. Er nahm den Geruch von Alkohol wahr.

Janet.

Fish hielt die Augen geschlossen und versuchte sich zu erinnern: Bill & Ben. Diese verdammten Typen hatten ihn k.o. geschlagen. Er hob langsam einen Arm und berührte seinen schmerzenden Kopf. Die Haut an seinen Schläfen war sehr empfindlich.

»Oh, Mister Fish, Mister Fish, gelobt sei Gott! *Allahu Akbar*. Sie sind wieder bei sich. Ich hatte schon gefürchtet, dass Sie in einem Koma liegen. Was hätte ich dann Miss Vicki gesagt?« Sie rüttelte fester an ihm. »Machen Sie Ihre Augen auf, Mister Fish. Bitte, Mann, öffnen Sie Ihre Augen. Kommen Sie, schauen Sie mich an. Ich bin's, Janet. Sie wissen doch, die Janet, die zum Frühstück kommt.« Wieder rüttelte sie an ihm. »*Ag*, sorry, Mann, Mister Fish. Ich war letzte Nacht an der Brücke. Wenn ich hier bei Mister Fish gewesen wäre, dann wäre Mister Fish nichts passiert. *Ag*, es tut mir so leid, Mann.«

Fish öffnete die Augen. Helles Licht und Schlieren. Er richtete sich mühsam auf seine Ellbogen auf und stöhnte, als ihm der Schmerz durch den Kopf schoss.

Verdammt.

Fiel zurück.

»Mister Fish. Sie müssen sich aufsetzen. Mister Fish kann hier nicht auf dem Küchenboden liegen bleiben.«

»Eis«, ächzte Fish. »Hol mir Eiswürfel, Janet.«

Er hörte, dass sie den Tiefkühler öffnete und die Eiswürfelbehälter herausholte.

»Wo wollen Sie das Eis, Mister Fish? Einfach so oder wie?«

Er erklärte ihr, es in Plastiktüten zu füllen.

Amerikaner. Amerikanische Schläger. Boten. Leg dich nicht mit uns an. Lass Caitlyn Suarez in Ruhe. Irgendetwas darüber, dass sie noch einen anderen Namen hatte. Etwas über Jerusalem. Mist, die Ruger! Er hatte eine Waffe bei sich gehabt, und es war ihnen trotzdem gelungen, ihn k.o. zu schlagen. Zeigte ihn nicht im besten Licht.

Fish schloss die Augen und versuchte das Pochen in seinem Kopf zu ignorieren. »Wie spät ist es?«

»Noch ein bisschen früh, Mister Fish. Acht Uhr. Ich bin heute als Erstes hierhergekommen, weil es nicht weit zu laufen war. Zum Glück, was? Das hat mir vielleicht einen Schrecken eingejagt, Sie so liegen zu sehen. Die Küchentür stand weit offen, da hätte jeder eindringen können. Was ist passiert, Mister Fish? Waren das *Skollies*? Inzwischen gibt es überall *Skollies*, die Leute ausrauben. Ich weiß nicht, warum man die nicht einsperrt, wie früher. Als das Große Krokodil Präsident war, mussten die *Skollies* sich in Acht nehmen.« Ein Rascheln von Plastik. »Sie haben aber viele Plastiktüten, Mister Fish. Noch mehr als ich. Sie können jederzeit wie ich ein *Bergie* werden.«

»Bitte, Janet, das Eis.«

»Ich komme schon, Mister Fish. Schneller, Propeller. Hier, Mister Fish. Sie müssen sich jetzt aber aufsetzen, Mister Fish.« Janet legte die Tüten mit den Eiswürfeln in seine Hände.

Fish drückte die Tüten vorsichtig gegen seine Schläfen. Die Kälte betäubte etwas die Schmerzen. Er dachte, dass Caitlyn Suarez ziemlich wichtig und bedeutend sein musste, wenn sie die Leute so nervös machte. Die Botschaft pulsierte laut und deutlich. Fish hörte über sich Janet fragen, ob sie Miss Vicki anrufen solle. Und ihn zum Arzt in der Main Road bringen. »Mister Fish, Sie sind ohnmächtig gewesen. Soll ich den Notarzt anrufen, Mister Fish? Vielleicht einen Krankenwagen, oder? Tatütata, tatütata.«

Teil vier

Zweiundsechzig

City Bowl. Mart Velaze schaute auf die Stadt herab. Ein Nebel verdeckte die Bucht. Die Foreshore war nur gespenstisch durch den Dunst zu erkennen. Mart Velaze verspürte eine tiefe Traurigkeit. Er stand auf der Terrasse von Krista Bishops Haus, direkt neben dem Swimmingpool, in dem sie immer geschwommen war. Konnte sein Spiegelbild im Glas der Schiebetür sehen: ein Mann in einem Hoodie mit Reißverschluss, die Hände an den Seiten, hängende Schultern. Ein Mann, der trauerte. Wie er das nicht erwartet hatte.

Sein Handy klingelte. Die Stimme.

»Häuptling, Sie müssen an den Ort, wo sich unsere Freunde immer treffen. Zu diesem Italiener – Giuseppe oder Monteverdi oder wie auch immer der heißt. Pronto, pronto. Si, si? Geht das?«

»Ja«, erwiderte Mart Velaze, während er versuchte, mit den Augen den Schatten von Krista Bishop auszumachen, wie sie sich in der Küche bewegte. Den Kaffee vom Herd nahm, die Croissants aus dem Ofen.

»Guter Mann. Die beiden haben vereinbart, sich in zwanzig Minuten dort zu treffen. Gehen Sie nahe an sie heran, Häuptling. Wir müssen hören, was sie sprechen. Etwas ist uns entgangen, Häuptling. Etwas ist passiert, was wir nicht gesehen haben.«

Schweigen. Mart Velaze merkte erst nach einem Moment, dass die Stimme aufgelegt hatte. Dachte: Zu viel passiert, was wir nicht sehen. Er schnitt seinem Spiegelbild in der Glasscheibe eine Grimasse und eilte zum Tor hinunter.

Giovannis Delikatessen. Dr. Ato Molapo und Gogol Moosa saßen auf dem Parkplatz auf der gegenüberliegenden Straßenseite im X5 des Direktors. Moosa angespannt in einem Anzug, nach vorne starrend und nach dem für Ato Molapo zu süßlichen Duft von Bulgari Pour Homme riechend. Molapo hatte eine Sonnenbrille auf der Nase und beugte sich über das Steuer. Sein Blutdruck war hoch, seine Schläfen pochten.

Kein Wort von Wainwright, obwohl sie anderes vereinbart hatten. Auch sein Handy war nicht zu orten.

Von Seiten der Iraner herrschte ebenfalls Schweigen. Unter ihrer Kontaktnummer klingelte es zwar, aber niemand hob ab.

Jetzt drangen Moosas Worte durch seinen schmerzenden Schädel. »Wir glauben, es könnten die Amerikaner oder vielleicht die Israelis gewesen sein.«

Ato Molapo nahm die Sonnenbrille ab und rieb sich die Augen. Er brauchte Moosas Hilfe, traute sich aber nicht, danach zu fragen. »Was soll das heißen?«

»Ich meine diejenigen, die sie mitgenommen haben. Es waren ihre eigenen Leute.«

»Von der Suarez? Ihre eigenen Leute haben sie mitgenommen?«

»Ja, so sieht es aus.«

»Sie war als Austausch gedacht. Sie war geheim. Wir hatten sie in einem sicheren Haus untergebracht. Niemand wusste, wo sie steckte. Nicht mal ich.«

»Sie haben es herausgefunden. Jemand hat es herausgefunden.«

»Wie? Wie ist das möglich?«

Was hatte der Genosse Staatssekretär gesagt? Kapstadt sei eine Stadt der Verräter und *Impimpis*? Und jetzt auch noch diese Probleme mit Wainwright. Ato Molapo blickte auf die

Leute vor dem Delikatessengeschäft, wie sie ihren Kaffee tranken, plauderten, miteinander lachten. Männer in Muskelshirts, Frauen in Elastan-Leggings. Er beschloss, dass er keine andere Wahl hatte. Setzte seine Sonnenbrille wieder auf. »Ich habe noch ein Problem.«

Ermington Road. Zum dritten Mal hinterließ Fish Pescado eine Voicemail auf Vicki Kahns Handy. »Ruf mich an, Vics. Wo zum Teufel steckst du?«

Hatte ihr auch mehrere WhatsApp-Nachrichten geschickt. Was ist los? Du kannst doch nicht so lange unerreichbar sein.

Er hatte Janet losgeschickt, ihm Kopfschmerztabletten zu besorgen. Hatte an seinem Küchentisch gesessen und über Caitlyn Suarez nachgedacht und wer verdammt noch mal sie wirklich war. Dann hatte er Zeit damit totgeschlagen, im Netz die neuesten Nachrichten anzuschauen. Hatte gelesen über: Morde in der Familie, Morde auf Farmen, Freund erschießt Freundin; den Präsidenten auf dem Weg nach Moskau, um einen Atomkraftvertrag zu unterschreiben; eine Abalonen-Verhaftung, für die Rings Saturen die Polizei lobte; Warnungen von den Briten, den Amerikanern und den Australiern an ihre Bürger in Südafrika, dass ISIS möglicherweise Einkaufszentren anvisieren könnte.

Da klingelte sein Handy. Die Nummer war unterdrückt. Fish meldete sich: »Ich höre. Wenn Sie was verkaufen wollen, lege ich gleich wieder auf.«

Eine Stimme, die er nicht kannte, fragte: »Spreche ich mit Fish Pescado?«

Fish sagte Ja.

»Ich heiße Henry Davidson«, erklärte Henry Davidson. »Ich glaube, Sie kennen eine frühere Kollegin von mir namens Vicki Kahn.«

»Das tue ich«, erwiderte Fish. »Warum wollen Sie das wissen?«

»Aus keinem besonderen Grund, Mr. Pescado. Ich versuche nur, sie zu kontaktieren.«

»Ich richte es ihr aus. Wenn ich sie sehe.«

»Dafür wäre ich Ihnen dankbar. Aber wissen Sie, es ist ziemlich dringend, dass ich mit ihr spreche. Sie geht nicht an ihr Festnetz. Sie ist nicht in der Rechtsberatung. Vielleicht könnten Sie mir ihre Handynummer geben.«

»Kommen Sie, Davidson, wem wollen Sie hier was vormachen? Die haben Sie doch. Was wollen Sie in Wahrheit von mir?«

Schweigen.

Dann: »Sie hätte mich heute Morgen kontaktieren sollen.«

Was Fish völlig überraschte. »Wirklich?«

»Ja.«

»Sie arbeitet für Sie?«

»Nicht direkt.«

»Verdammt, *China*! Tut sie es jetzt, oder tut sie es nicht?«

»Für den Moment. Nur für einen Auftrag, wenn man das so sagen kann.«

»Wenn man das so sagen kann?«

»Sie ist in eine Operation involviert – ja.«

Fish stöhnte auf. »Sie haben sie wieder reingezogen. Verdammte Scheiße. Haben Sie denn nicht genug…« Er dachte: Sie haben sie wegen irgendwas in der Hand. Sonst wäre sie nie zurückgekehrt. Fragte: »Wie riskant ist es?«

»Oh, ich würde sagen, nicht sehr.«

»Das würden Sie sagen, aber es ist riskant. Sonst würden Sie mich nicht anrufen. Verdammt, ihr seid echt Aasgeier. Warum konnten Sie Vicki nicht einfach in Ruhe lassen? Wo haben Sie sie hingeschickt, Davidson?«

»Das darf ich nicht sagen.«

»Wo? Irgendwo in der Koue Bokkeveld?«

»Auf Wiederhören, Mr. Pescado. Wenn Sie von ihr hören, dann richten Sie ihr aus, dass sie mich dringend anrufen soll.«

Fish blieb in seiner Küche zurück, die Hintertür offen, das Handy in seiner Hand. Er hätte am liebsten geschrien. In dem Augenblick kam Janet herein und streckte ihm eine Packung Panados entgegen. »Hier bitte, Mister Fish. Chillen mit Pillen.«

Giovannis Delikatessen. »Nein«, sagte Gogol Moosa. »Ich kann Ihnen nicht helfen. Wer ist dieser Mann?«

»Ich brauche nur seinen Standort, wenn er sein Handy einschaltet. Nicht mehr. Sie haben Kontakte zu den Mobilfunkanbietern. Zu jemandem, den ich um diesen Gefallen bitten kann. Wenn ich Ihren Namen erwähne…«

Ato Molapo und Gogol Moosa standen jetzt einander gegenüber an einem der Stehtische im Delikatessenladen. Die Frau rechts von ihnen sagte gerade: »Ich hab ihm erklärt, echt, Brad, vergiss es, du bist so ein Loser.« Der Werbefritze mit der gegelten Stachelfrisur links von ihnen meinte: »Wir steigen bei der ersten Runde gleich groß ein, zweihunderttausend.« Dann noch ein Mann, der alleine da war und etwas auf seinem Handy las.

Moosa schüttelte den Kopf. »Ich kann nicht. Also Ihr Kollege hat Sie nicht zum vereinbarten Zeitpunkt angerufen. Warum ist das denn so wichtig? Vielleicht hat er nicht mehr genügend Datenvolumen, kann nicht mehr telefonieren. Warten Sie noch ein paar Stunden. Vielleicht wurde sein Handy auch gestohlen, was er noch gar nicht bemerkt hat.«

»Unmöglich.« Ato Molapo schob seine Kaffeetasse beiseite und tupfte sich mit einer Serviette nervös die Lippen ab. Der gezuckerte Filterkaffee war deutlich zu süß gewesen und hinterließ einen ekelhaften Geschmack in seinem Mund. »Bitte, Mann.«

»Was verraten Sie mir nicht? Außer seinem Namen. Da läuft noch etwas, nicht wahr? Ich habe recht. Ich kann es sehen.« Gogol Moosa schüttelte den Kopf. »Nach den ganzen Gesprächen, die wir miteinander geführt haben, vertrauen Sie mir noch immer nicht. Sie erzählen mir von Ihrer Familie, Ihren glücklichen Tagen mit dem Präsidenten, aber halten etwas geheim vor mir. Wir müssen zusammenarbeiten, Ato. Wie sollen wir diese Dinge sonst schaffen? Wir brauchen alle Freunde.«

Ato Molapo musterte den NPA-Mann ihm gegenüber aufmerksam. Der Typ war Polizist. Mit Verbindungen. Er hatte keine Ahnung, zu wem genau. Wenn man ihm alles erzählte, wusste man nicht, wer noch davon erfuhr – wahrscheinlich sogar Genosse Staatssekretär.

»Ist okay. Vergessen Sie's.«

»Wie Sie meinen. Ich bin hier. Ich kann einige Dinge bewirken, aber dafür brauche ich alle Informationen. Nennen Sie mir seinen Namen, und dann tue ich, was Sie von mir wollen.«

Eines wusste Ato Molapo sicher über Moosa: Man wurde kein ranghoher Polizist ohne Absicherungen. Man musste die schmutzigen Geheimnisse von Leuten kennen, von Freunden und Feinden. Man schloss Versicherungen ab, und Molapo hatte nicht vor, für Moosa eine weitere zu unterschreiben. Es war besser, Wainwrights Schweigen zu ertragen und Moosa wegen Caitlyn Suarez auf Trab zu halten.

»Ist schon in Ordnung«, sagte Ato Molapo. »Finden Sie einfach diese Suarez.«

Die Winelands. »Hier spricht Mira«, hörte Vicki Kahn Mira Yavari sagen. Die Frau lehnte an der Kühlerhaube des Pritschenwagens und blickte durch die Frontscheibe zu den dreien in den Wagen: Vicki vorn, hinter ihr der Mann, den sie nur unter dem Namen Muhammed kannte, neben ihm Robert Wainwright. Zwischen ihnen der Metallkoffer, in dem sich weiß Gott was befand.

Sie waren die ganze Nacht zurückgefahren. Jetzt standen sie auf einer Straße zwischen den Weinbergen kurz vor Kapstadt.

»Mit wem redet sie?«, wollte Wainwright wissen. Sein Gesicht war voller blauer Flecken. An seiner Wange ein blutiger Kratzer.

Vicki bedeutete ihm, still zu sein. Sie hörte, wie Mira Yavari fragte: »Welches Hotel?« Pause.

Wainwright jammerte weiter: »Was werden sie mit uns machen?«

»Bitte, Dr. Wainwright«, sagte Muhammed. »Es gibt keinen Grund für Sie, sich Sorgen zu machen. Bitte. Sie sind ein wichtiger Mann. Wir werden uns garantiert fürsorglich um Sie kümmern.«

»Wer genau ist wir?«, wollte Vicki wissen. »Der Iran?«

»Nicht der Iran. Wir sind der Islamische Staat.« Muhammed Ahmadi klickte seinen Sicherheitsgurt zu. »Vielleicht haben Sie schon mal von uns gehört?«

»ISIS?« Vicki spuckte das Wort geradezu aus. »Sie und sie?« Zeigte durch die Scheibe auf Mira Yavari. »Hier? Sie machen Witze.« Dachte: super. Herzlichen Dank, Henry. Du hättest mich warnen können. Sie hörte ein Gerangel hinter sich. Als sie sich umdrehte, sah sie, wie Wainwright an dem ISIS-Mann zerrte und versuchte, den Metallkoffer an sich zu bringen. »Ihr seid Terroristen! Ihr haut Menschen den Kopf ab! Ihr habt kein Recht!«

Muhammed löste Wainwrights Finger, einen nach dem anderen, vom Griff des Koffers. »Bitte beruhigen Sie sich, Herr Doktor. Seien Sie damit zufrieden, dass Ihnen nichts passieren wird.«

Natürlich nicht. Alles nur ein Extremabenteuer, dieser Ausflug. Vicki hörte Mira Yavari sagen: »Ja, ich weiß. Dem Cricketfeld gegenüber.« Ihre Miene wirkte so gelangweilt wie die eines Models auf dem Laufsteg und verriet keinerlei Emotionen. »Ja. Alles läuft nach Plan.« Sie legte auf und stieg wieder in den Pritschenwagen.

»Sie sind von ISIS?«, fragte Vicki.

Mira Yavari sah sie an. Lächelte. »Ah, offenbar hat Muhammed euch ins Bild gesetzt. Ja, sind wir. Überraschung. Wenn der Krake erwacht.« Sie ließ den Motor an. »Es dauert jetzt nicht mehr lange.«

»Was soll das heißen?«, fragte Wainwright mit deutlich schrillerer Stimme. »Was dauert nicht mehr lange? Was? Was soll nicht mehr lange dauern? Bitte lassen Sie uns gehen. Sie müssen uns gehen lassen. Wir haben nichts getan. Bitte, bitte, lassen Sie uns gehen!«

Mira Yavari wandte sich an Muhammed. »Wenn er weiter so rumheult, knebelst du ihn. Hören Sie, Wainwright. Es reicht.« Zu Vicki sagte sie: »Versuchen Sie es erst gar nicht.« Dann fuhr sie langsam rückwärts auf die Straße und von dort aus weiter.

Wainwright drückte einen Säureblocker aus der Blisterpackung. Drei waren noch übrig.

Giovannis Delikatessen. Mart Velaze tippte eine E-Mail an die Stimme auf seinem Handy. Eine Minute später klingelte es. Er hob ab. Hörte: »Einen Moment.« Saß in seinem Auto mit dem stummen Telefon am Ohr, während er beobachtete, wie

Dr. Ato Molapos BMW X5 den Parkplatz verließ und sich in den vorbeifahrenden Verkehr einreihte. Der NPA-Typ Moosa hatte das Delikatessengeschäft als Erster verlassen. Molapo gab ihm fünf Minuten, dann ging auch er.

»Ja, Häuptling?«, meldete sich die Stimme. »Erzählen Sie.«

Mart Velaze berichtete von Molapos Bitte.

»Und Moosa hat abgelehnt.«

»Ja, hat er. Dann zeigte er sich doch bereitwillig, falls er den Namen des Kontaktmanns erfährt.«

»Klar. Und? Hat Molapo ihn verraten?«

»Nein.«

»Er vertraut also unserem NPA-Kommissar nicht. Überaus schade.« Eine Pause. »Ich habe eine Aufgabe für Sie, Häuptling. Finden Sie heraus, um wen sich Molapo Sorgen macht. Finden Sie heraus, was er so getrieben hat. Keine allzu schwere Sache für einen Mann Ihres Kalibers und Ihrer Verbindungen. Ein paar Anrufe sollten es wahrscheinlich regeln. Haben die beiden noch über anderes gesprochen? Wie unsere verschwundene Dame?«

»Sie sorgt weiterhin für Unruhe.«

»Das glaube ich. Dem Gerede nach waren es die Yankees, die sie weggezaubert haben. Halte deine Feinde nahe bei dir, aber deine Freunde noch näher, *né*, Häuptling? Nun gut oder auch nicht gut. Mögen die Vorfahren jedenfalls mit Ihnen sein. Wenn Sie einen Namen haben, lassen Sie ihn mich so schnell wie möglich wissen.«

Mart Wundermann Velaze, dachte Mart Velaze. Fehlten nur noch Maske, Umhang und Strumpfhose – schon könnte er ein Action-Held sein.

Dreiundsechzig

Vergenoegd-Farm. »Schön brav sein«, sagte Mira Yavari. »Wir sind nicht lange weg.« Sie ließ die Tür hinter sich ins Schloss fallen.

Völlige Dunkelheit. Das einzige Geräusch waren Robert Wainwrights dumpfe Laute der Angst. Das Mmm, mmm, mmmmmm seiner steigenden Panik. Vicki Kahn lauschte angestrengt, um die leiser werdenden Schritte von Mira Yavari zu hören, die hastig die Treppe hochging. Dann nichts. Kein Rumpeln des Pritschenwagens, wie dieser davonfuhr.

Sie und Wainwright saßen geknebelt und an die Rückenlehnen von zwei Stühlen gefesselt in diesem Kerker. Feuchtkalt, der Geruch nach Schimmel und Fermentierung. Eisig. Der Kerker war ein aus Steinmauern gebauter Lagerraum im Keller eines Farmhauses.

Allmählich gewöhnten sich Vickis Augen an die Dunkelheit.

Sie hatten die Farm über eine lange ungeteerte Straße erreicht, die durch brachliegende Felder geführt hatte. Waren rechts auf einen Weg abgebogen und durch ein Gatter gefahren. Weiter unten standen neben einer Reihe von Eukalyptusbäumen einige Arbeiterhütten, deren Dächer, Fenster, Türen und Dielenböden herausgerissen worden waren. Vor einem Haus hielten sie an. Ein verwahrloster Ort, wo Unkraut durch die Ritzen der Beton-*Stoep* wuchs und Efeu die Fensterläden überwucherte. Aber die Fensterscheiben waren noch intakt, und die Haustür hatte jemand mit einem Vorhängeschloss verriegelt.

»Mein Wochenendhäuschen«, hatte Mira Yavari erklärt. »Malerisch und rustikal – findet ihr nicht? Es heißt Vergenoegd. Angeblich bedeutet das auf Niederländisch Behagen oder so etwas Ähnliches.« Sie hatte gelacht.

Nicht gerade die Art von Wochenendhäuschen, die irgendwer als Ferienwohnung im Netz anbot. Einen solchen verlassenen Ort würde man so schnell nicht finden.

Vicki dachte: Nichts passierte hier spontan. Das war alles von langer Hand geplant worden. Einzig ihr Auftauchen hatten sie nicht vorhergesehen.

Ihr und Wainwright war befohlen worden, aus dem Pritschenwagen auszusteigen. Dann wurden sie um das Haus nach hinten geführt.

»Nicht unbedingt Fünf-Sterne-Qualität«, hatte Mira Yavari gemeint. »Aber dafür herrscht hier wunderbare Ruhe.« Sie hatte sie eine Holztreppe hinunter in den Lagerraum geführt und zugesehen, wie Muhammed die beiden mit Plastikfesseln festband und knebelte.

Dann hatte sie ihnen fröhlich zugewinkt und war verschwunden. Vicki brauchte eine Weile, um ihren Stuhl ruckweise zur Steinwand zu bewegen und die Fessel an ihren Handgelenken an einer rauen Kante aufzureiben. Das Raspeln scheuerte ihre Haut wund. Immer wieder musste sie innehalten, bis das Brennen nachgelassen hatte. Wainwright war inzwischen still geworden. Vicki hörte ihn nicht einmal atmen. Fragte sich, ob er ohnmächtig geworden war. Hatte er einen Herzinfarkt erlitten? So etwas konnte passieren. Selbst die Fittesten konnten unter Stress zusammenbrechen.

Als sie ihre Hände befreit hatte, riss sie sich das Klebeband vom Mund. Sie fasste zu Wainwright hinüber, drückte seinen Kopf hoch und entfernte auch sein Klebeband. Der Mann stöhnte auf und versuchte etwas zu sagen. »Oh, Gott, oh, Gott.« Er keuchte. »Was ... Was werden die mit uns machen?« Also kein Herzinfarkt.

Vicki lehnte sich zu ihm, eine Hand auf seinem Knie. »Robert. Robert, schlucken Sie. Beruhigen Sie sich.« Sie tätschelte sein Knie. Sein Verhalten überraschte sie. Bei ihrer Begegnung in den Bergen hatte er noch entschlossen gewirkt. Geradezu selbstbewusst. »Alles okay. Atmen Sie langsam ein und aus.« Sie wartete, bis die Panik des Wissenschaftlers etwas nachließ.

»Es tut mir leid. Es tut mir leid. Ich bin… Ich bin nicht gut in so was.« Weiteres Keuchen. Weiteres Anflehen des Allmächtigen.

Vicki sagte nichts dazu. Sie behielt ihre Hand auf seinem Knie, um ihn zu beruhigen. Sein Atem stank nach Angst.

»Sie sind für so was ausgebildet worden. Sie ertragen das. Aber ich habe Angst, verstehen Sie? Ich habe panische Angst.« Sein Keuchen wurde wieder stärker. »Sie werden uns töten, nicht wahr? Hier, hier… Sie werden uns hier erschießen. Warum? Aus welchem Grund? Was haben wir ihnen denn getan? Was können wir überhaupt tun? Oh, Gott, oh, mein Gott.« Sein fauliger Atem ließ Vicki den Kopf abwenden. »Ich habe eine Familie. Sie wissen, dass ich eine Familie habe. Sie haben meine Frau und meine Kinder gesehen. Ich muss für sie sorgen. Sie brauchen mich.«

»Stopp, Robert. Hören Sie auf.« Vicki sprach laut und harsch, harscher als beabsichtigt. Das Knie des Mannes zitterte unter ihren Fingern. »Wie fühlt sich Ihr Gesicht an?«

»Schmerzen. Wenn ich rede, besonders.« Wieder begann er sich zu entschuldigen. Dann: »In meiner Tasche. Bitte. Da habe ich Tabletten. Tabletten gegen mein Sodbrennen. In meiner rechten Tasche.«

Vicki schob ihre Hand in die Tasche seiner Hose und zog mühsam eine Blisterpackung mit Tabletten hervor. Sie drückte eine heraus und legte sie ihm auf die Zunge.

Wainwright sog heftig daran.

»Robert, hören Sie mir zu.« Sie fummelte die restlichen zwei wieder in seine Tasche. »Es gibt ein paar Dinge, die Sie mir erklären müssen. Dinge, die ich wissen muss, ehe sie zurückkommen. Verstehen Sie? Verstehen Sie, worum ich Sie bitte? Robert! Antworten Sie mir.«

Es knirschte hörbar, als er die Tablette zerkaute. »Ich kann nicht. Ich kann nicht denken. Ich kann meine Gedanken nicht ordnen. Es ist nichts mehr da. Oh, mein Gott, oh, mein Gott. Alles ist dunkel. Es gibt keine Worte in dieser Dunkelheit.«

»Was ist in dem Koffer, Robert?«

»Dem Koffer?«

»Dem silbernen Metallkoffer. Den dieser Muhammed aus dem Wagen genommen hat. Gestern Nacht, nachdem er den zweiten Mann erschossen hatte. Er trug einen Koffer. Was war darin?«

»Er hat ihn erschossen. Er hat den anderen Mohammad erschossen. Oh, mein Gott, einfach so. Wie sagt man da in den Filmen noch mal? Ohne Vorwarnung.«

»Was befindet sich in dem Koffer, Robert?«

»Wir müssen hier raus. Machen Sie mich los. Wir müssen entkommen.« Vicki spürte, wie sich Wainwrights Bein unter ihren Fingern anspannte. Der Mann versuchte sich zu befreien und schaukelte dabei so heftig mit dem Stuhl hin und her, dass er beinahe nach vorne kippte. Mit ihrer Hand hielt sie ihn fest.

»Robert! Robert, hören Sie mir zu. Beruhigen Sie sich.«

»Mich beruhigen! Wie kann ich mich beruhigen? Wir sind hier. An diese Stühle gefesselt. Mein Gesicht tut weh. Schauen Sie, wo wir sind. In der Dunkelheit, in diesem Keller, viele Kilometer von anderen Menschen entfernt. Sie haben es doch selbst gesehen. Hier taucht niemand auf. Wir werden hier sterben. Sie werden uns umbringen.«

»Wenn sie das vorhätten, wären wir bereits tot.« Dachte: Aus irgendeinem Grund brauchen sie uns noch. Lebendig. Allerdings bezweifelte sie, dass Robert das glauben würde. »Sie werden uns nicht umbringen, Robert. Robert, bitte konzentrieren Sie sich. Sagen Sie mir, was sich in dem Koffer befindet.«

»U... Uran. HEU. Highly enriched uranium. Hochangereichertes Uran. Das wollten die Iraner. Für ihr Nuklearprogramm. Ihr Atomwaffenprogramm.«

»Um eine Bombe zu bauen?«

»Das würde dabei helfen, genau.«

»Ich verstehe nicht. Sie haben bereits Atomkraft. Warum wollen sie dann hochangereichertes Uran von uns?«

»Was?« Ein schwaches, abgelenkt klingendes Was.

»Robert, helfen Sie mir: Warum kaufen sie dieses HEU von uns? Sie müssen so etwas doch selbst haben.«

»Haben sie nicht. Wegen des Abkommens mit den USA. Dafür sollten sie die Anreicherungsprogramme einstellen. Damit die US-Sanktionen aufgehoben werden.«

Jetzt begriff Vicki. Sie nickte. »Aber sie wollen eine Atombombe bauen. Diese miesen Kerle. Und wir haben die Ware. Und die Gierschlünde. Herrlich. Okay. Verstehe. Und die Strahlung? Wenn das angereichertes Uran ist, muss das doch gefährlich sein.«

»Es ist nichts. Fast nichts. Es ist stabil und leicht zu tragen.«

Grundgütiger!

»Und wir haben das Zeug immer noch? Ich dachte, wir wollten es loswerden. Das gehörte zu unserer Entscheidung, keine Atomwaffen mehr zu bauen. Haben wir das Lager aus Apartheidzeiten denn nicht vernichtet?«

»Wir haben nicht alles vernichtet. Einen Teil haben wir zurückgehalten.«

»Den wir jetzt an den Iran verkaufen.«

»Ein bisschen davon. Nicht viel. Zehn Kilo.«

»Was reicht, vermute ich?«

»Es könnte reichen.«

»Und unsere Regierung verkauft das? Wir haben das im Kabinett entschieden? Trotz drohender internationaler Sanktionen?«

»Das war nicht unsere Regierung. Das wissen Sie.«

»Weiß ich das? Nach dem Waffenhandel muss ich davon ausgehen, dass es die Entscheidung unserer Regierung war. Wer ist also darin verwickelt?«

»Wichtige Leute. Deshalb konnte ich auch kein Whistleblower werden.«

»Welche wichtigen Leute? Ihr Direktor, Molapo?«

»Ja.«

»Nur er? Höher hinauf reicht das nicht? Er ist der Schwiegersohn des Präsidenten.«

»Ich weiß es nicht. Vielleicht. Das hat mir auch Angst gemacht. Hinter so etwas können nicht nur der Direktor und eine Kontaktperson in Swartputs stecken.«

»Und Sie?«

»Ja, und ich.«

»Wurden Sie dafür bezahlt?«

»Es hieß, dass ich bezahlt werden würde. Ich habe bereits einen Vorschuss erhalten.«

»Wie viel?«

»Fünftausend.«

»Fünftausend Rand?«

»Dollar.«

»Und insgesamt?«

»Zwanzigtausend Dollar.«

»Das machen Sie für zwanzigtausend Dollar? Das ist alles? Sie haben Ihre Karriere für ... für dreihunderttausend Rand aufs Spiel gesetzt? Sie müssen im Jahr doch mindestens doppelt so viel verdienen. Mein Gott, Robert. Was haben Sie sich dabei gedacht?«

»Ich konnte nicht ablehnen. Die haben mich bedroht. Sie wissen, dass sie meine Frau bedroht haben. Die haben meine Kinder fotografiert. Ich habe es Ihnen doch schon gesagt. Mir blieb nichts anderes übrig.«

»Okay, okay. Lassen wir das.« Vicki nahm ihre Hand von seinem Knie und beugte sich vor, testete, wie fest die Fesseln um ihre Fußknöchel gezurrt waren. Es blieb nicht viel Platz. Sie richtete sich auf. »Diese Iraner. Wie lange sind die schon im Spiel?«

Wainwright erzählte ihr mit seiner zittrigen Stimme, dass er zuerst geglaubt habe, es seien Gesandte, Teil einer Handelsmission. Doch anstatt zurückzufliegen, blieben sie plötzlich da. Zu dem Zeitpunkt begannen sie auch, ihn und seine Familie zu bedrohen.

»Haben Sie nichts zwischen den beiden bemerkt? Keine Angespanntheit? Kein Hinweis darauf, dass dieser Muhammed von ISIS ist?«

»Der andere war bösartig. Der Tote, der auf Sie geschossen hat. Ein brutaler Kerl. Echt grausam mit seiner Heavy-Metal-Musik. Dieser Muhammed war irgendwie ...« Wainwright zögerte etwas.

»Ja?«

»Rücksichtsvoller. Netter.«

Na klar. »Und die Frau, diese Mira? Haben Sie die früher schon mal gesehen?«

»Nein, noch nie.«

Sie saßen eine Weile schweigend da. Vicki überlegte. Sie hätte nie gedacht, dass Mira und dieser Muhammed zu ISIS gehörten. Dachte: Aus welchem Grund lassen sie uns am Leben? Wir sind hinderlich, eine Belastung, im Weg. Es sei denn, wir sind Teil des Abkommens. Aber warum ich? Diese Frage quälte sie. Es machte keinen Sinn. Wainwright – sicher, Nuklearwissenschaftler waren nützlich. Wissenschaftler konnten Atombomben bauen. Hatten sie Wainwright deshalb mitgenommen? War er dazu in der Lage, wenn er das Rezept bekam? Sie fragte ihn.

»Oh, mein Gott, nein. Oh, Gott, nein. Das kann ich nicht. Dazu können sie mich nicht zwingen.«

Vicki merkte, dass der Mann vor Angst zitterte.

»Aber rein technisch betrachtet wären Sie dazu in der Lage, oder?«

Ein geflüstertes Ja. Dann wieder sein Drängen: »Sie müssen uns hier rausbringen. Ihre Hände sind frei. Sie können mir helfen, meine zu befreien. Wir schaffen das, Vicki. Wir schaffen das. Bitte. Bitte, wir müssen das schaffen.«

Das wird nicht gehen, dachte Vicki Kahn. Sagte: »Das funktioniert nicht, Robert. Vergessen Sie's.«

Vierundsechzig

Ermington Road. »Wie geht's, weißer Mann? Wir kommen in Frieden.« Bill & Ben standen an der offenen Küchentür. Bill redete, während er Fish einen Schokoladenkuchen hinhielt. »Wir bringen ein Versöhnungsangebot.« Janet sprang aufgeregt hinter ihnen hin und her.

»Ich konnte sie nicht aufhalten, Mister Fish. Sie haben gesagt, sie sind Ihre Freunde.«

»Das stimmt, Mister Fish. Wir sind Ihre Freunde«, fügte Ben hinzu und zeigte ein breites, weiß strahlendes Grinsen. »Wie wäre es mit einem Powwow?« Er hielt Fish seine Hand entgegen, die Handfläche nach oben.

»Kaffee und Kuchen, Mr. Pescado. Von Charly's Bakery«, erklärte Bill. »Wenn er von Charly stammt, weiß man, dass es ernst gemeint ist. Jeder in dieser Stadt sagt, es gibt keinen besseren Kuchen. Was denken Sie? Wird Ihre Hilfe Janet einverstanden sein?«

»Verschwinden Sie.«

»He, bitte, Mann. Etwas mehr Respekt.« Ben zog eine Pistole aus seinem Gürtel. »Ich dachte, die wollen Sie vielleicht wieder zurück?« Er ließ die Ruger über den Küchentisch schlittern.

Fish fasste danach. Kontrollierte das Magazin. Noch ganz geladen, eine Patrone im Verschluss. Er sah, wie die beiden Amerikaner ihn beobachteten. Bill hielt noch immer den Kuchen, Ben hatte die Arme vor der Brust verschränkt.

»Wir wollten nur sichergehen, dass Sie uns nichts übelnehmen.« Bill stellte den Kuchen auf den Tisch. »Und dass Sie sich gut erholen.«

»Wie rücksichtsvoll.«

»So sind wir nun mal. Wir wollten auch sichergehen, dass Sie uns in puncto Caitlyn Suarez verstanden haben. Tabu. Comprehende?«

Fish antwortete nicht.

»Da hätten wir außerdem eine weitere Sache, Mr. Pescado. Können wir uns setzen? Vernünftig darüber reden. Und nachdem ich diesen Kuchen jetzt seit einer Stunde betrachtet habe, würde ich mich wirklich über ein Stück und eine Tasse starken schwarzen Kaffee freuen.«

»Sonst noch was?«, wollte Fish wissen.

»Eher eine Frage des sonst noch wer«, erwiderte Ben. »Zuerst einmal wäre allerdings ein Kaffee schön, Mr. Pescado.«

»Soll ich die *Boere* rufen?«, fragte Janet, die an der Hintertür herumhing. »Ich kann das schnell von Ihrem Handy aus machen. Aber Sie haben die Waffe, Mister Fish. Sie können sie erschießen.«

»He, wir haben Kuchen mitgebracht«, protestierte Bill an Janet gewandt. »Etwas freundlicher, wenn ich bitten darf, Schwester.«

»Ist schon in Ordnung, Janet«, sagte Fish. »Geh raus und setz dich. Ich rufe dich dann.«

»Nur zwei Zucker, Mister Fish. Ich mach nämlich eine Diät. Aber der Kuchen kann die normale Größe haben.«

Die beiden Männer setzten sich, während Fish zwei Bialettis auf den Herd stellte.

Bill sagte: »Wir haben ein paar Bilder, die Sie sehen sollten.«

»Ach ja?«, erwiderte Fish. »Und welche wären das?«

»Schauen Sie sich die mal an.« Ben zog ein paar Schnappschüsse aus seiner Jackentasche. Reichte sie Fish. Man konnte gerade so erkennen, dass es sich um ihn und Vicki handelte, wie sie am Morgen seiner Entlassung aus dem Polizeirevier kamen. »Ist sie Ihre Anwältin?«

Fish zuckte mit den Achseln und reichte das Bild zurück. »Warum interessiert Sie das?«

»Bitte, Mann, lassen Sie uns zusammenarbeiten. Es ist nur eine Frage. Würde uns helfen, die Punkte miteinander zu verbinden.«

Fish überlegte. Welche Punkte? Worauf lief das hinaus? Sagte: »Sie zuerst. Warum interessieren Sie sich für sie?« Er stellte zwei Teller mit Kuchen vor die Amerikaner.

»Haben Sie vielleicht auch eine Kuchengabel?«, fragte Bill und schnitt eine Grimasse. Dabei rieb er sich den rechten Arm.

»Hab ich nicht«, erwiderte Fish. Er bemerkte die Bewegung – als ob der Typ echte Schmerzen im rechten Oberarm hatte. Beobachtete, wie Bill ein Stück des Kuchens mit Glasur abbrach und sich in den Mund schob. Sein Gesicht wirkte angespannt.

»Das muss eine der besten Glasuren sein, die ich jemals außerhalb der Heimat gegessen habe«, stellte er fest. »Der Kuchen ist auch so feucht. Wissen Sie, es ist verdammt schwierig, einen feuchten Kuchen hinzubekommen, das kann ich Ihnen sagen.« Leckte die Schokoladenglasur von seinem Finger. »Vom Kuchen abgesehen, Mr. Pescado. Der Grund, warum wir uns für Sie interessieren, ist dieser. Zeig ihm auch das, Ben.«

Ben reichte Fish eine weitere Aufnahme. Ein scharfes Farbfoto, das Vicki und einen Mann in einem Café zeigte. »Falls Sie es nicht erkannt haben, fand das Treffen im Truth statt, da in der Buitenkant Street.« Ben brach das Wort in drei Silben, wobei er »kant« besonders hart aussprach. »Kennen Sie das Café?«

Fish nickte.

»Dieser Kerl da«, fuhr Bill nun fort, »heißt Henry Davidson.«

Fish dachte: Verdammt, sie ist wirklich wieder zurückgekehrt.

Bill fragte: »Sagt Ihnen der Name etwas? Sind Sie ihm jemals begegnet? Können Sie sich vielleicht daran erinnern, schon mal seinen Namen gehört zu haben?«

»Nein«, antwortete Fish. »Nie.« Er schenkte Kaffee in vier Becher. Rief: »Janet, komm und hol es dir.« Janet war so schnell da, dass sie gelauscht haben musste. Fish warf ihr einen unheilvollen Blick zu.

Janet strahlte. »Kuchen mit den amerikanischen Gentlemen. Mister Fish hat sehr nette Freunde. Danke Ihnen, meine *Larneys*.« Grinsend verließ sie rückwärts die Küche.

»Hilft sie Ihnen aus oder was?«, erkundigte sich Ben.

»Sie ist Janet«, antwortete Fish und beließ es dabei.

Bill nippte an seinem Kaffee, wobei er vor allem seine linke Hand benutzte. »Auch ein verdammt guter Kaffee, Mr. Pescado. Vielen Dank.« Stellte den Becher ab. »Die Sache ist die: Ursprünglich waren wir an Ihnen interessiert, wie wir Ihnen ja schon erklärt haben. In Verbindung mit einer anderen Angelegenheit hatten wir Mr. Henry Davidson auf unserem Schirm. Dann erschien diese Frau bei unseren Überwachungen.« Bill brach noch ein Stück von seinem Kuchen ab. »Sie kennen das selbst, Mr. Pescado: Wenn man einen Auftrag hat, folgt man den Hinweisen.« Bill führte das Kuchenstück zu seinem Mund, die Augen auf Fish gerichtet.

Ben schob ein weiteres Foto über den Tisch. »Wollen Sie sich vielleicht auch das anschauen?«

Fish warf einen Blick auf das Bild: Vicki bei einem Pokerspiel.

»Das war vor zwei Nächten«, sagte Ben. »In einem Pokerclub, den so ein Hippie in seinem Haus in Gardens führt.«

Fish wusste, dass die beiden Männer darauf warteten, irgendeine Reaktion in seiner Miene auszumachen. Er dachte: Scheiße, mit dem Spielen hat sie also auch wieder angefangen. Hielt sich bedeckt, indem er sagte: »Und?«

Ben rief: »Janet, hey, Janet! Ich will Ihnen was zeigen.«

Janet kam sofort zur Tür herein.

Ben hielt ein Bild von Vicki und Henry Davidson hoch.

Janet schaute Fish an. Fish versuchte, total ausdruckslos dreinzublicken, schüttelte aber ganz leicht den Kopf.

Er sah, wie Janet die Stirn runzelte. Sie sagte: »Den Mann bei Miss Vicki kenne ich nicht.«

»Kein Problem«, meinte Ben. »Vielleicht wollen Sie noch ein Stück Kuchen?«

»Geht das, Mister Fish?«, fragte sie. »Haben Sie nichts dagegen?«

Fish zeigte auf den übrig gebliebenen Kuchen. »Bediene dich.« Seine Augen wanderten von Bill zu Ben. Die beiden Männern erwiderten gleichgültig seinen Blick. Sie aßen ihren Kuchen und tupften dann die restlichen Brösel mit den Fingern von ihren Tellern.

Als Janet hinausgegangen war, sagte Ben: »Das hier ist ein Bild von ihr, wie sie gerade ein Auto bei Colonial Rental mietet. Einen weißen VW Polo. Wenn Sie das nachprüfen wollen, können Sie das gerne tun. Man wird Ihnen bestätigen, dass sie gestern Morgen so gegen halb neun die erste Kundin war, die dort durch die Tür kam. Es ist eine Zweigstelle in der Strand Street, wo es steil wird, Sie wissen schon – ein paar Blöcke vom Schwulenviertel entfernt. Soweit ich weiß, ist sie mit einem Uber dorthin gefahren.«

Fish betrachtete das Foto, auf dem Vicki gerade eine Reisetasche ins Büro der Autovermietungsfirma trug. Ihre Aktentasche hing über ihrer Schulter. Eine ziemlich cool wirkende Vicki mit flachen Schuhen, einer schwarzen Hose – vielleicht eine teure Jeans –, einem dunkelblauen Rollkragenpulli und ihrem Dufflecoat.

»Von einer Frau, die einen MiTo fährt, würde man eigentlich erwarten, dass sie den nimmt. Um mit dem roten kleinen Flitzer über die leere Ebene zu sausen.« Bill trank den letzten Schluck seines Kaffees. »Hat sie Ihnen verraten, wohin sie will, Mr. Pescado?«

Fish überlegte. Wie sollte er sich verhalten? Wie viel sollte er erzählen? Wie viel verschweigen? Er beschloss, weiterhin den Toughen zu spielen. »Was interessiert Sie das?«

Die Männer warfen einander einen Blick zu. Dann ergriff Ben das Wort. »Hör zu, Cowboy, es gibt keinen Grund, den harten Typen zu markieren. Wir machen Ihnen hier ein Angebot. Wir teilen unsere Infos mit Ihnen. Im Gegenzug hoffen wir, dass Sie uns etwas geben können, was uns bei unseren Nachforschungen weiterbringt. Vicki Kahn steckt tief in der Scheiße. Knapp vor dem Aus. Völlig platt. Keine Hilfe weit und breit. Alles hinüber. *Nada. Rien ne va plus.* Wie auch immer Sie es ausdrücken wollen, in welcher Sprache, es läuft aufs Gleiche hinaus. Kurz und knapp: Wenn Sie uns helfen, können wir ihr helfen.« Ben warf ein weiteres Bild auf den Tisch, als würde er Blackjack spielen. Ein Autowrack am Rand einer Landstraße.

»Das ist der Polo von Colonial Rental, Mr. Pescado«, sagte Bill. »Schauen Sie genau hin, dann erkennen Sie das Nummernschild. Wenn Sie Colonial Rental anrufen, werden Sie feststellen, dass es sich um das Auto handelt, das Vicki gemietet hat. Oder Sie glauben uns einfach, was wir Ihnen erzählen.« Bill wartete.

Fish dachte: Bleib ruhig. In seiner Magengrube breitete sich eine seltsame Leere aus, und sein Herz begann schneller zu schlagen. Er fragte: »Und?«

»Und keine Vicki Kahn. Tut mir leid, Mann, echt leid. Ein paar Einschusslöcher. Etwas Blut. Mehr nicht.«

Fish schaute die Ruger an, die noch immer auf dem Tisch lag. Er fragte sich, ob er die Mündung an Bills Ohr halten sollte. Am liebsten wäre er aufgesprungen. Hätte nach etwas getreten, etwas zusammengeschlagen. Er wollte schreien. Stattdessen meinte er leise: »Woher wissen Sie das alles? Wo ist das, dieses Wrack?«

»Wir können nicht verraten, wie oder warum wir das wissen«, erwiderte Ben. »Teil einer verdeckten Operation, die noch nicht abgeschlossen ist.«

»Eines dürfen wir Ihnen allerdings sagen«, meinte Bill. »Das Wrack liegt an der Brandvlei Road am Ende der Welt. Haben Sie irgendeine Idee, warum sie die Brandvlei Road entlanggefahren ist?«

»Verdammte Scheiße!« Fish tat das, was er bisher zurückgehalten hatte: Er brüllte. Sprang auf. Hieb auf den Tisch. Trat nach einem Küchenschrank und schlug mit seinem Fuß ein Loch in die Holzfront. Bill und Ben waren aufgestanden.

Ben meinte: »Behalten Sie die Fotos. Wir haben Kopien.«

Bill erklärte: »Es tut uns leid, dass wir Überbringer schlechter Nachrichten sein mussten, Mr. Pescado. Wenn wir etwas hören, werden wir uns bei Ihnen melden. Wenn Sie von ihr hören, wären wir Ihnen dankbar, wenn Sie es ebenso halten könnten.« Er nahm eine Visitenkarte aus seinem Portemonnaie. Fish fiel wieder sein schmerzverzerrtes Gesicht auf. »Meine Kontaktdaten.«

»An Ihrer Stelle«, sagte Ben, »würde ich diesen Davidson kontaktieren. Sollte für einen privaten Ermittler wie Sie kein Problem sein.« Er winkte Fish zu und folgte Bill aus der Küche. »*Hasta la vista*, Baby. Noch einen schönen Tag.«

Fünfundsechzig

City Bowl. Mart Velaze befand sich in Krista Bishops Haus. Schaute sich die Einschusslöcher in ihrer Schlafzimmertür an. Dachte: Scheiße, *Sisi*, das wollte ich nicht. Er blickte in das Zimmer, wo noch immer der Blutfleck auf dem Boden zu sehen war. Und weitere Blutspritzer auf der Bettdecke.

Während einiger Nächte hatte er in diesem Bett geschlafen, unter dieser Decke. Das war kein Gedanke, dem er jetzt nachhängen wollte. Ebenso wenig wollte er den bevorstehenden Anruf machen.

Er trödelte herum. Ging wieder nach oben, wo ein heilloses Polizeidurcheinander herrschte: Fingerabdruckpuder, Markierungen, Absperrbänder. In der Spüle schmutzige Becher, leere Plastikverpackungen, eine Pizzaschachtel mit zwei übrig gebliebenen Stücken: Pizza Hawaii, mit Ananas und Schinken. Auf dem Herd stand noch eine Kaffeekanne. Krista Bishops letzter Kaffee. Der Anblick jagte Mart Velaze nach draußen zu dem Swimmingpool, wo er einige Stunden zuvor gestanden hatte.

Er schob den schweren Anruf hinaus. Stattdessen rief er das Energieministerium an. Wenn der namenlose Mann ein Kollege von Ato Molapo war, gab es keinen sinnvolleren Ort, um anzufangen. Nach drei Minuten hatte Mart Velaze herausgefunden, dass Dr. Robert Wainwright der Mann war, den er suchte. Einfache Lüge, einfache Frage, einfache Antwort.

»Ich bin von der Zentralverwaltung und brauche eine Bestätigung über Dr. Molapos Hauptwissenschaftler. Könnten Sie mir bitte deren Namen nennen?«

Dr. Robert Wainwright wurde ihm als Erster genannt.

Zum Schluss fragte Mart Velaze, ob er zu ihm durchgestellt werden könne.

Leider nicht. Dr. Wainwright sei für ein paar Tage nicht im Haus. Beruflich unterwegs. Vielleicht könne der Herr Direktor weiterhelfen? Mart Velaze erwiderte, es gehe um etwas, was Dr. Wainwright betreffe, und ob man ihm seine Handynummer und seine Adresse geben könne.

»Das darf ich nicht«, sagte die Sekretärin.

Mart Velaze ließ Autorität spielen. Er nannte ihr einen falschen Namen, eine falsche Position, nannte höhergestellte Mitarbeiter. Bekam, was er wollte. Er versuchte es unter Dr. Wainwrights Handynummer. Voicemail.

Interessant, dachte Mart Velaze. Konnte die Welt wirklich so einfach sein?

Dann tätigte er den Anruf, vor dem ihm graute: Er rief Mace Bishop an. Der Mann hob ab. Mart Velaze nannte seinen Namen.

Schweigen.

»Ich bin mir nicht sicher, ob ich von Ihnen hören will, *Buti*.«

Mart Velaze dachte: Du hast völlig recht, du willst nicht von mir hören, *Buti*. Sagte: »Ich kann es nicht anders formulieren, Mace Bishop: Ihre Tochter Krista ist tot. Es tut mir so leid, Mann. Es tut mir wirklich so leid.« Mart Velaze fühlte sich mieser als je zuvor. Das musste die schlimmste Aufgabe sein, die es gab.

Schweigen.

Mace Bishop fragte: »Wie?«

»Ein Schuss. Ins Herz.«

Mart Velaze hörte wieder Schweigen. Dann: »Was meint die Polizei?«

»Einbruch ins Haus.«

»Glauben Sie das?«

»Nein.«

»Wissen Sie, wer es war?«

»Nicht eindeutig. Noch nicht.«

»Haben Sie Möglichkeiten?«

»Ja.« Mart Velaze starrte auf das Haus, das Mace Bishop gebaut hatte. Das Haus, in dem seine Frau getötet wurde. Das Haus, in dem seine Tochter getötet wurde. »Wir kümmern uns darum. Ich meine damit, ich kann mich von meiner Seite aus darum kümmern.«

»Klar können Sie das. Nur ist sie meine Tochter.«

War deine Tochter, dachte Mart Velaze. »Sie sind ...?«

»Ich komme. Ich bin in Nairobi und werde heute Nacht noch im verdammten Kackstadt sein. Nennen Sie mir den Namen, Velaze.«

»Die Namen.«

»Die Namen also?« Eine Pause. »War es ein Überfall?«

»Die Entführung einer Klientin. Kollateralschaden nennen sie das wohl.«

»Ach, nennen sie das so? Nun, mein Freund, mir ist es egal, wie sie es abheften. Ich nenne es Mord. Die Namen, okay? Nennen Sie mir einfach die Namen.« Wieder eine Pause. »Ich melde mich, wenn ich gelandet bin.«

Die Verbindung brach ab, ehe Mart Velaze antworten konnte. Er dachte, dass Mace Bishop jüdische Chuzpe besaß. Er war immer ein dreister *Mulungu* gewesen, der gern Befehle wie ein weißer *Baas* gab. Diesmal schon wieder. Die Trauer war für Mart Velaze keine Entschuldigung. Wenn man sich seine Freunde nicht aussuchen konnte, dann musste man freundlich zu den Typen sein, die es gut mit einem meinten. Vor allem wenn einer dieser Typen bereits zum zweiten Mal die Hand ausgestreckt hatte. Er fragte sich auch, was Mace Bishop in Nairobi machte. Der Mann wollte doch angeblich seine Rente auf den Caymans genießen. Vielleicht war Mace wieder in seine alten Waffengeschäfte verwickelt. Manche Leute hörten bekanntlich nie mit dem Spiel auf.

Rosebank. Diese Gedanken beschäftigten Mart Velaze den ganzen Weg bis zu Wainwrights Haus. Er bog von der Hauptstraße in den Vorort ab: leere Straßen, schattige Gärten, still daliegende Häuser. Niemand zu sehen. Die einzigen Hinweise auf die Wainwrights waren eine Zeitschrift im Briefkasten, die an Belinda adressiert war, ein Rugbyball, vergessen unter den Hortensien, und ein weicher Sonnenhut an einem Haken neben der Haustür.

Von einer Nachbarin erhielt er ein paar Informationen: dass die Familie weggefahren sei, oh, das sei am Tag zuvor nachmittags gewesen. Belinda habe den Kombi gelenkt und dabei nicht sonderlich glücklich ausgesehen, wenn sie es sich recht überlege. Wahrscheinlich seien sie zur Familie nach Hermanus gefahren, dorthin verreisten sie meistens – es sei denn, sie gingen mit Robert in den Bergen wandern. Robert selbst sei mit ein paar Kollegen davongefahren, mit zwei Männern, die libanesisch oder so ausgesehen hätten, und zwar am nächsten Morgen in einem blauen BMW. Unglaublich protzig, der Wagen. Seitdem habe sie ihn nicht mehr gesehen. Wahrscheinlich sei er zu einer Konferenz gefahren. Robert würde dauernd auf der ganzen Welt zu irgendwelchen Konferenzen verreisen. Die letzte sei in Russland gewesen. Was schon nachdenklich stimmen konnte, wenn man bedachte, wie oft der Präsident in letzter Zeit dorthin verreiste. Vielleicht lägen wir ja schon lange mit den Roten im Bett. Aber vielleicht wolle sich der Präsident auch eine russische Braut anschaffen. Jedenfalls scheine es heutzutage nicht mehr zu helfen, wenn man die Lichter brennen lasse, was? Der Lastabwurf sei echt nervig geworden. Was Belinda mache? Sie sei Friseurin. Habe ihren eigenen Salon in der Stadt. Sie arbeite hart, Belinda, als Mutter und als Friseurin. Wie nannte man die inzwischen? Ach ja, Hairstylist. Ob er die Nummer des Salons wolle? Es sei doch alles in Ordnung, oder? Es sei doch nichts passiert? Auch wenn sie nicht überrascht wäre, wenn Robert in diesem Nuklearbereich einmal etwas zustoßen würde.

Sechsundsechzig

Chapman's Peak. Dr. Ato Molapo saß seit Stunden hinter dem Steuer. Ziellos dahinkurvend seit dem Kaffee mit Kommissar Moosa. Zuerst in der Stadt: in die Tiefgarage der Regierungsgebäude, dann wieder heraus, zur Foreshore, durch die hinteren Straßen nach Woodstock, quer durch den leeren District Six zur Technischen Universität, den Berg hinauf, bis er über Kloof Nek hinweg war und nach Camps Bay hinunterfuhr, den weiten Atlantik vor Augen. Dann entlang der Küste: Oude Kraal, Bakoven, Llandudno, Hout Bay, Chapman's Peak. Oben an den Klippenhöhen lenkte er das Auto auf einen Rastplatz, dem Sentinel gegenüber. Schaltete den Motor ab. Saß da, die Hände um das Lenkrad geklammert. Den Postkartenanblick, der sich ihm bot, nahm er nicht wahr – weder direkt vor ihm noch den Horizont oder die Frachtschiffe in der Ferne. Dachte: Ich bin ein Verfolgter. Ich bin tot.

Sein Handy klingelte. Ato Molapo ließ es zu seiner Voicemail durchstellen. Dann sah er nach, welche Anrufe er verpasst hatte: fünf von seiner Sekretärin, zwei von seiner Frau, zwei von Moosa, einen vom Genossen Staatssekretär. Der letzte war noch einmal von Moosa gewesen. Vielleicht gab es doch Neuigkeiten?

Moosas Stimme auf der Voicemail klang schrill: »Wissen Sie, wie oft ich schon versucht habe, Sie zu erreichen, so oder über Ihr Büro? Wissen Sie das? Sind Sie wahnsinnig, Molapo? Haben Sie den Verstand verloren? Wie kommen Sie auf die Idee, einfach davonzulaufen? Sie hätten mir das sagen sollen! Ich hätte es eindämmen können. Ich bin Ihr Freund.«

Er rief ihn an. Die Stimme des Mannes ein einziges Kreischen. »Verdammte Scheiße, Molapo! Wo stecken Sie? Wissen Sie, was passiert ist?«

»Ich weiß.«

»Sie wissen, dass Plutonium gestohlen wurde. Plutonium! Von uns. Aus einer Deponie unter Ihrer Kontrolle.«

»Uran. Es ist Uran, nicht Plutonium.«

»Uran, Plutonium, völlig egal. Es kann explodieren. Es kann strahlen.«

»Es ist sicher.«

»Sicher! Sind Sie verrückt? Das ist Nuklearmaterial.«

»Das kaum strahlt. Um zu explodieren, muss es erst zu einer Bombe gemacht werden.«

»Hören Sie sich eigentlich selbst, Molapo? Hören Sie das? ›Um zu explodieren, muss es erst zu einer Bombe gemacht werden.‹ Dieses Zeug wurde gestohlen. Von Ihrem Mann, jenem Mann, dessen Namen Sie mir nicht nennen wollten. Von dem ich jetzt weiß, dass er Robert Wainwright heißt. Ihr Mann und irgendein Fremder. Was ist da los, Molapo? Was zum Teufel geht hier vor sich?«

»Es war eine Vereinbarung.«

»Eine Vereinbarung? Eine Vereinbarung, Plutonium zu stehlen?«

»Angereichertes Uran.«

»Verdammt noch mal, Molapo, eine Vereinbarung mit wem?«

»Dem Iran.«

»Nein. Das glaube ich jetzt nicht. Das ist nicht wahr. Sagen Sie mir, dass das nicht wahr ist. Das ist gelogen.« Schweigen. »Wie weit reicht das nach oben?«

»Das kann ich nicht sagen.«

»Wissen Sie, wie beschissen das alles ist? Wollen Sie es noch schlimmer machen? Wollen Sie das für uns alle versauen? Hä? Hä? Denn genau das tun Sie. Wir stehen mitten in einem Shitstorm, Molapo. Und Ihr Mann Wainwright hat dieses Plutonium oder Uran oder was auch immer. Er ist ein Terrorist.«

»Er ist kein Terrorist.« Molapo sprach leise. Er war zusammengesackt und starrte auf den Horizont hinaus.

»Was? Was sagen Sie? Kein Terrorist?«

»Er ist kein Terrorist.«

»Er sieht aber auf den Überwachungskameras verdammt nach einem aus. Wissen Sie, welchen Wirbel das überall auslösen wird? Bereits jetzt auslöst? Sie müssen hinter Ihrem Schreibtisch sitzen. Sie müssen mit dem Sekretär des Präsidenten telefonieren und ihm versichern, dass wir alles unter Kontrolle haben. Und zwar jetzt, Molapo. Jetzt. Hören Sie mich? Jetzt. Nicht später. Nicht nie. Jetzt. Während ich diesen Wainwright finde.«

»Der Geheimdienst weiß Bescheid.«

»Was?«

»Der Geheimdienst weiß davon. Eine Agentin ist Wainwright gefolgt. Man hat sie erschossen.«

»Scheiße. Ganz offiziell, Molapo, ganz offiziell ist das ein Albtraum.«

Dr. Ato Molapo legte auf und rief seine Sekretärin an, von der er mit leiser, gedämpfter Stimme eine Fassung von Moosas Schilderung hörte. Sie flehte ihn an, ins Büro zu kommen. Die Leute machten sich Sorgen. Sie hatten Angst. Was war mit Dr. Wainwright passiert? Auf Twitter kursierten bereits verschiedene Geschichten.

»Alles Lügen«, entgegnete er. »Ich werde unsere Mitarbeiter informieren.«

Aber wo sei er denn? Und würde er bald reinkommen?

Molapo bejahte die letzte Frage. Er plane, in einer halben

Stunde da zu sein. Er hörte, wie seine Sekretärin erleichtert aufatmete. Vielleicht könne er zuerst seine Frau anrufen? Das Büro des Präsidenten habe bei ihr angerufen.

Das versetzte Ato Molapo einen weiteren Schlag in die Magengrube. Er stöhnte auf. »Geht es Ihnen gut, Dr. Molapo?«, hörte er seine Sekretärin fragen. Er schluckte und erklärte, ja, es gehe ihm gut. Er würde noch ein paar Telefonate erledigen und dann zurückkommen.

Er stieg aus dem Auto und ging zum Rand der Klippe, von wo er auf die schwarzen Felsen herunterblickte. Es war Ebbe, Seetang bedeckte die Oberfläche. Kleine Wellen rollten unter den Ranken hindurch und spritzten gegen die Steine. Ein Schritt. Ein langer Sturz in den Tod. Andere hatten es schon vor ihm getan. Manche waren auch mit dem Auto über die Klippe gefahren. Er rief seine Frau an.

Sobald sie seine Stimme hörte, schlugen ihm hörbar ihre Sorgen um ihn auf Zulu entgegen. »Wo bist du, Ato? Ist alles okay?«

Alles okay, versicherte er. Trat vom Rand des Abgrunds zurück.

»Das ist doch das Meer im Hintergrund.«

Er sagte, dass er an Chapman's Peak sei, um wieder klarer denken zu können.

Ihre Überraschung drückte sie auf Englisch aus. »An Chapman's Peak? Wir fahren nie zu Chapman's Peak.«

Er stieg in seinen Wagen, um nicht mehr das Geräusch der Wellen zu hören. Dann sagte er auf Englisch: »Es geht mir gut.« Erklärte ihr auf Zulu, dass sie sich keine Sorgen machen müsse. Er sei in einem wichtigen Meeting gewesen und habe sein Handy ausgeschaltet.

»Niemand wusste, wo du warst, Ato. Gott sei Dank, Gott sei Dank bist du am Leben. In meiner Vorstellung warst du bereits tot. Ich hatte befürchtet, du seist in einen Unfall verwickelt gewesen. Oder in eine Entführung. In deinem Kalender stand nichts von einem Meeting. Wir wussten nicht, was passiert ist. Bitte, du musst Tatas Büro anrufen.«

Ato Molapo meinte, das würde er. Dann bat er sie dranzubleiben, während er Moosas Anruf entgegennahm.

»Caitlyn Suarez hat sich gemeldet«, sagte Gogol Moosa. Ein ruhigerer Gogol Moosa. Ein gelassener Gogol Moosa. Ein Mann mit starken Nerven. »Sie will sich treffen.«

»Wegen des Urans, Moosa? Was sage ich dem Genossen Staatssekretär? Sie können das besser als ich. Bitte. Ich brauche Ihre Hilfe.«

Schweigen. »Sagen Sie ihm, dass sich die Sache entwickelt. Versüßen Sie das Ganze mit der Kontaktaufnahme von Suarez. Das sind gute Nachrichten. Es wird ihn freuen, das zu hören.«

Ato Molapo verlor die Nerven. »Sie wissen nicht, wie dieser Mann ist! Er wird lachen, Moosa. Er wird mit leiser Stimme sprechen. Er wird so leise ins Telefon flüstern, dass ich nicht verstehen werde, was er sagt. Das macht er absichtlich. Er wird von mir verlangen, dass ich wiederhole, was er gesagt hat. Er wird behaupten, dass ich taub sei, dass ich das Wachs aus meinen Ohren nehmen müsse. Das hat er mir schon mal erklärt. Wenn ich zu ihm sage, dass sich die Sache entwickelt, wird er fragen: ›Können Sie das für mich dekonstruieren?‹ Moosa, erklären Sie mir, was das bedeutet – dass sich die Sache entwickelt, wenn Terroristen Nuklearmaterial in den Händen haben. Er wird mich fragen, ob ich in einer Geheimsprache spreche, ob ich meine Spielchen mit ihm treibe, ob ich so tue, als wäre ich ein Spion. Dieser Mann ist eine Schlange, Moosa. Eine schwarze Mamba. Zuerst terrorisiert er, dann schlägt er zu. Wenn eine schwarze Mamba beißt, lebt man nicht mehr lange. Sie müssen sich dem nicht stellen,

Moosa, aber ich muss es. Was sage ich ihm also, Moosa? Was sage ich ihm genau?«

»Dass Sie ihm Bericht erstatten, sobald Sie mehr wissen. Dass ich Sie informiert habe. Dass die ganzen staatlichen Geheimdienste an dem Fall dran sind. Was anscheinend tatsächlich stimmt. Wir haben Bilder von Überwachungskameras. Wir haben detaillierte Beschreibungen der Täter. Wir haben ihre Handynummern. Praktisch, als hätten wir einen Peilsender. Es ist nur eine Frage der Zeit, bis wir sie erwischen. Ich werde mich wegen des Treffens mit Caitlyn Suarez wieder melden.«

»Ato, Ato«, flehte die Stimme seiner Frau. »Du musst Tatas Büro anrufen. Bitte, Ato.«

Siebenundsechzig

Rosebank. Mart Velaze saß in seinem Auto, um den Anruf zu tätigen. Er wusste, dass ihn die Nachbarin durch ihren Spitzenvorhang hindurch beobachtete. Von der Empfangsdame im Salon erfuhr er, dass sich Mrs. Wainwright eine Woche freigenommen habe. Er dankte und meinte, dann rufe er im Laufe des Monats wieder an.

Von seinem Handy schickte er eine E-Mail an die Stimme. Nicht einmal zwei Minuten später rief sie an.

»Was gibt es, Häuptling?«

Er erzählte es ihr. Erklärte, dass offenbar Wainwright ihr Mann sei. Sie schwieg eine ganze Weile. Gewöhnt an ihre Pausen, blickte er währenddessen über die Straße zum Haus der Wainwrights. Hatte an diesem Tag zu oft ein Haus betrachtet, das einmal voller Leben und Hoffnungen gewesen war. Fragte sich, welche Geschichte wohl hinter Robert Wainwright steckte. Ein hübsches kleines Haus in einem Vorort, eine hübsche kleine Familie. Ein guter, sicherer Job bei der Regierung. In welche Sache war er da eingestiegen? Oder hatte sich hineinziehen lassen.

»Ich sehe das so«, meldete sich die Stimme zurück. »Ich habe einen blauen BMW, der von der Brandvlei Road auf das *Veld* gefahren wurde. Im Inneren ein toter Iraner. Schuss in die Schläfe aus nächster Nähe. Kam auf der anderen Seite wieder raus. Eine ziemliche Sauerei, hat mir die Polizei gesagt. Der Name besagten Iraners: Mohammad Hashim. Der BMW war an den Toten vermietet worden. Der zweite Fahrer nannte sich Muhammed Ahmadi. Von der Autovermietungsfirma erfahre ich, dass die beiden Herren einen Golf GTI, den sie vor einer Woche gemietet hatten, gegen diesen BMW austauschten. Scheinen schnelle Autos zu mögen. Aber ich schweife ab. Ebenfalls auf der Brandvlei Road, ein paar hundert Kilometer zurück, liegt ein weiteres Autowrack. Diesmal ein Polo, ebenfalls gestern Morgen in Kapstadt gemietet. Vermutlich nach dem anderen, nicht vor ihm. Name der Mieterin: Miss Vicki Kahn. Der Name kommt mir bekannt vor. Ich finde noch heraus, woher.«

Nicht nötig, dachte Mart Velaze. Erwiderte: »Ich kenne sie. Vicki Kahn hat früher einmal zu Henry Davidsons Leuten gehört.«

»Ach nein. Zu unserem alten Kommunisten, dem guten Spion Henry Davidson. Soso.«

»Genau zu dem.«

»Ich hatte ihn ja nach dem Attentat auf den Präsidenten abgeschrieben. Aber das ist meine Schuld, man muss eben immer zuhören, da sieht man's mal wieder. Ich hatte keine Ahnung, dass er noch im Spiel ist, sondern geglaubt, dass er sich auf eine Datscha zurückgezogen hat. Das zeigt nur:

Wenn man gut ist, kommt man mit allem durch. Diese Vicki Kahn. Sie sagten, sie hat früher einmal zu seinen Leuten gehört. Hat sie sich also aus dem Staub gemacht?«

»Sie verließ die Voliere vor etwa einem halben Jahr. Arbeitet jetzt für eine NGO, Legal Counsel Association.«

»Halten Sie das für eine Tarnung?«

»Nein, eigentlich nicht. Könnte es aber sein.«

»Vielleicht lohnt es sich, das herauszufinden, Häuptling. Jedenfalls hatte ihr Mietwagen Einschusslöcher. Von Vicki Kahn keine Spur. Um unseren Henry zu zitieren, wie er *Alice im Wunderland* zitiert, was er meiner Erinnerung nach gerne tut – verquerer und verquerer. Als Nächstes will ich Ihnen erzählen, dass man den BMW nicht weit entfernt an der Abzweigung nach Swartputs gefunden hat, voller Name ›Swartputs Atommülldeponie‹. Jetzt wird es interessant: Unser Toter Mohammad Hashim und unser unerlaubt abwesender Dr. Robert Wainwright verließen die Deponie mit einem Koffer, in dem sich hochangereichertes Uran befand. Auch HEU genannt. Um genau zu sein, zehn Kilogramm davon. Je nachdem, was man damit plant und wer man ist, kann man das als Iraner für sein Nuklearwaffenprogramm benutzen oder, wenn man zu ISIS gehört, für eine schmutzige Bombe. Damit lässt sich ein ganzes Arrondissement in Paris verseuchen. Oder man fährt in eine Menschenmenge in Nizza und verstreut es. Wenn man das alles zusammenzählt und etwas wieder abzieht, haben wir Muhammed Ahmadi, Robert Wainwright und eine unbekannte Person mit genug spaltbarem Material auf der Flucht, um überall auf der Welt genug Schaden anzurichten, wenn sie das wollen. Das wird unser internationales Image nicht gerade verbessern. Wir werden wie ein Terrorstaat aussehen. Mir kommt es so vor, Häuptling, als ob wir es hier mit einer Geheimmission zu tun haben. Ich glaube, es gibt da noch eine dritte Gruppe, eine dritte Kraft, die mit uns ihre Fisimatenten macht.«

Mart Velaze hatte sich schon oft gefragt, wie lange die Stimme wohl im Exil verbracht hatte. Möglicherweise fast ihr gesamtes Leben, wenn sie solche Formulierungen wie »Fisimatenten machen« benutzte. Woher sonst konnte sie das herhaben?

»Hören Sie mir zu, Häuptling? Wir haben einen toten internationalen Terroristen, einen verschwundenen Terroristen, eine verschwundene Agentin und einen verschwundenen Wissenschaftler – ganz zu schweigen von verschwundenen zehn Kilogramm HEU. Mir scheint, man braucht noch jemanden, um all die Fäden in der Hand zu halten. Deshalb werde ich den Deponien vorschlagen, dass wir sie für den Moment dichtmachen, Häuptling. Ehe wir panische Bürger haben. Von irgendwelchen internationalen hohen Tieren einmal ganz abgesehen. Ich muss unsere russischen Freunde bei der Stange halten. Der FSB klingt nämlich stündlich mehr nach dem KGB. Wir wollen schließlich nicht, dass die apokalyptischen Reiter hier auftauchen. Es reicht auch so schon. Eines nach dem anderen: Als Erstes müssen wir unsere verschwundenen Freunde finden und sie davon überzeugen, ihre Spielchen sein zu lassen. Das ist Ihre Aufgabe, Häuptling. Am besten ist es, Molapo im Augenblick außen vor zu lassen. Er sollte gar nicht erfahren, dass wir herumschnüffeln, das könnte seine Verfassung erschüttern, und so etwas wollen wir vermeiden. Der arme Mann muss jetzt schon im Quadrat springen. Also sind Sie an der Reihe, Häuptling. Hoffen wir, dass die Vorfahren es gut mit uns meinen.«

Und damit legte die Stimme auf. In seinem Kopf hörte Mart Velaze Johnny Cash über den Wirbelwind im Dornenbusch singen.

Achtundsechzig

Ermington Road. Fish saß an seinem Küchentisch. Innerlich zerrissen. Einerseits hatte er Angst, dass Vicki etwas zugestoßen war. Dass sie tief in der Scheiße steckte. Und dass er nichts dagegen tun konnte. Andererseits das Gefühl, einen Schlag in die Magengrube bekommen zu haben. Völlig platt, dass Vicki wieder mit dem Spielen begonnen hatte. Und er hatte nichts davon bemerkt. Wie? Wie war das möglich? Genauso: Wie war es möglich, dass sie wieder für den Geheimdienst arbeitete? Wann hatte das wieder eingesetzt?

Fish ließ den Gefühlen freien Lauf. Er schlug mit der Faust auf den Tisch. Brüllte »Verdammt« – sowohl wegen seiner unangenehm schmerzenden Hand als auch weil er zutiefst frustriert war. Was Janet wieder an seiner Hintertür auftauchen ließ.

»Alles in Ordnung, Mister Fish? Sie werden doch keinen Herzinfarkt bekommen? Ich glaube, diese Männer haben Mister Fish schlechte Nachrichten gebracht. Vor Amerikanern muss man sich in Acht nehmen. Sie erzählen nicht immer die Wahrheit. Ich weiß, dass sogar ihr Präsident mal Tricky Dicky genannt wurde. Jetzt sind sie wie wir. Oh, là, là.« Sie schnipste mit den Fingern: echt problematisch.

»Alles okay«, sagte Fish. »Mach ruhig ein Nickerchen in der Sonne.«

»Nehmen Sie noch was von der Medizin, Mister Fish. Dann fühlen Sie sich bestimmt bald besser.«

»Ja, ja.« Fish fragte sich, warum es eigentlich so viele Frauen in seinem Leben gab: eine spionierende Geliebte, eine geschäftstüchtige Mutter und eine fürsorgliche Obdachlose. Er schüttelte den Kopf. Verdammt. Vicki Kahn und ihr Geheimleben. Eigentlich in der Mehrzahl: ihre Geheimleben. Da dachte man, man erfahre mit ihr etwas wie Vertrauen, Liebe, Ehrlichkeit, Offenheit – und dann stellte man fest, dass dem gar nicht so war. In Wahrheit trieb sie alles Mögliche hinter seinem Rücken. Da war es ja leichter, vor Crayfish Factory zu surfen. Wenn man dort ins Wasser stürzte, konnte man zwar sterben, aber man wusste zumindest um das Risiko. Vielleicht war es an der Zeit, die Sache zwischen ihnen zu beenden. So verdammt furchtbar das auch sein würde.

Zuerst einmal allerdings Vicki. Er musste seine Kontakte dazu bringen, ihr Handy zu orten. Mit Henry Davidson sprechen. Wie die Männer schon sagten: Davidson an die Strippe zu bekommen war keine große Sache. Eine alte Arbeitsnummer von Vicki führte ihn direkt in die Voliere. Jemand, der wie ein Teenager klang, verband ihn mit Onkel Henry, ohne weitere Fragen zu stellen. Was Fish nachdenklich stimmte: Welche Art Spione wurde da eigentlich herangezogen?

Er nannte seinen Namen und hörte Henry Davidson antworten: »Ich dachte mir schon, dass ich heute noch einmal mit Ihnen telefonieren würde.«

»Ich habe Bilder von dem Auto gesehen, das sie gefahren ist. Es war ein Wrack. Ein zerschossenes Wrack.«

»Zerschossen würde ich es jetzt nicht unbedingt nennen, Mr. Pescado.«

»Sie kennen die Bilder also auch? Wie kommt das?«

»Wir sind ein Geheimdienst, Mr. Pescado. Andere Geheimdienste teilen Informationen mit uns. Ich kann mir also vorstellen, wer Sie vorhin besucht hat.«

»Bill und Ben.«

»Genau.«

»Wieso nicht Sie selbst? Und wieso haben Sie mir nichts davon erzählt?«

»Es gab keinen Grund, Sie unnötig zu beunruhigen. Vor allem da wir noch nicht wissen, was wirklich vorgefallen ist.«

Zum dritten Mal innerhalb von fünf Minuten sprach Fish das Wort »Verdammt« laut aus. Sehr laut.

Henry Davidson erwiderte: »Kein Grund, gleich so zu fluchen, Mr. Pescado.«

Fish sagte: »Womit haben Sie Vicki in der Hand?« Seine Stimme war jetzt leiser, während er seine Hand zur Faust ballte. »Mit ihrer Spielsucht? Ist es das? Zahlen Sie ihre Schulden? Und lassen Sie sie dafür immer mal wieder einspringen? Scheiße, Davidson. Das ist es, nicht wahr? Ihr Schweine steuert sie über ihre Außenstände.«

»Außenstände sagen Sie!« Henry Davidson kicherte. »Das ist aber ein ungewöhnliches Wort für einen Surferburschen wie Sie. Wissen Sie, ich glaube, ich habe dieses Wort schon lange nicht mehr irgendwo gehört. Sie überraschen mich, Mr. Pescado. Also nicht nur blond.«

»Sie gönnerhaftes Arschloch.«

»Okay, nun hören Sie zu, Mr. Pescado. Das ist alles natürlich recht unterhaltsam, aber so kommen wir nicht weiter. Sie wollen Vicki. Wir wollen Vicki. Für den Moment müssen wir ihren Fähigkeiten vertrauen. Und wir müssen uns gegenseitig auf dem Laufenden halten, wenn wir Neues erfahren.«

»Und das werden Sie tun?«

»Selbstverständlich. Wie ich bereits sagte: So funktioniert das. Quid pro quo. Wir handeln mit Informationen. Aber schon der König hat Alice gewarnt: Der Wald ist voll von Feinden.«

Fish holte seinen Straßenatlas hervor und fand die Seite mit der Brandvlei Road. Eine lange rote Linie quer durch das tote Herz des Landes. Was zum Teufel gab es dort draußen? Schaffarmen. Karge Landschaften mit dürrem gelbem Gras und vereinzelten Büschen. Nicht unbedingt jedermanns Vorstellung vom Paradies. Es sei denn, man war Militär. Wenn man Waffen testen wollte, von denen nicht gleich jeder erfahren sollte. Jegliches Eindringen in diese Einsamkeit würde die Agenten nervös machen. Fish schaltete seinen Laptop an. Googelte Brandvlei Road. Die Straßenkarten waren nicht besser als die in seinem Atlas. Allerdings gab es noch ein paar Reisevorschläge. Fotos von einsam daliegenden *Dorps*. Ein Zeitungsartikel über eine Atommülldeponie: Swartputs. »Irgendwo abseits der Brandvlei Road lässt der warme Wind den Staub von einem Boden aufwirbeln, der seit Jahren keinen Regen mehr erlebt hat. Tief vergraben unter dieser steinigen Erde liegen Fässer aus Beton und Stahl, in denen sich Atommüll befindet.«

Okay, dachte Fish. Das ist wohl der Grund, warum sie dort draußen war.

Sein Handykontakt bestätigte seine Vermutung: »Mitten im Niemandsland, Mann. Ich hab keine Ahnung, warum die dort draußen überhaupt einen Sendemast aufgestellt haben.« Er nannte Fish die Koordinaten. Denen zufolge Vickis letzter Anruf irgendwo in der unendlichen Weite jenseits der Brandvlei Road erfolgt war.

Fish lehnte sich zurück und aß den restlichen Kuchen auf. Er bastelte sich die wahrscheinlichste Geschichte zusammen: Ein Überwachungsauftrag war schiefgelaufen. Vicki tief in der Scheiße, aber wohl noch nicht tot. Was interessierte nun die Amerikaner an dem Ganzen? Merkwürdig, dass es dieselben Typen waren, die ihn wegen Caitlyn Suarez gewarnt hatten. Caitlyn Suarez, die eine Affäre mit dem ermordeten Energieminister gehabt hatte. Fish leckte über seine Fingerkuppe und tupfte dann die Brösel auf. Er fragte sich, ob es da vielleicht eine Verbindung gab. Sog die Glasur von seinem Finger. Manchmal musste man sich selbst um die Dinge kümmern. Manchmal musste man mit dem Anfang starten und alles noch einmal ganz genau durchgehen. Der Anfang war Caitlyn Suarez. Er holte seine Notizen zu ihr hervor. Und dann war da Flip Nel. Und die Nachricht auf Flip Nels Handy.

Neunundsechzig

Vergenoegd Farm. Er schluchzte bereits eine ganze Weile. In tiefen, hoffnungslosen Qualen der Verzweiflung. Das Schluchzen hatte Vicki Kahn verwundert, als sie es zuerst vernommen hatte. Das anfängliche klare Schniefen, das sich rasch in ein lautes Weinen verwandelte. Riss Vicki aus ihrer Träumerei. Sie hatte die Hand nach ihm ausgestreckt, um ihn zu trösten.

»Robert, Robert, hören Sie mir zu. Ich werde versuchen, mich zu befreien.«

Das hatte seine Verzweiflung nicht eingedämmt. Das Schluchzen wurde vielmehr noch lauter, wobei Wainwright auf seinem Stuhl vor und zurück schaukelte.

»Sie werden umfallen, Robert. Sie werden stürzen. Hören Sie auf. Hören Sie auf.«

Vicki hatte die Rückenlehne des Stuhls gepackt und gegen seine Panik angekämpft. Ihn stabilisiert. Ihm versichert, dass alles gut ausgehen und er seine Frau und seine Jungs wiedersehen würde. Sie würden hier wegkommen. Insgeheim wusste sie, dass das nicht stimmte.

»Das verspreche ich Ihnen. Wir werden diese Farm lebend verlassen.«

Ihr war klar, dass Mira Yavari und Muhammed Ahmadi

zurückkehren würden, um ihn zu holen. Und dass sie ihn diesen Leuten nicht überlassen durfte.

Vicki versuchte zusammenzurechnen, wie lange sie schon in der Dunkelheit hockten. In einer lautlosen Dunkelheit. Sie hatte von Menschen gehört, die in der Dunkelheit einer Gummizelle ihren Verstand verloren hatten. Es gab keinen beängstigenderen Ort als das Innere des eigenen Kopfs. Wie lange also? Zwei Stunden mindestens. Länger. Eher drei oder vier. Es konnte bereits früher Nachmittag sein, wenn sie nach dem nagenden Hunger in ihrer Magengrube ging. Dem Beginn von Durst – ein trockener Mund, der Wunsch nach Wasser.

Was auch zu Robert Wainwrights Klage gehörte.

»Wasser. Warum haben sie uns kein Wasser dagelassen?«

»Weil sie zurückkehren werden«, hatte Vicki erwidert.

»Ich muss was trinken.« Sein Schluchzen kehrte zurück, begleitet von krampfartigem Schütteln und seinem ständigen Refrain: »Oh, mein Gott, oh, mein Gott, oh, mein Gott.«

Um ihn zum Schweigen zu bringen, hatte sie behauptet, sie würde die Fesseln an ihren Knöcheln durchtrennen. Allerdings hatte sie nicht die geringste Ahnung, wie sie das machen wollte. Wie sie den richtigen Winkel hinbekommen oder auch nur einen herausstehenden Stein in der Wand finden sollte, um das Plastik daran zu reiben.

»Sie werden es nicht schaffen«, hatte er gestöhnt und dann wieder sein Klagelied angestimmt.

Jetzt dachte sie: Und wenn sie sich täuschte? Vielleicht hatte sie die Situation total falsch eingeschätzt. Was war, wenn sie nicht zurückkamen? Sie hatten das HEU. Garantiert hatten sie sich schon vorher überlegt, wie sie das Land verlassen wollten. Vielleicht auf einer Yacht. Vielleicht per Hubschrauber bis zu einem vorbeifahrenden Frachter. Oder als Diplomatengepäck auf einem Emirates-Flug von Cape Town International aus.

Die Frage war dann allerdings: Warum ließ man sie noch am Leben?

Vicki verstand das nicht.

Hatten Mira und Muhammed Mitleid? Wohl kaum. Nicht gerade menschenfreundlich, sie gefesselt in einem dunklen Keller zurückzulassen, damit sie sich selbst retten konnten. Oder an Durst und Hunger starben.

»Robert!« Sie schüttelte ihn. Seine Totenklage hörte auf. Handeln würde ihm helfen, sich zu konzentrieren und sein Jammern sein zu lassen. Sie hatte an der Steinmauer eine raue Kante entdeckt. »Sie müssen mir helfen. Wenn ich mich befreien kann, werde ich uns beide hier rauskriegen. Aber Sie müssen mir helfen, aufrecht zu bleiben. Okay? Tun Sie das für mich?«

Er bejahte.

»Rücken Sie Ihren Stuhl so hin, dass Sie mich halten können. Damit ich nicht abgleite.«

Sie hörte, wie er auf seinem Stuhl um sie herumrutschte. Wir brauchen alle jemanden, auf den man sich verlassen kann, dachte Vicki.

Es würde schmerzhaft werden. Der Stein würde ihre Haut genauso aufreiben wie das Plastikband. Die Stones in Vickis Kopf: *Let it bleed*.

Siebzig

Chapman's Peak. »Ich weiß alles«, erklärte der Genosse Staatssekretär. Ein Flüstern in Dr. Ato Molapos Ohr. Er saß in seinem Auto am Rand des Rastplatzes und schaute noch immer auf den weiten Horizont hinaus. Das Handy hielt er fest an seinen Kopf gepresst, um das Zittern seiner Hand zu beherrschen. Unter seinen Achseln war er schweißnass.

»Was soll das heißen, wenn Sie sagen, die Lage entwickelt sich? Sprechen Sie eine Geheimsprache? Bitte dekonstruieren Sie das für mich. Hm, Dr. Molapo? Es ist nicht nötig, dass Sie wie Moosa reden. Solche Formulierungen kann ich von ihm hören. ›Genosse Staatssekretär, unsere nationalen Geheimdienste sind im Einsatz.‹ Natürlich, natürlich. Wir sind alle Platten mit Sprung. Immer dasselbe Lied. Ich weiß, dass HEU gestohlen wurde. Ich weiß, dass Sie nicht die geringste Ahnung haben, wo Ihr Mann steckt. Ihr zuverlässiger Mann, Ihr ängstlicher Mann, von dem Sie meinten, er würde sicher keine Probleme machen. So weit dazu. Und Sie haben wir zum Direktor ernannt, zu einer Führungskraft. Ha! Sie können Ihrer Frau mehr als dankbar sein.«

Ato Molapo schloss die Augen. Er sah den Genossen Staatssekretär deutlich vor sich, wie er an seinem Schreibtisch im Bunker saß, ein makellos gekleideter Mann in einem Anzug. Mit einem formvollendet geschlungenen Krawattenknoten, einem doppelten Windsor. Die Manschetten perfekt unter den Jackenärmeln hervorlugend.

»Falls Sie die Nachrichten verfolgen, Molapo, werden Sie gehört haben, dass der Präsident in Russland ist, um das Nuklearabkommen zu unterschreiben. Ich verrate Ihnen jetzt, dass der Präsident aber nicht in Russland ist. Im Moment kann er nämlich nicht nach Russland, weil man dort sauer ist, weil wir diese Suarez verloren haben. Jetzt sind die Russen außerdem noch wütend, weil sie glauben, wir würden hinter ihrem Rücken angereichertes Uran an den Iran verkaufen. Ein Handel, der, wie Sie mir versicherten, keine Folgen haben würde. Eine schlichte Transaktion zu jedermanns

Vorteil. Nur dass es jetzt zu einer terroristischen Bedrohung geworden ist. Jetzt ist Europa wütend, Amerika ist wütend, Großbritannien ist wütend, und Israel ist wütend, weil es bald eine schmutzige Bombe in einem Koffer auf einer ihrer Straßen geben wird.«

All das wurde so leise gesagt, dass Dr. Ato Molapo kaum mehr vernahm als ein Geräusch wie das Surren aufgebrachter Bienen.

Dann: »Sie und Moosa müssen das in Ordnung bringen, Molapo.« Das Klirren eines Löffels gegen Porzellan. »Heute begibt sich der Präsident auf eine Auslandsmission durch die Vereinigten Arabischen Emirate, Malaysia und China. Er würde auch noch gerne Russland hinzufügen, um unsere Handelsdelegation dort unterstützen zu können. Dabei möchte er den Russen Caitlyn Suarez mit Schleifchen überreichen. Um die herzlichen Beziehungen zwischen unseren Ländern wiederherzustellen.«

Einundsiebzig

Ermington Road. Das Problem mit Flip Nels Handy war, dass Fish behauptet hatte, es sei bei Flip Nel. Also viele Faden tief. Das hatte er sogar eidesstattlich beteuert. Jetzt jedoch saß Fish mit den Einzelteilen des Handys am Küchentisch. Wenn er es zusammensetzte und anschaltete, würde das vielleicht Alarmglocken im Netzwerk auslösen. Vielleicht. Allerdings war es eher unwahrscheinlich, dass die NPA-Jungs diese Nummer beobachteten. Wissen konnte man es jedoch nicht. Dann brauchten sie nicht viel zu tun und würden vor seiner Tür stehen.

Eine unangenehme Vorstellung.

Allerdings war es ein Risiko, das er eingehen musste. Fish legte also SIM-Karte und Akku ein und schob den Deckel zu. Er wartete, bis das alte Nokia seine kleine Melodie von sich gab. Dann hörte er sich noch einmal die Aufnahmen an.

Das Geräusch des Mercury 800 bei konstanter Geschwindigkeit. Flip Nel rief über das Tuckern des Motors, über das Hüpfen des Bugs auf dem Wasser hinweg: »Hier ist es gut. Genau hier!«

Genau hier würde der Ort sein, wo er starb. Genau hier war ein Ort mitten im Ozean.

Mein Gott, verdammt. Fish schloss die Augen. Er wollte nicht mehr in seinen leeren Hintergarten schauen, wo er das Boot immer gelagert hatte. Die noch beschlagnahmte Maryjane. Flip Nels selbstgewähltes Sprungbrett ins Reich der Toten.

Dann das geflüsterte »Schau unter Caitlyn Suarez. Du willst die Suarez-Akte, sie liegt in meiner Küche.«

Fish öffnete die Augen und brachte die Küche um sich herum wieder ins Blickfeld. Das schmutzige Geschirr, das sich in der Spüle stapelte, die Fotos auf dem Tisch. Vickis zerstörtes Mietauto. Die Schatten von drei Männern, die wie Geister seine Küche bevölkerten: Bill & Ben, Mart Velaze. Zwischen ihnen Caitlyn Suarez. Fish sah sie in Jeans und T-Shirt vor sich. Rauchend. Diese Belustigung in ihren Augen. Als ob sie mehr wüsste als die anderen.

Schau unter Caitlyn Suarez.

Fish unterbrach die Aufnahme an dieser Stelle und spielte sie zurück. Was zum Teufel hatte Flip genau damit gemeint, dass er unter Caitlyn Suarez schauen solle? Wo sollte er unter Caitlyn Suarez schauen? Da dämmerte es ihm: in den Telefonkontakten dieses Handys. Oh, Mann.

Unter S.

Der erste Name in Flip Nels Kontakten war Rings Saturen. Zweimal. Zuerst war eine Adresse in Montague Gardens gespeichert, ein hübscher Name für ein Industriegelände. Als Zweites standen da eine Telefonnummer, Schrägstrich Sa 08:30.

Es folgte Caitlyn Suarez. Die gleiche Art des Eintrags. Zuerst waren GPS-Koordinaten aufgelistet, dann eine Telefonnummer, Schrägstrich und die Initialen GM.

Es waren keine Initialen, die ihm etwas sagten. Bei der Handynummer wurde er zu einer Voicemail durchgestellt.

Fish notierte die Koordinaten in einem Notizbuch. S33.728718 E18.870293. Schaltete das Handy wieder ab und nahm den Akku heraus. Er schätzte, dass es höchstens vier Minuten aktiv gewesen war. Lange genug, um die Neugierde zu wecken, falls es jemand überwachte. Das sollte er nicht vergessen.

Fish tippte die Koordinaten auf seinem Laptop bei Google Maps ein. Eine Stelle in der Agterpaarl-Region wurde angezeigt. Er erinnerte sich daran, dass ihm Caitlyn Suarez von einem Wochenendhaus erzählt hatte, das sie und Kweza renoviert hatten. Irgendwo im Weingebiet. Sie hatte nicht verraten, wo es genau lag. Ein Klick auf die Satellitenansicht zeigte einen Punkt an einer Kreuzung. Dort waren Weinberge, Weizenfelder und Brachflächen zu erkennen. Wenn man etwas rauszoomte, konnte man ein Netz aus Wegen, Pfaden und unbefestigten Straßen sehen. Viele Anzeichen menschlicher Behausungen gab es hier nicht. Vereinzelte Farmen. Ein paar Scheunen. Möglicherweise Hütten von Farmarbeitern. Fish zoomte näher an zwei der Farmen heran. Beide schienen bewohnt zu sein: ordentlich gemähte Rasenflächen, vor einer Wäsche auf einer Leine. Er kehrte zu dem Punkt an der Kreuzung zurück. Folgte von dort einem Feldweg zu einigen Häusern und zoomte wieder heran. Das waren leerstehende Gebäude, verfallen. Dahinter ein Weg zu einem größeren Haus. Schwer zu sagen, ob das Haus bewohnt war.

Fish lehnte sich zurück. Er vermutete, dass sich die Koordinaten nicht in der Akte befanden, da Flip Nel extra erklärt hatte, er solle unter dem Namen Caitlyn Suarez nachschauen. Die Frage lautete: warum nicht? Vielleicht weil er es noch nicht überprüft hatte? Flip war ein irre gründlicher Typ gewesen.

Fishs Handy klingelte: Estelle. Die letzte Unterhaltung, die er jetzt brauchen konnte, war eine mit seiner Mutter. Er ließ sie zu seiner Voicemail durchstellen. Dann hörte er sie sich an: »Gehst du nie ans Telefon, Bartolomeu? Ich warte dringend auf diese Informationen, um die ich dich gebeten habe. Vor allem jetzt, nachdem der Präsident vielleicht Russland besucht. Melde dich bei mir, Barto, und zwar bitte mit etwas Nützlichem.«

»Interessant, dass der Präsident auf Reisen außerhalb des Landes geht«, sagte eine Stimme aus Richtung der Hintertür. Eine Stimme, die Fish kannte. Er blickte sich um zu Mart Velaze, der auf der Schwelle stand. Janet hüpfte hinter ihm aufgeregt hin und her. »Mister Fish, Mister Fish, das ist der Mann, von dem ich Ihnen erzählt habe. Das ist er, wirklich.«

Zweiundsiebzig

Vergenoegd Farm. Vicki Kahn blutete. Sie fasste nach der wunden Stelle an ihrem Knöchel und tastete vorsichtig nach der klebrigen Flüssigkeit. Die Abschürfung brannte. Mein Gott, ja, das tat sie. Vicki sog hörbar die Luft ein. Versuchte ruhiger zu atmen. Ihr Herz pochte wild in ihrer Brust. Sie hatte verlernt, mit so etwas umzugehen. Sie führte die Hand zu ihrem

Mund, leckte die Finger ab und schmeckte Blut. Fasste wieder nach der Fußfessel. Das Plastik war aufgeraut und begann auszufasern. Aber war sie in der Lage, noch weiterzumachen? Den Schmerz zu ignorieren? Andere hatten es geschafft. Zum Beispiel gefangene Tiere. Sie konnten sich ein Bein abnagen, wenn es sein musste. Vicki saugte an ihren Zähnen, um Speichel zu sammeln und das süßliche Eisen in ihrem Mund wegzuspülen. Sie brauchte dringend Wasser. Kaltes Bergwasser in der Farbe von Eistee, das über den Sand des Flussbetts floss. Sie malte sich aus, wie sie eine Handvoll herausschöpfte, wie sie es sich ins Gesicht spritzte, wie es sich weich auf ihren Lippen anfühlte. Das Gefühl der Freiheit in diesem Moment. Sie erinnerte sich daran, wie Fish sie anlachte. Wie sie beide nackt in das dunkle Wasserbecken tauchten, die einzigen Menschen in der Schlucht. Wie sie sich dort liebten. Im Wasser, die Beine um seine Hüften geschlungen.

Sie drängte die Gedanken beiseite, weil sie sonst den Verstand verlieren würde, da war sie sich sicher. Sagte sich: Überleg mal – wenn du die Fesseln durchgetrennt hast, was dann? Wie sollte sie das Schloss an der Tür knacken? Wo konnte sie etwas finden, um Wainwrights Fesseln zu lösen? Wie weit entfernt war Hilfe? Gedanken, die reichten, um zu verzweifeln. Gedanken, die sie sich nicht leisten konnte.

»Robert«, sagte sie und spürte, dass sich sein Körper neben ihr anspannte. Sie hätte am liebsten hinzugefügt: Ich schaff's nicht. Stattdessen erklärte sie: »Ich muss nur kurz zu Atem kommen, okay? Ich gebe nicht auf.«

Er murmelte etwas, das sie nicht verstand. Sein Atem stank nach Angst. »Können Sie das wiederholen? Was haben Sie gesagt, Robert?«

»Es ist sinnlos.«

Er sprach so leise, dass sie es durch das Rauschen des Bluts in ihren Ohren kaum hörte. Vielleicht hatte er recht, aber das durfte sie ihm nicht sagen, sie durfte ihn nicht der Verzweiflung überlassen. Und sie brauchte mehr, mit dem sie etwas anfangen konnte. »Sagen Sie das nicht. Wir werden das schaffen. Wirklich. Es ist nur eine Frage der Zeit, Robert.« Wieder tastete sie ihre aufgeraute Haut ab. Mein Gott, wie das brannte. Meinte: »Da ist noch etwas, worüber ich nachgedacht habe. Etwas, was ich Sie schon früher hätte fragen sollen. Ich weiß nicht, warum ich das nicht gemacht habe.«

Er antwortete nicht. Sie war sich sicher, dass er nicht einmal den Kopf gehoben hatte.

»Wie sah der ursprüngliche Plan aus? Der Plan, der Ihnen mitgeteilt wurde. Wohin sollten Sie mit dem Zeug? Mit diesem HEU?«

»Nach Joburg.« Er räusperte sich. »Es gibt dort jemanden in der Botschaft.«

»Der iranischen Botschaft.«

»Genau.«

»Kennen Sie den Namen dieser Person?«

Jetzt spürte sie, wie er den Kopf schüttelte.

»Und dann? Nachdem Sie dort eingetroffen wären, was sollte dann passieren? Mit Ihnen, meine ich.«

»Ich sollte nach Hause dürfen. Das haben sie mir jedenfalls so versprochen. Ich sollte nach Kapstadt zurückkehren. Das Flugticket hatte ich bereits erhalten.«

»Sie? Mit ›sie‹ meinen Sie die Iraner, oder?«

»Und meinen Direktor. Dr. Molapo.«

»Das war alles, was passieren sollte? Sie fungierten als Kurier. Wo das Uran danach hinkommen würde, hatten Sie keine Ahnung.«

»Ich habe es Ihnen doch schon gesagt. Es war für den Iran gedacht und das dortige Nuklearprogramm.«

»Ja«, erwiderte Vicki. »Das haben Sie bereits gesagt. Inzwischen wären Sie längst in Johannesburg eingetroffen.« Sie sprach mehr mit sich selbst als mit Robert Wainwright. »Schon vor Stunden hätten die Mohammeds ihre Kontaktperson getroffen. In der iranischen Botschaft wird demnach die Hölle los sein. Da möchte ich gerade nicht sein.« Was Vicki beinahe grinsen ließ. Und sie daran erinnerte, dass sie sich dringend befreien musste.

Sie bewegte ihre Füße hin und her. Es gab jetzt einen kleinen Spielraum zwischen Knöchel und Fessel. Nicht viel, aber vielleicht reichte er.

Dreiundsiebzig

Schnellstraße M3, Ausfahrt 15, Kendal Road. Dr. Ato Molapo hielt hinter Gogol Moosas Renault Duster am Bordstein. In ihm brodelte es. Er riss den Schlüssel aus dem Zündschloss und knallte die Autotür zu.

Uhrzeit auf seinem Handy: 12:52.

Moosa hatte ihm erklärt, sie habe gemeint, sie sollten um Punkt eins da sein. »Wenn Sie nicht da sind, warte ich nicht.« Hatte auch verkündet, dass sie beim geringsten Hinweis auf Rückendeckung, Überwachung oder ein Team, das sie ergreifen sollte, sofort weiterfahren würde.

»Eine dreiste Frau«, hatte Moosa festgestellt. Und hinzugefügt: »Ich habe ihr gesagt, dass Sie mitkommen. Sie meinte, sie hätte von Ihnen gehört, ja Sie offenbar sogar einmal kennengelernt. Und dass Victor Kweza nicht gerade begeistert von Ihnen war.« Letzteres verkündete Moosa mit einer hörbar spöttischen Stimme.

Ato Molapo war inzwischen klar, dass der Genosse Staatssekretär deshalb so viel wusste, weil Moosa seinen großen Mund nicht halten konnte. Man hatte ihn übers Ohr gehauen. Moosa hatte ihn übers Ohr gehauen. Ebenso der Genosse Staatssekretär. Die beiden Männer hielten ihn für einen *Moegoe*, für einen Spielball. Aber er hatte sich zurückgehalten. Ließ seinen Zorn schwelen, während er zu dem Treffen mit Caitlyn Suarez gefahren war.

Jetzt öffnete er die Beifahrertür des Duster. Stieg ein. Seine Wut war ihm deutlich ins Gesicht geschrieben.

»Sie sehen ziemlich beschissen aus«, meinte Moosa und spielte mit seinem Handy herum, nachdem er Molapo einen kurzen Blick zugeworfen hatte. »Zu lange mit dem Genossen Staatssekretär geplaudert?«

»Sie Arschloch«, sagte Ato Molapo. Wechselte zu Zulu und überschüttete ihn mit einem Schwall böser, harter Worte. Speichel spritzte ihm dabei aus dem Mund und glitzerte im Sonnenlicht.

Moosa wirkte verstört. »Auf Englisch, Molapo. Wenn Sie mit mir reden wollen, dann auf Englisch.« Er tippte eine Nachricht in sein Handy.

»Sie haben es ihm erzählt. Wann?«

»Sprechen Sie so, dass es Sinn macht, Bruder. Wann was?« Fuhr mit dem Tippen fort. Als er zu Ende geschrieben hatte, wandte er sich Molapo zu und meinte: »Sie hat noch fünf Minuten.« Warf einen Blick auf die Straße vor ihnen – über die Brücke, zur Ausfahrt rechts von der Autobahn und die T-Kreuzung dahinter. In beiden Richtungen rauschte ununterbrochen der Verkehr. »Vielleicht ist sie bereits ein- oder zweimal hier vorbeigefahren, hat uns unter die Lupe genommen. So hätte ich es jedenfalls gemacht.« Er streckte die Hand aus, um Molapos Knie zu tätscheln. »Schauen Sie nicht so grimmig, Ato. Das ist doch der aufregende Teil des Jobs.« Er räkelte sich so auf seinem Sitz zurecht, dass er wieder nach vorne blickte. »Ja, wenn Sie es genau wissen wollen: Ich habe den Sekretär des Präsidenten unterrichtet. Das ist meine Aufgabe als Kommissar. Was glauben Sie denn? So läuft das nun mal, mein Freund. Denken Sie wirklich, er redet nur mit Ihnen? Seien Sie kein Narr. Es gibt immer und überall inoffizielle Kanäle. Und auch Geplauder, Molapo. Wir sind eine plaudernde Spezies.«

»Seit wann?« Molapo bemerkte den Pistolengriff zwischen Moosas Schenkeln. Natürlich war er bewaffnet. Er war Polizist. Dachte: Wollte er die Frau erschießen?

»Das ist unwichtig.«

»Seit wann?«

Moosa seufzte. Er klemmte sein Handy an einen Halter am Armaturenbrett. »Von Anfang an.«

»Weil er mir nicht vertraut hat?«

»Er kannte Sie nicht. Sie sind ein kluger Wissenschaftler, Sie haben an Universitäten gearbeitet. Das war alles, was er über Sie wusste. Nur noch, dass Sie die Tochter des Präsidenten geheiratet haben. Sie gehören also zur Familie. Sie müssen verstehen, er wollte sichergehen, dass Sie loyal sind. Kommen Sie, Ato. Es ist nichts. Der Mann ist einfach nur vorsichtig. Das wären Sie garantiert auch, wenn Sie an seiner Stelle wären.«

Ihr habt meine Telefone verwanzt. Der Gedanke schoss wie ein heißer Blitz durch Molapos Körper. »Nein, oh nein.« Er schlug die Hände vors Gesicht. Sagte zwischen seinen gespreizten Fingern hindurch: »Sie belauschen meine Telefonate.«

Moosa lachte. »Wir sind nicht die CIA, Ato. Beruhigen Sie sich.«

»Sie hätten es mir sagen müssen.«

»Nein, so war es besser, Bruder. Ich konnte Sie beschützen.

Bis heute konnte ich Sie beschützen. Und Sie konnten mich beschützen. Aber jetzt sind wir beide in die Schusslinie des Staatssekretärs geraten. Weshalb es wichtig ist, Miss Caitlyn Suarez zu kriegen.« Er berührte die Pistole zwischen seinen Beinen. »So etwas kann bei einer Diskussion sehr überzeugend wirken.« Dann berührte er das Display seines Handys. Die Uhr zeigte 13:01. »Sie verspätet sich.«

Die beiden Männer saßen schweigend da. Molapo dachte: Jedes Mal, wenn sie einen Kaffee im Giovanni's getrunken hatten, war Moosa bereits informiert gewesen. Er hatte so getan, als wäre er ahnungslos. Selbst heute Morgen noch hatte er vorgegeben, nichts über das gestohlene HEU zu wissen oder über Wainwright. Er konnte problemlos täuschen. Molapo schob seinen Jackenärmel zurück und warf einen Blick auf seine Armbanduhr. Sechs nach eins. »Vielleicht kommt sie nicht.«

»Sie kommt. Sie ist in Kontakt getreten. Sie wird kommen. Geduld, Ato. Für einen Wissenschaftler haben Sie erstaunlich wenig Geduld.«

»Wie lange warten wir?«

»Jedenfalls länger als fünf Minuten.«

Nach weiteren fünf Minuten meinte Molapo: »Was bringt das?«

»Es bringt, dass sie uns beobachten kann.«

Nach weiteren fünf oder sechs Minuten wurde die hintere Tür geöffnet. Eine Stimme sagte: »Hallo, Jungs.« Ein Hauch von Zigarettengeruch wehte herein. »Schön, dass Sie auf mich gewartet haben. Der Verkehr ist heutzutage so schlecht einzuschätzen.« Die Tür wurde zugezogen. »Nun, Gogol, freut mich, Sie wiederzusehen. Nein, nein, so nicht. Hände aufs Steuer, mein guter Gogol. Wir wollen nicht, dass Sie bereits jetzt da unten herumfummeln.« Die Frau wedelte hinter ihren Köpfen mit einer Pistole mit Schalldämpfer hin und her, wie Molapo durch einen Blick in den Rückspiegel bemerkte. Der Anblick jagte Angst durch seine Eingeweide. Neben dem Zigarettenrauch konnte er zudem die Andeutung von Teebaumöl riechen. Er hustete, um nicht würgen zu müssen. »Und Sie, Mr. Huster, sind Direktor Dr. Ato Molapo. Auch wir sehen uns heute nicht zum ersten Mal. Zumindest glaube ich das. Die anderen Male haben keinen Eindruck bei mir hinterlassen, aber Victors Stellung muss solche Gelegenheiten herbeigeführt haben. Ich kann allerdings nicht behaupten, dass ich mich an Sie erinnern würde. Nun. Gut, dass Sie heute beide hier sind, meine Herren.«

»Sie sind flüchtig, Miss Suarez.« Moosa drehte seinen Kopf nach hinten, um sie sehen zu können.

»Ich bin eine internationale Frau voller Geheimnisse, Gogol. Gesicht nach vorn. Eine Mata Hari. Wie Sie wissen. Weshalb Sie mich ja den Russen ausliefern wollten. Sehr unfreundlich von Ihnen. Ich schätze es auch nicht, dass man mir den Mord an Victor anhängt. So praktisch das für Sie sein mag. Es stimmt nicht, und das wissen Sie.« Caitlyn Suarez klopfte mit dem Schalldämpfer gegen Moosas Kopf. »Ist doch so, Kommissar?« Sie blies eine Rauchwolke zwischen die beiden Männer. »Herr Direktor, Kommissar Moosa kann sehr konspirativ sein. Ich bin mir sicher, Sie haben schon festgestellt, dass er ausgesprochen hinterhältig ist. Ein großer Täuscher. Aber schauen Sie sich nur selbst an. Auch Sie waren ein böser Junge. Die Ressourcen des Landes anzapfen, nur um an mehr Geld zu kommen. Illegale Lagerbestände verscherbeln, sogar mit Schwiegerpapas Segen. Wie hat man Sie alle genannt? ›Vollzeit-Diebe und Plünderer‹. Ihr, die ihr einmal zu den Heiligen und Engeln gezählt wurdet. Oh je, welch ein Abstieg.«

»Was wollen Sie, Miss Suarez?«

»Mr. Moosa, so geschäftsmännisch.« Ein weiterer Hauch Zigarettenrauch. Das Knistern der Kippe, als diese auf dem Ledersitz ausgedrückt wurde. »Eine Lösung, Kommissar – ist es nicht das, was wir alle wollen? Frieden und Ruhe. Ein erfülltes Leben. Was denken Sie, Dr. Molapo? Wollen Sie nicht auch, dass dieses Chaos ein Ende findet? Dass nicht weiter alles immer mehr außer Kontrolle gerät? Würden Sie nicht viel lieber Ihre Abteilung leiten? Konferenzen besuchen? Papers zur Energiepolitik verfassen, die dem Land eine strahlende Zukunft sichern? Ihr Familienleben genießen. Das wäre bereichernder, als in einem Auto zu sitzen, selbst in einem teuren Auto, mit zwei Leuten, die mit Waffen vor Ihrer Nase herumfuchteln.«

Genau das dachte Ato Molapo. Genauer gesagt, überlegte er, ob er es schaffen würde, bis zur Schnellstraße zu kommen, wenn er jetzt die Tür aufriss und davonstürmte. Wenn er sich bewegte, würde Moosa reagieren und die Frau erschießen. In dem entstehenden Chaos würde er fliehen können.

Er hörte, wie Moosa sagte: »Sie haben die Waffe, Miss Suarez.«

Caitlyn Suarez' Hand tätschelte auf einmal seine Schulter. »Ehe Sie versuchen, uns zu verlassen, Herr Direktor, sollten Sie wissen, dass ich Ihnen beiden jederzeit eine Kugel in den Nacken verpassen kann. Kein Problem. Am besten bleiben Sie also, wo Sie sind.«

»Warum sind wir hier, Miss Suarez?«

Molapo wünschte sich, dass Moosa etwas weniger direkt wäre. Dass er weniger verärgert klänge. Die Frau war wahnsinnig. Man konnte ihren Wahnsinn riechen, ihren Geruch einer Wilden.

»Sie wissen, dass ich einen Privatdetektiv beauftragt habe,

sich den Mord an Victor genauer anzusehen – nicht wahr, Gogol?«

»Ja. Pescado. Kluger Schachzug.«

»Kluger Schachzug oder nicht. Er ist jedenfalls ein guter Detektiv.«

»Wenn Sie meinen.«

»Das meine ich. So gut, dass Sie ihn drei Tage auf Eis gelegt haben. Aber das ist eine andere Geschichte. Wichtiger ist, was er gefunden hat. Nachdem er zwei Wochen herumgestochert hat.«

»Verraten Sie's mir.«

»Nichts, Gogol. Nada. Nicht den kleinsten Hinweis. Keinen Hoodie auf einer Videoüberwachung. Keinen Fußabdruck in einem Blumenbeet. Und, wetten: in Ihrer Pathologie auch keine gedankenlos zurückgelassene DNA.«

»Dann würden Sie Ihre Wette verlieren.«

»Das bezweifle ich. Egal. Was ich damit sagen will, Gogol: Es gibt keine Beweise. Der Mörder ist unsichtbar. Aus einer anderen Welt. Ein Geist. Oder sollte ich besser sagen: ein Agent? Womit der Finger in Ihre Richtung weist, Kommissar. Denken Sie nicht auch, Herr Direktor?«

Ato Molapo versuchte zu antworten, brachte aber kein Wort heraus.

»Na und?«, entgegnete Moosa.

Die Frau namens Caitlyn Suarez reagierte sofort. »Sie leugnen es nicht. Dann das.« Damit erschoss sie Moosa durch den Sitz hindurch.

Später erinnerte sich Ato Molapo an das Klicken des Hahns, als er gespannt wurde. An die leise Detonation eines einzigen Schusses. Er sah, wie Moosa nach vorne geschleudert wurde und über das Steuer sackte. Einmal stöhnte er auf und kippte dann mit aufgerissenen Augen seitlich gegen das

Türfenster. Als hätte er heftige Magenkrämpfe. Molapo erzählte der Polizei, dass ihn der Gestank von Kordit husten ließ. Er berichtete nicht, wie er zu schreien begann: »Töten Sie mich nicht, töten Sie mich nicht!«

Sie tötete ihn nicht. Sie war verschwunden.

Wohin, wusste Molapo nicht. Er taumelte aus dem Wagen und rannte davon, wobei er eigentlich erwartete, dass sie ihm folgen würde.

Ja, die hintere Beifahrertür stand offen. Und sie war verschwunden. Sie war auf ein wartendes Auto zugelaufen, ohne Eile, fast schlendernd. Er sah sie, fünfzig oder hundert Meter entfernt, wie sie die Straße überquerte und in den Wagen stieg. In seiner Nase hing noch der Geruch von Teebaumöl und Kordit. Ansonsten konnte er sie nicht beschreiben. Was sie getragen hatte? Wie sie aussah? Allerdings ein seltsamer Akzent. Die paar Male, als er ihr auf irgendwelchen Stehempfängen begegnet war, hatte er das immer gedacht. Durchaus amerikanisch, aber eigentlich nicht amerikanisch. Da war noch etwas, was er nicht erkannte. Weniger schrill, heiserer. Eigentlich geradezu sexy, wenn er ehrlich war.

Vierundsiebzig

Ermington Road. »Sie brauchen einen besseren Wachhund«, sagte Mart Velaze und ließ Janet nicht durch die Tür in die Küche hinein. »Sie hat geschlafen.«

»Mister Fish, Mister Fish, das ist der Mann, von dem ich Ihnen erzählt habe.«

Fish beruhigte sie. Meinte, es sei okay, sie könne sich entspannen. Mart Velaze fragte er: »Was wollen Sie von mir? Warum bin ich heute Vormittag eigentlich so verdammt interessant? Agenten aus aller Welt versammeln sich in meiner Küche.«

»Das liegt an Ihrem Charisma«, vermutete Mart Velaze. Er zog einen Stuhl an den Tisch heran. »Wer ist denn schon hier gewesen?«

»Wenn Sie Informationen wollen, hätten Sie Kuchen mitbringen sollen«, antwortete Fish.

»Was für Kuchen?«

»Die Amerikaner haben Kuchen mitgebracht.« Fish wies auf die leere Schachtel.

»Sind sie hier gewesen? Diese zwei Männer?«

»Bill und Ben.«

»Die von gestern?«

»Erraten.«

»Interessant.«

»Interessant. Offenbar das Wort des Tages. Was ist interessant, Velaze? Was ist daran interessant, dass der Präsident nach Russland fährt? Was ist interessant an Bill und Ben? Und was ist interessant an Ihrem Besuch bei mir?«

»Bieten Sie mir einen Kaffee an?« Mart Velaze warf einen Blick auf die Bialetti, die noch auf dem Herd stand. »Seien Sie so nett.«

»Nein.«

»Immer der toughe *Boykie*.« Mart Velaze schüttelte den Kopf. »Ein Glas Wasser?«

»Bedienen Sie sich.«

Das tat Mart Velaze. Er spülte ein Glas am Spülbecken aus und füllte es mit Leitungswasser. Stürzte es in einem Zug hinunter. Wischte sich mit der Hand über den Mund. »Haben Sie Probleme mit Ihrem Handy? Akku leer?«

»Ja«, erwiderte Fish.

»Überrascht mich nicht. Das muss sechs oder sieben Jahre

alt sein. Hat ja sogar noch die Umschalttaste.« Mart Velaze wollte das Handy nehmen, doch Fish war schneller. Er hielt den Agenten am Handgelenk fest, und die beiden Männer starrten einander an. Mart Velaze zog seine Hand zurück. »Ihr Privatdetektive habt mehrere Handys, nicht wahr? So wie wir. Ich habe schon Betreuer erlebt, die hatten zehn Telefone auf ihrem Schreibtisch. Beeindruckend. Dazu muss man wohl in Schubladen denken können.« Seine Hand wanderte nun zu den Aufnahmen. »Darf ich mir mal die Fotos anschauen?« Er nahm sie, ehe Fish antworten konnte. Am längsten betrachtete er das Bild mit dem Autowrack, das er dann vor Fish auf den Tisch legte. »Was daran interessant ist, dass ich hier bin? Ich will wissen, was Ihre Freundin in diesem Mietwagen da draußen eigentlich gemacht hat.«

»Fragen Sie Vickis Boss.«

»Vielleicht tue ich das auch noch. Jetzt frage ich Sie. Ihrer Freundin zuliebe.«

Fish sagte nichts. Er musterte Mart Velaze. Ein schicker Typ mit seinen Markenklamotten. Aber wenn man sein Gesicht betrachtete, sah man Erschöpfung. Als ob er nicht geschlafen hätte. Als ob ihn etwas quälte. Ein Spion, der zermürbt war. Fish überlegte, wie er sich verhalten sollte. Seine Informationen mit Mart Velaze zu teilen stand auf seiner Prioritätenliste nicht gerade ganz oben. Wenn er allerdings nichts teilte, würde er auch nichts erfahren. Er wollte schon den Mund aufmachen, um zu sagen: Okay, was können Sie mir geben?, da meinte Mart Velaze: »Sie haben keine Ahnung, nicht wahr? Der Privatdetektiv stochert im Dunklen, weil seine Freundin auf eigene Faust aktiv wurde. Das ist das Problem mit Spionen und Liebesbeziehungen, Pescado – Täuschen gehört bei ihnen zum Geschäft.« Mart Velaze wandte sich zum Gehen. »War auch nur eine vage Vermutung, die mich hierhergeführt hat.«

»Hat das alles mit Swartputs zu tun?« Fish beschloss, seine Karten offenzulegen. Mart Velaze blieb stehen. Fish beobachtete ihn. Langsam drehte er sich um, stirnrunzelnd, ein Funkeln in den Augen.

»Der Privatdetektiv hat recherchiert.«

»Na und?«

Mart Velaze hob beide Hände. »Ehrlich? Ich weiß es nicht.«

»Sie lügen.«

»Was kann ich sagen? Wie kann man bei Spionen wissen, wann sie lügen und wann sie die Wahrheit sagen? Ich kann nicht erklären, dass ich nicht lüge.« Mart Velaze verschränkte die Arme vor der Brust. Sah Fish an.

Fish dachte, dass auch Vicki das konnte – jegliche Gefühle aus ihrer Miene verschwinden lassen, so dass man glaubte, eine Maske zu betrachten. Einen dieser Osterinselköpfe, mysteriös und undurchdringlich. Er versuchte es anders.

»Was hat es mit den Amerikanern auf sich?«

»Was soll denn mit ihnen sein?« Mart Velazes Augen wirkten jetzt völlig ausdruckslos, ohne das geringste Funkeln.

»Zuerst ist es Caitlyn Suarez, jetzt Swartputs. Gemeinsamer Nenner: Bill und Ben.«

»Wahrscheinlich ein Zufall.«

»Gibt es nicht.«

Mart Velaze hob eine Hand, um sein Kinn zu halten. In Denkerpose stand er da und sah Fish unverwandt an. »Sie sollten wissen, dass unsere Yankee-Brüder und -Schwestern momentan ziemlich nervös sind. Sie fühlen sich attackiert. Ein gewisser Tim Schmidt glaubt, die Terroristen könnten mit einer Atombombe an die Küste heransegeln und sie dort zünden. Bumm. New York verschwindet. Oder San Francisco. Keine Blumenkinder mehr. Und er glaubt auch, die Islamisten könnten Selbstmord-Biobomber mit Krankheiten aus

Mexiko rüberschicken – ganz zu schweigen von Massakern in Kindergärten oder Schießereien in Schulbussen. Für Amis wie ihn herrscht bereits Krieg. Solche machen das ganze Volk total nervös. Mit B und B haben Sie einen Vorgeschmack erhalten.«

Fish stand auf. Dachte: Manchmal geriet man in eine Situation, in der zu viel auf einmal passierte. Zu viel zu bewältigen, zu viele Geschichten zu verarbeiten. Wie das Mart Velaze gerade tat. Nebelkerzen werfen.

»Also, was passiert in Swartputs? Warum ist Vicki dort draußen gewesen?«

»Gar nichts passiert in Swartputs. Das kann ich direkt beantworten. Wie Sie schon selbst sagen: Was Vicki betrifft, sollte ich ihren Boss fragen. Falls sie bei Ihnen anruft, sagen Sie ihr, dass sie auf sich aufpassen soll.« Mart Velaze senkte die Hand. »Es tut mir leid, dass ich Ihnen nicht weiterhelfen kann. Schade, dass Sie mir nicht weiterhelfen können. Na ja, wie gewonnen, so zerronnen.« Zuckte mit den Schultern.

»Was stand in der Akte Suarez, Velaze? Die Sie aus Flip Nels Küche geklaut haben.«

Mart Velaze grinste ihn an. »Sie lassen nicht locker, Sie sind wie ein Kind – näh, näh, näh. Nölen so lange, bis Sie haben, was Sie wollen. Sie sind echt eine Nervensäge, Pescado.«

»Was? Sagen Sie es mir.«

»Fallnotizen. Gesprächsprotokolle. In welche Richtungen ermittelt wurde. Handynummern. E-Mail-Adressen. Die übliche Polizeiarbeit eben, *Bro.* Nichts sonst. Keine unerwarteten Enthüllungen. Keine Antworten auf die Geheimnisse des Universums. Was glauben Sie denn, was darin stehen sollte?«

»Ich glaube, Flip Nel nahm an, dass sie Kweza nicht getötet hat. Sondern dass ihre Verhaftung nur anderes verschleiern sollte. Dass der neue Haftbefehl ebenso dazu dienen sollte, von anderem abzulenken. Von etwas anderem an Caitlyn Suarez. Und dieses andere stand in der Akte.«

»Vielleicht hat er wirklich geglaubt, dass die Geschichte bescheuert war. Aber so stand das nicht in der Akte. Und sonst auch nichts weiter.«

»Entweder das, oder Sie verraten es nicht.«

»Das können Sie handhaben, wie Sie wollen, Pescado. Ich sage Ihnen, mehr war da nicht. Okay? Zufrieden?«

»Nein.«

»Pech gehabt.« Mart Velaze wandte sich erneut zum Gehen. »Danke für das Wasser. War interessant.« Verschwand durch die Tür.

Fish ließ ihn gehen. Da gab es nichts mehr zu holen. Die Vögel in der Voliere flogen offenbar im Kreis. Besaßen jedenfalls nicht die Koordinaten, um einen Fluchtplan auszuhecken. Der vorsichtige, paranoide Flip Nel hatte immer etwas zurückgehalten – das wusste Fish.

Es war an der Zeit für die Beinarbeit.

Fish machte einen Ausdruck der Google-Karte und nahm ein Extramagazin für die Ruger, seine Kamera und ein Teleobjektiv mit. Und packte etwas Brotzeit zusammen: *Biltong*, ein paar Wasserflaschen, einige Äpfel, einen Riegel Schokolade. Er verschloss die Hintertür und erklärte Janet, dass er erst spät zurückkommen würde und sie deshalb nicht auf ihn warten müsse.

Sie tippte sich an die Schläfe: »Mister Fish, Sie haben einen Schlag auf den Kopf bekommen. Ihr Hirn ist immer noch meschugge.«

Fünfundsiebzig

Vergenoegd Farm. Vicki zerrte an der Plastikfessel und spürte, wie sie riss und sie diese in der Hand hielt. »Gott sei Dank.« Schleuderte das Plastik in die Dunkelheit. Wandte sich zu Robert Wainwright. »Sie ist durch. Ich bin frei.« In ihrer Stimme schwangen keine Gefühle mit. Es war nur ein Feststellen von Tatsachen. Sie spreizte die Beine und spannte die Muskeln in ihren Schenkeln an. *Eina!* Ihre Beine taten ziemlich weh. Sie fasste wieder nach unten, um den Schmerz an ihrem Knöchel zu lindern. Die aufgeriebene Haut brannte höllisch.

»Schön für Sie«, murmelte Robert Wainwright.

Was Vicki einen Moment lang rotsehen ließ. Dieser windige Wainwright. Am liebsten hätte sie ihm einen Schlag mit dem Handrücken verpasst. Stattdessen sagte sie: »Halten Sie durch, Robert. Ich hole uns hier raus.«

Die Tür war das nächste Hindernis.

»Wasser. Ich brauche Wasser. Mein Gesicht tut weh.« Er seufzte so leise, dass sie nicht wusste, ob es nicht doch ein Stöhnen war.

»Bald, Robert. Okay? Bald. Wir müssen immer einen Schritt nach dem anderen machen.«

»Das schaffen Sie nicht. Sinnlos. Es ist sinnlos.« Wieder ein Schluchzen. Wieder sein Flehen zu Gott.

Sie legte eine Hand auf seine Schulter. Spürte, wie er am ganzen Körper zitterte. »Ich werde jetzt versuchen, die Tür zu finden.«

Vicki legte eine Hand auf die Wand und lehnte sich dagegen, um sich abzustützen. Trat einen Schritt nach links und tastete mit dem Fuß den Boden ab, während ihre Finger über den rauen Mauerstein glitten. Die Dunkelheit war undurchdringlich. Ein weiterer Schritt. Noch zwei, und sie konnte die Ecke spüren. Sie lief weiter nach links, und fünf weitere zögerliche Schritte führten sie bis zur Tür.

Robert Wainwright jammerte: »Wo sind Sie?«

»Hier. An der Tür hinter Ihnen. Keine Sorge.«

Sie hörte, wie seine Stuhlbeine über die Steinplatten auf dem Boden kratzten, als er sich zu ihrer Stimme umdrehte. Ihre Finger tasteten die Holztür hinunter bis zur Höhe der Taille, um einen Griff zu finden. Sie entdeckte einen runden Knauf, der sich kalt und glatt anfühlte. Wahrscheinlich aus Messing. Dahinter befand sich die solide Platte eines Kastenschlosses, die an die Tür geschraubt war. Auf der anderen Seite der Tür gab es vermutlich weitere Riegel.

»Verdammt.«

Ohne Schraubenzieher bestand kaum eine Chance, da durchzukommen.

Ihr Fluchen brachte Wainwright wieder auf den Plan. »Was?«

Vicki antwortete nicht. Sie drehte an dem Knauf, hörte, wie die Schlossfalle kratzend zurückging, und spürte, dass sich die Tür öffnete.

Sechsundsiebzig

Ermington Road. Mart Velaze parkte am oberen Ende der Straße, so dass er noch Fish Pescados Haus im Blick hatte. Er schickte der Stimme eine leere E-Mail.

Sie brauchte zwei Minuten, bis sie sich bei ihm meldete. »Erzählen Sie, Häuptling.«

Mart Velaze berichtete, wo er sich gerade befand. Setzte sie über Fish Pescado in Kenntnis.

»Was vermuten Sie?«

»Dass er etwas hat, was wir nicht haben.«

»Und was?«

»Ich bin mir nicht sicher. Er beginnt, die Dinge zusammenzubringen. Verbindet die Amerikaner mit Swartputs und dazu allmählich auch mit Caitlyn Suarez. Lange wird es nicht mehr dauern, ehe er weiß, was in Swartputs genau los ist.«

»Und was wollen Sie jetzt tun?«

»Ich sollte ihm folgen.«

»Wegen einer Ahnung? Ist das Ihre weibliche Seite, die da spricht?«

Manchmal konnte die Stimme eine ziemliche Zicke sein. Aus unerfindlichen Gründen auf einmal bissig werden.

Mart Velaze ließ sich nicht einschüchtern. »Vielleicht.«

Eine Pause. Eine lange Pause. Würde eines Tages der Zeitpunkt kommen, wo es nur noch Schweigen gab und keine Stimme mehr? Wo ihre Einheit aufgelöst würde und sich ihre Agenten in alle Richtungen verflüchtigten – ohne Vergangenheit, ohne Zukunft, ohne Pension. Wo sie gespenstisch durch die Straßen zogen. Obdachlos die Suppenküchen frequentierten. *Bergies* auf Wanderschaft durch die Hügel der Stadt. Solche Vorstellungen reichten, um das Blut in seinen Adern gefrieren zu lassen, die Narben schon lange vergessener Schlachten, die Verletzungen ihrer Geheimoperationen erneut zu entzünden. Mart Velaze schüttelte die Angst aus seinem Inneren und hielt den Blick auf die leere Straße gerichtet.

»Die Frage, Häuptling...« Sie kehrte in die Welt zurück. »...ist doch, warum unser Privatdetektiv, so gut er auch sein mag, nach all der Zeit auf einmal eine neue Spur zu Caitlyn Suarez haben soll, von der wir nichts wissen?«

Mart Velaze erwiderte, dass er es nicht wisse, obwohl er

das eigentlich nicht zugeben wollte. Fügte hinzu: »Er hat mehr von mir erwartet. Als ob er wüsste, dass mehr in der Akte stehen sollte. Und auch wüsste, was es ist.«

»Reine Spekulationen.«

Korrektamundo, dachte Mart Velaze, sagte es aber nicht. Stattdessen: »Es war ein Fischen im Trüben.«

»Für einen Surfer ist der Kerl ziemlich oft am Fischen.« Wieder Schweigen. Dann: »Für ein paar Stunden, okay? Nur ein paar Stunden. Wenn es so aussieht, als würde es mit diesem Fish nicht weitergehen, konzentrieren Sie sich auf die Suche nach Caitlyn Suarez. Vielleicht ist es ja Zeit für einen *Pata-Pata* mit Ihrer bevorzugten Mossad-Reiseagentin.«

Eine Frau, die er *Intombi* nannte. Die ihn *Habibi* nannte. Keine schlechte Idee. Sie würde ihm vielleicht über seine Trauer hinweghelfen.

»Ich meine es ernst, Häuptling. Sie kennen das Gerücht, dass Caitlyn Suarez zum Mossad gehört hat. Und dann zum FSB. Dass sie immer noch für den FSB arbeitet. Oder den Mossad. Eine heißbegehrte Frau. Offenbar will jeder mit ihr tanzen. Ich würde Ihnen jetzt eigentlich gerne wünschen, dass die Vorfahren mit Ihnen sind, aber die Vorfahren sind in Aufruhr. Da draußen gibt es einige Riesenprobleme, Häuptling. Der Präsident ist auf Wanderschaft – wahrscheinlich auch nach Russland, wenn er sich traut. Die Amerikaner wollen ihre Terroralarmstufe hochsetzen und erklären, dass es eine schmutzige Bombe geben könnte. Sie wissen, was das für uns bedeutet? Eine Katastrophe. Zusammenbruch des Marktes. Abzug des Kapitals. Ein wirtschaftliches Desaster. Unterste Stufe. Als Präsident eines solchen Landes würde jeder auf Wanderschaft gehen.«

Mart Velaze schaltete auf Lautsprecher und ließ den Wagen an.

»Gibt es etwas zu tun, Häuptling?«, wollte die Stimme wissen.

»Meine Zielperson verlässt das Gebäude.«

»Endlich. Es freut mich zu hören, dass er seinen Hintern hochbekommt. Melden Sie sich.«

Ende des Telefonats. Mart Velaze beobachtete, wie Fish Pescado rückwärts auf die Straße fuhr und hinunter Richtung *Vlei* lenkte. Er folgte ihm zu Surfer's Corner und blieb weit hinter ihm stehen, während Fish eine ganze Weile aufs Meer hinaussah. So lange, dass man schon glauben konnte, er sei in ein Gebet versunken. Das war die Sache mit Surfern, dachte Mart Velaze. Wenn sie nicht surften, starrten sie aufs Meer. Als ob sie eine spirituelle Verbindung mit dem Wasser hätten.

Siebenundsiebzig

Vergenoegd Farm. »Überraschung! Hallo, Vicki Kahn.« Mira Yavari stand oben auf der Treppe, die in den Keller hinunterführte. »Sie sind tatsächlich so gut wie Ihr Ruf. Eine wahre Entfesselungskünstlerin. Ich bin beeindruckt.«

Vicki blinzelte in das Rechteck aus Licht über ihr. Nach Stunden in der Dunkelheit war sie nun völlig geblendet. Beinahe vermochte sie die Gestalt von Mira Yavari zu erkennen, als sie noch eine zweite Person dort stehen sah: Muhammed Ahmadi.

Wie lange waren sie schon da? Ihr wurde klar, dass sie den Keller wahrscheinlich verwanzt hatten. Vielleicht hatten sie alles, was Wainwright gesagt hatte, nun auf Band.

»Offenbar sind wir gerade rechtzeitig zurückgekommen. Sie und Dr. Wainwright müssen allmählich Appetit auf ein spätes Mittagessen haben.« Ein Lächeln in der Stimme. »Richtig spät. Sorry. Eher ein Five o'Clock Tea, wie ihr Postkolonialisten das nennt. Oder sollen wir es als ein frühes Abendessen betrachten? Damit der Blutzucker ein wenig steigt und Sie sich besser auf die bevorstehende Arbeit konzentrieren können. Eine gute Idee – finden Sie nicht?«

Vicki hob die Hand, um ihre Augen vor dem Licht zu schützen. Allmählich war sie in der Lage zu erkennen, dass Mira Yavari unbewaffnet zu sein schien. Allerdings hatte sie den Vorteil, über ihr zu stehen.

»Ich würde es nicht probieren«, warnte Mira Yavari. »Keine gute Idee. Sie wollen es nicht mit mir aufnehmen oder auch mit Muhammed. Lassen Sie sich das sagen. Aber mir gefällt es, wie Sie denken. Sie haben Eier in der Hose. Wenn wir mal von dem Männlichen in der Metapher absehen. Haben Sie sich je gefragt, warum die Männer die ganzen knackigen Wortspiele kriegen? Jemand ist potent, hat Eier in der Hose. Und wir Frauen? Weibliches wird so oft herablassend oder negativ belegt. Nicht nett. Bleiben wir also zivil miteinander, Sie und ich.«

Vom Inneren des Kellers war Wainwrights jammernde Stimme zu hören. »Was ist los? Hallo? Lassen Sie uns jetzt endlich gehen?«

»Alles gut, Dr. Wainwright!«, rief Mira Yavari nach unten. »Sie müssen sich keine Sorgen machen. Entschuldigen Sie die Unannehmlichkeiten. Die Umstände haben das leider erzwungen, das verstehen Sie sicher. Aber jetzt wird es besser. Jetzt können wir wieder geselliger sein.«

Vicki überlegte noch immer, welche Möglichkeiten sie hatte. Wenn sie Mira Yavari packte und diese als Schild einsetzte, würde Muhammed sicher nicht schießen. Die Gelegenheit war günstig. Konnte sie dann Muhammed dazu zwingen, Wainwright laufen zu lassen? Würde es ihr gelingen, die beiden im Keller einzusperren? Um das zu schaffen, müsste man Charlize Furiosa sein.

»Hässlich«, sagte Mira Yavari, »was mit Ihrem Knöchel passiert ist. Muss ja höllisch brennen. Wissen Sie, ich weiß nicht, ob ich das hingekriegt hätte. Zeigt Ihre Verzweiflung. Und Entschlossenheit. Sie sind ziemlich knallhart. Das muss man Ihnen lassen, Vicki Kahn – so schnell geben Sie nicht auf.« Mira Yavari ging in die Hocke, um die Wunde genauer zu betrachten. »Sieht echt fies aus, Mädchen. Echt schmerzhaft. Wir könnten es natürlich verarzten, aber ich schätze, dass wir diese Wunde noch anders verwenden können. Sie kennen das: In unserem Job muss man immer mit dem arbeiten, was sich einem bietet. Warum gehen Sie nicht zu Muhammed hinauf, während ich unseren Wissenschaftler davon überzeuge, sich zu uns zu gesellen?« Sie stand auf. In ihrer Hand hatte sie ein Springmesser.

Dieses hinterhältige Weib.

Mira Yavari lächelte, während sie die Tür zum Keller aufstieß. Sie schien Vickis Gedanken lesen zu können, denn ohne sie aus den Augen zu lassen, sagte sie laut: »Okay, Dr. Wainwright, Zeit für ein Peri-Peri von Nando's. Wie klingt das für Sie?«

Sie aßen am Küchentisch von einer Auswahl an Hühnchen, Brötchen, Pommes und Salat. Mira Yavari plauderte über die alte Farm und ihre Vereinbarung, das Haus zu benutzen. Selbst die Besitzer hatten inzwischen Angst, hier zu sein, da es so viele Farmmorde gegeben hatte. Sie redete auch über die Tragödie der Farmer im Allgemeinen, wie diese Familien kündigen mussten, die seit Generationen auf ihrem Land gelebt und gearbeitet hatten. Die Horden Obdachloser in den illegalen Siedlungen. Wenn man Gesetze erlasse, um das Landproblem zu lösen, zerstöre man fast zwangsläufig das Leben Tausender. So seien nun mal Regierungen. Mira Yavari redete, als würde sie mit Freunden plaudern.

Muhammed Ahmadi saß schweigend auf einer Seite und aß sein eigenes Essen. Auf der Küchentheke neben ihm lag eine Pistole. Vicki erkannte die Marke nicht. Die Waffe musste mindestens ein Neuner-Magazin haben, möglicherweise eines mit fünfzehn Schuss.

Am Tisch Vicki gegenüber saß Mira Yavari. Wieder war an ihr keine Waffe zu erkennen. Vielleicht steckte hinten im Gürtel eine Pistole, die von der Jacke verdeckt wurde. Unwahrscheinlich, dass sie unbewaffnet war. Vicki hielt den Blick auf ihr Essen gerichtet, wohl wissend, dass Mira Yavari sie beobachtete und ihre Körpersprache analysierte. Wohin auch immer ihre Augen wanderten, Mira Yavaris würden ihnen garantiert folgen.

Neben ihr aß Robert Wainwright ohne Pause. Er kauerte über seinem Essen, die Ellbogen auf dem Tisch abgestützt, und verschlang es. Das Ganze war für ein Take-away nicht schlecht, aber Vicki hatte trotzdem wenig Appetit und aß nur, um wieder zu Kräften zu kommen.

»Mögen Sie keine Take-aways?«

Vicki blickte auf und sah in die Augen von Mira Yavari. Wüstenaugen. Die nichts verrieten. Ihre eigenen allerdings auch nicht. Schwarze Ferne ohne Horizont. Man musste es der Frau lassen: Ihr entging nichts.

»Es hätte Burger King sein können«, meinte Mira Yavari. »Doppelwhopper. Seien Sie froh, dass ich gewisse Ansprüche habe.«

Sie redete weiter. Nicht die tollste Küche der Welt. Etwas zu dunkel. Zu sehr Fünfzigerjahre mit dem Formica und so. Wobei Retro ja gerade in wäre. Sie sollte eigentlich einen neuen

Ofen besorgen, am besten einen Gasherd, wenn man Eskoms ständigen Lastabwurf bedachte. Was sei das nur mit diesen afrikanischen Regierungen, warum kriegten die keine Elektrizitätsversorgung hin? Nigeria sei da der totale Albtraum. Ebenso Äthiopien, Senegal und Sambia – vom irren Simbabwe ganz zu schweigen.

»Der Mittlere Osten ist nicht viel besser«, meinte Muhammed. »Wenn man sich nur anschaut, was der Iran für Pakistan leisten muss.«

Mira Yavari winkte ab. »Pakistan ist doch gar kein Staat.«

»Sie haben Nuklearsprengköpfe. Und genügend HEU für zehn Bomben pro Jahr.«

Vicki bemerkte, wie Mira Yavari und Muhammed einen Blick miteinander austauschten. Dann schaute der Iraner hastig wieder auf sein Essen. Mira Yavari lutschte an einem Hühnerbein und ließ die Augen langsam zu Vicki zurückwandern. Dieses Lächeln auf ihren Lippen, das nie ihre Augen zum Funkeln brachte.

»Das Wohnzimmer ist viel besser. Allerdings auch dunkel. Aber dort wird es für Robert einfacher sein, sich auf seine Arbeit zu konzentrieren.«

»Welche Arbeit?«, fragte Vicki. Sie sah, dass Dr. Robert Wainwright aufgehört hatte zu essen.

»Eine Bombe zu bauen.«

»Das werde ich nicht tun.«

»Das denke ich schon«, entgegnete Mira Yavari. »Wir haben alles, was Sie dazu brauchen. Wir haben sogar eine Anleitung. Eine klare, eindeutige Anleitung. Für Sie wird sie nicht schwieriger sein als ein Kinderpuzzle.«

»Nein«, sagte Robert Wainwright. »Nein.« Auf einmal klang er wieder eher wie der Mann, den Vicki in Orange Kloof erlebt hatte. »Das war nicht Teil der Abmachung.« Er suchte in seiner Hosentasche nach den restlichen Säureblockern.

»Die Abmachung hat sich geändert, Dr. Wainwright. Das wird Ihnen bereits aufgefallen sein.«

Muhammed Ahmadi hatte sich erhoben, die Pistole in einer Hand. .

»Sie können mich nicht einschüchtern«, sagte Robert Wainwright. Er drückte eine Tablette aus der Blisterpackung. »Ich werde keine Bombe für ISIS bauen.«

»Bitte«, sagte Mira Yavari und durchquerte die Küche, um den Wasserkocher anzustellen. »Wir wären sehr dankbar für Ihre Mitarbeit. Bitte, Dr. Wainwright, überlegen Sie es sich genau.« Entspannt an einem Küchenschrank lehnend, verschränkte sie die Arme und zeigte erneut dieses Lächeln. Vicki beobachtete Wainwright, wie dieser sich umdrehte, um die Frau anzusehen. Muhammed Ahmadi trat nun hinter sie, gerade weit genug weg, dass sie ihn nicht erreichen konnte. Vicki dachte, wenn sie jetzt nach hinten ausschlug, würde es ein Leichtes für ihn sein, ihrem Schlag auszuweichen.

»Möchte jemand einen Tee?« Der Wasserkocher begann zu brodeln.

»Das können Sie nicht machen«, sagte Wainwright. »Sie haben, was Sie wollten. Verschwinden Sie also. Bitte lassen Sie uns endlich in Ruhe. Ich bitte Sie inständig: Lassen Sie uns in Ruhe.«

»Wir haben beinahe alles, was wir wollten, Dr. Wainwright. Noch dieses eine Letzte. Dafür brauchen Sie wie lange? Keine Ahnung – vielleicht zwei Stunden? Höchstens drei. Und danach sind Sie frei. Wir verschwinden dann. Und Sie und Miss Vicki Kahn können in Ihr bisheriges Leben zurückkehren. Ganz einfach.«

»Sie meinen, dass Sie werden uns erschießen«, sagte Vicki.

»Das ist so pessimistisch, Vicki. Von Ihnen habe ich mehr erwartet. Mehr Einsicht. Mehr Verständnis. Ein echtes Verstehen, worum es uns bei unserem Auftrag geht.«

»Und was wäre das? Die amerikanische Botschaft in die Luft jagen?«

»Oh nein.« Mira Yavari lachte. »Das wären doch nur kleine Fische.«

»Was dann? Wo? In Europa? In Frankreich? Vielleicht Notre-Dame zerstören?«

»Hübsche Idee. Aber auch nein.« Sie streckte die Hände aus und legte die Handflächen aneinander. »Halten Sie Ihre Arme so, wie ich das gerade tue, und Muhammed wird Sie wieder fesseln.«

Vicki spürte das Klopfen des Pistolenlaufs an ihrem Schädel. Handle jetzt.

Muhammed sagte: »Es ist einfacher, wenn Sie gehorchen. Dann wird niemand verletzt.«

Handle jetzt. Sie erwiderte: »Wie wollen Sie es überhaupt schaffen, eine Bombe dorthin zu kriegen? Das ergibt überhaupt keinen Sinn.«

»Das wird kein großes Problem.« Mira Yavari hatte sich halb abgewandt, da sie darauf wartete, dass sich der Wasserkocher abschalten würde. »Alles leichter, als Sie denken. Jetzt kommen Sie schon: die Hände.«

»Sie sind von ISIS und kleiden sich so?«

Handle jetzt.

»Wir tragen nicht alle Nikab oder Burka, Süße. Muhammed?«

Handle jetzt.

Vicki spannte sich an und drehte sich blitzschnell um, eine Plastikgabel in ihrer Faust. Sie spürte, wie diese in Fleisch eindrang, dann abbrach. Hörte Muhammed ächzen. Sie blieb in der Bewegung, stieß den Stuhl nach hinten und hieb dem Mann mit ihrer linken Faust auf die Nase. Weiches, nachgebendes Gewebe unter ihren Fingerknöcheln. Im gleichen Zug rammte sie den Mann beiseite und traf selbst auf die Wand. Prallte von dort zurück, während Muhammed sich fing. Die beiden schwankten nun gemeinsam gegen den Tisch. Er hatte beide Arme um sie gelegt und hielt sie gnadenlos fest, während die Waffe gegen ihre Brust drückte. Vicki ließ sich fallen und riss Muhammed mit sich. Dachte: Entwinde ihm die Waffe. Sie zerkratzte ihm das Gesicht und riss mit aller Kraft an der Hand, in der die Pistole war. Dann war Vicki auf Händen und Knien auf dem Boden. Sie starrte die Schnürschuhe vor ihr an. Hörte deutlich das Klicken des Wasserkochers, als sich dieser ausschaltete. Sah das Verschwimmen der Schnürschuhe, ehe diese ihr ins Gesicht traten.

Achtundsiebzig

Autobahn M3, Ausfahrt Kendal Road. Fish parkte in dem Vorort unter Bäumen. Lief von dort zu dem Zwischenfall an der Brücke zurück. Bei solchen Ereignissen war es immer besser, wenn man zu Fuß unterwegs war. Dann konnte man unbemerkt eintreffen und ebenso diskret wieder verschwinden, wenn man wollte. Er sagte zu seinem Kontakt am Handy: »Danke für die Vorwarnung, *Boet*. Hast du was?«

»Ja, der andere Mann ist ein gewisser Dr. Ato Molapo. Er behauptet, Direktor im Energieministerium zu sein.«

Fish schrieb sich den Namen in sein Notizbuch. »Hast du auch eine Handynummer von dem Mann?«

»Verdammt, bescheiden bist du echt nicht, was?« Er nannte sie.

»Moosa ist tot?«

»*Mors dood.* Toter geht's nicht.«

»Eine verpfuschte Entführung?«

»*Miskien.* Aber vielleicht auch nicht. Bauchschuss, von hinten. Die Kugel hat aus den Gedärmen des *Oke* Hackfleisch gemacht. Hör zu, ich kann nicht länger reden.«

»Nur schnell noch: Gibt es was zu dem Schützen?«

»Molapo behauptet, es sei eine Frau gewesen.«

»Echt? Wahnsinn.«

»Er sagt, eine gewisse Caitlyn Suarez. Ich muss los.«

Fish erwiderte: »Das sind ja mal Neuigkeiten.« Dachte: garantiert kein Entführungsversuch. Er blieb an der Ecke stehen und versuchte es erneut unter der Nummer, die Flip Nel für Caitlyn Suarez gespeichert hatte. Jetzt verstand er, für wen die Initialen standen: Gogol Moosa. Wieder wurde sein Anruf zu einer Voicemail durchgestellt.

Fish blieb an der Polizeiabsperrung stehen. Zwei SUVs hatten hintereinander abseits der Straße geparkt. Vorne stand ein Renault Duster, alle Türen waren geöffnet. Dahinter befand sich ein BMW X5, mit dessen Fahrer eine Gruppe von Uniformierten sprach. Das musste Dr. Ato Molapo sein. Fish schrieb das Kennzeichen auf. Erkundigte sich bei einer Schaulustigen, was passiert war.

»Muss eine Entführung gewesen sein«, meinte sie. »Etwa vor einer Stunde. Die Sanitäter haben bereits jemanden in einem Leichensack weggebracht. Dem da geht's gut...« Sie zeigte auf den BMW. »...nur etwas mitgenommen. Wird ein Promi sein, denken Sie nicht? Für normale Leute kommen nicht so viele Polizisten, wenn so was passiert. Sind Sie Journalist?«

Fish nickte, sagte aber nichts.

»Wollen Sie was wissen?«

»Ja, was denn?«

»Etwa zu der Zeit, als das hier passiert ist, hat ein Typ in einem Pick-up vor meinem Haus geparkt. Etwa fünf Minuten, hat währenddessen telefoniert. Hat mich davon abgehalten, joggen zu gehen.«

»Und?«

»Und plötzlich ist er weggefahren.«

»Okay.«

»Beides hängt zusammen. Das sage ich Ihnen. Sie sind der Journalist, Sie können dem nachgehen.«

»Vielleicht sollten Sie das der Polizei mitteilen.«

»Pfff. Wozu? Die wird sowieso nichts tun.« Die Frau zog eine Zigarettenpackung aus dem Ärmel ihres Joggingoberteils. Aus der Tasche ihrer Fleecehose fischte sie ein Feuerzeug. »Mich halten Sie da besser raus.« Sie lachte das heisere Lachen einer Raucherin. »Nennen Sie mich einfach eine anonyme Quelle.« Zündete die Zigarette an. »Wollen Sie auch eine? Ich höre auf.«

Fish schüttelte den Kopf.

»Dachte ich mir. Sie sehen wie ein Antiraucher-Nazi aus, braungebrannt und blond. Der typische Surfer. Surfen Sie?«

»Wenn es Wellen gibt«, erklärte Fish. Und wenn meine Freundin gerade nicht verschwunden ist. Er entdeckte einen Mann auf der anderen Seite der Straße, den er kannte: Mart Velaze. Stand mitten in einer Gruppe anderer Schaulustiger. Er folgte Velazes Blick zu einer Gruppe auf der Brücke. Unter ihnen Bill & Ben. Mit den beiden Amerikanern unterhielt sich ein weiterer Bekannter: Columbo. Offenbar versammelte sich hier der Fanclub von Caitlyn Suarez. Krass. Das Ganze hatte sich wie ein Lauffeuer verbreitet. Wer zuerst?, fragte sich Fish. Spürte, wie sein Handy vibrierte und eine SMS eintraf. Warf einen Blick über die Straße. Mart Velaze war verschwunden.

Die SMS kam von einer unbekannten Nummer: *Gehen Sie.*

»Sie sollten sich um Ihre Geschichte kümmern«, sagte die Frau und zog leicht an ihrer Zigarette, wobei ihre Lippen den Filter kaum berührten. Rasch blies sie den Rauch aus. »Für wen arbeiten Sie denn? *Cape Times? Argus?*«

»*Die Daily Voice.*«

»Dieses Boulevardblatt? Wow. Heftig, Mann. Sie schreiben also Geschichten über Hexen und diesen kleinen Kerl, der Schwarze dazu bringt, ihre Betten auf Ziegelsteine zu stellen?« Sie ließ die Zigarette fast ungeraucht fallen und zertrat sie mit ihren pinkfarbenen Turnschuhen.

»Den *Tokoloshe.*« Fish beobachtete, wie sich Bill & Ben zum Gehen wandten. Columbo wirbelte herum und schaute direkt zu ihm. Er riss die Hand hoch und rannte auf ihn zu, wobei er rief: »He, Pescado! Warten Sie! Pescado, stopp!«

»Das ist er, der *Tokoloshe*«, sagte die Joggerin. »Kennen Sie den Mann? Den Polizisten, der da so brüllt?«

»Ja«, erwiderte Fish. »Den kenne ich.«

»He, Pescado, kommen Sie her! Ich will mit Ihnen reden.« Columbo blieb ein ganzes Stück hinter der Absperrung stehen und winkte ihn heran. »Kommen Sie, Mann. Was ist los mit Ihnen? Kommen Sie her.«

Fish dachte: verdammt, keine andere Wahl. »Was wollen Sie, Detective?«

»Sie. Wieso muss ich Sie hier sehen, Pescado?«

»Was zum Teufel soll das, Mann«, meinte die Joggerin neben Fish und wurde merklich unruhig. Sie begann von einem Fuß auf den anderen zu hüpfen. »Das ist heftig. Warum redet der so mit Ihnen?«

»Lange Geschichte«, sagte Fish und duckte sich unter der Absperrung hindurch. Schlenderte auf den Polizisten zu. »Kein Grund, mich anzuschreien.«

»Was machen Sie hier, Pescado? Das ist ja wohl kaum ein Zufall.«

»Hat mir ein Vögelchen gezwitschert.«

Columbo blickte mit zusammengekniffenen Augen zu ihm auf, als wollte er den Namen des Vogels aus ihm herausprügeln. Fish hielt dem Blick des Polizisten stand. Der Mann, der offenbar Konflikte mochte, grinste auf einmal. »Lassen Sie mich Ihnen etwas zeigen.« Er führte Fish zu dem Duster. »Schauen Sie sich das an.« Zeigte auf den Fahrersitz. »Hat ihm in den Rücken geschossen. Was für ein Mensch tut so was?«

»Sagen Sie es mir«, entgegnete Fish. »Sie sind der Polizist.«

»Machen Sie nicht einen auf oberschlau, *Chommie*. Wir reden hier von einem schweren Verbrechen. Mord. Diesmal gibt es keinen Zweifel. Diesmal gibt es einen Zeugen.«

»Der da wäre?«

»Der Direktor des Energieministeriums.«

»Er hat den Schützen gesehen?«

»Er hat sie gehört. Eine Frau.«

»Das ist alles? Er hat sie gehört? Das soll Ihr Zeuge sein? Klar, das sind eindeutige Beweise.«

»*Luister*, mein Freund, hören Sie genau zu.« Columbo trat näher. So nahe, dass Fish den Geruch von Frittiertem wahrnahm, der in der Holzfällerjacke des Mannes hing. Er konnte sich vorstellen, dass Columbo auf dem Weg zum Tatort kurz an einem Ocean's Basket angehalten hatte, um eine Portion Pommes zu essen. »Sie stecken in der *Kak*. Das ist eine Ihrer Freundinnen, von der wir hier reden.«

»Und wer soll das sein?«

»Spielen Sie nicht den Idioten, Pescado. Caitlyn Suarez natürlich.«

»Meine Klientin, eine meiner Klientinnen.«

»Ihre mordende Klientin. Die Frau, die den Minister getötet hat, erschoss gerade auch noch den Kommissar. Nicht übel. Hat sie Ihnen heute schon einen geblasen?«

»Grundgütiger. Ihr Typen.« Fish wich zurück, um nicht von Columbos feuchter Aussprache getroffen zu werden.

»Ist sie Ihr Vögelchen? Ist sie es, Pescado? Hat sie Ihnen gesagt, was sie getan hat? Kommissar Moosa hatte recht: Sie sind in diese Scheiße verwickelt, Sie und Ihre andere Tussi, diese Anwältin. Bis zum Hals stecken Sie da drin. Ich werde eine Aussage brauchen. Und zwar sofort. In Caledon Square.«

»Wozu?«

»Weil ich wissen will, warum Sie hier sind. Wer hat Ihnen davon erzählt? Und noch eine Reihe anderer Dinge. Vielleicht sogar die Schuhgröße Ihrer Mama. Verstanden?«

»Ich kann das auf keinen Fall jetzt machen.«

»Natürlich können Sie es jetzt machen, *Chommie*. Wenn nicht, besorge ich einen Haftbefehl. Dann sind Sie bis Sonntag wieder unser Gast. Gefällt Ihnen das besser?«

Neunundsiebzig

Vergenoegd Farm. Vicki Kahn lag regungslos da. Sie hörte, wie Mira Yavari sagte: »Da sehen Sie es, Dr. Wainwright. Was ist schon dran? Als ob man mit Lego spielen würde.«

Wainwrights Erwiderung: »Nein. Ich werde das nicht tun.« Es war nur noch ein Flüstern.

Das abschätzende Schnalzen von Mira Yavaris Zunge. »Also bitte, wir wollen doch kein Drama daraus machen.«

»Es wird nicht funktionieren.«

»Natürlich wird es funktionieren, Robert. Sparen Sie sich die läppischen Ausreden.«

Vicki spürte den heftigen Schmerz in ihrem Gesicht und

das Pochen ihres Kopfs. Sie vermochte weder Hände noch Füße zu bewegen.

»Sie kennen doch wohl das alte Klischee von der einfachen und der harten Tour – oder?«

Wainwright antwortete nicht.

»Nun, das Klischee trifft auch auf unsere Situation hier zu.«

Vicki versuchte sich zu orientieren. Die Stimmen waren hinter ihr. Vor ihren Lidern war es hell. Vermutlich befand sie sich irgendwo zwischen Tisch und Fenster. Wainwright und Mira Yavari mussten am Tisch sein.

»Fragen Sie Muhammed, er wird es Ihnen sicher bestätigen. Was, Muh?«

»Ich heiße Muhammed. So lautet mein Name.«

»Oh, empfindlich, empfindlich, der gute Muhammed. Beruhig dich. Hast du dich so weit verarztet? Hätte zu einem echten Problem werden können, an der Stelle. Ein paar Zentimeter höher, und sie hätte ein wichtiges Organ getroffen. Verdammt aggressive Göre, unsere Vicki hier.«

»Es geht schon wieder.« Muhammeds Schritte waren auf den Holzdielen zu hören. »Wir müssen die Angelegenheit schnell voranbringen.«

»Ganz genau. Aber der gute Robert weigert sich. Er weiß, dass wir ihn brauchen, deshalb gibt er den Dilettanten. Die Sache ist die, Dr. Wainwright. Wir werden nicht Ihnen wehtun, da haben Sie recht – wir werden Ihre Vicki leiden lassen.«

Vicki hörte, wie der Wasserkocher wieder angestellt wurde. Das Wasser begann rasch zu brodeln.

»Das können Sie nicht machen.« Jetzt schwang Angst in Robert Wainwrights Stimme mit.

»Doch, können wir, Dr. Wainwright. Werden wir auch.«

»Das glaube ich Ihnen nicht.«

Das Klicken des Kochers, der sich ausschaltete.

»Nun, was halten Sie dann von ›Probieren geht über Studieren‹?«

Durch halb geschlossene Augen sah Vicki, wie Mira Yavari den Kocher aussteckte.

»Da ist diese blutige Wunde an ihrer Fessel. Zeit, die mal zu reinigen, meinen Sie nicht? Es wäre sicher gut, sie zu sterilisieren. Nicht, dass sie sich noch infiziert.«

»Was... Was haben Sie vor?« Robert Wainwright war kaum zu vernehmen.

Vicki wusste genau, was Mira Yavari vorhatte, und öffnete die Augen. »Sie werden Ihre Bombe nicht kriegen. Da können Sie machen, was Sie wollen.«

»Oh hallo, wieder bei uns, die Gute.« Mira Yavari trat zu ihr, den Wasserkocher in der Hand. »Ich wollte Sie gerade wecken. Entschuldigen Sie übrigens Muhammeds Benehmen vorhin, aber er war etwas verärgert. Aus offensichtlichen Gründen, wie Sie sicher verstehen.«

Sie ging in die Hocke. Ihr Gesicht war nun dem von Vicki so nahe, dass diese das Peri-Peri in Mira Yavaris Atem riechen konnte.

»Ihre Pläne werden nicht funktionieren.« Vicki wand sich zur Seite und versuchte, sich mit den Ellbogen hochzustemmen. »Er wird es nicht tun.«

»Ich sehe das anders, Vicki. Ich sehe die Bereitschaft zur Zusammenarbeit. Ich sehe ein brauchbares Ergebnis. Allerdings bin ich auch Optimistin. Und ich durfte feststellen, dass die Dinge so meistens laufen. Mit der richtigen Überzeugungskraft kann man fast alles lösen. Was Dr. Wainwright auch weiß. Deshalb hat er sich ja überhaupt auf dieses ganze Abenteuer eingelassen. Stimmt doch – oder, Robert?« Mira

Yavari lächelte, wie immer ohne jegliche Belustigung. »Ich denke, wir haben alles, was wir brauchen.« Sie richtete sich auf. »Also, was wollen wir jetzt machen?«

»Nie ... Niemals«, sagte Robert Wainwright.

»Es reicht!« Muhammed schlug mit dem Griff der Jericho auf den Tisch und trat in Vickis Blickfeld. Auf seinem rechten Hosenbein waren Blutflecken zu sehen. Unter dem Stoff zeichneten sich Bandagen ab. »Gib mir das heiße Wasser.« Er streckte die Hand in Richtung Mira Yavari aus. »Wir verschwenden wertvolle Zeit.«

»Das denke ich nicht, Muhammed«, entgegnete Mira Yavari. »Dein Mann ist Dr. Wainwright, und ich kümmere mich um Miss Kahn hier.«

Vicki hievte sich etwas hoch und lehnte ihren Oberkörper an einen Schrank. »Robert. Robert, hören Sie mir zu. Lassen Sie sich nicht umstimmen.«

»Überaus heldenhaft von Ihnen, Vicki. Aber wie Muhammed bereits sagte: Wir müssen vorankommen. Zuerst einmal möchte ich mich bei Ihnen entschuldigen. Wirklich. Mea culpa. Das ist nichts, was ich gerne tue. Es ist nicht einmal etwas, was hätte passieren müssen. Aber nun ja, anders scheint es nicht zu gehen.«

Damit goss sie einen Schwall kochendes Wasser auf Vickis offene Wunde.

Achtzig

Wald von Tokai. »Wo sind Sie gerade, Molapo? Zu Hause?«

Dr. Ato Molapo lenkte in eine Lichtung zwischen den Bäumen und schaltete den Motor ab. Auch andere Autos parkten hier. Hunde wurden spazieren geführt, Kinder fuhren auf

Fahrrädern vorbei. Der Klang glücklicher Stimmen. An dem Zaun hingen einige Bänder und ausgebleichte Kränze. Es war ein Land der Kränze, Kreuze und der Erinnerungsorte, dachte Ato Molapo. Ein Parkplatzwächter klopfte an seine Scheibe und gab ihm ein Zeichen mit dem Daumen nach oben.

Die Stimme am anderen Ende der Leitung sagte über die Kopfhörer in seinen Ohren: »Sie müssen mir jetzt genau zuhören, Molapo – ganz genau. Wir haben hier eine gefährliche Situation. Hören Sie mich?«

Ato Molapo nickte.

»Hören Sie mir zu?«

»Ja, ja, tue ich.« Er nahm das Handy aus der Haltung und hielt es sich ans Ohr.

»Gut. Ich habe erfahren, was mit Moosa passiert ist. Können Sie bestätigen, dass es Caitlyn Suarez war?«

»Sie hat sich so genannt.«

»Sehen konnten Sie die Frau nicht?«

»Nein. Sie war hinter mir.«

»Aber Sie haben ihre Stimme wiedererkannt?«

»Sie hat einen seltsamen Akzent, den habe ich wiedererkannt.«

»Sie hatten sie, Molapo. Sie und Moosa hatten sie: Caitlyn Suarez, alias Mira Yavari, alias Mira Yavoriv. Sie saß mit Ihnen zusammen im Auto. Mit Ihnen beiden, zwei großen Männern, und es ist Ihnen nicht gelungen, sie zu überwältigen. Ich kann nicht fassen, dass sie schon wieder entkommen ist. Sie hatten sie, Molapo, und Sie ließen sie entwischen. Wir hätten unseren Verpflichtungen nachkommen und sie wie vereinbart den Russen übergeben können. Das wäre zumindest etwas gewesen in diesem Chaos, das wäre sogar viel gewesen in einer Situation, in der uns die Präsidenten der USA, von Frankreich und Israel lauthals beschuldigen, wir würden internationale Terroristen unterstützen. Dann hätte der russische Präsident sagen können: Keine Sorge, meine Freunde, meine vertrauenswürdigen Verbündeten werden sich um alles kümmern, sie haben einen unserer Feinde gefangen, eine ukrainische Attentäterin, unsere Welt ist wieder sicher. – Aber nein«, brüllte der Genosse Staatssekretär, »Sie lassen diese gefährliche Frau erneut entwischen. Molapo, Molapo, Molapo, was haben Sie getan?«

Dr. Ato Molapo starrte auf den verzierten Zaun. Einige der Blumen waren frisch und befanden sich noch in ihren Plastikhüllen. Er beobachtete zwei Kinder, die den Pfad entlangradelten, gefolgt von ihren joggenden Müttern. Er merkte, dass er zitterte, bebte, als wäre er von einem schweren Fieber ergriffen worden. Presste verzweifelt das Handy an sein Ohr, um es nicht fallen zu lassen.

»Gogol Moosa ist neben mir gestorben«, sagte er mit staubtrockenem Mund. Seine Worte klangen wie das Rascheln von altem Laub in einem Hinterhof. »Sie hätte mich auch töten können.«

Die Antwort kam sofort: »Warum hätte sie das tun sollen, Molapo? Sie sind für sie völlig unwichtig. Moosa war ihr Problem. Sie ließ Sie leben, damit Sie erzählen können, was sie getan hat.«

Der Wächter klopfte erneut an Ato Molapos Fenster und gab ihm ein Zeichen, es herunterzulassen. Molapo bedeutete ihm zu verschwinden. Der Mann klopfte entschlossener und hielt einen Strauß Blumen hoch. Molapo schüttelte den Kopf, drehte ihm den Rücken zu. »Sind Sie zu Hause, Molapo? Ich vermute nicht, denn Ihre Frau ruft gerade auf der anderen Leitung an. Sie müssen nach Hause fahren, Herr Direktor, damit wir wissen, wo wir Sie finden. Verstanden?«

»Verstanden.«

»Gut. Jetzt hören Sie genau zu, was passieren wird. Man wird Sie in ein paar Stunden verhaften und in Polizeigewahrsam nehmen.«

»Nein, nein, nein, das darf nicht passieren.« Ato Molapo richtete sich auf und schlug mit der freien Hand auf das Lenkrad. »Ich bin der Schwiegersohn des Präsidenten.«

»Genau deshalb muss es ja auch passieren, Ato. Bitte senken Sie Ihre Stimme, es gibt wirklich keinen Grund, so zu schreien.«

»Nach all dem, was ich für ihn, für die Familie getan habe, lassen Sie mich verhaften.«

»Alles, was Sie getan haben, wurde von einem gefährlichen Verbrecher torpediert, Ato. Einem Mann in Ihrer unmittelbaren Nähe, einem Ihrer Kollegen, Ihrem wichtigsten Wissenschaftler. Wir müssen nun erst einmal Schadensbegrenzung betreiben. Wir brauchen ein Narrativ. Verstehen Sie, Ato? Darum geht es jetzt.«

»Man wird mich in Handschellen abführen. Es wird eine Schande sein. Meine Frau wird mich sehen. Meine Kinder.« Dr. Ato Molapo spürte, wie Tränen in ihm aufstiegen. Wischte sich hastig mit dem Handrücken über die Augen.

»Viele gute Männer sind schon vor Ihnen in Handschellen gewesen, Ato. Es gibt keinen Grund, sich dafür zu schämen. Auch Ihr Schwiegervater, der Präsident, war einmal in Handschellen. Er wurde auf Robben Island gefangen gehalten und musste in einer Kalkgrube arbeiten. Es gibt Schlimmeres, wofür man sich schämen kann, als Handschellen.«

Eine Pause. Ato Molapo konnte das Klirren eines Löffels gegen Porzellan hören. Dieses Geräusch erzeugte in ihm das Bild des Genossen Staatssekretär, wie dieser mit einer Kanne des präsidialen Lieblingstees auf einem Silbertablett vor ihm an einem Tisch saß – dem angeblich besten Darjeeling Second

Flush mit einem leichten Muscatel-Aroma, den es gab. Ein Tee, der einen zum Würgen brachte. Dessen Geschmack Ato Molapo nicht ausstehen konnte. Dennoch musste er bei den Familienzusammenkünften immer so tun, als ob kein Tee mit einem Löffel des präsidialen Honigs besser schmecken würde als dieser. Der Honig stand in einem Glas ebenfalls auf dem Tablett, ein zarter Silberlöffel an den Rand gehängt. Genau jener Löffel, mit dem der Genosse Staatssekretär vermutlich jetzt gerade seinen Tee umrührte.

»Hören Sie mir zu, Ato.«

Wann hatte er von Molapo zu Ato gewechselt? Vom Aggressiven zum Herablassenden? Stets dieser Wandel, diese subtilen Gemeinheiten im Gebaren des Genossen Staatssekretärs. »Ich heiße Dr. Molapo.«

Leises Klirren.

»Und ich bin Ihr Freund, Ato. Wenn Sie einen brauchen, wie das gerade der Fall ist.«

Erneutes Klirren.

»Also, *mamela*, mein Freund. Auf der Polizei werden Sie erklären, dass der Diebstahl des Urans durch eine Verschwörung Ihres Kollegen Dr. Robert Wainwright mit internationalen Terroristen zustande kam. Dass Sie nichts davon wussten. Diese Aussage machen Sie erst, wenn Ihr Anwalt anwesend ist. Dann wird er sich darum kümmern, dass man Sie gegen Kaution freilässt.«

»Wird man Anklage gegen mich erheben?«

»Wahrscheinlich nicht. Aber ich sage das alles, falls es doch zum Schlimmsten kommt.«

»Ich bin der Schwiegersohn des Präsidenten.«

»Das ist Teil des Problems, Ato. Sie stehen dem Präsidenten zu nahe. Wir müssen Sie und ihn sichtbar voneinander trennen und allen zeigen – unserem Volk, den globalen Medien, der G20 –, dass wir diesen Diebstahl ernst nehmen. Dass Sie auch als Schwiegersohn des Präsidenten nicht über dem Gesetz stehen. Unsere Judikative arbeitet ohne Angst oder Gefälligkeiten, wie sich das für eine Demokratie gehört, die sich nicht nur dem Namen nach so nennt. Es ist nichts Persönliches.«

»Ich bin der Schwiegersohn des Präsidenten.«

Das Klirren von Porzellan auf Porzellan, als eine Tasse auf eine Untertasse gestellt wurde. Die Stimme des Genossen Staatssekretär klang ölig, glitschig.

»Wie erkläre ich das am besten, Ato? Sie sind Wissenschaftler, Sie verstehen die Bewegungen von Atomen. Die Wellen, die gleichzeitig Partikel sein können. Für mich ist das eine magische Welt, eine Welt, die wir nicht sehen, die aber unser Leben bestimmt. Für Sie ist das die Welt der Physik. Aber wie in dieser Welt gibt es auch da eine andere Welt, welche die unsere regiert, mein lieber Direktor. Eine Welt der Männer und Frauen mit Casio-Taschenrechnern, Excel-Tabellen, Kreisdiagrammen, Grafiken, Bilanzen, Gewinn- und Verlustrechnungen – Wucherer aus Beijing, Kredithaie aus Zürich, London, New York oder Luxemburg. Weiße Kapitalisten auf ihren Yachten, die überall ihre Finger drinhaben. Peng: Abwanderung von Kapital an unserer Börse. Peng: keine weiteren ausländischen Investitionen. Peng: das Schließen von Konten, das Stornieren von Krediten. Peng, peng, peng. Das können wir uns nicht leisten, Molapo. Wir müssen zeigen, dass wir stark und überzeugend handeln. Fahren Sie nach Hause und bereiten Sie sich vor, Molapo. Bereiten Sie auch Ihre Frau vor. Sie haben einen traumatischen Tag hinter sich, und es kommen weitere Probleme auf Sie zu. Ihnen muss klar sein, dass Sie im Moment hier sind, um zu knien, wie ein Dichter das einmal formuliert hat. Und während Sie knien, Direktor, sollten Sie sich überlegen, wohin Sie gerne versetzt werden möchten. Als Botschafter. Nach Argentinien, Mexiko, die Bahamas. Aber jetzt fahren Sie erst einmal heim, Molapo. Die Polizei wird in ein paar Stunden bei Ihnen sein.«

Dr. Ato Molapo legte auf. Er schaute auf die verpassten Anrufe seiner Frau und starrte dann den Zaun mit den Kränzen an. Stellte sich sein Wohnzimmer vor: die bequemen Sessel, die Vase mit Blumen auf dem Couchtisch. Das warme Licht der kleinen Tischlampen. Seine Frau in Tränen aufgelöst. Die Angst in ihren feuchten Augen, um ihren offenen Mund. Und… die Schande. Seine Schande in all den lokalen Zeitungen, auf den internationalen Websites. Seine Schande, die die Morgennachrichten erwähnen würden. Sein Bild auf Millionen von Fernsehbildschirmen. Er sah sich in einem dunklen Anzug in seinem Wohnzimmer stehen, die Hände ausgestreckt, um Handschellen angelegt zu bekommen. Das Gefühl von Metall, das um seine Gelenke klickte. Der Weg von seinem Haus zu den Polizeifahrzeugen auf der Straße, die blau blinkenden Streiflichter. Dann die grellen Blitzlichter, die ihn blendeten. Die Fragen, die ihm entgegengerufen wurden: Warum wurden Sie verhaftet, Dr. Molapo? Hat das mit dem Mord an Moosa zu tun? Sind Sie ein Verdächtiger, Herr Direktor?

Dr. Ato Molapo fasste nach dem Zündschlüssel, der noch steckte. Ließ den Motor an.

Einundachtzig

Vergenoegd Farm. *Sie war in einem Raum aus Beton, hatte die Augen geschlossen, die Hände auf den Ohren, um die Schreie ihrer Mutter nicht hören zu müssen. Zehn Jahre alt. In jener Nacht, als die Sicherheitspolizei kam.*

Jetzt hörte sie Mira Yavari sagen: »Kaltes Wasser hilft da angeblich. Habe ich irgendwo gelesen. Man schüttet kaltes Wasser darüber, um die verbrannte Haut zu beruhigen. Was man jetzt nicht will, ist Butter. Wenn man da einen Klecks Butter darauf tut, reagiert der wie in einer heißen Pfanne. Brutzel, brutzel. Macht es noch viel viel schlimmer, und das will man in einem solchen Fall ja vermeiden. Ich weiß, dass Sie das jedenfalls vermeiden wollen.«

Vicki schaffte es, das Zimmer um sich herum wieder klarer zu sehen. Robert Wainwright saß am Tisch, den Rücken zu ihr gewandt. Seine Schultern waren nach vorne gesackt, der Kopf gesenkt. Seine Beine zitterten. Muhammed stand auf der einen Seite, eine Hand auf seiner bandagierten Stichwunde, das Gesicht schmerzvoll angespannt. Neben ihr die Skinny-Jeans-Beine von Mira Yavari.

»Es liegt an Ihnen, Robert. Sie müssen nur die Teile zusammensetzen, wie es sich für einen guten Wissenschaftler gehört, und unsere Vicki hier wird kaltes Wasser kriegen, eine Salbe für Verbrennungen, Schmerztabletten – alles, damit es ihr besser geht. Verstanden?«

Eine Pause. Ein ungeduldiges Klopfen von Mira Yavaris rechtem Fuß. Statt der Springerstiefel trug sie nun makellose schwarze Puma-Sneakers.

»Sie ist in Ihren Händen. Wir wissen alle, dass die Kleine mutig ist und nicht will, dass Sie das tun, was wir von Ihnen wollen. Geht in Ordnung. Ist ihr gutes Recht. Allerdings wird Ihr Zögern ihrem Knöchel so richtig schaden. Wir reden jetzt nicht nur von Schmerzen, wir reden auch davon, dass es lange dauern wird, ehe man sie medizinisch versorgen kann. Tage, so wie Sie hier trödeln. Und damit reden wir von der Möglichkeit einer Infektion. Unbehandelte Wunden können echt furchtbar werden. Das läuft auf eine Amputation hinaus. Und das wollen Sie sicher nicht. Keiner von uns will das. Was, Muhammed – du willst das doch auch nicht, oder?«

Muhammed grunzte etwas Unverständliches.

Vicki, auf dem Boden liegend, hatte die Hände über dem Kopf gefesselt und die Knie zusammengebunden. Sie hob halb ihren Oberkörper und drehte sich zur Seite, um mit den Füßen gegen Mira Yavaris Beine zu schlagen. Der Schmerz durch die Bewegung schoss durch ihren verbrannten Knöchel. Die Frau rührte sich kaum, trat nur einen Schritt zur Seite.

»Sie geben auch nicht auf, was, Vicki Kahn? Das ist ein gutes Zeichen. Sie und ich, wir sind aus dem gleichen Holz geschnitzt. Wir halten so lange durch, bis es zur Abrechnung kommt. Aber jetzt geht es nicht mehr um Sie, jetzt geht es um Robert. Darum, dass Robert eine Entscheidung trifft.« Sie goss den Rest des heißen Wassers auf sie.

Vicki brüllte.

Die Polizisten hatten Fenster und Türen eingeschlagen, um ins Haus zu gelangen. Hatten die Haustür mit einer Axt bearbeitet. Die Zehnjährige aus ihrem Bett gerissen. Ein großer Mann, der nach fauligen Guaven gestunken hatte, reif wie diejenigen, die von dem Baum im Garten gefallen waren. Der Mann hatte sie wie einen Sack unter den Arm geklemmt. Ihr Vater und ihre Mutter waren verwirrt, riefen ihren Namen. Versuchten sie zu beruhigen. Die Polizisten hatten die beiden mit Pistolen und Schlagstöcken aus dem Haus geschubst. In die feuchte Dunkelheit und dann hinten in einen Kwela-Kwela. Der Transporter raste durch die Nacht. Alle drei waren in ihren Pyjamas und drängten sich aneinander. Das Gesicht ihres Vaters blutete. Ihre Mutter hielt sie eng an sich gedrückt. Den ganzen Weg bis zum Kerker. Was sie für einen Kerker hielt. Ein Ort am Fuß einer Treppe, ein Ort der Kälte, des Betons, der Metall-

türen, der Gitter. Dann das Schreien ihrer Mutter. Und sie in dem Raum auf einer harten Pritsche hatte sich eingenässt.

Jetzt wieder der grauenvoll schneidende Schmerz in ihrem Bein. Ihr Schrei hallte in ihren Ohren wider, während sie sich auf die Lippen biss. Spannte den Kiefer an, ballte die Fäuste, kämpfte um Selbstbeherrschung. Um sich nicht einzunässen.

Mira Yavari sagte: »Ich werde jetzt wieder Wasser kochen, Robert. Sie haben also noch ein paar Minuten Zeit, um nachzudenken.« Das Rauschen eines Wasserhahns. Muhammed meinte: »Das dauert zu lang.«

»Nicht, Robert«, sagte Vicki. Das Flüstern, das aus ihrem Mund kam, überraschte sie.

»Sie können gerne denken, was Sie wollen, Vicki, aber er wird es tun. Sie wissen, dass er es tun wird. Ich weiß, dass er es tun wird. Muhammed weiß, dass er es tun wird. Er selbst weiß, dass er es tun wird. Nur eine Frage der Zeit und der Schmerzen für Sie. Also, Dr. Wainwright? Soll ich den Wasserkocher anmachen?«

Robert Wainwright verneinte, aber Vicki hörte trotzdem, wie er angeschaltet wurde. Der Schmerz hielt jetzt ihren ganzen Körper in Spannung, war ein Strom, der durch sie hindurchschoss. Langsam und leise sagte sie: »Sie werden uns töten, Robert.«

»Ach, seien Sie nicht so melodramatisch, Vicki. Glauben Sie doch ein wenig an die Menschlichkeit.«

»Das werden sie tun, Robert.«

»Werden Sie das?« Sie sah durch einen roten Nebel, dass Robert Wainwright aufstand und sich zu Mira Yavari wandte. Er klang verzweifelt. »Bringen Sie uns nicht um. Ich bitte Sie. Bringen Sie uns bitte nicht um.«

Hinter ihm hob Muhammed seine Jericho. »Setzen Sie sich, Dr. Wainwright. Wir haben nicht die ganze Nacht Zeit.«

»Sie werden es tun, Robert. Sie werden uns töten.« Dann heulte sie auf, als Mira Yavari auf ihren offenen und blasenschlagenden Knöchel stampfte.

»Es reicht, Vicki. Sie haben gesagt, was Sie sagen wollten. Jetzt liegt es an Robert.« Der Wasserkocher schaltete sich ab. Mira Yavari steckte ihn aus und trat erneut zu Vicki. »Wie soll es sein, Robert? Soll Vicki die Fensterscheiben zum Klirren bringen? Oder sind Sie ein guter, braver Wissenschaftler?«

Vicki in dem vergitterten Raum. Die Schreie ihrer Mutter waren verstummt. Sie hörte die Stimmen von Männern, tief, kehlig.

»Sie müssen sich entscheiden, Robert. Jetzt.«

Fok, Mann, was habt ihr gemacht? Jetzt schaut euch an, was passiert ist. Fok, Mann. Fok.

Zweiundachtzig

Caledon Square. Fish las die Aussage, die er gemacht hatte. Dreimal musste er die Polizistin bitten, ihre unleserliche Handschrift zu entziffern. Sprach sie laut in sein Handy.

»Vertrauen Sie uns nicht, *Chommie*?« Columbo lehnte am Rand seines Schreibtischs und polierte einen Apfel. Vor dem Fenster herrschte herbstliche Dunkelheit. Das Licht im Raum kam von grellen Neonröhren.

Fish sah ihn an und schüttelte den Kopf. »Soll das ein Witz sein?« Schob die Aussage der Polizistin zu. »Ich möchte davon außerdem eine Kopie.«

»Unterschreiben Sie zuerst.« Columbo biss in seinen Apfel. Er schnitt ein angewidertes Gesicht, kniff die Augen zusammen und zog die Lippen zurück. Apfelfleisch war hinter seinen Zähnen zu sehen. Spuckte das Stück in den Mülleimer und warf den Apfel hinterher. »Blumig und mehlig wie *Pap*, Mann. Igitt. Wenn ich was hasse, dann mehlige Äpfel. Als würde man in nasse Wolle beißen. So einen Mist sollen wir hier essen. Für gutes Obst muss man nach Dubai, Moskau, Beijing oder Frankfurt. Das ist das Essenskartell, Mann. Der Privatsektor. Sie kontrollieren unser Obst und alles, was wir essen. Und stellen dabei sicher, dass sie im Ausland Profit machen.«

Fish unterschrieb die Aussage. »Die Kopie.«

»Manieren. Sagen Sie: bitte.« Columbo nickte der Polizistin zu. Sie verkündete, sie würde sich gleich darum kümmern.

»Verdammt noch mal«, platzte Fish. »Sie lassen mich hier Stunden warten, bringen meinen ganzen Terminplan durcheinander, verursachen einen Riesen-*Kak* und wollen dann auch noch, dass ich ›bitte‹ sage. Danke, Captain, danke, *Massa*, danke. Sie können mich mal.«

Columbo ging zwei Schritte zur Tür: »Wir sind Ihnen für Ihre Zusammenarbeit sehr dankbar, Mr. Pescado.« Grinste über seinen eigenen Sarkasmus. Trat einen Schritt zur Seite, als die Polizistin mit der Kopie zurückkehrte. »Hier, bitte schön. Und gute Nacht, Mr. Pescado.« Columbo hielt inne. »Ich muss Ihnen sicher nicht erklären, dass wir Sie wegen Beihilfe verhaften werden, falls wir herausfinden, dass Sie mit Ihrer Klientin gesprochen haben. Passen Sie auf sich auf, *Chommie*. Eine ruhige restliche Nacht.«

Damit verschwand er, ehe Fish auch nur seinen Mittelfinger erheben konnte.

Wembley Square. Zwanzig Minuten später sperrte Fish die Tür zu Vickis Wohnung auf. Er hatte sich den ganzen Nachmittag über große Sorgen um sie gemacht, während er auf dem Revier Däumchen drehen durfte. Die schlimmsten Szenarien waren ihm durch den Kopf geschossen. Höchstwahrscheinlich wurde sie irgendwo gefangen gehalten. Er malte sich ihre Angst, ihre Panik, ihre Schmerzen aus. Es bestand natürlich auch die Möglichkeit, dass sie irgendwo verscharrt war. Mit einer Kugel im Hinterkopf. Oder warum sollte man sich überhaupt die Mühe machen, sie zu verscharren? Man konnte sie genauso dazu zwingen, sich in einem Weißdorndickicht auf den Boden zu knien, um dann ihre Leiche den Schakalen und Krähen zu überlassen. Dort draußen löste man sich allmählich in seine Einzelteile auf, und niemand würde je davon erfahren.

Fish betrat nun Vickis Wohnung, wo er als Erstes das Licht anschaltete. Rasch schloss er die Tür hinter sich. Zuerst nahm er ihren moschusartigen Duft wahr, dann die Akten auf dem Couchtisch und ihre Schuhe neben dem Sofa. Einige CDs vor der Stereoanlage. Roberto Fonsecas *Yo* bereit, abgespielt zu werden. In der Küche fand er eine Schale mit Obst auf der marmornen Arbeitsplatte und eine Papiertüte mit zwei Croissants auf dem Brotbrett. Ein paar Tassen, Teller und Besteck in der Geschirrspülmaschine. Im Abfalleimer lagen Bananenschalen und ein Joghurtbecher. Sie hatte offenbar nicht geplant, länger wegzubleiben.

Ihr Festnetz klingelte.

Auf dem Display des Telefons stand »Alice«. Vickis Spitzname für Henry Davidson.

Fish hob ab. »Warum rufen Sie hier an?« Schon seltsam, dass er kaum eine Minute in der Wohnung war, und gleich klingelte das Telefon. Und es war Henry. »Sie wissen, dass sie nicht da ist.«

»Ach, Mr. Pescado. Nun, ich könnte Ihnen eine ähnliche Frage stellen: Was tun Sie in ihrer Wohnung? Einbruch ist ein offizielles Vergehen.«

»Kommen Sie mir bloß nicht so, *China*. Ich habe einen Wohnungsschlüssel.«

»Ja, kann ich mir vorstellen. Das erklärt trotzdem nicht, warum Sie dort sind. Es sei denn, Sie haben eine Nachricht von Vicki, dass Sie ihr etwas holen sollen.«

»Schön wär's.«

»Ja, das wäre es tatsächlich, ob Sie es glauben oder nicht. Irgendwelche Neuigkeiten?«

»Null Komma nichts. Wo zum Teufel ist sie, Davidson?«

Eine Pause. Das Klirren von Eiswürfeln, ein leises Schlürfen. »Wenn ich das wüsste, würde ich wohl kaum anrufen, oder, Mr. Pescado? Hören Sie, sie ist meine Agentin. Ich bin genauso besorgt wie Sie.« Eine erneute Pause, ein weiteres leises Schlürfen. Fish spürte die Unruhe am anderen Ende der Leitung. Nicht gut. Gar nicht gut. »Sie könnte überall sein. Wir wissen nicht, was mit ihr passiert ist, nachdem ihr Auto diesen Unfall hatte. Es tut mir leid, Mr. Pescado, ich kann Ihnen nichts Neues mitteilen.«

»Nichts. Den ganzen Tag über haben Sie also nichts Neues erfahren. Die gesamte Macht der Sicherheitsdienste hinter Ihnen, und Sie wissen nichts.« Dieser Gedanke empörte Fish noch mehr. Sie ist tot, davon ging Henry Davidson inzwischen aus. »Sie vermuten, dass sie tot ist?«

Wieder diese Pause.

»Ich weiß es nicht. Ich kann es wirklich nicht sagen.«

»Aber es ist wahrscheinlich…«

»Nichts ist wahrscheinlich, Mr. Pescado. Ich weiß nicht, was wahrscheinlich ist. Wie soll ich Ihnen das verständlich machen?«

»Kommen Sie, Davidson, Sie wissen, mit wem sie es zu tun hat. Sie kennen die Chancen. Sie könnten ja mal eine Vermutung in den Raum stellen.«

»Ich spiele nicht.«

»Verdammt noch mal, Mann. Sagen Sie es mir einfach.«

»Ich kann Ihnen nur sagen, dass sie sich auf einer Routine-Observation befand.«

»Großartige Routine. Wen hat sie beobachtet?«

»Das ist geheim.«

»Geheim. So irre geheim, dass mir jeder Spion in der Stadt inzwischen ans Leder will.«

»Noch andere neben Bill und Ben? Wer genau?«

Fish sah keinen Anlass, sich zurückzuhalten. »Einer Ihrer eigenen Leute.«

»Das ist ja wohl kaum jeder Spion in der Stadt, wie Sie das formuliert haben. Können Sie mir zu diesem Agenten einen Namen nennen?«

»Ja, kann ich. Zuerst geben Sie mir was, dann ich Ihnen. Ein Handel.«

»Das ist nicht Greenmarket Square. Das ist kein Basar.«

»Quid pro quo, haben Sie mir erklärt. Und Sie zuerst. Wen hat sie beobachtet?«

»Nicht am Telefon. Unten in Sinns Bar in einer Viertelstunde.«

Fish wartete dort in dem dämmrigen Licht einer Bar zwischen Gelächter und Stimmengewirr, während er langsam ein Bier trank. Um ihn herum waren die üblichen Leute, die sich an einem Freitagabend amüsieren wollten. Grüppchen kippten Schnäpse, umarmten Neuankömmlinge. Paare mit strahlenden Gesichtern und ebensolchen Zähnen lehnten sich aneinander. Er war hier einmal mit Vicki gewesen. Der Gedanke ließ ihn erneut nervös werden. Angespannt. Fish trank sein Bier aus.

»Noch eines?« Der Barkeeper zeigte auf das leere Glas.

Fish schüttelte den Kopf. »Eine kurze Pause.« Er kehrte in

Vickis Wohnung zurück und rief von ihrem Festnetz Davidsons Nummer an. Um diese Uhrzeit wollte er auf keinen Fall, dass ihm einer aus der Voliere auf dem Handy belauschte. Ein Anrufbeantworter schaltete sich ein: »Bedauerlicherweise kann ich gerade Ihren Anruf nicht persönlich entgegennehmen. Bitte hinterlassen Sie eine Nachricht. Vielen Dank.« So höflich. Wer benutzte heutzutage noch diese Maschinen? Fish hinterließ eine Nachricht. »Wo zum Teufel sind Sie?«

Als er sich zum Gehen wandte, klingelte sein Handy. Dieser verdammte Professor Summers. Fish wollte ihn gerade zur Voicemail durchstellen, als er es sich doch noch mal anders überlegte.

»Yo, Fish, Kumpel.« Der Professor klang ziemlich dicht.

Fish dachte: das Letzte, was ich jetzt brauche.

»Hier spricht Ihr zuverlässiger Rechercheur, bereit zur Ablieferung geheimer Informationen. Ich glaube, so nennt man das in etwa.«

»Ah ja?«, erwiderte Fish. »Und genauer?«

»Oh, sind Sie angespannt, angespannt. Der große Mann ist nervös. Wie schade, Herr Privatdetektiv, Sie lassen sich also auch von der Welt runterziehen? Der ruchlose Zauber der Hand tut also seine Wirkung?«

»Wovon reden Sie?«

»Von zwei *Bankies* des besten Durban Poison, die Sie mir schulden.«

»Wofür?«

»Weil ich etwas über die Hand herausgefunden habe. Schon vergessen? Schwappt zu viel Meereswasser über Ihren Schädel? Surfen Sie weniger, Pescado. Das würde sich sofort positiv niederschlagen.«

Fish schloss die Augen. Zählte bis drei. »Das kann warten.«

»Natürlich kann es das, wird es aber nicht. Es sind wichtige Infos, ganz heiß aus dem Ofen. Deshalb liefere ich Ihnen nun auch Informationen aus einer Zeit, als in unserer schönen Stadt Leichen an Galgen baumelten, um die Vögel der Lüfte und die Schakale des *Velds* zu füttern. Eine Hand war damals leicht zu bekommen. Tatsächlich wurden durch abgetrennte Hände Nachrichten mit starken Signalen gesendet. Wenn man im Garten seines Feindes eine solche Hand vergrub, glaubte man, alle möglichen Übel auf den dort Wohnenden zu ziehen. Jedenfalls hoffte man das. Oder man konnte sie mit einer brennenden Kerze auf der Handfläche im Schlafzimmer des Feindes deponieren. Am Morgen sollte das Gräuel dann erledigt sein. Man nennt das auch die Hand des Schreckens. Manchmal versteckt, manchmal offen. So ein Geschenk zu schicken war eine wahrlich boshafte Geste, Mr. Pescado. Interessant, dass diese Tradition offenbar fortgesetzt wird. Da kennen Sie gebildete Leute, würde ich behaupten. Leute mit einem historischen Wissen. Aber jetzt zu einer weiteren wichtigen Angelegenheit: Wann werden Sie liefern? Ich erwarte einen raschen Versand.«

»Morgen«, antwortete Fish und legte auf. Manchmal fanden Professoren Historisches so unglaublich spannend. Die Hand des Schreckens. Grundgütiger!

Wieder in der Bar, trank Fish zwei frisch gezapfte IPAs. Alle schienen ihr Leben zu genießen, alle außer Fish. Genug, um schlecht gelaunt zu werden, wenn da nicht seine quälende Sorge um Vicki gewesen wäre, die ihn in kalten Schweiß ausbrechen ließ. Dieses Nichtwissen quälte sein Herz: Lebte sie überhaupt noch, hatte sie Schmerzen, Angst? Henry Davidson hätte weiterhelfen und ihm zumindest mitteilen können, mit welchen Leuten Vicki es wahrscheinlich zu tun hatte. Große Fische, so wie das klang. Der Mann wirkte nervös. Vielleicht sogar besorgt. Wütend dachte Fish, dass man diesen Spionen allerdings eh kein Wort glauben durfte. Ein doppeltes Spiel war ihr täglich Brot. Und die gute alte Alice war die Schlimmste von allen. Ein alter Kommunist, der nicht die geringste Ahnung hatte, in welche Richtung der Kompass zeigte, vom Wellengang ganz zu schweigen. Also, du kannst mich mal, Henry Davidson, möge eine besonders große Welle dich erwischen.

Zum Barkeeper gewandt hob er zwei Finger: »Zahlen, bitte.«

Der Mann zuckte mit den Schultern. »Wir schließen erst spät. Selbst bei Lastabwurf. Da können Sie genauso gut das Licht unseres Generators genießen.«

»Werde das nächste Mal daran denken«, meinte Fish und wandte sich zum Gehen. Beschloss, dass es sinnlos war, nach Hause zu fahren.

Mit Hilfe seines Handylichts kehrte er zu Vickis Wohnung im oberen Stock zurück. In ihrem Schlafzimmer zog er sich aus, kroch nackt unter ihre Decke und roch ihr Parfüm auf dem Kissen. Lag da und lauschte den Sirenen der Nacht, in seiner Brust ein Schmerz, als ob er im Wasser vor Crayfish Factory treiben und verzweifelt versuchen würde, nach Luft zu schnappen.

Teil fünf

Dreiundachtzig

Kapstadt. Dann beginnt es also.

An einem Samstag unter einem morgendlichen Himmel. Hohe Zirruswolken über der Halbinsel, mit einem Stich Rosa. Kein Wind. Warme Luft aus den Bergen, die über den bevorstehenden Winter hinwegtäuscht.

Es beginnt mit Fish Pescado. Der mit dem Geruch von Vicki in der Nase erwacht.

Es beginnt mit Vicki Kahn in Schmerzen.

Es beginnt mit Bill und Ben, die zum Frühstück Blaubeermuffins in ihrem Auto essen. Zwei Kaffee auf dem Armaturenbrett, der Wagen geparkt in einer stillen Seitenstraße bei den Werften.

Es beginnt mit Mart Velaze in einer Hotellobby, der beobachtet, wie Mace Bishop auf ihn zusteuert, mit den toten Augen eines Mörders.

Es beginnt mit Mira Yavari, die auf das Steingebäude auf der anderen Seite des Hofs blickt, während sie grauen Rauch in die trockene Luft ausatmet.

In ihrem Inneren hört sie Muhammed Ahmadi erklären: »Ich sage dir, genau so soll es passieren. Es gibt keine Möglichkeit, darüber Bericht zu erstatten.«

»Du willst sie also einfach in die Luft jagen?«

»Bedauerlicherweise.«

»Das kannst du nicht tun. Warum ist es überhaupt nötig? Die beiden wissen nichts von unseren Plänen.«

»So ist der Dschihad.«

Ende der Diskussion.

Mira Yavari lässt den Stummel ihrer Zigarette fallen und

tritt ihn mit der Spitze ihres Schuhs in den Erdboden. Dann holt sie ihr Handy heraus und tippt ein einziges Wort. Aus ihren Kontakten wählt sie einen Namen aus. Drückt auf Senden.

Es beginnt mit einer SMS. Die ein Mann in einem Hotel neben einem Cricketfeld erhält. Auf dem Display seines Handys erscheint das Codewort: *Extrem.*

Vierundachtzig

Wembley Square. Fish tastet mit der Hand über die kühle Leere ihrer Seite des Betts. Liegt mit dem Gesicht ins Kissen gedrückt, den Arm ausgestreckt, ein Auge offen. Dieser Schmerz kehrt in sein Herz zurück. Düstere Gedanken bauen sich wie Wolken vor einem Gebirge auf: Sie kann nicht tot sein. Sie darf nicht tot sein. Sieht die Ruger mit dem Extramagazin auf dem Nachttischchen. Und die Uhrzeit des Radioweckers: 06:53. Später, als er plante. Was ihn aufstehen lässt. Duschen. Sich mit Vickis Deo einreiben. Die Klamotten vom Vortag anziehen. Er findet Müsli in einem Küchenschrank, Joghurt im Kühlschrank. Stellt Kaffee auf den Herd.

Fish steht am Fenster und blickt über die Stadt zu dem langen Kamm von Signal Hill, ohne ihn wahrzunehmen. Stattdessen sieht er dort leerstehende Farmhäuser, leere Felder, Vicki in einer kaputten Landschaft. Ihre Gestalt. Jenseits davon kann er sie sich nicht vorstellen. Er kann auch ihr Gesicht nicht erkennen. Kann nicht sehen, was sie trägt. Beendet sein Frühstück und stürzt den Kaffee zu heiß hinunter.

Er muss los. Angespannt. Ein Tag vager Hinweise liegt vor ihm. Schüttet den halben Kaffee ins Becken und spült die leere Schüssel aus. Nimmt die Pistole, das Magazin, sein

Handy, die Landkarte. Bemerkt die Adresse, die er darauf gekritzelt hat: Montague Gardens, Bolt Drive. Der Name: Rings Saturen/Sa 08:30. Könnte irgendein Samstag sein. Könnte jeder Samstag sein. Jedenfalls nur ein kurzer Abstecher von der N1. Um diese frühe Uhrzeit würde das nicht viel länger als eine Viertelstunde dauern.

Im Isuzu fährt Fish durch die morgendlichen Straßen. Die Stadt erwacht, jedenfalls jene Stadt, die man sehen kann. Er schließt sich Minibus-Taxis an, die um die Grand Parade kreisen, Leute auf dem Weg zum Markt. Lauscht Bruce, wie er mal wieder große Hoffnungen hegt. An einer roten Ampel bei Castle schüttelt eine Frau eine Blechdose neben seinem Wagen. Grinst ein Janet-Grinsen. »Zwei Mäuse, mein Herr, für RuB.« Zeigt ihm den Papierstreifen um ihre Dose, auf dem in schwarzen Buchstaben »Rettet unsere *Bergies*« steht. »Nur zwei Mäuse.« Fish gibt ihr fünf Rand. »Möge Gott Ihre Liebsten schützen.«

Genau, Gott, denkt Fish, hörst du zu? Versuch es gleich mal mit meiner liebsten Vicki. Vicki verloren in jener anderen Stadt, in der Stadt, die man nicht sieht.

Während er die Heerengracht Street hinunterfährt, wählt Fish Henry Davidsons Handynummer. Wird zu seiner Voicemail durchgestellt. Fragt sich, warum der Typ nicht abhebt, wenn eine seiner Agentinnen vermisst wird. Hinterlässt eine Nachricht: »Irgendwann müssen Sie mit mir reden, *China*. Sie können sich nicht für immer verstecken. Wenn Sie irgendwas von Vicki hören, will ich das wissen. Und zwar sofort.«

Auf der Hochstraße nimmt er die N1, umrundet den Hafen und fährt dann am Marine Drive ab, um nach dem Wellengang zu sehen. Am Lagoon Beach entdeckt er Weißwasserwellen, die an den Strand rollen. Solche Wellen – oder vielmehr Nicht-Wellen – lassen einen fast den Winter herbeisehnen. Fish seufzt. Er fährt in Richtung Bolt Drive weiter, Montague Gardens.

Etwa um zwanzig nach acht tuckert er eine Straße entlang, die von Lagerhäusern gesäumt ist. Niemand zu sehen, nicht einmal Wachleute. Die Straße endet in einer Sackgasse. Eigentlich eine Art Platz. Vor dem Platz befinden sich Gittertore. Vor jedem Tor steht eine Palme. Die Adresse, die er sucht, befindet sich auf der rechten Seite. Das Tor steht offen, in der Einfahrt ein *Bakkie*. Fish hält weit davon entfernt zwischen zwei großen LKWs. Von hier aus sieht er zwar nicht viel, aber doch genug, um einen Mann beobachten zu können, der fünf Boxen von dem *Bakkie* ablädt und in ein Gebäude mit einer halb offen stehenden Metallrolltür trägt. Der Mann duckt sich jedes Mal, die Boxen scheinen schwer zu sein.

Fish stützt seine Kamera auf dem Lenkrad ab und schießt ein paar Fotos. Nach der letzten Box zündet sich der Mann eine Zigarette an und lehnt sich rauchend an das Fahrzeug. Ein völlig sorgloser Mann, der eine kurze Pause von seiner Arbeit einlegt, sich umsieht, in den Himmel hochblickt, auf die Palmen, während er Rauchringe bläst. Er trägt Jeans, eine Jeansjacke über einem T-Shirt mit V-Ausschnitt. Um seinen Hals funkelt eine Kette. Ehe er die Zigarette halb aufgeraucht hat, tritt er sie mit dem Fuß aus und richtet sich auf. Ein weiterer Mann beugt sich unter der Rolltür heraus, schließt sie und versperrt sie mit einem Schloss. Rings Saturen. Eine Tasche mit Golfschlägern über der Schulter.

Fish macht weitere Schnappschüsse.

Rings Saturen redet, der Mann in der Jeansjacke nickt. Dann steigen die beiden in den *Bakkie* und fahren langsam davon. Das Tor schließt sich automatisch hinter ihnen. Fish duckt sich, bis der Wagen an ihm vorbei ist. Dann fotografiert er noch von hinten das Nummernschild.

Bolt Drive ist jetzt menschenleer. Liegt still da. Zu beobachten, wie ein Mann fünf Kisten verlädt, bedeutet gar nichts. Wenn da nicht Rings Saturen gewesen wäre. Und Rings Saturen bedeutet für Fish nichts Gutes. Außerdem war Flip Nel hinter ihm her oder... Das »oder« will Fish sich gar nicht weiter ausmalen: Oder Flip Nel stockte sich seine Pensionskasse auf. »Ja, Flip«, sagt Fish laut. »Worum ist es da eigentlich genau gegangen?«

Er ruft Columbo an.

Der Polizist meldet sich mit den Worten: »Was wollen Sie von mir, Pescado? Ich bin nicht Ihr Kumpel, den Sie schon um diese Uhrzeit anrufen können.«

»Wenn Sie wissen wollen, woran Flip Nel dran war, habe ich einen Tipp für Sie«, erwidert Fish. »Ich würde vermuten, Abalonen. Haben Sie einen Stift?« Er wartet nicht ab, sondern gibt ihm sofort die Adresse in Montague Gardens durch.

»Abalonen! In seinen Akten steht aber nichts von Abalonen-Wilderei.«

»Okay. Das weiß ich nicht. Ich kann Ihnen nur sagen, dass er sich diese Adresse notiert hatte und dazu diesen Samstagmorgen.«

»Notiert? Wo hatte er das notiert? Warum erzählen Sie mir das jetzt?«

»Weil ich es auch erst vor einer Stunde herausgefunden habe. Wollen Sie das, oder soll ich doch lieber Ihren Boss anrufen?«

»Verdammt, Pescado.« Ein Pause. »Okay, nennen Sie mir noch mal die Adresse. Langsam.«

Fish tut es.

»Wollen Sie mich für sich gewinnen, Pescado? Wird nicht funktionieren. Ich hab Sie trotzdem auf meiner Liste. Sie stinken für mich verdächtig nach Dreck. Was hat es mit dieser Adresse auf sich?«

Fish erzählt es ihm. Berichtet, was er gesehen hat.

»Und? Ein Mann trägt fünf Kisten in ein Lagerhaus. Nichts Besonderes. Das bedeutet noch lange nicht, dass es um Abalonen-Wilderei geht.«

»Wenn man den Namen Rings Saturen dazugibt, dann wird das Ganze etwas pikanter, wenn Sie verstehen.«

»He, *Chommie*. *Stadig*, langsam. Mit einem solchen Namen wird es brenzlig. Rings Saturen ist ein großer Fisch in der Politik. Mit einem *Larney* wie dem lege ich mich nicht einfach so an. Hopp, hopp, und schon fahre ich wieder uniformiert auf Streife. Blau steht mir nicht.«

»Ich habe Fotos gemacht. Nennen Sie mir eine E-Mail-Adresse. Flip war da an was dran.« Er lässt weg, dass er vielleicht auch in etwas verwickelt war. »Wenn Sie schlau sind, beobachten Sie diesen Ort, der Saturen gehört.«

»Wollen Sie mir jetzt meine Arbeit erklären? Verziehen Sie sich, Pescado.«

»Ich meine ja nur«, entgegnet Fish. »Ihre Entscheidung, Detective.« Er legt auf. Gerade als er den Motor anlassen will, klingelt sein Handy. Es ist nicht Columbo, sondern Estelle.

»Ma.«

»Jetzt bin ich sprachlos, Bartolomeu. Du gehst tatsächlich ran, wenn ich anrufe. Ich kann es nicht fassen. Ich dachte fast, du willst nicht mehr mit mir reden. Unglaublich. Zuerst bist du überhaupt nicht zu erreichen, und dann erwische ich dich plötzlich zu einer unmenschlichen Uhrzeit. Bist du am Strand?«

»Bei einem Auftrag«, erwidert Fish. »Überwachung.«

»Ach Unsinn! Überwachung! Noch mehr von diesen mysteriösen Nacht-und-Nebel-Aktionen. Es ist sagenhaft, womit du dich beschäftigst. Zuerst wirst du verhaftet. Dann hält man dich tagelang in Polizeigewahrsam. Du musst wirklich mal ... Nun, ich habe jetzt keine Zeit dazu. Wir fahren heute noch los, und ich muss dich um einen Gefallen bitten. Einen großen Gefallen, das ist mir durchaus bewusst, aber ich weiß nicht, an wen ich mich sonst wenden soll.« Eine Pause.

Fish nutzt sie. »Ich kann jetzt nicht sprechen.«

»Doch, das kannst du, mein Junge. Bitte hör mir zu. Ich brauche etwas Marihuana, Barto. Du weißt schon, wie nennt man das? *Dagga*. Deine Surferfreunde werden das sicher alle rauchen. Vielleicht du ja auch. Ich habe keine Ahnung. Jedenfalls brauche ich ein Kilo für dieses Forschungsinstitut in Russland. In Moskau, um genau zu sein.« Sie kichert nervös. »Ich kann den Namen immer noch nicht richtig aussprechen. Egal. Geht das, Barto? Hast du eine Ahnung, wie ich drankomme? Es ist dringend. Wir fliegen heute Abend ab.«

»Mann, Ma, du kannst damit doch nicht einfach durch den Zoll schlendern. Weder hier noch dort.«

»Handelsmission, Barto. Wir haben besondere Bedingungen. Oder nennen wir es spezielle Bedingungen. Vor allem für medizinische Forschungen. Kannst du da was machen? Du bist doch ein erfindungsreicher Bursche. Ich bin mir sicher, dass du unter deinen Surferkumpeln eine Spende an die Wissenschaft zusammenbringst.«

Fish kann nicht fassen, was er da gerade hört. »Du willst das als Spende? Das kostet Geld.« In diesem Moment sieht er einen Wachmann, der an der Ecke eines Lagerhauses auftaucht, dort stehen bleibt und etwas in sein Funkgerät sagt. Der Mann starrt den Bolt Drive hinunter. Er wird ihn doch nicht zwischen den beiden riesigen Lastern entdecken? Leider ist er zu weit entfernt, um das mit absoluter Sicherheit verneinen zu können.

Seine Mutter in seinem Ohr: »Also gut, also gut. Ich habe ein bestimmtes Budget. Vielleicht bringst du es zum Flughafen? Unser Flug geht um acht. Ich werde schon früh dort sein. Wir könnten uns gegen sechs treffen. Einen Kaffee trinken. Ich habe dich seit Ewigkeiten nicht gesehen, Barto. Ich wusste, dass ich bei so etwas auf dich zählen darf. Bis später also. Jetzt geh wieder zu deiner Überwachung zurück, ich muss los. Ein Frühstücksmeeting mit dem Generaldirektor, um unsere Taktik zu besprechen. Aufregende Zeiten, Barto, wirklich aufregende Zeiten.«

Und damit ist sie weg. Fish beobachtet, wie der Wachmann beginnt, auf ihn zuzusteuern, während er denkt, dass es wirklich mal was Neues wäre, seiner eigenen Mutter Hasch zu verkaufen. Er lässt den Motor an und wendet mitten auf der Straße. Sieht im Rückspiegel den Wachmann rufend hinter ihm herrennen.

Fish winkt und gibt Gas.

Fünfundachtzig

Duncan Road, Foreshore. Bill ist nicht bester Laune. Er hätte mehr Schlaf vertragen können. Eigentlich hätte er auch gut morgendlichen Sex vertragen können. Für Bill gibt es nichts Schöneres, als am frühen Morgen vor dem Aufstehen mit Melarnies Brüsten zu spielen. Wenn Melarnie noch halb im Schlaf ist, die Haare zerzaust, wenn sie einfach nur daliegt. Die Beine öffnen sich seiner Hand, wenn diese über ihren runden Bauch zu ihrer Bikinirasur wandert. Die seidige Weichheit auf beiden Seiten. Muss eine ziemlich heiße *Chica* sein, die sich mit Wachs enthaaren lässt. Tut sicher höllisch weh. Persönlich bevorzugt Bill eigentlich einen haarigen Schritt, da er gerne seine Finger durch die Härchen wandern lässt.

Ben ist besserer Laune. Der Auftrag ist beinahe vorbei, und es stehen zwei Tage Erholung an. Er will Sherine auf eine Safari mitnehmen – auf einer Lodge mit Löwen, Giraffen, Wasserbüffeln, Zebras, Gnus, alle möglichen afrikanischen Tiere. Fahrten in offenen Landrovern. Das Beste ist Bens Einschätzung nach der Whirlpool, Champagner und Blicke über Kameldornakazien auf vorbeischlendernde Giraffen. Ben kann sich das gut mit Sherine vorstellen. Sehr gut.

Bill & Ben parken dem Yachthafen gegenüber. Um diese morgendliche Uhrzeit ist nicht viel los. Ein paar Leute erwachen auf ihren Yachten und stolpern an Bord mit einer Tasse Kaffee herum.

»Erinner mich noch mal«, meint Bill. »Was sollen wir hier um diese Uhrzeit?« Er streift ein paar Muffinkrümel von seinem stoppeligen Kinn. Greift nach der großen Latte Macchiato auf dem Armaturenbrett.

»Unsere Hintern platt sitzen«, erwidert Ben. »Gibt keine andere Erklärung.« Ben redet mit vollem Mund, wobei er eine Hand vorhält, um nicht zu spritzen. »Aber hey, wir wollen uns nicht beklagen. Wenn wir sehen, wie unser Mädchen sicher davonsegelt, ist unser Auftrag erfüllt. Ich hol Sherine ab und fahr mit ihr auf Safari. Vom Whirlpool aus schauen wir uns dann die wilden Tiere an.«

»Ja, klar. Und du schaffst es, in einem Whirlpool deine Hände von Sherine zu lassen? Wem machst du hier was vor?« Bill schlürft seinen Kaffee.

Ben lacht. Seine Wangen werden sogar ein wenig rot. Meint: »Kein schlechter Muffin.«

»Die von Starbucks sind besser.«

»Gibt hier kein Starbucks.«

»Sie sollen bald kommen, hab ich gehört. In dem in Johannesburg muss man sich in eine Schlange stellen, um bedient zu werden. Ich meine, deren Muffins mit der Zuckerkruste sind gut, aber mich dafür anstellen? Nein, das würde ich garantiert nicht machen.«

»Müsstest du leider. Du bist kein Polizist hier, du hast keine Verbindungen.«

»Wohl wahr.« Bills Handy in der Halterung beginnt zu klingeln. Der Posten in Kapstadt. »Die wollen hören, wie's uns geht.«

»Vielleicht haben sie gute Nachrichten. Dass sie auf dem Weg sind.«

»Meiner Erfahrung nach funktioniert das nicht so.« Wischt nach rechts und berührt den grünen Punkt. »Sir?«

»Ben?«

»Bill.«

»Sind Sie vor Ort?«

»Einer wunderbaren Aussicht gegenüber, Sir. Möwen und Yachten im Morgenlicht.«

»Gut. Es gibt neue Informationen. Wir hatten Kontakt. Wir haben eine Anweisung. Code: Extrem. Sofortiges Handeln. Schauen Sie in Ihrem WhatsApp nach den Koordinaten. Seien Sie schnell. Entschärfen Sie die Lage. Aber, Bill – kein Kollateralschaden. Hören Sie mich, Bill? Nicht wie beim letzten Mal. Verstanden?«

»Ja, Sir.«

»Und ein Lagebericht, wenn Sie dort sind.«

Bill legt auf und schaut auf sein WhatsApp. »Was hab ich dir gesagt, wie die Welt funktioniert? Wenn was schiefgehen kann, dann wird es das auch.« Bills Laune ist jetzt noch schlechter. Wobei ein solcher Auftrag auch seine guten Seiten hat. Es passiert endlich was. Bill mag es, wenn was passiert.

Ben auch. »Trotzdem besser, als hier herumzuhocken und Möwen zu zählen.«

Bill schiebt sich den restlichen Blaubeermuffin in den Mund und tippt die Koordinaten in das Navi ein. Lässt den Motor an und lenkt den Wagen auf die Duncan Road hinaus.

»Wohin fahren wir?«, will Ben wissen.

Tante Sal alias das Navigationsgerät verkündet: »In dreihundert Metern rechts abbiegen.«

Bill fährt mit einer Hand am Steuer, den Kaffee in der anderen. »Persönliche Frage?«, meint er.

»Raus damit«, antwortet Ben.

»Hat Sherine Haare, ich meine, da unten?«

Ben verschluckt sich und spritzt Reste des Blaubeermuffins von sich. »Verdammt, Mann, woher kommt das denn plötzlich?«

»Ich hab davon gelesen. Dass Frauen sich entwachsen lassen. Oder sich rasieren. Dass glatt da unten gerade Mode ist.«

»Vielleicht.«

»Und?«

Ben schluckt seinen Kaffee hinunter. »Und ja. Ja, sie hat das auch gemacht. Aber sie lässt es jetzt wieder sprießen. Ich hab sie gebeten, nachdem ich diesen Artikel über Schamhaarrasuren gelesen hab.«

»So nennt man das? Schamhaarrasuren?«

»Ja. In dem Artikel stand, dass es bei Rasierten zweimal wahrscheinlicher ist, dass sie sich Geschlechtskrankheiten einfangen.«

»Echt? Aber dazu muss man ja ... Du weißt schon ... Es mit anderen treiben.«

»Klar. Aber da steht auch, dass Rasierte auf riskanten Sex stehen.«

Ben sieht Bill an. Er wartet auf eine Antwort.

»An der nächsten Ampel links abbiegen«, sagt Tante Sal.

»Melarnie meint, ich brauch die volle Behandlung.«

Ben stößt einen leisen Pfiff aus. »Was? Hintern, Ritze und Eier? Wow, Mann, das ist heftig.«

Sechsundachtzig

Vergenoegd Farm. Robert Wainwrights Keuchen in der Dunkelheit. Vicki Kahn in ihrem Schmerz gefangen – das ständige Brennen ihrer offenen Knöchelhaut. Den Rücken lehnt sie an die Steinmauer, die Beine sind ausgestreckt, die mit Blasen übersäte Fessel liegt auf ihrem unverletzten Bein. Sie hat die Augen geschlossen und bemüht sich um eine Art Bewusstseinskontrolle. Eine Technik, die sie in ihrer Agentenausbildung gelernt hat.

Henry Davidsons kluge Worte: »Es gibt immer ein Kaninchen mit rosa Augen, Vicki.«

Vor Vickis innerem Auge sieht sie sich als junges Mädchen in einem Sari. Sie trug nie Saris außer dieses eine Mal. Warum? Warum nicht?

Vicki, hört sie die Stimme ihrer Mutter. Vicki, lächle.

Vielleicht bei einer Hochzeit? In den Arderne Gardens für ein paar offizielle Fotos? Damals sind alle bei solchen Gelegenheiten immer dorthin gegangen.

Vicki, lächle.

Aber das tat sie nicht. Auf der Aufnahme sieht man sie mit finsterer Miene. Ein wütendes kleines Mädchen. Als ob sie in die Zukunft blicken könnte. Eine Woche später waren sie fort, ihre Mutter und ihr Vater. Weggebracht. Kurz darauf war ihre Mutter tot. Ihren Vater sah sie wieder. Dann war auch er tot.

Vicki, lächle.

Sie tat es damals nicht und tut es jetzt nicht. Der wiederkehrende Schmerz ist so heftig, dass sie leise aufstöhnen muss.

»Was ist?« Robert Wainwright rutscht neben sie und fasst nach ihrem Arm. »Reden Sie mit mir, Vicki. Sie dürfen nicht sterben.«

»Ich sterbe nicht, Robert.«

»Sie werden zurückkehren. Sie werden uns gehen lassen. Ich weiß es. Sie werden uns gehen lassen. Jetzt, nachdem sie bekommen haben, was sie wollten.« Seine Hand um ihren Arm verkrampfte sich. »Oh, Gott, vergib mir.«

Sie sind im Keller. Sie spürt, wie er zittert. Sein Gesicht kann sie nicht erkennen.

»Ich musste es tun. Ich musste mitmachen. Sie haben so geschrien.«

Sie löst seine Finger von ihrem Arm. Die Bewegung, jede Bewegung, lässt die Schmerzen an ihrem Knöchel unerträglich aufflackern. Wieder ächzt sie.

»Hilfe kommt. Sie werden wieder ganz gesund.«

»Robert«, sagt sie. »Versuchen Sie, ob Sie die Tür öffnen können.«

Die Tür ist von einem grauen Licht umrandet. Wie lange dauert es noch bis Sonnenaufgang? Sie hat kein Zeitgefühl mehr. Es war dunkel, als man sie hierherbrachte. Dieser Muhammed bohrte ihr seine Pistole in den Rücken. Robert stützte sie. Jeder humpelnde Schritt ein stechender Schmerz.

Mira Yavari sagte: »Ach, kommen Sie schon, Vicki. Seien Sie ein großes Mädchen, so schlimm ist das nun auch wieder nicht.«

Es war schlimmer als schlimm. Eine Kugel in den Eingeweiden war leichter zu ertragen.

Die Taschenlampe leuchtete die Treppe hinunter. »Sie dürfen uns nicht hierlassen.«

»Na, ich weiß nicht«, erwiderte Mira Yavari. »Sie sind beide ziemliche Nervensägen.«

»Sie haben, was Sie wollten.«

»Das stimmt. Es hat sich gut gefügt. Wir können uns glücklich schätzen, Sie weniger.«

Ende der Diskussion. Ein Stoß, ein Stürzen auf den Steinboden, eine Tür, die ins Schloss fiel. Danach totale Dunkelheit.

»Sie haben zugesperrt.« Robert gibt sich sofort geschlagen.

Vicki holt tief Luft, hält sie, um den pochenden Schmerz zu lindern, und atmet dann aus. »Vielleicht können Sie das Schloss aufbrechen.«

»Womit?«

»Ich weiß es nicht, Robert.« Sie saugt Luft ein. »Ich weiß es nicht. Ihrer Gürtelschnalle, Ihrem Schuh. Benutzen Sie den Absatz als Hammer. Versuchen Sie einfach irgendwas.«

Er steht auf und steigt über sie, um zur Tür zu gelangen. »Ich muss pinkeln.«

»Dann tun Sie es.«

»Wo?«

»Irgendwo. In einer Ecke.«

Kurz darauf hört sie das leise Plätschern seines Urinstrahls.

Was erwartet er von ihr? Bestärkung. Er scheint jegliche Eigeninitiative, jeglichen Willen verloren zu haben. Andererseits gehört er zu ihrem Verantwortungsbereich. Sie ist die Agentin. Die widerstrebende Agentin, aber dennoch die Agentin. Und sie müssen hier rauskommen. Um Henry Davidson über die schmutzige Bombe zu informieren.

»Wird sie funktionieren, Robert?«

»Was?«

»Die Bombe. Wird sie funktionieren?«

»Ja.«

Er klingt völlig sicher.

»Sie haben ihr erklärt, dass sie nicht funktionieren wird.«

»Sie wird explodieren, jedenfalls der Teil mit dem Semtex.«
»Und das Uran?«
»Es ist nicht viel. Vielleicht zweihundert Gramm.«
»Und der Rest?«
»Den haben sie noch.«

Was Vicki nachdenklich stimmt. Natürlich – die Bombe soll als Ablenkungsmanöver dienen. Während sie sich mit dem Rest des HEU aus dem Staub machen. Was Vicki wieder zu Wainwrights Bombe zurückbringt. »Was wird bei einer Explosion genau passieren?«

»Das HEU teilt sich vielleicht.«
»Was bedeutet …?«
»Dass kleine Pellets von HEU herumliegen. Vielleicht gibt es auch etwas strahlenden Staub.«
»Wie gefährlich ist das?«
»Es wird entsorgt werden müssen.«
»Was bedeutet, dass es ein Problem ist.«
»Ja. Aber im Grunde ist es nur eine Bombe.«
»Im Grunde? Nur? Wie viel kann diese Bombe in die Luft jagen?«
»Das hängt ganz davon ab. Canal Walk. Die Waterfront. Vielleicht ein kleines Einkaufszentrum …« Er spricht nicht weiter.

»Mein Gott. Robert.«

Schweigen breitet sich aus. Vicki denkt: Das ist volle Punktzahl. Wenn man diese Bombe an den richtigen Ort bringt, kann das Hunderte von Toten bedeuten. Wenn man die richtige Warnung herausgibt und erklärt, es sei eine schmutzige Bombe, kann man Kapstadt gleich evakuieren lassen. Und zwar für mehrere Tage.

Sie sagt: »Holen Sie uns hier raus, okay? Holen Sie uns einfach hier raus.«

Sie hört, wie Robert Wainwright mit dem Schuh gegen das Schloss schlägt. Seine Verzweiflung.

»Das wird nie klappen.«

»Nein«, meint auch Vicki. »Das wird es nicht. Sie müssen versuchen, das Schloss herauszustemmen. Benutzen Sie dafür den Dorn Ihres Gürtels, um ins Holz zu kommen. Am besten langsam und gründlich, damit der Dorn nicht abbricht.«

Sie hört, wie er seinen Gürtel löst und mit dem Kratzen am Türrahmen beginnt. Das wird ewig dauern.

Vicki schließt die Augen. Sie wartet auf das kleine Mädchen im Sari. Aber es kehrt nicht zurück. Stattdessen ist da der brennende Schmerz, als ob Mira Yavari wieder kochendes Wasser über ihre Fessel gießen würde. Sie hat Angst vor einer Infektion. Verbrennungen infizieren sich schnell. Bei unbehandelten Verbrennungen, schlimmen Verbrennungen dritten Grades oder noch stärker, kann es tatsächlich zu einer Amputation kommen. Daran will sie lieber gar nicht denken. Also wendet sie sich innerlich Mira Yavari zu. Sie hörte den Pritschenwagen nicht davonfahren. Was nicht bedeuten muss, dass sie noch hier sind. Andererseits wird man sie garantiert nicht am Leben lassen wollen. Vielleicht sollen sie ja im Keller verhungern. Es gibt zu viele unbekannte Größen in diesem Spiel.

»Ich schaff's nicht«, sagt Robert Wainwright. Vicki hört, wie die Gürtelschnalle auf den Steinboden fällt. »Es wird nicht funktionieren. Ich kann nicht erkennen, was ich tue. Wenn ich nicht sehe, was ich tue, ist es völlig sinnlos.«

Vicki denkt: Verdammt, wo hat der Kerl seine Eier? Versucht es mit ihrer beruhigenden Stimme: »Sie müssen weitermachen, Robert. Nehmen Sie wieder Ihren Gürtel. Kratzen Sie weiter. Vielleicht benutzen Sie auch Ihren Schuh, um den Dorn ins Holz zu treiben. Damit es besser splittert.«

»Behandeln Sie mich nicht so von oben herab.«

»Das tue ich gar nicht.«

»Das ist nicht meine Art Leben.« Seine Stimme wird lauter. »Ich sehe normalerweise nicht dabei zu, wie Menschen erschossen werden. Ich sehe auch nicht, wie man andere foltert. Ich baue keine Bomben.«

Er steht kurz vor dem Kippen – das weiß sie. Jeden Moment könnte er völlig durchdrehen. Wenn Wainwright durchdreht, haben sie nicht mehr die geringste Chance, hier herauszukommen. Es gibt also nur eine Möglichkeit: ihn zum Helden machen.

»Robert, bitte. Versuchen Sie es noch einmal. Ich brauche dringend einen Arzt. Ich verliere sonst meinen Fuß. Ich flehe Sie an.«

Sie hört, wie er wieder ruhiger atmet.

»In den nächsten Stunden…« Sie beendet den Satz nicht, damit er ihn innerlich beendet. »Bitte, Sie können uns hier herausholen.«

Doch das ist gar nicht nötig. Ein Schlüssel kratzt im Schloss. Dann wird die Tür aufgeschoben. Vicki sieht einen Moment lang Mira Yavari, ehe sie das grelle Sonnenlicht blendet.

»Was tun Sie hier, Dr. Wainwright? Zerstören Sie etwa den Rahmen? Dieses Haus ist denkmalgeschützt, müssen Sie wissen. Es kann strafrechtlich verfolgt werden, wenn man hier etwas kaputt macht. Sie sollten sich schämen.«

Siebenundachtzig

Das Cape Sun. Als Mart Velaze vom morgendlichen Licht in das gedämpfte Innere des Hotels tritt, ist er zwiegespalten, was seine Aktion mit Mace Bishop betrifft. Vielleicht sollte man diesen Job besser allein erledigen. Unter den gegebenen

Umständen. Andererseits versteht er Bishops Sicht der Dinge und kann dessen Haltung nachvollziehen. Rache ist ein wirkungsvoller Weg, wenn man mit Gerechtigkeit nicht weiterkommt. In vielerlei Hinsicht sogar befriedigend.

Das Problem hier liegt in der Komplexität.

Vor nicht mal einer Stunde beugte sich Mart Velaze über einen zerzausten Kopf auf einem Kissen und flüsterte »*Hamba kahle, Intombi*« zu seiner Mossad-Liebhaberin. Erhielt ein heiseres »*Shalom, Habibi*« als Erwiderung.

Während des Vorspiels hatte sie ihm erklärt, dass Caitlyn Suarez unantastbar sei. Komplett verdeckt. Tatsächlicher Name unbekannt. Dauerbefehl: Hände weg.

Das war nichts Neues. Allerdings könnte Mace Bishop diese Besonderheit nicht zu schätzen wissen, wenn er die Frau in einem Showdown erwischte.

Jetzt betritt Mart Velaze die unwirkliche Welt kommerzieller Gastfreundlichkeit: weicher Komfort und dahinplätschernde Mucke. Das Treiben auf der Strand Street ist hinter der sich schließenden Tür nicht mehr zu hören. Er bleibt stehen und schiebt seine Sonnenbrille nach oben, während sich seine Augen an das Dämmerlicht gewöhnen. Noch immer fragt er sich, wie er vorgehen soll: direkt und unverblümt, oder soll er dem Mann die Möglichkeit geben, sich zu äußern? Er beschließt, erst mal abzuwarten und zu sehen, wie sich die Dinge entwickeln. Der Mann ist schließlich noch am Trauern.

Schaut sich in der Lobby um. Eine Gruppe chinesischer Touristen drängt sich um die Rezeption. Urlauber auf dem Weg zum Frühstück. Ein Paar in Khaki plaudert mit dem Portier. Einzelne Gäste sitzen in Sesseln und lesen die neuesten Zeitungen. Kein Mace Bishop weit und breit.

Mart Velaze wischt auf seinem Handy nach rechts. Er sieht,

dass sich der Peilsender, den er an Fish Pescados *Bakkie* befestigt hat, wieder bewegt – weg von Montague Gardens. Beschäftigter Mann, dieser Fish. Allerdings steht er auf Mart Velazes Prioritätenliste gerade nicht sonderlich weit oben. Er findet Mace Bishops Nummer und hält das Handy an sein Ohr. Blickt auf. Dort steht Mace Bishop, zwanzig Schritte von ihm entfernt, und starrt ihn an.

Der Mann wirkt fast wie früher, findet Mart Velaze. Kurzgeschnittene graue Haare, tief gebräunt, eine Geschmeidigkeit in den Bewegungen, als er auf ihn zukommt, die viele Stunden Workout bedeutet. Oder Schwimmen, das war immer sein Ding. Er und Krista hatten gemeinsam lange Kaltwasserstrecken zurückgelegt – diese seltsame Faszination für Wasser, die die beiden miteinander teilten.

Mace sieht auch wie üblich aus: schwarzes T-Shirt, Jeans, Turnschuhe, Jeansjacke, die Ärmel hochgezogen. Man darf nicht vergessen, denkt Mart, dass dieser Mann Waffenhändler war – ein höchst aktiver, erfolgreicher Waffenhändler. Er und sein Kumpel namens Pylon Buso. Seitdem die beiden ihre Sicherheitsfirma aufgaben, hörte man nichts mehr von Pylon Buso, obwohl noch ein paar Steuerfragen wegen ihres Gewinns aus dem Waffenhandel und unverzolltem ausländischen Besitz ungeklärt sind. Andererseits: Wer legt heutzutage kein Geld offshore auf die hohe Kante?

Mart Velaze mustert den Mann, der auf ihn zusteuert. Kein Zeichen der Erkenntlichkeit, dass er ihm sein Leben verdankt. Nur eine verdammt zornige Miene.

»Was ist passiert?«, will Mace Bishop sofort wissen. »In allen Einzelheiten.«

»Wir reden im Auto«, erwidert Mart Velaze.

»Auf dem Weg wohin?«

»Kurze Antwort: keine Ahnung.«

»Keine Spielchen, Velaze. Ich bin nur wegen einer Sache hier. Wie ausgemacht. Je schneller wir das über die Bühne bringen, desto schneller bin ich auch wieder weg.«

So soll das also laufen. Mart Velaze nickt.

»Wollen Sie zuerst Ihre Tochter sehen?«

»Danach.«

»Das Haus?«

»Hör zu, *Buti* ...«

Mart Velaze spürt den festen Griff des Mannes an seinem Arm. »Was soll dieses ›Hör zu, *Buti*‹? Ich tue Ihnen einen Gefallen.« Der Griff bleibt. »Lassen Sie mich los, ehe ich Ihnen den Kiefer breche.«

»Sie?«

Aber die Finger lockern sich. Mart Velaze schaut in Mace Bishops Augen. Es ist unmöglich, darin etwas zu erkennen. Auch die nächsten Worte sind für ihn unverständlich.

»Sie haben ihr das Leben gerettet, als dieses Arschloch auf sie geschossen hat.« Dieses Arschloch war ein Agent aus der Voliere gewesen, der zuerst Kristas Partnerin erschossen hatte. »Dafür bin ich Ihnen dankbar.«

Deines hab ich auch gerettet, will Mart Velaze sagen.

»Leider ist das Ihnen diesmal nicht gelungen.«

Kann man wohl sagen.

»Sie und Krista, ihr hattet was laufen?«

»Wir waren Freunde.«

»Glaub ich nicht.«

Glaub doch, was du willst, *Buti*, denkt Mart Velaze und fragt sich, warum er sich überhaupt auf so etwas eingelassen hat. Wenn er ehrlich ist, hat er Krista nie ganz verwunden. Es betrifft also auch ihn selbst. Dreht sich auf dem Absatz um und schiebt sich die Sonnenbrille auf die Nase. »Gehen wir.«

»Wohin?«

»Wir machen eine kleine Fahrt. Sie wollen doch jede Einzelheit wissen.«

»Ich will wissen, was genau los ist.«

»Im Auto.«

Im Auto sagt Mart Velaze: »Also, Folgendes: Diese Kerle sind Amerikaner.«

»Von der CIA?«

»Oder vom Verteidigungsnachrichtendienst.«

»Egal.«

Mart Velaze lässt den Motor an und manövriert das Auto auf die Strand Street hinaus. »Die Geschichte dahinter läuft so.« Erzählt, wie Krista den Auftrag erhielt, Caitlyn Suarez zu bewachen. Ein kompliziertes Arrangement, um den Amis den Gefallen zu tun, die wahre Identität ihrer Agentin nicht zu gefährden. Als Nächstes heißt es, sie gehöre einer ISIS-Zelle an. Außerdem geht das Gerücht, dass sie in der Ukraine einen Anschlag verübte, einen russischen Agenten umbrachte. Danach will der FSB dringend mit ihr plaudern. Er hat sogar ein Kopfgeld auf ihren höchst attraktiven Kopf ausgesetzt. Jedenfalls inszeniert Onkel Sam eine Entführung, um die anderen ins Bockshorn zu jagen, wobei Krista zum Kollateralschaden wird.

Mace Bishop flucht. »Scheiß-Amis.«

»Jetzt gibt es einen Alarmruf wegen einer schmutzigen Bombe in den Händen von Terroristen.«

»Scheiß-Amis.«

Währenddessen fährt Mart Velaze zur Beach Road, nach Sea Point. Mace Bishop sitzt stockesteif auf dem Beifahrersitz, die Hände auf seinen Schenkeln zu Fäusten geballt. Trotz des Lärms von der Straße kann Mart Velaze hören, wie er keucht.

»Halten Sie an«, sagt Mace Bishop. »Ich muss mich bewegen.« Steigt aus. »Warten Sie am anderen Ende im Auto auf mich.«

Das andere Ende ist einen guten Kilometer entfernt.

Jawoll, Sir, denkt Mart Velaze, spricht es aber nicht aus. Fährt weiter. Auf dem Parkplatz schickt er der Stimme eine leere E-Mail.

Sie meldet sich. »Zwei Seelen, ein Gedanke, Häuptling – Sie standen als Nächster auf meiner Anrufliste. Um sofort zum Wesentlichen zu kommen: Die Dinge entwickeln sich. Ihre Zielpersonen sind unterwegs. Wurden von ihren eigenen Leuten abgehört. Ich schicke Ihnen Anweisungen, Wegbeschreibungen, was auch immer. Mögen die Vorfahren mit Ihnen sein, Häuptling. Ich habe das Gefühl, dass Sie sie brauchen werden. Halten Sie mich so oft wie möglich auf dem Laufenden. Ach ja, und noch etwas: Was hat Miss Mossad von sich gegeben?«

»Arbeitet komplett verdeckt. Gehört auch zu ihnen, dem Mossad. Eindeutig Amerikanerin.«

»Wie ich mir dachte. Unsere Lady ist eine Spielerin. Freiberuflich. Gut recherchiert, Häuptling.«

Aufgelegt. Mart Velaze lässt den Motor an. Er entdeckt Mace Bishop an der Beach Road, wie er am Geländer der Promenade lehnt und aufs Meer hinausstarrt. Ein Mann, wahrscheinlich in Gedanken verloren an Tod und Mord. Es erscheint Mart Velaze beinahe wie ein Sakrileg, ihn dabei zu unterbrechen. Trotzdem tut er es. Lässt das Fenster auf der Beifahrerseite herunter und ruft: »Kommen Sie, wir müssen. Es wird Zeit zu handeln.«

Achtundachtzig

S33.728718 E18.870293. Das Navi ist der Meinung, dass er die eingegebenen Koordinaten erreicht hat. Fish Pescado biegt auf einen Kiesweg ein, fährt westlich auf Farmland und hält an. Schaltet den Motor ab. Wartet, bis sich der Staub legt. Hinter ihm sausen mit Unterbrechungen Fahrzeuge vorbei. In der Ferne hört er das Läuten einer Farmglocke. Wie man früher einmal Sklaven von den Weinbergen rief. Er steigt aus dem *Bakkie*, die Landkarte in der Hand, und spürt die Kälte des morgendlichen Windes.

Blickt von der Landkarte auf die Gegend vor sich. Ein trockener Abhang, der zu unbebauten Feldern hinabführt, weiter unten sind ein paar Baumwipfel zu erkennen. Wieder vergleicht er mit der Karte. Darauf ist die Straße eine Linie, die sich einmal, zweimal teilt. Seinen Google-Ergebnissen nach muss er an der ersten Gabelung links abbiegen, an der zweiten erneut links und dann auf einen Feldweg auf der rechten Seite. Von hier aus ist all das nicht zu erkennen.

Nichts zu machen. Er steigt in seinen Wagen und fährt die Straße weiter.

In Fish hat sich eine seltsame Ruhe ausgebreitet: höchste Aufmerksamkeit. Ein Schwarm Finken steigt wie Rauch in den Himmel auf und verschwindet. Er sieht einen Mann auf einem Feld und die Hunde, die von den Stoppeln herbeigerannt kommen und zusehen, wie er vorüberfährt. Er nimmt alles auf. Fährt weiter. Schaut in den Rückspiegel, um zu kontrollieren, ob er verfolgt wird. Wird sich später an den Südlichen Fiskalwürger erinnern, der auf einem Pfahl ein Beutetier erlegt; an den kaputten Koffer mit Kinderspielzeug in einem Graben. Den einzelnen Schuh im Unkraut am Straßenrand.

Weiter entfernt ein Gummihandschuh, der wie eine gelbe Hand flach in den Staub gepresst daliegt. Als ob Wanderarbeiter hier vorbeigekommen sind. An einem Drahtzaun hängen Warnungen vor Farm-Patrouillen sowie Metallschilder für Windmühlen, Bohrlöcher, Pumpen. Jedes einzelne durchlöchert von Kugeln.

Und hier suchten sich Caitlyn Suarez und Minister Kweza ein Liebesnest? Das ergibt keinen Sinn. Seltsamer Ort für derartige Luxuswesen. Warum wollten sie ein Haus im Nirgendwo? Weshalb keine Teilnutzung an einer Jagdlodge, an einem Berganwesen oder einer bewachten Wohnanlage an der subtropischen Nordküste? Das wäre viel eher ihr Stil gewesen. Doch stattdessen wählten sie eine Ruine in einem eigenartigen Niemandsland hinter Paarl Mountain. Als ob sie sich hier verstecken wollten.

Fish denkt an die Warnungen:

von Bill & Ben,

von Mart Velaze.

Lassen Sie den Fall. Drehen Sie sich um und ziehen Sie Leine.

Von Columbo,

von Henry Davidson.

Sie haben keine Ahnung, worum es sich hier dreht. In der Surfersprache: Das sind große Wellen. Sie werden untergehen, und zwar für immer.

Von Caitlyn Suarez.

Das sind große Fische, Sie müssen sich echt in Acht nehmen. So hatte sie es zwar nicht genau formuliert, aber mehr oder weniger.

All das nervt ihn stärker als kein Wellengang. Das ist auch der Grund, warum er so hoch konzentriert ist – wie beim Warten in einem winterlichen Meer vor Noordhoek auf die heranrollenden Wellen ... Oder wenn er ins Tal hinabsaust und diesen schlechten Geschmack im Mund hat. Den schlechten Geschmack der Einschüchterung.

Er beißt in einen Apfel, um einen anderen Geschmack zu bekommen.

An der ersten Gabelung links hält er an und lässt den Motor im Leerlauf. Trotz des Tuckerns kann er noch immer die Glocke läuten hören. Dingdong, dingdong. Doch nirgendwo sind Häuser, Schuppen oder andere Lagergebäude zu sehen. Von hier aus erstrecken sich in einer leichten Steigung gelbliche Felder. Ein Damm, eine Windmühle. Dahinter eine Linie grüner Bäume, die vielleicht entlang eines Bachs verlaufen.

Fish wirft einen Blick auf die Landkarte. Noch zwei Kilometer bis zu dem Feldweg. Von dort, vermutet er, wird es etwa ein Kilometer bis zu dem Farmhaus sein. Ihm bleibt nichts anderes übrig als weiterzufahren. Isst den Apfel auf und wirft das Kerngehäuse in einen Busch. Tuckert langsam weiter, um keinen Staub aufzuwirbeln.

An dem Feldweg biegt er ein. Ein Schild an einem Farmgatter vermeldet *Vergenoegd*. Kann man als Warnung lesen, denkt Fish. In dem Sinne von »weit genug und nicht weiter«, *Boet*. Nicht schlecht. Das Gatter ist mit einem großen Vorhängeschloss versehen. Das mag so sein, aber Fish hat nicht vor, den Isuzu einfach hier stehen zu lassen. Vor allem nicht neben einem menschenleeren Feldweg. Denn in Fishs Welt gibt es kein »menschenleer«: Irgendwo sind immer irgendwelche Augen, die einen beobachten.

Unter dem Vordersitz fischt er eine schwarze Tasche hervor, in der sich seine Sammlungen von Dietrichen befinden. Es ist eine Weile her, seit er diese das letzte Mal benutzt hat, aber er kann es noch. Bald darauf hat er das Schloss geknackt, das Gatter wieder hinter dem *Bakkie* geschlossen, das Schloss an seinen Platz gehängt, es aber offen gelassen. Jetzt geht er in die Hocke und sieht sich die Spuren im Sand an.

Fish ist kein Spurenleser, aber gut genug, um zu wissen, dass hier vor kurzem Fahrzeuge durchgefahren sind. Wie es so schön heißt: Nun ist Vorsicht geboten. In einer gewissen Ferne sieht er eine Reihe hoher Eukalyptusbäume. Dort kann er den Wagen parken.

Ein unguter Ort, so zwischen den Bäumen. Kein Gefühl, das sich über Google Earth vermittelt. Hinter den Bäumen stehen verfallene Hütten, eine neben der anderen. Das Holz wurde überall herausgerissen, der Sandstein und die Lehmziegel sind stark verwittert. Es gibt keine Hinweise mehr auf die Menschen, die hier einmal gelebt haben. Fish sitzt im *Bakkie* und lauscht. Vogelgezwitscher. Insektensurren. Das Ticken des Motors. Er sieht sich um. Der Weg führt durch die Bäume hinein in ein dichtes Gebüsch. Laut Google liegt dort drinnen ein Haus.

Fish trinkt einen Schluck Wasser. Kontrolliert die Ruger: eine in der Kammer, volles Magazin. Er weiß das zwar bereits, will aber trotzdem noch einmal alles durchgehen. Als Nächstes stellt er sein Handy stumm und legt die Autoschlüssel auf den Vorderreifen auf der Fahrerseite. Dann läuft er los, wobei er das Gebüsch umrundet. Eine alte Surferregel, an die sich Fish immer hält: Lass dich nicht von der Brandung überraschen.

Neunundachtzig

Vergenoegd Farm. Mira Yavari lacht. Sie steht unter der Tür zum Keller, eine Hand auf dem Sturz, und lehnt sich vor. Schüttelt den Kopf. »Sie wollten sich also Ihren Weg freikratzen? Volle Punktzahl für Ihren Enthusiasmus, Dr. Wainwright. Oder hat Sie unsere hinreißende Vicki dazu gebracht?« Sie mustert Vicki. »Hm. Ich würde vermuten, das war ihre Idee. Wie geht es der Patientin?«

Vicki schützt ihre Augen vor dem grellen Licht. »Ihre Bombe wird nicht funktionieren.«

»Oh, wieder ziemlich fröhlich, scheint mir. Freut mich.« Sie beugt sich herab, um den Knöchel zu begutachten. »Das wirkt allerdings weniger erfreulich. Vermutlich sollte das verarztet werden. Können wir gerne für Sie übernehmen, wenn Sie wollen.« Sie richtet sich auf.

Vicki hält den Blickkontakt, wobei es ihr durch die Helligkeit schwerfällt. Mira Yavari zuckt mit den Schultern.

»Okay, dann eben nicht. Spielen Sie den Märtyrer. Also, was ist das mit der Bombe? Was hat Ihnen Dr. Wainwright erzählt?«

»Dass sie nicht das tun wird, was Sie wollen.«

»Nein? Denken Sie? Ich wäre nicht so pessimistisch. Ich setze auf unseren Wissenschaftler hier. Ich glaube, er kennt sein Metier. Nicht wahr, Dr. Wainwright?« Sie streckt die Hand aus, um ihm auf die Schulter zu klopfen. Robert Wainwright zuckt zurück. »Alles in Ordnung. Ich beiße nicht. Seien Sie nicht so nervös. Das Schwierige ist vorüber.« Sie neigt den Kopf zur Seite und sieht Vicki an. »Ich würde behaupten, die Bombe macht peng, wo und wann wir das genau wollen.« Hält inne. Lächelt.

Vicki nutzt die Pause. »Und wo soll das sein?«

»Das würde zu viel verraten. Was ich Ihnen sagen kann, ist, dass das eigentliche Ziel bisher noch nicht genau festgelegt wurde. Garantiert Frankreich. Höchstwahrscheinlich Paris. Vermutlich Les Halles. Genauso gut können es Notre Dame oder der Eiffelturm werden. So viele wunderbare Orte, da fällt die Wahl schwer. Das ist das Tolle an Paris: Fast überall hat man eine gute Mischung aus Touristen und Einheimischen. Ich denke also, das wird eine bombensichere Sache.« Sie schenkt zuerst Robert Wainwright und dann Vicki ihr strahlend weißes Lächeln. »Bevor wir jetzt aber zum Frühstück hochgehen, wie wäre es mit einer Wette über Roberts Bombe?« Zu Wainwright gewandt meint sie: »Helfen Sie Ihrer Partnerin doch auf die Beine. Braver Junge.«

Vicki hebt eine Hand und verlagert ihr Gewicht auf das unverletzte Bein. »Ziehen Sie mich hoch.« Sie kommt langsam in die Senkrechte, als Robert Wainwright an ihr zerrt, und muss sich einen Moment lang an die Wand lehnen, damit ihr nicht schwindlig wird.

Niedriger Blutdruck. Niedriger Blutzucker.

Mira Yavari schaut ihr zu. »Kriegen wohl Ihre Tage, was? Ich hab das auch manchmal. So überflüssig wie ein Kropf. Plötzlich wird einem ganz komisch zumute. Frühstück hilft. Aber wir sollten nicht vom Thema abkommen. Was halten Sie von der Wette? Sie sind doch Spielerin? Ich würde zehn zu eins wetten: Die funktioniert. Wenn Sie sich so sicher sind, dass es ein Blindgänger ist, wird Ihnen das zusagen.« Hält inne. Klopft sich mit dem Finger ans Kinn. »Ich habe eine Idee. Nennen Sie mir Ihre liebste Wohltätigkeitsorganisation. Wer auch immer gewinnt, spendet dorthin seinen Einsatz. Wie klingt das? Dann gewinnt die Organisation so oder so.«

Vicki schüttelt den Kopf. »Das ist krank.«

»Ach, kommen Sie schon, Vicki Kahn. Machen Sie sich locker. Wie wäre es mit Gift of the Givers? Sie leisten gute Arbeit, nicht nur für Muslime.« Ihr Blick wandert von Vicki zu Robert Wainwright. »Was rede ich denn da? Ich werde sowieso gewinnen. Nicht wahr, Herr Wissenschaftler?«

Eine Stimme über ihnen. Muhammed. »Zu viel Gerede. Es ist keine Zeit für Gerede.«

»Na, da haben wir's ja«, meint Mira Yavari und steigt die Treppe wieder hinauf. »Ein Realitätscheck. Also, auf zum Frühstück, ihr Guten, damit unsere schwächliche Vicki wieder ein wenig zu Kräften kommt. Helfen Sie Ihrem Compadre die Stufen hoch, Robert. Wunderbar, ganz der Gentleman.«

Jede Stufe schmerzt. Das Hüpfen und Schlurfen. Vicki lässt ihr verwundetes Bein in der Luft, während sie sich mit ihrem Gewicht auf Robert lehnt. Oben auf der Treppe muss sie sich erst einmal ausruhen.

Mira Yavari, die etwa zehn Meter vor ihnen ist, wirft einen Blick zurück. »Hast bricht Beine, Vicki. Aber dabei nicht einschlafen. Ich meine ja nur. Unser Muh hat bereits ziemlich schlechte Laune.«

Vicki und Robert Wainwright machen sich auf den Weg in Richtung Küche. Muhammed ist nicht zu sehen. Hoffentlich ist er bereits irgendwo im Haus auf seinem Gebetsteppich. Jetzt wäre ein guter Augenblick.

»Laufen Sie«, flüstert Vicki Robert Wainwright zu. »Sie können ihnen davonlaufen. Sie sind ein Bergfex, Sie sind fit, man wird Sie nicht einholen.« Sie spürt, wie er erstarrt. »Los. Jetzt.« Lässt ihn los, wobei sie auf ihrem unverletzten Bein balanciert.

»Ich ... «

»Los. Rennen Sie.« Stößt ihn sanft an.

»Das würde ich nicht tun, Robert«, erklärt Mira Yavari. Sie hat sich halb zu ihnen umgedreht. »Ahmadi ist ein verdammt guter Schütze. Sie wollen sicher keine Kugel in Ihrem Bein, oder? Sogar Starschützen treffen manchmal eine Arterie. Garantiert kein Ausgang, auf den Sie scharf wären.«

»Lauf«, sagt Vicki. »Sie werden nicht schießen.«

»Bei bestimmten Dingen sollten Sie nicht wetten, Vicki Kahn«, gibt Mira Yavari zu bedenken.

Robert Wainwright taumelt zur Seite. Bleibt stehen. Da ist Muhammed. Wartet mit gezückter Pistole an der Küchentür.

»Das wäre ein Abschlachten«, sagt Mira Yavari. »Seien Sie kein Idiot, Dr. Wainwright. Sie haben gesehen, wozu Muh in der Lage ist. Das lohnt den Aufwand nicht. Sorry, dass wir dich beim Gebet gestört haben, Muh.«

»Ich kann nicht«, murmelt Robert Wainwright und hakt Vicki wieder unter, um mit ihr in die Küche zu gehen.

Dort liegt noch die Bombe auf dem Küchentisch, wo er sie zurückgelassen hat. Auf dem Herd brutzelt ein englisches Frühstück. Außerdem Hafergrütze amerikanischer Art. Der Duft von gutem Kaffee in der Luft.

»Natürlich wird Muh nicht mit uns frühstücken«, meint Mira Yavari. »Er hält Wache, während wir es uns gut gehen lassen.« Sie zeigt auf die Teller und den Herd. »Bitte, Leute, bedient euch. Keine falsche Zurückhaltung. Vielleicht könnten Sie Vicki etwas auftun, Robert. Auch wenn sie versucht hat, Sie erschießen zu lassen, wäre das überaus freundlich von Ihnen.«

Vicki setzt sich und nimmt den Teller entgegen, den Robert Wainwright ihr reicht. Gebratener Speck und Eier gehören zwar nicht zu ihrem Lieblingsessen, aber sie weiß, dass sie besser etwas in ihren Magen bekommt. Das wird ihr neue Kraft geben und ihrem Immunsystem helfen, gegen die Sepsis zu kämpfen, die sich vielleicht bereits in ihrem Knöchel ausbreitet.

Auch Mira Yavari isst mit. Zwischendurch hält sie einen Monolog über das HEU. Wie Armenien früher einmal ein guter Käufermarkt dafür gewesen sei. Doch die Situation habe sich geändert, nachdem es diesbezüglich mehrere Strafverfolgungen in Georgien gegeben habe. Die Märkte hätten sich anderweitig orientiert. Die Leute blickten jetzt nach Süden.

Wenn der Präsident also seine Karten richtig spiele, könne Südafrika seine Schatzkammern füllen. Und zwar ganz leicht.

Vicki beobachtet, wie Muhammed ein Brötchen aufschneidet und mit Feta belegt. Kocht sich einen Tee. Was fast etwas Rituelles hat. Als er fertig ist, schlendert er aus der Küche zur Vorderseite des Hauses. Jetzt scheint er sämtliche Zeit der Welt zu haben. Mira Yavari ruft ihm hinterher: »Du musst bald alles fertig machen.«

Muhammed antwortet nicht. Was Vicki zu der Vermutung bringt, dass sich die beiden gestritten haben könnten. Irgendetwas stimmt jedenfalls nicht ganz.

»Also«, sagt Mira Yavari jetzt, »unser Plan ist folgendermaßen: Wir lassen euch hier mit der Bombe zurück. Wir stellen sie so ein, dass sie in einer Stunde explodiert, so dass ihr nicht so lange unnötig herumwarten müsst. Es tut mir echt, echt leid, Vicki Kahn. Ich mag Sie, ich mag Sie wirklich, aber uns bleibt keine andere Wahl. Das gilt auch für Sie, Dr. Wainwright. Mir ist klar, dass das Ganze für Sie kein Zuckerschlecken war, aber Sie haben sich tapfer geschlagen. Weiter so.«

Ernsthaft?, denkt Vicki, ihr wollt die Bombe in irgendeiner Farm hochgehen lassen – der Publicity wegen? Nur darum ist es gegangen? Um einen Publicity-Gag? Sie mustert aufmerksam Mira Yavaris Gesicht, versucht irgendein Zucken wahrzunehmen. Aber Mira Yavari schaut sie nicht an, sie hat den Blick auf Robert Wainwright gerichtet.

»Wie ich schon sagte – ich hatte gehofft, dass alles nach Plan läuft, aber selbst die besten Pläne und so weiter und so fort. Na ja, man weiß nie, vielleicht habt ihr auch Glück, vielleicht explodiert Ihre Bombe nicht, und Vicki gewinnt die Wette. Es würde mich freuen, wenn das der Fall wäre.«

In diesem Moment springt Robert Wainwright mit einem lauten Heulen von seinem Stuhl hoch und stürzt sich auf

Mira Yavari. Die ihn mit der Gusseisenpfanne niederschlägt.

Vicki steht auf, ein Messer in der Hand. Sie stützt sich am Küchentisch ab. Sieht, wie Mira Yavari eine Pistole unter ihrer Jacke hervorzieht. Die Frau lächelt.

»Versuchen Sie nichts Dummes, Vicki Kahn. Das wäre keine gute Idee.« Dann ruft sie laut: »Muh, ich brauch dich hier in der Küche. Und zwar jetzt.«

Neunzig

Vergenoegd Farm. Das Gebüsch wird lichter. Dort ist das Haus. Fish geht in die Hocke und sondiert die Lage. Alles andere als ein pittoresker Ort. Er wirkt verwahrlost: Mauern mit abblätternder Farbe, faulende Blenden, durchhängende Dachrinnen. Fensterrahmen und Türen bräuchten dringend einen neuen Anstrich. Das ganze Gebäude sieht so aus, als ob es ein paar Streicheleinheiten nötig hätte. Alte Blumenbeete mit struppigen Hortensien sind völlig außer Form geraten. Die Einfahrt ist nur noch ein ungeteerter Weg zwischen dürren Büschen. Von außen kann man nicht erkennen, dass hier in letzter Zeit jemand war.

Allerdings steht die Tür offen. Auf der *Stoep* eine Kühlbox. Ein Pritschenwagen parkt vor den Stufen zum Haus, die Heckklappe heruntergelassen. Keine Stimmen. Keine Geräusche, die auf Bewegungen hindeuten.

Fish beschließt, näher heranzuschleichen. Er will erst herausfinden, was los ist, ehe er den großen Auftritt hinlegt. Zum Beispiel will er wissen, wie viele es sind. Nach Google Maps gibt es hinter dem Haupthaus ein paar Außengebäude. Vielleicht leben dort noch Arbeiter.

Gerade will er zur Ecke des Hauses eilen, als in der Eingangstür ein Mann erscheint. In einer Hand hält er eine dampfende Tasse, in der anderen ein Brötchen. Der Kerl hinkt und belastet vor allem sein linkes Bein. Auf dem rechten Oberschenkel ist ein roter Fleck zu sehen. Sein Gesicht ist zerkratzt. Ein rundlicher Typ mit Hängebacken, rasiertem Schädel und einer Goldkette um den Hals. Ausländer. Fish vermutet, dass er aus dem arabischen Raum stammt. Der Mann schneidet eine schmerzverzerrte Grimasse.

Scheußlich, scheußlich.

Fish weicht ins Gebüsch zurück. Jetzt kann er zwar nicht mehr alles sehen, aber doch den Mann, der seine Tasse auf die Kühlbox stellt und ächzt.

Eina. Die Beinverletzung ist offenbar unangenehm.

Fish hört einen Schrei aus dem Haus und dann ein Poltern. Die Stimme einer Frau: »Muh, ich brauch dich hier in der Küche. Und zwar jetzt.«

»Ist alles in Ordnung?« Der Mann sieht nicht sonderlich besorgt aus.

»Ja. Aber ich brauch dich hier.«

»Wenn alles in Ordnung ist, kannst du auch einen Moment warten. Wir haben genug Zeit, und ich will erst einmal meinen Tee trinken.«

»Wir sind hier nicht im Urlaub, Muh. Wer hat mich vorhin noch die ganze Zeit gedrängt, schneller zu machen?«

»Muhammed. Nenn mich Muhammed. Du musst auf mich hören. Du musst auch den Hidschāb tragen, damit man dich nicht sieht.«

Er bekommt keine Antwort. Doch das Gespräch reicht, um Fish vermuten zu lassen, dass es wahrscheinlich nur zwei sind, allerdings auch ein paar Geiseln. Und es reicht, um Fish etwas an der Stimme der Frau erkennen zu lassen. Etwas, das sie als Caitlyn Suarez identifiziert.

Verdammt. Das darf nicht wahr sein. Was soll er jetzt tun?

Er beobachtet, wie Muhammed in das Brötchen beißt, nachdenklich kaut, schluckt, die Tasse nimmt, an seinem Tee nippt. Sein warmer Atem ist in der morgendlichen Kühle deutlich zu sehen. Der Typ wirkt völlig entspannt. Er lässt sich Zeit mit seinem Frühstück. Blickt über den verwilderten Garten, die Augen auf die flatternden Webervögel in einem Fieberbaum gerichtet. Ein steifer, aufrechter Mann in einem grauen Jackett, das mit seinem engen Schnitt modisch wirkt.

Fishs Wade beginnt sich zu verkrampfen. Er muss bald aufstehen.

Wieder die Stimme der Frau: »Wir haben ein Problem.«

Der Mann lächelt. »Du hast alles unter Kontrolle. Das ist gut so.«

Fish wartet. Fragt sich, welche Art von Problem. Ein Geiselproblem? Falls ja, warum interessiert das den Mann so wenig? Als ob er die Frau auf die Probe stellen würde. Steht da auf der *Stoep* an die Wand gelehnt, Brötchen in der einen, Teetasse in der anderen Hand. Scheint völlig ungerührt zu sein. Minuten vergehen.

Dann gibt es eine Bewegung im Schatten der Haustür. Könnte Caitlyn Suarez sein. Die richtige Größe, die richtige Gestalt – eine Frau, die nicht ins Licht hinaustritt.

»Sie warten am Yachthafen auf uns.«

»Wir werden rechtzeitig eintreffen. Ein paar Minuten mehr oder weniger macht keinen Unterschied.«

»Lass diesen Scheiß, Muhammed. Den kann ich jetzt echt nicht brauchen.«

Der Mann namens Muhammed dreht sich ruckartig zur Tür um, wobei er ein wenig ins Schwanken gerät. »Du bist diejenige, die Scheiß baut. Wenn es nach mir ginge, wären wir hier schon lange fertig. Ich denke, dass du zu viele Spielchen treibst. Das denke ich.«

»Du denkst also? Nun, Muh-Muhammed, meine Spielchen führen aber zu Ergebnissen. Bei mir gibt es nichts Unerledigtes.«

Der Schatten unter der Tür verschwindet.

Ihre körperlose Stimme ist jetzt klar zu vernehmen: »Krieg endlich die Kurve. Wir haben nicht ewig Zeit.«

Eindeutig Caitlyn Suarez.

Fish richtet sich auf, während der Mann ihm den Rücken zuwendet, und weicht weiter zurück. Er reibt seinen Wadenmuskel, bis sich der Krampf löst. Er hat ein riesiges Problem: Was soll er machen? Dort hineinspazieren und sie mit einem »Hi, Caitlyn, wie läuft's?« begrüßen? Was ist denn euer kleines Problem, Puppe? Macht dir etwa der gute Muhammed hier Schwierigkeiten?

Oder.

Warten, bis sie das Haus verschlossen haben und beide in dem Pritschenwagen sitzen, um loszufahren. Dann im Gangsterstyle aus den Büschen springen, die Ruger gezückt, und einfach fragen: »Was ist hier los, Caitlyn? Ich bin der Typ, den Sie angeheuert haben. Der Typ, dem Sie Ihren ganzen Dreck vor die Füße gekippt haben. Erinnern Sie sich noch an mich?«

Wahrscheinlich die beste Option. Der Anblick einer Waffe lässt die meisten Leute anders denken als sonst.

Muhammed trinkt auf der *Stoep* den letzten Schluck Tee und schüttet den Rest in die wild wuchernden Pflanzen. Wirft den Rest des Brötchens weg. Hinkt ins Haus zurück.

Fish zieht die Ruger. Hastet durch die Büsche auf das Haus zu.

Einundneunzig

Vergenoegd Farm. In der Küche liegt Vicki Kahn bäuchlings auf dem Boden – die Arme hinter dem Rücken, Handgelenke und Fußgelenke eng von Plastikfesseln zusammengeschnürt. Die Fessel am Fuß reibt über ihre offene Wunde. Wenn sie still hält, lässt der Schmerz nach. Sie hält still. Riecht den Staub der Jahrzehnte durch die Bodenbretter. Sie blickt nach rechts. Sieht Robert Wainwright, der in derselben Haltung gefesselt wird. Er leistet keinen Widerstand, noch immer benommen von dem Schlag mit der Bratpfanne. Mira Yavari ist ausgesprochen effizient bei der Sache.

Die Bombe liegt auf dem Tisch. Ebenso wie Mira Yavaris Pistole.

»Wir sind jetzt fertig, Vicki Kahn«, sagt sie, richtet sich auf und lächelt Vicki an. »Jetzt muss ich nur noch den Zeitschalter einstellen.« Sie dreht die Scheibe auf sechzig Minuten. »Kein Hi-Tech, sondern einfach hübsch altmodisch. Tick, tick, tick. Tut mir leid, aber das ist das Ende einer wunderbaren Freundschaft.«

»Fragen Sie ihn«, erwidert Vicki, »fragen Sie Wainwright. Er wird Ihnen erklären, dass nichts mit dem HEU passieren wird. Es wird nicht explodieren.«

»Darum geht's ja auch gar nicht, Vicki.« Mira Yavari hockt sich neben sie hin und berührt sie an der Schulter. »Wir brauchen nur die Explosion und eine Pressemitteilung dazu. Die Amerikaner sind jetzt schon nervös wegen einer schmutzigen Bombe. Wie wird das erst, wenn die Geigerzähler hier eine gewisse Strahlung messen? Egal, ob die gering ist. Alle werden garantiert noch aufgescheuchter durch die Gegend rennen. Stimmt doch, Muhammed?« Mira Yavari dreht sich nicht zu ihm um.

Vicki verrenkt den Kopf, um zu sehen, wie Muhammed die Küche betritt, die Hände erhoben. Hinter ihm folgt Fish. Grinsend. Oh, du wundervoller Mann.

Der sagt: »Wie läuft's, Puppe? Hat dir Caitlyn etwa Schwierigkeiten gemacht?«

Zweiundneunzig

S33.728718 E18.870293. Tante Sal verkündet: »Sie haben Ihr Ziel erreicht.«

Lässt Bill & Ben fassungslos auf das Farmgatter mit einem großen Vorhängeschloss starren. Und auf das Schild mit dem Namen *Vergenoegd*.

»Wo zum Teufel sind wir hier?«, meint Ben.

»Hab nicht den leisesten«, lautet Bills Antwort. Er wirft einen Blick auf die Anweisungen und zeigt dann den Feldweg hinunter. »Wir sollen da entlang.«

Sie werfen sich schmale Rucksäcke über und laufen von dort aus zu Fuß. Das Auto lassen sie neben der Straße stehen, klettern über das Gatter und eilen den Feldweg entlang in Richtung einiger Bäume.

Dort entdecken sie einen ziemlich mitgenommen aussehenden Isuzu.

»Das ist dieser Privatdetektiv«, stellt Ben fest und legt eine Hand auf die Kühlerhaube. »Noch nicht lange her, seitdem er hier geparkt hat. Wie zum Teufel hat er den Weg gefunden?«

Bill schüttelt den Kopf und reibt sich seine stoppelige Wange. »Muss überall seine Nase reinstecken.« Das Letzte, was sie jetzt brauchen, ist eine weitere Komplikation.

Sie zücken die Waffen und kundschaften schweigend die kaputten Hütten aus, kommunizieren nur mit Handzeichen.

Schließlich geben beide das Signal »Daumen nach oben«. Entwarnung. Dann werfen sie einen Blick in Google Maps, um zu sehen, wie das Gelände beschaffen ist. Entdecken das Wäldchen mit den Eukalyptusbäumen, die verfallenen Hütten, den Weg, der zum Farmhaus führt.

»Wir trennen uns«, sagt Bill und zeigt Ben, wie sie in einem Halbkreis auf das Haus zusteuern sollen. Bills düstere Laune hebt sich, er fühlt sich deutlich besserer Dinge. Und zudem wird er den Teufel tun, dem Kapstadt-Posten später einen genauen Lagebericht durchzugeben. Er bedeutet Ben, sich nach links zu halten.

So gelangen sie zu dem Haus. Die Haustür steht offen, ein Pritschenwagen parkt vor den Stufen zur *Stoep*. Nirgendwo ist ein Mensch zu sehen, aber sie hören Stimmen. Bill signalisiert Ben, von hinten zu kommen, während er plant, das Haus von vorne zu betreten.

Dreiundneunzig

S33.721641 E18.874268. Mart Velaze hält den Wagen an. Sie befinden sich auf einer ungeteerten Straße, Zäune auf beiden Seiten.

»Und jetzt?«

»Jetzt gehen wir zu Fuß weiter. Hier entlang.« Mart Velaze zeigt über ein Feld zu einer Gruppe von Bäumen.

»Wo zum Teufel sind wir?« Mace Bishop weist mit der Hand auf die Landschaft vor ihnen. »Mitten im Nirgendwo.«

»Hier sollen wir aber sein.«

»Ach wirklich? Und was machen wir hier? Perlhühner schießen?«

Mart Velaze ignoriert ihn. Er fasst in die Vertiefung neben

seinem Sitz und holt seine Pistole heraus. Eine Beretta 92FS. Durchläuft die übliche Kontrollroutine.

»Gute Waffe«, meint Mace Bishop. »Die beste Genauigkeit bei über fünfzig Metern. Ich habe damals eine Ruger bevorzugt. Dann entschied sich Krista für Kaliber vierzig, Smith and Wesson.« Er zückt die Pistole, die er in einem Schulterhalfter bei sich trägt. »Sie hat mir diese geschenkt, und ich lasse sie immer hier. Das macht das Reisen einfacher. Wirklich keine schlechte Waffe, alles in allem. Hat einen gewissen Rückschlag, aber wenn man sich mal daran gewöhnt hat, ist das kein Problem. Haut mehr Blei raus als eine Neun-Millimeter. Die Vorstellung gefällt mir.«

Mart Velaze beobachtet, wie er ebenfalls alles kontrolliert. Er wirft das Magazin aus, sieht nach den Patronen, schiebt es wieder hinein und lädt durch.

»Ich habe gehört, dass das FBI wieder zu Neun-Millimetern zurückkehren will. Dreizehn im Magazin hat denen nicht gereicht. Diese Kerle brauchen mindestens fünfzehn. Ich persönlich finde ja, eine reicht.«

»Sie hat in der Nacht eine Vierziger Smith and Wesson benutzt«, sagt Mart Velaze.

Mace Bishop wiegt die Pistole in seiner Hand ab. »Wirklich? Das wusste ich nicht. Dann habe ich offenbar die richtige Wahl getroffen. Wenn ich ehrlich bin, gibt's in ihrem Büro ein ganzes verdammtes Waffenlager, von dem ich mich bedienen konnte. Letztlich habe ich mich aber dann doch für die entschieden, die sie mir geschenkt hatte. Ich dachte, das würde ihr gefallen. Also, Velaze, jetzt rücken Sie schon raus damit: Hat sie in jener Nacht überhaupt einmal getroffen?«

»Ja.«

»Das ist alles? Ja? Was soll das genau heißen?«

Mart Velaze kann in Mace Bishops Gesicht das Bedürfnis

nach tollkühnem Widerstand erkennen. Dass seine Tochter nicht ohne Gegenwehr starb.

»Sie hat blind geschossen. Durch die Tür hindurch. Einen von ihnen hat sie erwischt.«

»Wie sehr?«

»So sehr, dass Blutspuren auf dem Boden waren.«

Mace Bishop nickt. »Gut. Okay, *Boet*, dann bringen wir das Ganze besser für sie zu Ende.«

Vierundneunzig

Vergenoegd Farm. Fish bohrt die Waffe in Muhammeds Rücken. Flüstert: »Laufen Sie weiter.« Den Korridor entlang in die Küche. Überrascht – überglücklich –, die Stimme seiner Liebsten zu hören, aber nicht gerade angetan von den Umständen, die sich ihm präsentieren. Vor allem nicht in puncto dieser Bombe.

Jetzt schielt er um Muhammed herum und sieht das, was die Bombe sein muss. Daneben eine Pistole. Vicki liegt auf dem Boden, ebenso ein ihm unbekannter Mann. Seine Klientin Caitlyn Suarez hockt zwischen den beiden.

Sagt: »Wie läuft's, Puppe? Hat dir Caitlyn etwa Schwierigkeiten gemacht? Das ist nicht nett, Caitlyn, ich dachte, Sie seien ein guter Mensch.«

Vicki fragt: »Das ist Caitlyn Suarez?«

»Für die einen Caitlyn Suarez, für die anderen Mira Yavari«, erwidert Caitlyn Suarez alias Mira Yavari. »Ich bin ein guter Mensch.«

»Und wie.« Fish wendet sich an Vicki. »Unter dem Namen kenne ich sie. Alles okay?«

»Geht schon. Mach mich einfach los.«

Was Fish beruhigt. Mit Vickis Einstellung scheint jedenfalls alles in Ordnung zu sein. »Ich dachte, du seist verdammt noch mal tot.«

»Es gab ein paar angespannte Momente.« Dann erzählt sie ihm von der tickenden Bombe.

Was Fish gar nicht zusagt. Er wendet Caitlyn Mira seine Aufmerksamkeit zu. »Wie lange noch?«

»Noch eine halbe Ewigkeit.«

»Sie hat sie gerade auf sechzig Minuten eingestellt«, erklärt Vicki. »Schau mal nach.«

Fish kann den Zeitschalter erkennen. Einer dieser Wecker mit Aufzugfeder. Wird er am Ende ausgelöst, schließt sich ein Kontakt. Diese Bombe zu entschärfen, könnte mehr beinhalten als nur das Durchtrennen eines Kabels. Scheint, als wären bereits drei oder vier Minuten vergangen.

Fish hält seine Ruger jetzt so, dass man sie sehen kann – nah am Ohr seines Gefangenen. »Wir machen Folgendes, Leute. Caitlyn Mira tritt einen Schritt von dem Tisch weg. Und Sie, mein Freund...« Bohrt den Pistolenlauf in Muhammeds Ohr. »... werden sich zu ihr stellen. Ich muss euch sicher nicht extra erklären, dass ihr die Arme hochheben sollt. Und keine Dummheiten. Ich bin der nervöse Typ. Waffen gehen oft dann los, wenn man es am wenigsten erwartet. Wenn ich bis drei gezählt habe, bewegen wir uns. Aber schön langsam.«

Eins.

Zwei.

Drei.

Niemand rührt sich.

»Nicht cool, Leute«, meint Fish und fragt sich, wie er am besten vorgehen soll. Einen Schuss in die Decke jagen. Einen in den Fuß des Mannes. Einen weiteren in die Wand hinter

Caitlyn Mira, und zwar so nahe bei ihrem Kopf, dass sie den Luftzug der Kugel spürt.

Caitlyn Mira sagt jetzt: »Sie sind mir kein schlechter Privatdetektiv, Fish Pescado, wenn Sie uns hier entdeckt haben.«

»Und Sie sind mir keine schlechte Täuscherin«, entgegnet Fish. »Mich haben Sie jedenfalls reingelegt.«

»Sie und eine ganze Gruppe von Unschuldigen. Allerdings ...«

Fish beobachtet, wie sie mit den Schultern zuckt. Die Frau wirkt entspannt, ja stimuliert durch die Situation.

»Die Dinge sind immer anders, als sie scheinen. Selbst jetzt, würde ich behaupten.«

»Ach wirklich?«, sagt Fish. »Dann haben Sie keine Bombe, die jeden Moment losgehen wird? Und haben keine Zeugen auf dem Boden gefesselt?« Bohrt erneut den Pistolenlauf in Muhammeds Ohr. »Hallo, Sir, wollen wir es noch mal versuchen?«

Eins.

Zwei.

Drei.

Keiner rührt sich.

Also tut Fish das, was Fish tut, um Aufmerksamkeit zu bekommen.

Jagt eine in die Decke.

Eine in den Fuß des Mannes.

Eine so nahe an Caitlyn Miras Kopf vorbei, dass sie eine Grimasse schneidet.

Der Mann geht zu Boden und rollt heulend herum, während er sich seinen Fuß hält.

»Das ist schade, dass Sie das gemacht haben«, stellt Caitlyn Mira fest.

»Es ist schade, dass Sie nicht taten, was ich von Ihnen wollte«, entgegnet Fish. »Wer ist dieser Kerl eigentlich?«

»Das ist Muh, Kurzform für Muhammed Ahmadi«, bekommt er als Antwort.

Fish wedelt mit seiner Waffe vor ihrer Nase hin und her. »Haben Sie jetzt mehr Lust, nach hinten zu treten?«

Caitlyn Mira gehorcht. Fish beugt sich herab, um die Fessel um Vickis Handgelenke zu testen. Dann richtet er sich wieder auf und schaut nach einem Messer.

»In der Spüle«, sagt Caitlyn Mira hilfsbereit. »Kann ich mich um Muh kümmern?«

»Noch nicht.« Fish holt ein schmutziges Steakmesser aus der Spüle und durchtrennt damit die Fessel um Vickis Handgelenke. Wendet sich ihren Fußknöcheln zu. »Bist du dir sicher, dass alles okay ist? Mann, Vics!« Saugt hörbar Luft ein. »Da hast du ja eine schreckliche Wunde. Oh, *eina*. Das sieht schlimm aus. Grausam.« Er möchte sie am liebsten hochheben und an sich drücken.

»Hab ich deiner Klientin zu verdanken.«

»Ach wirklich?« Er hilft Vicki auf und legt einen Arm um ihre Taille. Dabei ist er sich ihrer Körperwärme und ihrer Gestalt mehr als bewusst.

Caitlyn Mira pfeift anzüglich. »Was für ein süßes Pärchen.«

»Jetzt solltest du ihr eine Kugel reinjagen«, schlägt Vicki vor und drückt eine Hand fest an seinen Rücken.

»Das kannst du selber machen«, sagt Fish und reicht ihr die Ruger. Er beugt sich herab, um Robert Wainwright die Fesseln durchzutrennen. Wainwright setzt sich benommen auf. »Wer ist das? Was ist los mit ihm?«

»Er war ein wenig überdreht«, erklärt Caitlyn Mira. »Deshalb mussten wir ihn ruhigstellen.«

»Vielleicht sollten Sie jetzt mal Ihre große Klappe halten.«

Fish blickt auf und sieht, dass Vicki Caitlyn Mira den Pistolenlauf in den Mund gesteckt hat. Nicht schlecht.

»Der Mann ist ein Wissenschaftler, der für die Regierung arbeitet.«

»Wow«, meint Fish. »Wovon reden wir hier? Internationalem Terrorismus? Eindrucksvoll.« Nimmt die Waffe, die auf dem Küchentisch liegt. Prüft, ob sie geladen ist. »Und was jetzt?«

»Ich brauche dein Handy«, erklärt Vicki. »Muss einen Anruf machen.« Zu Caitlyn Mira gewandt: »Keinen Mucks. Stellen Sie mich nicht auf die Probe.« Reißt die Waffe aus dem Mund der Frau, wobei das Visier deren Lippe aufkratzt und zum Bluten bringt.

»Das ist nicht nötig.«

»Das ist mehr als nötig.«

Caitlyn Mira tastet ihre Lippe ab. »Kann ich ihm jetzt helfen?« Sie zeigt auf Muhammed Ahmadi, der noch immer stöhnend auf dem Boden liegt und seinen Fuß hält. Dort sammelt sich eine Blutlache.

Fish zuckt mit den Schultern. »Von mir aus.« Reicht Vicki sein Handy. Sagt zu Caitlyn Mira: »Wir brauchen die Autoschlüssel.«

Auf dem Zeitschalter bleiben noch fünfundfünfzig Minuten übrig.

»Ich habe keine Ahnung, wo sie sind.«

»Wahrscheinlich in seiner Tasche«, meint Vicki. »Her damit.«

»Die können Sie selbst suchen.«

»Mira«, entgegnet Vicki, »Sie scheinen es noch immer nicht zu kapieren. Wir haben die Waffen. Wollen Sie, dass Fish ein weiteres Loch in seinen Fuß schießt?«

Fish genießt es. Grinst seine frühere Klientin an. »Immer gerne bereit.«

Caitlyn Mira durchsucht Muhammed Ahmadis Taschen und hält die Schlüssel hoch.

»*Obrigado*«, sagt Fish. Wirft einen Blick zu Vicki hinüber, die das Handy an ihr Ohr hält, die Stirn stark gerunzelt.

Es bleiben noch dreiundfünfzig Minuten.

»Voicemail«, sagt sie. Wählt erneut, lauscht, legt wieder auf.

In ihren braunen Augen funkelt kurz eine Sorge: So steht das aber nicht in den Regeln. Den Regeln nach ist der Betreuer bei einer Operation immer erreichbar. Fish meint: »Wenn es der ist, von dem ich annehme, dass du ihn sprechen willst – er hat vorhin auch nicht abgehoben.«

»Wann vorhin?«

»Heute Morgen.«

»Du hast ihn angerufen?«

»Ja, hab ich. Auf der Suche nach dir.« Streckt die Hand aus, um die ihre zu nehmen. »Kannst du mit diesem Fuß laufen?« Er spürt, wie sie seine Finger drückt. Sie sehen sich einen Moment lang an.

»He, Leute«, meldet sich Caitlyn Mira zu Wort. »Genug geturtelt. Mein Kollege hier muss medizinisch versorgt werden.«

»Na und?«, meint Fish.

Noch fünfzig Minuten.

Fünfundneunzig

Vergenoegd Farm. In der Küche. Es bleiben noch neunundvierzig Minuten.

»Okay, Leute«, sagt eine Stimme hinter ihnen. »Jetzt übernehmen wir die Party. Lasst eure Waffen hübsch langsam sinken.«

Im selben Moment wird die Küchentür aufgerissen. Ein Mann steht dort, die Knie leicht angewinkelt und mit ausgestreckten Armen eine Pistole FN Five-SeveN haltend. Ruft: »Los, macht schon!«

Grundgütiger, denkt Vicki, wer zum Teufel sind diese Popeyes? Sagt es laut.

Fish antwortet: »Das unter der Tür in der Mackerpose ist Ben. Der hinter uns ist Bill.«

»Bill und Ben? Ernsthaft? Sie haben Rucksäcke dabei.«

»Ernsthaft. CIA. FBI. Terrorismus und Finanzen. Was auch immer. Auf jeden Fall sind es Amis. Manchmal bringen sie Kuchen mit.«

»Diesmal nicht«, meint Bill. »Und? Macht ihr jetzt endlich? Seid ihr so lieb?« Brüllt: »Die Scheißwaffen runter!«

Vicki und Fish richten beide die Pistolen auf Caitlyn Mira und auf Muhammed Ahmadi. Caitlyn Mira scheint noch immer im Krankenschwestermodus zu sein. Muhammed Ahmadi hat den Schuh ausgezogen, und sie verbindet seine Wunde. Von Vickis Blickwinkel sieht es so aus, als ob der Schuss die Spitze seines großen Zehs abgetrennt hat. Viel Blut, aber keine dramatische Verletzung.

Neben dem Tisch mit der Bombe steht ein verwirrter Dr. Robert Wainwright. Mit einer Hand bedeckt er sein rechtes Ohr, sein Mund steht offen. Vicki sagt zu ihm: »Bleiben Sie einfach, wo Sie sind, Robert. Wir kümmern uns darum.« Zu Fish gewandt: »Sollen wir auf Bill und Ben hören?«

»Sie können ekelhaft werden. Eine gewisse Vorliebe für unerwartete Schläge. Das sind Caitlyns Kumpel.«

»Hab die noch nie im Leben gesehen«, widerspricht Caitlyn Mira. Sie hat Muhammed Ahmadis Fuß jetzt verbunden. »Aber wenn das unsere Retter sein sollen, dann gelobt sei Gott. *Allahu Akbar.*«

»Das sind wir, Ma'am«, erklärt Bill. »Sie kommen bitte sofort mit. Um den Gentleman kümmern wir uns.«

Auf einmal stößt der Gentleman Caitlyn Mira beiseite und rutscht über den Boden davon, seinen Fuß hinter sich herziehend. Er schreit auf Farsi und dann auf Englisch: »Eine Spionin, eine amerikanische Spionin! Und dir hab ich vertraut. Die ganze Zeit über hab ich geglaubt, dass du eine Tochter des Dschihad bist.«

»Das bin ich auch.« Caitlyn Mira lässt mit einer wirbelnden Bewegung einen seidenen Hidschāb auf Kopf und Schultern sinken.

Gleichzeitig begreift Vicki endlich: eine amerikanische Agentin. Eine amerikanische Operation. Deshalb hatte Henry angeordnet, sie solle bloß beobachten. Vielen herzlichen Dank, Henry Davidson. Jetzt ist ihr klar, dass Wainwrights Bombe nur als List dienen soll. Während das HEU von dieser Mira-Zicke weggebracht wird.

Noch sechsundvierzig Minuten.

Der Mann namens Muhammed Ahmadi verflucht Mira Yavari noch immer, als Ben von der Tür aus auf ihn schießt. Ein Bauchschuss. Dann ein tödlicher Schuss in die Brust. Ein weiterer in die Schulter. Hochgeschwindigkeitsprojektile lassen Körpersubstanzen durch das Zimmer fliegen. Blutspritzer bedecken nun Boden, Schränke und Wände.

Robert Wainwright schreit.

Fish sagt: »Verdammte Scheiße.«

Bill meint: »Sauber, Tiger.«

Mira Yavari springt auf die Füße und brüllt: »Sie hätten mich treffen können, Idiot!«

Ben erwidert: »Nein, nie im Leben. Ich schieße nicht daneben, Ma'am.«

Vicki denkt: Gar nicht gut. Dreht sich blitzschnell zu Bill um. Eine Pattsituation.

»Sie haben gehört, was er gesagt hat, Schwester. Er schießt

nie daneben. Es würde ein glatter Kopfschuss werden. Meiner ginge ins Rückgrat Ihres goldenen Surferboys. Tut echt weh. Mit Blei im Rückgrat denkt man eigentlich an nichts anderes mehr.« Bill streckt eine Hand aus. »Geben Sie mir die Waffe, ist das Beste für alle. Sie auch, Surferboy.«

Robert Wainwright fängt zu jammern an.

Ben brüllt: »He, du! Halt die Klappe, Trottel, Mann.«

Fish sagt zu Vicki: »Sie wollen eine Schießerei à la *O.K. Corral*. Können sie haben, so eine Schießerei. Dreißig Sekunden, länger dauert das nicht.«

Vicki überlegt.

Mira Yavari schlägt vor: »Lassen Sie's gut sein, Vicki. Kämpfen Sie an einem anderen Tag.«

»Nein, kämpfe jetzt«, widerspricht Fish. »Das sind keine guten Menschen.«

Vicki bleibt auf Bill konzentriert. Er nickt und meint: »Bitte. Wir stehen hier alle auf der gleichen Seite.«

»Dann können wir die Waffen ja behalten.«

Bill lächelt. Seine Augen sind schwarze Löcher. Vicki entdeckt dort niemanden, der zu erreichen wäre. »Also gut. Okay. Sie können die Waffen behalten. Wir alle entladen jetzt schön langsam unsere Pistolen und stecken sie wieder ein. Hörst du mich, Ben? Sie folgen mir auch, Schwester? Überzeugen Sie Ihren Partner.«

»Tu's nicht, Vics«, warnt Fish. »Sie werden uns so oder so erschießen. Das müssen sie.«

»Das ist nicht nötig. Wir können das alles hier hinter uns lassen und unsere Leben weiterführen. Ehrlich.«

Fish entgegnet: »Na klar.«

Vicki ist sich nicht sicher, ob sie auch nur ein Wort glauben soll. Sagt: »Vielleicht entschärfen wir als Erstes mal die Bombe.«

»Nein«, erwidert Bill. »Es ist das Beste, wenn sie explodiert. Wie lange haben wir noch?«

»Schauen Sie selber nach«, entgegnet Vicki.

Bill lacht. »Netter Versuch. Aber ich bin nicht von gestern, Schwester. Sie sagen es mir.«

Vicki zuckt mit den Achseln. Erklärt ihm, dass sie noch etwa vierzig Minuten hätten.

»Das reicht, wenn wir jetzt loslegen. Zuerst einmal laden Surferboy und Dr. Großhirn den Islamisten in den Wagen. Dann fahren Sie, Ma'am, mit ihm zum Hafen, wo Sie das Auto stehen lassen. Falls ihn irgendwer auf der Yacht zur Überprüfung sehen will, ist das kein Problem. Wir räumen später auf. Als Nächstes verschwinden Sie, Schwester, Surferboy und Dr. Großhirn. Ben und ich bilden die Nachhut.«

»Und Sie werden die Bombe entschärfen.« Vicki will nicht lockerlassen.

»Negativ. Ich hab's Ihnen bereits gesagt: Sie wird hochgehen. Wir brauchen die Explosion, damit unsere Kollegin nicht auffliegt.«

»Und was passiert, wenn wir eine andere Geschichte erzählen?«

»Das könnten Sie. Klar, warum nicht? Nur eines: Sie würden dabei feststellen, dass ein paar Leute, die am längeren Hebel sitzen, das nicht so gut finden. Außerdem ist das Leben für Whistleblower nicht gerade leicht. Man bekommt schnell einen steifen Nacken, weil man dauernd nach hinten schauen muss, um zu sehen, wer einem vielleicht folgt. Das wollen Sie nicht. Und Dr. Großhirn hat Familie, soweit ich weiß. Deren Wohlergehen stellt garantiert einen wesentlichen Faktor in dem Ganzen dar. Diese ständige, tägliche Bedrohung. Das ist kein Leben, das man freiwillig führt. Gar nicht.« Er hält inne. »Haben wir einen Deal?«

Fish fragt: »Wir behalten die Waffen?«

»Wie ich schon sagte: Wir entladen alle, und, ja, wir behalten dann die Waffen. Überlegen Sie schnell. Die Uhr tickt.«

»Deine Entscheidung, Vics«, erklärt Fish. »Du sagst, was wir machen sollen.«

Vicki denkt, dass es das Beste sei, Bills Plan zu folgen und die Kräfteverhältnisse bei der ersten Gelegenheit wieder zu ändern. Diese Chance bleibt ihnen und lohnt das Risiko, um diese Pattsituation zu durchbrechen. Sie sagt: »Okay.«

»Gute Entscheidung«, meint Bill. »Wir sind natürlich ehrbare Leute und stehen zu unserem Wort.«

Die vier senken die Waffen, entladen sie und schieben sie schließlich in ihre Gürtel beziehungsweise Holster.

»Gut«, sagt Bill. »Jetzt geht es folgendermaßen weiter.«

Er schickt Caitlyn Mira nach draußen, um den Pritschenwagen anzulassen. Bittet Fish und Ben, den Toten zu dem Wagen hinauszutragen.

Ben wirft ihm einen sauren Blick zu. »Das ist ein Job für den Wissenschaftler.«

»Besser, wenn du das machst«, widerspricht Bill.

Bekommt von Fish ein »Genau, besser, wenn Sie das machen« zu hören.

Reagiert mit einem Grinsen. »Das würde Ihnen und ihr einen Vorteil verschaffen, Mr. Pescado. Das mache ich auf keinen Fall. Fair ist fair, okay?« Er deutet auf den Leichnam von Muhammed Ahmadi. »Bitte, ich frage Sie nur um unserer Zusammenarbeit willen.«

Sagt zu Robert Wainwright: »Herr Doktor, jetzt trinken Sie mal ein paar Schluck Wasser und beruhigen Sie sich. Ihre Nervosität ist gerade sehr unnötig.«

Nickt Vicki zu. »Sind Sie nicht froh, dass wir jetzt hier sind und uns um alles kümmern?«

Vicki sucht in Gedanken nach einer Chance, die sich ihr präsentieren könnte, sobald ihr Bill den Rücken zudreht und sie ihre Waffe zückt. Sie braucht nur eine Kugel ins Hinterteil zu versenken. Das würde reichen. Sagt: »Sie sind ein wahrer Gentleman.«

»Das ist die amerikanische Erziehung: Höflichkeit, Manieren, Respekt. Also ein Vorschlag: Warum werfen wir unsere Knarren nicht einfach weg, Sie und ich? Damit sind nur noch Ihr Mann und mein Mann bewaffnet. Senkt den Stresslevel.« Ohne ihre Antwort abzuwarten, schleudert Bill seine Waffe aus der Hintertür. »Läuft alles auf Vertrauen heraus.«

Vicki zögert. Hier ist ihre Chance.

»Überlegen Sie es sich gut«, meint Bill. »Wenn Sie jetzt auf mich zielen, bleiben Ben und Ihr Mann übrig. Sagen wir, dass jeder von ihnen zum Schießen kommt und jeder eine Kugel abkriegt. Im schlimmsten Fall könnten Sie Ihren Mann verlieren. Im besten Fall haben wir zwei Verwundete. So oder so wäre das Ergebnis unter diesen Umständen nicht gerade ideal.«

»Es sei denn, ich erschieße Sie.«

»Das könnten Sie tun. Wenn Sie darauf spekulieren wollen, dass Ihr Junge Ben niederknallt, ehe Ben zu Wyatt Earp wird.«

Vicki hasste seine vorlaute Art. Dieses Grinsen. Würde sich schon allein lohnen, ihn zu erschießen, um diese Visage zu verändern. Er sagte: »Sie sind Spielerin, soweit ich weiß. Wie stehen die Chancen? Drei zu eins, würde ich annehmen.«

»Ich würde auf Fish setzen.«

»Ich kenne Ben.«

Eine Pause. Schließlich sagt Vicki: »Schachmatt.« Wirft ihre Waffe ebenfalls zur Tür hinaus. Was das Grinsen auf Bills

Gesicht noch breiter werden lässt – zu ihrem Verdruss. Sie humpelt zur Seite, als Fish und Ben den toten Muhammed an Armen und Beinen aus der Küche und über den schmalen Gang zur *Stoep* tragen. Sie ändern ihre Griffe und schwingen ihn dann auf den Rücksitz des Pritschenwagens. Bill tritt mit einer Decke hinzu und verbirgt den Leichnam darunter.

Vicki lehnt sich an Robert Wainwright, der ihr bis zur *Stoep* hilft. Sie sieht, wie Bill auf das Dach des Pritschenwagens schlägt und ruft: »Los geht's, Ma'am.«

Aber Mira Yavari ist noch nicht fertig. Sie erklärt: »Fish Pescado, ich habe Sie angeheuert. Finden Sie Victor Kwezas Mörder für mich. Ich meine das ernst, Mister. Ich habe Sie dafür bezahlt. Sie schulden mir das.« Sie hebt den Blick, um Vicki anzusehen. »Adios, Freundin. Sie haben Mumm, Sie haben Energie. Passen Sie auf sich auf.« Damit fährt Caitlyn Suarez alias Mira Yavari davon, wobei ihre Hand noch eine Weile aus dem Fenster winkt.

»So, das hätten wir«, sagt Bill. »Nächster Schritt.«

Was heißt, dass Ben seine Five-SeveN an Fishs Schläfe hält und erklärt: »Jetzt ganz langsam, Kumpel.« Was heißt, dass Bill Fish die Ruger abnimmt und vorschlägt: »Gehen wir alle wieder hinein.«

Was heißt, dass sich Fish blitzschnell auf dem Absatz umdreht und Ben mit der Rückhand einen Schlag verpasst. Allerdings weicht Ben rechtzeitig aus, hält ihn am Arm fest und versetzt Fish einen Nackenschlag mit der Linken. Womit Fish auf Händen und Knien landet, Bill & Ben drohend vor ihm stehend.

»Das ist schon das zweite Mal, dass Ihnen das passiert«, stellt Ben fest. »Sie lernen nicht aus Ihren Fehlern, Cowboy.« Verdeutlicht das mit einem Tritt in Fishs Bauch. Das raubt Fish einen Moment lang die Luft, und er liegt auf der Erde.

»Verdammt, ihr Arschlöcher, das reicht.« Vicki hinkt die Stufen hinunter und schubst Ben. »Ihr seid hier nicht in diesem Scheiß-Guantanamo.«

Ben setzt an, um auch sie zu verprügeln. »He, Lady, nehmen Sie sich in Acht.« Schlägt nicht zu.

»Arschlöcher.« Vicki wendet sich ab und beugt sich zu Fish herunter, um ihn an der Schulter zu fassen. »Alles in Ordnung? Sprich mit mir. Sag was.« Fish gibt ein unverständliches Grunzen von sich. Sie sieht Bill & Ben an. »Kommt schon. Steht hier nicht rum. Helft ihm auf.«

»Sehen wir etwa wie Sanitäter aus?« Ben ist nun wieder völlig entspannt. Er hat sogar seine FN ins Holster zurückgeschoben. Winkt Robert Wainwright heran. »He, Kumpel, man braucht hier mal Ihre Hilfe.«

Vicki steht kurz davor, sie noch einmal als Arschlöcher zu bezeichnen, hält sich aber zurück. Stattdessen meint sie: »So viel zum amerikanischen Ehrbegriff.«

Bill kann wieder grinsen. »Kleine Planänderung, das ist alles. Keine Aufregung. Sie wollten uns wahrscheinlich sowieso übervorteilen, wir waren dann einfach schneller. Genau deshalb sind wir ja auch die Supermacht.«

Fish gelingt es, mit Wainwrights Hilfe aufzustehen. Er lässt sich Zeit, als müsste er erst mal sicherstellen, dass sich nichts mehr dreht. Vickis Einschätzung nach sieht er nicht gut aus. Sein Blick wirkt verschwommen, er schwankt und atmet keuchend. Nicht typisch für Fish. Normalerweise ist er jemand, der schnell wieder zu sich kommt. Sie sagt zu Robert Wainwright: »Wir müssen ihn auf die Stufen setzen. Und ihm dann etwas Wasser geben.«

»Falsch«, meldet sich Bill zu Wort. »Wir müssen alle reingehen.«

»Da drinnen liegt eine Bombe.« Vicki wird allmählich

klar, was geplant ist. Sie sieht Ben mit seiner gezückten Five-Seven.

Bill wirft einen Blick auf seine Armbanduhr. »Meiner Einschätzung nach bleiben uns noch achtunddreißig Minuten. Genügend Zeit.«

»Ich rühre mich nicht von der Stelle.« Vicki hält Robert Wainwright und Fish fest. »Wir rühren uns nicht von der Stelle.«

»Würde ich auch nicht«, meint Bill. »Ich würde drum bitten, mich gleich hier zu erschießen. Nur dass wir das nicht tun werden.«

Vicki ahnt es vorher und versucht sich zu ducken, aber Ben schlägt sie nieder. Mit voller Wucht.

Sechsundneunzig

Vergenoegd Farm. Mart Velaze und Mace Bishop sehen von den Büschen in der Nähe des Hauses Folgendes:

Sie sehen eine Frau, die Mart Velaze als Caitlyn Suarez kennt, wie sie einen Metallkoffer in einen Pritschenwagen stemmt.

Sie sehen, wie ein Leichnam aus dem Haus gebracht und auf die Rückbank des Pritschenwagens gewuchtet wird.

Sie sehen zwei Männer, die Mart Velaze als Bill & Ben kennt.

»Diese beiden«, flüstert er Mace Bishop zu. »Das ist Bill.« Zeigt auf ihn. »Der andere ist Ben.«

»Unsere Zielpersonen?«

»Ja.«

Mart Velaze spürt, dass Mace Bishop die Situation am liebsten auf der Stelle regeln will. Sagt: »Warten Sie.«

Sie sehen, wie Fish Pescado von Ben niedergeschlagen wird.

Sie hören eine Auseinandersetzung, können sie aber nicht verstehen.

Sie schleichen näher.

Sie sehen, wie auch Vicki Kahn von Ben niedergeschlagen wird.

Sie sehen einen entsetzt wirkenden Mann, der vor der Gewalt zurückschreckt.

Sie sehen, wie Fish Pescado taumelt, dann in eine kauernde Haltung zusammensackt. Wie er versucht, sich mit den Händen ins Gleichgewicht zu bringen.

»Kennen Sie die anderen?«, will Mace Bishop wissen.

»Zwei von ihnen«, erwidert Mart Velaze. Er vermutet, der verängstigte Mann ist Dr. Robert Wainwright.

»Haben Sie irgendeine Ahnung, was hier passiert?«

»Nicht genau. Die Frau gehört zum Geheimdienst, der junge Kerl ist Privatdetektiv.«

Jetzt hören sie Dr. Robert Wainwrights klagende Stimme. »Warum tun Sie uns das an? Wir müssen jetzt fahren. Bitte. Bitte. Die Bombe wird bald in die Luft gehen.«

»Es gibt eine Bombe?«, fragt Mace Bishop.

»Anscheinend.« Mart Velaze denkt, dass es hilfreich gewesen wäre, früher davon zu erfahren.

Sie hören, wie Bill sagt: »Beruhigen Sie sich, Herr Doktor. Wir haben noch viel Zeit.«

Sie sehen, wie Bill eine Flasche und einen Lumpen aus seinem Rucksack holt und den Lumpen mit der Flüssigkeit aus der Flasche tränkt. Den Lumpen auf Vicki Kahns Gesicht legt. Chloroform, vermutet Mart Velaze.

Sie sehen, wie Ben Plastikfesseln aus seinem Rucksack holt. Und Fish Pescado gegen den Kopf tritt.

Sie hören Dr. Wainwrights Flehen: »Was tun Sie da? Bitte

tun Sie das nicht. Das ist doch nicht nötig. Sie dürfen uns nicht hier zurücklassen.«

Sie sehen, wie Bill und Ben einen »Kümmere dich um ihn«-Blick austauschen. Ben tritt auf Robert Wainwright zu. Der Wissenschaftler will zum Haus fliehen und kommt nicht einmal zwei Schritte weit, ehe Ben ihn zu Boden reißt.

»Ich übernehme Ben«, sagt Mart Velaze.

»Jetzt«, meint Mace Bishop.

Die beiden richten sich auf und rennen brüllend durch das Gebüsch auf das Haus zu.

»Sie begehen einen großen Fehler, Kumpel«, sagt Bill zu Mart Velaze. »Sie wissen, dass wir amerikanische Agenten sind.«

»Oh ja«, erwidert Mart Velaze.

Bill & Ben knien vor ihnen, die Hände hinter den Köpfen verschränkt. Blicken auf die Waffen von Mart Velaze und Mace Bishop.

Neben ihnen befinden sich eine bewusstlose Vicki Kahn, ein benommener Fish Pescado und ein aufrecht stehender Robert Wainwright, der mit offenem Mund und zitternd immer wieder erklärt: »Da, da ist eine Bombe. Im Haus ist eine Bombe.«

»Können Sie die entschärfen?«, will Mart Velaze wissen.

»N-nein«, antwortet Dr. Robert Wainwright.

»Warum nicht? Wieso wird sie explodieren?«

»Sie hat eine Zeitschaltung. Wenn die aufhört zu ticken, detoniert die Bombe.«

»Genau, Kumpel«, sagt Bill. »Mit einem Zeitschalter. Es bleiben noch etwa fünfunddreißig Minuten bis zum großen Knall. Das ist eine amerikanische Operation, Sie sollten jetzt wieder verschwinden.«

»Wenn wir so weit sind«, entgegnet Mart Velaze. »Zuerst

einmal möchte mein Freund hier etwas sagen.« Er weist mit dem Kopf auf Mace Bishop. »Mace.«

»Meine Freunde«, beginnt Mace Bishop. »Ich bin ein trauernder Vater. Ich bin ein leidender Mann. Mein Name ist Mace Bishop. Ihr beide habt meine Tochter erschossen. Das hättet ihr nicht tun müssen. Wie ich meinen Kollegen hier verstehe, war die ganze Operation eine Finte. Es wäre nicht nötig gewesen, jemandem dabei wehzutun. Jemanden zu töten.«

»Es geht um die Entführung von Caitlyn Suarez«, wirft Mart Velaze ein.

»Genau«, fährt Mace Bishop fort, »die fingierte Entführung von Caitlyn Suarez. Erinnert ihr euch noch, wie ihr eure Agentin aus dem Haus meiner Tochter geholt habt? Es sollte alles ganz echt aussehen. Um die südafrikanischen Sicherheitsbehörden zu täuschen. Sie sollten von einer internationalen Verschwörung ausgehen. Ich sag euch was: Mir ist völlig egal, wer diese Caitlyn Suarez ist oder was sie für die USA macht. Nicht egal ist mir meine tote Tochter. Sie hieß Krista Bishop. Der Name sagt euch wahrscheinlich nicht das Geringste.«

»Wir wurden beschossen.«

»Es freut mich, das zu hören. Wer von euch hat zurückgeschossen?«

»Das war nicht unser Auftrag«, sagt Bill. »Wir waren gar nicht dabei.«

»Da erzählt mir mein Kollege etwas anderes, und diese Information reicht mir. Einer von euch beiden wurde sogar verletzt. Ich könnte nachsehen, aber das lohnt sich im Grunde nicht.«

Mart Velaze bemerkt aus dem Augenwinkel, dass sich Fish bewegt und langsam aufrichtet. Er murmelt: »He, was ist hier los?« Mart Velaze antwortet: »Mischen Sie sich nicht ein, Pescado.«

Worauf Fish Pescado natürlich nicht hört. »Velaze. Mann, was soll das alles?« Taumelt auf den übellaunigen Ben zu und verpasst ihm einen harten Nasenstüber.

»Das reicht, okay?«, sagt Mart Velaze und zieht Fish zurück. »Wir haben das unter Kontrolle.«

Fish schüttelt ihn ab. Er beugt sich zu Vicki und tastet nach ihrem Puls. »Sie wissen, dass es eine tickende Zeitbombe gibt?«

»Wir haben davon gehört.«

Mace Bishop meldet sich zu Wort. »Wir sollten nicht mehr so lange herumtrödeln.«

Bill sagt: »Sie begehen einen großen Fehler. Das wollen Sie echt nicht machen. Danach werden Sie Ihres Lebens nicht mehr froh, das verspreche ich Ihnen.«

»Ach, halt die Klappe«, sagt Mace Bishop. Zu Mart Velaze gewandt meint er: »Auf drei.« Zählt: »Drei.«

Beide Männer schießen gleichzeitig. Kopfschüsse. Löcher, die perfekt die Stirn der beiden Zielpersonen durchschlagen. Hinter ihnen spritzt etwas Blut. Langsam sacken die beiden Amerikaner zur Seite.

»Also, ich sehe da keinen echten Unterschied«, stellt Mace Bishop fest. »Neun Millimeter oder Vierziger Smith and Wesson – den Löchern nach zeigt sich das nicht.«

Mart Velaze, Mace Bishop, Fish Pescado und Robert Wainwright stehen in einem Halbkreis und mustern die Toten. Mace Bishop bewegt sich als Erster. Dreht sich auf dem Absatz um und geht weg. Auf Robert Wainwrights Gesicht zeigt sich eine Grimasse, die ein Grinsen sein könnte. Er zeigt kichernd auf die Leichen.

Fish nimmt seine Ruger wieder an sich. »Krass. Das haben

die Typen nicht erwartet. Kann nicht behaupten, dass ich was dagegen habe.«

»Sie sollten jetzt gehen«, sagt Mart Velaze. »Und nehmen Sie Ihre Freundin mit. Dr. Wainwright begleitet mich. Es gibt einige Fragen.«

»Das kann ich mir vorstellen. Helfen Sie mir, sie hochzuheben.«

Sie ziehen die bewusstlose Vicki hoch. Fish beugt sich vor, um sie sich über die Schulter zu wuchten. »Lassen wir die Farm in die Luft fliegen.«

»So lauten meine Anweisungen.«

»Waren das da auch Ihre Anweisungen?« Fish tritt gegen Bills Absatz.

»Von höherer Stelle.«

Siebenundneunzig

Agterpaarl. Fish drosselt die Geschwindigkeit des *Bakkie* und fügt sich in eine Reihe von Fahrzeugen auf der linken Seite der Straße ein, ehe er wie die anderen dort ebenfalls anhält. Autos hinter ihm, vor ihm, auf beiden Seiten der Straße. Er wirft einen Blick zu Vicki hinüber. Sie kommt allmählich wieder zu sich. Noch ist sie völlig benebelt und kann nicht klar sehen. Er reicht ihr eine Flasche Wasser.

»Da, trink.«

Sie antwortet mit schwacher, leiser Stimme: »Wo sind wir?«

»Auf dem Weg nach Hause.«

»Wainwright?«

»Es geht ihm gut.«

»Wo gut? Wo ist er?«

»Trink erst mal. Ich erzähle es dir gleich.« Fish öffnet die Autotür und springt raus. »Bleib sitzen. Okay, Vics? Bleib im Auto.«

Vicki nickt. »Wohin gehst du?«

»Ich will nur kurz nachschauen, was hier los ist.« Er sprintet über die Fahrbahn und tritt zu einer Gruppe Leute, die zu einer Rauchsäule auf der anderen Seite der Felder blickt.

»Da ist was explodiert«, erklärt ein Mann immer wieder. »Das ist kein *Veld*-Feuer. Das ist schwarzer Rauch. Öl oder Gummi, würde ich vermuten.« Er hat ein Fernglas, das er auf den Rauch richtet. »Viel erkennen kann man nicht. Nur den Rauch. Selbst hiermit ist das zu weit weg. Da muss eine Talsenke sein.«

»Haben Sie die Detonation gehört?«, fragt eine junge Frau. »Das war echt unheimlich.«

»Hab ich nicht gehört«, meint der Fernglas-Mann. »Ich hab nur den Rauch gesehen und den Notruf gewählt. Da unten möchte ich jetzt nicht sein.«

»Nein«, sagt Fish, »krasse Sache.« Er überquert die Straße und kehrt zu seinem *Bakkie* zurück, zu seiner Vicki. Es lässt sein Herz schneller schlagen, wie sie da so sitzt. So verletzt und mitgenommen sie auch aussehen mag. Verfilzte Haare, rote Augen, zerschrammtes Gesicht, schmutzige, zerfetzte Kleidung.

»Was ist passiert? War das Wainwrights Bombe?«

»Ja, es war die Bombe.«

»Mein Gott. Und Wainwright?«

»Wie ich schon sagte. Es ist alles in Ordnung mit ihm.«

Fish reibt sich den Nacken und dehnt die Muskeln, die noch von dem Schlag schmerzen.

»Alles in Ordnung?«

»Ich werd's überleben.« Er setzt sich wieder hinter das

Steuer. »Um dich mache ich mir mehr Sorgen. Du musst so schnell wie möglich zu einem Arzt. Und auf dem Weg dorthin kannst du mir erzählen, was mit dir und Henry Davidson los ist.«

»Zuerst musst du mir etwas erzählen. Wie sind wir überhaupt hierhergekommen, Fish? Wo ist Wainwright? Was ist mit den beiden Kerlen passiert ...«

»Bill und Ben.«

»Ja, mit denen. Ben hat mich geschlagen.«

»Ben hat dich bewusstlos geschlagen. Und Bill hat dich mit Chloroform gleich in dem Zustand gehalten.«

»Du machst Witze. Wer benutzt denn so was heutzutage noch?«

»Die beiden. Hat funktioniert.« Er erzählt ihr, was dann passiert ist.

Am Ende der Geschichte haben sie schon einige Kilometer hinter sich gebracht. Schließlich fragt Vicki: »Du hast Velaze erlaubt, Wainwright mitzunehmen? Einfach so? Ohne etwas dagegen einzuwenden?«

»Warum nicht?«

»Weil der Mann ein Zeuge war, Fish. Ein Whistleblower. Er braucht Schutz.«

»Und das sollte ich einfach so erraten? Was spricht denn überhaupt gegen Velaze? Er ist doch einer von euch. Ein Agent wie du. SSA.«

»Ich bin nicht von der SSA.«

»Ach nein? Und was ist dann mit Henry Davidson? Du hast wieder für ihn gearbeitet. Verdammt, Vicki, du hattest das angeblich alles hinter dir gelassen. Du wolltest Anwältin sein und nicht wieder Spionin spielen.«

»Ich hatte auch aufgehört. Und ich hab keine Spionin gespielt.«

»So klang das aber ganz und gar nicht, wenn man Henry Davidson Glauben schenkt. Er hat dich als Agentin eingesetzt. Warum gerade dich, Vics? Warum jemanden von draußen? Du hast immer gesagt, die Voliere sei überbelegt.«

»Er vertraut mir.«

»Mehr als den vereidigten Agenten? Ach, so ein Blödsinn. Warum braucht es dann überhaupt einen offiziellen Geheimdienst?«

»Du weißt, wie es ist. Du weißt, warum ich gekündigt habe. All diese Grabenkämpfe.«

Fish nimmt seine Hände vom Steuer und hebt sie beide hoch, um zu zeigen, dass er aufgibt. »Okay, okay.« Ehe das Auto ins Schlingern kommt, fasst er wieder nach dem Lenkrad. »Okay, lassen wir das. Erzähl mir lieber, was eigentlich los ist.«

Das tut sie. Zumindest das meiste. Von den Spielschulden sagt sie nichts. Endet mit: »Woher wusstest du überhaupt, wo du uns findest?«

»Das habe ich nicht gewusst. Ich bin nur ein paar Hinweisen gefolgt, die Flip Nel auf seinem Handy gespeichert hatte. Reiner Zufall, dass ich genau in dem Moment dort aufgetaucht bin.«

Vicki schweigt.

Eines quält Fish weiterhin. Eine Sache, die Vicki weggelassen hat. Die sie ihm offenbar nicht erzählen will. Das schwirrt ihm die ganze Zeit über im Kopf herum, während sie durch das Weingebiet fahren – vorbei an Le Bonheur, an Lievland, Warwick, an Kanonkop. Er denkt: Was du vor mir verheimlichst, Vicki, ist das Druckmittel, das Davidson gegen dich in der Hand hatte. Warum du das alles für ihn getan hast. Irgendwann zieht er das zerknitterte Foto von Vicki am Kartentisch aus seiner hinteren Hosentasche. Lässt es auf ihren Schoß fallen.

Sie schweigt.

Fish sagt: »Damit hatte er dich im Griff, nicht wahr? Hat er deine Schulden beglichen?«

»Ja.«

Aus Fish platzt es heraus. »Verdammt noch mal, Vicki. Du bist nicht zu mir gekommen. Du hast ihn das machen lassen. Wohl wissend, dass das alles beschissen sein würde. Dass du immer tiefer reingerätst. Das war so dumm. Total bescheuert. Davidson manipuliert Leute, er beutet ihre Schwächen aus, hast du mir selbst erklärt. Wenn Henry Davidson etwas gegen einen in der Hand hat, dann ist man ihm ausgeliefert. Dieser Mann ist krank. Alles nichts Neues für dich, aber trotzdem hast du dich darauf eingelassen.«

Vicki sagt nichts.

»Nur wegen eines verdammten Kartenspiels. Wenn du Karten spielen willst, dann spiele ich Rommé mit dir, Mann. Wie viel hast du verloren?«

»Genug.«

»Genug? Heißt das Tausende? Oder heißt genug Zehntausende?«

»Nicht Zehntausende.«

»Sag es mir, Vicki. Ich will es wissen. Es muss ziemlich viel gewesen sein, damit Davidson dich damit erpressen konnte.«

»Ich weiß nicht mehr. Zehntausend. So um den Dreh. Er hat es bereinigt. Mit diesem Auftrag hat er es für mich bereinigt.«

»Es ist nie bereinigt. Das weißt du. Er kann immer darauf zurückkommen. Er wird immer darauf zurückkommen. Du selbst hast mir erklärt, dass Davidson so funktioniert.« Fish atmet tief aus, um seine angestaute Wut loszuwerden. Jetzt ist nicht der richtige Zeitpunkt. Er will nur diesen ganzen Mist durchstehen, ihn klären, alles hinter sich lassen. Sie lebt –

reicht das nicht? Beinahe. Nur noch eines: »Seit wann? Seit wann hast du wieder gespielt?«

»Ich werde aufhören. In Ordnung? Ich werde damit aufhören.«

»Ich dachte, das hättest du schon. Vor Monaten, vor fast einem Jahr. Seit wann lügst du mich an?«

»Ich habe dich nicht angelogen.«

»Du hast es mir aber nicht erzählt.«

»Ich habe auch mein eigenes Leben, Fish.«

»Oh ja, das stimmt, du hast dein eigenes Leben. Ein geheimes Leben. Als Spielerin. Ein Leben, wo du Geld zum Fenster rauswirfst und dich verschuldest. Weißt du noch, wie du einmal zusammengeschlagen wurdest? Weißt du das noch? Soll das wieder passieren? Willst du ein eingeschlagenes Gesicht, gebrochene Rippen? Ich will das nicht. Ich will dich nicht wieder so sehen müssen. Du musst damit aufhören, Vics. Mein Gott, du musst das beenden. Du hast ein Leben. Ich will ein Leben, ein Leben mit dir. Wo sind wir in all dem?«

Wieder Schweigen.

Fish wirft einen seitlichen Blick auf Vickis Hände, die ineinander verkrampft sind, das Foto zerknittert zwischen ihren Fingern.

Schweigend fahren sie um Stellenbosch herum, auf die Straße zur Küste hinunter, vorbei an den Weingütern Asara, Spier, Welmoed. Fish will, dass Vicki endlich etwas sagt – irgendwas, was ihnen einen Weg zurück ermöglicht.

Sie tut es. »Okay, Fish. Ich höre damit auf.«

Halleluja. Aber: »Das hast du schon mal gesagt.«

Sie wendet sich auf ihrem Sitz ihm zu und legt die rechte Hand auf seinen Oberschenkel. Die Aufnahme befindet sich zerknüllt in ihrer linken. »Ich meine es ernst.«

»Auch das hast du damals gesagt.«

»Es ist schwer, Fish. Du hast Glück. Du wirst nie wissen, wie das ist.«

Stimmt, denkt Fish. Er muss ihr eine Chance geben. Noch einmal. Er weiß, dass er das auch tun wird. Weiß, dass er gefangen ist. Wie wenn man sich in einer krassen Brandung befindet, in der man nichts anderes tun kann, als sich dem Wildwasser zu überlassen und zu hoffen, dass die Felsen tief unten sind.

Achtundneunzig

Kapstadt. Es wird dunkel...

An einem Samstag unter einem abendlichen Himmel, funkelnd mit Sternen. Ein warmer Wind kommt von den Bergen herab. Menschen sitzen in den Straßencafés, andere spazieren entlang der Promenaden, wieder andere grillen Würstchen und Lammkoteletts auf ihren Weber-*Braais* oder streichen Spareribs mit Marinade ein.

Der Tag endet damit, dass eine präsidiale Delegation am Cape Town International in ein Flugzeug Richtung Russland steigt. Unter ihnen eine Frau mit einer Tüte voll hochwertigem Durban Poison.

»Ich kann nicht glauben, dass du das gemacht hast«, sagt Vicki zu Fish, wieder mit diesem Glitzern in ihren Augen. »Dass du deiner eigenen Mutter gerade *Dagga* verkauft hast.« Die beiden sind auf dem Weg in die Stadt zurück.

Der Tag endet mit Dr. Robert Wainwright, der einer freundlichen Frau von einem Mittagessen mit Dr. Ato Molapo und zwei Iranern erzählt und von der ganzen Horrorgeschichte, die dann kam. Dr. Wainwright ist erschöpft und tief mitgenommen. Immer wieder fleht er: »Kann ich bitte nach Hause? Ich will einfach nur nach Hause. Kann ich bitte meine Frau anrufen?« Die sanfte, freundliche Frau lächelt, bietet ihm mehr Tee und Shortbread an. Meint: »Natürlich, Dr. Wainwright, wir sind fast fertig. Nur eine Sache: Sagen Sie mir noch mal, wie viel man Ihnen gezahlt hat? Sie meinten, es sei Ihnen auf Ihr Girokonto überwiesen worden, nicht wahr?«

Der Tag endet mit Mart Velaze und Mace Bishop in Kristas Haus in der City Bowl. Die beiden Männer stehen neben dem Pool und blicken auf die Lichter der Stadt hinunter.

»Verkaufen Sie das Haus?« Mart Velaze fragt sich, ob er hier leben könnte. Die Erinnerungen wegpinseln. Den Bishop-Geruch loswerden. Vielleicht ist es allmählich an der Zeit, sein Einzimmer-Apartment im fünften Stock hinter sich zu lassen und ins wohlhabende Land des ganz normalen Wahnsinns überzusiedeln.

»Ja, garantiert. Kein Grund, es zu behalten. Für mich war es ein Haus des Schreckens. Ich komme außerdem nicht zurück. Auf keinen Fall. Dieses Land ist viel zu kaputt.« Mace Bishop beugt sich herunter und fährt mit der Hand durchs Wasser. »Sie ist hier viel geschwommen, nicht wahr?«

»Zu viel.«

»Das war eine Sache, die wir zusammen gemacht haben. Schwimmen. Sie war gut darin. Ein paar Mal sind wir von Robben Island nach Blouberg geschwommen. Sie hatte den Mut dazu.«

»Sie hatte auch den Mut zum Sicherheitsdienst.«

»Sie haben sie als Babysitterin für diese Frau angeheuert? Warum? Warum hat sie das überhaupt gebraucht?« Mace Bishop richtet sich auf und schnippt Wasser von seinen Fingern. »Warum sie und nicht eure eigenen Leute?«

»Vorschriften.«

»Ach, kommen Sie. Vorschriften. Was heißt hier Vorschriften? Ich will doch keine Staatsgeheimnisse wissen.«

Mart Velaze gibt nach. Was kann es schaden, Krista Bishop zu loben? »Wir haben jemanden gebraucht, auf den wir uns verlassen konnten. Jemanden außerhalb unserer Sicherheitsabteilung. Jemanden, der integer ist.«

»Bei euch hat sich ja offenbar nicht viel geändert.« Mace Bishop lacht. »Ihr vertraut euch gegenseitig immer noch nicht.«

Mart Velaze schweigt.

»Das sollte man auch nicht. Ich weiß das noch von damals. Na gut ... Okay, und dann haben die Amis sie hintergangen.«

»Sie wurde herausgezogen, durch diese Entführung.«

»Nur damit die Frau verschwindet. Sie muss verdammt wichtig gewesen sein.«

»Darf ich nicht sagen.«

»Aber es gibt Gerede?«

Mart Velazes Handy klingelt. Die Stimme. Er bedeutet Mace Bishop, dass er den Anruf entgegennehmen muss.

»Häuptling, können Sie reden?«

»Klar.« Mart Velaze tritt ein paar Schritte zur Seite, wandert dann zum anderen Ende des Pools. »Häuptling, ich habe hier den guten Dr. Wainwright bei mir. Na ja, er sitzt in dem kleinen Raum – Sie wissen, wo ich meine. Ich schaue ihn mir gerade an. Er ist sehr müde, der arme Kerl. Hat eine schreckliche Tortur hinter sich. Und leider wird es ihm noch für lange Zeit Albträume bescheren, würde ich vermuten. Bedauerlich. Sehr, sehr bedauerlich, wenn normale Bürger in so etwas verwickelt werden. Er tut mir leid, wirklich. Es ist eine beinahe schmerzhafte Erfahrung – vor allem nachdem er sich so bemüht, alles zu erläutern. Offenbar bespitzeln die Amerikaner uns irgendwo. Vielleicht bin ich es sogar, die sie abhören. Oder möglicherweise auch Sie. Beunruhigend. Eigentlich alarmierend. Aber nichts, was sich nicht ändern ließe, nachdem wir jetzt Bescheid wissen.«

Eine Pause. Mart Velaze prüft, ob die Verbindung noch steht. Das tut sie. Er wartet darauf, dass die Stimme weiterspricht.

Dann: »Oje, oje, der arme Mann – er ist völlig erschöpft. Ich glaube fast, er betet. Ich werde ihm eine heiße Milch mit Honig bringen lassen. Ja, Häuptling ... Also, es ist an der Zeit, sich zurückzunehmen. Unsere Freundin befindet sich mit einem Geschenk von HEU auf hoher See, was unsere amerikanischen Brüder und Schwestern sehr froh macht. Sie haben, was sie wollten, eine Person in einer ISIS-Zelle. Aber die Toten, die nach der Bombenexplosion gefunden wurden, erfreuen sie weniger.« Sie seufzt. »Ich habe das Gefühl, dass man nie sicher weiß, was in einer bestimmten Situation genau abgelaufen ist. Typisch für den internationalen Terrorismus. Höchst mysteriös. Das ist auch der Grund, warum er so beängstigend wirkt. Genug davon. Ich muss jetzt wieder zu meinem müden Dr. Wainwright zurück. Seine Geschichte ist interessant, wissen Sie. Wirklich faszinierend. Mit erstaunlichen Charakteren. Erstaunlichen Ereignissen. Wahrlich außergewöhnlich, was er machen musste. Alles auch sehr erbaulich, obwohl das Finale ein wenig ... Wie soll ich sagen ... kaltblütig verlief. So wie er das erzählt, sind offenbar zwei geheimnisvolle Männer aufgetaucht und wurden zu Racheengeln. Ich vermute, das ist die Erschöpfung, die da aus ihm spricht. Friede, Häuptling. Mögen die Vorfahren mit Ihnen sein. Vielleicht sollten Sie sich heute Abend freinehmen und ein wenig mit der Mossadi entspannen. Perfekt für eine gute Erholung.«

Mart Velaze legt auf. Ruft Mace Bishop zu: »Sind Sie bereit zu gehen?« Mace Bishop nickt.

Neunundneunzig

Gardens. »Ist es dieses Wohnhaus da unten?« Fish Pescado zeigt die Straße hinab. Er hält neben dem Bürgersteig und schaltet den Motor des Perana aus.

»Sollte rechts oben sein.«

Die Vorhänge sind geschlossen, die Fenster ebenso. Es herrscht Dunkelheit in den Räumen dahinter.

»Gehen wir.« Fish will gerade seine Autotür öffnen, als Vicki Kahn ihn innehalten lässt. Ihre Hand umklammert seinen Arm.

»Warte.«

»Worauf? Wir sind hier. Gehen wir.«

»Warte.«

»Mann, Vicki. Was soll das?«

Sie blicken in die Dämmerung des frühen Abends hinaus. Jemand führt seinen Hund die Straße entlang, in den Häusern und Wohnungen sieht man Kerzen und Gaslichter brennen.

»Wonach halten wir Ausschau?«

»Schau einfach.«

Man kann die Leute in ihren Räumlichkeiten erkennen: Ein Mann telefoniert, ein Paar streitet, andere sitzen mit einem Drink beim Entspannen auf dem Balkon. Kapstadt an einem warmen Abend vor der regennassen Zeit.

»Ich werde ihn anrufen.«

»Er wird nicht rangehen. Wir haben das doch schon stundenlang versucht. Im Grunde seitdem ich ihn gestern Abend angerufen habe.«

»Es handelt sich um Henry, Fish. Henry ist seltsam.«

»Henry ist wahrscheinlich tot. Vielleicht hatte er einen Herzinfarkt. Einen Schlaganfall. Einfach tot.«

Fish und Vicki brauchten fast den ganzen Nachmittag, um Henry Davidsons Adresse herauszufinden. Fish hatte sie bedrängt, mit dem Offensichtlichen zu beginnen.

»Warum versuchst du es nicht über die Voliere? Dort gibt es doch sicher jemanden, der dich kennt.«

»Ich bin da raus, Fish. Raus ist raus.«

»So raus, dass Henry dich einfach wieder reingezogen hat.« Ein fieser Seitenhieb, den Fish sich nicht verkneifen konnte.

»Das haben wir bereits besprochen. Nicht noch mal.«

Die beiden waren in Fishs Küche. Janet drückte sich an der Küchentür herum.

»Alles in Ordnung, Miss Vicki? Das ist aber ein hübscher Verband, den Sie da um den Fuß haben, Miss Vicki. Sie müssen jetzt immer Mister Fish fragen, wenn Sie was brauchen.«

Sie hatten ihre Kontakte bei mehreren Telefongesellschaften bemüht und um einen Gefallen gebeten. Jedes Mal bekamen sie die gleiche Antwort:

»Heute ist Samstag.«

»Wie soll ich so was an einem Wochenende machen? Ich bin nicht auf der Arbeit.«

»Willst du, dass ich extra dafür ins Büro fahre?«

»Für ein Kilo gutes Zeug«, versprach Fish.

Sie brauchten drei Stunden, um die Adresse herauszufinden. Zwei Adressen. Zwei verschiedene Wohnhäuser, zwei verschiedene Straßen, beide in Gardens.

Die erste Wohnung hatte ein Schloss, das Fish problemlos zu knacken vermochte. Weitere Sicherheitsvorkehrungen gab es nicht.

»Drinnen werden Kameras und Wanzen installiert sein«, vermutete Vicki und versuchte, ihren bandagierten Fuß möglichst wenig zu belasten. »Henry will immer wissen, wer an ihm interessiert ist.«

»Genau wie Flip Nel.«

Ein abgestandener, stickiger Geruch schlug ihnen entgegen. Es mussten schon einige Tage vergangen sein, seitdem Henry Davidson das letzte Mal hier gewesen war.

Die Wohnung diente offenbar als Ablage: Rechnungen für Telefon, Strom, Wasser, Kontoauszüge, die sich zusammengeheftet auf einem Tischchen befanden. Im Kühlschrank gab es Butter und Milch, im Küchenschrank Tütensuppen, Dosen mit Mais, Sardinen, Thunfisch, Teebeutel, Zucker. Ein Whiskyglas auf dem Abtropfgestell. Eine halb geleerte Flasche J&B neben der Teedose. Im Wohnzimmer ein Stapel Zeitungen neben einem Sessel. Obenauf eine *Mail & Guardian*, eine Woche alt. Im Schlafzimmer war das Bett gemacht. Kleidung im Schrank. Eindeutig die Jacketts und Hosen, die Henry Davidson trug. Es roch ungewaschen, verstaubt.

In jedem Zimmer zeigte Vicki auf die Kameras, die sorgfältig versteckt waren.

»Glaubst du, er beobachtet uns?« Fish starrte zu der Kamera im Wohnzimmer hoch. Formte stumm mit den Lippen: Hallo, Henry.

»Wahrscheinlich.«

»Der Mann ist so paranoid, dass er eine zweite Wohnung unterhält?«

»Klar. Macht auch Sinn. Er ist ein alter Agent. Das weißt du doch. Für Henry ist paranoid ganz normal. Ansonsten hätte er zwei Regime hintereinander nicht überlebt.«

»Hm«, antwortete Fish und fragte sich, ob das wirklich stimmte.

Jetzt sitzen sie im Auto vor dem zweiten Wohnblock. Vicki nimmt das Handy vom Ohr und legt auf. »Immer noch die Voicemail.«

»Also gut. Lassen wir die Warterei. Gehen wir.« Fish eilt

mit großen Schritten ums Auto und öffnet Vickis Tür. Er hilft ihr heraus, wobei er ihre Pistole an seiner Hüfte spürt. Mit einem Arm um ihre Taille stützt er sie, so bewältigen sie gemeinsam den Bürgersteig bis zum Eingang des Wohnblocks. Wie ein verliebtes Paar, das einen Onkel in den Stunden des Lastabwurfs besucht.

Die Glastüren zum Foyer stehen offen. Wieder keine sichtbaren Sicherheitsvorkehrungen, nur die üblichen Gitter vor den beiden Türen im Erdgeschoss. Gegenüber befindet sich eine Treppe. An der Wand hängen vier Briefkästen. Im Licht von Fishs Handylampe lesen sie auf dem dritten Briefkasten den Namen Charles Dodgson.

»Das ist er«, sagt Vicki.

»Dodgson?«

»Alias Lewis Carroll.«

Fish seufzt. »*Ag*, Mann.«

Sie gehen hinauf, wobei Vicki hoppelt und sich mit einer Hand an Fishs Schulter festhält.

Im ersten Stock dringt Musik aus der anderen Wohnung – Geräusche, die Fishs Trommelfell wehtun. Justin Bieber lässt seine Unterhose aufblitzen. Muss Henry Davidson gefallen, Teenager neben sich wohnen zu haben.

»Glaubst du, er hat hier draußen auch eine Kamera installiert?«, flüstert Fish und holt seine Sammlung mit Dietrichen heraus.

»Irgendwo sicher.«

Trotz des dämmrigen Lichts halten die beiden die Köpfe gesenkt und die Gesichter zur Seite gewandt.

»Warte.« Vicki ruft Henry Davidson noch einmal an. Sie hören sein Handy in der Wohnung klingeln.

Fish schlägt vor: »Wir können es sein lassen. Die Polizei benachrichtigen.«

»Garantiert nicht. Nein, wir gehen da rein.«

»Okay.«

Das Schloss hat einen alten, ausgeleierten Mechanismus. Leicht zu knacken. Fish denkt, dass Henry Davidson vielleicht doch nicht so paranoid ist. Oder er wähnte sich über die Jahre in Sicherheit. Vielleicht sogar als unberührbar.

Sie betreten einen großen Flur. Eine Tür nach links führt zum Bad. Nach rechts das Wohnzimmer. Dort herrscht ein Chaos aus Akten, Zeitungen, Büchern. Schubladen sind umgekippt, Polster zerschlitzt worden. Kabel und Drähte hängen aus den Wandfassungen.

Henry Davidsons Leichnam liegt auf dem Boden des Schlafzimmers, der Hals durchtrennt.

»Grundgütiger«, sagt Vicki. Sie umschließt Fishs Schulter noch fester. »Oh, Gott, oh, Gott. Das ist so schrecklich. So hätte es für ihn nicht enden dürfen.«

»Er hat dich benutzt, Vics. Du warst ihm scheißegal.« Fish entzieht sich ihrer Umklammerung und kehrt ins Wohnzimmer zurück.

Hört Vicki sagen: »Das erinnert mich an den Typen in Berlin. Diesen Detlef Schroeder. Ich habe dir doch erzählt, wie ich ihn tot in seiner Wohnung gefunden habe. Genau so. Ein echtes Déjà-vu. Der Tod holt alte Agenten. Aber wer würde so was tun? Wieso wurde er gerade jetzt umgebracht?«

»Wahrscheinlich gibt es einige, die seinen Tod wollten«, erwidert Fish, während er in dem Chaos wühlt. »Sein Laptop ist nirgends zu sehen.« Denkt, dass derjenige, der das getan hat, sicher von den Kameras wusste. Der würde keinen Film mit der Tat auf der Festplatte zurücklassen. Vicki tritt zu ihm.

»Das ist so grauenvoll, Fish. Es scheinen so viele Dinge zu passieren, von denen man keine Ahnung hat.«

»Ja, Babes.« Fish schwenkt den Lichtstrahl seiner Handylampe über den Boden und schiebt ein Büschel Haare mit der Fußspitze weg. »Willkommen bei der Rippströmung. Die zieht dich raus in die Tiefe und lässt dich auf dem Wasser treiben – oder lässt dich ersaufen. He, schau dir das mal an. Eklig wie eine verdammte Spinne.«

»Sein Toupet«, sagt Vicki.

Sie hören Stimmen aus dem Hausflur. Junge Stimmen, die sich begeistert begrüßen. Die Musik wird lauter. Dann fällt eine Tür ins Schloss.

»Wir sollten gehen«, meint Fish. »Ein anonymer Anruf in der Voliere, dann werden sie sicher bald ihre Putztruppe vorbeischicken.«

Er umfasst Vicki an der Taille. Vermutet, dass ihr Tränen in den Augen stehen.

Hundert

De Waal Drive. Zwei Leute in einem Auto, stumm, jeder in seine Gedanken zu Liebe und Tod, Ende und Neuanfänge versunken. Sie fahren an diesem warmen Samstagabend auf einer Straße oberhalb der dunklen Stadt dahin. Eine Big Band spielt im Radio. Sammy Davis jr. und seine Anregungen für Zärtlichkeiten werden von Nachrichten unterbrochen:

»Der laute Knall, der heute Vormittag einige Farmen in Agterpaarl erschütterte, entstand einem Pressesprecher der Polizei zufolge durch eine Explosion von Gasflaschen. Das leer stehende Farmhaus brannte in dem entstehenden Feuer vollständig nieder. Niemand wurde verletzt.«

Glossar

Ag – oh, ach (Afrikaans)
Allahu Akbar – Gott ist groß (Arabisch)
Ankle-Snappers – winzig kleine Wellen (Surferslang)
Asseblief – bitte (Afrikaans)
Baas – Boss, Chef (südafrikanischer Slang)
Baba – hier: Vater, als Ausdruck der Ehrerbietung (Zulu, Xhosa)
Babelaas/Babbelas – einen Kater haben (südafrikanischer Slang, ursprünglich Zulu)
Bakkie – leichtes Nutzfahrzeug mit offener Ladefläche, Pritschenwagen (südafrikanischer Slang)
Bankie – Bezeichnung für eine bestimmte Menge Marihuana in einem Plastiktütchen von Banken, in denen sich normalerweise Münzen befinden (südafrikanischer Slang)
Bergie – Bezeichnung für eine bestimmte Gruppe von Obdachlosen in Kapstadt
Biltong – Trockenfleisch; südafrikanische und namibische Spezialität (Niederländisch)
Black Economic Empowerment (BEE) – Förderprogramm der südafrikanischen Regierung für Gruppen, die zu Zeiten der Apartheid benachteiligt waren
Boere – Buren (Afrikaans); Polizei, Bullen (südafrikanischer Slang)
Boet – Bruder, Kumpel, freundschaftliche Bezeichnung von Mann zu Mann (südafrikanischer Slang)
Boykie – umgangssprachliche, herablassende oder auch freundschaftliche Bezeichnung für einen Mann (südafrikanischer Slang)

Braai – Grillen, Grill (Afrikaans)
Brahdeen – Bruder, Kumpel, freundschaftliche Bezeichnung (südafrikanischer Slang)
Buti – Bruder (Xhosa)
Chaykhune – traditionelles iranisches Teehaus (Farsi)
China – umgangssprachliche Bezeichnung für Freund, Kumpel; britischer Cockney-Reimslang: »china« (Porzellan) = »plate« (Teller) > reimt sich mit »mate« (Kumpel)
Chommie – Freund, Kumpel (Afrikaans)
Coloured – vor allem im südlichen Afrika gängige Bezeichnung für jemanden, der sowohl schwarze als auch weiße Vorfahren hat
Compreendo – verstanden (Portugiesisch)
Crime Intelligence Division – Geheimdienst innerhalb der südafrikanischen Polizei, der für Kriminelle innerhalb Südafrikas zuständig ist
Dagga – Cannabis, Marihuana; zum geläufigen Begriff in Südafrika geworden (südafrikanischer Slang)
Devushka – Mädchen, junge Frau (Russisch)
Doob/Doobie – Cannabis, Marihuana, Joint (südafrikanischer Slang)
Dorp – Dorf (Afrikaans)
Ek sê – sag ich, ich sage (Afrikaans)
Fok(ken) – verdammt, verfickt, fuck (Afrikaans)
FSB – russischer Inlandsgeheimdienst; steht für »Föderaler Dienst für die Sicherheit der Russischen Föderation«
Gated Community – bewachte, geschlossene, exklusive Wohnanlage
Gift of the Giver – südafrikanische nichtstaatliche Hilfsorganisation
Gogo – Großmutter, ältere Frau (Zulu)
Gramadoelas – Busch, Hinterland (Afrikaans)

Haai – He, hi; aber auch: Hai (Afrikaans)
Habibi – Liebling, Schatz, Freund (Arabisch)
Hamba kahle – Leb wohl, leben Sie wohl, ade, gute Reise (auch bei der Verabschiedung von Toten) (Xhosa)
Hawks – übergreifende Organisation in Südafrika zur Bekämpfung und Verfolgung von organisiertem Verbrechen, Wirtschaftskriminalität, Korruption und Ähnlichem; existiert seit 2008
Hectic – krass, extrem (südafrikanischer Slang)
Hokkie – Toilettenkabine (südafrikanischer Slang)
Hoor jy my – Hörst du mich (Afrikaans)
Impimpi – Spitzel, Verräter (Zulu)
Intombi – Freundin, Mädchen, junge Frau (Zulu)
Kak – umgangssprachlich für »Mist«, »Kacke«, »Unsinn« (Afrikaans)
Koppie – kleiner Hügel in einer sonst flachen Gegend (Afrikaans)
Lank – viel, sehr, lang, groß (südafrikanischer Slang)
Larney – Reicher, Begüterter (südafrikanischer Slang)
Lekker – lecker, schmackhaft; inzwischen aber auch: cool, sexy (Afrikaans)
Luister – zuhören, lauschen, hören (Afrikaans)
Maak oof – aufmachen, mach(t) auf (Afrikaans)
Madala – alter Mann; oft als respektvolle oder liebevolle Bezeichnung für einen alten schwarzen Mann verwendet (südafrikanischer Slang)
Mamela – hören Sie/ hör zu (Xhosa)
Massa – Anrede der Sklaven ihrem Herrn gegenüber (Slang)
Mi casa (es) su casa – mein Haus ist Ihr/dein Haus (Spanisch)
Miskien – vielleicht (Afrikaans)
Moegoe – Idiot, Narr, Trottel (südafrikanischer Slang)

Mors dood – mausetot (Afrikaans)
Mos – Hinweis darauf, dass etwas augenscheinlich/offensichtlich sein sollte, im Sinne von »natürlich«, »selbstverständlich« (Afrikaans)
Mulungu – Person weißer Hautfarbe (Zulu)
Muti – traditionelle Medizin der Zulu (Zulu)
National Prosecuting Authority (NPA) – Behörde in Südafrika, die den Staat bei Strafverfolgungen vertritt, die es in dieser Form erst seit 1998 gibt
Nè – okay; ach nee; stimmt doch, oder? (Afrikaans)
Necklacing – Form von Lynchjustiz, bei dem ein benzingetränkter Autoreifen um Hals und Arme gehängt und angezündet wird
Niks – nichts, nix (Afrikaans)
Obrigado – danke (Portugiesisch)
Oke – Mann, Person (südafrikanischer Slang)
Pap – Maisbrei im südlichen Afrika (Afrikaans)
Pellie/Pelly – abwertende Bezeichnung für jemanden mit europäischen Wurzeln; für einen arroganten reichen Weißen, der sich für etwas Besseres hält (Slang)
P(h)ata-p(h)ata – Geschlechtsverkehr, Sex, auch erotischer Tanz; von »patha« = »spüren, fühlen« in Xhosa und Zulu (südafrikanischer Slang)
Polícia Internacional e de Defesa do Estado (PIDE) – Geheimpolizei unter dem portugiesischen Diktator Salazar, mit deren Hilfe Oppositionelle in Gefängnissen verschwanden
Porra – umgangssprachliche Bezeichnung für Portugiesen in Südafrika (südafrikanischer Slang)
Possie/Possy – Haus, Wohnung, Bude (südafrikanischer Slang, häufig in Durban verwendet)
Rock Shandy – südafrikanisches Mischgetränk aus Zitronen-

limonade, Mineralwasser, Eiswürfeln und manchmal ein paar Spritzern Angostura Bitter

Sista – Schwester, Frau, Kumpel (Slang)

Sisi – Schwester (Xhosa)

Skollie – Ladendieb, heruntergekommener Rüpel; kann aber auch eine fast liebevolle Bezeichnung für einen schelmischen Freund sein (südafrikanischer Slang)

Spaza-Shop – kleines Ladengeschäft in einem Township oder dem ländlichen Südafrika

Stabane – abfällige Bezeichnung für einen homosexuellen Mann (Zulu)

State Security Agency (SSA) – seit 2009 südafrikanische staatliche Behörde für Nachrichtendienste

Stoep – erhöhte Veranda vor dem Haus (Afrikaans)

Suka – verzieh(t) dich/euch, verschwinde(t) (südafrikanischer Slang, Zulu)

Tjoekie – Gefängnis, Kittchen (Afrikaans)

Tokoloshe – zwergenhaftes, böses Fabelwesen aus der Zulu-Mythologie (Zulu)

Toppies – alte Männer (südafrikanischer Slang)

Ubuntu – afrikanische Lebensphilosophie, die mit einer Grundhaltung von wechselseitigem Respekt, Nächstenliebe und Anerkennung des anderen einhergeht (Zulu; Xhosa)

Ungqingili – abfällige Bezeichnung für eine homosexuelle Person (Zulu)

Veld – plateauartige Gegenden im Landesinneren von Südafrika, aber auch Bezeichnung für den Busch (Afrikaans)

Vlei – sumpfiger, niedriger Talkessel (Afrikaans)

Voetsak – verschwinde(t), verzieh(t) dich/euch, verpiss(t) dich/euch – (südafrikanischer Slang)

Voos – schwach, morsch, mürbe, hohl, lethargisch, faulig (Afrikaans)

Wena – du, Sie (Zulu, Xhosa)
Woes – verrückt, wild, unordentlich (südafrikanischer Slang)
Zol – Marihuana, Hasch, Joint (südafrikanischer Slang)